广东培正学院学术著作出版基金

《聊斋志异》探赏

LIAOZHAI ZHIYI TANSHANG

郑春元 ◎ 著

中国出版集团

世界图书出版公司

广州·上海·西安·北京

图书在版编目（CIP）数据

《聊斋志异》探赏 / 郑春元著.--广州：世界
图书出版广东有限公司, 2016.5（2025.1重印）
　ISBN 978-7-5192-1292-6

　Ⅰ．①聊… Ⅱ．①郑… Ⅲ．①《聊斋志异》-古典小
说评论 Ⅳ．①I207.419

中国版本图书馆 CIP 数据核字(2016)第 095050 号

《聊斋志异》探赏

策划编辑	杨力军
责任编辑	张梦婕
封面设计	高艳秋
投稿邮箱	stxscb@163.com
出版发行	世界图书出版广东有限公司
地　　址	广州市新港西路大江冲25号
电　　话	020-84459702
印　　刷	悦读天下（山东）印务有限公司
规　　格	787mm×1092mm　1/16
印　　张	23.75
字　　数	450 千
版　　次	2016 年 5 月第 1 版　　2025 年 1 月第 3 次印刷
ISBN	978-7-5192-1292-6/I·0406
定　　价	98.00 元

目 录

下 篇　趣话《聊斋志异》人物

（《聊斋志异》人物神游后世与读者对话系列）

上 篇
《聊斋志异》思想内容新探

《聊斋志异》对势利的描写

《聊斋志异》是批判现实的"孤愤之书",书中抒发了强烈的"愤世"之情。愤的内容是多方面的,已有学者对此多有阐述,如社会不公、官场黑暗、试官昏聩、世风势利污浊等。笔者认为蒲松龄的"愤"的一个最重要内容或核心内容是世道人心之浇薄,社会上上下下弥漫着势利之风,人与人之间道德伦理关系的丧失,世风污浊险恶。蒲松龄在多年求取功名屡战屡败的痛苦生涯中,饱尝酸甜苦辣,痛感世态炎凉。他内心苦涩,目光犀利,对世态人心,看得格外深透,对人间的势利之风有切肤之痛。因此在《聊斋志异》中发出激愤之语:"花面逢迎,世情如鬼。"[1]198 因而他在《聊斋志异》中写出了封建末世社会各个层面的丑恶的势利世相。

势利是指对有财有势的人趋奉,对无财无势的人歧视的恶劣作风。势利行为源于对"利"的疯狂追求。"势利作为观念形态是传统社会中等级结构的丑陋投影。势利眼们以权势和财利的高低多寡为标准来对待人,不是看人本身的价值,而是由权财来支配人,使人格贬值,人的尊严贬值,最终造成人的畸形和堕落。"[2] 势利是普遍的人性弱点,是一种病态的精神现象,是人性丑陋的一面。人们总是把"势利"同"小人"联系在一起,称为势利小人,说明"势利"是一种人们鄙夷的卑鄙行为。尽管人们憎恶它、痛恨它,但几千年来它仍顽强存在,是阶级社会中的永恒现象,它给人们带来无尽的伤痛,在人间制造了无数的悲欢离合,演绎了无数的人间悲喜剧。文学史上很多作品都将其作为描写对象。

《聊斋志异》很多篇章写到势利,有的是涉笔触及,有的是专门叙写,有点的细刻,有面的泛写,有评说,有嘲讽。常常抓住人物种种典型的势利丑态加以集中放大,形神兼备地勾勒势利者的特征。写出了世间形形色色的势利百态,尽显势利小人的心态神情、丑恶灵魂,写活了众多的势利小人,描画出封建社会势利小人的百丑图,活现了一个唯利是图、唯势是趋的势利世界。《聊斋志异》对于势利的描写较以前或同期文学作品更为丰富、深刻,多有独到之处。

一、《聊斋志异》中三个层面的势利现象

1.官场的势利风气

《聊斋志异》中势利之风在官场中最为强烈,如《梦狼》的异史氏曰:"窃叹天下之官虎而吏狼者,比比也。"[1]451《聊斋志异》中贪官的势利行为最恶劣,危害最大。官场规则就是势利原则,官场都是按势利原则行事。官场的势利行为首要是谄媚上司。谄媚是"势利小人"所奉行的为人之道。《续黄粱》中的曾孝廉当了大官后,朝廷的大部分官员都对其奉承讨好献媚,动作相当神速:"然拈须微呼,则应诺雷动。俄而公卿赠海物,伛偻足恭者,叠出其门。""因而公卿将士,尽奔走于门下,估计贪缘,俨如负贩,仰息望尘,不可算数。"[1]216 很多下属之官面对执掌自己命运的上司,往往唯上是尊,正如明张首在《西园闻见录》中所说的那样"驱跄跪拜,迎合谄媚,希恩固宠,其或剥民奉上,又其则杀人以媚人"。为了谋求升官,这些人什么下贱无耻的事情都做得出来,如《潞令》异史氏曰:"今有一官握篆于上,必有一二鄙流,风承而痔舐之。"[1]308 官场中下级官员助纣为虐是高效率的,上司要害谁灭谁,下级官员雷厉风行,立刻去办,不惜枉害无辜,"奴仆一到,则守、令承颜;书函一投,则司、院枉法。"[1]216 贪官不仅行事处处势利,还有势利理论,《梦狼》中的贪官白甲对规劝他的弟弟说:"弟日居衡茅,故不知仕途之关窍耳。黜陟之权,在上台不在百姓。上台喜,便是好官;爱百姓,何术能令上台喜也?"[1]450 这是表现官场势利文化最经典的言论,毫不掩饰讲出势利行为的必要性和目的,赤裸裸地道出了贪官残害下层百姓向上级官员讨好求升迁的罪恶渴望,是从古至今贪官肮脏灵魂的准确写照。凭此白甲可以作为千古势利贪官心声的代言人。贪官判案时看事主的身份地位,看怎样才使能自己得到好处,不管什么王法天理。《红玉》篇中,冯生的妻子被免官还乡的宋御史抢走,老父被殴打致死,冯生抱子到各级官府告状,却无法申冤。在宋御史被打抱不平的侠客杀死后,邑宰不问青红皂白,马上把冯生抓入牢房,认定冯生是杀人凶手,严刑拷打。为了维护免官的

御史就肆无忌惮地残害受害人,使受害人被破家又被诬杀人。官场按势利行事,就抛弃法律,没有正义,没有是非曲直,致使公道不彰,害得百姓家破人亡,给人民带来巨大的灾难。

2.市井坊间的势利现象

《聊斋志异》中势利之风弥漫世间各个角落,人们的交往是势利之交,势利者熙熙攘攘。市井坊间的势利小人表现出多种势利嘴脸,势利行为多种多样。一类是,讨好权势者能想出很多花样,利用各种机会、条件讨好献媚权势者。邹平张公子爱鸽如命,为了讨好某贵官,于是把自以为"千金之赠不啻也"的两只名鸽装笼送给了某贵官,以讨其欢心(《鸽异》)。还有灵隐寺僧某,见到官员表现出卑贱诐媚模样:"贵官至,僧伏谒甚恭,出佳茶,手自烹进,冀得称誉。"[1]357 应了民间那句话:趋财奉富,莫如浮屠。还有势利者把自己的子女作为讨好权势者之物,《陈锡九》篇有"以膝下之娇女,付诸颁白之叟,而扬扬曰'某贵官,吾东床也'"[1]493 的人,不管其"骨灰"级的白首官员即将进棺材,自己女儿将成寡妇,依然照嫁不误。这样的势利者自私冷酷无耻至极。

市井坊间另一类的势利小人千方百计寻找权势者,不遗余力去投靠攀附。见有利可图,像苍蝇一样,一群都叮上去。如所依附者变穷,再也无利可图,就轰然而散。《宫梦弼》篇写了这类势利小人的无耻行径。柳芳华在"财雄一乡"时,有百余人前来趋奉,成为座上客,这些人常常来柳家吃喝,高谈阔论,来借钱。柳芳华为招待这些客人用尽了家财,在贫不自给、典质渐空时,这些所谓的宾朋却如鸟兽散,像啃光一片庄稼的大群蝗虫,轰的一下飞走了,无影无踪,杳无音信。柳家陷入冻饿之中,无一人问及,借了柳家钱的人就昧良心不还了。《金和尚》中作恶多端的假和尚金某因发了不义之财,非常有钱,铜臭熏天,很多势利之徒投到其门下,为他服务,依他为生,当他的弟子数量竟有千人之多。他的住处是世上无比巨大的势利小人的王国,金和尚一呼百诺,轰应如雷,声势可达千里之外。他外出时巴结者前呼后拥,为其造势扬威,这些势利小人好像主人嗾使的一群狗。

3.家庭中的势利现象

家庭本应该是充满亲情之所,家庭中成员间的关系应该是最亲密的人际关系,但阶级社会中地位高下、财产多寡的现象出现后,势利之风不断浸润到家庭之中,且愈演愈烈。《聊斋志异》的家庭中全无人性的善良与温馨,家庭成员间没有骨肉亲情，有的只是极端的势利。家庭成员间交往以利不以情，有利则交，无利则疏，以势利为中心，都是赤裸裸的利益关系。没钱没势时什么父母子女、兄弟姐妹、夫妻翁婿等亲属关系都不能维系。《乔女》中的乔女在丈夫死后带幼子，孤苦无依，向其母求助，母不理睬，对女儿的不幸没有一丝一毫的同情之心，没有一点母女之情。后听说家境富裕的孟生有意娶乔女，其母见有利可图上门来劝说，乔女不同意这门婚事，其母就想把小女儿嫁给孟生，她的所作所为极端自私，势利透顶。家庭中更为恶劣的势利行为，是发生在亲人或亲属之间势利相欺的行为，家庭成员中的弱势者被势利者看不顺眼，百般歧视。他们不再遵循"有利则亲""无利则疏"的势利原则，不是无利则疏，而是无利则仇。势利小人对弱势者不仅是瞧不起，而是看到他们与自己生活在同一空间就不舒服，因而对其百般羞辱嘲笑、千般奚落、万般作践，容不得贫贱者在眼前出现，恨不得让他们在这个家庭中消失，从这个世界上消失。《锦瑟》中的兰氏女嫁与王生后恃富嫌贫，把丈夫当成佣奴，虐待侮辱，自己享用佳肴美食，给王生端上来的是粗饭生水、草棍筷子。王生不堪妻子侮辱，愤而寻死。《胡四娘》中的穷书生程孝思入赘胡家，一入门夫妇二人就遭到势利小人种种无礼的鄙视和嘲笑，家中姐妹嫂子更是把胡四娘当做傻子，肆无忌惮地欺负她，抓住各种机会对四娘发起一次又一次围剿式的羞辱、嘲讽、奚落。当其父胡银台寿辰之日大嫂嘲讽四娘曰："汝家祝仪何物？"二嫂就像唱双簧一样搭茬挖苦："两肩荷一口！"[1]412 她们的语言不像《儒林外史》的胡屠户贬损辱骂范进的语言那样低级粗俗，还有点文采，但更为恶毒，是说胡四娘夫妇穷贱至极，说他们二人来参加祝寿是混吃混喝的，将其视为乞丐，挖苦人穿肤刺骨。句句带刺，字字钻心，是对对方人格的最大羞辱。这帮势利小人以伤害他人为快乐，丧失人性。家庭中的势利另一令人齿冷的方式是，把家庭成员以财势、权势为标准把人分成三六九等，对有钱有势者则恭，献媚讨好，对弱势者则鄙视冷落。《镜听》中的大郑二郑取得功名的时间有先后，其势利父母亲大郑而疏二郑，并由此殃及儿媳。大比之后，大郑二郑妇一齐在酷热的厨房中炊饼，大郑报捷，婆婆讨好大郑妇，让其赶快到凉快地方去休息，而留二媳妇在厨房受苦。此举既有体罚，又有人格羞辱，二郑妇只有在汗水与泪水交织中饮泣吞声地进行劳作。

一些父母处理儿女婚姻也非常势利，嫌贫爱富，以金钱决定儿女的婚事，对贫穷的女婿或歧视或悔婚,将女另嫁有钱人,另攀高枝,婚姻方面背信弃义。如觉得贫婿耽误自己以女发财的机会,就对贫婿加害。《纫针》中那个姓王的商人,为了金钱竟将自己的女儿出卖给仇人之子为妾。《宫梦弼》篇中柳和家里败落,岳家悔婚,要高额彩礼刁难他,以达到退婚的目的,黄女因不从势利父母的悔婚之命,父母就对其不停恶骂,强迫她另嫁富商。《陈锡九》中主人公的岳父周某看不上贫穷的女婿,千方百计拆散女儿的婚姻,对女婿、女儿百般伤害,坏事做绝,派恶仆去陈家打砸,敲诈加害女婿,欲置之死地而后快,丧失了起码的天理良心。家庭及亲属间的势利给被歧视侮辱者造成极大的心灵痛苦。

二、《聊斋志异》中势利现象的主要特征

1.势利行为的群发性

《聊斋志异》中的很多场合不是一两个势利小人在活动表演,常常是势利小人的集合,像苍蝇、蚊子、蝗虫,一群一群的。蒲松龄用简约之笔刻画出势利小人群体形象。《胡四娘》这一家中除了胡翁之外,都是清一色的势利小人,群公子、诸姐妹乃至仆人婢媪都讥讽嘲笑程氏夫妇,人人势利眼,个个市侩心。可谓是势利小人的大本营。他们在戏弄嘲笑这对穷夫妻时,是人人上阵,个个争先,奴婢仆妇也参与其中,组团来欺负四娘夫妇。他们用尽了各种手段招法,取笑伤害这夫妻二人。他们平时歧视程氏夫妇,等到他们认为合适的机会,就更变本加厉地对他们夫妇实施高强度的羞辱作弄,掀起一次又一次的羞辱讽刺挖苦的高潮,分为几个波次推进。在程郎科场高中的捷报传来时,众人立即换了另一种面孔,个个争先谄媚四娘夫妇:"申贺者,促坐者,寒暄者,喧杂满屋。耳有听,听四娘;目有视,视四娘;口有道,道四娘也""争把盏酌四娘"。[1]413 这些势利小人献媚取宠的行为也是群发性的,步调高度一致,像遵循教官的口令一般。众嫂子、众姐妹把四娘围个水泄不通,人人都在博宠,口诵贺词者有之,问寒问暖者有之,上前扶坐者有之。每人都唯恐对四娘的阿谀奉承不够力度,不到位,不周全。这种近乎木偶般的动作,见出势利小人卑贱可笑可憎,群体性的卑鄙人格得以淋漓尽致地展现。《聊斋志异》中最大规模的势利行为当属为金和尚送葬的场面。《金和尚》中的金和尚是非法暴富、胡作

非为、无恶不作的佛门败类,因为有钱,坊间有无数人来巴结讨好他,向他献媚,为他效劳,捧他的臭脚。他死的时候,为他送葬的人是人山人海。"倾国瞻仰,男女喘汗属于道","观者自肩以下皆隐不见,惟万顶攒动而已"。[1]434 这么多的人来给金和尚送葬,有些人是来看热闹,当然还有更多人是趋炎附势,向金和尚所买的"儿子"献媚买好,其子继承老子的财势,马上又成为世人献媚的新主子。这是其周围成千上万的势利者的大汇聚,堪称天下一大奇观,展现整个社会人性的丑恶,是天下势利嘴脸的大暴露、大展览。蒲松龄还指出势利之风的蔓延性,说势利之风在不断蔓延,势利之徒越来越多,不仅是世间有势利小人这一群体,世间多数人都势利化,连君子都染上势利之风。《夏雪》篇的异史氏曰:"即使君子,也习惯了谄媚,做谄媚的事,谁也不敢有异议。"连君子也被这种恶病所染,可见势利之风蔓延程度,造成风俗颓败,道德沦丧。

2.势利行为的疯狂性

世间的势利行为有轻重之别,《聊斋志异》里很多势利行为多是丧心病狂的超级势利,有些势利小人的势利行为特别放肆,达到丧失理智的程度,相当地出格变态。他们对弱势者不仅是态度歧视、羞辱,而且是大要流氓进行捉弄,是流氓无赖型的势利,达到疯狂的程度。《胡四娘》中的程生在岳家平常时时受到种种无礼的鄙视和嘲笑,最出格的是他读书时,诸公子在他身边放肆地敲锣击鼓,扰嚷不止,阻止他读书。哪里是富家公子,这群小人简直像一群癞皮狗。他们这种损人不利己、费力不讨好下作的流氓无赖行径,是一种不折不扣的疯癫行为。《陈锡九》中的周某不是一般的悔婚,使出更为恶劣的流氓无赖种种手段,在婿家变贫后,强把女儿接回家逼其另嫁富家,拆散他们夫妻。不断做出疯狂之举,派恶仆到婿家又打又砸,还指派强盗到官府诬女婿为盗,使女婿坐牢。堪称天下第一号卑鄙无耻的恶丈人,这种势利真是丧心病狂。《胡四娘》中二娘的势利特征是非常霸道,认定程生做官无望,并以双目做赌。这个泼妇因势利霸道而发狂,她的势利之见不容别人质疑,四娘的婢女桂儿对此反驳,二娘大发淫威,对桂儿又打又骂,横施暴行,好像她的势利之见是皇帝的圣旨。《聊斋志异》中势利小人另一种变态表现是为谄媚巴结权势财势者,极度自轻自贱,更为变态,到了令人作呕的地步,灵魂更为丑恶。一般人都认为势利行为是可耻的事情,如朱柏庐《治家格言》有云:"见富贵而生谄容者最可耻,遇贫穷而作骄态者贱莫甚。"《聊斋志异》中的势利小人没有一点自尊,没有一丝一毫的羞耻心,简直不把自己当人,脸皮太厚,巴结人巴结得太下流,拍马屁拍得太直接、太响,像摇尾巴的巴儿狗一样在权势者周围乱转,为其舐痔。对自己的行为不以为耻,反以为荣,丑陋不加以掩饰。《金和尚》中无数人对金和尚这个恶棍都卑躬屈膝,百般讨好,他的下人及当地村民居然称他"祖父",有的称他"伯父""叔父",甘心给他当干儿子干孙子。金和尚收养一子,中了举人,从前喊他"老爷"的人对他的称呼又升级了,改口喊"大老爷",磕头的人都以手垂地行儿孙的礼节。当金和尚死后的送葬之日,达官贵人伛偻而入,毕恭毕敬,用朝廷的礼仪来起伏跪拜,来拜一个假和尚,真是天大的笑话!活现这群官员势利者的群体疯狂状态。

3.势利行为的罪恶性

势利行为的常规方式是对权势者财势者的"恭",巴结讨好,对弱势者"倨",歧视嘲笑,或因一个人的地位变化而"前倨后恭"。如果只表现在对人的态度上,只能显现其人品的卑劣;而有些势利者为实现自己的欲求,如为求利益,不择手段,加害他人,作恶多端,给他人带来灾难,制造痛苦,或害得人家破人亡,因势利生出无数罪恶,那就丧失人性,这种势利就罪大恶极了。《聊斋志异》中多有这种因势利而作恶的可耻行径。《红玉》中为了维护强夺人妻、殴死人父的作恶多端的还乡御史的邑宰,为攀附权贵,不为受害含冤告状的冯生主持公道,反诬冯生为杀人凶手,抓入牢狱,严刑逼供,使其冤上加冤。《窦氏》中的豪绅南三复,诱骗了窦女,又觉得窦女家贫,不配为妻,为娶富家女,逼得窦女及其无辜的婴儿活活冻亡;《席方平》中阴间差役接受地主羊某的贿赂,就夺去席方平之父的性命,将其抓到阴间的监狱,不断拷打,将其双腿打断。席方平到城隍去喊冤告状,城隍收了羊某的钱,不受理席方平之状。席方平到郡司去告,郡司也受羊某的贿赂,把席方平毒打一顿,把此案发回城隍办理,城隍把席方平关押,百般折磨。席方平找机会到冥王那里告状,冥王也受了羊某的贿赂,把席方平按在烧得通红的铁床上翻来覆去地烙,烙得身体直冒青烟,冥王又让鬼役用锯木头的大锯把席方平从头顶开始把其身体锯成两半。鬼役和各级阴官仅仅是为了利、为了钱,使申冤者受到千古奇冤,遭受惨绝人寰、骇人听闻之刑。席方平在冥王官衙上高喊:"受笞允当,谁叫我无钱也!"[1]582 一针见血指出这场冤案的实质,揭露了贪官因势利而犯下滔天罪恶。

势利的贪官真是丧心病狂,为了利他们成为残害百姓的恶魔,势利是他们作恶的根由。

三、对势利行为展开最猛烈的批判,表现强烈的劝惩意识

1.遭遇势利者对势利者的激烈抗争,猛烈批判,强烈谴责

《聊斋志异》中的大量遭遇势利者及其亲属面对势利行为不是逆来顺受,而是对势利者的丑陋行为进行猛烈反击、抗争、谴责、批判,挫败势利者的气焰,回击势利者种种挑衅和欺压羞辱,维护自己的尊严和人格。《宫梦弼》中的黄氏,见到婿家道中落,想把女儿嫁给有钱人,女儿对其父进行强烈抗议和斥责:"今贫而弃之,不仁!"坚决不从其父令其改嫁富人之命。《凤仙》中凤仙见父亲因自己丈夫贫寒而对其冷落,大为愤怒,以激烈的态度表示强烈抗议。质问其父:"婿岂以贫富为爱憎耶?"还当筵演唱杂剧《破窑记》,借嫁给穷秀才的刘月娥之口倾泻自己对势利父亲的怨愤。唱得"声泪俱下",然后"拂袖而去",表现强烈愤慨和谴责,表达出极强的感情力度,弄得势利的父亲非常尴尬,下不来台。《镜听》中的二郑妻,在暑热的劳作中听到自己的丈夫也中试的消息后,不等婆婆允许,使劲扔掉擀面杖霍然而起,喊出了"侬也凉凉去!"的抗议之声。其情绪如火山喷发,喷发出在势利家庭中被下眼瞧的极端痛苦的万丈怒火,表现了她对势利婆婆的猛烈反击。其婆婆面对如此讥讽,可以想象得出是何等尴尬、无地自容。《宫梦弼》中的柳和遭遇黄氏悔婚刁难后要将黄氏夫妇"得而寝处之",发泄切齿之恨。遭遇势利者的反击和抗争也是非常有力的道德批判,使势利者的不义行为受到道德审判。

2.让势利者受恶报受惩罚,落得可悲的下场,非势利者得善报

势利小人受到世间大多数人的憎恨,世间正人希望他们受到报应,如明人洪应明在《菜根谭》云:"趋炎附势之祸,甚惨亦甚速。"(后集二二条)蒲松龄在《聊斋志异》里让人们的这种愿望得以实现,让势利小人受到恶报、受到惩罚。《梦狼》中千方百计祸害百姓讨好上司行贿买官的极端势利者白甲,虽然升了官,却受到严厉的惩罚,白甲在升官上任的路上被起义的百姓所杀,又被神人反接其头,成为天下独一无二的丑陋怪物,成为被人唾弃、受惩的活标本。《窦氏》中势利地主南三复为与富家结亲,将亲子和窦氏冻杀,受到女鬼的

复仇,被官府判死刑。《陈锡九》篇中嫌贫爱富势利至极作恶多端的周某结果被抓下狱,受刑重伤,被罚谷物,遭强盗打劫,得大病而亡,为鬼后到阴间继续受到责罚,不得不给女儿托梦求婿家解救。《宫梦弼》中攀富欺贫的黄氏遭到了一系列报应:被强盗抢劫,收商人聘礼想改聘女儿被逼债,家庭彻底破败。《姐妹易嫁》中的张家长女嫌贫爱富,悔婚死活不嫁放牛娃,为求富贵嫁给富家子弟,但婿家由富转贫,丈夫死去,最后出家为尼,郁郁而终。《胡四娘》中曾经恃富百般嘲笑羞辱胡四娘夫妇的几个哥哥家逐渐败落,二郎又遭了人命官司,大郎无奈腆脸来向四娘求助。

作者还让势利者最大限度地出丑,出尽洋相,搬起石头砸自己的脚,自打耳光,饱受羞辱,为被势利者侮辱歧视者出一口恶气。《宫梦弼》中的黄氏家庭破败后腆脸假托他人去婿家求助,被柳和误认为"奸宄",将其绑在树上,让其吃尽苦头。第二次黄妇与刘媪同来,柳和问刘媪:"黄家老畜产尚在否?"但明伦评此语"对面呵骂,痛快之至极"。这是黄氏势利缺德的悔婚之举自取其辱。《胡四娘》中的二娘以前势利发昏,一口咬定程孝思不能当官,并以自己的双眼作为赌注,其婢女春香为其帮腔,愿以自己眼睛替二娘做赌,主仆二人当时十分得意,以为胜券在握,结果输得很惨。桂儿向春香逼索眼睛,令其兑现承诺,"春香奔人,面血沾染","二娘大惭,汗粉交下",极端丢丑。以前肆无忌惮嘲笑伤害别人,现在自尝苦果。

与势利者受恶报相反,作者让非势利者得好报,《宫梦弼》中的柳和得到宫梦弼藏金巨万,东山再起,恢复田产,中了举人,过上富贵生活。刘媪在黄氏悔婚时资助柳和三百钱,对其安慰,受到柳和的重酬。黄女不嫌贫爱富,对与柳家的婚事矢志不渝,坚守信义,为反抗其父将其另嫁的势利之命,在夜晚竟"毁装涂面",行乞两个月寻找到柳和家,主动上门与柳和结婚,过"日仅一啖"的苦日子也毫无怨言,最后成为富贵人家的夫人。《姐妹易嫁》中张家次女不以贫寒为念,代姐履行婚约嫁牧牛儿毛郎,后来成为宰相夫人。这是作者对于重义而非贪财慕势者的奖赏。

3.作者直接出面批判抨击,抒发激愤之情

蒲松龄在《聊斋志异》中叙述势利现象时常常借"异史氏曰"直接出面抨击嘲讽势利行为,表达作者自己的激愤之情。《镜听》篇末的"异史氏曰"发出了"贫穷则父母不子"[1]402 的感慨,对势利泯灭亲情的现象予以批判。此篇中二郑妇听到丈夫科举捷报时立即起身摔掉擀面杖,对其婆婆反唇相讥,曰:"侬也凉凉去!"蒲松龄对其行为大为赞赏,说"投杖而起,真千古快事一也"。[1]402是说如此势利眼的婆婆着实可恶,真是枉为人母。《宫梦弼》的"异史氏曰"对无情无义势利小人在柳家变穷都弃之而去的行为说:"雍门泣后,朱履杳然,令人愤气杜门,不欲复交一客。"[1]167谴责势利小人寡义,进行了无情地揶揄和讥讽。《夏雪》篇的"异史氏曰"议论历数各种称呼之变化,嘲笑讽刺了在称谓上的势利表现。在一些写动物义行篇章的"异史氏曰"中痛斥那些无情无义的势利小人,不如鳖、不如蛇、不如犬、不如鬼等动物、鬼物,指出卑劣势利心性低于畜类兽类,可见批判的火力之猛烈,对其深恶痛绝至极。《聊斋志异》描写势利现象的"异史氏曰"中对势利现象既有婉而多讽的讽刺,又有狂飙般的怒骂,强化了对势利现象批判的深度。对势利现象的揭露讽刺抨击达到更深的层次,对势利的根源进行了更深的挖掘和揭示。

《聊斋志异》的势利描写无论是遭遇势利者的反击抗争,还是势利者受到报应,或是作者直接出面批判势利行为,抒发对势利行为的激愤之情,都源于作者强烈的劝惩意识。作者劝诫世人、警醒世人,千万不能势利,不能嫌贫爱富,不能成为卑劣无耻的小人。这与他在《为人要则》中所表达的观念是一致的。他的《为人要则》内列"正心""立身""重信""劝善""轻利"等十二项,其中的正心、劝善、轻利都是告诫人们,做人不要势利,要忠厚仁爱,表达了他匡正浇薄世俗的强烈愿望。

四、通过塑造超势利的人物形象,
倡扬超势利的美好人性,为人间正心

为了对抗这种人性恶的势利世界,蒲松龄一再大声疾呼,倡导去势利,他在描写抨击势利小人的同时,塑造了大量的超势利的人物,给丑恶的社会现实树立理想的楷模,他要用这些作品为社会正心,为世人正心,他认为人际关系的准则应该是:不以势利相交,不以贫富论交,交往以义不以利,以情不以钱,以节义自守,洁身自好,不为财利所动,受恩思报,同情弱者,有侠义心肠,对人真诚相助,解人危难,不图回报。婚姻择偶重人品质,不重地位、钱财、门第,不是钱财至上。缔结婚约守诚信,不因对方家境变化而变心。这些准则和

品质在《聊斋志异》中大量非势利、超势利人物身上都有充分的体现。《田七郎》篇中富人武承休对贫寒猎户田七郎多次赠重金与之交纳，田七郎坚辞不受。在武家受恶人陷害、官府迫害时，田七郎为报武承休解救自己的牢狱之灾，为武家杀掉仇人和恶官，为武家雪恨，最后自尽保全了武家。《聂小倩》中一女子以一锭黄金来引诱书生宁采臣，宁采臣拿起黄金抛到院中，说："非义之物，污我囊橐！"对非义之财不屑一顾。《邢子仪》篇中有两个绝色美女从天上落到秀才邢子仪家中，表示要跟随邢子仪。邢子仪不纳，派人到女方家中，让女方家长将两位美女领回，女方家长以百金酬谢，邢子仪也拒绝接受。貌丑的寡妇乔女（《乔女》），因孟生敬重她，钟情她，孟生暴卒后，留下孤儿，家产被无赖瓜分，乔女挺身而出，几经波折夺回了被无赖侵吞的孟家财产，历尽艰辛，将孟家孤儿抚养成人，使孟家增田产，"积粟数百万"。在财产的使用上却界线分明，自己和亲生儿子丝毫不沾染孟家的财产，廉洁自守，贫贱以终。《纫针》中的夏氏与范氏母女陌路相逢，不仅仗义倾囊，还为之多方筹谋，终使纫针逃脱了与人作妾的命运。多情善良的狐仙施舜华（《张鸿渐》）屡次解救张鸿渐于危困之中，一旦张鸿渐厄运结束，便飘然自逝，不求任何回报。名妓瑞云（《瑞云》）在其貌美之时，与人交往无丝毫嫌贫爱富之意、势利之心，没有以色骄人、攀富翁权贵，被贺生的真情所感，不嫌他贫穷，与他真心相爱。《素秋》中的素秋，明确提出"不愿入侯门，寒士而可"的择偶标准。不为财富所动，拒绝甲第连云的某甲求婚，最后嫁给了一个姓周的穷秀才。鬼女宦娘尽一切努力经过千辛万苦撮合成全一对恋人终成眷属，自己悄然隐没（《宦娘》）。《雷曹》中的商人乐云鹤不吝金钱，乐善好施，在好友夏平子病死后，扶困济贫，照顾接济已故好友的家人。《细侯》中的细侯情愿嫁给一个"骨清"的穷书生，而不愿嫁给一个"衣锦而厌粱肉"的"龌龊商"。富家女连城（《连城》）通过生生死死的抗争，拒嫁势利父亲所选的富商之子王化成，不以贫贱易情，与知己之爱的乔生结合。有侠义心胸的书生孔生（《娇娜》）感念娇娜的疗伤之谊，在皇甫氏一家遇到"雷霆之劫"时，孔生冒着生命危险从一鬼物爪中救下了娇娜，而自己暴毙。上述人物的种种行为，无论是助人也好，爱情也好，都是非势利的、超势利的，闪耀着炫目光彩的道德美，具有正义和道德的强大力量。

在蒲松龄看来，不为势利所动、超越势利是一种高洁的品性，如洪应明在《菜根谭》认为"势利纷华，不近者为洁，近之而不染者为尤洁"（前集四条）。蒲松龄认为，人性中最闪光最美好的品质就是超越势利，超尊卑之分而尊重一切人，超贵贱之分而平等对待一切人，这便是人生之美。这方面与康德的"美乃超功利"之说相通。蒲松龄超越势利的观念源于墨家思想，墨子在《兼爱》篇云："天下之人皆相爱，强不执弱，众不劫寡，富不侮贫，贵不傲贱，诈不欺愚。"其所表达的理想境界，就是超越势利的境界。

《聊斋志异》中所有正面人物无论是人也好、鬼也好、狐也好，他们的核心品质就是超势利。人们说《聊斋志异》的正面人物表现了中华民族的传统美德，所言甚是。其实中华民族传统美德的核心也是超势利的，美好的人性都是超势利的，因而这些人物也成为真善美的化身。作者以此表达了对温暖人心的渴望，对美好人性的推赞，表现作者的理想人格，表现了作者的人生理想。从某种意义上来说，超势利是《聊斋志异》的主旋律，《聊斋志异》是一部倡扬超势利之书。蒲松龄超势利的理想追求，具有永恒的思想和艺术价值。

参考文献：

[1] 蒲松龄. 聊斋志异(铸雪斋抄本)[M].上海:上海古籍出版社,1979.

[2] 李汉秋.《儒林外史》的人生三境界——纪念吴敬梓三百一十年诞辰[J].文史知识,2011(11):56.

《聊斋志异》对浇薄世风的批判

《聊斋志异》是一部"孤愤"之书。作者愤世间种种不平,其中之一是愤世风日下、世态炎凉。明清之际,封建社会日趋没落,社会黑暗,道德沦丧,人情险恶。生活在社会下层的蒲松龄对这种污浊的世风有切肤之痛。他曾感叹"二十年来,习俗披靡",(《请禁巫风》)认为世间"华者多,朴者少,黠者多,醇者少"(《王村街公贺孙子游泮序》),"人情鬼蜮,所在皆然"(《聊斋·念秧》),"花面逢迎,世情似鬼"(《聊斋·罗刹海市》),借此表达对黑暗龌龊的人间世情的嘲讽。蒲松龄对人间这种世风极为愤恨,他想用自己的一支笔来改变这种世风。他曾应好友王八垓的要求,针对"世情之薄"写了《为人要则》,包括《正心》《立身》《劝善》《徙义》《急难》《救过》《重信》《轻利》《纳益》《远损》《释怨》《戒戏》等十二题,表达了他的做人准则及处理人际关系的主张。蒋瑞藻《小说考证拾遗》引《过日斋杂论》云:"蒲松龄因目击国初乱离时事,官玩民偷,风漓俗靡,思欲假借狐鬼,纂成一书,以纾孤愤而谂识者。"蒲箬等《祭父文》称此书"大抵皆愤抑无聊,借以抒劝善惩恶之心,非仅为谈谐调笑已也"。张元《柳泉蒲先生墓表》也认为此书"虽事涉荒幻,而断制谨严,要归于警发薄俗,而扶树道教……非漫作也"。由此可见,蒲松龄写作《聊斋志异》的目的之一是要劝人为善,匡正世俗人心。

一、《聊斋志异》揭露的种种恶劣世风

1.谄上欺下的势利之风

蒲松龄最痛恨社会上的势利之风。这种污浊之风在整个社会的上上下下、各个阶层、各个角落都存在。即使在《聊斋志异》里的仙界也存在。《凤仙》篇的异史氏曰:"嗟乎! 冷暖之态,仙凡固无殊哉!"《聊斋志异》有多篇文章描

写世间趋炎附势的浊风陋习和形形色色的势利行为，写活了众多的势利小人。这些人以看人的权势、财产、地位、身份来分别对待，表现出亲疏。对于有权势者、富者，千方百计去逢迎、巴结、谄媚、讨好；对无权无钱无势者、穷困者施以白眼。《聊斋志异》描写了两种环境中的趋炎附势行为：一是社会上的人与人之间的趋炎附势；二是家庭成员之间及亲属之间的趋炎附势。官场上的势利行为最严重，每个官府都是势利场，谄上表现为群体性，是百姓对官员的谄媚讨好，每个衙役都对官员谄媚、每个下级官员都对上级官员谄媚，他们的步调非常一致。《续黄粱》中写曾孝廉在黄粱美梦中发迹变泰，一跃而为当朝的曾太师。其仆从用尽吃奶的力气来为他效力，讨好他。他捻着胡须轻轻一喊，仆从答应之声如雷鸣一般。公卿巡抚们给他送来海外珍宝，多名漂亮歌女，这些官员在曾太师面前一个个躬身弯腰，毕恭毕敬，低声下气，成群结队在曾府出出进进，络绎不绝。曾太师更是一个谄上傲下的典型势利眼，在六部大臣前来时，他热情迎接；侍郎们前来，他作揖跟他们说话；对在此级别之下的官员，只是点点头；对百姓则视如犬马，巧取豪夺。作者通过这样一个小片断淋漓尽致地写出了官场的丑行，官场风气的败坏。下级官员和衙役对上级官员的谄媚带有作恶性，他们用帮助官员干坏事、为虎作伥的方式来谄媚上级官员。帮凶们的办事原则就是为送钱行贿者出力，维护民间欺压百姓的有钱有势者，官员通过走狗衙役对无权无势百姓进行疯狂的迫害、欺压。正如席方平（《席方平》）在冥府告状反受刑时的愤怒高喊："受笞允当，谁教我无钱也！"一针见血揭穿官府贪赃枉法的老底。世俗对官员权势者的谄媚，市井坊间的势利行为，主要表现为对官员及当地有权有势者谄媚，挖空心思变着法儿去讨好权势者。谄媚的方式多样，谄媚者的行为更为无耻。蒲松龄在《聊斋·潞令》中说："今有一官把篆于上，必有一二鄙流，风录而痔舐之。"一些势利小人使尽浑身解数来取得官员权贵的好感，在官员权贵面前表现出可鄙的奴才相。《鸽异》所附的第二个小故事，活画了灵隐寺僧世俗小人的丑恶嘴脸。僧人本是方外之人，本应看破红尘，六根清净，他却极端势利。他善于烹茶，但看人下菜碟。按来客身份地位的不同献上档次不同的茶。一次一贵官来寺，他极力奉承贵官，对贵官"伏谒甚恭"，再三献好茶，迫切想得到贵官的夸赞。"急不能待，鞠躬问曰：'茶何如？'"想不到贵官是个不懂茶道的糊涂虫，回答了一句"甚热"，答语驴唇不对马嘴。这个灵隐寺僧白白浪费了好茶，一系列讨好之举白费劲了，自讨没趣。

势利小人的谄媚行为有群发性，人人奋勇争先，谄媚权势者唯恐自己落后，行为更下贱。《金和尚》中所写势利之徒数量更多，附势的行为更是下贱至极，灵魂更为丑恶。此篇中的主人公金和尚是一个以非法手段暴富胡作非为无恶不作的佛门败类，他富甲一方，过着声色犬马、骄奢淫糜的生活，因有钱而势焰熏天。当地各色人等对他都卑躬屈膝，百般讨好，他的下人及当地村民有的称他"祖父"，有的称他"伯父""叔父"，甘心给他当干儿子干孙子。金和尚收养一子，中了举人，从前喊他"老爷"的人对他的称呼又升级了，改口喊"大老爷"。磕头的人都以手垂地行儿孙的礼节，地方官员也都来向他讨好，为他捧臭脚。金和尚死后，大小官吏的夫人都穿着华丽的衣裳到灵堂吊唁，冠盖车马把道路都塞满了，参加葬礼的人中，那些高级官员低头弯腰而入、叩头、起立，如同朝廷仪式一样；那些贡生、监生、主簿典史之类叩头时都双手着地。金和尚出殡时，一时倾国瞻仰，万头攒动。上自官员下自百姓，无数世人都拜倒在他的脚下。对这一披着袈裟已死的恶霸像对君父一般恭敬，令人作呕，非常可笑，使人情不自禁地联想起莎士比亚在《雅典的泰门》一剧中对金钱作用的描绘："……它可以使受诅咒的人得福，使生着白色癞疮的人为众人所敬爱。它可以使窃贼得到高爵显位，和元老分庭抗礼。它可以使鸡皮黄脸的寡妇重做新娘，即使她们的尊容会使那身染恶疮的人见了也呕吐！"使人无比深刻地感受到世情的恶薄！

在势利之风弥漫世间的每一个角落的情况下，厚富贱贫之风也浸入家庭之中，人情冷暖主要见于家庭成员及亲朋邻里之间。在无数家庭中上演了绞杀亲情、伤害亲人的闹剧丑剧。家庭中的势利行为是对亲情的伤害和毁灭。《聊斋志异》中有相当多的篇幅描写家庭中的趋炎附势行为。这些家庭内部无骨肉亲情，只有赤裸裸的利害关系，家庭中的亲疏关系完全由其成员在社会上的地位、财势决定。至亲骨肉之间有地位、财势者被捧为上等人，穷困潦倒者被，成为等外人。一个人如经历过两种不同的境遇，会受到前后两种不同的对待。家庭中的人情冷酷如铁，家庭中的趋炎附势行为给被歧视者造成极大的感情伤害，令人齿冷心寒。家庭中存在趋炎附势行为由来已久，《史记·苏秦列传》《汉书·朱买臣传》都有记载。《史记·苏秦列传》载，苏秦"大困"之日，"兄弟嫂妹妻妾皆窃笑之"。当其佩六国相印行过洛阳时，车骑辎重，疑于王者。

"苏秦之昆弟妻嫂侧目不敢仰视,俯伏侍取食。苏秦笑谓其嫂曰:'何前倨而后恭也?'嫂委蛇蒲服以面掩地而谢曰:'见季子位高金多也'。"《汉书·朱买臣传》载,朱买臣未遇时,"担束薪,行且诵书。其妻亦负载相随,数止买臣毋歌呕道中。买臣愈益疾歌,妻羞之,求去。……买臣不能留,即听去。"朱买臣后为会稽太守,回故乡,有众多人来逢迎讨好。苏秦发迹后曾发出感慨:"此一人之身,富贵则亲戚畏惧之,贫贱则轻易之,况众人乎!"道出世人的陋习。《聊斋志异》写家庭中的趋炎附势要比上述史书写得更深刻、更全面、更典型。《镜听》写了一个家庭中父母、儿子、儿媳之间的势利行为。叙益都有郑氏兄弟二人,皆文学士,其父母根据兄弟二人的科考得失决定亲疏,大郑早知名,得父母的偏爱,父母还把这种偏爱施于其妇。二郑落拓,受到父母的厌憎而被疏远,二郑之妻也受到鄙视。大郑二郑兄弟一起参加考试,本来二人同科考中,但因报子先报大郑考中,郑母便对同在厨房做饭的两个儿媳现出两副面孔,让大儿媳去休息,独留二儿媳在酷热中烙饼。父母对同样的亲生儿子态度如此悬殊,到了父母不以子为子的地步。二郑之妻受到公婆的厌恶,又把怒火发在科考不佳的二郑身上,不与之同床,对丈夫实行性惩罚。这一家庭中已无任何亲情可言了。《聊斋志异》所写的多篇翁婿关系的故事中,岳翁或其子女大都是势利眼,都冷眼歧视穷女婿,这是当时世情的典型反映。《凤仙》中所写的皮姓一家,是个狐狸家族,有三位千金。大姐八仙嫁于胡郎,二姐水仙嫁于"富川大贾"之子丁郎,三姐凤仙嫁给穷书生刘赤水。在三婿同聚庆祝皮翁寿诞的家宴上,皮翁对三个女婿厚薄不一。他把束埔寨进来的名贵水果只送到"靴袍炫美"的丁郎面前,来讨好这位有钱的女婿,怠慢贫寒的三女婿刘赤水。《宫梦弼》中的黄氏对女婿更为寡情绝义。黄氏在柳芳华家资雄厚时与其子柳和定亲,后来柳家败落,黄氏见衣衫褴褛的女婿上门,拒而不纳,不认这门亲事,并以五十金将女儿许给他人。后来黄家父母见婿家中兴,又以卑辞贱态来求其婿。作者以此对势利小人进行惩戒。

家庭中的势利小人最无耻最恶劣最令人作呕的行为是对弱势者的先欺后谄,欺压弱势者时最恶毒最嚣张,极尽嘲笑讽刺侮辱,用尽所有手段,无所不用其极,进行精神虐杀,恨不得将其踩进地缝而后快。当弱势者发迹、地位变化后,马上换上笑脸,极尽谄媚,令人作呕。

《胡四娘》中穷书生程孝思未考取功名时,他们夫妻二人就成了胡家诸兄、诸嫂及诸姊百般讪笑戏辱的对象。他们在戏弄嘲笑这对穷夫妻时是人人上阵个个争先,奴婢仆妇也参与其中,用尽各种手段招法取笑伤害这夫妻二人。"群公子鄙不与同食",不屑与之为伍。诸嫂、诸姊口出恶毒之言,对四娘"皆呼之'贵人'以嘲笑之"。二娘主仆还以程郎的前程打赌:"程郎如做贵官,当抉我眸子去!"胡公寿辰日,胡四娘夫妇无钱送寿礼,大嫂、二嫂借机一唱一和对他们进行恶意嘲讽,说他夫妇"两肩荷一口!"是来吃白食的。但在程郎科场高中的捷报传来时,众人立即换了另一种面孔,马上个个争先谄媚四娘夫妇:"申贺者,促坐者,寒暄者,喧杂满屋。耳有听,听四娘;目有视,视四娘;口有道,道四娘","争把盏酌四娘"。众嫂子、众姐妹把四娘围个水泄不通,人人胁肩谄笑,口诵贺词者有之,问寒问暖者有之,上前扶坐者有之。每人都唯恐对四娘的阿谀奉承不够力度,不到位不周全,完全忘记了此前自己是怎样一副嘴脸。俯仰之间,人情冷暖,世态炎凉,昭然若揭。作者把趋炎附势、厚颜无耻的市侩小人的丑恶嘴脸、丑恶灵魂写绝了,深入骨髓。冯镇峦评此篇说:"此篇写炎凉世态浅薄人情,写到十分,令人啼笑不得。"蒲松龄对胡家势利小人对程孝思夫妇前倨后恭的丑态进行最有力地鞭挞,对庸俗不堪的污浊世风表达了深恶痛绝之情,骂尽了天下所有厚颜无耻的小人。

2.丧心病狂侵害坑害诈骗他人的行为盛行

《聊斋志异》所反映的社会是恶人、坏人、小人横行的社会。这些人无法无天,仗势欺人,是无忌惮地行凶作恶,他们或为色杀人、害人。《红玉》中被免职在家的宋御史,见到冯生的美貌妻子卫氏,就派恶奴来冯家,殴死冯父,抢走卫氏,卫氏到宋家不从宋御史而死。《博兴女》中的某邑豪见博兴女貌美掠至家中逼奸,博兴女不从,被邑豪缢杀,沉于一深水塘中。《向杲》中的庄公子为抢夺一个想嫁给书生向晟的女子,竟唆使恶仆凶残地把向晟活活打死。《庚娘》中的江洋大盗王十八,见庚娘有美色,就杀了庚娘的丈夫和公婆,霸占庚娘。恶人赤裸裸地使用暴力作恶,害人成为社会风气,在这个社会中人人都生活在恐怖中。还有卑劣歹毒的小人费尽心机无端坑害他人或因小隙而杀人。《商三官》中的士人商士禹因酒醉戏谑,触怒了邑中富豪,竟被富豪指使家奴乱捶而死。《辛十四娘》中冯生因嘲笑过官员之子的同学楚公子的诗文,被其记恨、灌醉,诬告冯生逼奸楚家的丫鬟不遂而杀害了丫鬟,官府把冯生抓入牢狱,判其绞刑。还有的恶人为财为利而害人,《金陵乙》中金陵卖酒人某乙,为赚钱,往酒里注水还放对人身体有害的毒物。《陈锡久》中的陈锡久因为家里穷,岳父就想拆散其家庭,将女另嫁富家,其女不从,他就诬陷其婿为盗,使官府将其关入大牢。其岳父害的是亲人,就因为贪财而害人,真是歹毒至极。还有的坏人无端害人。《仇大娘》中一个处心积虑以邻为壑的歹毒小人魏名,千方百计坑害邻居,对仇家干的坏事有:造谣中伤,挑拨分家,诱福赌钱,告姜闹事,召仇大娘,诱禄入园,买盗诬陷等,可以说是旧社会里十八般武器都搬出来了,害人竭尽全力,其心理是何等阴暗恶毒!《聊斋志异》中还写了很多骗子设局骗人,骗子层出不穷,骗人的花样翻新,处处是陷阱,使人防不胜防。《念秧》写诸生王子巽被一伙相互串通好的骗子欺骗,骗走了他的全部行装和金钱。他们的骗术极为狡猾、卑鄙,一局不行又易一局,一定要使对方上当,把钱财骗到手。在《局诈》中的骗子手们更是胆大包天,《局诈》之一中的一伙人有的充当行贿的介绍人,有的冒充公主的府中人,还有乔装打扮为公主的。受害人被骗走千金。《局诈》之二中的另一伙人行骗更为大胆,所冒充的人物进一步升级。有的伪装成"天子近侍",有的化装为天子卫士。尤其出人意料的是,他们还捧出"天子"对某将军封官许愿,骗了上当者近万金。作者写尽了诈骗之徒的狡诈、虚伪、无耻,反映了封建社会旅途艰险的世情。

蒲松龄对恶劣世风揭露的深刻之处是:当时社会中害人的不仅是恶人坏人,一些特定环境下的普通人出于自私,为保全自己也会害人。《孙必振》篇批判了人际关系中极端自私的行为,写一群渡江人危难中害他人之命保己命,结果适得其反害了己命。这群人乘船渡江,遇上雷雨大风,众人看到一金甲神的牌子上写着"孙必振"三字,就揣测孙必振"有犯天谴",便将孙必振推置一小船,不管其死活,任他被雷劈浪打,完全没有一丝一毫的同舟共济之念。结果孙必振在小船上安然无恙,众人乘的大船却翻沉江中,船上人全部落水身亡。作者让违背人的社会规范者受此惩罚,呼唤同舟共济的美德。揭露和谴责了世间普遍存在的以牺牲他人为代价来保全自己的卑俗心态。上述种种害人、坑人、骗人的行为遍地出现、时时上演,社会中时时有杀机、处处有陷阱。人间恶在无限膨胀,人人生活在危险之中。蒲松龄通过这些行为写出了世情的险恶。

3.不择手段疯狂追逐钱财之风

《聊斋志异》中整个社会处处弥漫追逐金钱之风,达到疯狂的程度,为搜刮掠夺钱财不顾杀生害命,无所不用其极。追逐金钱是势利行为的一种极端形式,官府主要通过贪赃枉法逐利,残害无辜百姓发财,《续黄粱》中的曾某当宰相后,大肆卖官鬻爵,贪赃枉法霸占田产,搜刮金银财宝。无数次贪赃受贿,搜刮民财,被抄家时从家中抄出:金银钱钞有"数百万,珍珠翡翠、玛瑙宝玉有数百斛。幄幕、帐帘、床榻之属,有数千件"。《梦狼》中知县白甲的衙门里,"蠹役满堂,纳贿关说者中夜不绝"。《梅女》篇讲人盗梅家的小偷被抓住送到官府,官府审案的典史收了小偷三百铜钱,就说这个深夜逾墙入室的人不是小偷,是梅女的情人。梅女受到极大污辱,气愤地上吊死了,梅家夫妇也相继死去。这个嗜钱如命的典史为了区区三百钱,就污人清白,害死无辜少女及其父母三人性命。阴间妓院的老鸨,对典史破口大骂:"你本是浙江一个无赖,拿钱买了个典史小官,都不知道自己姓什么了,你做官有什么清白?那个人袖筒有三百铜钱,你就当他是你亲爹了。"直指时弊的痛骂可谓酣畅淋漓一针见血!这揭其老底一针见血的骂语,道出了蒲松龄的心声。《席方平》中冥间的城隍、郡司、冥王的所有官员衙役因得到羊姓地主行贿的钱,将无辜的席廉抓到阴间监狱百般拷打。席方平去阴间说理,因没钱行贿,受到种种酷刑折磨。民间的势利小人也千方百计绞尽脑汁去追逐金钱利益,他们没权没势去巧取豪夺,就不顾脸面,通过趋炎附势来求利,见到有钱有势者就去献媚,像苍蝇见血一样都叮上去,以便讨到好处。《金和尚》中无数势利小人争先恐后去给冒牌和尚去当儿子、孙子,无非想捞些好处,为利使然。那无数的大大小小各种骗子,千方百计行骗更是为了骗取更多的钱财。不顾一切谋取钱财成为时代风潮。上述这些贪官恶人对钱财追逐掠夺犯下了滔天罪恶,造成了人间无数的悲剧。

4.嗜财如命、极端自私吝啬、不讲亲情的恶俗

"人为财死,鸟为食亡""人不为己,天诛地灭"是封建社会很多人信奉的人生哲学,致使社会中丧失伦理道德。蒲松龄对世间的极端自私、嗜财如命、损人利己的行为也是给予猛烈的批判。他在《聊斋志异》中让有这些行为、品性的人受到严厉惩罚,得到报应,以这种方式对这种世风进行抨击鞭挞。《二商》篇批判了守财如命为了钱财不顾手足亲情的寡情绝义的行为。篇中写大商二商是隔墙而居的一对亲兄弟,兄富而弟贫。时值荒年,二商让其子到大商家去借贷,大商断然拒绝,大商妻云:"兄弟析居,有饭各食,谁复能相顾也。"

把无情无义之举说得理直气壮,真是心硬如铁。大商家遭盗时,邻人恨其吝,无人去救,二商念及兄弟之情,于危难中搭救了他们。但大商及妇不念救命之恩,在二商家断炊时也不予接济,无情无义到了极点。二商迫于穷困不得不将房产典卖给大商,大商为扩大房宅就接受了。村中的歹徒见二商搬走,前往大商家将其捆住毒打,抢光了大商家的钱财、粮食。大商"昏愦不能语","汗羞而死"。作者安排这种结局,以此劝诫世人。世间的贪财者为了财产不仅丧失道德还丧失了人性。《单父宰》写了青州一家庭中为财而残害亲人之事。此家中的老父续弦娶个年轻妇女,他的两个儿子怕他再生出孩子使自己将来少分家产,竟趁其酒醉之时将其阉割,致其父于死命,最后二子被官府处决。作者以调侃的笔墨写其阉父的极端行为,揭示了当时家庭中子女害怕减少自己应分家产的普遍心态。《祝翁》从侧面反映了亲情沦丧问题。篇中老翁死而复苏,谓媪曰:"我适去,拼不复还。行数里,转思抛汝一副老皮骨在儿辈手,寒热仰人,亦无复生趣,不如从我去。故复归,欲偕尔同行也。"尔后翁媪并卧,双双而逝。作品以浪漫的手法讲述一个沉痛的发人深省的故事。老人死而复活后没有和子女说一句话,就对老伴讲了死后的担心,提出一个要求:与老伴同死! 理由是:唯恐其孤身落儿辈手,"寒热仰人","无复生趣",是怕自己死了以后她在子女手下日子不好过。祝翁用手捶床,让老伴同死的态度非常坚决。宁可让老伴死,也不愿落在子孙手中。篇中虽然没写孤独老人的凄凉晚景,没写不孝儿孙的恶劣行径,但这些是显而易见的,说到底是重钱财、弃亲情,把老人视为累赘,不愿提供衣食。作者此篇进行了高度的艺术概括,通过描述一个翁媪同逝的奇特场面,囊括了多少家庭儿女不孝、爷娘辛酸! 是对这种世风一种强烈嘲讽。《种梨》篇的异史氏曰:"每见乡中称素封者,良朋乞米则怫然,且计曰:'是数日之资也。'或劝济一危难,饭一茕独,则又忿然计曰:'此十人、五人之食也。'甚而父子兄弟,较尽锱铢。及至淫博迷心,则倾囊不吝;刀锯临颈,则赎命不遑。诸如此类,正不胜道。""父子兄弟,较尽锱铢",父子兄弟间只有赤裸裸的利益关系,亲情已荡然无存。作者表达了对卑劣世情的极端愤恨。

5.恩将仇报的险恶世情

中国传统道德一直提倡"有恩必报",但社会中由于人性的卑劣,常常出现忘恩负义、恩将仇报的行为,这更增加了世情的险恶。蒲松龄对世间的忘恩负义的行为甚为愤恨,在多篇文章中谴责了这种禽兽行为。《云翠仙》中的无赖之徒梁有才,用卑劣手段追求美貌仙女云翠仙,向云母指天发誓表示要善待云翠仙,在这种情况下云母许婚。云翠仙嫁梁有才后,给梁家带来大量家财,使梁有才坐享温饱,再不用去当小贩。但梁有才不讲信义,不感云翠仙之恩。为获赌资向云翠仙大吵大闹,不仅盗取云翠仙的簪珥去卖,而且丧失人性,要将云翠仙卖到娼门为妓。云翠仙巧妙地摆脱骗局后,设计严惩了这个负心贼,斥骂其负义的罪恶行径,让他承受众女婢簪子剪刀的猛刺,将其遗弃在绝壁危崖之上,梁有才最后沦落为丐,因杀人被捕下狱,落个瘐死狱中的可悲下场。《武孝廉》中的石某忘恩负义,恩将仇报,其手段更为恶劣。石某赴京途中得暴病呕血不止,资金全部被盗,在濒临死亡之际,一狐妇送他奇药,使他起死回生。狐妇向石某求婚,石某欣然答应。狐妇婚后,用自己的积蓄供他到京城求官。石某在病好之后,膝行而前,发誓要敬狐妇为母。可是石某得官后,就嫌弃狐妇年龄大,弃狐妇而另娶,狐妇闻知此事后前去质问石某,石某先是叮嘱门人不要将狐妇放进来。狐妇进来后,石某跪地求饶。但不久,石某凶相毕露,要将醉卧席间现了原形的狐妇一刀杀死。狐妇此时醒来痛骂石某是个毒蛇行径豺狼心肠的人,用法术将石某吃下的丸药吸出,石某旧病复发,半年后死去。石某的恶行得到恶报。

二、对卑劣人性的批判

《聊斋志异》通过对社会多方面人际关系的描写,揭示了浅薄的人情,衰颓的世风,使人感到现实世界如鬼域一般的阴冷。他还通过对世情的描写,反映了封建社会没落时代人们精神的霉变,展示了整个时代人们精神崩溃的状况,揭示了民族心理的劣质,批判了丑恶的人性。是不良的世风形成了丑恶的人性,同时丑恶的人性进一步毒化了丑恶的世风。蒲松龄鞭挞了以下几方面的卑劣人性。

1.心灵卑污,无情无义

《聊斋志异》中势利小人的处世原则都是唯利是图, 认权认势认钱不认人,毫无情义可言。《宫梦弼》中的柳家在有钱时有百余宾客来巴结,他们中十有八九都欠柳家的钱。当柳家败落,柳和向这些旧客求助时,这些人都是铁石心肠,装傻放赖,柳和"竟二十余日,不能致一文"。当年柳芳华为人慷慨大方,非常信任前来借钱的各位宾客,对借钱人不收借据。可是这些借钱的宾客在柳家贫困后,拒不还钱,柳家陷入冻饿之中,这些人无动于衷,无一人问及。良心丧尽。这些所谓的宾朋如鸟兽散,像啃光一片庄稼的大群蝗虫,飞走了,无影无踪,杳无音信。世情之薄、人性之劣到了极点。就此,蒲松龄感慨地说"令人愤气杜门,不欲复交一客"。这种世风可谓是奇寒如冰。蒲松龄在此篇末"异史氏曰"中对这种卑劣的人性表示极大的愤慨。《二商》篇中的大商对其弟毫无兄弟情义,对救过他命的生活无着的弟弟拒不周济,最后死于非命。表现了作者对其丑恶人性的憎恨。《宫梦弼》中的黄氏见到定亲的柳家贫困后,立即反目,宣称不拿出一百两银子就断绝关系,将钱视作生命,后来受到其婿柳和的多番羞辱。一些身受他人大恩的势利小人,在他们要实现新的欲望时,就不念旧情,恩将仇报,把自己的恩人推入火坑或置于死地。他们都丧尽天良,做事绝情绝义。《云翠仙》中的梁有才以狡诈手段求得美貌的仙女云翠仙为妻,云翠仙的娘家给梁有才丰厚的资助,结婚的第二天"有男女数辈,各携服食器,布一室满之",使生活贫苦的梁有才过上富裕生活。但游手好赌的梁有才为了过赌瘾,要将云翠仙卖入娼门。在他眼中,只要有利可图,就可以无所不为,什么为人道德,夫妻关系,都可以弃之如敝履。其行为不如禽兽。《武孝廉》篇中的狐妇用奇药救了石某的命,出钱让他到京城求官,他得官后弃狐妇另娶,随后忘恩负义行为愈来愈变本加厉。狐妇找上门来,他竟然伤天害理地企图将狐妇一刀杀死,心肠歹毒至极。蒲松龄让故事中的人物对恩将仇报的负义行为、丑恶的人性进行抨击痛骂。云翠仙怒骂梁有才"鬻妻子已大恶,犹未便是剧,何忍以同衾人赚作娼!"狐妇怒骂石某"虺蝮之行,而豺狼之心,必不可以久居!"蒲松龄给他们安排的结局是:梁有才沦为乞丐,瘐死狱中;石某旧病复发而亡。表现了作者对这种丑恶人性的愤恨《蛇人》的异史氏曰:"独怪俨然而人也者,以十年把臂之交,数世蒙恩之主,辄思下井复投石焉;又不然,则药石相投,悍然不顾,且怒而仇焉者,亦羞此蛇也已。"猛烈地批判了恩将仇报之恶。

2.自轻自贱,毫无廉耻

《聊斋志异》中的势利小人为了能得到好处,不惜出卖个人的一切,他们没有任何道德感,没有人的尊严,对有权有势有钱者极力逢迎,低三下四,仰人鼻息。有权有势有钱者就是他们的爹和娘,他们像逐臭的苍蝇,为讨好有势有钱者,什么下贱的事都能干得出来,简直不把自己当人。他们的脸皮太厚,巴结人巴结得太下流,拍马屁拍得太直接、太响,像摇尾巴的巴儿狗一样在权势者周围乱转。《金和尚》中的势利者对金和尚这一恶霸淫棍称"爷"、称"祖"或"伯、叔",金和尚死后吊唁者中地方官"伛偻"入拜,贡监簿吏"据地以叩",摧眉折腰,寡廉鲜耻,表现出最丑恶的人性。这种势利小人有高超的"变脸"之术。他们对贫贱者鄙视戏弄,当贫贱者改变地位时,马上卑躬屈膝装孙子。《胡四娘》中的胡大郎在妹夫妹妹贫贱时一直嘲弄挖苦,妹夫取得功名做官后,立即百般讨好奉承。他因二弟"以人命被逮"一案,万里赴京求妹,他一见四娘"便五体投地,泣述所来",无耻到极点。

3.为人冷酷,欺人为乐

《聊斋志异》中的势利小人大多心理扭曲、畸形,他们没有起码的恻隐之心。他们对上、对权势者柔媚、讨好,对下对贫贱者鄙视、讪笑。他们常常把这种谄上欺下的行为施之于家中的亲人、家属,以伤害他人为乐趣,心理变态,是十足的冷血动物。《胡四娘》中的贫寒书生程孝思入赘富户胡家,群公子不屑与他同食,奴仆也投以揶揄,丫鬟仆妇也常常嘲弄他。诸公子狗眼看人低,他们料定程生永远不能发迹,百般戏耍他。在程生读书时诸公子对其讥笑羞辱,程生不理睬他们,诸公子又在他身边敲锣击鼓,扰嚷不止,来阻止他读书。这群小人简直像一群癞皮狗。胡家的女子也喜欢以欺人为乐,四娘的婢女桂儿见四娘受到诸姐妹的挖苦嘲笑时为其抱不平,惹恼了胡二姐,胡二姐大打出手,对其又打又骂。后来程生发迹,众姊妹对胡四娘又千般巴结万般奉承。作者在不动声色的叙述中对这种丑恶人性进行辛辣的讽刺。

4.丧尽天良,灭绝人性

《聊斋志异》中的种种恶行者都是冷血动物,蛇蝎心肠。道德、人伦完全丧失,害人时没有一点恻隐之心。一些兽类都不轻易伤害同类,他们是连禽兽都不如。恶霸地主南三复,为了满足自己色欲,玩弄了少女窦氏,就狠心将其抛弃,让自己的亲生儿子活活冻死。表现出极端的自私、残忍、冷酷和无耻,没有一丝一毫的人性,其恶行令人发指。一些恶人害人的恶欲疯狂膨胀,恶霸地主羊某仅因与席家有隙,羊死后贿嘱冥吏掠生命垂危的席廉使其遍身赤肿,呼号而死。他害了老子接着害席家的儿子,使其在阴间不断受酷刑。阴间的冥王因受了羊某的贿赂,就让席方平受火床之刑,在烧得通红的铁床上把席方平烙得全身冒青烟,还让他受锯解之刑,用大锯从头顶锯开,把身体一分为二。酷刑惨绝人寰,折磨一个大孝无辜的申冤者,竟然心安理得。为贪赃而枉法、为谋财而害命,对无辜者用尽极酷毒刑万般折磨不手软——作者借灌口二郎的判词指斥冥官"惟受赃而枉法,真人面而兽心"。《梅女》中的典史仅仅贪图区区三百钱的贿赂,就害死了十六岁如花似玉的少女及其父母三条人命。《单父宰》中两个禽兽不如的恶子,为防止后母生弟弟分家产,就像骗牛马一样把其父给骗了,致使其父死亡。人性之恶无限膨胀造成人世之恶。那些忘恩负义恩将仇报者更是丧尽天良,人性恶到极致。

蒲松龄有透视人物灵魂的慧眼,把封建社会中人与人的关系看得无比透彻,通过奇异的故事,描绘了封建社会末世的人性百态图,成为封建社会人情世态的一面镜子。他对势利小人的行径、污浊的世风进行嘲笑怒骂,反映了人民的情感,起到警发薄俗的作用。

《聊斋志异》中的感戴之情

情是文学作品的灵魂，《聊斋志异》是一部主情的厚重之作，借狐鬼花妖描绘人生，来写世间之情，《聊斋志异》近五百篇作品，大多是感时伤世之作，作者执着于情，是写情圣手，展示了人间无比丰富的情感世界，其中有亲情、友情、乡情、爱情、恋情、闺情、离情、欢情、悲情、怨情……在所有情感中作者用笔最多写得最深挚的是感戴之情，把感戴之情作为人间最美的情感来描写。感戴之情是《聊斋志异》感情世界的主旋律。

一

感戴之情是一个人受他人恩惠心生感激、力求回报的情感，是通过语言、表情、礼仪、回报行为所表现出来的感情。感戴之情是人类情感中最基本的几种情感模式之一，是人的一种感应本能，是人性的一种普遍反映，是人的良心的反映。在中国文学史上，感戴之情不断被描写与歌颂，《诗经·蓼莪》深情倾诉父母哺育子女的辛劳，抒发了感恩无限的深挚情感，孟郊《游子吟》中的"谁言寸草心，报得三春晖"，把游子报答母亲关怀挚爱之恩表达得更是深切。古代各种小说都有无数个故事歌颂知恩图报者，伟大小说《红楼梦》开篇的还泪神话，把绛珠仙草对神瑛侍者的感戴之情，作为宝黛爱情故事的前世宿因，使感戴之情带上了神圣性。相比较而言，蒲松龄对感戴之情的肯定、歌颂、倡扬的程度超过了以往的所有作家、所有作品，是古代作家中极力倡导感戴之情的第一人。

蒲松龄在《聊斋志异》中多次直接大声疾呼，推崇、倡导感戴之情。他认为，知恩图报是人之为人所必须具备的情感，是人的一种责任，小恩重报是高尚的行为。《小梅》篇异史氏曰："死友而不忍忘，感恩而思所报，独何人哉！"《褚生》篇异氏史曰："未以身报师，先以魂报友，其志其行，可贯日月，岂以其鬼故奇之与！"《丁前溪》篇异史氏曰："然一饭之德不忘,丁其有焉。"《田七郎》篇异史氏曰："一钱不轻受,正其一饭不忘者也。贤哉母乎！"蒲松龄把知恩图报视为义的表现,把感恩救主的狗称为"义犬",他提出有无感恩之情是区别人与禽兽的分界线,人如果没有感恩之情还不如野兽,不如木石。《小翠》篇异史氏曰："一狐也,以无心之德,而犹思所报。"《蛇人》篇异史氏曰："蛇,蠢然一物耳,乃恋恋有故人意。"《花姑子》篇异史氏曰："蒙恩衔结,至于没齿,则人有惭于禽兽矣！"在《义犬》第二篇中发议论："呜呼！一犬也,而报如是。"《橘树》篇异史氏曰,受女孩喜爱的橘树,"其实也似感恩,其华也似伤离,物犹如此,而况人乎？"《石虚清》篇异史氏曰："卒之石与人相始终,谁谓石无情哉？古语云:'士为知己者死',非过也！石犹如此,何况于人！"蒲松龄称颂通人性的禽兽都知道报恩,强调人知恩图报应是天经地义的。

《聊斋志异》中对感戴之情的描写有以下几个特点:

1.感戴之情的广泛性

蒲松龄的笔下,在人间幻域相融、幽明相间的时空中,神鬼精怪,人间的男男女女,山间的飞禽走兽,都发生了广泛的交往,产生无数的恩恩怨怨。由于施恩与报恩的行为存在,出现了多种类别的感戴关系。(1)有人对人的感戴:乔生感戴连城的知己之情(《连城》),阿宝感恩孙子楚的痴爱之情(《阿宝》),田七郎感戴武承体的接济、救助之恩(《田七郎》);(2)有人对神仙的感戴:米生感戴神女的赠珠花银两之恩(《神女》),鱼客感激江汉神女竹青的相助与救命之恩(《竹青》);(3)有人对鬼的感戴:陶生感戴女鬼秋容小谢的救助之恩,救二女鬼还阳(《小谢》),鬼魂宋生在学业上帮助王平子,王平子感动得流泪(《司文郎》);(4)有人对精怪的感戴:傅廉不忘狐女华姑治愈"天阉"之疾之恩,发誓"非华氏不娶"(《巧娘》),冯生感激其狐妻辛十四娘为己免祸,在辛十四娘病重时,侍之如父母(《辛十四娘》);(5)有鬼对鬼的感戴:顾生感戴乔生照顾自己家小之恩,助殉情而死的乔生还阳(《连城》),女鬼薛慰娘感戴李洪都的庇护,免受野鬼欺凌,认李为义父,精心侍奉(《薛慰娘》);(6)有神对人的感戴:土地神王六郎感戴许姓渔人在自己为鬼时以酒招待,会面临别时化作清风相送(《王六郎》),天庭雷神感戴乐云鹤的一饭之恩,在乐云鹤临陷覆舟之难时救了乐云鹤一命(《雷曹》);(7)有鬼对人的恩戴:女鬼宦娘感激温如春对己的钟情,促成温如春与良工的美满婚姻(《宦娘》),褚生感激陈生资助学费,将己之魂附陈生身体上,助其乡试中举(《褚生》);(8)有精怪对人的恩戴:猪婆龙不忘陈生的敷药放生之恩,嫁女为陈生之妻(《西湖主》),獐精感戴安幼舆放生之恩,父女坏道将被蛇精害死的安幼舆救活(《花姑子》),狐女小翠的母亲在王家躲过雷霆之劫,小翠下嫁王家傻公子,为其家去祸免灾(《小翠》);(9)动物(原生状态)对人的感戴:粤中大象在处境危险情况下,求助猎人除去天敌,为报答猎人,向猎人赠送脱牙(《大象》),周村贾某从屠夫手中救一犬,后来犬报恩救出被强盗捆缚抛到江中的周某,捉住强盗,找到失金(《义犬》);(10)有动物对动物的感戴:居天津某寺的鹳鸟夫妇请来大鸟击杀大蛇后,用脉脉不舍的送别来表深切的感戴之情(《禽侠》),东郡某甲所驯养的蛇小青,生活中得到二青的爱护照顾,在二青离去时,小青表露依依惜别之情(《蛇人》)。

《聊斋志异》中大多数的人鬼妖狐、物精禽兽都怀有一颗感恩之心。蒲松龄通过这些种感戴关系,写出无比丰富的感戴之情,形成感戴之情的情网。尽管感戴之情在各篇所占的分量不同,但从总体上看可以说感戴之情充溢全书,感戴之情在各类形象身上几乎无所不在。

2.感戴之情的层次性

《聊斋志异》中的受恩者所受之恩各种各样,有大有小,大恩有救命之恩,小恩有一饭之恩;既有物质上的救助,也有精神上的知遇。受恩者的感戴程度也有所不同。《聊斋志异》所描写的感戴之情表现出层次性,受恩必报之情是感戴之情的一般层次。书中的受恩者感戴之情都是真挚的,都牢记别人的恩情,都时时想回报恩人。无论是一钱之助、一饭之恩、一难之解都牢记在心,《褚遂良》中的狐仙对赵某说:"(君)曾有恩于妾家,每铭心欲一图报。"《雷曹》中的夏平子对乐云鹤说:"君之惠好,在中不忘。"《聊斋志异》中的受恩者都是小恩大报。《丁前溪》中的侠义之士丁前溪外出遇雨宿于杨家受到热情食宿招待,在杨家有难时,他送给杨家大量的粮食布匹。《刘全》中的绿衣人及刘全因兽医侯某曾向前者赠水,为后者清除头上的鸟粪之污,这两位城隍小吏感念不已,使其在阴间免受冤屈,助其还阳。这种一般层次的感戴之情,都是饱含真善美之情。报知己之情是感戴之情的最高层次。知己之情是一个人的价值被他人看重、肯定、赏识所引发的由衷回报之情,对被知遇者是一种精神上的恩惠。《聊斋志异》中将被知遇视为至高无上的恩惠。这种感戴之情更强烈、更持久、更炽热,对于知己的感激,不是一般性的感激,对于知己的报答,不是一般性的报答,是把自己的一切直至生命交给对方,"直教生死相许",对知己的回报是终生的回报,对知己有一种宗教般的情感。《阿宝》中的阿宝被孙子楚的痴爱所感,不顾孙家贫困,坚决嫁给他。孙子楚病死后,阿宝绝食身亡,以死相从。《连城》中的乔生为报知己可以割膺肉,可以与知己同死共生,报知己者把献出生命作为报恩的最高形式。蒲松龄盛赞报知己的感戴之情。把报知己之情作为爱情的基础,增加了爱情的深度,歌颂了最理想的爱情,把报知己作为友情的基础,歌颂共生死的友情,把报知己之情赋予动物或无生命之物身上,歌颂最美的真情。

《聊斋志异》中被感戴者与感戴者双方的关系,不仅仅是一方感戴另一方,在受恩方向施恩方表示感戴之情时,往往回报大于施予,受感戴方被回报深情所感动,回应对方,感激对方,情因情生,形成相互感戴之情,双方中这种感戴之情一方不断表达,一方不断回馈,使这种双向性的感戴之情不断升华。《娇娜》中孔生感戴皇甫公子收留之恩和娇娜为之治疮之恩,在皇甫一家有雷霆之劫时拼出性命报答,娇娜感其报答情义,献出至宝红丸救治孔生性命。《连城》中乔生感戴连城知己之情,为连城割膺肉,追随连城到阴间,连城感其真情,在阴间以鬼身相报。但明伦评曰:"生以肉报,女以魂报;一报于生前,一报于死后;一报于将死之际,一报于将生之前。是真可以同生,可以同死,可以生而复死,可以死而复生。只此一情,可以充塞天地,感深知己。"盛赞二人报知己高尚之情,同时也说明了二人相互感戴的特点。感戴方与被感戴方相互感戴在《聊斋志异》中非常普遍。《侠女》中的侠女感激顾生的周济,入顾家操持家务,顾生感激侠女的劳作之恩对侠女"伏拜之"。即使人与动物间也存在相互感戴关系。《蛇人》中的耍蛇人对蛇精心饲养爱护,蛇二青感其情,在大青死后,二青给蛇人领回小青。耍蛇人因蛇获利,对蛇也充满感激之情,二青长大不宜表演时,蛇人"饲以美饵,祝而纵之",放归山林,人蛇相互感戴之情极深。这种相互感戴之情,实际上是以善感善,以善生善,更强化了感戴之情的美好。

二

蒲松龄用洞悉人物心灵之笔来写情,展现在人们面前的是感戴之情的海洋,洋面上有时水平如镜,有时巨浪滔天,有时细浪如雪,气象万千,丰富多彩。作者在表现感戴之情时，不是单线式描写，而是因人、因事、因情境、因性格的不同，写出感戴之情的不同，因情感主体的感情发展脉络的不同，写出感戴之情的不同。在表现感戴之情时写出感戴之情的起落、延续、转折、高潮，写出这种情感的不同浓度、不同深度、不同色调、不同类型。

《聊斋志异》感戴之情的类型主要有以下几种。

1.热切型

这类感戴之情主要表现在以爱来报恩的人物身上。《阿英》中由鹦鹉幻化的少女阿英，早年得到甘钰之父的喂养，甘父戏言以鹦鹉为甘钰之妻，阿英不忘甘父饲养之恩，不以婚约之事为戏言，多次上门去找甘氏兄弟要求践婚约，终于与甘钰结为伉俪。《鲁公女》中已为鬼身的鲁公女，感激张生对自己的钟情，出现在挑灯夜读的张生面前，热切地说道："感君之情，不能自己，遂不避私奔之嫌。"她为感激张生，献爱不避任何嫌疑，两人夜夜欢好。她还表示要投生人间，在人间与张生做夫妻，张生说届时自己行将就木，鲁公女表示："愿为奴婢以报。"上述二女的感戴之情热切真挚，是一种火辣辣的感戴之情，炽诚感人，动人心魄。

2.持久型

感恩者在感恩对象不在人世时，而感戴之情仍未消失，报以施恩者的后人或转世之人。《小梅》中的东山狐仙与某人有"一夕之好"，二十多年一直感念其情，其人已死，仍不忘怀。其子有难，她不忍故去的情人为饿鬼，而求人救其子，以报一夕恩爱之情。感戴对象已死而不忘情，可见极重报恩之情。《褚遂良》中的一狐仙曾受过褚遂良之恩，当时想报恩却没有找到褚遂良，一直找了近千年，到清朝年间，找到褚遂良的后身——贫困又生重病的赵某。狐仙为赵某治好重病，嫁其为妻，送其财物，最后带其飞升成仙。感戴之情延续千年，堪称为报恩之情圣。

3.深沉型

感戴者受人恩惠后通过某种方式默默报答对方，当时被感戴者并不知情，感戴者在与被感戴者最后告别时才说出报答之事。《宦娘》中的女鬼宦娘为报温如春的"眷顾之情"，在冥冥中煞费苦心奔波劳累，用鬼术化传《惜余春》词，暗中阻挠刘公子向葛家求婚，让温如春家的菊花变绿，终于促成了温如春与葛良工的美满婚姻，她与温生告别时才说明原委，这种默默表达的感戴之情更为可贵。《司文郎》中的鬼魂宋生，多次受到王平子的水饺招待，为报此情，他不断默默地在一个角落里用水饺培育出能增长小儿智慧的灵菌，在宋生为神上任之时,将灵菌所在及如何作药之事告诉王平子,将灵菌送给王平子将来的儿子吃,增长其智,后果然如此。宋生为王生的后代着想,默默地为其造福,感戴之情极其深挚。

4.虔敬型

感戴者通过某种庄严的仪式礼节来表达极端敬意,以此来表达一种虔诚的感戴之情。《辛十四娘》中的冯生,因狐妻辛十四娘为之解除牢狱之灾、杀身之祸,用超规格的礼节、极恭敬的行为表达感戴之情,辛十四娘欲别时,冯生"泣伏不起";辛十四娘使自己的容貌迅速变黑变老,冯生依然"敬之,终不替";辛十四娘得暴病,绝食卧床不起时,冯生"侍汤药,如奉父母"。冯生以对待父母的礼节来对待妻子,表达了对狐妻的超常感戴之情。《绚针》中的少女绚针对恩人夏氏的救己行为"益感泣,愿以母事",对恩人的丈夫"急下拜,呼以父",以认父母的敬重方式表露由衷的感戴之情。《竹青》中的鱼客怀念在阴间有恩于己的乌鸦妻子竹青,一再设食,两次祈祷乌鸦妻子能前来相见,可见感戴之情的厚重。

5.豪爽豪壮型

性格豪爽者的报恩行为慷慨豪爽豪壮,报恩之情中有豪爽豪壮之气。《大力将军》中的吴六一早年穷困时受到查伊磺资助,升为将军后感戴之情一直铭刻在心。找到恩人时,郑重换朝服,命数人把恩人按在座位上,接受他的朝拜君父般的大礼,然后闭关下锁,把恩人"软禁"起来,硬性地把自己的一半家产送给恩人。恩人不受,就差人把财产直接送到恩人家中。这种强迫对方接受自己报恩的超常奇异行为,真可谓豪气冲天,表达了极强的报恩诚意。蒲松龄盛赞其行为:"将军之报,其慷慨豪爽,尤千古所仅见。"吴六一是对恩人报财的豪爽,孔生(《娇娜》)则是报命的慷慨豪壮,在恩人一家有灭顶之灾向他求助时,他明知有生命危险,但慷慨应允,誓共生死,仗剑于门,面对山崩地裂,轰雷击顶,毫不动摇,挥剑斗鬼,从鬼物之手中救下娇娜,而自己献出生命。报恩之举惊天地,泣鬼神,报恩豪情,气壮山河。

6.外冷内热型

受恩者将感激之情存之于心,而不假以辞色,感情内敛,貌似无情,但用行动表达火一般的报恩之情。生活贫困的侠女(《侠女》)得顾生周济之后"略不置齿颊",不说感谢的话,一副冷冰冰的样子,但她进入顾家,尽少女所能,为顾家辛勤劳作,为顾母隐处洗疮,不顾不婚而孕的恶名,为顾家生一子,厚报顾家之恩,她外表是冷的,心肠是热的。田七郎(《田七郎》)也是一个深沉冷峻的人。在他因人命官司入狱被武承休救出后,并不言谢,武家遭祸后,他并不去吊问,与武家疏远,武承休派人去找他,他不见踪影,武承休内心责怪他无情义。实际上感戴之情一直燃烧在田七郎的内心,他先杀了武家的恶仆,又进入县衙,杀死与武承休有杀叔之仇的恶豪和县令,然后自杀而死。他的感戴之情在为友杀仇的行为中喷发出来。侠女以身报恩,田七郎以命报恩,这种深藏于心的感戴之情更为炽热,他们都是遵循大恩不言谢的原则,是侠者感恩的情怀。

7.瞬间爆发型

一些感恩者在特定的环境中对恩主为己付出的牺牲、为恩主救己的行为所激发,感戴之情如火山喷发,如江河奔腾不可遏止,面对恩主尽情宣泄。娇娜(《娇娜》)在雷霆之劫中见孔生为救己被雷震死,感情闸门大开,感戴之情汹涌而来,悲痛哭喊:"孔郎为我而死,我何生矣!"感情一下了达到了同生共死的程度,接着不顾封建礼法,对孔生口,以舌度红丸,献出至宝,救活了孔生。陶生(《小谢》)受到陷害入狱后,女鬼秋容、小谢奋力营救。她们在营救过程中遭受到种种磨难,秋容给陶生送饭,被城隍黑判抢去做小老婆,秋容不从而被囚;小谢探监被老荆棘刺破足心,忍痛奔波。陶生被此情所感,感激之情喷发而出,毅然表示"欲与同寝",说:"今日愿为卿死。"舍身献爱,要为之殉情,宁死也要回报二女救助之恩。这种爆发式的感戴之情一下子达到了炽热的程度,达到向对方支付生命的高度。

8.记恩忘过型

施恩者对受恩者有恩有过或有恩有怨,受恩者对施恩者的感情也是复杂的,但在关键时刻,感恩者首先是记住对方的恩德,报答对方的恩德,不计较对方的过错,忘记对其的怨。感戴之情占上风,进行厚报。青凤(《青凤》)的叔父对她有养育之恩,也有百般阻挠破坏她与耿生爱情的过错,曾对她"诃垢万端",但当青凤从孝儿口中得知叔父蒙难之后,恳求耿生救叔父,后来抱着叔父的狐尸于怀,三日而活之。叔父得救后,她还求耿生假以楼宅。她念念不忘"妾少孤,依叔成立",要对叔父"得以申返哺之恩",对叔父严厉的家教采取理解和宽容的态度,认为"昔虽获罪,乃家范应尔"。这种感戴之情弥足珍贵。宗生(《荷花三娘子》)与一狐精多次欢爱,因此而致病,可狐精还要"卧后强与宗合",宗生请道士用法术除狐精,在狐精被吸进坛中将被煮死时,他见狐精探病带来的金橘散落在地上,感念与狐精一度情好,狐精对他的关爱之心,就释放了她。可以说狐精对宗生有大过小恩,宗生的感戴之情带有仁慈与怜悯。记恩忘过型的感戴之情含有更多的善。

三

蒲松龄在《聊斋志异》中对感戴之情做了最丰富精微、淋漓尽致的展示,尽力发掘强化感戴之情中的动人因素,使作品获得经久不衰的艺术生命。《聊斋志异》是中国文学史上写感戴之情最动人的作品,这种艺术效果在于他运用了精湛独特的表现手法。

1.奇异化

《聊斋志异》中的许多人物以人间不曾有的超现实的奇异方式来表达感戴之情。表达感戴之情的行为是虚构幻想出来的,但所表达的情感是真诚深挚的。如作者极力歌颂感戴之情的美好,让感戴之情超越生死永恒化,不随着人的生命存亡而存灭,让未能完成报恩心愿者转世,成为恩主的亲人,将感戴者与被感戴者的关系血缘化,让感戴者尽两世之力报答对方。人世间无力报恩的人常说,"你的大恩大德我来世再报",在现实中这一愿望是无法实现的。蒲松龄却让人们的这种愿望得以实现。褚生(《褚生》)受到老师吕老先生父亲般的慈爱与帮助,最后投生为吕老先生之子。夏平子(《雷曹》)为感激乐云鹤周济其家小之恩,投生为乐云鹤之子。方子晋(《于去恶》)有感于陶圣俞的深情厚意,投生陶家为陶圣俞之弟。还有些没有转世的鬼魂尽己之力报答恩人,叶生(《叶生》)死后忘死追随丁公,报知遇之恩,把学问传给丁公子。褚生(《褚生》)投生前为报陈生助学之恩,自己的灵魂附在陈生身体上,助其乡试中举。蒲松龄还让一种生命形态转化为另一种生命形态时感戴之情仍接前世而存在,仍能通过生命的存灭表达感戴之情。黄生(《香玉》)为感激香玉之爱,死后化为无花牡丹生长在白牡丹(香玉)、耐冬(绛雪)身旁厮守。化为植物本体的香玉、绛雪仍有强烈的感戴之情(香玉感戴黄生知己之爱,绛雪感戴其救难之恩),在黄生所化牡丹被斫后,白牡丹、耐冬也憔悴而死。身为植物也像人一样"不求同年同月同日生,只愿同年同月同日死",这种感戴奇情,催人泪下。

《聊斋志异》对感戴之情奇异化,还赋予无知觉的植物、无生命的石头以人的情感,让它们以特有的方式来表达感戴之情。《橘树》中的刘姓女孩特别钟爱一道士送的小橘树,百般依恋它,小橘树感应到刘女的深情,跟人一样,依恋刘女,感激刘女。它在刘女身边时,就长得枝繁叶茂;刘女一去,它就花而不果;刘女复来,就果实累累,刘女一去不复返时,它就悲伤而憔悴。这种感戴之情谁不为之动容!《石清虚》中的灵石受到邢云飞宁愿缩短自己寿命的爱,当恶人违背它的心愿弄走它时,它总是千方百计地回到邢云飞身边,最后不惜自毁以身殉知己。上述人与物表达感戴之情的方式无一不奇,这种奇特的方式把感戴之情表现到极致。

2.至美化

至美化即对感戴之情最高程度的美化,感戴之情是一种道德情感。一个人受恩对对方心生感激之情,基于心地的善良,这种情感支配下的回报行为也是一种善。蒲松龄极力强化感戴之情及报恩行为中的善,使其更理想,来表现感恩者的心灵美、道德美、人格美、情感美。狐女小翠(《小翠》)替母报王侍御家的"无心之德",厚报王家,一是下嫁王家傻儿子为妻;二是帮助王家消除多次灾祸;三是使王家傻儿子获得新生,竭尽全力造福王家,付出不可谓不巨大。但是她的报恩行为却得不到对方的回应与理解,反而遭到公婆的无数次责骂,甚至有一次王家要杀死她。尽管她受到了这么多的委屈,她还是要把报恩进行到底,为了不误王家子嗣,她用幻术使自己迅速变老,将原来的容貌转移给新人,促使王公子另娶新妇,自己从容离去。小翠报恩之执著,奉献之大,牺牲之多,世所罕见,品格之美,美得眩目。蒲松龄对乔女(《乔女》)的感戴之情也是极力美化的,其一是写乔女感报之情强烈而持久,数十年如一日,在孟生死后她为之解家难、抗外侮、抚孤儿、兴其家,用尽了一生之力;其二是写报恩不怕非议,不顾个人安危,不惧邪恶。孟生死时,她以一寡妇之身向一个没有至亲关系的男子哭祭,表露感激知己之情不顾一切。村中无赖掠夺孟生的家产后,孟生的朋友惧怕众无赖利刃威胁,不敢出头伸张正义,乔女不顾恶徒威胁挺身诣官告状,使无赖受惩,孟生家产得还;其三是写乔女报恩付出巨大,清廉自守。她用一生之力抚孟家孤儿乌头,为乌头延师、聘妇、修宅、兴家,为之积粟数万石。她让自己的儿子耕田种地,对孟家财产分毫不取,自己贫贱以终。她用一生之力为已死的知己奉献,具有金子一般的心,成为至善至美的化身,令人钦仰。小翠与乔女都有一种极端的感戴之情。

　　《聊斋志异》对动物的感戴之情、报恩行为也极尽美化,歌颂动物善良之美与智慧之美。在一般人印象中,狼属恶兽,贪婪凶狼,俗语中有"狼子野心""虎狼之心","中山狼"成为忘恩负义的代名词。而《聊斋志异》中一只报恩的狼(《毛大福》)的美好情感令人感叹,狼衔金聘疗疮的医生毛大福,报答在医生为同伴治疮之前,然后又为毛大福途中的安全负责,深情护送,"日既晚,狼遥送之,行至三四里,又遇数狼,咆哮相侵,惧甚。前狼急入其群,若相告语,众狼悉散去。"狼护送时,与毛大福拉开距离,避免恩人的心理紧张,又说服同伴为恩人让路,保证恩人一路安全,狼真是心细如发,对恩人关心备至,在毛大福受不白之冤时,报恩之狼"以喙拄地大嗥"的方式召集近百只狼逼迫差役为恩人解缚,其情豪壮重义。然后又衔来真正凶手的一只鞋,放在县官出行的路上,县官不理睬,走过之后,狼又衔着鞋跑到前面再放在路上,直到县官令人收起鞋,狼才走,狼促使县官破案还恩人清白的意志是多么坚定,多么执著,又是何等的聪明机智。狼报恩的情感和行为具有一种细心美和粗犷美。蛇在人们的心目中更是冷血冷酷令人厌恶恐怖之物,《蛇人》中的蛇二青感激蛇人的精心饲养,对主人深情无限,想主人之所想,蛇大青死后,二青主动领回小青,关怀小青,使它适应新的生活,为表演尽力。在被放归后见到主人时,用肢体语言表达热切亲爱和友善之情。蛇的身上表现了绵绵不尽的温情美和热情美。

3.诗情化

　　英国学者洛斯说过:"情感的语言则诗意盎然。"[1]蒲松龄多用诗笔来写感戴之情,将感戴之情诗情化。他常常精选一个特定的场景,用富有情感的语言来描绘这一场景,把人物积蓄的感戴之情集中释放,形成情感的张力场,把读者带进巨大的感情旋涡,这种场景的描写具有极美的抒情性,我们从《王六郎》和《绿衣女》的告别场景可以深刻地感受到诗化的感戴之情。先为溺鬼后为土地神的王六郎,对许姓渔夫一直怀有深深的感戴之情。这种情感虽也在他为许某驱鱼活动中有所体现,但感戴之情集中表现在许某应邀前来探望及王六郎送别的场景中。身为一方土地神的王六郎见到昔日好友时"喜泪交并",许某离去时,他为神不便现身相送,化为旋风依依不舍,"随行十余里",尽管默默无声相送,但表达出的感戴情意高于青山,长于流水,感戴之情与惜别之情交融,要比唐人送别诗中的"轮台东门送君去,去时雪满天山路。山回路转不见君,雪上空留马行处"(岑参《白雪歌送武判官归京》)所表达的情感更为深沉动人。《绿衣女》中曾幻化为少女的绿蜂精为感激于生的欢爱和助己脱蛛网救命之恩,苏醒后慢慢登上砚池,投身于墨汁中,浑身蘸满墨汁趴伏在几案上,走作一个"谢"字,才飞出窗外。它的每一个动作都充满深情,用尽平生之力来表达感戴之情。如果一个人说声"谢"或写一个"谢"字表达的情意很有限,很平淡,而绿蜂以濒死衰弱之躯,历尽艰辛完成这一系列动就情深无限了。所表达的感情是非常丰富的,有感激,有依恋,有怅惘,这种描写把绿蜂的情感加深加浓,达到诗意美的极致。

四

《聊斋志异》极力赞美感戴之情,极力倡导感恩图报,其根源主要有以下几个方面。

1.中华民族文化心理的影响

知恩图报是中华民族最为看重的一种情感,是我们民族的传统美德和重要的行为准则。能否做到知恩图报是人际交往中衡量人格高下的尺度,忘恩负义是人们最为不齿的行为,被认为是无情无义,没有良心。在民谚俗语中有"生当衔环,死当结草""善犬有湿草之恩,良马有垂疆之报""有恩不报非君子"等语,《诗经·卫风·木瓜》有对"投我以木瓜,报之以琼琚"的歌颂,历史上广泛流传不忘"一饭之恩"的佳话。数千年来知恩图报已成为我们民族心理中的一条重要规则。这些观念与情感深植于蒲松龄的心中,因而使他成为这种美好感情的承载者,卓越的履行者、宣传者。

2.蒲松龄本身是一个极重感戴之情的人

蒲松龄心地良善,极重感情。他重感戴之情与他生活经历有关。在科场困顿一生的他,对于赏识他才学的官员都表示由衷的感戴之情,这些人"片言的褒赏常使他终身感激"[2]。他在《聊斋志异·折狱》的议论中表露对早年赏识自己的淄川知县的感激,还写过多首诗表达对赏识自己的官员的感戴之情①,再有他特别感激妻子刘氏。他数十年在外坐席,繁重的家务全落在刘氏柔弱的肩上,他深知贫家中侍长哺幼之辛苦,对妻子一生的操劳既内疚又感激。他在69岁妻子卧病时写的《语内》诗中感叹道:"少岁嫁衣无纨绔,暮年挑菜供盘飧。未能富贵身先老,惭愧不曾报汝恩。"[3]他为自己未能报妻子恩德深感遗憾和痛苦。充溢在《聊斋志异》之中的浓厚的感戴之情,是蒲松龄自身的感戴之情自然流露和熔铸灌注。

3.蒲松龄痛感世间感戴之情的缺失,呼唤人间真情

蒲松龄所生活的时代世风日下,道德沦丧。一些人伦准则失范,感戴之情这种发自人性的美好情感不断丧失,成为稀缺之物。世间大量出现与感戴之情相反的情感和行为——忘恩负义,恩将仇报,如《蛇人》的异史氏曰:"独怪俨然而人也者,以十年把臂之交,数世蒙恩之主,辄思下井复投石焉;又不然,则药石相投,悍然不顾,且怒而仇焉者,亦羞此蛇也已。"《花姑子》的异史氏曰:"人有惭于禽兽者矣。"抨击人不如兽的行为。蒲松龄对无情无义、知恩不报、以怨报德的负心人切齿痛恨,在《聊斋志异》中让武孝廉(《武孝廉》)、梁有才(《云翠仙》)、穆生(《丑狐》)、厍大有(《厍将军》)等负义之徒受到了严厉惩罚,对他们进行了强烈地道德谴责和批判。蒲松龄倡扬赞美感戴之情是用善的心灵去清洗人们的情感污垢,呼唤真情,唤起人们的良知,陶冶人性,用笔履行自己的道德义务。

最后要提及一点,是对感戴之情的评价问题。有些学者说《聊斋志异》的报恩是宣传酸腐思想,有失公允。从古至今,知恩图报都是一种美好的情感。国学大师启功生前曾自述,他的妻子持家有方,长年照顾病卧在床的婆母和姑母,自己无以为报,就请妻子坐在椅子上恭恭敬敬叫她姐姐(她比启功大两岁),给她磕一个头②。这种情感不动人吗? 而时下许多贫困大学生受人资助完成学业,毕业后却无一字、一个电话感谢资助者,人们对此行为纷纷谴责。感戴之情是一种爱,能使人间多一分温暖,《聊斋志异》所描写的感戴之情永远散发着道德芬芳。

参考文献:

[1] 〔英〕洛斯.希伯来圣诗讲演集[M].北京:北京大学出版社,1989:116

[2] 陈文新.论《聊斋志异》的抒情精神[J].蒲松龄研究,1998,(4).

[3] 盛伟.蒲松龄全集·聊斋诗集[M].上海:学林出版社,1998.

注　释:

① 蒲松龄写给喻成龙的诗中有"暖律吹寒灰"句,写给汪令公的诗中有"拟随黄雀报珠来"句,表达感戴之情,见《聊斋诗集》。

② 见赵仁硅、章景仁整理《启功口述历史》,北京师范大学出版社 2004 年版。

《聊斋志异》中的善恶报应

善恶报应是中国人历史上最为久远的最为普遍的基本信仰，中国历史上绝大多数小说家深受其影响。蒲松龄在《聊斋志异》中写有大量的善恶报应内容，占到全书近五百篇故事的三分之一左右。可以说善恶报应思想是全书的核心思想之一。20世纪80年代以来，众多学者对《聊斋志异》中的善恶报应内容进行了广泛研究，研究者们众口一词地把《聊斋志异》中的善恶报应说成是"因果报应""果报"。"因果报应""果报"是佛教术语，把中国固有的善恶报应观念称之为"因果报应"，将其纳入佛教的"因果报应"体系是不妥的，陷入了误区。

在佛教传入之前，中国在春秋时代就已产生了善恶报应观念，两者后来有融合交汇之处，有互相吸取的地方，但还有相当的不同之处。在分析《聊斋志异》中的善恶报应内容之前，有必要对两者进行分辨。

一

因果报应(也有译作"异熟"的)是佛教的基础理论之一，佛教用以说明世界一切关系的基本理论。[1]76 佛教认为宇宙间的一切现象和事物都离不开因果关系。因果报应观念是高度理论化的、思辨化的，理论非常繁复深奥，不是"善有善报、恶有恶报"所能涵盖得了的。

中国本来固有的善恶报应观念是由儒家、墨家、道家、理学学派的观念汇聚而成的。上述诸家都从不同角度阐发了这一观念。中国善恶报应观念主要讲人的善恶行为所招致的后果，而不涉及其他。内容明确单一，表述简洁化、信条化、格言化，是对生活经验的直观概括，多是零碎的表述。缺乏细密深入的理论分析，缺乏理论阐述的严密性，即使是后来将善恶报应观念理论化的"天人感应"说、"负载"说，也不像"因果报应"理论那样深奥、繁琐。

中国的百姓难以理解深奥繁琐的因果报应的教义,倒是本土的善恶报应观念深入人心,流行了几千年。

在报应的实施方式、实施者方面两者有很大不同。佛教认为,业是实现因果报应的推动力。《华严经·入法界品》云:"一切诸报,皆从业起。"业在冥冥中起作用,一个人的一念、一言、一行都会造成一种业力,业力导致祸福之报,推动轮回实现报应。中国的传统善恶报应观念认为,善恶报应是由上天和神明来实施的。《尚书·汤诰》云:"天道福善祸淫。"《墨子·明鬼》云:"鬼神之能赏贤罚暴。"《晏子春秋·内篇·谏上》云:"人行善者天赏之,行不善者天殃之。"中国百姓相信"举头三尺有神明",觉得佛教的"业""业报"的教义太抽象、太玄虚,对此说弄不懂,也不感兴趣。对神明报应之说深信不疑,认为由上天、神明实施报应更有权威性、公正性。

在引起报应的原因方面,佛教因果报应论讲得非常复杂,小乘佛教提出有六因:能作因、俱有因、同类因、相应因、遍行因、异熟因。一个人身上的一念、一言、一行都引起果报,佛经说,一日一夜有八万四千念,每一念都可以引出一生乃至多生的异熟果,实在是太繁琐。中国的传统善恶报应观认为,一个人明显的善恶行为才有报应。《太上感应篇》说:"故吉人语善、视善、行善,一日有三善,三年天必降之福。凶人语恶、视恶、行恶,一日有三恶,三年天必降之祸。"佛教认为,由善恶业引起的苦乐果报,并不一定是由当世实现的,佛教有三世报应之说,即现报、生报、后报,一般是轮回到来世时受报。中国传统善恶报应观念中,有人死为鬼、有鬼能复活之说;并不存在来世之说,所以善恶报应都是当世报。在当世中到了一定时辰,就实现报应,俗语云:"善有善报,恶有恶报,不是不报,时辰未到,时辰一到,马上就报","多行不义必自毙"。中国民众的心理希望报应要来得快,一个人行善作恶的结果,周围的人、同时生活的人要能看到,善恶行为和报应要同时相连的,这样心理才平衡,断开二者的联系,来世报就使人莫名其妙了。武当山下伍家沟村有一则民间故事《难道前世没有天》,讲雷公将一个老奶奶三岁的孙子击死。老奶奶对雷公说,我孙子还是一个吃奶的孩子,没做坏事,你不该抓他。雷公回答说,你孙子前辈没做好事,是雷打前世冤的。老奶奶提出抗议:"雷打前世冤,前世没有天!"质问雷公,上一辈子的坏事,为啥没在上一辈子降罪呢?前世的天干什么去了呢?雷公觉得自己没有理,把孩子救活了。[2]此故事表现了民众希望现世报的强烈愿望。

在报应的承受者上,佛教的业报轮回说讲,有情众生之生命个体为业力作者及报应的承受者,自作自受,不延及家庭、子孙,如《泥洹经》所言:"父作不善,子不代受;子作不善,父亦不受,善自受福,恶自受殃。"中国传统的善恶报应观念,以家庭、家族为基本承受单位,在一个家族内个人善恶行为决定着其家庭或家族后代的祸福。[3]《易经》有云:"积善之家,必有余庆;积不善之家,必有余殃。"因为中国是宗法社会,特别重视个人与家庭的关系,家庭是人生的依赖,个人与家庭不可分割,融为一体。家庭成员受报等于全家受报,无论善报、恶报,都直接影响全家人的命运。

佛教因果报应观念与中国传统的善恶报应观念的构筑基础不同,立足点不同,是两者最大的不同,最根本的不同。佛教的因果报应说是建立在否定现世、否定人生的基础上,是出世的。佛教认为,人生是苦海,人的生命没有价值,不要贪恋人生,人修炼最好的善报是脱离人世,放弃生命,跳出轮回,进入不生不灭的状态,即涅槃境界——极乐世界,才是最大的幸福。中国传统的善恶报应观念的构筑基础、立足点是入世的。是建立在肯定现世、肯定人生、肯定人的生命价值的基础上的,报应的目的是提升人性,人人如都能弃恶从善,世俗世界会变得和谐美好。由于两种观念立足点不同,也派生出报应的价值观念不同。从中国的善恶报应观来看,现世报中最严重的恶报是失去生命,给人带来最大的痛苦。人如被变成禽兽也是最严重的报应,是最大的耻辱。中国人的心目中,视人为万物中心,人高于禽兽。佛教却认为人的生命不足惜,人的身体只是臭皮囊,死了还可轮回,失去生命并非严重的恶报,不停的轮回才是最痛苦的。佛教还讲众生平等,人与动物并没有本质的区别。区别只是外部形态的不同,况且这种区别只是暂时的,在轮回中随时会转变。因此,人受报变为牲畜,是恶报,但不是最严重的恶报。这些观念与善恶报应观相比,弱化了报应的威慑力。

二

通过上述两种报应观的对比分析,我们不难发现,《聊斋志异》中报应内容的主体是中国传统的善恶报应观念,只有极少篇章涉及轮回形式,表现佛教的因果报应观念,如《江城》《塞偿债》等,还有一部分作品对佛教因果报应说进行了改造,蒲松龄借此来表现自己的思想和愿望。《聊斋志异》中的佛教因果报应内容只是作为中国传统善恶报应观念的补充。

《聊斋志异》中的施报者绝大多数为天帝、神仙、鬼、人,而不是什么业报。如王六郎(《王六郎》)、祝生(《水莽草》)、张不量(《张不量》)、马二混(《蕙芳》)、夏氏(《纫针》)等都是上天对其施以善报;瑞云(《瑞云》)、金永年(《金永年》)、钟生(《钟生》)、席方平、席廉(《席方平》)、柳和(《宫梦弼》)、陈生(《西湖主》)等是神仙对其施以善报。虐待婆母的杜小雷之妻(《杜小雷》)、盗鸭者(《骂鸭》)、在酒中掺水投毒的酒商金陵乙(《金陵乙》)、暴虐成性、残害家人的尹氏(《马介甫》)、杀人如麻的宋国英(《潞令》)等受到上天的谴惩。作恶多端的李司鉴(《李司鉴》)、邑中的无赖(《邑人》)、行为轻薄好色的士人方栋(《瞳人语》)、害主的恶仆(《董公子》)、有隐恶的丘生(《彭海秋》)、炫耀身份的邑贵(《颠道人》)受到神仙的恶报。骗色的恶霸南三复(《窦氏》)、好色被鬼所迷的王生(《画皮》)、扬人隐私的霍生之妻(《霍生》)、侵占他人钱财的商人申竹亭(《任秀》)、受贿诬人为奸的典史(《梅女》)受到鬼的恶报。蒲松龄在《阿霞》篇末强调了天报的严厉:"噫!人之无良,舍其旧而新是谋,卒之卵覆而鸟亦飞,天之所报亦惨矣。"蒲松龄这样写,基于中国民间广泛存在的天帝神鬼信仰,与民间善恶报应信仰相通,易与百姓的民间信仰引起共振、共鸣。

蒲松龄与中国民众希望善恶快速受到报应的心是相通的,《聊斋志异》中广泛地反映了这种强烈的心理。即善恶在当世受报,而不是来世。他不能让一个恶人无休止作恶下去,害人害下去,逍遥法外,然后寿终正寝,来世再受报。他也不能让行善的人一直终贫到死没有回报。如那样的话,民众就太失望了,人间一点点希望的光亮就熄灭了。《聊斋志异》中对行善作恶者的处理原则是:"恶积则天殃自至,罪成则地狱斯罚。"积善终当有报。《聊斋志异》中涉及"轮回"的内容很少,绝大多数是行善作恶的报应,短则数日,长则数年或几十年,都会在自身现世到来。[4]《布客》中的布客得知自己大限将至,出钱造桥方便行人,寿命立即得以延长。《水灾》中弃儿救母的孝子的孝心感动天神,弃儿在洪水涌来时被水包围却安然无恙。《博兴女》的恶豪淫杀民女后,当即被神龙攫去脑袋。恶霸南三复诱骗窦女,致其母子冻亡,几年后,鬼魂使其犯下盗墓奸尸罪,被判死刑。负义的武孝廉石某,欲杀有恩之狐妻,被索回救命灵药,半年后病死(《武孝廉》)。无行小贩梁有才欲卖妻,受众婢簪刀猛刺后,被弃之绝壁危崖上,半年后死于狱中(《云翠仙》)。这种当世报应是很符合百姓心愿的。

　　《聊斋志异》中大多是以家庭、家族为单位承受报应的，不是像佛经所讲的自作自受。蒲松龄接受了道家的负载说。在《钱卜巫》中借巫者言："先人有善，其福未尽，则后人享之；先人有不善，其祸未尽，则后人亦受之。"《席方平》中陷害他人的恶霸地主羊某被二郎神严惩，家产被抄，其子也遭报，家业衰败，楼阁田产尽归席家所有。蒲松龄在有些善恶报应的作品中，加重了负载的力度。按负载理论，承担报应主要部分的是行善作恶的当事人，余下部分才由子孙承担。蒲松龄让作恶者的子孙也承受重报。《果报》中的某甲贪财背义，受神报，暴病若狂，自割腹流肠而死，不久，儿子也死去。蒲松龄还使受报的范围扩大，受报者的父母妻子也承受报应。不仅是下延子孙，还上溯父母，旁及妻子。《梅女》中受贿三百钱诬人为奸逼死人命的典史，自己遭鬼报而死，其妻先遭报，妻顾氏年少而死，并沦为鬼娼，为典史赎罪。《画皮》中好色的王生，受鬼报被挖去心肝，其妻也受强食乞人痰唾之辱。在善报篇章中，席方平为人忠孝，为父报仇，自己得以重返人间，得到羊某的家产，其父席廉因儿子的善行得到二郎神赐阳寿三纪（《席方平》）。钟生孝母，为疗母疾，舍弃功名，其母得到善报，冥王赐其阳寿一纪（《钟生》）。《聊斋志异》的扩大范围的恶报，有点株连的味道，对这些恶人有斩草除根之意。一方面表现了蒲松龄对这种行为的愤恨；另外，也告诫世人，作恶害人所付出的代价是极其沉重的。至于善报惠及父母，则表现了"百善孝为先"之意。

　　支撑《聊斋志异》中善恶报应内容的基础是入世思想。书中善报的内容是延寿、得妻子、得子嗣、得财产，都是肯定现世生活，珍视现世生活，肯定人的生命，肯定人的价值和社会地位，提高行善者的生活质量，弥补其生活缺陷。书中的恶报是作恶者丧命离开人世、失去子嗣、失去家产、变为禽兽，不能享受人世生活，认为离开人世是痛苦的，是严重的惩罚，从反面表现出人世的可贵。作品不是宣传离世，不是宣传脱轮回、超生死，不是鼓励人们进入涅槃境界，而认为人生和人世是高于一切的。《莲香》中有云："天下所难得者，非人身哉！"由此可见，《聊斋志异》的报应内容并非是佛教因果报应思想。

　　《聊斋志异》中有少量的佛教因果报应内容，但蒲松龄不是将其原封搬来，而是对其进行改造。如佛教因果报应理论主张，善恶报应不能相互抵消，作恶必须受恶报，行善必须受善报，作善业后又做了恶业，则先受善报，再受恶报。一般人往往既作善业，也作恶业，那么就会时而升天，时而堕入地狱，不断轮回,升沉不止。[1]103 在《聊斋志异》中善恶报应是可以抵消的,而且是一善抵多恶,只要有一善就可以免除多种恶报。《某公》中的陕西某公,做过许多恶事,阴司按律将其转生为羊,后查到某公曾救过一人,就仍判其投胎为人。刘姓恶霸作恶多端,恶贯满盈,被阎王捉去,所作恶行,按阴刑当油煎火炼,来世变牛,查其记录还做过一件善事,用三百钱救一对夫妇团聚,因此事,阎王免他死罪,让其回到阳世(《刘姓》)。蒲松龄打破佛教善恶报应不能相抵的铁律,以善抵罪,对报应进行了人性化处理,对少量的善也给超值的回报,在极力劝善,让做过恶事的人看到希望,以免破罐破摔,把坏事干到底。

佛教的善恶报应主要是通过六道轮回实现的,人因善业、恶业,在轮回中处于不同的生命层次。《聊斋志异》常写到作恶者与受报者之间的关系,蒲松龄的处理方式与佛教六道轮回的说法不同,作恶者没有轮回转世,而是受害者轮回转世,来向作恶者进行报复。《柳氏子》中的柳氏与人合伙经商,私吞合伙人的钱财,合伙人死后转世为柳氏子,把家财挥霍一空,死后,又约柳氏前去,揭露其不义行为。《拆楼人》《四十千》情节与《柳氏子》相类似。都是仇人投身作恶者之家为子,向作恶者进行报复,蒲松龄这样安排,是为了缩短恶报的时间,作恶者受到当世之报。《聊斋志异》还对"六道轮回"进行简化。杜小雷之妻虐待婆母,按佛教的说法"横暴不知悔悔,宜堕畜牲道"。她作恶后受丈夫斥责,没经死后投胎转世,就直接变为猪。这也是为了缩短报应的时间,让家人尽快直接看到她受报应的恶果。

按佛教业报轮回之说,人在六道中只能被动地轮回,而蒲松龄让受报者在六道轮回中发挥主观能动性,实现在轮回中达到自己追求的生命层次。鲁公女前生喜欢打猎,射杀了许多獐鹿,受到报应,死后无归所。作者没有让其变獐鹿受报。她请爱她的张公子代诵《金刚经》,她得以托生在河北卢户部家为女,后与张公子结合(《鲁公女》)。鲁公女经过忏悔和努力,自己可以选择确定六道轮回的层次和目标,轮回成为实现理想的途径。《三生》中的刘孝廉生前行为多玷,死后被罚作马,因羞愤和不堪劳苦,马绝食而死;因罚期未满,又被罚作犬;犬又求死,又被罚作蛇;蛇投车轮下被轧死,阎王念它无辜被杀,准它"满限复为人",即刘公。刘孝廉耻于生活在兽道,不断努力向人道追求,尚存善念,蒲松龄满足了他的追求,他得以为人是自己努力的结果。从上述分析来看,《聊斋志异》中的报应观念处处显现了中国传统善恶报应观念的特征,对其生硬地贴上佛教因果报应观念的标签是不符合作品实际的,是皮相之见。

三

在蒲松龄生活的社会中公道不彰,正义不显,世情如鬼,道德沦丧,人性畸变。蒲松龄是社会责任感极强的作家,他拿起了当时最易于利用又非常顺手的善恶报应的思想武器,惩恶扬善,弘扬正义,矫正世风,惩治人性中的不良品性,维护人间正道。

1.严厉惩治贪官污吏、歹恶之徒

蒲松龄对贪官污吏、奸邪恶霸愤恨到了极点,对这些恶人,以善恶报应为武器进行排山倒海般地攻击,为民伐罪,重惩他们、恫吓他们、警告他们,把善恶报应的作用发挥到极致,把对这些恶人的复仇情绪如火山般地喷突出来,对贪官污吏的处罚达到无所不用其极的程度。他用恶报惩治贪官污吏、奸邪恶霸的特点是,惩治力度极度增大,进行高强度的惩罚,对他们连续不停地施以种种苦刑,进行密集性惩治,进行长久地惩罚,《梦狼》中的白甲,贪污受贿,盘剥百姓,罪大恶极,他受到了双重报应。受人报:被百姓所杀;受神报:被神把头反接在胸腔上使其生不如死。《李司鉴》中的李司鉴恶行累累,在阳世受报,被神灵责令割耳、断指、割肾,近于凌迟之刑。此刑未施完,又被阴间施以死刑。罪恶滔天的曾孝廉几乎受遍了人间阴间所有最重的酷刑,一是人报:在充军途中被冤民所杀;二是阴报,在阴间被油烹、穿腹、熔钱灌喉等密集性的刑罚;还受轮回之苦,以女身投贫家,长大后嫁人作妾,饱受折磨,最后又被诬为通奸,受凌迟之刑(《曾孝廉》)。巨奸大恶曹操,虽在阳世没受恶报,但未逃脱阴报,在阴间千年,时时受鞭笞之苦(《阎罗》),在《甄后》篇中又变成被绳子拴住挨饿受冻的恶狗。大奸臣秦桧死后七世为猪,猪肉恶臭,只能喂狗,以后还千秋万代为猪,恶报永不休止(《秦桧》)。蒲松龄通过这些恶报,让历史的正义目标得以实现,弥补人间惩治机构的无能。让长期受苦难的百姓泄愤。这些报应如同一座惩恶教育的展览馆,对贪官恶人进行威慑教育,使其收敛恶行。一般人读此也能唤起道德自律,自觉地避恶趋善,远离恶报,享受人生,以竟天年。

2.促人改过

《聊斋志异》的主旨之一是救世警愚戒顽、净化人性、淳化世风。蒲松龄对罪大恶极者施以严厉的恶报,严惩不贷;对于罪过不大者,在施报上不是一棍子打死,而是给出路的政策,只要受报后能深刻地忏悔,知过能改,重新做人,回到正确的人生轨道上来,就给予自新的机会,改过之后就免除了进一步的恶报。在蒲松龄笔下善恶报应成为促进人性改善的动力,促进改过者成为好人,得到好的结局。《阎王》中的李久常之嫂心肠歹毒,丈夫之妾生产时,她竟"阴以针刺其肠",进行残害,受到冥王的钉足于扉的惩罚。她得知阴报之由,大惧,痛改前非,"遂称贤淑"。《瞳人语》中轻薄好色的士人方栋,尾追美女,受到神女惩罚,双目失明。他"懊闷欲绝,颇思悔改",念佛诵经,结果一眼复明,还成为乡里受人尊敬的"盛德"之人。该篇的异史氏曰:"鬼神虽恶,亦何尝不许人自新哉。"《僧孽》中的恶僧用善款嫖赌,被阎王施以扎穿大腿之刑,他得知恶报之因后,认真改过,戒酒荤、诵经文,成为戒僧。刘姓恶霸在阴间目睹了阎王对自己的宽大处理后,痛改前非,七十岁时身体还很健康(《刘姓》)。《姊妹易嫁》中的毛公科考前想要休掉脱发的妻子,功名被冥司黜落,"惕然悔惧",断绝了易妻之念,再考得中。对有过之人如何施报? 有些作家过于严厉,唐代唐临的《冥报记·唐长安市里》叙一个十三四岁的少女,因盗父母一百钱欲置脂粉,未及而死,竟化为青羊。对这样一个犯有小过的少女施以无比酷烈之报,使其不仅失命,还化为牲畜,实在太过分了。道教对犯过错者的处罚也极其严厉,《抱朴子·对俗》云:"若有千一百九十九善,而忽复中行一恶,则尽失前善,乃当复更起善数耳。"即做1件坏事,会抵消1199件善事,处罚过严。佛教宣传,人在受报之后,要想得到解脱,不是进行个人改过,而是向寺院或僧人布施,就能免除报应。有以钱赎罪的味道,不是从自身的道德行为方面解决问题。蒲松龄宅心仁宽,高度肯定改过行为,把报应予以柔性化。通过报应促人改过的思想与《冥报记》及道教、佛教的主张相比,显得十分可贵。

3.鼓励善行,树立道德范例

善是人类永恒的追求,没有善的社会就是禽兽世界。蒲松龄一生都在竭尽全力来劝善导善。致力于恢复世道人心,来对人类良心进行真诚呼唤。他曾应朋友之邀写了《为人要则》,包括《正心》《立身》《劝善》《徙义》《急难》《救过》《重信》《轻利》《纳益》《远损》《释怨》《戒戏》等十二题,从理论上较全面地阐述了做人的基本道德原则。蒲松龄深知,劝善不仅要喻之以理,更要动之以利害。他在《聊斋志异》中对善行施以重报,是让人们弃恶从善,他让品德高尚者得到好处,得到报偿,是倡扬美好品德来导善,通过善报作为褒奖美好心灵的工具,给人们树立道德范例。蒲松龄对不同的行善者进行分层次褒奖。他说:

"大善得大报,小善得小报,天道好还不爽。"[5] 对于能遵守做人基本道德者就给予丰厚的报偿。市井小民马二混,因为"朴诚",引来仙女下嫁(《蕙芳》)。八十二岁老翁一生买卖公平,上天嘉之,赐其生子(《金永年》)。生性懒惰的王成因拾金不昧,贫困中得到狐仙的帮助(《王成》)。蒲松龄特别强调做人要本分,不贪意外之财、之色。有如此品质者,予以厚赏。品行方正的贫苦书生崔生见骏马上门,他不留非已之物,将其逐出,后来得钱"居积盈万"(《画马》)。品行正直的穷书生邢子仪见荡妇私奔上门闭门不纳,得到厚报,天降二女,成为他的一妻一妾,还得到重金(《邢子仪》)。蒲松龄对具有超越世俗道德之人或造福百姓之人,给予更高的奖赏。水鬼王六郎自己忍受幽冥之苦,不忍以二命换取自己的转生(《王六郎》)。《水莽草》中的祝生,宁愿自己为鬼,放弃转生,还努力去救被鬼拉替身之人,为受害者驱鬼。他们具有更高层次的善,表现出更光辉的道德美。他们舍己为人的行为感动上帝,上帝让他们超越人世,一下子将其升格为神。吴令清正敢为,革除耗民脂膏的淫祀,死后吴民为其建庙,成为一方城隍(《吴令》)。左萝石尽忠保国,以身殉难,被送上天庭,得道成神(《阎罗》)。他们造福于民,有功于世,蒲松龄也让他们得到高层次的善报。蒲松龄通过善报给人们提供了道德典范,在那个时代也是劝善最有效的方法了,堪称道德教化学校最尽职的教师。

四

蒲松龄充分利用民间善恶报应的信仰,用超常思维、生花妙笔,在故事的构建叙述上翻新出奇,把善恶报应的观念高度具象化,描绘出种种奇幻的场景,使人如身临其境,读之使人感到无限的神秘、无比的恐怖,也非常的开心,具有多维的审美效果。

1.神秘性

中国传统的善恶报应观念有很强的神秘性,特别是报应中的天报、神报、冥报等是无法验证的。蒲松龄为加强报应的劝惩效果,把报应写得更加神秘,写出报应的神奇性、非常规性、不可预测性,给人深邃的悬念,难以言尽的感受,使情节具有神秘美、深邃美、朦胧美。蒲松龄通过施报者的神秘、施报方法的神秘、施报结果的神秘,写出善恶报应的神秘。《邑人》中为害乡邻的无赖受到极神秘的恶报。有二人将无赖摄至集市屠夫的肉案架旁,使其与架上的半猪之体相合,不知是用何法力,把猪肉与无赖身体神经接通,其身体变成猪肉。屠人一刀一刀地割猪肉卖,邑人感到是在割自己的肉,感到疼痛异常。屠人卖肉时应顾客要求将猪肉片片碎割,无赖就饱受生割活剥的凌迟之苦。但无赖却未被割死,身体无伤,只有痛感,原是一场噩梦。神秘的二人借屠夫的刀来惩罚无赖,二人来自何方,神耶?仙耶?为何用此法惩治无赖?不得而知。情节奇异、诡谲、幻怪、荒诞,似梦非梦、似幻非幻、真幻结合、神奇莫测。《窦氏》中恶霸南三复受到鬼魂恶报是神秘中伴随着恐怖,窦女死后,其憧憧的鬼影一直或明或暗、或隐或显地出现在南三复家中,使南三复家中充满了阴森森的鬼气。窦女以导演兼演员的身份,导演出一场神秘、恐怖、怪异的复仇之戏。她先使仇人的续弦夫人自缢;后又神奇地以自己的尸体入房;后又让曹孝廉女儿之尸活起来,来到南府卧室,再使其变成床上裸尸。使南三复惶惶不可终日,精神接近崩溃,最后被官府处死。报应过程充满神秘。

　　蒲松龄在安排报应情节时,情节的链条半隐半现,多处留白,留下让人想象的无限空间,让人难以琢磨,产生匪夷所思之感,因而产生强烈的神秘性。《博兴女》中的豪霸逼淫未遂而缢杀博兴女,将其尸体沉入深渊,一条巨龙从天而下攫去豪霸首级,天晴后女尸浮出水面,将豪霸人头握在手中。神龙从何而来,是抱打不平,该出手时就出手为民除害?还是博兴女的冤魂所化?如是前者,神龙又是怎样把豪霸人头交到博兴女的手中,如是后者,她是如何变成神龙的?这永远是一个谜。《布商》中布商受报的故事也笼罩一层厚厚的神秘之雾。为人善良的布商来到一座荒凉的寺庙,慷慨解囊,援建庙宇。不料庙中僧人乃是歹徒,强其捐助钱财,又欲害其性命,在紧要关头,庙中突然出现一个红衣女子,将防海将军引入庙中,救出布商,红衣女子不见了踪影。她是何许人?从何而来?又去往何处?有人解释说她是神佛所化。既然神佛能显灵现身,为何神佛不直接制止惩治欲行凶的恶僧?而假手防海将军?这神秘之谜永远无法解释得清。这种神秘性极大地增强了报应小说的艺术魅力。

2.喜剧性

　　清代段珪在《聊斋志异·序》中赞蒲松龄"寓赏罚于嬉笑",极有见地。赏罚,可理解为善恶报应也,是说有些善恶报应作品具有喜剧性。蒲松龄在写人受报应时常用夸张的手法使受报者身体变形、变态。对受报者进行戏谑性的惩罚,把丑恶的东西表现得更为丑恶,来深刻批判人性的弱点,产生强烈的喜剧效果。《骂鸭》篇讲一人偷邻翁的鸭子吃掉,致使浑身长满鸭毛,触之则痛,无法去掉。作者将报应的结果漫画化，使其成为人形准禽类，成为半人半鸭的怪物，使其偷窃行为的结果广告化，出尽了洋相，这种报应方式令人大笑不止。《杜小雷》篇中心肠歹毒的杜妻虐待失明的婆婆，受到上天神奇之报，成为人足形状的半猪之物，变成了女猪八戒，还吱吱乱叫。这种形状，令人喷饭，大快人心。《药僧》中的济宁某年轻人贪心不足而受报应。他为使自己的阳具变大，不听药僧劝告，偷吃药僧药丸，结果阳具暴长，长度与两腿相等。下半身好似照相机的三脚架，成为鼎足而三的怪物，其形状令人絮然。这种变形报应，使恶人成为哈哈镜中的人物，以此彰显批判人性的丑恶。产生的艺术效果是"从嘲笑人的形体动作的丑，上升到嘲笑人的精神世界的丑"，[6]224 这种报应是在嬉笑中进行的，对丑类进行道德批判。

蒲松龄还善于将报应结果设计成喜剧情景，《道士》中的报应更为奇特，不是受报者的身体变形，而是受报者所狎戏的对象变形，造成行为者动机与效果不谐调。该篇讲好色的徐生强拥美女入怀而睡，以为所拥是香喷喷的尤物，自我感觉良好。天明一看，所拥的是一块厕所里的沾满屎尿的垫脚石，这一情景，令人开怀大笑。《某公》所写阴间把人变为牲畜的操作方式也很有喜剧性。此篇云："殿东隅，设数架，上挂猪羊犬马诸皮，簿吏呼名，或罚作马，或罚作猪；皆裸之于架上取皮被（披）之。"这里人变牲畜不是按佛教六道轮回之说，投牛马之胎，由牛马生出来，而是简单的快速包装式，流水作业，牛马皮好像涂上了强力胶水，赤条条的人披上就不可脱，立即就变成活蹦乱跳的牛羊了。如此包装令人可发一笑，省去了很多时间和工序。实际上这种惩罚是更严厉的，一个有意识、思想、情感的人，一下子就变成了人心畜形之物，离开亲人，心中有何痛苦无法说出，此报的方式令人发笑，也令人警醒。英国小说家梅瑞狄斯说："真正喜剧的考验则在于它能否引起有深意的笑。"[7] 作者用这种风趣、巧妙、诙谐的施报方式加强了警示的效果。

3.恐怖性

恐怖是人的心理或情绪远较害怕更为强烈的震撼，[8]《聊斋志异》以前的一些报应作品在写恶报时都充分展示恶报的恐怖。蒲松龄在写恶报时更强化报应的恐怖性，通过恶报的恐怖来强化劝惩的效果。在恶报中有恶人受刑的场景恐怖和恶人受报的氛围恐怖。在写恶人受酷刑时，场景立体化了，有形、有声、有光，有更多的视觉感，给人们强烈地视觉冲击，给读者更为强烈的刺激。《李伯言》中写李伯言在阴间审案，对江南一个玩弄八十二名妇女的淫棍执行炮烙之刑的过程："堂下有铜柱，高八九尺，围可一抱；空其中而炽炭焉，表里通赤。群鬼以铁蒺藜挞驱使登，手移足盘而上。甫到顶，则烟气飞腾，崩然一响如爆竹，人乃堕；团伏移时，如复苏，又挞之，爆堕如前。三堕，则匝地如烟而散，不复能成形矣。"作品写出刑具的恐怖，行刑过程的恐怖，结果的恐怖。铜柱通红赤热，罪犯盘在铜柱上，身体上移时被烙所产生出腾腾的烟气，身体鼓气爆裂而堕，三次被烙，终于化烟而散，刑具之形、之色、之热，受刑者之形、之声历历可闻可见，令人惊心触目，惨不忍睹，给人以强大的心灵震撼。《续黄粱》中写作恶多端的曾孝廉在阴间施刑的过程也极端恐怖，作者对用刑之法、之状、之势仔细描绘，同时写出曾孝廉每受一种刑时的恐惧、感受、痛苦，更深化了行刑的恐怖性。下油鼎的情景是："曾觳觫哀嚎，窜迹无路。鬼以左手抓发，右手握踝，抛置鼎中，(身)随油波上下，皮肉焦灼，痛彻于心，沸油入口，煎烹肺腑。"上刀山的景象是："峻削壁立，利刃纵横，乱如密笋。先有数人冒肠刺腹于其上，呼号之声，惨绝心目。"在被灌所贪之钱所化的铜汁时，"更相以杓灌其口，流颐则皮肤臭裂，入喉则脏腑腾沸。生时患此物之少，是时患此物之多也。"将行刑血肉淋漓之状、凄厉惨绝的呼号逼真再现，使人如睹如闻，有身临其境之感。这已近似电影剧本的写法，电影导演可完全据此拍出恐怖片。这种令人毛骨悚然的惩罚，在人们的心理上产生警戒威慑作用。还有一些受恶报的场景氛围极为恐怖，《博兴女》写恶豪害死博兴女后天降大雨，雷声闪电环绕其家不断轰响闪亮，一声巨响中，一龙飞至，抓走土豪之首，场景令人惊心动魄。《画皮》中好色王生遭鬼恶报的气氛和过程也极为恐怖。王生偷看到女鬼青面獠牙的本相后，恐惧至极，向道士求助后，躲在房中，听到门外"戢戢有声"，不敢去看，缩作一团，恶鬼破门而入，直登王生的床，将其活活地扒开胸膛，挖出心肝而去，令人毛骨悚然，恐怖至极！作者极力展示恶报的恐怖，放大了恶报的警示作用，使人放弃恶念，畏惧从恶。

五

　　关于《聊斋志异》的善恶报应作品的评价问题，是一个长久没有说清楚的老问题。以前一些论者对此持全盘否定的态度，说这些作品是反动落后的，全是糟粕。这些论者对《聊斋志异》的报应作品缺少深入地分析，轻下断言。因果报应论的消极之处在于，把现实世界的统治阶级的特权和享乐归因于前世的善行福报,而把苦难人民的苦难说成是前世作恶的苦果。《聊斋志异》中的善恶报应作品恰与因果报应之说相反,反其道而行之。《聊斋志异》中的王公大臣、贪官污吏、恶霸豪绅,他们在现世中骄奢淫逸,作威作福,为所欲为,并不是他们在前世积下了什么德,今世得善报,相反,他们在前世没干什么好事,不是什么好东西,是驴,是马,是蛇,是狗,是毛角之俦,是饿鬼转世而生,不知老天爷为什么不开眼,搭错了哪根筋,这些驴马之物今世成了王公大臣、贪官污吏,来作恶人间,在蒲松龄眼中这些人不过是人形牲畜撒野发威而已。今世绝大多数百姓受苦受难,并不是他们前世作恶受报,而是统治阶级、剥削阶级欺压所造成的。佛教让受苦受难的人忍受现世的苦难,《聊斋志异》却极力歌颂人们的反抗。这种描写反动在何处?再有,蒲松龄为何写了这么多的报应内容,这是当时社会现实造成的,有其社会根源。当时的社会大量存在造恶者享福、行善者遭殃的现象,"一个公正合理的社会,应当是善有善报、恶有恶报的社会,应当是一个德福统一的社会"。[9] 当时的社会不公正,蒲松龄想通过善恶报应改变这种不公正,尽管这些内容中有些消极因素,但对其全盘否定就是极左之见了。

参考文献:

[1] 方立天.中国佛教哲学要义[M].北京:中国人民大学出版社,2002.

[2] 李征康.伍家沟村民间故事集[M].北京:中国民间文艺出版社,1986:462.

[3] 露华.中国佛教伦理思想[M].上海:上海社会科学院出版社,2000:106.

[4] 余丹.论宋代文言小说中的果报形式[J].安徽教育学院学报,2004(4).

[5] 蒲松龄.贺毕反予公子入武痒序[M]//蒲松龄集.上海:上海古籍出版社,1986:224.

[6] 李泽厚.美学论集[M].上海:上海文艺出版社,1980:98.

[7] 伍蠡甫.西方文论选:下卷[M]上海:上海译文出版社,1979:37.

[8] 于天池.中国恐怖小说与聊斋志异的恐怖审美情趣[J].文学遗产,2002(6).

[9] 魏长领.因果报应与道德信仰——简评宗教作为道德的保证[J].郑州大学学报(哲学社会科学版),2004(2):110.

蒲松龄的侠义观念

蒲松龄是一位有浓厚侠崇拜思想的小说家。他在《题吴木欣〈班马论〉》中说:"余少时,最爱《游侠传》,五夜挑灯,恒以一斗酒佐读;至《货殖》一则,一涉猎辄弃去,即至戒得之年,未之有改也。"蒲松龄热衷于侠的思想终其一生,他在六十多岁时谈起豪侠依旧眉飞色舞,感慨万千。[1]众所周知,《聊斋志异》是蒲氏二十多岁至六十多岁期间写成的,即在他一直崇侠的心态下写成的。崇侠意识不断渗透贯注到作品中,他常常按侠义人格、侠义道德来塑造形象,尽管《聊斋志异》并非是纯粹的侠义小说集,但其中的侠义形象却不少见。

《聊斋志异》中的侠义群体形象按其侠性侠情的含量,大体可分为三个层次。(1)传统意义的侠客形象。这类侠客有古侠之风,专门以行侠为己任,如《红玉》中的虬髯丈夫,《崔猛》中的崔猛,属民间义侠。《聂小倩》中的燕赤霞,《侠女》中的侠女,则属身怀绝技的剑仙剑客。《王者》中的行侠群体,《云萝公主》中的袁大用属劫富济贫的盗侠,他们或救人急难,或为人复仇,或抱打不平,是侠性含量高的侠。(2)为数众多有相当侠性侠风的准侠。蒲松龄对《聊斋志异》中的正面人物理想人物大都赋予了侠性侠情,这些人物虽非传统意义上的侠客,但也有相当的侠义精神、侠义品性、侠义情怀。侠性侠情是这些人物形象人性美质的核心,成为这些人物美好人性的亮点。所歌颂的狐魅花妖、人仙鬼神都有侠义肝胆。《聊斋志异》中的狐多为侠义之狐。如:狐女舜华(《张鸿渐》)救助被官府通缉逃难荒野的书生,献上爱情,又送其与妻儿团圆,在书生被官府抓获时,再出手相救,使其死里逃生,不图任何报答。狐女小翠(《小翠》)为替母报恩嫁与王家的痴儿为妇,苦设心计,甘愿忍辱挨骂,为王家剪除政敌,消灾除难,为使王家延续香火,自割儿女之情,为丈夫娶妻,自己只身离去。《聊斋志异》中的鬼多为侠义之鬼。如:女鬼宦娘(《宦娘》)爱慕琴技高超的温生,但念己为鬼身如与温生结合恐对其不利,便用法术使温生与志趣相同的小姐葛良工结为亲眷。女鬼小谢、秋容（《小谢》）不顾强鬼威逼,忍受脚伤之痛,多方奔走救助被陷害关在狱中的陶生。溺水鬼王六郎（《王六郎》）不忍为自己转生而害二命,把生的机会让给别人,宁愿自己永在阴间为鬼。《聊斋志异》中的仙人大多是侠仙,他们在人间广做除害保民、救人于难、成人之美之事。《画皮》中的道士警告与厉鬼交欢的王生,将害死王生的厉鬼击杀。《向杲》中的道士用法术使向杲变成猛虎,使其得以吞下仇人之头。《瑞云》中的仙人和生用法术成人美好姻缘。《聊斋志异》中的各类人物更是多具舍己助人的侠义品性。孔生（《娇娜》）以死救狐类朋友一家,田七郎（《田七郎》）以死报知己,乔生（《连城》）破产抚亡友遗属,宁采臣、杨于畏（《聂小倩》《连琐》）都勇于救人危难,挺身仗义救女鬼出鬼域苦海。《大人》中的山中女子勇于为旅客除害。上述这些狐魅花妖、人仙神鬼之美主要体现在助人救人、舍己利他的侠义精神之美、侠义道德之美、侠义人格之美。（3）有侠义精神的动物。蒲松龄对一些原生状态的动物（非能幻化为人）进行人格化描写,赋予它们以侠义人格,使这些动物也成为侠义精神的载体。《聊斋志异》中写了有除暴安良、抱打不平之风代鹳鸟复仇击杀恶蛇的禽侠大鸟（《禽侠》）；感恩图报救主人于难的周村义犬（《义犬》）；为恩人洗雪不白之冤的狼（《毛大福》）；用象牙报猎人除去天敌之恩的大象,还有冒险卖身为主人挣路费救主人急难的八哥（《鸲鹆》）。人间主要的侠义伦理在这些动物身上充分表现出来,这些动物的侠义精神成为人类道德的楷模。蒲松龄因其崇侠意识而塑造出众多的侠义形象,这些多层次的侠义形象及一些侠义故事后的“异史氏曰”反映了蒲松龄较为丰富的侠义观念。

　　侠义观念古已有之,在探讨蒲松龄侠义观念内容之前,有必要先考察一下蒲松龄侠义观念的来源与构成。从《聊斋志异》所反映的侠义观念来看,主要由三个方面构成。

　　1. 继承了司马迁的侠义观念

　　侠义观念最早产生于先秦时期,先秦诸子里已有记载,但较为零散、斑杂、朦胧。到了西汉,伟大史家司马迁第一次为侠立传,第一次从理论的高度肯定了侠士们的高尚品德和历史作用,赞扬了侠的重信守诺、救人危难、慷慨赴义、施恩于人不图回报、不自矜夸耀等侠义美德,把侠作为一种理想的完美人格的载体加以赞美。司马迁认为,那些丞相卿大夫不足道,侠比世间那些所谓有德者、拘学之儒更高尚,在无常的人生中侠是不可少的[2]。蒲松龄非常赞同司马迁这一观念,在这一点上他们的心灵是相通的,他喜读《游侠传》就是最好的证明。司马迁的侠义观念在《聊斋志异》中有多处体现。《农妇》篇中写一"勇健如男子"的农人妇"辄为乡中排难解纷",她经商"有赢余,则施丐者"。此篇异史氏曰:她"与古剑仙无殊",她的侠义行为与司马迁《游侠列传》中的朱家、郭解的行侠行为极为相似。《崔猛》中的侠士崔猛"喜雪不平,以是乡人共服之,求诉禀白者盈阶满室",也是在做"排难解纷"之事。《丁前溪》篇中写丁前溪"游侠好义,慕郭解之为人"。蒲松龄心目中视朱家、郭解的侠举为行侠的样板。上述作品所表达的侠义观念与司马迁的侠义观念一脉相承。

2.吸取了六朝志怪、唐代传奇小说中的侠义观念

司马迁的《游侠列传》问世后对后世的侠义小说的创作产生了巨大影响。六朝及以后侠义小说中的侠义观念既有对司马迁侠义观念的继承、发展,也有偏离和变异。六朝志怪小说的侠义观念已基本形成,如《搜神记》中李寄斩蛇的故事表现了为民除害的侠义观念,"三王墓"故事表现了路见不平拔刀相助的侠义观念。这些观念在《聊斋志异》中都有所体现。唐代传奇中出现了大量的侠义作品,侠义小说空前繁荣,有多篇脍炙人口的名篇。蒲松龄在《聊斋志异》中提到唐传奇中侠义小说中的多个侠客,如古押衙(《香玉》)、红线(《王者》)、妙手空空儿(《禽侠》)、聂隐娘的丈夫磨镜者(《农妇》)。看来蒲松龄对这些作品是很欣赏的。唐传奇中侠义作品所表现的侠义观念较庞杂,有些内容偏离了司马迁的侠义观念。如认为斗鸡、击毡求、相殴为任侠的观念,以杀人吃肉的酷虐为"豪侠"的观念,这些是蒲松龄所不取的。非常值得一提的是,唐传奇侠义小说中出现了较多的"侠客救爱情"的故事。如裴铏的《昆仑奴》中的侠士磨勒,不畏强暴,把钟情于崔生的歌妓红绡女从大官僚重重封锁的府第中背出来,使其与有情人成为眷属;许尧佐的《柳氏传》写侠士许俊把战乱中陷蕃将沙吒利魔窟中的韩翊的妻子柳氏夺回,使其夫妻团聚;薛调的《无双传》写报知己的古押衙把没入宫中的无双设计救出,使其与心上人团圆。这些小说表现了在司马迁的侠义观念基础上有所发展的侠义观念,即侠士所解救的"厄困"的范围扩大了,既非经济的匮乏,也非政治迫害,而是到了男女关系的领域,所救"厄困"乃是爱情不能实现的苦恼[3]。这一观念引起了蒲松龄的强烈共鸣,蒲松龄对这一观念特别认同,对这些故事中的侠客的牺牲自我成人之美的行为极为赞赏,他吸取了这一侠义观念,也写了大量的侠救爱情成人之美的故事。如狐女封三娘(《封三娘》)为女友范十一娘择婿,范十一娘被逼死后,她让孟生发墓破棺,亲自用药水把范十一娘救活,使一对有情人得以成婚;《阿绣》中的狐女幻化成刘子固所爱慕的阿绣去追求刘子固,后被刘子固与阿绣的真挚爱情所打动,在阿绣被乱兵所俘生命不保时,狐女挺身而出,救出阿绣,并让她与刘子固相会,使这对好事多磨的有情人得以结合;《巩仙》中的巩道人在鲁王府中用袖里乾坤帮助了一对被权势分离的情侣,让他们在袖里乾坤享受了几次浪漫的爱情生活,结出爱情之果。他又用智慧和法术使这对有情人终成眷属。唐传奇中的侠是用武功救爱情,《聊斋志异》中的侠大都是用法术救爱情,但两者所表现的侠义观念是相同的。

3.蒲松龄形成了自己的侠义观念

蒲松龄对侠及侠义行为的界定和对侠的职责、作用有自己独到的理解。《红玉》篇的"异史氏曰"特意点明:"非特人侠,狐亦侠也。"是说不仅代人复仇的虬髯丈夫是侠,狐女红玉也是侠。红玉并非有虬髯丈夫那样豪气冲天的代人杀仇除害的侠义壮举,她只是在尽一个女人所能,全力解人危难,助人兴家。她在冯生妻亡后出资帮助冯生娶妇,冯生家遭大难时,她代抚冯生之子后又为冯生勤劳操持,创新家业,并助其取得功名。在蒲松龄看来,任何无私助人的行为都是侠义行为;有高度的奉献之心、同情之心、仁爱之心,做出自我牺牲舍己利他行为就是高尚的侠义人格的体现。这是蒲松龄对什么是侠做出的界定。蒲松龄还把侠视为惩恶助善的正义力量,《绚针》的异史氏曰,他把惩恶助善的雷霆也视为侠("神龙中亦有游侠耶?"),《禽侠》的异史氏曰,仗义为鹳鸟报仇、击杀恶蛇的大鸟为"羽族之剑仙",说明蒲松龄对侠的本质有更较为深刻的认识。蒲松龄认为,侠所救助的对象主要应该是受苦受难受迫害的下层百姓。在《聂政》篇中,他安排这位战国时鼎鼎大名的刺客之侠做出新的侠义之举,让他从两千多年前的坟墓中走出,手持白刃来拯救遭潞王欺凌的平民百姓,反映出蒲松龄希望侠义之士救百姓于水火的善良愿望。蒲松龄还希望侠承担拯救社会的重大职责,《田七郎》的异史氏曰,盼望侠能"补天网之漏"，除掉那些害人作恶本该按法处死却由于恶势力庇护而逍遥法外的恶人。传统侠义观念中侠的职责是"赴士之厄困"，藏亡纳死。蒲松龄不仅希望侠救几个落难的人，而更要成为高于封建司法的执法者，应主动地在人间除恶，代上天来执刑，维护人间公道。他极端痛恨为害百姓的罪大恶极之人，恨不得食其肉，寝其皮，在他心目中除恶成功才堪称勇侠。他在对古代侠客的品评中也从侧面反映了望侠除恶的愿望。《聊斋志异》中有几处嘲讽古代大侠荆轲之语，"余读刺客传，而独服膺于轵深井里也……至于荆轲，力不足以谋无道秦，遂使绝裾而去，自取灭亡。轻借樊将军之头，何日可能还也？此千古之所恨，而聂政之所嗤者矣"（《聂政》）；"七郎者，愤未尽雪，死犹伸之，抑何其神？使荆卿能尔，则千载无遗恨矣"（《田七郎》）；"然三官之为人，即萧萧易水，亦将羞而不流"（《商三官》）。他反复说荆轲如何不行，勇力不足，不如聂政，不如田七郎，在一个复仇的小姑娘面前也该感到羞愧，嘲笑荆轲失败，似乎总和荆轲过不去。历史上的荆轲是千古传颂的侠士，他为报知己，拯救燕国危难，勇闯秦廷，因开始想用匕首胁迫秦王答应燕国的条件，未立即将其格杀，使秦王逃脱，由于他剑术不精，未能刺杀秦王，经过一番浴血奋战，从容就义。从小就熟读经史百家的蒲松龄对此史实不会不知道，为何故意大作反面文章？那就是蒲老先生特别遗憾荆轲未能刺杀秦国的"无道"暴君，他太愤恨暴君了，太希望荆轲能杀掉暴君了。蒲松龄以成败论英雄，故作贬低荆轲之语。《红玉》篇中异史氏曰："官宰悠悠，竖人毛发，刀震震入木，何惜不略移床半尺许哉？"表示了与此相同的愿望。他非常遗憾这位虬髯大侠未击中昏昧暴虐的邑令。这些言词表明蒲松龄寄希望于侠来除恶的愿望是何等的强烈！

二

蒲松龄的侠义观念主要体现在他对一些侠义行为、侠义伦理的推崇上。他所推崇的侠义行为都是下层民众所称颂的侠义行为，他所推崇的侠义伦理，大都是侠义伦理体系中的精华部分，在某种程度上表现了我们民族的正义观和价值观。蒲松龄所推崇的侠义行为、侠义伦理主要有以下几个方面。

1.有怨必雪、有仇必复是侠的神圣义务

蒲松龄极力主张复仇，他认为人是不能受凌辱的，应该有气必出，有冤必

申,有恨必雪,有仇必报。恶人制造了世间悲剧与灾难,就绝不能让他逍遥法外,有仇不报者枉生于天地间。《红玉》中的虬髯丈夫见冯生妻被掠走、父被殴亡未能复仇时,上门劈头责问:"君有杀父之仇,夺妻之恨,而忘报乎?"对不敢表示复仇的冯生大声责骂:"不足齿之伧!"蒲松龄认为,复仇是惊天动地的伟业,是人有骨气的表现,是维护自己尊严的表现,是人生价值的体现。《聊斋志异》中写了多篇复仇故事,反复表现复仇主题,主要描写了三种类型的复仇。(1)侠客为抱打不平代人复仇。如虬髯丈夫(《红玉》)、崔猛(《崔猛》)主动为受害者复仇;(2)侠烈之士为亲人的复仇。如侠女(《侠女》)、商三官(《商三官》)、向杲(《向杲》)以自己的勇气、毅力和智慧为被害的亲人报仇;(3)反暴自卫性复仇。如张氏妇(《张氏妇》)以超凡的勇气和智慧致奸淫掳掠的"大兵"于死命,为父老姐妹一雪耻恨。庚娘(《庚娘》)拼上性命杀死逼奸自己的凶徒,当然也是为被害的亲人复仇。蒲松龄对这些复仇壮举极为赞颂,他更为赞颂的是弱者和正义对强权和邪恶的复仇。在《商三官》的"异史氏曰"中,他称三官为"女豫让",并把她提到关圣大帝的同等地位,提到神的高度,这是对复仇者最高的礼赞。在蒲松龄看来,当官吏执法失去公正、法律失去效应,百姓遭受迫害有冤难伸的情况下,受害者奋起复仇,是讨回公道伸张正义的有效方法。因此,他号召人们要勇于复仇,鼓励人们向不公道的社会奋力抗争。

2.施恩拒报,受恩必酬

施恩拒报、受恩必酬也是侠士行事所遵循的侠义伦理原则。高尚的侠士在帮助他人解困后都拒绝或回避受恩者的报答,他们认为施恩受报就是商贾行为,有辱自己的人格。蒲松龄极力颂扬这一侠义行为。《红玉》中的虬髯丈夫主动代冯生报杀父夺妻之仇,为避免报答,他不留名,声称此行"不济,不任受怨,济,亦不任受德",说完就走,为冯生复仇后,再也没有露面,可谓侠气干云,有朱家的高尚风节。《丁前溪》中的侠士之妻杨氏在招待因雨投宿之人时竭其所有,家中贫苦,就撤掉自己屋上的茅草为客人的马做饲料,客人感恩付钱,她拒不接受。作者赞颂了她这种慷慨豪爽好施不受报的高行。《大力将军》中有侠义肝胆的查伊璜,见一大力乞丐,问明乞讨的原因,将其带回家,供其衣食,赠送五十两银子,送其投军,不问其姓名,此后不再记得此事,没有一丝一毫望对方回报之念。此篇的"异史氏曰"高度赞美其侠行:"厚施而不问其名,真侠烈古丈夫哉!"受恩必报是侠坚执的人生信条。侠在危难之时受人滴水之恩要倾身相报,必要的情况下要用生命来报答。蒲松龄对这一侠义伦理更是极力推崇,他在《田七郎》中有非常精彩的表述:"受人知者分人忧,受人恩者急人难","富人报人以财,贫人报人以义","小恩可谢,大恩不可谢",堪称至理名言,把报恩视为一项非常神圣的不可推卸的义务。蒲松龄还把受恩能否报答提到人兽之别的高度,他在《丁前溪》的"异史氏曰"中说:"受之施而不报,岂人也哉?"在《义犬》中作者大发感慨:"呜呼一犬也,而报恩如是。世无心肝者,其亦愧此犬也夫!"认为受恩不报者不如狗。蒲松龄认为不忘一饭之恩是一种美德。《聊斋志异》中的侠义之士无不尽力报恩。《大力将军》中受查伊璜救助的乞丐后来成为将军,他显赫之后不忘恩人,辛苦寻访,以对待君父的礼节对待恩人,把自己的全部家产一分为二,送恩人一份。在修史案中又救了查伊璜一命,蒲松龄在此篇"异史氏曰"中盛赞大力将军的报恩之举:"将军之报,其慷慨豪爽,尤千古所仅见。"《雷曹》中的天庭雨神受乐云鹤的一饭之恩,在乐云鹤临陷覆舟之难之际救了乐云鹤的命,从水中捞出乐云鹤所携的所有财物,又携乐云鹤在云中游,带回天上的小星星变成了乐云鹤之子,以如此巨大付出报一饭之德。蒲松龄还主张恩恩相报,认为恩恩相报更是一种高尚的美德。《田七郎》篇表达了这一观念。田七郎为报武承休的施财救命之恩,舍弃自己的生命为其复仇,而受恩者武承休又极力报答田七郎之恩。学术界一些论者对田七郎杀恶报恩之举多评价不高,认为田七郎被武承休所收买,他们是恩主与义仆的关系,类似于严仲子与聂政的关系,此说属对该篇的误读。武承休也是有侠义肝胆之人,在田七郎除恶身死后,武承休急忙赶到现场抱着尸体嚎啕大哭,后为田七郎收尸安葬,他此举是冒生命危险的。因为很多人都认为田七郎杀贪官杀恶绅是武承休主使的,武承休倾家荡产才使自己免被追究。武承休此举与严仲子不同。聂政死后,只有他姐姐聂荣到场,严仲子没有露面。而武承休不仅将田七郎安葬且永远铭记他的恩情,并在八十多岁时向已成为将军的田七郎之子说明田七郎的坟墓所在。他对田七郎不仅助之以财,也报之以义。蒲松龄讴歌了田武二人恩恩相报的美好品格和他们互为对方做出牺牲的侠义高风。由于蒲松龄特别渴望被知遇,因此他认为一个人受到他人精神上的赏识、看重,这也是一种恩,赏识者即成为被赏识者的"知己",被赏识者对"知己"之恩也要重报,他多次对"士为知己者死"这一侠义观念进行称颂。《连城》中的乔生因自己的文才被县令器重,就尽其所有来报知己。当县令死在任所,遗属困在异乡时,乔生变卖家产护送县令灵柩和家眷行千里回老家。貌丑的寡妇乔女(《乔女》)感激孟生看重自己,要娶自己为妻,她虽拒嫁但倾全力报答孟生。在孟生死后其孤儿被欺、财产被抢掠时,挺身赴公堂力争,保住孟家财产,抚养孟子成人,担起为孟生御侮抚孤重担,为此付出一生的精力。蒲松龄称乔女为"奇伟"之人,《连城》的异史氏曰:"彼田横五百人,岂尽愚哉!此知希之贵,贤豪所以感结而不能自已也。"对报知己的观点做了进一步阐述,把以死报知己之人称为圣贤豪杰,认为以死报知己是感恩之情的必然之举,可见"报知己"观念在蒲松龄心中的分量。

3.对友重义,患难与共

儒家的伦理观念主张朋友间要讲信,侠义伦理观念主张对朋友不仅要讲信,更要讲"义"。朋友之间要肝胆相照,患难与共,要肯为朋友承担任何义务和风险,以及牺牲自己的利益。蒲松龄极力主张和大力宣传侠义交友观念,他在《为人要则·急难》中提出,朋友之间"一日定交,则生死以之","平居可与共道德,缓急可与共患难","其人在,我扶其困厄;其人不在,我抚其儿孙,此之谓石交。"[4]蒲松龄在此对交友表达了两点主张:(1)朋友患难应竭力相救,应不惜牺牲自己的一切;(2)友情超越生死,不以对方生命的终结而终结。《聊斋志异》中的许多侠性之士都是按此标准来行事的。《成仙》中的周生被迫害入狱,其贫友成生不畏强暴冒死营救,向周生表示:"是予责也,难而不急,乌用友也!"把救友看作是自己的职责。家境并不富裕的乔生(《连城》)在好友顾生死后,义无反顾地担负起扶养顾生妻儿的责任。书生乐云鹤(《雷曹》)在好友夏平子病亡后将其安葬,虽家中"恒产无多",但尽力周济夏家妻儿,"每得升斗,必析而二之",使夏家妻儿得以存活。为人仗义的孔生(《娇娜》)在朋友皇甫一家有雷霆之灾向他求助时,慨然应允,冒雷霆,斗妖物,为救友无反顾地献出自己的生命。在这些人物身上都体现出对友重义的美好品德。

4.扶危济困,舍己利人

这是侠义观念系统中的核心伦理规范。侠的灵魂是义,侠的天职是舍己助人,扶弱济困,排危解难,除暴安良。有此精神和义举就达到了侠的最高境界。这也是蒲松龄最欣赏、最推崇、最向往的思想行为。侠士崔猛(《崔猛》)路见不平代人复仇杀死抢霸人妻的恶徒后,为不连累无辜,到官府自首,替人复仇,还要献上自己的性命,不仅以力助人,还要以命助人。蒲松龄赞颂崔猛:

"志意慷慨,盖鲜俪矣。"具有古道热肠的商人之妻夏氏(《纫针》)路见一对母女有危难,毅然决定舍财相救,因救人的银钱被盗,自尽而死,复活后仍不忘救人。生生死死不忘助人,而对别人一无所取。蒲松龄高度赞美了她这种"利人摩顶踵"的侠义美德。《水莽草》中的祝生误饮有剧毒的水莽草茶身亡为鬼,他宁可自己永堕地狱,坚决不肯拉他人做替身,而且在阴间不停地驱赶其他拉人自代的水莽鬼,不停地救人,堪称毫不利己专门利人的典型。这种舍己为人的精神感动了上帝,封他为"四渎牧龙君",使其成为神仙。蒲松龄认为崔猛、夏氏、祝生等舍己助人的品德是最高层次的善,是高于人类道德层次的美德,他希望这种精神应该成为世间最高的做人准则。

蒲松龄侠义观念的核心就是利他精神,提升了侠义伦理的层次和境界。

三

与以往侠义作品所表达的侠义观念相比,蒲松龄的侠义观念有两点突出的特异之处,这里略作探析。

其一,《聊斋志异》写女子行侠的作品中,肯定了女子以性行侠之举,提出了女子以性行侠的观念。《聊斋志异》中女性以性行侠的行为主要表现在以下三个方面:(1)非婚为他人生子,救助寒士的宗嗣困厄[5]。侠女(《侠女》)为报顾生接济之恩,看到顾生贫困无力娶妻,非婚为他无偿生子延嗣。全身心助人的奇女子房文淑(《房文淑》)见书生邓成德游学期间穷困潦倒寄寓在破庙里,她主动前来为他"执炊",与之同居,为他生下一子。在邓成德家中妻子娄氏因无子将被逼改嫁时,房文淑送子上门,解除了娄氏无后之忧,使她免遭改嫁的厄运。这两位侠女都是以性产品——生子,为人延宗祧之续。(2)以性付出、性牺牲救他人于危难之中。《辛十四娘》中的婢子在冯生无端受人陷害身陷囹圄、饱受皮肉之苦无处可申冤时,受辛十四娘的委托,去找皇帝申冤,因无法接近皇帝她就装成流妓,在妓院得见皇帝,受到皇帝宠爱,乘机告状,使冯生沉冤昭雪。(3)以性来惩邪治邪,取富济贫。奇女霍女(《霍女》)三易其夫,对强行收纳她的好淫又极吝的朱大兴,每天要锦衣玉食,促其家庭败落,破其吝又治其淫。后来她又到好色淫荡的何某家中,用治朱大兴的办法来惩治何某。最后她到贫士黄生家中,却勤劳持家,并设计将自己假卖给好色的商人之子,得银千两,助黄生娶妻。霍女是以性来惩治邪恶,抚助善弱,舍身维护社会公道。在蒲松龄写这类故事的当时,封建礼教有强大的威慑力,在视女性贞操重于生命的文化背景下,蒲松龄肯定女性以性行侠的观念,有些性解放的意味,是极端反传统的,是惊世骇俗的,是以前侠义观念从来没有的。在蒲松龄所生活的时代,这种观念绝对不会来自西方,这一观念源于何处是个值得探讨的问题。我们从明代拟话本《西湖二集》中的侠妓故事小说《巧妓佐夫成名》中可看到以性行侠观念的一点儿蛛丝马迹。这篇小说的"入话"提到菩萨化身为娟"以济贫人之欲",表达了以性助人的观念。此则入话提到菩萨,估计这种观念源于佛家。蒲松龄的以性行侠的观念也可能是从佛家利人的观念中引发出来的。佛家学说认为菩萨是佛在人间的代表,在利益众生的工作中,要有难舍能舍的自我牺牲精神,即一般人舍不得的东西,菩萨都能舍得。佛经上记载,须大拏手太子不仅奉献了自己的国家、田园、妻子、奴仆,甚至连自身的四肢五脏也分割给了别人[6]。蒲松龄有渊博的佛学知识,估计可能从佛家的极端利他精神引发出女侠性奉献的观念。蒲松龄这一观念在当时没有引起呼应,但到了现代一些中外文艺作品中出现了与蒲松龄以性行侠相似的观念,限于篇幅,本文在此想不举例。

　　其二,蒲松龄的侠义观念中渗入了浓厚的劝善思想。蒲松龄写《聊斋志异》的主旨是劝善惩恶,劝善的主要方式就是告诉人们"善有善报"。他说:"大善得大报,小善得小报,天道好还不爽。"[7] 这一思想渗入了他的侠义观念中,表现在两个方面:(1)有善德的人才能得到侠的救助。《红玉》的异史氏曰:"其子贤,其父德,故其报之也侠。"讲明侠应该救助什么样的人,这与传统的侠义观念不同。传统侠义观念是救人不一定分辨善恶,如唐《独异志·侯彝》篇载,侯彝包庇一贼子,虽受酷刑"终不言贼所在",作者认为侯彝是信守诺言的侠士。蒲松龄笔下的侠士救人是分善恶的。《聂小倩》中的宁采臣有不惑女色、不取不义之财的大丈夫品格,使得剑仙燕赤霞对他"倾风良切",才出力救助,并赠他除妖的革囊,使他免于被妖袭灭之灾。蒲松龄告诉人们,好人才能得好报,品德不良的人是不配得到侠的救助的。(2)行侠之人会得到好报。蒲松龄认为行侠是一种善行,他让行侠之人得到各式各样的善报。一是侠义之士救助了侠义之人,得到对方的回报、厚报。如前文所提的《大力将军》中的查伊璜救助了大力乞丐,大力乞丐后来立军功成了高官以丰厚的家产回报,并在修史一案中救了查伊璜的身家性命。《丁前溪》中慷慨好施的侠妇杨氏撤掉屋草为投宿客人之马做饲料，杨氏在灾荒之年得到对方的救助，使她家"布帛菽粟，堆积满屋"，家道从此小康。二是救人急难之人得到异人酬报。《宫梦弼》中的柳芳华"慷慨好客，座上常百人，急人之急，千金不靳"，为助人散尽家中巨财，弄得一贫如洗。其子柳和得到异人相助，家中的石头变成银子，富过往昔。作者说此事"不可谓非慷慨好客之报也"。《丐仙》中的医生高玉成无偿为流浪在街上的满身脓血的乞丐治病，将其收留家中，供其衣食。乞丐实为仙人，为报答高玉成的救助，带高玉成到天国一游，指点高玉成逃死之路，使其得以益寿延年。（3）施财救急之人得到上天神明的善报。《张无量》中的张无量喜救人急难，每年青黄不接之际借粮给贫苦百姓，还时不计较数量多少。在天普降冰雹时独独降不到他的田上，庄稼没受一点损失，因其救助贫民的侠义行为而得到天神祐护。《绉针》中的夏氏借贷银两帮人还债救人，在她银两被窃自尽后，雷霆掀开坟墓，使她复活。她年已四十岁，从未生育过，因有救人侠举，在第二年生下一男孩。作者说她："人以为行善之报。"这是上天神明给这位侠女的最高奖赏。这种例子举不胜举，充分体现了蒲翁的劝善思想，其劝善思想与侠义观念渗透相融。蒲翁反复借用佛家的因果报应思想虽较为陈腐，但他导人以善、让人有爱心、走仁人之路的愿望还是值得肯定的。

四

蒲松龄终生崇拜侠竭力歌颂侠义精神，主要原因有二：

其一，愤世道不公。蒲松龄对世道不公感受最深，认为世道不公主要是由各级官吏造成的。世间的贪官太多，他们贪赃枉法纵容地主恶霸欺诈百姓，使政府和国家机器成为社会恶势力的工具。因此他痛骂天下的贪官都是吃人不吐骨头的猛虎恶狼，"天下之官虎而吏狼者，比比也"（《梦狼》），是不拿武器的土匪，"况今日官宰半强寇不操矛弧者耶？"（《成仙》），是听人使唤的恶狗，势家豪族的差役，"如狗之随嗾者""皆为势家役耳"（《成仙》）。蒲松龄痛感官场的黑暗造成社会的黑暗，这些贪官控制下的世界没有任何公道可言，社会成了"原无皂白"的"强梁世界"（《成仙》），"曲直难以理定"（《张鸿渐》），整个社会"沴气冤氛，暗无天日"（《续黄粱》）。蒲松龄对贪赃枉法的整个官僚体系失去信任,希望侠来主持社会的公道,惩治贪官污吏。如近人江子厚所言:"世何以重游侠?世无公道,民抑无所告诉,乃归之侠也。"[8]蒲松龄希望多有一些虬髯丈夫、田七郎去刺杀贪官恶绅,希望多有一些《梦狼》中那样的盗侠取贪官恶吏的性命,"为一邑之民泄冤愤",希望人间多一些行侠的"王者",对贪官进行剥皮,收取他们的贪赃之财,给百姓诉说冤屈、讨公道的地方。

其二,愤世风浇薄。蒲松龄一直生活在社会下层,对封建社会末世的浇薄世风有切肤之痛。他痛恨世间普遍存在的种种卑劣行为:惟利是图,视钱财重于生命,为得到钱财不择手段,坑人害人,人性沦丧;人情冷漠,没有同情心;家庭中没有亲情,朋友间没有友情,世间没有人情。蒲松龄对此进行过多次嘲讽与批判,《种梨》的异史氏曰:"每见乡中称素封者,良朋乞米则怫然,且计曰:'是数日之资也。'或劝济一危难,饭一茕独,则又忿然,又计曰:'此十人、五人之食也。'甚而父子兄弟,较尽锱铢。及至淫博迷心,则倾囊不吝;刀锯临颈,则赎命不遑。"(蒲松龄揭示的现象有一定普遍性,据报载,江西巨贪胡长清给其母几百元生活费都不情愿,但供养情妇花上几十万元也在所不惜,不也是"父子兄弟,较尽锱铢,乃至淫博迷心,则倾囊不吝"吗?)他在《为人要则·正心》条中说:"骨肉之间,亦用机械,家庭之内,亦蓄戈矛,故令人接其步履,畏之而不敢不防,听其好言,亦疑之而不敢相信。"[4]蒲松龄最痛恨的卑劣行为是忘恩负义,对忘恩负义之人进行猛烈抨击,说这类人不如禽兽。《蛇人》的异史氏曰:"蛇,蠢然一物耳,乃恋恋有故人之意……独怪俨然而人也者,以十年把臂之交,数世蒙恩之主,辄思下井复投石焉……亦羞此蛇也已。"蒲松龄深感世间缺少侠义精神,缺少侠义精神的社会是冷酷自私人情险恶的社会,因此他呼唤世间要多一些侠义精神。世间多了一些侠义精神,也就多一些正气,多一些同情之心、仁爱之心。如世间很多人都能舍己助人、急人之难、重义轻利、慷慨好施、知恩图报,那样就会天下家庭和睦,世间也就会有良好的人际关系,形成淳厚世风,让人间充满爱。蒲松龄崇侠颂侠源于救世之心,希望侠担起维护正义的使命,使社会成为公平合理的社会,呼唤侠义精神,改变浇薄的世风。他对侠的期望值太高了,存在较多的不切实际的幻想。他的侠义观念中也有一些封建正统思想,有一些迷信、因果报应的陈腐思想,但总体上是进步的。相对比他晚出现的侠义小说(如《三侠五义》)所宣扬的侠客报效皇朝的观念,其高下还是判然有别的。

参考文献：

[1] 何天杰.晚明启蒙思潮在《聊斋志异》中的回响[J].学术研究,1992(5).

[2] 司马迁.史记·游侠列传[M].北京:中华书局,1959.

[3] 章培恒.从游侠到武侠——中国侠文化的历史考察[J].复旦学报,1994(3).

[4] 王茂福.以性行侠,济困扶危——论《聊斋志异》中的女侠形象[J].明清小说研究,1997(3).

[5] 魏承恩.佛教与人生[M].兰州:甘肃民族出版社,1991.

[6] 蒲松龄.贺毕反予公子入武庠序[M]//蒲松龄集.上海:上海古籍出版社,1986:98.

[7] 江子厚.陈公义师徒[M]//武侠丛谈.上海:上海书店,1989(影印版):185.

[8] 蒲松龄.蒲松龄集:第一卷[M].上海:上海古籍出版社,1986.

《聊斋志异》中的奇侠世界

《聊斋志异》是一部"孤愤"之书。作者痛恨社会黑暗的政治腐败、官虎吏狼、恶人横行，往往把惩治封建官吏、富豪恶霸、为民申冤的希望寄托在义烈侠士身上，因此塑造出众多的社会不公平的对抗者——侠，让侠来张扬人间的正气，激励美善。与所有的中国侠义小说相比，《聊斋志异》中侠的品类最为丰富，不仅有智勇双全的人间侠士，而且驰情入幻，在精魅狐怪身上也浸染上了侠性侠情，赋予这些精魅狐鬼仙怪以强烈的正义感。这些花妖狐鬼重义重情，侠风烈烈，以惩恶扶善为己任，驰骋人间，行侠仗义。他们中有路见不平走出坟墓，"手握白刃"救助被权贵所掠女子的鬼侠聂政（《聂政》）；有用妙法巧治害人恶妇的仙侠马介甫（《马介甫》）；有用仙术使瑞云脱身妓院，与心上人结成夫妻的仙侠和生（《瑞云》）；有救人危难、无私奉献、忠于爱情的美丽狐侠红玉（《红玉》）。这些狐鬼仙侠的出现，使古代文学侠的行列中出现了新面孔，增加了新的成员。除上述狐鬼仙侠外，《聊斋志异》的侠的行列中还有众多的人侠：有勇于复仇、以奇特方式报恩的侠女（《侠女》）；有报知己舍身除恶的田七郎（《田七郎》）；有刚烈无比，以救人困厄为己任的崔猛（《崔猛》），有舍身报父仇的侠女商三官（《商三官》）；有救人危难言诺必诚的侠女绦针（《绦针》）……这些超现实的神秘的侠，现实中奇异的侠，报恩的侠，复仇的侠，刚烈的侠，柔情的侠，他们纵横驰骋，铲奸救善，构成了多姿多彩的侠的世界。

《聊斋志异》中的侠是较为净化的侠，是侠骨中含钙质较高的侠，是较高品级的侠。在《聊斋志异》之前或之后一些小说中的侠，有较多的负面性。在唐传奇中一些豪侠行侠的目的大都是报主知遇之恩，他们的活动大多奔走于上层统治者之间，为他们的爱情生活和争权夺利效劳。唐传奇《无双传》中的古押衙为报王仙客之恩，舍命从掖庭中救出美女无双，然后自刎，但他为害怕泄露机密而杀人灭口，杀了许多无辜，使遭冤而死的有十余人之多。袁郊《红线》

中的红线,为报主人潞州节度使薛嵩养育十九年的厚恩,在得知薛嵩因邻镇节度使田承嗣想兼并潞州而束手无策时,挺身而出夜行几百里,只身潜入田府,神不知鬼不觉地盗取了田承嗣床头的金盒,对田示警。使田承嗣"知过自新",制止了一场战争,使田承嗣与薛嵩重修旧好。红线的所作所为保全了两地城池及万人性命,这是一个令人称道的壮举。但红线此举的主要目的是报养育之恩,是为上层统治者服务,为军阀效力。《聊斋志异》中的侠则主要活动于民间下层,解救庶人平民的困厄,把矛头指向上层统治者和欺压百姓的恶霸。他们的侠义行为有更多的正义性。《红玉》中的虬髯侠客在书生冯相如被邑绅宋氏抢走妻子、殴伤其父却无法申冤时,问明冤情,潜往宋府为冯生的报仇雪恨,杀死宋绅父子三人和一媪一婢。宋家具状告官,官吏惊骇,遣役捉拿正在逃匿的冯相如父子,硬说相如是杀死宋家众人的凶手,要判死罪,相如屡受酷刑。虬髯侠客本着打抱不平、救人须彻的原则,再次出动,夜入邑衙,入邑令室,以锋利匕首刺入邑令睡觉的木床寸余。邑令魂魄丧失,把冯相如放出牢狱。虬髯侠客这种将匕首刺邑令床的示警方式与红线从田承嗣枕头边取走金盒来警告准备入侵的田承嗣的做法有些相似。不同的是虬髯侠客不是为军阀帮忙,而是救助一个素不相识身遭大难的读书人,表现出高尚的侠风。《王者》中出现的侠,已不是个体的侠,而是神秘的群体的侠,在惩治恶势力时表现出更强的主动性。篇中叙湖南巡抚某公,派遣州佐押解六十万两饷银赴京城,中途饷银不翼而飞。巡抚责令州佐"缉察端绪",州佐经一盲者指点,在某个深山中找到一个城廓,在高大衙署中见到一个珠帽绣衣的王者,王者声称收取了巡抚的六十万两饷银,作为巡抚大量贪污的惩戒。要求巡抚打开贪污的银袋,将银补上,并带给巡抚一个大信封,信封中装有早日从巡抚爱妾头上剪来的头发和一封警告信。巡抚见信大惊,补上银两后,不久病死。这些神秘的侠劫银后割发传书示警的做法也与红线"金盒"示警很相似。所不同的是他们惩治罪大恶极的贪官,这一侠义之举更值得称颂。

明清一些小说中的侠有很大的负面性,就是被名牵利锁,侠性软化,他们或是在干出一番侠义事业后归顺官府,如黄天霸、宋江之流,或一开始就投靠官府,去吃皇粮,弄个什么几品带刀护卫干干,如《三侠五义》中的展昭之类。而《聊斋志异》中的侠,大都是向封建恶势力进行勇敢的抗争,他们的结局或是舍命赴难,或是飘然而隐,表现出高度的人格独立性和高风亮节。

　　在《聊斋志异》中，仙侠占有很大比重，这些仙侠有很强的神秘性，突兀而来，悄然而去，或是以秀才、道士等正常人的面孔活动在人间，或是以乞丐、疯癫人等怪异形状来行善除恶。这些仙侠的行侠方式多有新异之处，有许多令人开心至极的高招，他们惩恶扶弱时没有采取激烈的手段，是一种温和型的侠，但他们用匪夷所思的方式尽情戏谑作恶者，在戏谑中惩治，不仅触及皮肉，更着重于鞭挞其灵魂。这类仙侠游戏人间，谈笑间像耍猴一样耍弄了作恶者，颇具喜剧色彩。《彭海秋》中的仙侠彭海秋对素有隐恶又不思悔改的名士丘生的惩治可谓是一大创举。他不是像《济公传》等小说中的仙侠用小小法术让恶人自打耳光之类的浅层次惩罚，而是用法术将丘生变成一匹马，成为一书生的坐骑被骑了几千里，后来又把这特殊的"人马"拴在槽上令其吃草，人们在马厩里发现这个名士恢复人形后的尊容是"垂首栈下，面色灰死，问之不言，两眸启闭而已"。这个名士半夜时又拉了几枚马粪。这种将假名士化为畜类的惩罚，剥掉了风度翩翩的"名士"的假面，对其灵魂进行了曝光，使其再无法骗人。仙侠用这种隐蔽的方式惩治作恶的名士，惩得巧妙，这种将人与畜的形体转换，真是一大奇观。《道士》篇中那个有侠风的仙道，惩治两个好色之徒的手段，更是令人捧腹。好色无行的韩生和徐生，在道士待客的房间各强拥一个绝色女郎入寝。醒来却发现，韩生抱一长石卧青阶下，而徐生抱一块又臭又脏的垫粪坑的"遗屙之石"睡在破败的厕所里，两色鬼这种享受其感觉可能是"美妙"极了！一般世俗中的侠最常见的行侠方式是"路见不平，拔刀相助"，仙侠行侠是路见丑恶，进行惩治。有时是偏重于惩，有时偏重于戏。《癫道人》中的癫道人行侠的方式非常奇特：他看见车轿黄盖、前呼后拥、虚张声势、大摆富贵的游山邑贵，就去戏耍一番。他开始戏耍时是进行一场奇妙的表演，以赤足破衲的装束撑黄盖在路上吆喝，这种嘲讽刺痛了邑贵，当邑贵恼羞成怒令仆辈逐骂追打时，癫道人又施法术，对为邑贵卖命的操刀者予以惩戒，将他倒栽葱似的插在树洞里，大出其丑。这种又戏又惩的方式给邑贵这个炫耀狂一记棒喝，是令人非常快意的。有些仙侠在戏弄惩治邪恶的同时还用法术来救助遭受困厄的良善。《巩仙》中的巩道人是一个游仙之侠，他到鲁王府求见鲁王，管事太监是个狗眼看人低的势利眼，见他粗鄙丑陋，就令人又追又打，当巩道人拿出黄金向他送礼时，管事太监见钱眼开，就领巩道人去走后门，巩道人以其仙术来戏弄这个丑恶之徒。在太监登楼凭窗眺望时，巩道人将他一推，太监觉得身子掉出楼外,有一条细藤系着腰吊在半空中,藤子咔咔作响,似乎要断。太监吓得哇哇直叫,仆人在地上铺上了草,把藤子弄断,发现被吊的太监实际离地还不到一尺,巩道人用这一法术让这个势利薰人的王府管事太监出尽了洋相,丢尽了脸。巩道人还用袖里乾坤神不知鬼不觉地帮助了一对被权势分离的情侣,让他们在袖里乾坤享受了几次浪漫的爱情生活,结出爱情之果。巩道人又用袖里乾坤把孩子暗度陈仓送出王府,使其回到其父身边。最后还用一点破袖片,使这对有情人终成眷属。巩道人极力帮助有情人成眷属与《无双传》中的古押衙救无双的侠行有些相似,但他救人不是用武功,而是用法术,采取的是比较温和的方式,没有滥杀无辜的行为,给人一种亲切感。《马介甫》中的马介甫是一个神秘的狐仙之侠,他行侠的独特之处是介入家有恶妇的家庭,用法术惩治恶妇。诸生杨万石的妻子尹氏是一个人间少有的蛮横无理的母老虎,人性丧尽的"母夜叉""虐待狂",她虐待周围一切人,鞭挞丈夫,将怀孕之妾打得堕胎,并将其出卖。对年逾花甲的公公,视作奴隶,叫他"衣败絮""不使见客",甚至打老人耳光,拔老人的胡须,致使老人无以为生。尹氏在家逞威肆虐,使杨万石之弟投井而死,又逼小叔之妻改嫁。虐待喜儿,动辄鞭挞奴仆,辱骂作为客人的马介甫。马介甫见此不平多次用法术来教训这个毫无人性的尹氏。在尹氏执鞭追打杨万石时,马介甫施法术,使本来操鞭逐夫的尹氏反向奔跑,像被鬼逐一样,在大庭广众中裤子鞋子全部脱掉,光脚回家,为人耻笑。在尹氏再次向家人施虐时,马介甫又施法术,幻化出一个鬼一样凶恶的巨人,巨人操刀数落尹氏的罪行,数落一条罪状,就在尹氏的皮肉上用刀划一下,使得尹氏乞求饶命。在尹氏再次行凶作恶时,马介甫给杨万石服用了专治怕老婆的妙药——"丈夫再造散",杨万石服药后气愤填膺,怒火中烧,先是"以足腾起",把尹氏踢倒在几尺之外,又握石成拳,擂击了尹氏无数下,又操起刀从尹氏大腿上割下巴掌大的一块肉,使尹氏受到应有的惩治。由于尹氏积习难改,马介甫将杨万钟的儿子喜儿和杨万石之父带出杨家,于别处安置,请老师教喜儿读书,喜儿十五岁考中秀才,十六岁考中举人,马介甫又为他完婚。马介甫的惩恶助善之举表现了他正直、善良、仗义等道德品格,成为正义之化身,代表了惩恶扬善的道德力量,也表现了蒲松龄想通过仙侠之士来解决家庭中胭脂虎行恶的愿望。马介甫这样全心全意救助他人,在仙侠中是极富光彩的。

　　《聊斋志异》中与有神奇法术、超越人类的仙侠相对应的一类侠是最为普通的柔弱侠女。在现实生活中她们不是强者，没有超人的体能，没有像唐传奇中聂隐娘那样的隐身术，也没有能用药水将人的尸体化为清水的本领，没有非常高超的武功剑术，也不像《水浒传》中的顾大嫂、孙二娘那般有千钧之力（顾大嫂有三二十人都近身不得的武功，孙二娘能赤膊将武松都"轻轻提将起来"）。《聊斋志异》中这些柔弱侠女虽没有与人厮杀格斗的惊人壮举，有时甚至不能保全自己，但她们身上却充溢着须眉豪士的"义"，在重义践义方面她们简直不逊色于荆轲、关羽这些浩气壮天地的大义士，她们经历千辛万苦克服重重困难来帮助他人，有时要付出巨大的代价。她们在人格上是高尚的强者，她们的侠义精神具有超凡性。《绔针》中的夏氏是一个寻常的商贾之妇，无势利趋炎之心意，有乐善助人之襟怀。路见范氏、绔针母女痛哭，上前询问，当得知少女绔针因父欠债被逼为人妾时，表示愿尽力帮助她们。家无余财的夏氏，对范氏、绔针母女许以重金，以赎绔针，她千方百计筹措银两，在典当财物之后仍筹不满三十两银子，她就去向母亲求借。对于一个素不相识的女子有难，夏氏立即仗义相救，明知此事难为也毫不犹豫，尽其全力扶危济困，这是侠士的古道热肠。她的善举并未一举如愿，正当她凑齐银两时，有一凶悍的盗贼前来行窃，而对携凶器盗贼将赎绔针的银两窃取一空时，她无能为力。她为无力解救绔针脱离火海感到愧对范氏母女而自尽。此虽为柔弱无计之举，但也是重然诺的侠义之性的特殊表现，显现出义薄云天的侠烈之性。后来夏氏在坟中被雷霆所震复生，绔针在夏氏墓前因雷震而死，在盗贼被雷击死于途，所盗之银被追回时，经过生死大难死而复生的夏氏侠肠未改。将从盗贼追回的银两送与绔针之母，让她用以还债，表现出救人须救彻的侠义之风。后来绔针的坟墓被雷击开，绔针得以复活，她知恩图报，愿为夏氏服役终生，而夏氏坚辞不受，强行把绔针送回家，舍命救人而不求任何报偿。这个平凡的商人之妇身上显现出大侠风范，仗义疏财，舍己为人，具有动天地泣鬼神的崇高美。《乔女》中的乔女，是一个"黪一鼻，跛一足"守寡在家的残疾妇女。孟生生前曾钟情于她，乔女因囿于礼教没有嫁给他。在孟生死后，家中财产被村中无赖夺取瓜分，其家庭濒临崩溃时，与孟生非亲非属的乔女，挺身而出，不顾忌封建礼教观念，勇敢地上堂见官申诉，在被县官赶出后，又"哭诉于搢绅之门"，终于使诸无赖受到惩治。此后，又竭尽全力为孟生抚养孤儿，虽然她并没有像有些武侠那样手执利刃,惩治邪恶,但她作为一个残疾女人,有如此侠义之举也令人景仰。《封三娘》中的封三娘是个狐女,与范十一娘有纯真的情谊。她热情帮助好友范十一娘择婿,与孟生缔结婚约。在十一娘不从父亲将自己另嫁他人之命自缢身亡后,封三娘让孟生发墓破棺,取出范的尸体,亲自用药水把范救活,使他们得以结百年之好。她无私助人,也是一种侠义品格。

在《聊斋志异》中一些书生也表现出高尚的侠情侠性,成为独特一类的书生之侠。《聊斋志异》中的书生之侠不同于明末清初才子佳人小说中的才子之侠。《好述传》中的才子之侠铁中玉能文能武,膂力过人,能舞动三十斤重的铜锤。而《聊斋志异》中的书生之侠虽手无缚鸡之力,但在关键时刻能舍出自己的生命来救助他人。《娇娜》中的书生孔雪笠是书生之侠的典型代表。他在流落异乡生活无着时得遇狐仙皇甫公子,与之结为好友。孔生受到皇甫公子的关照和接济。孔生胸生疮肿巨瘤时,皇甫公了之妹娇娜以高妙手术将其治愈。在皇甫一家遭大劫难时,孔生不以异类相弃,挺身而出,发誓与他们共生共死。在电闪雷鸣狂风暴雨中,在深不见底的古墓前,孔生仗剑挺立,在鬼物从洞中抓出娇娜腾空而去的千钧一发之际,挥剑用生命一搏,向鬼物砍去,救下娇娜,自己却被天崩一般的炸雷炸死,后被娇娜救活。他这种舍己救人的壮举,具有威武不屈之美,闪现出最耀眼的高节之侠的光彩。《水莽草》中的祝生是个贫士,因误食了寇三娘的水莽草而丧了命,在阴间他成了鬼侠,他宁愿为鬼也不嫁祸于人,不但不"取人自代",还搭救被别的鬼所害的人,富有牺牲精神,并且向恶势力(包括鬼和助鬼为虐者)进行顽强斗争,是一个有高尚灵魂的鬼侠。

《聊斋志异》中有一种最为奇特的女侠,这是其他侠义作品从未出现过的。她们比一般的女侠开放,有超常的行侠方式。这些女侠貌美心灵更美,全身心地投入对困顿中寒士的救助。她们不像一般的侠仅救助恶势力从外在对寒士所造成的身家性命的危害,而是以女性之身救助寒士因贫而无偶、香火不继等方面的困厄,并且是全身心地奉献,具有圣洁的"利人摩顶踵"的高风。《红玉》中的侠女红玉,在冯生妻亡后主动前来约会,同居,在被迫离开时,向冯生赠聘金,使冯生得以娶妻。在冯生家破人亡时来帮助他抚养孩子,重整家业,再次献给他爱情,使其苦尽甜来。《侠女》中的侠女,对因贫穷无法娶妻的恩人顾生自献其身,不婚而为生一子,延一线之嫡,并且所生的是一个后来考中进士的高质量的儿子,为顾生光大门楣。《房文淑》中的房文淑是个性格开朗乐于助人的奇女子,她见书生邓成德在游学期间穷困潦倒寄寓在破败的寺庙里,主动前来为他解除忧愁,为他"执炊",给了他温情和爱抚,与他同居六七年,两人"相得甚欢",还为他生下一子,后飘然而去。在邓成德老家中的妻子娄氏遇到危难时,她又出现。娄氏因丈夫游学不归,膝下又无儿子,将被大伯逼令改嫁,此时房文淑送子上门,解除了娄氏的无后之忧,使她免遭改嫁的厄运。房文淑介入这个家庭给予夫妻双方无私的奉献,处处为别人着想,而自己却别无所求。这是一个具有高尚品德的狐侠。这类侠女无限柔情中的侠风,堪称真善美的化身。

　　《聊斋志异》中种种奇侠的出现,在中国古代小说通常具有的侠客形象中开辟了新的天地。有些侠士形象比较丰满、神气完足,有的仅是侠的"剪影",但都闪射着"义"的光芒。具有侠义人格美的光辉,这是蒲松龄对侠义作品做出的突出贡献。

《聊斋志异》中的复仇

　　蒲松龄是一位对黑暗社会中的苦难百姓怀有深切同情的伟大作家。他痛恨官场黑暗、吏治腐败、恶人横行，痛恨黑暗势力给劳动人民生活带来深重的灾难。他在《聊斋志异》中不仅表现了封建官吏对人民的欺凌、压榨、残害，更着力表现了被压迫者对压迫者的抗争、惩治、复仇。在很多作品中表现了一种强烈的复仇意识。在他描写的所有领域，都表现了抗争复仇内容。在公案诉讼题材作品中，在爱情题材作品中，在科举题材作品中，都塑造出了众多的复仇者形象，构成了一部奇特的复仇大观。

一

　　《聊斋志异》中描写了许多奇特超凡的虚幻形象，作者把许多幻境中的狐鬼花妖引入人间社会中，让他们参与人间社会的矛盾纠葛。他们或成为复仇的主体或成为复仇的对象，这些众多奇特的人物构成了《聊斋志异》中复杂的复仇关系。

　　在《聊斋志异》中有人向人的复仇，这是善良的受害者向凶恶残暴的压迫者、害人者复仇。如少女商三官向殴杀其父的邑豪复仇（《商三官》）；侠女向诬陷其父的仇主复仇（《侠女》）；少妇庚娘向杀害公婆丈夫的江洋大盗王十八复仇（《庚娘》）；向杲向杀害其兄长的庄公子复仇（《向杲》）；田七郎为受迫害的朋友雪恨向仗势欺人的恶霸和县令复仇（《田七郎》）等。这类复仇是人间社会压迫与反压迫的激烈矛盾的直接显现。《聊斋志异》中还有人向恶鬼与恶妖复仇，如壮士王鼎偶入冥间，见兄长为冥役所缚，冥役仗势索贿，肆意折磨其兄，王鼎愤而解刃，立决冥役首级，为兄复仇（《伍秋月》）。席方平的父亲被在阴间的富室羊姓勾结鬼役害死，席方平愤而至阴间告状，为其父遭害和自身所受到的残酷迫害复仇《席方平》)。人向妖的复仇主要表现在人向作恶害人的狐妖复仇。十岁的贾儿见母亲被狐妖所祟,用刀剁伤狐妖,用毒药酒毒死狐妖,为母亲报了仇,(《贾儿》)。《鸦头》中的王孜向残害母亲的亲属复仇,狐女鸦头被其母与姊逼迫卖淫,鸦头不愿过此生活,与心上人王生私奔,但被奉母命的大姊抓回囚入密室,鞭创裂肤,横施楚掠,被囚禁十八年之久。鸦头之子王孜长大后孔武有力,疾恶如仇,闯入狐姥姥所开的妓院,刀劈狐姨妈,用箭射杀狐姥姥,为其母报了血海深仇(《鸦头》)。这类复仇故事中的恶鬼恶妖是人间恶势力的折射与象征。《聊斋志异》中较为奇特并占较大比重的是鬼向人的复仇。这些鬼都是冤死的鬼,仇主是人间置他们于死地的恶人。如《三生》中的兴于唐很有才学但被有眼无珠的试官黜落,郁愤而死,兴于唐之魂大闹阎王殿,要求阎王惩办试官,愤怒地向试官复仇。复仇的冤鬼中绝大多数是女鬼。如窦女向奸骗自己的地主恶少南三复复仇(《窦氏》);梅女死后多年向诬己有奸情使自己死于非命的典史复仇(《梅女》);博兴女向杀害自己的恶霸复仇(《博兴女》)。这类复仇是"人间的力量,采取了非人间的形式"。在《聊斋志异》中,不仅人要复仇,鬼要复仇,狐仙要复仇,即便一些弱小的动物也有坚定的复仇之志,在受到侵害时也要复仇。《禽侠》中的一对栖于天津某寺的鹳鸟夫妇,所孵的幼雏被凶残的大蛇所吞食。鹳鸟夫妇并不移巢,决计复仇,花了三年时间寻找禽侠,向大鸟作"秦庭之哭",请来了见义勇为的大鸟,将凶残恶毒的巨蛇斩首,替幼鹳报了仇。《鱼客》中汉江上的群鸦,见到一个同伴在飞行觅食时被满兵发弹射中胸部,愤而复仇,鼓动翅膀煽起江上的狂涛巨浪,将满兵乘坐的船掀翻,使船上满兵全部毙命。

二

《聊斋志异》中的复仇是受压迫者以鲜血生命向邪恶势力的搏击。由于复仇者自身身份、条件、境况的不同,他们的复仇方式是多种多样的。其中有"荆轲式"狂飙般的击杀:《商三官》中的弱女商三官在父亲被豪绅打死之后,拒绝婚嫁,离家出走。女扮男装,改名换姓学作优伶,得机会接近仇主,拔出利刃,将作恶万端的仇主身首两段,杀得解气,令那些作恶者胆寒。《田七郎》中的壮士田七郎,激于义愤,为受贪官恶霸迫害的朋友复仇,他装扮成砍柴者,在柴担中藏着利刃,闯进县衙去砍杀恶霸贪官。进衙后抽出利刃直奔害人的御史之弟,在砍断真手腕后,挥刀将其头削下。在自刭后,尸体又突然跃起,刀斩恶人头,将县令杀死。这种手执白刃的杀仇,杀得壮烈,杀得惊心动魄。《聊斋志异》中的复仇还有一种是勾践卧薪尝胆式的杀仇,《侠女》中的侠女在父亲被害、家产被抄后,背老母隐匿民间,隐姓埋名,苦熬数年,一旦时机到来,夜闯仇家,用匕首削下仇主之头飘然而去。《梅女》中的梅女被小偷和典史所诬而自缢。她的阴魂不去托生,在阴间等待仇人十六年,终于等来了仇人,她怒火万丈,张口吐舌,以长簪刺其耳,使仇人中夜而毙,终于报了深仇雪了大恨。

《聊斋志异》中最为奇特的复仇是用法术复仇。使用这种复仇方式的非世间凡人,而是仙人、狐仙、厉鬼等。《云翠仙》中的仙人云翠仙被不善识人的母亲嫁给了品行恶劣薄幸的小贩梁有才,云翠仙用勤劳和财物兴其家,使梁有才坐享温饱,家中小康。但嗜赌如命心如蛇蝎的梁有才恩将仇报,为得千金决计把云翠仙卖给妓院。云翠仙将其赚到娘家中,对其痛斥痛骂,片刻后,突然间家中的楼阁一下子消失,所有的人不知去向,只有梁有才一人坐在万丈陡崖上,身子一动就从崖顶坠落下来,挂落在悬崖半腰的枯树上,奄然将毙。云翠仙又使梁有才家中荒如破庙,破败如初。用神奇的法术严惩了这个丧尽天良的负心贼。《窦氏》中的农家女儿窦女死后化为厉鬼有更神奇的法术屡屡惩治南三复。使南三复所娶的富家女子自缢,使自己的尸体走出坟墓变成活人,变成南三复所娶的富家女子的模样,然后又复化为自己本来的模样,僵死在南三复的床上,造成南三复掘墓盗尸的事实。在南三复大量行贿逃脱法律制裁后,窦女又将姚孝廉新死女儿的尸体搬运到南家,造成南三复盗尸奸尸的事实,姚家怒而讼官,南三复被以掘墓罪论死。窦女终于报了大仇。《武孝廉》《丑狐》中的狐妇也都是用法术向负心者复仇。《聊斋志异》中使用法术复仇者多为女性,有仙女、女鬼、狐女等。

三

《聊斋志异》中复仇者所进行的复仇有极强的正义性。封建社会中有各种性质的复仇,有统治阶级内部为争权夺势所进行的仇杀,有封建大家族争夺财产的拼斗,有群氓的使气斗殴。《聊斋志异》中的复仇与上述的形形色色的复仇迥然不同，复仇对象主要是那些向百姓施虐逞暴的贪官污吏和土豪劣绅，是弱者对强者的复仇，是被压迫者对压迫者的复仇，是正义力量对邪恶势力的复仇，是被压迫者与黑暗势力的生死搏斗。这种复仇的正义性还表现在复仇者是在社会吏治无法主持公正、法律失去效应情况下的复仇，是受害者含冤不得伸的忍无可忍的复仇。

《聊斋志异》中受害者的复仇对象都是凶横残暴、视百姓性命为儿戏、为所欲为杀人不眨眼的十恶不赦之徒。他们犯下滔天巨恶，却能凭借金钱的力量逍遥法外，受害者有冤无处申，有恨无处雪，只好拼出性命自掌正义来复仇。《商三官》中的士人商士禹因酒醉戏谑触怒了邑中富豪，竟被富豪指使家奴乱捶而死。这个富豪是何等的蛮横和凶残！商士禹的两个儿子将父亲的人命案讼于官府，竟得不到公平的判决。商三官愤起杀仇，与邑豪同归于尽。商三官的复仇表现了一个少女对罪恶的压迫者坚贞不屈的抗暴精神，如同撕裂黑暗夜空的闪电，震慑了世上的恶人。《向杲》中的恶霸庄公子也是一个罪大恶极之徒，为抢夺一个想嫁给书生向晟的女子，竟唆使恶仆凶残地把向晟活活打死。向晟之弟向杲赴郡控告，因庄公子广施贿赂，他的冤案无人受理。向杲忍无可忍伏路伺机刺杀庄公子，最后化虎咬掉吞下庄公子之头，这也是反抗强暴伸张正义的复仇。《窦氏》中的地主少爷南三复垂涎少女窦女的美貌，在诱奸窦女时指天发誓，信誓旦旦要娶窦女为妻。在窦女受骗失身生下孩子后，南三复违背誓言，要娶富家之女为妻。窦女抱儿奔南府，人面兽心的南三复将其拒之门外，任其"依户悲啼"，致使母子二人双双冻亡。南三复的这种残忍行为是禽兽都干不出来的。窦女鬼魂严惩了这个负心汉，一雪天下被辱妇女之耻，不让做了伤天害理之事的恶人逍遥法外，生不能复仇，死了也要复仇，其抗暴除恶的精神可歌可泣。《梅女》中的某典史因为得了三百钱的贿赂便诬人为奸，逼得梅女上吊身亡。在当时三百钱还买不到八十个馒头，某典史为区区三百钱逼死一条人命，可谓是贪官之最了。梅女的鬼魂苦等十六年向某典史讨还血债。这不仅是梅女个人复仇雪恨，也是代表人民对这个丧尽天良的贪官的裁判。

四

《聊斋志异》中的复仇大都带有神奇性，在众多的复仇者中有少数是用世间常规的复仇方式、手段来复仇,如作品中的杀仇"三烈女"的侠女、商三官、庚娘是用匕首、菜刀来刺砍仇人,使其毙命。除此之外的大多数复仇者是非常规带有神奇性的复仇。其中有一类是复仇主体变异式。《向杲》中的壮士向杲在伏路伺机刺杀仇人庄公子时,被庄公子觉察,庄公子雇请了一个强悍的保镖,日常出入严加防范,向杲伏路等待很多时日,一直不得近庄公子之身,在无计可施时,得到一道士的帮助,道士送向杲一件神奇的布袍,使向杲化为猛虎,这只猛虎仍有人的复仇意志,在庄公子路过时,以迅雷不及掩耳之势,从马上扑落庄公子,一口咬下其头,吞了下去,报了兄仇。此次复仇还奇在,向杲之魂所化的猛虎在吃庄公子时中了庄公子保镖一箭,这一箭却使向杲的灵魂回归肉体,又复原为人。既报了仇,又保全了自己。尽管向杲自己声称吃庄公子的老虎就是自己,庄家的儿子将此事告官,官府认为所告荒诞无据,不予受理。这一复仇是最成功最理想的一次复仇。《博兴女》的复仇也有相当的神异性。向杲是化虎复仇,博兴女是化龙复仇。博兴女是一位十五岁非常漂亮的姓王的少女,被当地强横的恶霸抢去,因抗拒恶霸的逼奸被缢杀,恶霸在她的尸体上系上石块沉入塘底毁迹。少女之魂化为巨龙复仇。摞走了恶霸的人头后,少女的尸体浮出水面,手中提着恶霸的人头示众,将冤情告白于世人。她的复仇无比壮烈,激动人心。神奇式复仇的第二种类型是突发神力式。《田七郎》中的壮士田七郎为替朋友复仇,闯入县衙,挥起利刃杀死了贿赂官府仗势欺人的恶霸。在衙役包围他时,他自刭而死。"僵卧血泊中,手犹握刀",在县官上前来察看他的尸体时,他的尸体突然一跃而起,又挥刀砍下县官之头。这位杀恶霸恶官的义士,死后尸体突发神异之力,除恶务尽的壮烈行为令人惊叹。是一个誓死不屈的复仇精灵,是人间公理正义的化身。《商三官》中的商三官在复仇自尽后,尸体也爆发出神力,正义之气并没有湮灭。在两个豪绅恶仆心生邪恶之念要奸淫她尸体时,她的尸体发出一股强大之力,使得两恶仆感到头如被猛击,口喷鲜血,倒地而亡。表现出她生死都不可辱的凛凛正气。神异复仇的第三种类型是奇术奇惩式。这种复仇不是立取仇主性命,而是用法术让仇主自己慢慢走向死地。《窦氏》中的窦女用法术往南三复家搬运尸体,造成南三复掘墓盗尸奸尸的犯罪事实,触犯世间法律,被官府处死。一些狐女对负心人的奇惩是用法术追回自己的馈赠。《武孝廉》中的狐妇用此法惩治了负心的丈夫。在武孝廉石某暴病不起、吐血不止、资金被盗、身处绝境时,狐妇救了他,给他一粒起死回生的丸药,治好了他的病,而且嫁给他。狐妇还慷慨地拿出自己的积蓄,让他去弄了一个城防官的职位。可是石某忘恩负义,背弃自己许下的诺言,另聘王氏女,把狐妇一脚踢开。狐妇去找他,他命门人将狐妇拒之门外。当狐妇喝醉了酒,化身为狐现了原形的时候,石某竟急觅佩刀,要把狐妇杀死。狐妇见此情景,愤然怒骂石某蛇蝎心肠。狐妇没有去打杀他,而是用法术向石某索还原先所赠的丸药,向石某脸上吐了一口口水,石某觉得脸上如浇冰水,喉中习习作痒,呕出狐妇原先送他的丸药,狐妇拾药而去,石某晚上旧病发作,吐血不止,过了半年死去。狐妇的法术奇在她的口水有催吐剂之效,丸药在石某腹中长期不化,石某吐出丸药立竿见影旧病复发。狐妇这种奇术奇惩,让负心者慢慢品尝负心的苦果,这种复仇是对石某这类负心者最妙的惩罚。《丑狐》中的狐妇通过法术和一种神异之物相结合来惩治负心者,向见利忘义、贪财害义者复仇。面貌黑丑的狐妇开始向家极贫困的穆生求爱时,穆生惧其狐而厌其丑,但在狐妇拿出金元宝时,穆生立即态度大变,马上上床与狐妇欢爱。狐妇从此不断送给穆生钱物,使穆生家衣食丰足,屋庐修洁,后来狐妇所赠的钱物渐少,穆生背德负心,绝情断义,请来术士作坛来驱逐狐妇。狐妇用法术割去术士一耳,术士慌忙逃命。狐妇继续作法,将许多盆大的石头飞掷屋中,将穆生的门窗、家具、锅碗瓢盆砸个稀巴烂,奏出了一曲锅碗瓢盆交响曲。狐妇又抱来一个猫首犸尾的怪物,如同二郎神杨戬的哮天犬一般。狐妇指使怪物咬住穆生之足,嚼碎吞吃了他的两个脚趾,以此逼迫穆生归还自己所赠,收回了她给予穆生的钱物,使穆生清贫如初。现实中处于男权统治下的女性对穆生这种卑鄙负义灵魂肮脏的负心者是毫无办法的。而狐妇有超凡的法术,有类似哮天犬的神怪动物,向负心者复仇,讨回了公道。使穆生这样"丧身辱行"的小人最后落得一场空,这种奇惩复仇带有一定的戏弄性,在众多的复仇中可谓是别具一格。

　　在运用奇术奇惩方式的复仇者中,鬼魂复仇占了一定的比重。需要值得一提的是,蒲松龄赋予他笔下的鬼魂更多更强大的神奇力量,更坚定的复仇意志。与以往作品中的鬼魂有很大的不同。《太平广记》中一则故事说,一女子路过一座寺庙,被和尚逼奸,她不从,被和尚剥光衣服杀死,裸埋寺中已百年。一男子邬某到寺中避雨,女鬼现身向邬某请求帮助,给她一身纸衣,使幽魂遮体,得以遮羞转生。邬某应诺,女鬼感到很满足就消失了。这个女鬼特别柔弱,受害后没有复仇，只求遗骨有个妥善的处置就行了。她的能力很微弱，想得到一身纸衣还需向世人求助。《聊斋志异》中的女鬼的法术神力及性情与上述那个女鬼大不相同。如窦女(《窦氏》)不仅能使自己的尸体和姚孝廉之女的尸体走出坟墓，还能使尸体发生多番变化，先幻化成活着的美貌少女，使其进入南府后，再还原化为僵尸。她不仅有神奇无比的尸体搬运术，而且还进驻南府对南府进行全天候的监控，观察南府的动静，南三复的一举一动她都了如指掌。南三复搞了什么活动，她及时采取报复行动。在得知南三复远聘百里外的曹进士女儿时，就将姚孝廉女儿的尸体假扮成曹进士女送到南府，还幻化出一个老妪来护送。窦女的神奇本领几乎可与孙悟空媲美。《三生》中的复仇男鬼也有神异强大的威力。因科举考试被黜而冤死的兴于唐奋起向试官复仇，向阎罗告状，伙同千万个落第书生的鬼魂大闹阎王殿。众鬼怨气冲天，喊声动地，如阵阵雷鸣，阎王不敢怠慢，立即升殿审理，试官虽然阳寿未满，也被摄来。阎王认为试官与主考官失职，决定处以打屁股的轻刑。兴于唐与众鬼魂齐声抗议大喊，震得阎王殿屋瓦纷飞，梁柱动摇，如同发生了强烈地震。判官战抖，阎王变色，在众鬼魂怒不可遏的威势下，阎王只得按众人的意愿，将主考官和试官剖腹挖心，众鬼魂才心中大快，哄然而散。众鬼魂逼迫阎王对有眼无珠不辨真才的考官给予最严厉的惩罚，是被迫害的人们至死不屈的性格和斗争精神的升华。

蒲松龄在《聊斋志异》中以激昂的笔调描绘了大量的富有神奇性的复仇。他赋予被欺侮被凌辱的小民、受害者以超凡的神力，让善良正义的弱者战胜邪恶的强者，真善美战胜假丑恶，使在强大的黑暗势力下不可能实现的复仇得以实现，表现了作者呼唤正义铲除社会罪恶的强烈愿望。

五

复仇是勇者的行为，是一场性命相搏的行动，胆小鬼是不敢复仇的。《聊斋志异》中的许多受害者都是勇者。那些受害的主人公，男也好女也好，老也好少也好，人也好鬼也好，都不是任凭恶势力欺凌无所作为的弱者，不是在恶势力面前俯首帖耳、任人摆布的懦夫，而都是有血性、有骨气、有抗争精神与恶势力抗争到底的硬汉。他们都敢于正视惨淡严酷的人生，秉性刚烈，为复仇不计生死，用生命捍卫自己的尊严，都有崇高伟岸的人格，他们是命运的强者,在复仇中表现出刚强的人格美。《聊斋志异》中的复仇者都有坚韧不拔的复仇意志,所受的冤屈一天不昭雪就一天不停止斗争。《向杲》中的壮士向杲在其兄被仇家所害后,先以诉讼途径来申冤。在诉讼失败后,就毅然采取个人复仇手段,每天揣着锋利的匕首,伏在仇人常行走的路边草丛中来伺机刺杀仇人。日子一久,仇人得知了向杲的图谋,出门时严加防范。向杲为实现复仇就伏在草丛中一直等下去,不管刮风下雨,照等不误,誓杀仇人,终于如愿以偿。《梅女》中的少女梅女,被贼人诬陷和受贿贪官所逼,愤而自缢。她变成鬼后也要复仇。她的复仇意志更为坚定,她的身体已经转世投生延安展家,她的魂灵却滞留在原来的家中,伺机向贪官复仇,竟苦苦等待了 16 年! 最后终于向贪官讨还了血债。《侠女》中的侠女也是在悲惨艰难的境遇中苦苦等待时机得以实现复仇的。侠女的父亲被仇人诬陷招致杀身之祸,家产被抄,侠女背负老母逃出,流落民间,隐姓埋名,靠为人缝补过活。生活艰难,身处险境,稍有不慎就会被官府搜捕到而遭杀身之祸,但她不泯复仇之志。她父亲原为司马,陷害她父亲的人是非等闲人物,肯定身居高位,爪牙耳目众多,防范森严。侠女不为这些困难所惧,苦度时光伺机复仇。在母亲去世安葬后夜探路径,勇入敌穴,手刃仇人,取回仇人之头,报了杀父毁家之仇。《商三官》中的烈女商三官不仅有为父报仇的坚韧意志,还有一种最为可贵的勇于伸张正义的承当精神,为报父仇甘于牺牲个人生命。按照传统的观念,为父报仇是男子的事,女子的本分是纺织做饭,侍奉父母和丈夫,在特殊情况下,女子也有为亲人报仇的,但那是在家中没有男子的情况下进行的。三国时的庞娥以剑刺杀杀父的仇人李寿,是在兄弟三人同时病故的情况下担负起复仇的使命的。而商三官有两个哥哥,这两个木讷的兄长无复仇的勇气,一味地想靠官府来惩办杀父的凶手,二人均不能为父雪冤。商三官看透了靠打官司不是办法,而要靠自己的力量报仇雪恨。夫家来议婚,商三官以父亲被害之事加以拒绝,然后离家出走,忍辱负重,用半年时间投师学作伶人,借祝寿之机,取得杀父仇人的欢心,得到接近仇人的机会,将仇人身首两断,然后自尽,与仇人同归于尽。既报了父仇,也除了一邑之害。作者在文末评价她说:“三官之为人,即萧萧易水,亦将羞而不流,况碌碌与世浮沉者耶! 愿天下闺中人,买丝绣之,其功德当不减于奉壮缪也。”赞扬商三官品性刚烈,具有坚韧的复仇之志,完成了复仇使命。这种品格不仅胜过其两个木讷的兄长,在实现杀仇之愿方面,就连荆轲都为之羞愧。商三官不愧是巾帼英豪。《席方平》中刚正之士席方平在不屈不挠的复仇中经受了更为严峻的考验,表现出伟岸的人格美。席方平为了为父伸冤雪恨,舍命来到阴间,从城隍告到郡司,从郡司告到冥王,最后直告到玉皇大帝的九王和二郎神那里,不达目的誓不罢休。受贿枉法的阴间各级官吏用酷刑妄图使席方平息讼。在冥王府中冥王令鬼卒把席方平按在烧得通红的火床上烙,像烙烧饼一样翻来覆去地烙,烙得身上直冒青烟,"骨肉焦黑",但他不屈服。冥王又令鬼卒将席方平捆在木柱上,用锯子像锯木头一样从他头顶一直到下身锯开,给他来个一分为二的大劈叉。如此酷刑也没有折服席方平"必讼"的决心。恶势力加给他身心的痛苦愈多愈大,他抗争复仇的愿望和行动也愈强愈烈。为了复仇申冤,他不仅经受住了种种骇人的酷刑的摧残,而且经受住了利诱收买的考验。冥王见用酷刑压服不了席方平,就又用软的一手,要与他私了官司,只要他乖乖回到阳间不再上告,就给他千金的产业、百年的寿命,让他转世为贵人,并将这些允诺当场写在生死簿上,盖上大印让席方平看。这些条件优厚至极,特别是百年的阳寿,在人间是万金难买的。可是席方平不吃这一套,在离开冥府后仍继续上告,一定要让恶人贪官受到惩罚,讨还公道。席方平这种行为和品格体现了我国劳动人民在邪恶势力面前永不屈服、敢于斗争的大无畏精神,体现了中华民族刚毅果决、维护正义的高贵品质。

《聊斋志异》中的复仇者特别是一些女性复仇者,她们不只是一味地复仇,她们在生活中善待他人,顾全他人,有恩必报,对帮助过自己的人奉献爱心,这些行为表现了她们性格的另一侧面——情义美。《梅女》中的女鬼梅女用巧计,使得仇人找上门来,她得到千载难逢的机会报仇雪恨,用长簪刺仇人之耳。但她没有只顾一味雪愤而不顾其他,她没有让仇人死在当场。如果让仇人死在当场会使帮助过自己的封生受到牵连无法脱身。而使这个受盗三百钱便诬人为奸的某典史回到家中,在半夜时一命呜呼。《侠女》中的复仇烈女侠女,既有勇于复仇的刚烈之气,同时还有关心报答他人的美好品德。她与以往小说中复仇女性有很大的不同。如《集异记》中的《贾人妻》,贾人妻在丈夫死后又嫁了人,并与后来的丈夫生了一个孩子。后离家外出,向仇人复仇,带回人头,向丈夫说明为了报父仇而在此隐居,现在大仇已报,就与丈夫"拜拜"远走高飞了。贾人妻在前夫死后嫁人是权宜之计,借此男人为复仇作掩护。临走时为了"以绝其念"杀死了亲生之子,贾人妻的所作所为显得极为寡情。而《侠女》中侠女的所作所为与贾人妻迥然不同。她有极强的独立精神，隐居期间没有经济来源，靠自己的双手为人缝补奉养老母，她没有结婚，没有找一个过渡性的丈夫来为自己的复仇作掩护。她恩怨分明，能恨能爱。在生活困难时受到邻居顾生的接济。见顾生家贫无力娶妻，就常常帮助顾生做家务，缝补浆洗不停手，侍候顾生生病的母亲。做到顾生妻子所能做到的一切。她想到顾生无妻无子有断后之忧，就与顾生交合，不婚而孕，代人生子。她宁可推迟自己的复仇时间为顾生生子，她对顾生尽了妻子的义务却不与顾生结婚，放弃作为妻子的名分和权利。她这样做是避免复仇之后使顾生受到牵累。这种侠义高风是以往复仇女性所不能比拟的。清代评论者方舒岩对侠女予以极高的评价："养老母，孝也；报父仇，勇也；斩白狐，节也；孝我母而我亦孝其母，礼也；怜生贫而为一线之续，仁也；去来莫测，智也；此女美不胜收，不得以'侠'字了之。"指出了侠女多侧面的人格美。

六

《聊斋志异》中的复仇都是弱者向强者复仇，复仇者所面对仇主都是凶豪、恶霸、贪官，要完成复仇并非仅靠拼却一死就能完成。这些复仇者完成复仇之愿不仅靠勇力，更靠的是智谋，表现出丰富的智谋美。《席方平》中的壮士席方平，开始在复仇申冤时是硬碰硬，直接宣告自己的斗争手段和目标。在受了残酷的火床之刑和锯解之刑后，改变了斗争策略，懂得了保存自己，掩饰自己的行动目的，采用了新的斗争策略。在冥王命令鬼卒千方百计将席方平押回阳世时，席方平为使自己能留在阴间继续告状，与冥王展开了遣送与反遣送的斗争，鬼役奉冥王之命要竭尽全力尽快将席方平弄回阳间，席方平则千方百计反遣送，于是与押送自己的小鬼展开了一场智斗，斗得奇，斗得妙。鬼役押送他回阳间的路上，他故意磨磨蹭蹭，拖延时间，来个缓兵计。鬼役见此也采取了对策，使用了偷袭计，乘他不备时推他去投胎，使他转生为婴儿，一下子将席方平弄回了阳间。这一偷袭计使席方平上了大当。变成了婴儿的席方平仍不忘复仇，三天绝食，来个绝食计，自己绝命，终于反败为胜又回到了阴间。原来押解席方平的鬼役自以为大功告成不费吹灰之力就将席方平弄回了阳间，早早地跑回冥王府交差去了。席方平乘此机会顺利奔向灌口，向二郎神投诉,终于得以申冤。这场斗智十分有趣,鬼役有计来,席方平有计回。席方平在这几个回合的斗智中,善用智谋,巧妙地甩掉了押送自己的鬼役,申冤成功,使一系列仇人得到最严厉的惩处。

《聊斋志异》中的复仇女性在身临万分险恶的环境时从容镇定,运用奇谋奇智,杀死仇敌。《庚娘》中少妇庚娘就是一个富有机智而又具胆略从容杀仇的女性形象。她全家逃难时被江洋大盗王十八骗到一条船上,凶残的大盗王十八为了霸占庚娘,把庚娘的丈夫、公婆全都打入水中,庚娘举家蒙受灭顶之灾,转眼间只剩下自己孤身一人,落在这个江洋大盗的手中,处境万分险恶,如同羔羊入虎口。按照常情,此时她的出路或俯首受辱或投江而亡,但她不,她既要保住名节又要保全自己为家人复仇。她见危不惊,闻变不乱,从容应敌。在强敌面前,她虚与周旋,假意依从王十八,随王十八至金陵家中,再寻找机会报仇。王十八要以强力来奸污她,在危难关头,她笑着要贼人以一杯酒合卺,借此机会强作媚态灌醉了贼人,先灭了灯烛,然后出房手执刀入,摸准贼人脖颈,用尽生平之力猛切,贼人大号,她又挥刀猛剁,经过一番生死搏斗,终于将这凶狠残暴猛力过人杀人不眨眼的恶魔王十八置于死地,报了举家之仇。复仇后她在迫不得已的情况下投水自尽。她计划周密,不仅要杀死仇人,还要让世人知道王十八杀人的滔天罪恶和自己杀人的理由。她在杀王十八前写下一封信,详细地叙述自己一家被害经过,揭露王十八的罪恶,申述自己杀仇的正义。整个复仇过程,表现了她超人的奇智奇勇。《张氏妇》中张氏妇向淫污广大妇女的官军复仇,有更超人的奇谋,有更强的主动性。张氏妇在凶残好淫如兽的官军任意糟蹋妇女之际,她没有像其他人那样去躲藏,而是暗中在屋内挖一个深坑,里面堆放着柴禾,上面像床一样铺着席子。自己坐在外间烧饭。在两个官军前来要轮奸她时,她微笑假意应承,将官军引入室内,让其踏上芦席。用这个方法先后使两个兽兵陷入了深坑,然后放火焚坑焚屋,把两个兽兵烧死在其中,使其成为身发焦臭的烤猪。此事做得神不知鬼不觉,对外声称是自己所藏的猪被烧死,而自己却安然无恙。张氏妇根据不同的敌情、不同的环境,应用不同的制敌的计谋,用奇妙的手段将好淫的兽兵置于死地。她焚死两个兽兵之后,就在大路边做针线活。一个无耻的骑兵竟然要在光天化日下奸淫她,她没有以力相搏,而是"含笑不甚拒",暗中用针刺马,使马不得安宁。淫兵见四下旷野,无一棵树木,只好将马拴在自己的大腿上,以便自己上前对张氏妇施暴。此时的张氏妇以迅雷不及掩耳之势，用巨锥猛刺马项，马负痛奔逃，将淫兵拖了几十里。强横无耻的淫棍活活被拖碎，脑袋和上身不知落于何处，只剩下一条大腿还留在马缰绳上。这场复仇中，张氏妇胆大心细，敢于斗争、善于斗争的精神令人敬佩。作者在篇末对张氏妇发出由衷赞叹："巧计六出，不失身于悍兵。贤哉妇乎，慧而能贞。"张氏妇这一民间妇女敢于向官兵复仇，屡用奇计，在谈笑间严惩了"大兵"，置"大兵"于死命，为广大受害妇女报了仇，一雪耻恨。她的奇智奇勇非常人所能及，表现了作者对官兵淫行的极度愤恨。

　　《聊斋志异》还有一些篇章写受害者向害人的恶兽恶妖复仇。这些篇章中的复仇者多为少年、少儿，他们也是运用超人的智慧杀死为害亲人的恶兽恶妖。《于江》中十六岁少年于江，其父在田间守夜被狼吃掉，于江悲愤欲绝，夜里，他在母亲睡着后，手拿铁锤睡到父亲遇害的地方，等待恶狼前来。一会儿，狼前来，先在他身边转来绕去用鼻子嗅，他装死不动，狼用尾巴扫他的脸，俯首舐他的腿，他还不动。使得狼失去警惕，终于上当。在狼欢跳上前要咬断他的喉咙时，他急起用铁锤猛击狼头，用此法连毙两狼，稍解心头之恨。可是在半夜里梦见父亲告诉他，原来咬死父亲的是只白鼻狼。于江又在原地躺了三四夜等待那只白鼻狼前来，终于等来了这只白鼻狼。此狼更凶狠更狡猾，它先咬住于江的脚，在山坡上拖了很长一段路，荆棘刺进于江的肉里，石块擦破了他的皮肤，于江仍装死不动，任狼拖来拖去。狼觉得于江不能反抗了，就上前准备撕咬他的肚子，于江骤然而起，拿出锤子猛击白鼻狼，将其击毙。于江装死等狼诱狼、麻痹狼，瞄准时机勇猛出击，表现出超人的勇气和超常的智谋。此篇也表现了蒲松龄有仇必复的复仇观念。《贾儿》中年仅十岁的贾儿，以更超人的奇智向作祟母亲的妖狐复仇。贾儿的父亲在外经商，母亲夜夜遭到狐妖的纠缠，变得精神恍惚，不知羞耻，疯疯癫癫，喜怒无常。贾儿决心除害救母。他极有心计，不动声色地做着各种除害的准备。他每天以玩学泥瓦匠为名，用石头、砖块垒住了窗户，又用泥补好了墙上所有的小洞，以便在除害时狐妖无洞可钻。夜里，他怀揣白天磨好的菜刀装睡。在狐妖再次前来时，他用灯光将室内照得雪亮，挥刀向狐妖猛砍，狐妖躲闪不及，被贾儿砍下一截尾巴。第二天贾儿顺血迹查看，探知了狐妖的老巢在何家花园。晚上贾儿藏身花园草丛中窥探，得知狐妖嗜好喝酒，并看清了狐精变的人的屁股上有毛茸茸的尾巴。贾儿心生一计为装扮成狐妖，撒娇求父亲给他买一条狐尾巴，他偷偷地拿了父亲的钱买了瓶酒寄放在别处，又到舅父家伪称药老鼠，讨到了打猎用的毒药，把药掺进了酒中。然后他想法将狐尾巴粘在自己的屁股上，拿着那瓶药酒，天天到街上游逛，终于碰上了那个由狐妖幻化的长胡子老人，便主动与之搭讪交谈，故意露出自己身上的假尾巴迷惑狐妖，证明自己是狐妖的同类，取得长胡子狐妖的信任，将毒酒送给了狐妖，使作祟良家妇女的三个狐妖中毒身亡，为民除了害。篇中作祟淫污妇女的狐精分明是人间为害乡间有权势淫棍的写照。年仅十岁的贾儿，少年老成，满腹奇谋，以貌似儿戏的手段杀死了淫恶的狐妖。篇中表现了对这类恶棍的蔑视。还值得一提的是，《聊斋志异》中不仅受害的人运用智谋来复仇，就连一些动物也是运用智谋来复仇，如我们在前文中提到的《禽侠》，篇中说栖于天津某寺的鹳鸟夫妇，两年所孵的幼雏都被一条大蛇吞食。鹳鸟夫妇不甘受此害，明知单凭自身的微薄力量无论如何也斗不过盆子粗细的巨蛇，但鹳鸟夫妇并不因此而放弃复仇，运用奇谋来对付凶恶的巨蛇。它们一步一步地实施复仇计划。第一步是在幼雏连续两年被蛇吞食后，它们第三年仍在旧巢孵雏，以此引诱巨蛇再次出现。第二步是不待蛇至，预先外出寻找鸟中的"剑侠"，向其"作秦庭之哭"，巨蛇再次奔向鹳巢时，鹳鸟请来的大鸟从天而降，用利爪击掉蛇头，使巨蛇登时毙命。鹳鸟请来禽侠击毙巨蛇确是复仇高招。《象》篇写大象向残害同伴的凶狮复仇。大象在无力与凶狮抗争的情况下，没有去求助动物界的猛兽，而想出一个更妙的办法：求助猎人。象群中的头象用鼻子将一猎人摄（卷）来，又将群象召集起来，一齐哀求猎人，使猎人顿生怜悯之心。头象又向猎人示意和做出动作，让猎人到树上来保护群象。不久一头凶狮来到群象跟前，挑了一头肥象要撕咬吃掉时，群象趴在地上一齐仰望树上的猎人，似求猎人帮助，猎人发射一箭，将凶狮射死。头象然后又将脱落的象牙赠给猎人，报答猎人助象复仇之恩。这头求人复仇的头象聪慧过人，它预先拟定复仇具体步骤，导引猎人一步步实行，一直到将残害象类的狮子射死。这些鹳鸟、象之类有奇谋奇智的复仇动物，显然被作者"人化"了，成了人间有勇有谋的复仇者的象征。《聊斋志异》中众多复仇篇章，反映了作者对不公平世道的抗争精神，表达了作者铲除恃强凌弱欺压良善的恶人的强烈愿望。《聊斋志异》中的复仇观念之强，在古代文学作品中是不多见的。

《聊斋志异》中女鬼形象的文化意蕴

在古代的民间信仰中,鬼是人死后所化,是人死后灵魂脱离肉体的一种非物质形式,人死灵魂不死便成为鬼,鬼是与世人相对立的彼岸生存者形象,是死亡恐怖的寄寓形象。文学中的鬼是一种艺术和文化的创造,这种幽冥幻象是全人类共生共有的思想文化现象。中国古代有许多作品写鬼的故事,六朝以来志怪小说写鬼的作品很多,《太平广记》辑录鬼的故事就有四百多条,写鬼的最高成就者当数短篇小说巨匠蒲松龄了。他的《聊斋志异》,人们俗称《鬼狐史》,其中写了百余篇鬼故事,写出了众多各有性情的鬼、千姿百态的鬼。他把鬼和人们的社会生活联系起来,将鬼高度审美化,弱化、淡化了鬼身上的鬼气,在一些鬼身上最大限度地表现他们的善与美,使鬼有丰富的人情味,获得丰富的人性。《聊斋志异》写鬼超越前人,主要是增加了鬼形象的文化意蕴。

一

《聊斋志异》中的鬼,女鬼占多数。这些女鬼都是命运非常惨苦的苦鬼,她们大都在豆蔻年华死于非命。青春的花朵还没有充分开放,没有享受到人生的幸福,就过早地凋谢,离开人间,来到那阴森黑暗的鬼域。她们中有的是得暴病夭殁,如聂小倩十八岁时染病身亡(《聂小倩》),连琐十七岁时得病丧命,埋骨异乡(《连琐》)。她们中有的因心情抑郁而死。如伍秋月,正值十五年华,因其父囿于"易数"的谬说,断言其将"不永寿",竟不许人,窒息了她的美妙青春,致其抑郁无欢,便以稚龄"夭殁"(《伍秋月》)。她们中有的虽嫁了人,但遇人不淑,生活不幸,成为封建婚姻的牺牲品。如章阿端"误适荡子,刚愎不仁,横加折辱,愤悒夭逝"(《章阿端》)。巧娘"适人病阉""赍恨如冥"郁郁而亡(《巧娘》)。她们中有的遭受恶吏恶霸的迫害而死,像纯洁善良的平民少女梅女,其父抓获一入家的盗贼执送典史,典史仅为贪图盗贼三百钱的贿赂,便诬梅女与盗贼私通,要抓来验证。梅女不堪屈辱悬梁自尽(《梅女》)。美貌纯真的少女窦女被地主南三复诱骗玩弄后抛弃,在家中产下私生子受到责打去找南三复,南三复闭门不纳。使窦女与婴儿双双冻亡(《窦氏》)。她们中还有一些人死于民族的大灾难,死于统治者的屠刀之下。美貌的衡王府宫女林四娘死于明王朝国破之难(《林四娘》)。公孙九娘因受于七之案的株连,母女被押解赴都,其母不堪困苦而毙命,公孙九娘愤而自刎(《公孙九娘》)。《公孙九娘》中莱阳生的甥女也受于七案的株连,"闻父被刑,惊恸而绝",死后,尸骨被弃在异乡。《薛慰娘》中的少女薛慰娘,外出探亲乘船时被奸人下毒,昏迷后被卖给一个官员作妾,醒来受到官员嫡妻的拷打囚禁,薛慰娘愤而自尽,死后被埋在远离家乡的乱坟中,成为被群鬼欺凌的孤独女鬼。

更为可悲的是,这些如花的少女夭亡为鬼后仍受苦难,仍遭受折磨,仍遭受迫害凌辱摧残,在那九泉荒野中常常要受到冥吏恶鬼的欺凌。聂小倩死后孤苦无依,被一老妖逼迫从事贱役,以色相或金钱去迷人害人(《聂小倩》)。柔婉文雅的女鬼连琐在九泉下过着寂寞悲苦的日子,受到龌龊鬼役的逼迫,让她作妾(《连琐》)。伍秋月在阴间为鬼三十年,因受情人王鼎到阴间救哥哥一事的牵连,遭到迫害,被冥司捕去囚禁。备受"押役"凌辱戏弄,沦落在黑暗世界中的最黑暗之处,几至永世不复(《伍秋月》)。女鬼秋容在救情人的路途中,经由城隍庙,被庙内西廊的黑鬼判官硬抢去,每天用刀棍逼她做小妾(《小谢》)。这些女鬼遭受无休止的痛苦,令人洒下一掬同情之泪。

这些女鬼中还有命运更悲惨的,她们为鬼后在阴间生活不下去,或受恶人所害,或为权势者所逼,在阴间又死一次,连在阴间作鬼都做不成。《章阿端》中的漂亮女鬼章阿端,生前误嫁刚愎不仁的浪荡子,常常被横加折磨,愤悒夭亡,成为女鬼,但她的悲剧并未结束。她在冥司中度过二十年无人忆念的孤苦生活,后因逢戚生而重燃爱情之火。在她与戚生相爱时,原来害她的浪荡夫鬼即行怪罪,认为她在阴间改变节操,非常生气、愤恨,誓要把她的命勾去,使她得了鬼病,怖惧而终。她被鬼病折磨得非常凄惨:"病益沉殆,曲体战栗,若有所睹。拉生同卧,以首入怀,似畏扑捉。生一起,则惊叫不宁。"最后章阿端被折磨致死,衣服像蜕的皮一样堆在床上,下面是一堆白骨。篇中交代:"人死为鬼,鬼死为聻。鬼之畏聻,犹人之畏鬼。"章阿端生前被浪荡丈夫所害,身死为鬼仍逃不出已为聻鬼丈夫的魔掌,她的鬼命仍捏在其夫手里,浪荡夫一怒之下要了她的鬼命,把她再次害死,让她死了第二次。由鬼变成聻,永远不能轮回再生为人,她要做一个枉死鬼都做不成。《晚霞》中的少女晚霞是吴中著名艺妓,十四五岁时落水而死,为鬼后成为龙宫中的演员。后与同乡的男鬼蒋阿端相爱,怀有身孕后,因怕龙王拷打,又无法与蒋阿端相聚,在阴间投江而死,她也是在为鬼后又死了一次。后侥幸回到人间,某王爷垂涎她的美色,要抢夺她。她只好用龟尿毁容,才没有落入王爷的魔爪。她生生死死为人为鬼都没有活路,命运悲惨至极。这些女鬼都是世间命运最悲惨女性的化身,由人间命运悲惨夭亡少女的怨气所凝成。

《聊斋志异》通过对女鬼悲惨遭遇的描写,最大限度地揭示了封建社会中女性生存环境的恶劣。在中国封建社会晚期,女性生存条件的恶化愈加严重,女子一来到世间就进入男尊女卑、重男轻女充满严重性别歧视的生存空间。很多家庭的父母不以女孩的生命为念,有些女婴遭到被溺死的厄运,或因病魔缠身早早丧命。女子在成长过程中随时会遇到各种灾难,遭致夭折,生命特别脆弱。成长为少女时会遭到恶棍、流氓、权贵的袭扰、掠夺、强暴、虐杀。在婚嫁之时,由于受到"父母之命,媒妁之言"礼教的束缚,常因恋爱婚姻不能如愿而郁闷而死,或被封建伦理、封建势力残害致死。清人钱大昕在《潜研堂集》中讲了一件惨不忍闻的事件:乾隆时,山西人李子巨娶妻陈氏,这个丈夫是个生理不全、不能过性生活的"隐宫者"。陈氏自然不安于这种"名义夫妻",常常逃回娘家。按当时的社会礼教,女子出嫁后是不能随便回娘家的,她的父亲陈维善总是打发她回夫家。一天,陈氏又逃回娘家,陈维善便亲自将她送往夫婿家,谁知走到半路,女儿又跑回来了。陈维善气得不得了,就活活把女儿缢死。他知道女儿的痛苦,又觉得女儿丢脸,所以干下了如此极端残忍之事。缢死了女儿,自己也吊在了一棵歪脖树上。从这一事例可看出封建礼教的残酷,封建礼教的维护者的残酷。这位父亲为了维护封建礼教竟亲手活活杀死饱受痛苦的无辜女儿。在战乱时,有更多的女性被奸、被杀,死于非命。《聊斋志异》所描述的众多女鬼的悲惨遭遇,是封建社会处在重重压迫下女性生活命运的真实写照,是当时非常恶劣的生活环境的折射,反映了中国封建社会女性如同芥草一样任人作贱的低下地位,如同案肉一样任人宰割成为社会悲剧的主角。也反映了宋明理学的盛行给妇女带来的灾难。《聊斋志异》通过众多女鬼形象的塑造，揭示封建社会妇女生存环境的恶劣，达到一般作品难以企及的深度。

二

《聊斋志异》中的女鬼在阴间仍时时刻刻惦念关注阳间的亲人。她们重家庭、重宗族亲情，她们的感情通常比一般人更执着、更炽烈。她们一旦与亲人相见都表达出无限的深情，她们在阴间尽自己所能给亲人提供种种帮助。《公孙九娘》中莱阳生的甥女是个死于于七案中的无辜少女，幼年丧母，由舅家抚育成人，她对舅母姑母的感情是非常深厚的。她为地下之鬼后对人间的亲人仍十分关心，在舅舅莱阳生受人之邀来到她所住的鬼村中时，她流着眼泪在门口迎接，一见面就"遍问妗姑"，询问舅妈姑妈的情况。她对这些亲人关切备至，时时萦念在心。在阴间的朱生向她求婚时，她要征得舅父的同意，表现出她对亲人的尊重。她得知舅母已去世时，就为舅舅作媒，把自己的朋友公孙九娘介绍给舅舅，并到公孙九娘母亲那里代舅舅求婚，把求婚的结果及时通知舅舅，表现出她的一片热心肠。其眷眷之心，令人感动。《湘裙》中的晏仲偶人阴间，见到了年轻而逝为鬼的嫂嫂，晏仲之嫂对这位小叔非常关切。晏仲与寄居在哥哥家的鬼女湘裙互有好感，晏仲之嫂想办法从中促成此事，她想出一个办法，验证湘裙可以作为晏仲的鬼妻，可以为晏仲生子。她为小叔子的婚事想得非常周全，后来她把湘裙送到阳间晏仲的家里，使其成婚。她虽然已经为鬼，但对小叔的婚事是尽心尽力的。这些女鬼如此重亲情，源自中国传统文化的血亲家族观念。中国古代社会一直是以血缘关系为纽带连结而成的宗法社会，血缘关系下的家庭成员之间保持着较强的血亲家族观念，人际亲情占着极为重要的地位。一个家庭甚至是一个宗族，都必须对它每个成员的生、老、病、死、学业、功名负责。每个成员也要对全家庭乃至全家族的衣食住行等担负起不容辞的义务，每个家庭成员对家族亲族成员都有较强的责任感。因此中国成为一个重亲情、尚人伦的国度，重亲情是中华民族特有的情感特征。这种传统文化观念在一些女鬼身上得到充分体现。

三

离开黑暗的冥间、回归人世是《聊斋志异》中多数女鬼的强烈渴望。她们大都热爱人生,向往人间生活,依恋于人,渴望人间的情爱,具有强烈的再生之情,千方百计想回归人世。把回归人世作为生活的根本目标;把滞留冥间、不能回归人世视为最大的痛苦。女鬼聂小倩刚到宁采臣家中时,宁家对她有戒心,晚上宁采臣让她回坟墓中,她很痛苦地说:"异域孤魂,殊怯荒墓。"再次催促她回去时,她紧锁双眉盈盈欲啼,踟蹰彷徨欲行懒步,显得极其可怜(《聂小倩》)。一些女鬼在见到其他女鬼有回归人世的机会而自己未能实现此愿时痛哭不已。《聊斋志异》中众多女鬼大都通过自身努力及他人帮助终于回到人间。她们是通过以下四种方式回归人世的:(1)鬼身直接来到人间,在人间定居并成为人间的一员。女鬼聂小倩在宁家以出色的表现打消了宁母的顾虑,被宁家接纳,成为宁采臣的妻子(《聂小倩》)。《湘裙》中的女鬼湘裙爱慕晏仲,经晏仲之嫂的验证,可以为人妻,由晏仲之嫂将其送到晏仲家中,成为晏仲之妻。《吕无病》中的女鬼吕无病因耐不住冥界的寂寞来到阳间,投奔公子孙麒,先为文婢,后为孙麟之妾。《巧娘》中与傅廉相爱的女鬼巧娘,在坟墓中生下儿子,得知傅廉与狐女三娘结婚后,在墓中痛哭。傅廉得知,来到墓地,巧娘抱着婴儿走出坟墓,一个活鬼来到人世与傅廉一起生活。(2)借尸还魂,借他人刚死之身复活。《小谢》中的女鬼小谢、秋容与陶生交往中结下生死之情,帮助陶生从狱中获释。在陶生和道人帮助下,她们得到一次借尸还魂的机会。在富贵人家郝氏的女儿死去出殡走到陶生门前时,秋容吞符进入郝氏女儿的棺材中得以复活。小谢忘了吞符未能借尸复活,七八天痛哭不止。陶生再次哀求道人,道人用法术从百里外搬来一蔡家刚死少女之尸,小谢亦得以借尸复活。《莲香》中女鬼李氏与桑生交欢致使其重病后自觉形秽,羡慕活人,白天依附草木,晚上无目的地乱走,偶然走到张家,看到张家少女躺在床上,走过去附在她身上得以复活。她是自己寻找机会借尸还魂的。(3)魂还己身复活。一些女子或刚刚死去或死去数年尸体并未腐烂,如同活人一样完好,她们或在尸体未下葬时复活,或是由他人帮助掘开坟墓,开棺复活。《连城》中的少女连城为抗婚重病而亡,到阴间成为女鬼,经乔生在阴间的朋友的帮助,使魂归未葬之身而复活。长沙太守的女儿宾娘,见连城有复活的机会,万分痛苦,反复哀求连城,请求帮她复活。在乔生朋友的帮助下,也魂归己身复活。《连琐》中的少女连琐,死了二十年,为鬼后与书生杨于畏交好,求得杨于畏的精血,百日后,杨于畏打开她的棺木,她得以复活。《薛慰娘》中的少女薛慰娘死在异乡,在义父的庇护下在阴间生活三年,后来义父的三儿子起坟时掘开薛慰娘的棺木,薛慰娘尸身的衣服已腐烂,但脸面如活人,突然起身复活。《伍秋月》中的少女伍秋月为鬼后与王鼎相爱,王鼎掘开她的坟,打开棺材,抱出伍秋月的尸体回家中,不停呼喊她的名字,并用体温温暖她,三天后复活。(4)投胎转世复生。《林四娘》中的凄苦女鬼林四娘在阴间过了十七年,与陈宝钥交好三年后投生到王侯家中。《梅女》中的含冤女鬼梅女的投胎转世是分两步完成的。她死后,身体投胎到延安展举人家。因大仇未报,她的魂魄在阴间等待十六年,因她的魂魄未随肉体投胎,梅女转世的展家女儿成为神志不清的痴女。梅女在阴间报仇后,在封生的帮助下,魂归投胎之体,得以完全转世复活。《鲁公女》中因急病死去的鲁公女,为鬼后与张生相爱,后投胎于河北的卢户部家。约张生十五年后相见,十五年后鲁公女转世的卢家少女与张生结为夫妻。

众多女鬼通过多种方式回归人世,都是出于对为鬼生存状态的畏惧和逃避,对于生的执着。《聊斋志异》让众多女鬼以各种方式复活,返归人世,表达了作者对无辜女子的爱怜和眷恋。这种安排也是受中国传统文化的重生乐生的观念影响所致。中国的儒家文化、道家文化、民间世俗文化都主张在现实世界中寻找和保持人生的幸福与欢乐,视现实生存和人世生活为重、为乐。这种重生文化与佛教、基督教的主张不同。此二者皆追求彼岸境界。佛教认为人生充满痛苦,死亡(即涅槃)才能解脱烦恼,进入最高境界。基督教宣扬人生下来就有罪,人的一生是在赎罪,引导人们超脱现实的苦难进入天堂。中国百姓对佛教、基督教追求彼岸世界的主张多不信从,不信仰上帝天国,宗教意识淡薄,而对于人间世界极端的留恋,对人间生活极端的执着,大多具有强烈的"人间情结"。《聊斋志异》中众多女鬼也都有这种"人间情结",因而千方百计想返归人世。《聊斋志异》中众多女鬼热爱人生,执着人世,愿意与世间的生人交往,追求世间的情爱,热爱生命,反映了中国文化"人为贵"的观念。"人为贵"是儒家学说的一个重要观念。《礼运》云:"人者,集天地之德……五行之秀气也。""天、地、人,万物之本也。天生之,地养之,人成之。"董仲舒的《春秋繁露》云:"天地之精,所以生物者,莫贵于人。"都肯定了人的地位和价值。《聊斋志异》植根于这样一种文化心理中,众女鬼也浸染了这种文化意识,她们与人交往的时候,对自己"身为异类"非常自卑和无限遗恨,因而她们想变成人,在人间与人在一起生活。她们不愿意在阴间,还由于"两鬼相逢,并无乐处"(见《莲香》),深感在阴间与鬼相处的痛苦。这也是对"人为贵"观念和人世生活的肯定。

四

　　《聊斋志异》中的一些女鬼不仅有美丽的容貌,善良的性情,而且有高雅的气质,有相当的文化素养,有才有情有智,能文善歌,工于诗词,精敏过人,有儒雅的风度,因而可亲可爱。她们之中爱好诗歌者尤多。有具体作品的女鬼有林四娘(《林四娘》)、温姬(《嘉平公子》)、连琐(《连琐》)、公孙九娘(《公孙九娘》)、宦娘(《宦娘》)等。她们的鬼诗都写得哀婉动人。连琐在那冷月凄风、荒草寒烟的墓地苦苦吟诵"玄夜凄风却倒吹,流萤惹草复沾帏"的哀楚诗句,如泣如诉,唱出她绵邈无尽的幽情苦绪和充满悲伤的零落生涯,坦露了她无限哀怨、无限情思的心灵世界(《连琐》)。公孙九娘在新婚之夜仅"口占两绝",就描绘了"碧血满地,白骨撑天"的人间惨剧,诉说了永世不忘的冤苦,令人悲戚伤神(《公孙九娘》)。善诗善歌的林四娘对情人所吟咏的"谁将故国问青天""泣望君王化杜鹃"的诗句,以歌代哭,抒发了国破身亡之痛,悲苦袭人,情意凄恻,催人泪下(《林四娘》)。《宦娘》中富有文学才华的宦娘所作的《惜余春》词,是一首绝妙佳作:"因恨成痴,转思作想,日日为情颠倒。海棠带醉,杨柳伤春,同是一般怀抱。甚得新愁旧愁,铲尽还生,便如青草。自别离,只在奈何天里,度将昏晓。今日个蹙损春山,望穿秋水,道弃已拚弃了!芳衾妒梦,玉漏惊魂,要睡何能睡好?漫说长宵似年;侬视一年,比更犹少:过三更已是三年,更有何人不老!"这首情意缠绵的词撮合了温如春与葛良工的婚姻,也写出宦娘与温如春之间人鬼殊域的哀婉之情,表达了宦娘铭心刻骨的相思之苦。身份低贱的鬼妓温姬也有敏捷的诗才,在冒雨到嘉平公子处幽会时出口吟道"凄风冷雨满江城",出口成章,抒发了对于阻挠幽会的风雨的怨怅之情(《嘉平公子》)。这些女鬼的才华、文化素养,使她们具有了不同凡俗的美质,在她们身上散发出清幽的翰墨之香。她们中多人是多才多艺的,林四娘不仅善于作诗,而且善于品评诗词,是一位诗评家;她还懂音律,工于度曲(《林四娘》)。连琐除善作诗外,还工于书法,擅长弹琵琶,且是下棋高手(《连琐》)。她们中有的还具有其他方面的高超技艺,梅女擅长按摩术,是位按摩高手(《梅女》)。晚霞是位技艺绝伦的舞蹈家,在龙宫跳舞时"振袖倾鬟,作散花舞,衿袖袜履间,皆出五色花朵,漂泊满庭"(《晚霞》)。这种绝妙的舞艺世间所无。宦娘还是位技艺高超的古琴演奏家(《宦娘》)。《聊斋》中的女鬼不仅有才,而且有智。《窦氏》中的窦女生前是农家女子,虽没有什么文化,但很有智慧。向仇主南三复复仇时,没有直接出面去索命,她只是在暗中不声不响地把一具具女尸神秘地搬到南三复家中,给仇人南三复制造了掘坟盗尸、奸尸的罪证、罪名,使其触犯人间的刑法,被官府判以极刑,窦女运用自己的非凡智慧报了大仇。《宦娘》中的宦娘是一位才、学、艺、智俱佳的女鬼,其智慧更超凡出众。她酷爱音乐,由钦佩温生的琴艺而深深爱上了温生,温生也很爱慕宦娘,向她求婚。但她想到自己为鬼身,与温生结合恐有祸于他,便放弃了这份爱。为感谢温生对自己的情义,她在冥冥之中经营奔波,想出很多办法,使用条条妙计,施展鬼术,帮助温生和良工克服婚姻道路上的各种障碍,促使温生与同样酷爱音乐的姑娘葛良工得谐秦晋。当两人的婚姻受到葛父的阻挠时,宦娘采取三项行动:一是用词促动葛公,使其产生让良工早嫁的思想。宦娘写了一首《惜余春》词,让良工在花园中拾到此词,良工非常喜爱,将词抄一份,良工抄的这首词又被传至葛父手中,葛父怀疑是良工所作,认为她有了思春之情,想把良工早点嫁出去。第二步是在刘公子前来求婚、葛父有允婚之意时,宦娘在刘公子的座位下放一只女子绣鞋,使葛父对刘公子产生恶感,绝了允婚之念。第三步是移种绿菊,迫使葛公认为女儿良工与温生私合。绿菊是葛家的祖传珍贵品种,从不外赠。宦娘让温生家的菊枝也开绿花,恰被葛父看到,葛父又在此拾到《惜余春》词,怀疑温家绿菊为良工所赠,良工与温生有不轨行为,断定两人的情爱木已成舟,为维护自家声誉,就把良工嫁给温生。宦娘用她非凡的智慧,使自己成为一个技艺高强的导演,神秘地导演了这场喜剧,其出众的智慧令人赞叹。

在《聊斋志异》之前的写鬼作品中,写了一些有才学的男鬼,这些男鬼能赋诗、谈经、论文、弹琴、作曲等,写众多的女鬼有才、有智、有高超出众的技艺,是蒲松龄的创造。蒲松龄对女鬼如此倾心,赋予她们非凡的才学技艺,其原因大致有两个方面。

其一，蒲松龄受晚明出现的人文思潮的影响。在晚明的人文思潮中有对妇女聪明才智进行肯定的思想。被称为"异端之尤"的李贽对蔑视女子才能的传统观念表示愤慨，进行了驳斥，他在《焚书》卷二"书答"中说："夫妇人不出阃城，而男子则桑弧蓬矢以射四方，见有长短，不待言也。但所谓短见者，谓所见不出闺阁之间；而远见者，则深察乎昭旷之原也。……余窃谓见之长短者当如此，不可止以妇人之见为短也。故谓人有男女则可，谓见有男女岂可乎？谓见有长短则可，谓男子之见尽工，女子之见尽短，又岂可乎？"徐渭写的《雌木兰》《女状元》赞扬了女性的才能。张岱称赞才女黄媛介云："巾帼之间生异人，何必须眉而冠帻？"（《张子诗·赠黄皆全》）徐芳在《奇女子传》中赞扬女主人公说："其深智沉勇，有壮男子不办者矣！"（《虞初新志》卷七）钱谦益所编辑的《列朝诗集》，特设"香奁"一册，专收明代女子之诗。他评许多女子之诗大有"不服丈夫胜妇人"的气概，极力褒扬女子之才。明末清初的才子佳人小说也继承了肯定女性才能的思想，极力称颂女子的才智，所写的才女都识书明礼，能书画，懂诗文，会琴剑，精女红。表现了与男性完全平等的智慧和才能。并把这些才智写成男子崇拜和追求她们的重要因素，对女性人生价值予以肯定。生活在这种文化思潮余波中的蒲松龄显然是接受了称颂肯定女性才能的思想而写了众多有才气的女鬼。

其二，蒲松龄将这些文雅灵秀有才的女鬼作为理想女性的寄托体，借鬼狐来塑造理想人物，描绘理想的人生。他在落魄中渴求知己，特别是红颜知己，自己的才学要得到红颜知己的欣赏与价值确认，如蒲松龄自己所云："天生佳丽，因将以报名贤；而世俗之王公乃留以赠纨绔，此造物所必争也。"（《聊斋志异·青梅》）他非常渴望才子才女间那种富有诗意与雅趣的生活，像他自己描绘的小谢、秋容与陶望三"时相酬唱"以诗为乐的生活（《小谢》）；连琐与杨于畏在一起弹曲、下棋、写字、诵诗、西窗剪烛其乐融融的浪漫生活（《连琐》）。但这种渴望在现实中是难以实现的。封建社会的下层妇女被剥夺了受教育的权力，很难找到有文化的才女，只有青楼中某些艺妓或官宦家艺妓出身的姬妾是有才艺的女子。如蒲松龄在江苏宝应县为知县孙蕙作幕府时所遇到的孙蕙的姬妾——才女顾青霞，颇有才艺，蒲松龄很欣赏，二人有些交往，但这种有才艺的女性不会委身于一个穷秀才。穷秀才家庭生活中的女性每天忙于柴米油盐、纺织缝补、哺育子女、喂养猪狗等,过着俗而又俗、沉重而又苦涩的生活,绝不会有才子才女间那种谈诗论文的雅趣。蒲松龄之妻刘氏是一个从小没有接受过诗书教育的普通农家女子,操持家务她是一把好手,但她未必能理解蒲松龄这位才子宏灏的才情、细腻的情感和精神上的渴求,他们之间不会有才子才女之间那种有共同语言的高层次的精神与情感的交流。蒲松龄多次科考失利,那颗需要慰藉的心灵在艺术的幻境中寻求理想的女性形象,在女鬼身上实现自己的梦想,对现实情感缺憾进行艺术补偿,因而塑造的女鬼多有动人的诗情,多才多艺,柔媚多情,聪慧机敏,谈吐伶俐,诙谐可爱,气质文雅。他是将这些艺术幻境中旖旎温情的富有才艺的红粉知己作为情感的寄托体。

《聊斋志异》瑕疵评析

《聊斋志异》是中国文言小说中的一部伟大作品,当然它也有相当的局限与不足。20 世纪 80 年代初,一些评论者对《聊斋志异》的不足看得过重,认为"一部五百篇故事的《聊斋志异》半数以上是糟粕"[1],糟粕的主要表现是宣传因果报应和生死轮回的反动落后观念,宣传封建伦理道德,常出现淫秽的色情描写[1]。上世纪 90 年代以来,一些学者则对《聊斋志异》的局限和不足进行淡化、美化,如认为书中的性描写是"多姿多彩地表现了中国性文化艺术的美质"[2]。扩大和淡化《聊斋志异》的局限和不足都是不合适的,我们应实事求是地剖析《聊斋志异》的局限与不足。近年来,已有一些学者撰文谈过这个问题,笔者认为此问题有待深入研究,《聊斋志异》的瑕疵主要有以下几个方面。

一、因果报应描写中的消极内容

毫无疑问,因果报应是落后的旧观念,但它对民间从善警恶起到了一定的精神作用,《聊斋志异》某些报应描写就发挥了这种作用。《聊斋志异》通过报应描写,来劝孝悌、劝廉、诫淫、诫贪、诫吝、诫妇之悍妒无德者[3],主要警戒贪官暴吏豪绅恶霸[4]是"作者用以社会批判的一种武器或手段"[5],其积极作用是不能否定的。但有些报应描写表现了落后的封建观念,则应予以否定。《画皮》中写好色的王生将女鬼领回家中,被女鬼剖腹挖心,其妻子也遭到报应,受疯道人百般羞辱,为救夫被迫当众强咽盈把痰液鼻涕,篇末的"异史氏曰":"爱人之色而渔之,妻亦将食人之唾而甘之矣。天道好还,但愚而迷者不悟耳。可哀也夫!"由于王生好色,其妻也受到报应的描写,这种株连报应是极不合理的,即使按佛教因果之说,善有善报,恶有恶报,也是一人之事,当之于一人之身。王生好色,受到惩罚也理所当然,但其妻是善良无辜的,她未与人私通,亦未有其他不轨的行为,王生好色与其妻无关,王生领女鬼回家,安置在书房,是背着其妻的。如此善良之妻受到株连报应,与统治阶级统治百姓大搞株连的方法倒是一致的。在蒲松龄心目中,株连报应是合理的。《窦氏》也表现了果报扩大化的倾向。好色的地主南三复诱奸农家少女窦氏,曾发誓要娶窦女,后变卦,在窦氏前来时,南三复闭门不纳,使窦氏与子双双僵亡。南三复遭鬼报应,他所娶的"大家"女子被窦氏鬼魂逼迫自缢而死,使南三复数年无法结亲,后来南三复鬼使神差,盗墓奸尸被官府处死。篇末的"异史氏曰":"始乱之而终成之,亦非德也;况誓于初而绝于后乎!挞于室,听之;哭于门,仍听之;抑何其忍!而所以报之者,比李十郎惨矣!"蒲松龄认为南三复比唐传奇《霍小玉传》中的负心汉李益更狠心,其果报也更惨。南三复受报理所当然,而他所娶的"大家"之女受惩罚而死,却有些冤屈。她虽不能与《画皮》中的王生之妻相比,她不听窦氏托梦警告,贪富嫁给南三复,但没做什么坏事,她嫁南家是其父决定的,她只不过是听命而已。将她作为惩罚南氏的牺牲不免冤屈了她,失之公平,而且这并没有真正报复南三复[6]。封建统治者统治对百姓治罪一向采取株连方式,在民间产生了极坏的影响,恶人残害忠良时要"斩草除根",受害者向仇主复仇也常常将一家老小全部杀净。《聊斋志异》中报应扩大化、报应无辜的观念是封建统治阶级大搞株连治罪的翻版,不能不说是消极的观念,是有害的。

二、视女性为玩物的陈腐思想

《聊斋志异·青梅》篇末说:"天生佳丽,固将以报名贤;而世俗之王公,乃留以赠纨绔:此造物所必争也。"《毛狐》篇末议论说:"余每谓:非祖宗数世之修行,不可以博高官;非本身数世之修行不可以得佳人。"是把女人视为物,视为报答名贤高士的特殊奖品,而不是平等的人。《聊斋志异》中很多篇章都是把女人视为性娱乐工具。《陆判》篇写读书人朱尔旦在陆判官为其换了心脏之后,又得陇望蜀,请求陆判官给自己老婆另换一副容貌,他说道:"余结发人,下体颇亦不恶,但头面不甚佳丽……"篇中对此语未表示否定之意,可能蒲老先生也有这种想法,也想改变糟糠之妻的容貌。作者心中衡量一个女子是否理想,是其身体下部要好用,能带来性愉悦;容貌要漂亮,能带来视觉愉悦。

作品表现这种欲望是把女性当成性玩具,是男人用来消遣之物。在《聊斋志异》的很多篇章中都描摹了女性的小脚之状,以三寸金莲为美。男主人公对小脚极为欣赏,有的甚至成为癖好,这是视女性为娱乐之物的另一种突出表现。《娇娜》篇写狐女松娘之美是:"画黛,弯娥,莲钩蹴凤",以三寸金莲上穿着凤头弓鞋来显示其脚小。《聂小倩》篇中写女鬼聂小倩之美是:"肤映流霞,足翘细笋。"还有数篇专写女子所穿的小鞋,来显示其脚小。《莲香》篇写女鬼李氏赠给桑生的绣花鞋之状是"翘翘如解结锥",是说鞋又尖又小,微微翘起像解线结的锥针。《凤仙》中借凤仙之口描摹狐女八仙的绣花鞋:"曾经笼玉笋,着出万人称,若使姮娥见,应怜太瘦生。"说月中嫦娥感叹八仙脚小,自叹不如。这些描写都流露出对女性小脚不健康的赏玩心态。欣赏女性缠足之美,是中国性文化的病态表现,女性缠足是一种病态意识,是供男人欣赏把玩:男性欣赏女性小脚是一种变态心理,表现出视女性为玩物的畸形审美心态。《聊斋志异》有些篇章写男主人公一见到自己动心的女人就玩弄其小脚,玩弄女人的小脚简直是书中男人调情的一个必须程序。《青凤》中狂生耿去病刚见到狐女青凤时,爱其美貌,不顾青凤家人在场对其动手动脚。"隐蹑莲钩",进行勾引。《连锁》中的书生杨于畏在女鬼连琐第一次来到自己住所时,先问其来历,后求云雨之欢,连琐婉拒后,杨于畏就伸手探胸,然后又肆意抓取连琐的小脚,细细赏玩:"见月色锦袜,约彩线一缕,更视其一,则紫带系之。"这使我们联想到《金瓶梅》中大淫棍西门庆勾引妇女常用的手法,他在勾引武大郎之妻潘金莲时是从桌下偷窥与暗捏潘金莲的小脚开始的。耿去病、杨于畏玩弄女性的小脚行为与西门庆如出一辙,尽管他们品德不同于西门庆,他们对所钟情的女子是真心相爱的,但他们对所钟情的女子在一开始视其为玩物的态度却不健康。对待女性缠足问题,蒲松龄稍后的著名文学家袁枚及小说家李汝珍持的是强烈反对态度,并对此行为进行过猛烈抨击。袁枚在《牍外余言》中说:"女子足小有何佳处而举世趋之若狂?吾以为戕贼儿女之于足以取妍媚,犹之火化父母之骸骨以求福利,悲夫!"李汝珍在《镜花缘》中借一个叫林之洋的男子被女儿国选作王妃而受缠足等的苦楚,抨击摧残和异化女性的禽兽行为。蒲松龄对女性的小脚无比痴迷,视丑为美,思想观念相当陈腐,其女性观念与其他有进步思想的文学家实在是差得太远。《章阿端》中的男主人公戚生玩弄女性的行为更加淫荡放肆,几乎发狂。他见到一个神情婉妙的少女,竟然"裸而捉之"，并马上，"强解裙襦"并且"禁女勿去，留与连床，暮以暨晓，惟恐欢尽"，连上床前的勾引都省略了，直接进行强暴性的性行为，跟发情的雄兽追逐雌兽一样，把女性当作泄欲工具。篇中对这种行为不仅无谴责之意，反而视为男人多情放荡的表现，持有一种欣赏态度。这种态度是应当鄙弃的。

三、一些涉性描写表现了低级趣味

众所周知，《聊斋志异》很多故事是从民间收集来的，蒲松龄在此基础上进行加工改造。明末社会上淫风大炽，士大夫不以谈性为耻，民间多性嬉语、"荤"笑话。如冯梦龙的《笑林广记》中载一尼姑到一施主家化缘，暑天见主人睡在醉翁椅上，露出"阳物甚伟"，进对主家婆说："娘娘凡世修来的，如何享用？"主婆曰："阿弥陀佛！说这样话。"尼曰："这还说不修哩！"（卷八《凡世篇》）民间还有许多性事的讹闻，这也是下层民众性意识的宣泄。时下也有这种情况，许多人在聚会场合大讲荤笑话、黄段子，也有很多人用手机发黄色短信。收集色情故事、荤笑话是某些文人的传统爱好。蒲松龄在搜集民间故事时求奇求异，对上述内容自然不能放过。《聊斋志异》也收入一些夸张的性事传闻、荤笑话。有些故事如鲁迅所言"专注脐下三寸"，一些篇章以写性器官异常变态逗乐。《药僧》写某人求得一游僧增大阳具的药，服下很见效，阳具增大三分之一，仍不满足，又偷两三丸药吞吃了，结果药力大发，使其人缩项弓腰，阳具长到两腿一般长，几乎变成三条腿，成为废人。作品讽刺其贪心不足，暴露人性弱点，但夸张过头，流于荒诞，充满低级趣味。《单父宰》篇的"异史氏曰"补叙一个荤笑话：说山东某人新婚一个月来到官府要休妻，理由是阴道偏，不能生育，单父宰打趣道："是则偏之为害，而家之所以不齐也。"格调不高。《青城妇》说山东妇女与蛇交配，所生的女子阴中有舌，与男子交合时使男子阳脱而亡。将这种讹闻也当作趣闻来写，趣味低下。还有的作品写男子性能力超常，把性交合写成两性交战。《伏狐》篇写两男子以性力制服妖狐的故事，一则是写受妖狐迷惑被妖狐吸了精气的某太史得到江湖郎中的有力性药，服后又与妖狐交合，在交合中"锐不可当"，使女狐当场毙命；另一则说天生有过人之具性力极强的男子与一主动前来的妖狐交合，妖狐忍受不住疼痛，越窗而逃。作者将二男子称为"讨狐之猛将也"，应该在门上贴"驱狐"的广告，以此为业。这两则故事内容猥亵粗俗，作者对此事大肆挥洒游戏笔墨，表现的是一种艳羡之情和不健康的性幻想，趣味低级。

《聊斋志异》有的篇章还尽情描写性变态的交合场面。如《犬奸》篇写一淫妇竟主动与犬交合，致使亲夫回家与妇交合时，被嫉妒的犬当场咬死，自己对簿公堂，出乖现丑。作者虽然对这种禽兽之行进行了谴责，但在篇末的"异氏史曰"中用骈文对人犬相交的场面进行示现性的描摹，以卖弄自己的才学。其文字不堪入目，十分低俗。《黄九郎》篇末的"笑判"对鸡奸进行了尽情的描写，作者虽对此行为进行嘲笑和谴责，但同时又以游戏笔墨对同性交合的情景进行尽情形容。对于一种难以启齿的肮脏淫秽的行为明比暗喻，津津乐道，借此不堪之事卖弄才学，情趣实在甚为低下。此段文字骈俪工整，大量用喻用典，下了很大功夫，可谓是费尽心思组文。这种文字赘疣是应予以剔除的。

四、提出治国、治家的荒唐建议

《聊斋志异》中多篇末尾以"异史氏曰"发表议论，对篇中的思想内涵加以引申阐发，对所叙故事中人物的某种行为加以评骘。有时借此对统治者、对读者提出一些行事的建议。有些议论很精彩，升华了篇中的思想内容，有些建议却很荒唐。如《人妖》篇中马万宝把男扮女装骗奸妇女的王二喜进行阉割，因爱其貌美，就留在自己身边，日间让其"提汲补缀，洒扫执炊"，夜间"辄引与狎处""如媵婢然"，既把他当成一个从事家务劳动的劳动力，又当作不正常性享乐的工具。蒲松龄认为马万宝善于用人，很欣赏马万宝对王二喜的处理方法。他对此事做了进一步的发挥，说："儿童喜蟹，可把玩，而又畏其钳，因断其钳而畜之。呜呼！苟得此意，以治天下可也。"蒲松龄说可用此法治天下，将其提升为治国之策了。实际上马万宝这种做法并不可取，王二喜作恶犯奸本应受到国法公正的惩处，马万宝是出于卑下的利己目的对王二喜用私刑，主要是为了自己的性享用，这是一种黑吃黑的行为。如按此法治天下，天下就大乱了。《侠女》篇末的"异史氏曰"算得上是对读者的治家建议了。此篇写侠女有坚忍不拔的复仇之志，家破人亡之时挺身救母。避难寻仇期间，受人恩惠舍身相报，牺牲自己的贞操为恩人生子，最后手刃仇人远遁他乡。表现她的坚强刚烈、有情有义的高尚品性。但篇末的"异史氏曰"给人们提的建议却是"人必室有侠女,而后可以畜娈童也。不然,尔爱其艾豭,彼爱尔娄猪矣!"此建议偏离主题十万八千里,令人匪夷所思。作者告诫说,家中必须有像侠女这样有本事的人物,才可以畜娈童,养男色,可以放心大胆去搞同性恋,不会吃亏。把侠女一样的人物视为搞污秽的同性恋活动的保护伞,这是对人们的性生活进行误导。同时,作者将品德高尚的侠女比喻为娄猪(母猪),也是对这样一个美好人物的亵渎。作者提出如有侠义之士保护,就可以养男色,这种治家主张十分荒唐,应该坚决予以否定。

参考文献:

[1] 李厚基,韩海明.人鬼狐妖的艺术世界[M].天津:天津人民出版社,1982:179.

[2] 曲沐.漫议《聊斋志异》的"性"文化美质[M]//聊斋学研究论集.北京:中国文联出版社,2001:16.

[3] 王能宪.婆心救世 曲笔为文——《聊斋志异》因果报应问题辩证[J].江西师范大学学报(哲学社会科学版),1987(1):14-I5.

[4] 许劲松.《聊斋志异》中因果报应思想论析[J].江淮论坛,1994(6):74.

[5] 杜华平.《聊斋志异》批判社会方式[J].江西师范大学学报(哲学社会科学版),1999(4):64.

[6] 卢润祥,沈伟麟.历代志怪大观[M].上海:生活·读书·新知上海三联书店,1996:7 55.

中　篇

《聊斋志异》艺术美发微

蒲松龄对精怪小说的艺术创新

在中国文学史上,精怪小说由来已久,数量众多,是具有奇幻色彩的一种小说类别。精怪小说已有两千年的历史,经历了一个不断发展演变的历程。蒲松龄创作了大量的精怪小说,对精怪小说进行了多方面的艺术创新,把精怪小说提升到一个崭新的境界。《聊斋志异》所写的精怪有狐精,如莲香(《莲香》)、青梅(《青梅》)、红玉(《红玉》)、舜华(《张鸿渐》)等,写狐精的故事最多,共有86篇。有鸟兽鱼虫精,如竹青(《竹青》)、花姑子(《花姑子》)、白秋练(《白秋练》)、绿蜂女(《绿蜂女》)等。有花卉树木精,如荷花三娘子(《荷花三娘子》)、葛巾(《葛巾》)、香玉(《香玉》)、绛雪(《香玉》)、黄英(《黄英》)、陶生(《黄英》)等。鲁迅评价《聊斋志异》时有非常著名、非常经典的一段话:"独于详尽之处,示以平常,使花妖鬼魅,多具人情,和易可亲,忘为异类。而又偶见鹘突,知复非人。"[1]鲁迅是把精怪形象作为《聊斋志异》的代表性形象,认为《聊斋志异》最突出的艺术成就是创造出新的精怪形象,肯定《聊斋志异》中精怪小说艺术上的创新,所达到的效果以及艺术魅力。蒲松龄对精怪小说的创新主要在以下几个方面。

一、巧妙处理精怪形象的物性、神异性、人性之间的关系

精怪,又称妖怪、妖精、精魅,是古代人们在"物老成精"信仰下产生的一种幻想产物。小说中的精怪是文人运用幻想思维所创造出来的一类特殊形象。是说某物修炼多年幻化为人形,"是一种特定宗教或准宗教观念的超自然体,它有动物、植物抑或无生命的形体,又有超人的特殊技能,一定程度上被人格化并可以化形为人并发生多样的联系"[2]。他们身上有物性(动植物的特定属性)、神异性(神奇的本领)、人性(人的性格特点),是一种社会人的变体。在六朝志怪和唐代精怪小说中这三者的关系处理得并不是很成功。志怪小说

叙事写人"粗陈梗概",精怪的物性与人性没有充分展开,唐代精怪小说中精怪身上的物性和神异性没有很好体现和交融,物性与人性处于分离状态。《西游记》中,精怪的物性、神异性、人性得到充分的显现,实现完美地交融。最典型的如猴精孙悟空、猪精猪八戒,其物性表现为动物的某些外形特征和习性特点,在神异性方面他们神通广大,具有远远高于人类的神奇本领。在人性方面他们有不同的人格个性,成为文学史上不朽的艺术典型。在《聊斋志异》中,蒲松龄对精怪的物性、神异性、人性的设计安排有新的创造:其一,把精怪的形体完全人化。《西游记》中的精怪是把物貌物性移植拼凑到人身上,是"人兽同体",孙悟空是人首猴身,红屁股长尾巴;猪八戒是猪头人身,大耳朵长嘴巴,他们以半人半兽的面貌出现在人们面前,而《聊斋志异》中的精怪完全以人的面貌出现在人们面前,以美女俊男的形象与人交往,在相貌上没有一丝一毫物的痕迹。蒲松龄把精怪身上的物性隐蔽化、变异,转化为人与物共有的某些特征或习性。如鱼精白秋练,她身上的物性(鱼性)是她必须喝洞庭湖水才能生活,而不是以人首鱼身像美人鱼那样蹦来蹦去与人交往,与人生活在一起,人与鱼都要喝水,不过她喝的水比较特殊而已。花姑子身上有一股香气,暗示其原体为香獐。牡丹花精葛巾的身上有花香的香气,暗示其是花妖。绿衣女"绿衣长裙,婉妙无比""腰细殆不容掬",善歌"声细如蝇",其体型声音与蜜蜂相似,作者以此暗示其原型,给人似人非人的感觉。这种处理使精怪形象既有现实感又有神秘感。其二,把精怪的神异性生活化。《聊斋志异》中精怪的本领不像孙悟空那样一个筋斗云十万八千里,动辄腾空而起,在天上飞来飞去,挥起一万多斤的金箍棒轻松自由。他们只有一些在生活中用得着的小神技,如狐精张舜华能使幻化的房舍昼隐夜现,用手一指能使人的枷锁立脱,菊花精黄英能把枯萎的菊花种活等,狐精娇娜(《娇娜》)有奇妙的医术。精怪的神异性在关键时刻才偶有显露,平时一直保持常人形态。其三,把对精怪的人性描写放在核心、主导地位,全面深刻表现他们的情感,喜怒哀乐。蒲松龄把笔下精怪的人性进行极度深化,这些精怪洞悉世情、洞悉人情,看透世间一切。如,白秋练所言"天下事,愈急则愈远,愈迎则愈拒",很有哲理,说办事不能急于求成。恒娘非常懂得男人的性心理,即"人情厌故而喜新,重难而轻易"。他们(她们)不仅仅"多具人情",而是具有超过人类更深的感情。他们重爱情、重知己之情是人类所不及的。《香玉》中的白牡丹精香玉和耐冬精绛雪化为植物本体后生长在化为牡丹的黄生之旁,在黄生所化的牡丹被斫后,白牡丹、耐冬也憔悴而死。身为植物的香玉、绛雪也像人一样,"不求同年同月同日生,只愿同年同月同日死",生命形态已转化为草木后的香玉还为所爱的人殉死,绛雪为朋友殉死,草木同生共死,谁见过这种至情?谁不为之动容?她们生也为情,死也为情,灵魂易体而情不变。她们的行为成为"问世间情为何物?直教生死相许"最生动的诠释。但明伦对香玉的评价说得好:"种是情种,根为情根,苞为情苞,蕊为情蕊。"

蒲松龄这种对精怪的物性、神异性、人性关系的处理是根据故事内容的需要,他笔下的精怪的主要活动是与人进行交往,不是像六朝志怪中精怪化为美女与男人春风一度即别东西、一拍两散了。《西游记》中的精怪孙悟空、猪八戒他们主要任务是西天取经,路上降妖捉怪,与人类只是有边缘性交往,化缘、住宿,不是与百姓一起过日子。《聊斋志异》中的精怪是与人们深层次交往,与人结合建立家庭,在家庭中安身立命。参与人世的矛盾纠葛,分享人生酸甜苦辣,与世人产生爱恨情仇,悲欢离合,过的是世人的生活,与世人演绎了无数的恩恩怨怨。所以把这些精怪塑造成异类的人、似人非人的人。这种处理使他们获得了鲜活的生命,成为不同于孙悟空、猪八戒另一类不朽的精怪典型。

二、赋予精怪高于人的品性

按传统文化的说法,天地间以人为贵,人是万物之灵,把人提到与天地鼎足而三的地位。但蒲松龄却更多地看到人性的另一面,即人性的丑恶。基于对"花面逢迎,世情如鬼"的黑暗现实,因而把美好人性、理想人格赋予了精怪身上。

在精怪小说的长河中,从精怪与人的关系来看,早期的精怪仅幻化为人形。他们与人交往,大多是祟人、利己,如吸人精血。即使有的精怪不祟人,幻化为美女来与人交媾,也是图一夕之欢。他们的品性低于人,是低于人的低等异类。他们的最终结局是被人制服或所灭,或被逼露出原形,仓皇逃走。在《聊斋志异》中,蒲松龄赋予一些精怪极高的品性,他们的品性高于人,才能高于人,法术高于人。他们多情温柔,善良正直,至纯至洁。他们从大自然的各个角落来到世间,肩负美好的使命,来到人间不是祟人、害人,而是千方百计助人、救人,解救人们的困苦。给世间带来善、带来爱、带来美。精怪高于人类的品性有以下几个方面。其一,高度无私助人。被作者称为狐侠的红玉(《红玉》)追求爱情,主动与冯生幽会,出资帮冯生聘邻村女为妻,一旦为礼法所阻即离去。当冯妻因美貌被恶绅抢去不屈而死时,她又变为侠士助冯生抗暴,助其打赢官司。大难之余还帮冯生找回并抚育失之荒野的幼子,使他们一家团聚。她又以冯妻的身份帮其重建家园。其二,受恩重报,不惜做出重大牺牲。《聊斋志异》中的精怪重感情,讲情义,有恩必报,有情必还。狐女小翠(《小翠》)代母报恩,嫁给王太常的痴呆儿子元丰,屡屡解救夫家危难,但其行为往往被公婆误解和诟骂,以至于要杀她。但她仁至义尽,仍将报恩进行到底,全力治好元丰的痴病,为其娶了与自己相貌相同的妻子才离去。篇后异史氏曰:"一狐也,以无心之德,而犹思所报;……月缺重圆,从容而去,始知仙人之情,亦更深于流俗也!"《花姑子》中的章叟受安生放生之恩,在安生被蛇精所缠,命在旦夕时,他坚决要求上帝允许他"坏道代死",不惜牺牲自己的生命救助恩人。花姑子为了替父亲报恩,历尽艰难,以"业行已损其七""百年不得飞升"的自我牺牲,救活安生。她们重情重义,义重如山,没有世俗的功利与俗气。其三,精怪在爱情上高于人类。她们具有一种更高尚的成人之德,成人之美。在她们与世人相爱的过程中,为爱而成全相爱的人。狐精阿绣、颠当等均舍弃自己的爱而帮助自己的爱人找到所爱。狐精阿绣无私帮助刘子固找到所爱的真阿绣,狐精舜华帮助张鸿渐与妻子团聚。这是现实生活中的女性绝不可能达到的另一种精神境界[3],是更高层次的人性。其四,精怪与人类交往的结局是精怪抛弃人类。六朝志怪小说中精怪化身为人与人交往,在露出原形时都是被人所弃。在《聊斋志异》中是人被精怪所弃,对人与精怪的地位关系进行了颠覆。精怪在与世人交往过程中,由于不满人类的庸俗和污秽而决意离去,留下悲伤不已的是人类。精怪如"阿英""葛巾"是因为人类怀疑他们的身份而提出诀别,"小翠"是因为她讨厌龌龊的世俗人心而愤然离去,《花姑子》《辛十四娘》中的獐精、狐精也是由于厌恶人类的庸俗而进入仙界的[4]。蒲松龄笔下与精怪交往的一些人却与精怪形成强烈的反差:他们自私冷漠,对对方不信任,无情无义,忘恩负义,灵魂丑恶,有的丧失人性,毒如蛇蝎。常大用对花精葛巾表现出势利、自私、狭隘的品性;《云翠仙》中的梁有才要把狐妻卖到妓院去;《武孝廉》中的石某不念狐妻的救命之恩、出金钱使己得官之恩,而要将其杀死。蠹鱼精素秋(《素秋》)的恶夫为偿还赌债将素秋卖与他人;《小翠》中的高官王太常,因小翠失手打坏一只玉瓶就大发雷霆,无情无义,自私狭隘。蒲松龄在《花姑子》篇的"异史氏曰"

中感慨道："人之所以异于禽兽者几希,此非定论也,蒙恩衔结,至于没齿,则人有惭于禽兽者矣。"感叹人类的品行比精怪低劣,通过对比更显出精怪人品的高尚。这样,在蒲松龄笔下,精怪成为人间美德的化身,真善美的化身,极大地提升了精怪形象的品位,使这些精怪形象获得了永久的艺术生命。

三、诗化精怪的生活环境,通过环境描写丰富精怪形象

诗化美化精怪的生活环境也是蒲松龄对精怪小说艺术的一大创新。中国早期的志怪小说,叙事简单,没有什么环境描写。后来一些白话精怪小说,以及《西游记》中,对精怪形象有了较详细的环境描写。但这些精怪还处于成长的低级阶段,他们大都生活在山林河谷或水中洞穴中。如《西游记》中的熊罴精住在黑风山黑风洞,黄风怪住在黄风岭黄风洞,黄袍怪住在碗子山波月洞,金角、银角大王住在平顶山莲花洞。环境隐秘,白骨成山,有阴森妖邪之气,未脱动物的生存状态。蒲松龄写了精怪极美的外貌形体及美好的品性,还通过优美的环境描写来暗示精怪美善的品质。狄德罗曾经指出:"人物的性格要根据他的处境来决定。"[3] 是说环境对人物的性格、身份、情趣有某种暗示作用。蒲松龄在精怪小说里的环境描写极有诗情画意。《西湖主》中猪婆龙精的住所是"垂杨数十株,高拂朱檐,山鸟一鸣,则花片齐飞,深苑微风,则榆钱自落。怡目快心,殆非人世"。这一环境风景极美,浓密的绿荫掩映着富丽鲜艳的朱阁,色彩鲜明艳丽,富有"庭院深深深几许"的意境。悦耳的山鸟鸣叫声打破环境的宁静,微风徐拂,花片翩翩飞舞,榆钱飘飘而落,如同天上落下花瓣雨。美胜仙境,显示出主人的高贵的身份、高贵的气质和高雅的品格。狐精婴宁所居环境是另一番景象:"乱山合沓,空翠爽肌、寂无人行,止有鸟道。遥望谷底,丛花乱树中,隐隐有小里落。下山入村,见舍宇无多,皆茅屋,而意甚修雅。北向一家,门前皆丝柳,墙内桃杏尤繁,间以修竹,野鸟格磔其中 ……见门内白石砌路,夹道红花,片片坠阶上;曲折而西,又启一关,豆棚花架满庭中。肃客入舍,粉壁光如明镜,窗外海棠枝朵,探入室中,裀藉几榻,罔不洁泽……至舍后,果有园半亩,细草铺毡,杨花糁径。有草舍三楹,花木四合其所。"这一环境已不同于《西湖主》中的贵族府邸,而是远离尘世的山野中满庭豆棚瓜架鸟语花香的农家小院,如同桃花源中的人家,风景如画,诗意盎然。幽静的环境有参差

错落的群山美,起伏有致的地势美,令人陶醉的空气清新美,林木花草的繁茂美,屋舍的清洁美。这一环境淳朴淡雅,最大的特点是处处有花。村落周围有茂树丛花,墙内有桃杏之花,白石路旁有夹道的红花,窗外有海棠花,屋后有杨花,这些花有灵性,海棠花像调皮的孩子一样探头探脑到屋内。婴宁的住所在鲜花包围之中,生活在花的海洋里。花是婴宁生活的一部分,是她形象的写照,喻示她品貌如花,性格如花,表现了她天真烂漫纯洁无瑕没有受到任何污染的美好心灵。作者通过诗化环境来诗化了环境中的人物,环境喻示了人物的多方面信息,使环境成为精怪形象的一部分,丰富了精怪形象。

四、赋予精怪形象深厚的文化意蕴

蒲松龄让精怪负载丰富的文化精神,来拓展精怪的人性深度,增强精怪形象的厚度。蒲松龄在赋予精怪形象的文化精神的方法是:其一,《聊斋志异》中的精怪形象既是艺术形象也是文化意象。所谓文化意象是在精怪形象身上凝聚了丰富的文化内涵、文化精神,能引发人们深远的联想。狐精小说《婴宁》的婴宁之名取自《庄子·大宗师》:"其为物,无不将也,无不迎也;无不毁也,无不成也,其名撄宁。撄宁也者,撄而后宁者也。"所谓"撄宁",是指得失成败都不动心的一种精神境界, 蕴涵了老庄人生哲学所崇尚的回归自然纯真精神。黄英姐弟(《黄英》)是菊花精,黄英的名字是从"菊有黄华"一语中得来,他们姐弟以钟爱菊花的陶渊明的后代自居, 身上就带有了陶渊明人格的印记,具有了陶渊明的人格精神,以及高雅淡泊的超市脱俗的情怀。使人联想起历代诗人歌颂菊花高洁品性的诗句、诗篇。如屈原《离骚》篇、陶渊明《饮酒》篇中咏菊的名句,陆游的《晚菊》篇对菊花的赞美之语,在菊花精身上凝聚了无限的诗意,使其具有深刻的精神内涵。荷花三娘子(《荷花三娘子》)也是美好的文化意象。她的本体是南湖中的一支荷花,被宗生采回家后,忽而幻化为玲珑的怪石,忽而幻化为亭亭玉立的荷花,再幻化为美女。她的形体和所幻化的形象,使人联想起历代文人歌咏荷花的诗文,联想起文人所赞美的荷花的"出淤泥而不染,濯清涟而不妖,……香远益清,亭亭净植,可远观不可亵玩焉"洁身自爱的高洁品格。其二,在精怪的生活中体现出文化蕴涵。《青凤》中的狐精胡义君身上体现了丰富的儒家文化精神。他以儒家的礼法治家,有很严的家法家规,在家中吃饭座位的安排上显示长幼有序,等级森严。他有很强的祖先崇拜意识,自称"涂山氏后裔",对涂山女佐大禹治水之功的传闻津津乐道。他处世又不刻板,有孟子善于变通的思想,自己受难被耿生所救,就不再干涉青凤的婚事了。他身上的文化精神对其家庭成员产生重大影响,对其家庭成员进行社会化,青凤生长在这个家庭中形成了特定的个性。精怪身上这种文化蕴涵使他们的形象更加丰满。其三,精怪对人类文化的极度追求。白鳍精白秋练(《白秋练》)以诗为生命,她通过诵诗与慕生得以相逢,通过诵诗占卜未来。她用诗来为自己治病,在临死时让慕生为其吟杜甫《梦李白》诗,使她起死回生,重获生命。她追求的是像李白和杜甫那样的志趣相投、生死相知的情感和精神。她对高雅文化精神的追求达到极致,使这一文化精怪形象独放异彩。其四,赋予精怪形象的深厚的文化修养。《聊斋志异》中的精怪形象的文化修养非常深厚,诗词歌赋样样精通,运用起来得心应手。《狐谐》中的狐娘子有精深的文学修养,她与轻薄文人斗口,巧用文言虚词,讲笑话,说典故,对联语,无一不精,令轻薄文人甘拜下风。菊精黄英博学多才,历史文化典籍熟烂于胸,并善于运用,用来化解生活矛盾,其夫马子才"耻以妻富"分"南北籍"归还陶家物品,黄英用一句"陈仲子毋乃劳乎"劝解。马子才与黄英分居,又耐不住寂寞,不时来到黄英的住处,黄英说其"东食西宿,廉者当不如是",委婉指出丈夫的矫揉造作、言行不一的可笑,可看出她的博学和高品卓识。虽只有两句话,却有丰富的文化内涵,对情对景,胜过千言万语,改变了丈夫的可笑行为。这是黄英的深厚文化底蕴使然。蒲松龄增加精怪形象的文化蕴涵实际也是对其人性的深化,通过这种方法塑造了具有丰富的精神文化的高层次的精怪形象。

五、巧用趣笔,使精怪小说具有喜剧美

蒲松龄善用趣笔,巧用趣笔,把精怪故事写得有奇趣、有谐趣、有乐趣。他的精怪小说的描摹语言、人物应对语言、人物的戏谑语言都极其生动风趣。他让人类开精怪的玩笑,让精怪开人类的玩笑,也让精怪互开玩笑,使作品中时时荡起幽默的浪花,具有很强的喜剧性,产生强烈的喜剧美。以往的很多精怪小说也都追求趣味性,如《西游记》有很多趣笔,有许多喜剧场景,是一种俗喜剧。蒲松龄所追求的是一种雅趣,《聊斋志异》的精怪小说表现了一种雅趣之

美。《竹青》中的闺房戏语极有奇趣,与人间闺房戏语大不一样,是拿乌鸦精的鸟性开玩笑。鱼客的乌鸦精妻子竹青怀孕临产时,鱼客打趣她:"胎生乎?卵生乎?"竹青是亦鸟亦人亦神的精灵,鱼客此时为自己将有孩子而高兴,同时还有一丝担心,竹青虽是由乌鸦精变成了人,但还是有鸟性。她生产时生出的是人是鸟,鱼客此时心中没谱,他担心竹青生出的不是一个孩子,而是一个大大的鸟蛋,鸟蛋破壳后爬出一个鸟崽来,那就麻烦了。此戏语令人捧腹不迭。《婴宁》中有一场求爱喜剧。天真无邪不谙世事的狐女婴宁,对王子服的求爱之语句句岔解、误解、歧解,说出令对方哭笑不得的趣语。王子服向婴宁说自己爱花,婴宁岔解,说那就送你一大捆。王子服接着进一步说是爱拈花之人,婴宁又岔解,说亲戚之间本应有爱。王子服不得不明白表示他的爱是夫妻之爱,并解释说想和她夜共枕席,婴宁低头想了半天,仍岔解,出人意料地冒出一句:"我不惯与生人睡。"这一答语真是令人绝倒,令人喷饭!真是猴子吃麻花——满拧。婴宁远离人世,不懂男女情爱语言的表达方式,不懂示爱语言的言外之意,语言的预设意,因此,王子服步步示爱,婴宁的答语步步岔解。柏格森指出:"当一个表达方式原系用之于转义,而我们硬要把它当本义来解释时,就得到滑稽效果。"[6]蒲松龄用此法制造了强烈的喜剧效果。《香玉》篇中香玉与黄生一起逼绛雪现身的场景是一幕动作轻喜剧,也是通过精怪的物性来制造喜剧。绛雪此时已还原为原形——耐冬树,这是一种特殊的树,是亦人亦树,树身却有人的感觉。绛雪不以人形现身,香玉让黄生给耐冬树搔痒,因不知搔何处,香玉让黄生比照人体对耐冬树进行丈量,找到相当于人的腋窝处,用两手齐搔时,绛雪受不住奇痒,不得不化作少女从背后笑着出来,笑骂香玉助纣为虐。量树、搔树行为很可笑,类似儿童嬉闹、捉弄人的把戏,具有天真的童趣。这种喜剧场景增强了作品的娱乐性、愉悦性。

六、善于神秘描写,使精怪小说具有神秘美

精怪小说由于精怪形象是虚幻形象具有非现实性、诡异性,如写成世间常人,那就不符合幻想逻辑了。蒲松龄对精怪小说的另一创新是成功地进行了神秘描写。作者用天才神奇之笔构筑了由异类异事组成的神秘莫测的世界,除了作品题材本身带有强烈的神秘性外,作者在此基础上还通过一些艺

术手法如夸张、荒诞、变形、幻化、巧遇、遮蔽、暗示、梦幻等方式来进一步制造神秘感。通过这些艺术手法写精怪形象,写他们神秘的行踪,他们变幻莫测,行踪不定,常常在人们意想不到的时候飘忽而来,又在人意想不到的时候飘忽而去。写他们神秘的生命转化方式,如死去的牡丹花精香玉从绽放的牡丹花中重生,随风而长,飘然而落,成为鲜活的美女;写精怪运用神秘的法宝来实现自己的愿望,如狐精凤仙(《凤仙》)用神秘的宝镜监视激励丈夫刘赤水刻苦攻读,博取功名;写精怪运用神秘的法术惩治歹人,如狐精云翠仙(《云翠仙》)使负心丈夫梁有才所坐的楼房突然神秘消失,梁有才被置身悬崖之上,又使其从悬崖落下。《武孝廉》中的狐仙把给负心丈夫吃下半年的救命药从其肚子中用神秘方法调出来,使其病复发而死。写精怪神秘的生活环境,如《辛十四娘》中的冯生在狐仙辛十四娘的家中与之喜结良缘,当时辛家是高门大户,灯火通明。鸡鸣时冯生离开辛家,回头看到的景象是:"村舍已失,但见松楸浓黑,蓬颗蔽冢而已。"这些神秘描写使精怪小说中充塞神秘之雾,使读者欲罢不能,因为越是神秘的东西越使人好奇,使读者感受到最强烈的神秘美。爱因斯坦说过:"人类的一切经验和感受中,以神秘感最为美妙。"[7]《聊斋志异》中大量的神秘内容描写,使作品神秘信息量和文本激发的读者审美感受量指向最大化,实现审美超越,产生一种张力,使作者在读作品时产生一种高度的幻真感。在这方面我们不能不佩服蒲松龄描写神秘艺术的超凡绝伦。

参考文献:

[1] 鲁迅.中国小说史略[M].北京:人民文学出版社,1973:179.

[2] 王铁冰.白蛇传故事的文化意蕴[J].廊坊师专学报,1999(4):12.

[3] 李慧军.《聊斋志异》中狐女形象的审美特征[J].佳木斯大学社会科学学报,2007(6):45.

[4] 吴双双.《聊斋志异》中人与异类关系的文化内涵[J].大庆师范学院学报,2006(6):93.

[5] 〔法〕狄德罗.论戏剧艺术[M]//西方古典作家论文艺创作.沈阳:春风文艺出版社,1983:119.

[6] 〔法〕柏格森.笑——论滑稽的意义[M].北京:中国戏剧出版社,1980:8.

[7] 林同华.美学心理学[M].杭州:浙江人民出版社,1986:89.

《聊斋志异》中精怪形象的塑造方法新探

在中国小说史上,精怪形象是一大类别,源远流长。精怪形象是作家运用幻想思维所创造的一类特殊形象,具有特殊的魅力。精怪形象写得成功的,长篇小说当数《西游记》,短篇小说当数《聊斋志异》。《西游记》塑造精怪形象的成功之处是将物性、神性、人性集于一身的创作原则,像孙悟空、猪八戒都有动物的外貌与习性,都有超凡的本领,都有丰富的人性。《聊斋志异》精怪形象的塑造也运用了这一原则,但又有所创新。

《聊斋志异》与《西游记》相比,最大的不同点是精怪与世间人类的关系不同。《西游记》中孙悟空等人的主要任务是取经,也是在人间行走,但与世人只是边缘性交往,他们所经过各国时,与人交往仅限于到王宫倒换关文,或到民间百姓家借宿,或帮助捉妖怪,一路上主要是破除各种妖怪对取经的阻碍。他们所到之处都是路过,不介入世间百姓的生活,不发生感情联系。

《聊斋志异》中的精怪纷纷争先恐后来到世间,参与人间的生活。他们的踪迹遍布人间各个角落:田间荒野、寺庙道观、市井人家、官宦府邸、皇帝行宫等,与各类人物进行深层次交往,他们或为报恩,或为人解难,或追求爱情;他们进入世人的家庭之中,或为人友,或私奔来到某男人处为其情人,或与人正式谈婚论嫁为人之妻,过世人的普通生活,参与人世的矛盾纠葛,与世人产生爱恨情仇,分享人生的酸甜苦辣,与世人演绎了无数的恩恩怨怨、悲欢离合。

由于《聊斋志异》中的精怪活动在这一领域,蒲松龄在塑造他们时,进行了多方面的创新。

一、《聊斋志异》精怪形象的塑造方法

1.对精怪文化内涵进行置换

在民间信仰、六朝小说及某些唐传奇小说中都表达了这样一种文化观

念：精怪的本性都是邪恶的，是人的对立物，精怪的活动主要是攻击人、祸害人、使人得病、抢掠妇女，或吸人精血，把人变成人干，令人恐怖。蒲松龄对笔下精怪的文化内涵进行了置换，改变了精怪与人对立的关系，在把人的形象赋予精怪的同时，把人类美好的品性、美好的情感、追求幸福等优秀品质，也赋予精怪之身，淡化精怪的妖性特征，他们对人类友善，不是害人，而是助人、爱人。蒲松龄笔下绝大多数精怪成为善与美的化身，成为现实人世"心向慕之"的理想人物，拓展了精怪在世间活动的广阔空间，由此蒲松龄得以在幻域中探索人生。他对精怪文化内涵的置换与其佛教信仰有关，受佛教影响很深，他曾自述是僧人转世，佛教的核心理论是众生平等，六道轮回，人与动物是互相转化的。由于蒲松龄置换精怪的文化内涵，因此塑造出全新的精怪形象。

2.对精怪形象身上物性的处理

精怪形象是物性与人性合一的幻想人。《聊斋志异》中的精怪有从走兽幻化而成的，如狐、香獐、鼠、狼、虎等；有从飞禽昆虫幻化而成的，如乌鸦、鹦鹉、绿蜂等；有从水族动物幻化而成的，如猪婆龙、白骥、鳖、蛙等；有从植物幻化而成的，如菊、牡丹、荷花、耐冬等。以往的精怪形象是把物貌物性移植拼凑到人身上，是"人兽同体"。孙悟空是"猴头人身"加一条尾巴；猪八戒是"猪头人身"；盘丝洞的蜘蛛精虽幻化成美女之身，但从肚脐眼冒出蛛丝，外在形体上还有蜘蛛的特征。这种精怪形象只处在半幻化状态，非人非物的奇形怪状的状态。《聊斋志异》中的精怪形象完全是人的相貌，精怪外在体貌没有明显的物的痕迹，都是美女俊男的形象，是完全幻化的状态。蒲松龄把动物特征变异后融入人身上，如绿蜂精幻化为女子，不是变成蜂首人身，像雷震子那样长着翅膀，而是将绿蜂亚葫芦的身材变异成少女的细腰，即今天所说的魔鬼身材，把翅膀变异成绿衣长裙。再有自然界雄獐有香气，蒲松龄将其转移到雌獐身上，这种变异增强精怪形象的美感。与以往的精怪形象身上的物性相比，蒲松龄对精怪身上的物性处理是由身体外部转移到身体内部，由明显转为隐蔽。在原形之物的众多物性中进行筛选，只选一二物性特征，并且是选美去丑，起码是中性特征及习性，如牡丹花精有花的芬芳；把香獐身上香气的特征内化为少女身上的体香，如同人间的香妃。鱼的特征是离不开水，时刻生活在水中，蒲松龄写白骥精白秋练的特征变异为她在每顿饭中加少许湖水来佐餐，把物性隐含在人性中。蒲松龄还将动物的特征习性人文化，化为精怪人物的性格,成为其性格的主要成分。青蛙精十娘(《青蛙神》)的性格习性为"虽谦驯,但含怒","日辄凝妆坐","最恶蛇";老鼠精阿纤(《阿纤》)的动物性化为善于积储粮食、勤俭持家的习性性格;耐冬树精绛雪其树身迎风傲雪,幻化为少女冷静持重的性格。物性在人身上完全内化了,达到物性与人性的高度融合。《聊斋志异》中这种物性的表现方式是由于精怪在人间过常人的生活决定的,精怪必须要有普通常人的相貌。如一个男人的床上躺着一个"人首鱼身"或"鼠首人身"的怪状女人,岂不吓煞人也!

3.精怪形象神异性的安排设置

按民间信仰,精怪都有超人类的神力、神通、本领、法术,即有神性或神异性,用以超越人身的有限性,因此神异性是精怪的另一重要特征。《聊斋志异》中精怪的神异性描写有四个特点:其一,根据精怪原型的特点来设置其神异性。民间信仰中狐是灵兽,性狡黠,因而神通就大一些,自身善于变化,并能将周围景物进行幻化,顷刻飞行千里。其他精怪的神通就小一些,少一些。其二,精怪的神通是用于人间生活的需要、与人交往的需要、解决生活中的矛盾,或用于试探人的心理或助人或自卫,所有精怪都没有打斗本领,不会武功,他们的神异本领不用于精怪之间的斗法。其三,将精怪的神异性本领生活化。神异性表现为世间人类生活中所需的特异技能。如娇娜(《娇娜》)能做缩短疗程的神奇手术;白秋练(《白秋练》)有神奇的预知物价术;阿纤(《阿纤》)有善于积粟的本领;黄英姐弟(《黄英》)有善于种菊的神技,别人淘汰扔掉的残枝劣种,经他们的手一插则变成奇花异卉。其四,神异本领有限。狐精虽善于变幻、飞行奔走,却躲不过雷霆之劫;蜂精绿衣女(《绿衣女》)在行走时却被天敌蜘蛛捕捉;耐冬树精绛雪(《香玉》)能够神异地走进黄生的梦中,但却无力解除自身的灾难。《西游记》无底洞中的老鼠精有不凡的武功,手持双剑,与孙悟空打斗多时不分上下。而《聊斋志异》中的老鼠精则生活在普通山村的农家之中,只会积粟、善于持家而已,他们的力量很弱小。这种神异本领的设置,使精怪形象更世俗化、生活化,更贴近现实生活。

4.对精怪形象人性的深度开掘

精怪形象虽有动物性、神异性,但其核心是人性,具有人的感情心态、行为特点,是带有物性、神性的人。蒲松龄写精怪的高人一等处和感人处,就在于写出了精怪的丰富人性,不是一般泛泛的人性,而是开掘深度的人性。精怪性格之复杂、情感之丰富、心理活动之曲折远非他书同类形象可比。《聊斋志异》表现人性主要通过两个方面完成。一是精怪通过家庭实现社会化。民间信仰认为"物老成精"，精怪是某物自己通过长期修炼成的，独来独往。蒲松龄突破这一观念，《聊斋志异》中的精怪大都有同类亲人，有家庭。狐精青凤有叔父、叔母、弟弟；娇娜有父、兄；长亭有父母；小翠有母亲；花姑子有父母；白秋练有母亲；黄英有弟弟；葛巾有叔妹。这些精怪都在一定的家庭氛围中生活成长。这些精怪家庭中的成员立身行事都遵循人类社会的伦理道德，他们之间不是纯粹的精怪与精怪的关系，而是人与人的关系，有丰富的人伦情感。精怪在家庭中实现了人类社会的社会化。如青凤所在的叔父家礼法森严，这样就大大增强了精怪的社会性因素。其二是在他们步入人世与人交往发生感情纠葛时，其人性进一步深化，更加丰富，增加了深度。狐精青凤（《青凤》）在对待爱情和亲情两个方面表现了她的深度人性。青凤受叔父管教甚严，性格温顺、胆怯、谨慎。在耿去病示爱时，她内心喜悦，但表面回避拒绝、躲闪，充满矛盾。清明节在野外遇犬，被耿去病所救，此时已脱离叔父的管束，她才大胆向耿去病吐露爱情，与耿生相爱。尽管叔父阻碍过她的爱情，对她"诃垢万端"，但她不计前嫌，将叔父抚养之恩牢记在心。在叔父遇难时，急切恳求耿生前去救助，叔父得救后，她抱着叔父受伤的狐身，用自己的身体温暖三日，使其复原。这种报恩之情感人至深。青凤爱情心理之丰富，亲情之深挚，显示了她深度的人性。狐精长亭（《长亭》）的深度人性是夹在父与婿的激烈矛盾纠葛中表现出来的。其夫石太璞是乘人之危向岳父要婚，翁婿之间产生了情感的"死结"。长亭夹在两者之间，受到两种感情力量的撕扯，内心备受煎熬。她不肯背父也不肯伤夫，然而，她遵父命就必然伤夫，照顾丈夫就要背父。她的每一步选择都非常艰难，只能以伦理大节为原则来选择。当父亲要杀石太璞时，她背父去通风报信，其后又绝食，要求父亲履行与石太璞的婚约。婚后又因母亲思念，求夫让自己回娘家。父严命不准返回夫家，在公公去世时，她背父回家奔丧，尽"翁媳之礼"，料理后事。在父亲有难时，她又给丈夫下跪，请丈夫救助。父亲获救后，她决然留在石太璞身边。蒲松龄充分展示了长亭两难选择中的痛苦深度，她是那样温顺，那样善良，为遵父命做出巨大牺牲，抛夫弃子多年，一直生活在痛苦之中。她挑起三代人感情的重担，逐步化解亲人间纠结的能力和方法，又增强了她形象的厚度。

5.强化精怪形象的幻想逻辑性

精怪形象是通过高度幻想塑造出来的,怎样运用幻想有高下之分。《聊斋志异》塑造精怪的幻想不是随意想象,而是遵从幻想逻辑。幻想逻辑中还隐含生活逻辑,即人物是幻想的,其本领是幻想的,但人物的所作所为、事物的变化要合乎情理,要有因果关系,符合现实生活的逻辑。在《西游记》第六十四回中,松树精化作土地神把唐僧摄到崖上,松树精、柏树精、桧树精、老竹精等对唐僧吟诗抒怀,杏树精向唐僧求婚,众树精进行撮合。猪八戒、孙悟空赶来,众树精现出了原形,被猪八戒用钉耙筑倒,根部鲜血淋漓。此情节有不合情理之处,唐僧并非诗人,非诗歌的特殊爱好者,也非诗歌大赛的评委,为何要用"绑架"的方式把他摄来对他吟诗?令人匪夷所思。《聊斋志异》写精怪爱诗与人发生感情纠葛就非常自然。白鱀精白秋练酷爱诗歌,慕生喜欢诵诗,白秋练前来偷听,产生了爱慕之情,终成眷属。《香玉》篇也写到树精与人的交往。牡丹精香玉与耐冬树精绛雪为友、形影相伴,黄生追求香玉,也因此接触到绛雪,后来绛雪有刀斧之难,黄生营救,两人结下生死之情。他们交往由浅到深,感情的产生、发展顺理成章。

《聊斋志异》中每一个幻想细节都精心设计,使其既符合幻想逻辑又符合生活逻辑。牡丹花精葛巾(《葛巾》)与常大用爱情破裂,与玉版一起掷儿于地,两个小孩落地而渺,生出两株牡丹,"朵大如盘,较寻常之葛巾、玉版,瓣尤繁碎"。生活中有些东西摔落至地而碎,朵大如盘之花的花瓣如何繁碎?无疑是由抛掷造成的,这也符合一般常理,这一细节还有更深的寓意,繁碎的花瓣也是花精因爱情破裂而心碎的象征。这一幻想细节奇妙而有理。菊精陶生(《黄英》)酷爱饮酒,常常对菊酣饮,醉倒荒原,有时现出原形。中国古代文人有对菊饮酒的传统,菊与酒有密切联系,陶生有此举也属自然之事,此举如不发生在菊精身上,而是出现在别的什么花精身上,人们就不易接受。那样"不仅乖于人情,也使人觉得难合物理"[1]。白媪(《白秋练》)为促成女儿与慕生的婚事,用法术使"沙碛拥起,舟滞不得动",白媪属水族精怪,施法术主要在水域,且法力有限,如让她搬来泰山或喜马拉雅山,人们就会感到荒诞不合情理。《聊斋志异》的精怪故事处处用幻笔,但使人觉得幻中有真,幻而不失其真,离奇而可信。

二、《聊斋志异》中精怪形象的审美效应

蒲松龄根据精怪形象不同于世间常人的动植物属性和超人的神异性,赋予精怪新的文化内涵,进行了超凡的审美创造,小说遍布色彩缤纷的幻想花朵。精怪形象具有多方面的美质。

1.奇幻美

民间信仰中精怪有神异性,即有神通。《聊斋志异》中的狐精的神通有独到之处。狐精的神通主要是有高超的法术、高超的幻变之术。一能改变自身的相貌;二是改变某物或自然环境的面貌。这种幻变之术是神而又神、奇而又奇。精怪小说的幻变之王当属孙悟空,他会七十二变,但他是见到某人才能把自己变成某人,如变成牛魔王到铁扇公主那里去借芭蕉扇。《聊斋志异》中的狐精幻变之术更技高一筹,比孙悟空还厉害。狐女舜华(《张鸿渐》)从没有见过张鸿渐的妻子方氏和张鸿渐的儿子,但她能把自己变成方氏,把竹夫人变成张鸿渐的儿子。张鸿渐与其亲热时不能识其假。狐女小翠(《小翠》)没见过朝廷冢宰,没见过皇帝的龙袍、皇冠,她装扮冢宰,变出龙袍、皇冠后,朝廷高官王给谏信以为真,确认龙袍、皇冠是真物。蒲松龄赋予了精怪最绝妙的幻变才能。使这些精怪成为最神奇最有魅力的精怪。

蒲松龄想象力丰富至极,写众多精怪的万千变幻方式,创造出千姿百态的美,异彩纷呈,令人目不暇接,把艺术想象力发挥到最大程度,令人惊奇不已。精怪幻变以及所控之物的变幻的方式主要有:

瞬间骤化式变幻。宗湘若(《荷花三娘子》)采来一枝荷花放在几案,将用蜡烛火烤,"一回头,化为姝丽"。耿去病(《青凤》)遇一求救小狐,用衣襟兜回,放在床上,狐立刻变为美女青凤。精怪的原貌与幻象差距巨大,这种变幻使人感到出人意料的美,惊奇的美。

渐进式变幻。《书痴》中的纱剪美人颜如玉,"忽折腰起,坐卷上微笑",郎生在惊骇中一再叩拜,美人竟"下几亭亭,宛然绝代之姝",幻变的美人有表情美,体态由静态美转为动态美。牡丹花精香玉(《香玉》)从花中复生的情景:"花大如盘,俨然有小美人坐蕊中,裁三四指许。转瞬间飘然而下。"绝美之花中有绝美之人,人花相映,真是美上加美。香玉从花蕊中飘然而下,且在飘落

时随风而长,动作轻盈给人一种动态变幻美感。

魔术式变幻。菊精陶生(《黄英》)酒醉化为菊花,黄英将菊花拔置地上,盖上衣服,躲开不看,它就能复化为人。变幻的方式如同变魔术,菊精陶生好像做错了事的孩子,复化为人时有点害羞,不愿让别人看到,这种幻变方式极为有趣。

连续式变幻。荷花三娘子(《荷花三娘子》)由荷花变为美人后,宗湘若捉臂牵之,美人忽而变为怪石,怪石又变为纱帔,忽而纱帔又变为卧枕上的垂髫美人。荷花精连续变幻,忽而人忽而物,奇幻无比,令人眼花缭乱,目眩神迷。这种变幻有梦幻一般的美。

远程遥控式变幻。专门害人的高官王给谏(《小翠》)见到痴公子王元丰身穿光闪闪的龙袍,头戴金灿灿的皇冠,欣喜万分,从王元丰身上脱下龙袍、摘下皇冠,包起来,忙不迭到皇帝面前告状,但打开包袱一看立刻傻了眼,包袱中的龙袍却是黄包袱皮,皇冠是高粱秸秆所做。这应该是小翠用高超的法术遥控所致。这一幻变给王给谏致命一击,给读者带来无比的欢乐。这种幻变具有出人意料的神奇美。

2.悬念美

蒲松龄特别善于营造悬念,《聊斋志异》的故事性作品中几乎篇篇都有悬念。悬念是一种艺术表现手段,会引起读者对作品人物命运的关注、好奇、担忧、惊异、猜测、期待的心理和情感。给读者带来审美感受,具有美学功能。《聊斋志异》的精怪故事,由于主人公的奇幻性、神异性、诡异性,具有超人的神通法术。他们的相貌变幻莫测,行踪不定,扑朔迷离,常常在人意想不到的时候飘忽而来,又在人意想不到的时候飘忽而去。蒲松龄在塑造精怪时又运用一些艺术手法对精怪的行动表现得半隐半露、朦朦胧胧、若隐若现,不让读者一眼看透,一下子捉摸得透,以增添精怪的独特魅力和情趣,从而大大增强了神秘性。这常常形成一个又一个悬念,成为连珠式悬念,这些悬念带有强烈的神秘色彩。这些悬念有的有解,引逗读者的多种审美猜测和期待。《小翠》中有一连串的悬念。美貌少女小翠为何要主动上门嫁给王家痴傻公子?她家境如何?嫁入王家后为何嬉闹不止做出种种出格行为?她为何要扮成冢宰跑到大街上招摇?为什么在王家政敌王给谏来家时让傻公子扮成皇帝出现在王给谏面前?王给谏拿到皇帝面前的皇冠为何会变成高粱秸秆?她为何能治好傻公子的痴病？她为何又要离开王家？为何王家公子后来所娶妻子的相貌与小翠一模一样？小翠与王公子有无爱情？时时引起读者的极大好奇心。蒲松龄又在情节的发展中层层剥笋，步步解疑，使故事情节峰回路转，夭矫变幻，闪烁迷离，丰富多彩的悬念也极大地增强了叙事文本的艺术感染力，情节惊心动魄、波澜跌宕，对读者起到勾魂摄魄作用，使读者获得丰富的审美愉悦。《聊斋志异》中有的悬念是作者揭开谜底或使读者自己领悟谜底。有的无解，成为永远的谜。如小翠最后去了何处？生活怎样？蠹鱼精素秋（《素秋》）与周生结婚后，预知当地有兵灾，带白须老仆到海滨避祸，"至胶莱之界，尘雾幛天，既晴，已迷所往"，去向神秘莫测。后来有人在海上见到白须老仆须发变黑，声称住得很远很远。老仆是怎样得到易颜仙术的？他与主人到底住在什么地方？这又增加了更多的神秘色彩。荷花三娘子（《荷花三娘子》）所变的荷花被宗湘若采来后，忽而变成怪石，忽又变成纱帔，到底是何意？为什么没有变成其他东西？无人能说得清楚。她离开宗湘若时遗履为何化为石头？遗帔为何现形？她身上有太多的神秘，有很多的谜。《婴宁》篇中王子服因痴情所致，去西南山中找婴宁，发现了山林掩映中百花盛开的一个村落。这村落是怎样来的？后来又怎么消失的？文中没有交代，是一个永远的悬念，一个无解的悬念，一个永远的谜。诸如此类，增添了作品扑朔迷离的艺术美，提供给了读者一个自由驰骋的审美思维空间，揭开悬念的愿望也就越强烈，最大限度地满足了读者健康的猎奇欲和探究乐趣。同时，也使人物更加丰满鲜明、光彩照人，激起读者对人物命运投注更多的热情，使精怪形象令人刻骨铭心，引发无穷的联想。

3.谐趣美

谐趣，诙谐有趣。蒲松龄生性诙谐，以神幻之笔写精怪生活的趣语、趣事。充分利用精怪身上的动物性、植物性大做文章，将其作为审美因素，使其产生丰富的诙谐之趣。其主要方式之一是设置新颖奇特的精怪幻象或设置特定情境来引发趣语。《董生》篇写一貌如天仙、尻长长尾的雌狐精睡到好色的董生床上，董生欣喜若狂，伸手狐精被中探其下体，摸到一条毛茸茸的长尾巴，吓得体若筛糠，转身欲逃。狐精醒来，问他，你怕什么？董生答曰："我不畏首而畏尾。"狐狸精的幻象奇妙，如花的容貌和毛茸茸的长尾合为一体，美丑悬殊，给人视觉、触觉造成巨大的冲击力，两者形成巨大反差。董生的雅词俗用正好对景，风趣至极，非常绝妙地表现了他对狐精既爱其美色又惧其异类的矛盾心理。何守奇对此评曰："谐语趣甚。"方式之二是写了《聊斋志异》中的人与精怪夫妻之间的打趣之语，这种闺房戏语谐趣荡漾。《竹青》中的鱼客打趣将临产的乌鸦精妻子竹青："胎生乎？卵生乎？"是问她能生出一个婴儿还是生出个鸟蛋；《凤仙》中的狐女凤仙在新婚之夜打趣丈夫："今夕何夕，见此凉人！"嫌其身体太凉。此种戏语富于韵致，令人捧腹不迭。方式之三是写了狐精姐妹之间打趣嬉戏之语。《狐梦》中的二娘子戏谑新婚的三妹："嫁多髭郎，刺破小吻。"笑其丈夫的胡子好像铁刷子，俩人亲热时把妻子的樱桃小口都扎破了，高度夸张令人喷饭，谐趣盎然，表现了狐精家庭浓郁的生活情趣。方式之四是写狐精与人斗口的诙谐趣语。《狐谐》诙谐的狐娘子与轻薄的男子斗口，回击拿她寻开心的文人。她从自嘲开始，以狐为题，言在此意在彼，用语巧妙。在有趣故事的讲述中，大傻瓜、小犬、狐子狐孙、骡马、龟、鳖这些名号就落到轻薄文人的头上，弄得轻薄男子狼狈不堪。方式之五是写狐精的诙谐故事。《胡氏》中的男狐精与东家斗气的滑稽行为更有谐趣。身为秀才的男狐精求婚东家之女，东家未允，狐精生气发飙，带狐兵虚张声势围攻东家，以蒿杆为箭，万箭齐发射向正在出恭的东家臀部，将其臀部射成了"仙人球"，行为可恶又可笑。最后非但未达目的，反倒把妹子嫁给了东家之子，这一闹剧谐趣浓烈。《聊斋志异》中的很多精怪故事谐趣四溅，大大增强了作品的娱乐性、愉悦性。

4.深情美

有人说过，文学的本质就是情。蒲松龄在精怪身上赋予了丰富的情，他们成为情的化身。他们有不同于人类的生命形态，有原体，有幻体，原体有生有灭，幻体也有生有灭。他们通过不同的生命形态来表达自己的情感，他们身上的情更深、更浓、更长久。香玉的深情可谓感天动地，她感激黄生的至情，与黄生深深相爱，成为花鬼也来相从，本已萎死，又因情而生，忍一年风雨重生与黄生相聚。黄生蜕化的赤芽遭人砍去，香玉最终以死相从，此时她已回到草木世界，但情不灭，与绛雪一起为黄生殉死。俗语讲："人非草木，孰能无情？"是说草木是无情物，但《聊斋志异》中的草木有奇情。黄生（《香玉》）所化赤芽被砍而死，而身化草木的香玉、绛雪随之殉死，草木同生共死。谁见过这种至情？谁不为之动容？她们生也为情，死也为情，灵魂易体而情不变。她们的行为成为"问世间情是何物？直教生死相许"之语最生动的诠释。绿衣女（《绿衣女》）与璟生相爱，归途中绿衣女被巨蛛捕捉，幸被璟生所救，在巨大外力的摧残下,她现出绿蜂原形,生命奄奄一息,失去了人的感情表达能力,但仍未忘情,投身墨池,用尽平生之力爬出一个"谢"字。一个"谢"字所蕴含的深情足以充塞天地,使人感受到她内心深切的感激、诀别的痛苦和不尽的思念之情,让人感到无限的凄美。狐女莲香(《莲香》)深爱桑生,为桑生付出无数辛劳,但她感到以狐身与之相爱有些缺憾,于是放弃灵狐的道行,主动求死,托生韦姓卖浆者之女。莲香死后十四年,以人身再度与桑生相聚,实现两世情缘。她以求死来实现爱情的更新,实现爱的永恒,这种情是何等的深沉和强烈,表现出真情的坚韧的美。

5.睿智美

中国古代民间文艺中,写智是一项重要内容,如《三国演义》被称为"智慧之书",其主要是表现人的智。在《聊斋志异》之前的志怪小说中一些精怪智力不高,作祟于人时被人们制服。

《聊斋志异》中的精怪有非凡的智慧,有高于人类的才智,这是蒲松龄的一大创造。《聊斋志异》的精怪有多方面的智慧。她们看透世情,深刻地洞悉人性,靠自身的智慧圆满解决人世间的种种难题。白鳍精白秋练(《白秋练》)有实现自主婚姻的智慧。她爱慕慕生,但慕父嫌其为船家女,身份卑贱,阻挠这门婚事。她不急不躁,根据"天下事愈急则愈远,愈迎则愈距"的世情,欲擒故纵,针对商人求利心理,投其所好,用"知物价"之术,使慕翁赚了大钱,"使意自转,反相求"。后来慕翁果然改变态度,主动送聘礼来求婚。白秋练运用智慧争取到了爱情幸福。黄英(《黄英》)有处理夫妻关系的智慧。其夫马子才有顽固的士人清高心理,"耻以妻富",认为黄英经营菊花致富有累于他的清名。黄英对他的这一观点没有直接批驳,没有恶语相讥,而是针对马子才崇拜陶渊明的心理,说自己致富是为陶渊明争气,提出堂堂正正的理由,使马子才无话可讲。黄英在生活理念上不屈从马子才,坚持自己的原则:"君不愿富,妾亦不能贫也。"对二人的矛盾进行冷处理——分居,让丈夫亲身体会所追求的生活。当马子才抗不住人间实际享受的诱惑时,来招黄英,黄英不往,坚持原则;他来黄英处,黄英迎而不拒。不是实施性惩罚,而是用爱情温暖他。用"东食西宿,廉者当不如是"的谐谑调侃之语点出马子才言行不一的荒唐可笑之处,促使其反省自身。黄英智、情、理并用,马子才彻底服输,二人和好如初。狐精小翠(《小翠》)富有官场斗争智慧。她对官场中的官员相互倾轧的心理、手段了如指掌,针对公公的政敌王给谏害人的阴暗心理,幻化出道具安排傻丈夫扮演皇帝演一场戏,诱使王给谏上当,让王给谏犯了诬告罪,通过皇帝之手惩罚了这个恶官。小翠通过自己的官场智慧斗败了在官场混迹多年阴险狡诈的老手。狐娘子(《狐谐》)具有超凡的应对智慧。在一次聚会上她成为轻薄文人戏弄的对象,她低于人类的异类身份,又被轻薄文人视为妓女,处于极端不利的地位。轻薄文人在嘲弄中处处想压狐娘子一头,狐娘子巧妙应对,她先自我嘲笑,借讲狐典巧骂他们是"狐儿""狐孙子"。对方发怒后,她随机应变,又讲一个笑话,利用谐音再次巧骂对方。最后对方出了刁钻奸巧一联,骂狐娘子为妓女,狐娘子应以巧对,反戈一击,以毒攻毒,巧骂对方为龟鳖。狐娘子有精深的文学修养,巧用文言虚词,讲笑话、说典故,对联语,无一不精,随手拈来,皆成妙趣,雅俗文学都精通。她在与轻薄文人的斗口中处处占上风,弄得对方狼狈至极,灰头土脸,呆若木鸡。她堪称语言天才,她的诙谐美令人开心解颐;应对智慧之美令人赞叹。《聊斋志异》还表现了精怪在特定环境下的特殊智慧。一般情人之间一方想了解对方是否有真心,因碍于情面,对方在当面讲的不一定是实话。狐女舜华(《张鸿渐》)有高于人的妙招,幻化为张的妻子方氏来问,使情人的情感尽吐,方法非常巧妙。绿蜂精(《绿衣女》)遭受劫难被宋生所救,现出原形,奄奄一息,想对恩人致谢已无能为力,无法说话,是实实在在的"无以言表"。但它以自身投墨汁,出伏几上,爬行出一个"谢"字后才展翼飞去。人们不能不惊叹,它是何等聪明睿智!又何等神奇!又是何等深情!《聊斋志异》中对精怪的睿智描写,使作品具有浓郁的智趣,既给人丰富的启迪,又给人带来欢乐。

参考文献:

[1] 马振方.聊斋艺术论[M].上海:上海文艺出版社,1986.

《聊斋志异》中仙人小说的喜剧色彩

中华民族的神仙信仰源远流长，是中国传统信仰中影响深远的观念，在人们心目中神仙是无比美好的，他们超尘脱俗、长生不死，神通广大，有变化多端、奇妙无比的法术，来去自由，逍遥自在，生活优裕，居处尊贵，快活无比，已经成为人们仰慕的人生理想。蒲松龄自称"留仙"，可见其对仙人的钟情。在《聊斋志异》有数十篇写有神仙的小说。《聊斋志异》所展示的艺术世界中，时时闪现仙踪道影，如有论者所言，"翻开《聊斋志异》，你会立即感觉到一阵阵仙风扑面，一股股道气缭绕。"[1]

民间信仰中及历史上一些神仙小说中的仙人大多是高高在上，远离人世，住琼楼玉宇，他们大都不关注世间凡人的生活，不管人间事务，只顾自己修炼和快活。蒲松龄笔下的仙人与以往神仙小说的仙人不同。他的关注点始终是人世，写仙是为了写人世，是把对世间万象的褒贬寓于仙人小说中。民间信仰中的仙人是人修炼得道后走向仙界，而《聊斋志异》中的仙人是由仙界走向人间。《聊斋志异》中的仙人大多是平民神仙，这些仙人被充分世俗化了，他们身上没有缭绕的仙气，而是与生活中随处可见的普通人相似，是亦人亦仙。他们都有人的七情六欲，都食人间烟火，都有丰富的人情味。男仙多是半人半仙的道士。有的是济公式疯疯癫癫的道人，或乞丐或秀才等。女仙也多为地仙，她们并非超凡脱俗，冰清玉洁，而是追求凡人，与凡人成亲生儿育女，男欢女爱。她们性格开放，有非凡的智慧，过的是民间百姓的世俗生活。他们大多有扶善惩恶的侠义心肠。这些仙人都有世人所无的支配他人、超越自然的神奇仙术，随心所欲地变化施为。《聊斋志异》中仙人与仙人之间没有什么矛盾纠葛、是非恩怨，没有因为矛盾而过招、斗法。他们主要是活动在人间市井之中，关注人间之事，参与人世的矛盾纠葛，深度介入人间社会生活，是一种新型的仙人。

《聊斋志异》故事内容的重要特点是"寓赏罚于嬉笑"[2]，这一特点主要体现在仙人小说中，蒲松龄通过仙人来表现自己的愿望和理想，来维护世道人心。他安排仙人对世人进行赏罚，小说中的仙人在人间的主要活动是与官僚权贵及种种品性不良者进行"游戏"，使用神奇怪诞的仙道法术这种超现实的方式对人间的假丑恶、品性不良者进行戏弄、惩罚。惩罚的结果非常有趣，具有强烈的荒诞性和神奇性、趣味性，制造出多种超现实的喜剧场景。仙人小说中出现了众多的喜剧矛盾、喜剧情节、喜剧风波、喜剧情景，喜剧人物，这些仙人中有的自身是喜剧人物，或是自己出演喜剧，或是在人间导演喜剧。他们在人间演出了无数场的不同色调的喜剧，形成姹紫嫣红、千姿百态的喜剧景观。仙人小说中处处闪射喜剧的火花，充满喜剧意味，给作品涂上了浓重的喜剧色彩，使读者感受到强烈的讽刺美、浓郁的幽默美、多彩的滑稽美。

一、讽刺喜剧色彩

学术界一般认为，"中国古人的喜剧审美取向多以轻松快意的直接娱乐为主，而不大愿意接受对现实带有揭露性、夹杂着某种痛感的批判喜剧。"[3] 但满怀孤愤之情的天才作家蒲松龄与古代及当时人们的审美倾向大不相同，《聊斋志异》中很多仙人喜剧性小说都是讽刺喜剧，表现了极强的讽刺性、批判性。这与蒲松龄的生活环境与对社会的感受有关，蒲松龄生活在"花面逢迎，世情如鬼"的黑暗现实中，痛感世间社会的乖谬、道德沦丧、人性缺失，因而他极力抨击当时社会中的残暴统治者和世道人心中丑恶、虚伪、可憎的东西；抨击世间的丑类、丑恶现象。现实中的人们对充满人间的假丑恶无能为力，富有浪漫主义想象的蒲松龄让仙人用奇法异术来捉弄世间的丑恶人物，在仙人法术的作用下，丑恶人物出尽各种洋相，现出百般丑态，产生意味深长的笑料。他以笑的形式对各种丑恶的对象进行否定性评价，猛烈地嘲笑丑、鞭挞丑，暴露批判人类丑恶和可笑的一面，挖苦丑陋的人性和荒谬的行为，对社会恶俗、丑劣可笑乖讹的人性及种种恶德败行进行辛辣的嘲讽。成为世态人情中的哈哈镜。这类讽刺喜剧体现了"以嘲笑惩戒邪恶这条喜剧原则"[4]，实现了惩戒丑恶的目的。这类小说不光是对人进行传统的道德评价，还对人进行带有近代色彩的人性解剖及人的灵魂解剖，已开始负载起更广泛深沉的历史的现实的人生的内容,有了更深刻的文化意蕴[5]。

《聊斋志异》中的仙人用各种法术作弄世间的恶人、品性不良之人,使得他们现出各种千奇百怪的丑态,出于两种目的。

第一种是,出于对丑恶之人的恶德恶行的极端憎恶,对其进行严厉教训惩罚,令其出丑。被戏弄出丑者大都是反面角色,人性丑陋,品质恶劣,有多种恶德败行。他们受惩的原因多由自己造成,咎由自取。他们受惩出丑,反映了人们的心愿,使读者感到快意。

《癫道人》中的癫道人对邑贵模仿戏弄,使邑贵恼羞成怒,让众恶仆逐骂追打癫道人。癫道人巧施法术,戏弄恶仆,一个不知深浅大胆妄为的恶仆被倒栽葱插在一个枯树洞中,发出驴子一样的喘气声,吃尽了苦头,出尽了丑,其形其声,可笑至极。邑贵吓得屁滚尿流,落荒而逃,一跑数里,颜面尽失,狼狈至极,再也顾不上摆谱作势了。此故事一个喜剧场景接一个喜剧场景,波澜起伏,令人目不暇接,有多处笑点,令人大笑不止,是浓缩的讽刺喜剧,有强烈的喜剧感染力。《马介甫》中仙人惩戒恶妇的情景属于闹剧性喜剧,尹氏是一个凶悍至极丧尽人性的恶妇,虐父虐夫无所不用其极。在她执鞭追打杨万石时,仙人马介甫对其施法术,使本来操鞭逐夫的尹氏突然反向奔跑,像被鬼逐一样,在大庭广众中裤子鞋子全部跑掉了,光脚回家。对一个女性而言,再没有比裤子脱落露体更丢脸的了。穷凶极恶的悍妇大施暴虐时,突然出现神经错乱,自现丑态,洋相出尽,狼狈至极,颜面丧尽,这种极为反常的行为令人哄堂大笑,也令人又开心解气,产生了强烈的讽刺喜剧效果。《彭海秋》中的假名士丘生有隐恶,仙人用法术将其变成一匹马,让他在短时间内来一个人畜轮回,到畜类队伍里走一遭。在他还原人身后还关在马厩里,身系马缰,成为"马人"的怪物。这种特殊的"人马"形象极其滑稽可笑。这位名士恢复人形后还"下马粪数枚",更造成了绝妙的喜剧性效果。丘生虽然恢复为人,但还在延续畜类的行为,成为他变为畜类的后续见证。他变为畜类是其品性得以最形象地显现,剥掉了风度翩翩"名士"的假面,再无法骗人,让人们看清他可笑可鄙可恶的丑陋本质,否定他、嘲笑他。如作者所言"使为马,正恨其不为人耳"。表明他等同于畜类,丧失了人格价值。这一喜剧场景讽刺力极强,有极大的讽刺杀伤力。《道士》篇中的仙道用绝妙的方法惩戒两个好色无耻之徒,使他们出了天下之奇丑,属于荒诞喜剧。仙道让丑恶人物丑行自现、自我暴露。道士在待客的房间唤来"媚曼双绝"的两个美人翩翩起舞,韩生、徐生这对被邪欲冲昏头脑色胆包天的无耻之徒各强拥一个绝色女郎入怀"抱与俱寝",天明醒来,美人不见踪影,韩生发现自己"抱一长石卧青阶下",而徐生更为可笑,"枕遗厕之石,酣寝败厕中",枕一块粘满屎尿臭气熏天的垫粪坑石头,在破败的厕所里睡得正香,丑态出尽。人们可以想象出他们醒来时,见身所处之境,怀中所抱之物、头下所枕之物,该是何等的难堪、何等的狼狈、何等的尴尬!作者让色鬼的行为与目的形成巨大的反差,具有强烈的荒诞性、滑稽性。此场景使人不禁想起《西游记》中猪八戒在"四圣试禅心"的情节,猪八戒被美色所迷,一心想入赘富贵人家做女婿,接受了美人定情之物"汗衫儿",结果汗衫儿却化作绳索使自己被吊在大树上,女婿没做成反受尽捆吊之苦。丢尽了面子,被众人嘲笑。两情节有异曲同工之妙。但韩徐二人受惩的结果更可笑,讽刺性更强。猪八戒只不过取经意志不坚,是与神仙所化的美女正式谈婚论嫁,受到惩罚,还有可爱之处。蒲松龄让韩生和徐生直接暴露了的床上色欲丑态,展示的是赤裸裸的流氓色鬼的行为,而色欲的对象却极为反常和滑稽,更荒唐百倍。暴露其行为动作的丑、灵魂的丑,更令人笑破肚皮。作者用此情景尽情地对讽刺形象嘲笑戏谑,讽刺入骨。《寒月芙蕖》中观察公因道士把他的美酒献给客人喝了,非常恼火,让衙役在大堂上痛打道士,可是,当板子打下去,大声喊痛的是道士,而挨打流血的却是观察公,观察公屁股剧痛无比,流出鲜血沾满桌椅,不得不放了道士。这两个富有喜剧性的滑稽场面,讽刺了观察公的吝啬和狠毒,有趣至极。观察公下令把自己弄得既痛苦又狼狈,作法自毙,搬起石头砸了自己的脚。读者读此情节享受到强烈的审美愉悦。

仙人让戏弄对象出丑的另一种情况是出于对其教育的目的,使其改正不良行为。有时是让被戏弄对象有限度地出丑,这种喜剧性的教育既深刻又风趣,又意味深长。

《崂山道士》中的王生羡慕道士的仙术,却不肯吃苦用功,又想急于学到仙术,他心思不良求学穿墙之技,短时自以为学成,别师归家,仙师嘱其切勿宣扬,他却得意地在妻子面前炫耀表演,结果当场碰得头破血流,爬起来大骂道士骗他。此故事令人喷饭,如作者所言"闻此事未有不大笑者"。这一喜剧场景表现了深刻的哲理,蕴含了更深层的寓意,如但明伦所评,讥刺了那种偶有所窃遂用以欺世盗名的世俗人物;也讥刺世人认假作真、以小夸大、学一点皮毛之术就大肆炫耀的弱点。幽默味足,讥意深刻,对世人的教育意义极深。这些小说喜剧效果之强,在我国文学史上是前所未有的。还有的仙人让被戏弄者出丑是讲分寸的,讲究适度,根据情况惩戒能放能收,适可而止。《翩翩》中的仙女翩翩就是如此,她教育有顽固好色陋习的丈夫罗子浮也是先让其出丑,罗子浮在妻子眼皮底下来调戏勾引妻子的闺友时,她不是疾言厉色直接斥责对方,而是用类似有自动监控功能的高科技仙术悄悄惩戒、教育丈夫。在其心生邪念轻薄他人时,罗子浮身上的衣服就变成枯树叶,其形象好似几万年前以树叶遮身的原始野人,现出怪模怪样的丑相,丑陋至极,这种装扮不啻裸身示人。使其极为难堪,且浑身发冷。翩翩用仙术将其暗中调戏美女的行为及丑恶的灵魂突然曝光,使其"邪思"及暗中不轨动作显现于光天化日之下。这种惩戒方式简直妙不可言,极为新奇,极为可笑,极为有趣。只有当他赶紧"惭颜息虑,不敢妄想"时,身上的树叶才会"渐变如故",野人的装束消失,恢复为正常的服装。翩翩没有让其丢丑到底,被教育者已改过,达到教育目的就行了,不能让丈夫永远成为以树叶蔽体的怪模怪样的野人。这一情节滑稽喜剧色彩浓烈,令人捧腹绝倒。

二、幽默喜剧色彩

蒲松龄生性诙谐,幽默艺术达到古典小说的顶峰,是幽默大家。他的这种才情赋予了笔下的仙人,《聊斋志异》中一些仙人都谈吐幽默风趣,诙谐善谑,才学超人,智慧过人。他们或对世人的丑劣行为进行嬉笑嘲弄,或在生活中嬉笑戏谑打趣,上演了一幕幕精彩纷呈的幽默喜剧。

《聊斋志异》仙人小说中的幽默喜剧主要有两种类型。

其一是以带有善意的幽默的"笑"为手段,讽刺那个时代人性弱点的讽刺喜剧。卢那卡尔斯基曾说:"幽默的喜剧就是轻松讽刺的喜剧。"幽默喜剧的特点,是对人物进行善意的讽刺。幽默的讽刺要温和一些,正如有学者云:"讽刺必须取曲说的方式,……曲说,必须是机智的,自然的,而不是生硬的,勉强的。"[6]婉说方式的幽默讽刺会产生更多的笑料,有更强的喜剧性。

《聊斋志异》中的幽默喜剧内容与讽刺喜剧有相似之处,讽刺喜剧中是仙人用法术让喜剧人物出丑,幽默喜剧是仙人用幽默妙语让一些才学浅薄、骄狂自大者出丑。《仙人岛》中的仙女芳云对骄狂文人王勉的诗文评语极富幽默诙谐情趣，她们不直说其诗文水平不佳，而是非常巧妙地曲说、婉说，讥刺深刻又非常好笑，具有把人笑翻的喜剧效果。骄狂文人王勉因科考中曾考过第一，自视才学甚高，炫耀成瘾。在仙人岛上一见到仙女芳云、绿云两姐妹，就迫不及待一再显摆自己的歪诗歪文，想得到丽人的青睐。有二句云："一身剩有须眉在，小饮能令块垒消。"说自己豪饮有风度、有大丈夫的气概，很潇洒，很豪迈，自觉诗句不凡，诵后等待众人的夸赞，没想到博学多才而又幽默风趣的芳云妙用《西游记》中的故事分别对两句诗各加一个非常滑稽、非常精彩的注脚，"上句是孙行者离火云洞，下句是猪八戒过子母河也"，这一注解，使王勉的诗发生化学反应，立刻变了味，变了形，变得滑稽不堪了。王勉所自我塑造的潇洒的大丈夫形象变成了被擅长喷火吐烟的红孩儿烧光猴毛、只剩得胡须眉毛黑不溜秋的秃猴子，变成了喝了落胎泉水后肚子里稀里哗啦、大小便齐流、化去胎块自行流产的猪八戒。这一注解并不脱离王勉诗句字面之义，却与王勉所要表达之意相差十万八千里，对王勉自鸣得意的诗意进行了彻底颠覆。顿生滑稽诙谐之趣，可笑至极。使王勉大出洋相，王勉在遭受戏弄后为挽回面子，当众吟诵起《水鸟诗》中的"潴头鸣格磔……"忽忘下句，芳云为其续为"狗腚响彭巴"。她用谐音双关法把"潴"换为"猪"，以"猪头"对"狗腚"，遂成一工整对仗的下句，语意双关，嘲笑王勉吟诗为狗放屁。滑稽至极，令人捧腹绝倒、拍案叫绝。

芳云的幽默诗评的绝妙之处是总给出一个与王勉所期待不谐调的话语，以一套很"俗气"的语言来拆解王勉很"高雅"的语言，使王勉"高雅"的语义发生偏离，将其滑稽化。王勉不断自夸、不断卖弄，不断往自己身上涂油彩，芳云不断地将它拆解、戳破，使王勉的"高雅"语每次都被巧妙地拉向粗俗，使其从"高雅"的位置上跌下来，有效造成落差，将其自我炫耀戳穿，使其狼狈不堪、哭笑不得、无地自容。使其现出学识浅薄、低能的原形。二人是：一边自夸，一边拆解，构成强烈的喜剧矛盾，在鲜明的对比和反差中产生喜剧效果和反讽效果。讽刺了被科举文化扭曲的荒唐可笑的病态人格。芳云的诙谐妙语、妙谑具有极强的娱乐性和游戏性，是幽默文学中的极品。

其二是描写正面人物生活中互相戏谑打趣的幽默喜剧。《聊斋志异》仙人小说中的幽默喜剧不完全是讽刺和否定，有一些是发生在正面人物身上的幽默喜剧。有很多是戏谑性喜剧，戏谑是人的天性。有人说："中国人之爱开玩笑为世界第一，爱看喜剧差不多是中国人的遗传性。"[7]《聊斋志异》的仙人小说充分反映了国人好开玩笑的天性，使仙人小说时时泛起喜剧的朵朵浪花，产生丰富的审美谐趣，时时引起读者的笑声。

《聊斋志异》仙人小说中的仙女间、人仙夫妻间常常有些调笑打趣、戏谑之语，时时洋溢出幽默喜剧趣味。有的是荒诞夸张式幽默，《画壁》中的众仙女打趣与朱孝廉有性爱关系的垂髫仙女："腹内小郎已许大，尚发蓬蓬学处子耶？"实际上此垂髫仙女与朱孝廉只有两夕之欢，女伴就说她肚子里的孩子已很大，这种戏闹逗趣，属于荒诞式夸张，产生丰富谐趣，令人捧腹不迭。这里众少女拿垂髫仙女开玩笑，意为你不要再装清纯了，还是梳上结婚少妇的发髻，以少妇的面貌示人吧！仙女间的嬉闹戏谑透出滑稽和幽默，表明她们都有一颗凡心，都像世间的少女一样渴望得到爱情的满足。这一片段喜剧浪花飞溅，嬉笑逗趣间流露出美好人性。《竹青》中丈夫对仙妻的打趣则是婉说式幽默，竹青是鸟仙，怀孕临产时，丈夫鱼客戏问竹青："胎生乎？卵生乎？"他心中对仙妻能生出什么东西来心里没数，担心妻子生出一只鸟蛋，然后再像母鸡一样趴在窝里孵蛋，鸟蛋破壳后爬出一只小鸟来。这种人生蛋孵蛋的想象可笑至极。这一戏谑之语委婉而幽默，用俏皮奇巧、诙谐有趣的语言戏问，用动物的特征进行戏谑，是最有喜剧性的闺房趣语，表现了仙凡夫妻之间亲密无间、感情深厚。这些人物间的嬉戏，增添了小说的幽默美、情趣美。

三、滑稽喜剧色彩

林语堂曾说过："中国之言滑稽者，每先示人于荒唐……"[8]林氏此语虽非针对《聊斋志异》而言，但极为恰切地揭示了《聊斋志异》仙人小说的滑稽喜剧特色。荒唐的基本特征是违背常理、悖于常态。荒唐滑稽的本质是丑，车尔尼雪夫斯基说过："丑，这是滑稽的基础、本质。"[9]荒唐滑稽能引人发笑，康德提出："在一切会激起热烈的哄堂大笑的东西里都必然有某种荒谬的东西。"[10]荒诞派戏剧家尤奈斯库表达过一个观点："喜剧就是荒诞的直观。"[11]《聊斋志异》中的仙人小说写了很多荒唐滑稽之人、荒唐滑稽的行为、荒唐滑稽悖理之事，可说是"满纸荒唐言"。他用艺术实践体现了上述美学家所阐述的喜剧原则,我们不能不佩服蒲松龄的天才创造。

《癫道人》中的癫道人是一个类似济公的仙道,他愤世嫉俗,看到一个盛气凌人、率众前呼后拥,极尽炫耀的游山邑贵,就忍耐不住,前去戏耍,对其进行一番奇特怪异的喜剧表演:"赤足着破衲,自张黄盖,作警跸声而出。"这一表演荒唐滑稽透顶,表演的道具和表演者形象极不配套、不协调。黄罗伞本是皇帝用的仪仗用品,而象征皇权极其庄严神圣富丽堂皇的黄罗伞却罩在一个破衣烂衫、赤足的癫道人头上,癫道人还自己给自己吆喝清道。癫道人这番表演,是将极端寒酸贫贱与极豪奢高贵非常滑稽地合为一体,庄严与鄙陋合于一体,形成极大的反差。柏格森说过,"模仿引人发笑""常人能够模仿的一切畸形都可以成为滑稽的畸形。"[12]癫道人这种不伦不类的怪态,是对邑贵的摆谱行为的夸张性模仿和变形模仿。与邑贵的摆谱行为形成类比,将其丑行夸张化、扩大化,"放大"了邑贵违反常理的行为,成为邑贵可笑行为的哈哈镜,形成极大的讽刺。使邑贵丢了丑,使他感到自己就成了癫道人所表演的不伦不类的怪物,受到极大的刺痛。这种怪诞性讽刺,虽然只是一个喜剧片段,可喜剧效果达到极致,讽刺嘲笑的效果达到极致。

《马介甫》中有多种喜剧色彩,前面我们提到小说的讽刺喜剧色彩,它还有更多的滑稽喜剧色彩。这篇小说对人物行为高度夸张化、高度滑稽化,写杨天石极端懦弱,怕老婆怕到极点,能忍受非凡之虐。悍妇尹氏怒其杨万石之妾怀孕,对杨万石进行惩罚,命杨万石在众人面前跪着把妇女的头巾顶在头上,杨万石不但乖乖接受这种羞辱,还怕老婆强迫戴上的女巾脱落,竟至于直挺挺地跪着,连气也不敢喘,别人把他头上的女巾拿下来,他都不许。他不但顺从地受虐,还在受虐中向恶妻献谄媚。他乐于受虐,嗜虐成癖。作者写其荒唐滑稽至极丑态,讽刺了他懦弱至极、极端无耻、无一点自尊、自轻自贱的变态人格。仙人马介甫为治杨的惧内毛病,给杨万石服用了名为"丈夫再造散"的药,杨万石喝下药之后,一下子变得凶悍无比,如打足气的气球,膨胀起来,突然发飙,对恶妻转懦为悍,大喊大叫,拳脚相加,对其"搒击无算",严惩作恶害人的恶妇。但不久,药效一过,杨万石像泄了气的皮球,比原来更懦弱,还表现出一副失魂落魄的样子。此情节高度夸张、荒诞,仙人的药名滑稽可笑,杨万石服药后药效滑稽可笑,服药的结果更滑稽可笑,丈夫没有"造成"。连仙药都对杨万石的病无能为力,可见其病无可救药,嘲讽了他的丑陋人性。使人忍俊不禁、捧腹大笑，感受到悖理的妙趣、夸张的欢悦，具有令人喷饭的滑稽美，引起读者的阵阵笑声。

《画皮》中的卧在粪土中疯乞丐的行为更为荒唐，滑稽至极。他外表极其丑陋肮脏，疯癫行为中透出强烈的滑稽性。他对王妻的"佳人爱我乎""人尽夫也"的调戏之语和让王妻食其痰唾的行为，极为悖理、反常、荒唐，也极为可笑。但他把王生被女鬼挖走的心脏以特殊方式制作出来交给王生之妻陈氏，是类似济公的神秘仙人，作者是以外形脏丑而内质善美的倒错现象，运用不协调的异常现象构成滑稽，用人物外形与内质倒错的方式，呈现滑稽之美。

学术界通常的说法是，滑稽是较低层次的喜剧形态，主要体现在人的动作、表情、姿态等外在的喜剧因素。但《聊斋志异》中的滑稽喜剧却绝非低层次的喜剧形态，而是高级、深刻的滑稽喜剧。"它从嘲笑人的形体动作的丑，上升到嘲笑人们精神世界的丑"[13]，《聊斋志异》仙人小说的荒唐滑稽并非像马戏团小丑的滑稽表演，马戏团小丑的表演只是外在的滑稽，而《聊斋志异》仙人小说的滑稽喜剧有极深刻的寓意和蕴含。《癫道人》的癫道人的形象是丑陋的，表演是滑稽荒唐的，但他本身不是丑的，是他的滑稽丑态映照出邑贵思想的丑、行为的丑，是邑贵形象的写照，讽刺了不良的世风。《画皮》中的疯乞丐的形象言行也不是显示自身的丑，而是映射了王生心灵的肮脏，他因迷恋女色而丧失良心，还使妻子饱受羞辱之苦。疯乞丐用痰唾变成他的心脏，以痰唾治活人之事是一个深刻的隐喻：好色必付出巨大痛苦的代价，讽刺他丑恶的灵魂和卑劣的人性。《马介甫》篇用杨万石极端懦弱惧恶的荒唐行为，是封建时代人性中软弱、奴从、受虐之一面的写照。是对在恶势力下的甘为顺民的思想行为、甘于受虐的劣根性的讽刺。我们可以感受到《聊斋志异》仙人小说的滑稽喜剧的蕴涵之深，蒲松龄用笑声完成了对其时代的假丑恶的深刻批判。

《聊斋志异》仙人小说的喜剧不仅使人发笑、使人愉悦，更让人在笑声中思考，给人以丰富、深刻的启示。

参考文献：

[1] 吴九成.《聊斋志异》与道教[J].蒲松龄研究,1995(3).

[2] 朱一玄.聊斋志异资料汇编[M].天津：南开大学出版社,2002:317.

[3] 刘强.中西喜剧意识和形象思维辨识[M].合肥：安徽文艺出版社,1992.

[4] 〔法〕司汤达.拉辛与莎士比亚[M]//司汤达散文·下.北京：中国广播电视出版社,1999.

[5] 叶旦捷.论《聊斋志异》中的喜剧性小说[J].安徽大学学报(哲学社会科学版),2001(4).

[6] 陈望衡.当代美学原理[M].北京：人民出版社,2003:270.

[7] 顾仲彝.戏剧运动的新途径[J].戏剧艺术,1933(7).

[8] 林语堂.答青崖论"幽默"的译名[M]//林语堂散文经典全编：第二卷.北京：九州出版社,2002.

[9] 〔俄〕车尔尼雪夫斯基.论崇高与滑稽[M]//车尔尼雪夫斯基论文学·中卷.辛未艾译.北京：人民文学出版社,1965.

[10] 〔德〕康德.判断力批判[M].邓小芒译.北京：人民出版社,2002.

[11] 黄晋凯.荒诞派戏剧[M].北京：中国人民大学出版社,1996.

[12] 〔法〕柏格森.笑——论滑稽的意义[M].徐继曾译.北京：中国戏剧出版社,1980.

[13] 李泽厚.关于崇高与滑稽[M]//美学论集.上海：上海文艺出版社,1980.

《聊斋志异》中神秘描写的审美特征

文学与神秘有不解之缘，所谓神秘是"当对象不可言说，不可思议，不可认知，不可把握莫名其妙的时候，我们便认为它具有神秘性"。[1]美国现代小说家尤多拉·韦尔蒂指出，对于小说的故事，"首要的东西是它的神秘""每一个好的故事都有神秘性—不是迷惑性的那种，而是诱惑性的神秘"。(《文艺理论研究》1984年3期)英国现代神秘主义者维特根斯坦认为，全部神秘的东西都具有不可言喻性。(《外国现代文艺批评方法论》401页)古往今来，中国的民众一直有很强的神秘意识，描写神秘是中国传统文学的一个显著特点，中国古代现实题材小说名著《水浒传》中有张天师、九天玄女、罗真人这样神秘人物，有带着火光从天而落钻入地下的神秘石碣，有公孙胜与官军斗法、九天玄女授宋江天书的神秘事件；《红楼梦》中有茫茫大士、渺渺真人、警幻仙子等神秘人物，有太虚幻境等神秘场所，有被含在婴儿口中来到人间的神秘的"通灵宝玉"。很多作品都带有神秘的色彩，都笼罩着神秘气氛。《聊斋志异》是一部描写"怪异非常之事"之书，如高珩《聊斋志异序》云："志而曰异，明其不同于常也。"非常见之事，则是新奇神秘之事。《聊斋志异》所写大多是鬼狐仙怪、花妖木魅、鸟兽精灵等虚幻的神秘形象，都高深莫测，有极强的诡异性。它们有各种各样的神秘法术，有各种神异莫测的法宝，做出种种奇异之事。作者用天才神奇之笔构筑了由异类异事组成的神秘莫测的世界，除了作品题材本身带有强烈的神秘性外，作者在此基础上，还通过夸张、荒诞、变形、幻化、巧遇、遮蔽、暗示、梦幻等艺术手法，对人物、故事进行多方面的神秘化处理，进一步制造神秘。使全书有更为强烈的神秘性。书中处处充满神秘，可以说是集中国古代志怪小说中的神秘之大成。这些大量的神秘描写数百年来深深吸引了无数读者在这个充满神秘的世界中流连忘返。

一、《聊斋志异》中的神秘描写内容

1.神秘的人物

《聊斋志异》中绝大多数人都是相当神秘的,他们身份神秘难以推测,如《霍女》中的霍女、《房文淑》中的房文淑,仙耶？狐耶？鬼耶？人耶？不得而知。《邑人》的无赖梦中受二人挟摄至集市屠夫肉案边,使其饱受割肉之苦,二人是何方神人？仙人？为何有这种法力？为何用此方法来惩治无赖？极其神秘。《凤阳士人》的丽人更是神秘莫测,士人妻子想念丈夫时她飘然而至,士人妻子走路困难时她脱履相助;一下子找到士人,又与士人眉目传情,同床共寝,其行为实在是令人难以理解,难以捉摸。是鬼？是狐？难以推测。这些人物的行踪神秘,在夜幕下的荒野、古墓、旷宅、孤斋间出没,变幻莫测,行踪不定。如刚出场时的连琐(《连琐》)、聂小倩(《聂小倩》)等。神秘人物还做出非常神秘的事情,《瞳人语》中的瞳人只有黄豆粒大小,两人住在方栋的眼中,但喜欢游玩,关心园中珍珠兰的生长情况,从方栋的鼻孔出来,向门外飞去,越飞越远,不知飞往何处,一会儿又手牵手飞回,飞上方栋的脸,像蜜蜂蚂蚁钻洞那样钻入方栋的鼻孔中。他们是谁？为何在方栋的眼中？为何能飞？飞到何处？既然嫌住在方栋眼中感到憋闷,为何又要回来？

2.神秘的法术

《聊斋志异》中的神秘人物都有神秘奇异的法术,比《西游记》的法术更神秘更神奇。从法术实施的结果来看,可分为三种类型:(1)瞬间完成式。《张鸿渐》中的狐仙舜华能使村舍昼隐夜现,在张鸿渐被官府捉住带枷由公差押解时,她用手一指,"械立脱",法术是瞬间完成的。(2)延续完成式。《瑞云》中的神秘人物和生用手指在瑞云额头一点,额头上出现一点墨痕,怎么洗也洗不掉。后来墨痕的面积不断扩大,扩大到半个脸,变成阴阳脸,这种情况是在施法术后渐渐变成的,属延续完成式。(3)借物完成式。《崂山道士》中的道士用白纸剪一个月亮贴在墙上,变成了真月亮,光芒四射,照亮房间;道士向月中投入一根筷子,筷子变成美女嫦娥渐渐长大,且歌且舞,舞姿翩翩,优美至极。

3.神秘奇异的法宝

《聊斋志异》中法宝的功能神秘神奇,具有相当高的智能性。其他神魔小说中的法宝是主人打出去,闪出一道白光降伏对手,而《聊斋志异》中的法宝是自动发挥作用。《凤仙》中狐女凤仙放在刘赤水身边的宝镜是监督者,根据刘赤水学业的不同表现,镜中出现凤仙不同的表情图像,督促刘赤水学习,在刘赤水科考得中时,宝镜中的凤仙喜笑颜开。不像《红楼梦》中"风月宝鉴"之镜既有对人诱惑的美女,又有令人恐怖的骷髅。《聂小倩》中燕赤霞送给宁采臣与聂小倩的宝剑革囊也极其神秘神奇,它能根据情况的需要伸长或缩小,放在窗上能主动捕获前来害人的夜叉状的鬼怪。囊中还有一个似鬼之物,当夜叉状的鬼怪来袭时,囊中似鬼之物伸手将鬼怪拉入囊中,将其化成清水,而那个囊中的似鬼之物不知藏身在囊中何处,它到底是个什么东西,不得而知,太神秘了。

4.神秘的事件

《聊斋志异》中很多事件都是多种神秘内容的集合。《宅妖》中写了三寸小人自办丧事:有一小人三寸许,自外入,又见二小人抬一棺入,还有一女身着孝服率厮婢数人来,进屋后呜呜痛苦,哭声如蝇。后来人物杳然。事件的时间、地点、人物都极其神秘,小人是谁?从哪里来?为谁送葬?为何在这里停棺?《捉鬼射狐》中的事件既神秘又恐怖:"于月色中,见几上茗碗,倾侧旋转,不堕亦不休。公咄之,铿然立止。又若有人拔香炷,炫摇空际,纵横作花缕。公起叱曰:'何物鬼魅敢尔!'裸裼下榻,欲就捉之。以足觅床下,仅得一履;不暇冥搜,赤足挝摇处,炷顿插炉,竟寂无兆。"黑暗之中杯碗乱转,香火乱摇,却不知是何人何物所为,是何方鬼怪,看不见,摸不着,在似有似无之间,使人防不胜防,对其毫无办法。

5.神秘的环境

《聊斋志异》中的环境有三种:仙境、幻境、实境。在人们心目中最神秘而奇异的地方是仙境。《白于玉》篇写月宫景象:"童导入广寒宫,内以水晶为阶,行人如在镜中。桂树两章,参空合抱。花气随风,香无断际。亭宇皆红窗,时有美人出入,冶容秀骨,旷世并无其俦。"月宫中建筑华美,使人好像行进在玻璃世界中,有极其炫目的感觉。宫外有参天的桂树,袭人的花香,神秘的美人,这种仙境神秘而华贵。《翩翩》中远离人间的深山洞府:"入则门横溪水,石梁驾之。又数武,有石室二,光明彻照,无须灯烛。"洞中有小桥流水,有茂盛的植物,洞口有白云,这种仙境神秘而温馨。《天宫》中的"仙境"也是一洞,伸手不见五指，"壁皆石，阴阴有土气，酷类坟冢"，进入其中的人被要求不能乱说乱动。这种环境极其神秘而又极其恐怖。《聊斋志异》中这类仙境或幻境时隐时现，常常是神秘地出现又神秘地消失，《婴宁》中的王子服按吴生所编的谎言，竟然找到了婴宁所住的山花丛中的小山村，后来吴生去找这个地方，只见"庐舍全无，山花零落而已"。《翩翩》中罗子浮离洞回家后再想找所住山洞，只见"黄叶满径，洞口路迷"，已神秘地消失。这些环境的出现究竟是何人所为？为何又神秘消失？人们不得而知。

二、《聊斋志异》神秘描写艺术表现作用及审美效应

艺术作品的神秘现象是世间神秘现象中最精彩的一种，[2] 因而它有巨大的审美价值。它是一种特殊的美。爱因斯坦说过："人类的一切经验和感受中，以神秘感最为美妙。"[3] 神秘是美的要素，梁启超说过："美是含有神秘性。"[4]《聊斋志异》的神秘描写是精彩中的精彩，具有极大的艺术表现力，起着纯客观描写所不能取代的作用。神秘描写增加了作品的蕴含，增强了作品表现生活的深度和力度，从而形成了强大的艺术张力。作者给狐鬼花妖形象蒙上一层神秘的面纱，使这些艺术形象增加奇异的光彩，更富魅力。创造出了一个更加神秘莫测、奇谲瑰丽的、全新的世界，它能给人带来永远说不透的体验、高深莫测的震撼。大量的神秘描写时时撩拨人的好奇心，引发人无穷的瑰丽想象。造成了一种光怪陆离的独特的审美感受，使人玩味不尽。

1.通过神秘事件描写增加作品内蕴，增强作品的厚蕴美

《聊斋志异》中的神秘描写不是为猎奇，常常是通过神秘事件写世情世态，拷问人性、人情，增强作品内蕴。《孙必振》篇中的神秘事件令人惊心动魄：在风雷交加、巨浪咆哮的江上，一条船飘飘荡荡，时刻面临翻沉的危险。这时云中忽然出现一神秘的金甲神亮出神秘的金字牌，上书"孙必振"，神秘莫测。船上人见此情景立刻判断：上天要惩罚孙必振，于是众人将其推置另一小船。结果众人之舟沉没，孙必振的小船却安然无恙。众人对神秘的金牌出现判断失误，原因是人心险恶，自私冷酷，为保己命就明目张胆不顾一切把他人置于死地，没有一丝一毫的同情心。一块金字牌照出人们最丑恶的灵魂，暴露了世人极丑陋的劣根性。一篇百来字的小说通过神秘事件使作品有了最丰厚的意

蕴。《画皮》篇中最神秘之物就是女鬼的那张画皮,这张皮漂亮至极,女鬼披上它就由最狰狞丑恶的恶鬼变成极美的丽人。这张皮与女鬼血脉相通,脱下来只不过像一张牛皮纸,还需要常常脱下来重新涂颜色。人们常说此篇故事的启示意义是要警惕那些披着漂亮伪装的恶人,谨防吃亏上当。此非《画皮》意蕴的全部,蒲松龄写的这张"画皮"是个隐喻,揭示了古往今来几千年整个社会的上上下下的假丑恶的东西,都用最能迷惑人的东西如动听的言辞、名称、头衔等来包装自己,美化自己。古代不管什么样的皇帝,什么样的暴君、昏君、淫君,都说自己是真龙天子,都非常圣明,不管什么样的贪官都说自己为民作主,公正廉明。时至今天,社会上大大小小的骗子,如前段时间冒出来的所谓神医,说自己从什么名校毕业,有什么样的文凭,有怎样的行医家世,有怎样的神技,还时时地上电视吹嘘自己。这些不都是他们身上的画皮吗?不都是在画皮上涂颜色吗? 只不过古往今来各种丑类身上画皮的样式、颜色不同而已。蒲松龄这个画皮隐喻,告诉人们要想识破丑类的真相并不容易,因为一般人不能轻易看到丑类自己脱下画皮,有时是要付出代价的。《画皮》中的王生是在道士的提醒下才偷窥到女鬼的本来面目,结果还是被女鬼挖走了心脏。我们不能不惊叹蒲松龄的这个伟大创造,揭示了几千年来丑类包装自己的伎俩。《寒月芙蕖》有一处神秘的幻景描写,讲一道士在水面亭设宴答谢诸官,时值凌冬,一官员偶叹无莲花可赏。道士用幻术使满塘出现荷叶,千枝万朵莲花盛开。官员让侍从荡舟采莲,但侍从空手而归,道人笑曰:"此幻梦之空花耳。"道人的话很有哲理,使我们体会到丰富的意蕴:世人常被幻梦所迷,原因是心中的贪念、贪婪之心,见到美的东西就想占为己有,结果只能求到虚幻。再推而广之,世上多少人不择手段追求功名富贵,不也是在追求虚幻吗?如《红楼梦》中的《好了歌》所言:"世人都晓神仙好,唯有功名忘不了;古今将相在何方?荒冢一堆草没了。世人都晓神仙好,只有金银忘不了;终朝只恨聚无多,及到多时眼闭了。"这里神秘虚幻的空花,意味太丰富了,道士之语太耐人寻味了。

2. 通过神秘事件推进情节进展延伸,构成悬念美

《聊斋志异》许多故事情节是用神秘事件推动发展的。神秘事件使故事中的相关人物做出种种反应、行为,使叙事波澜迭起,情节不断变化,推进情节发展。如《瑞云》中的和生在瑞云额头点出神秘黑痣,脸变得奇丑,老鸨令其退出接客的前台,去厨房烧火作饭。贺生用少钱将其脱籍,娶其为妻,有情人终成眷属。《宦娘》篇中出现更多的神秘事件,使情节曲折进展,温如春与葛良工两情相悦,但葛父拒绝两人的婚事。良工在园中拾到神秘的《惜余春》情词一首,因喜欢而抄录在案头,情词却神秘地不翼而飞,被其父在女儿闺房门口拾到,见词中写春情,决意将良工快嫁出去。适有中意的刘公子前来求婚,葛父意欲允婚。但其告别时发现其座位下神秘地出现一只女鞋,葛父恶其轻薄,打消允婚之念。后来温如春家的菊花变绿,此种稀少菊花只有葛家才有。葛父又在温家读到《惜余春》词,怀疑良工与温如春暗通私情,私赠菊种。为免出家丑,无奈之下,只好把良工嫁给温如春。在他们成婚之夜,神秘的琴声自己响起,良工用古镜照出宦娘,得知两家出现的种种神秘怪事乃宦娘所为,她用法术助其二人成婚。这些神秘事件不仅推动情节发展,又成为艺术表现上的悬念。悬念是"激活读者急切欲知后事的探求心理的叙事修辞手段"[5]。制造悬念的方法有多种,蒲松龄通过神秘内容制造了大量的悬念,具有极大的吸引力。因为人们对神秘的事物是未知的,无法理解,无从把握的,非常好奇,越是神秘的东西越想破解。人们对神秘事件会想:此事是何人所为?为什么会出现?结果会怎样?这些神秘事件使小说情节曲折矫变幻,闪烁迷离,产生无穷的魅力,产生悬念美。《瑞云》篇中的和生在瑞云额头点黑痣致使其毁容这一神秘事件,人们会产生多种悬念:和生是何许人也?是人还是仙?为何要做此举?是恶作剧还是想糟蹋她?这会对瑞云的人生产生怎样的影响?她的命运会怎样?因此事极其独特,极其神秘,会引起读者强烈的阅读兴趣,使读者急切地读下去,欲罢不能。小说结尾对这些悬念进行部分揭秘,是和生为保全瑞云的清白之身,也是考验贺生对瑞云的爱情。但和生到底是何方仙灵?他从哪里来?为何施惠而不求报?留下永久的谜,可谓是余意不尽,令人遐思,留下永久的悬念美。《宦娘》中的悬念是连锁式悬念,小说中出现一件又一件神秘的怪事,形成一个又一个悬念,一疑未解,又出现新的悬念,造成悬念重叠,形成层层疑云,最后揭秘。给人一种"峰回路转""柳暗花明"的美感,使人体会到一种多重的悬念美。作者通过这些神秘的悬念写出了宦娘金子一般的心灵美。她深爱有高超琴艺的温如春,但想到自己身为鬼身,如与温结合恐对其不利,就泯灭自己的爱情,暗中在温葛两家奔走,巧施法术,促成了温如春与葛良工的爱情。

3.神秘法术超越现实的神奇美

《聊斋志异》中的花妖狐鬼等神秘人物都有神异性,有高于世间常人的神奇法力。他们的神奇法力是在遇到难题或困境时才使用,主要是在面对恶人、恶势力,自己处于弱势的情况下用神秘法术保护自己,惩治恶人。他们不用现实中的常规方法解决问题,而是脱离现实轨道超越现实,使用神秘奇妙的方法,出人意料地惩治了恶人,大快人心。他们用神秘法术解决生活中矛盾的方式,表现了超越现实的幻想美、神奇美,使人们有一种特别的新奇感,获得超越日常生活的幻想情趣。云翠仙(《云翠仙》)要被负心丈夫梁有才卖到妓院,云翠仙将其带回娘家,与母亲告别。对待这种恶行,世间现实中受害人的做法是对负心人斥骂或痛打一顿,但无法改变自身的悲剧结局。当然云翠仙也可以用法力使自己隐遁起来,那故事情节就平庸无奇,人们会感到索然无味。云翠仙对负心人的惩治方法很奇特,在娘家让仆人对他处罚后,梁有才所在的楼房及云翠仙等人突然神秘地消失,他发现自己坐在悬崖上,很快又滚下去了,幸亏有树枝挡住才保住一条性命。他绝情绝义要把妻子送到妓院那肮脏害人之地,云翠仙用神秘法术将他送到悬崖绝壁之地,让他惊悚一番,灵魂受到拷问,两者相映成趣。《武孝廉》中狐仙惩治狠毒负心人的神秘法术也很神奇。石孝廉在重病将死时,狐仙给他一丸神药,使他起死回生,又出钱帮他得了官。石孝廉对狐仙产生嫌弃之念,要将其杀死。狐仙见石某如此负心,就从他肚子里收回昔日那颗能起死回生的药丸,"豺狼之心"的石孝廉立即旧病复发,半年后死去。这种方法神奇之处在于,既然石某忘恩负义,就让其身体重新回到受恩前重病的状态。好像让时光倒流,再受疾病的折磨。此时,石某对忘恩负义的后果的体会可能再深刻不过了。《寒月芙蕖》中的道士被一官员诬为妖人,在大堂上挨板子。差役一板下去,官员觉得自己的屁股痛起来,再打下去,肉都裂开了,血流满座,差点昏过去,只好放了道士。道士这种奇异法术更是令人难以想象,可能是用遥控方式将自己身体挨打部位与官员身体的相同部位进行了置换,让官员自己享受了挨板子的滋味。这一场景令人捧腹,道士的神奇法术令人叫绝。这种描写极大地满足了人们求新、求异、求乐的审美心理需求。

4.神秘描写的奇幻美

《聊斋志异》中的神秘景象、神秘人物、植物、器物常常会出现令人匪夷所思的幻变,展示了现实生活中不存在的图景,表现了异想天开的奇幻美。花妖香玉(《香玉》)死后重生的景象是:"次年四月至宫,则花一朵,含苞未放;方流连间,花摇摇欲析;少时已开,花大如盘,俨然有小美人坐蕊中,裁三四指许;转瞬飘然欲下,则香玉也。"美人在花蕊里重生极其神奇神秘,如盘大的牡丹花渐渐开放,小美人从花中飘飘而下,随风而长,奇幻至极;牡丹,花中之至美;美人,人中之至美,鲜花美人相映,是美上加美,这幅图像色彩美、动态美、意境美,令人陶醉。荷花精荷花三娘子(《荷花三娘子》)出现连续多次幻变,宗生从南湖采回一枝红莲,转瞬间化为美女,后化为怪石,又化为纱帔,再复化为美人。这一番变化如走马灯一样,人而物、物而人,不断变来变去,形象差别巨大,令人惊愕不已。这种连番幻变之美,使人感受奇妙,为读者提供新颖奇异的审美体验。《种梨》中道士种的梨树是连续急速幻变,道士把梨核埋在土中,浇水后马上发芽出苗,立刻长成大树,枝叶繁茂,随即开花,树上结满金黄的大梨。现实生活中梨树种下要四五年才能结果,道士将四五年的时间浓缩于一瞬,如同精彩至极的魔术表演。这种幻变令人眼花缭乱,表现了令人炫目的奇幻美。《癫道人》中的黄盖的幻变则属于分解式幻变和受动式幻变。癫道人"赤足著破衲",自张黄盖戏弄摆谱的权贵,权贵挥仆逐骂道士,毁坏黄盖,没想到伞盖变成鹰隼,四散飞去,令人目瞪口呆。盖柄则"转成巨蟒,赤鳞耀目"。一仆挥刀向前,被巨蟒活活吞下,后被倒植入树洞中。这种幻变令人惊心动魄,幻中有真,真幻难辨。既有奇幻美,又有滑稽美,令人忍俊不禁。《聊斋志异》的多种神奇、神秘的幻变使人产生优美感、奇异感、惊讶感等审美感受。

5.神秘内容的张力美

文学的张力是指读者对作品产生的立体感受。《聊斋志异》中的神秘人物、神秘法术、神秘法宝、神秘事件、神秘环境这么多神秘内容使作品产生重重的神秘之雾,使作品神秘信息量和文本激发的读者审美感受量指向最大化,实现审美超越,使读者在读作品时产生一种高度的幻真感,有一种特殊的感受,即为作品神秘内容的张力美。著名学者蓝翎说过:"蒲松龄写的物让人捉摸不定,他写的有些人也让人捉摸不定。正因为这些形象能钻入读者的心里,又好像时时跟在身后,所以在读《聊斋志异》里写花妖鬼魅的篇章时的心情,就和读一般文学作品时的心情大不一样。在读一般文学作品时,你会哭,会笑,能想象出惊心动魄的厮杀,也能想象出缠绵悱恻的悲欢离合,可是却很少会和自己周围的环境直接联系起来。若是读《聊斋志异》,作品中的人物环境和自己周围的环境似乎立即消失了界限。室外一丝风,几滴雨,虫声唧唧,树影摇摇,飞蛾绕灯,蝙蝠穿窗,都增加了作品感人的气氛。比如春末灯下读《葛巾》《香玉》,或者深秋读《黄英》,似乎老觉得有人从窗外正开放着的牡丹花或菊花中走出来。此刻若有飞虫触窗,真能惊人一跳。是幻觉吗?是想入非非吗?都不是。这是作品特殊的风格所引起的特殊心理感受。作品中活的形象通过读者的感受,把周围的环境也带活了。有人说,深山古刹,不可一人夜读《聊斋》,能使人迷,也能使人怕。这不是迷信或者故作神奥,而是说明了《聊斋》的艺术魅力,就在于作品的境界和生活的境界能混然为一,生活的任何一个角落,都随时可以直接成为作品中环境的补充。这效果,一般以奇取胜的文学作品往往达不到,蒲松龄的传奇小说达到了。"[6] 作者的这种感受正是蒲松龄神秘描写张力美的体现,也是《聊斋志异》所表现出神秘内容张力美最精彩的描述。所有古代小说中只有《聊斋志异》有这种艺术效果,其他小说都达不到,无论你在哪里读《西游记》,你都不会感到孙悟空或猪八戒会出现在面前。在这方面我们不能不佩服蒲松龄描写神秘艺术的超凡绝伦。

参考文献:

[1] 王文革. 论文学神秘性形象的审美价值[J].北方工业大学学报,2009(2):50.

[2] 蔡毅.神秘与永恒[J]云南社会科学,2006(2):125.

[3] 林同华.美学心理学[M].杭州:浙江人民出版社,1986:89.

[4] 梁启超.中国韵文内所表现的情感[M]//饮冰室文集.昆明:云南教育出版社,2001.

[5] 尚继武. 疑波迭起 精彩迭出——论《聊斋志异》的悬念修辞艺术[J].名作欣赏,2009(11):47.

[6] 蓝翎.有情才动人——《葛巾》乱弹[M]//人民文学出版社编辑部. 聊斋志异鉴赏集.北京:人民文学出版社,1983:403.

《聊斋志异》的幻化美

《聊斋志异》是一部"鬼狐大观"，作者通过幻化这种奇妙的艺术手段，把一个个花妖狐魅从遥远的幻境引入人间，使之倏然而化，以婷婷倩女的万千风姿来到人间社会的大舞台上，演出了一幕幕生死歌哭、荡气回肠的悲喜剧，使她们获得了鲜活的艺术生命。作者高超的幻化艺术使这部旷世奇作达到世界神异幻想小说的高峰，表现出无人可以企及的艺术美。

一、幻化的多样性之美

在《聊斋志异》中，作者以他无尽的奇思妙想，将幻化翻新出万千花样，集幻化艺术之大成，使众多的幻化放出缤纷的异彩。如果从幻化的种类来看，可分为两大类：全态幻化式和局部幻化式。

全态幻化式是指使原型发生类属性幻变，将物幻化为人或将人幻化为物。全态幻化式在《聊斋志异》中运用得最多，占幻化篇章中的绝大多数。将物幻化为人这一类中有鬼幻化为人，如《聂小倩》《连琐》等；有狐幻化为人，如《娇娜》《青凤》《婴宁》等；有花木幻化为人，如《葛巾》《香玉》《黄英》等；有神仙幻化为人，如《嫦娥》《神女》等；有飞禽走兽虫鱼幻化为人，如《阿英》《绿衣女》《花姑子》《白秋练》等。人幻化为物的也有相当一部分，将人幻化为鹦鹉、猛虎、蟋蟀。如《阿宝》《向杲》《促织》等。这类幻化具有奇异的极幻之美。

局部幻化式是在现实人物身上缀上一二虚幻之笔，对原型局部表象加以变异或组接，形象没有发生整体性的类属性的转变，只有局部性的非现实的变异。如《骂鸭》中一民某盗邻翁鸭子烹而食之后遍身长满鸭茸毛。《瑞云》中心地善良的妓女瑞云在鸨母迫其接客时，一仙人用手指在瑞云额上一按，按出一个墨渍，且逐步扩大，不几日，全脸变黑。《梦狼》中某甲为官作恶多端，被杀头后有神人将其头反向安在脖颈上,复活后能"自顾其背",成为申公豹式的人物。这类幻化真中有幻,具有真幻并陈之美。

从幻变的动因看,可分为主动幻化式和被动幻化式。

主动幻化式:花妖狐魅通过自身的道行法术,将自己化为人来到人间世界与人周旋,求得爱情,除恶扶善。如狐女按阿绣模样幻化出假阿绣与刘子固相爱,与真阿绣比美(《阿绣》)。现实生活中的人在特定情境中产生某种意念想化成异物。如《阿宝》中孙子楚对阿宝刻骨相思,看到床侧小儿持弄的死鹦鹉,产生一种强烈愿望:如身为鹦鹉,便可到达阿宝的住所。结果他的魂依附死鸟身上,化为鹦鹉。这类幻化表现出奇绝的神异之美。

被动幻化式:人变为禽兽,现实社会中种种有恶行的人,被一种强大的神秘外力而改变类属,变为马、犬、猪、驴、狐等,好像西方某些小说中的人物被施以魔法而发生幻变。这类幻化大都表现作者对有恶行的人的惩罚。如《彭海秋》中"素有隐恶"的名士丘生,被有超自然力的仙人彭海秋化为马,成为书生彭好古的坐骑。《杜小雷》中杜小雷之妻捉弄双目失明的婆婆,在肉馅中搀进恶臭的蜣螂,受到丈夫的谴责,自感理亏变成了"两足犹人"的母猪。这类幻化使人感到奇妙之美。

从幻化过程的显隐看,又有"明化"和"暗化"。

明化指正面展示幻化形象的幻化过程。如《黄英》中菊精陶生,因大醉"出门践菊畦,玉山倾倒,委衣于侧,即地化为菊。高如人,花十余朵,皆大于拳",正面展示陶生身倒—委衣—化花的幻化过程。《香玉》中的花仙香玉在牡丹花开时还阳,坐在花蕊中飘然而下,随风而长。这类幻化如电影的特技镜头,具有动态化的真切之美。

暗化展现的是幻化的已然形态。《二班》中的医生为老虎所幻化的嘴生双瘤的老妪治好病。后来,老妪对他盛情招待。而医生酒醒之后却发现"已曙,四顾竟无庐,孤坐岩上。闻岩下喘息如牛。近视,则老虎方睡未醒。喙间有二瘤痕,皆大如拳",老妪在医生沉睡时现出了原形。《翩翩》中罗子浮对妻子的女友花城动手动脚,"……方恍然神夺,顿觉袍裤无温,自顾所服,悉成秋叶。"这类幻化具有令人惊骇的突兀美。

从幻化的方式上看,《聊斋志异》的幻化又有瞬间骤化式、渐化渐显式、借物而化式。

瞬间骤化式在瞬间完成。《青梅》中的青梅之母是骤然幻化式出场的。白下程生，一日"自外归，缓其束带，觉带端沉沉，若有物堕。视之，无所见。宛转间，有女子从衣后出，掠发微笑，丽绝"。这一幻化简直像变魔术一样，瞬间化出一个丰姿绰约活泼如生的丽人。《画皮》中绿面长齿的狞鬼，一披上彩笔所绘的人皮立即化为美女。瞬间幻化具有神奇至极的魔幻美。

渐化渐显式幻化分层次逐步完成。《书痴》中的仙女颜如玉是通过这种非常神奇的渐化渐显的方式出场的。郎生嗜读成痴成魔，"一夕，读汉书至八卷，卷将半，见纱剪美人夹藏其中"，"一日方注目间，美人忽折腰起，坐卷上微笑"。郎生在惊骇中一再叩拜，美人则"下几亭亭，宛然绝代之姝"。仙女颜如玉就这样由夹藏在书中的小纱剪美人忽然活了起来，折腰坐起微笑，又由小变大，走下书卷，成为绝代丽人。《小翠》中的美貌的狐女小翠，与公子元丰结合后，因不能生育，决心离开元丰，为减少丈夫失去自己的痛苦，她使自己的容貌渐渐发生变化。"眉目音声，渐与曩异，出像质之，迥若两人"，在一年中迅速衰老。这类幻化展示出联翩的奇幻之美。

借物而化式以某物为媒介，或化出新物，或将人化为物，或将物化为人，借以增加神奇性。《竹青》中的鱼客穿上鸟神送的黑衣就化为鸟。《向杲》中的向杲在得一道士所授布袍穿上身后"则毛革顿生，身化为虎"。《崂山道士》中的仙道用纸剪月亮"粘壁间，俄顷，月明辉室，光鉴毫芒"，仙道将一支筷子掷向月中，立即变成一个"纤腰秀项"的美人，从月中来到地面，"初不盈尺，至地，遂与人等。……翩翩作《霓裳舞》。"这类幻化表现出平中出奇之美。

《聊斋志异》中这些变化万端、丰富多彩的幻化令人眼花缭乱，应接不暇，新奇诡谲，美不胜收。

二、幻化的变异之美

幻想小说中所幻化出的非现实形象其内在构成是由物性与人性二维构成的。《聊斋志异》成功地塑造了花妖狐魅形象的奥秘主要是对这类形象原型的物性进行了变异，因而创造出绝新绝美的幻化形象。

《聊斋志异》中借以幻化的花妖狐魅等形象原型都具有多方面的自然属性，作者不是将这些自然属性全纳入所塑造的形象之中，而是进行选择、过滤、改造，扩张并强化符合审美情趣的部分，淡化剔除不符合审美情趣的部分，按审美理想加以缀合。描写狐精没有写其骚臭难闻之气及狡狯的狐性，而是赋予她们以超凡的美貌，佳人贤妇的善与美。写鬼不描摹其狰狞可怕，而是写其不幸遭遇和对美好生活的追求，如公孙九娘(《公孙九娘》)是在于七案中自刎而死，小说没有写其披头散发、满身血污的森森鬼气，而是展现其"笑弯秋月，羞晕朝霞"的无比美貌。

　　作者对花妖狐魅形象原型的自然属性在物性基础上进行变异、美化、升华，在幻化形象身上所表现出的物性是升华了的、诗意化了的物性。作者集中放大动物身上美的属性，涤滤净其恶与丑的属性。在《花姑子》中描写香獐精，将其物性集中在一点上，集中强化她身体的异香，将其亦人亦妖的透骨芳馨和雅洁风致写得美不可言。作者还对动物鸟虫形态进行变异，将原型不美的形态转化为美的形态，转化后的形态又与原型有极妙的相似性，使读者感受到朦胧的美感。如《绿衣女》篇中的绿蜂，是亚葫芦式的体态，短小的羽翅，可以说外在形象不是很美，经过诗意化的变异，就变成了"绿衣长裙，婉妙无比""腰细殆不盈掬"楚楚动人的翩翩少女体态。绿蜂嗡嗡的叫声变成了"宛转滑烈，动耳摇心"的音乐，真是美不可言。《聊斋志异》将幻化形象的物性变异后与人性融合时巧妙地寻找出物性与人的某种特征的契合点，把物性美化成人所具有的特征表现出来，通过人的特征透示出来，通过夸张性的描绘，造成一种暗示美。这一点我们可以与《西游记》中的形象比较一下。《西游记》中的人物形象主要表现其奇异性，是人与兽的特征的外在显性同构。孙悟空的形貌是毛脸、雷公嘴、罗圈腿、长尾巴、红屁股，是人猴混合体。猪八戒是人的身体而头上长着长长的猪嘴和蒲扇一般的耳朵，是人与猪的混合体，不具有暗示美。而《聊斋志异》中花妖狐魅在"人化"的程度上进入了更深的层次，她们生活在人间，而不是在神界里。她们的外在形象是常人形象，物性、妖性、狐性处于隐蔽状态，是人与物的特征的隐性同构。作者是用人的某些特征暗示其物性特征。如通过少女强烈的芳香气息暗示香獐和牡丹花神的自然属性(《花姑子》《葛巾》)；通过少女的细腰和歌声"细如蝇"暗示其绿蜂的属性(《绿衣女》)。以少女"肌肤莹澈，粉玉无其白"暗示其蠹鱼精的属性(《素秋》)。以少女的"娇婉善言"暗示其鹦鹉的属性(《阿英》)。以少女的低体温"手冷如冰"和"身轻若匀灵"暗示其鬼的属性(《莲香》)。正是作者将幻化形象的物性与人的某些特征重合为一，因而使人觉得"和易可亲，忘为异类"。幻化形象具有真实新奇灵异之美。

《聊斋志异》中的非现实形象是作者通过多层次的幻化多层次变异将物的特征与人的特征重合为一，"把一个对象从通常的理解的状态变成新的感知对象"（维克多·斯克洛夫斯基《作为技巧的艺术》），给人以不尽的审美乐趣。在蒲松龄之前或之后的许多作家都运用过幻化这种艺术手段。由于其艺术功力的限制，所进行的幻化只是浅层次幻化，只是对幻化原型进行一个层次的变异，将某种物仅幻化成具有人的形体的初级幻化形象，物性与人性没有达到完美和谐的统一，因而影响了幻化形象的完美度。我们仍以《西游记》为例，《西游记》第七十二回写盘丝洞蜘蛛精幻化成美女，其貌是："柳眉横远岫，檀口破樱唇。钗头翘翡翠，金莲闪绛裙，却似嫦娥临下界，仙子落凡尘。"这些女子花容月貌，美似天仙，也有一些人的思维和思想，也懂得"七年男女不同席"，懂得男女之大防，但她们同时又保持着蜘蛛的习性。打起仗来，"只见那七个敞开怀，腆着雪白肚子，脐孔中作出法来，骨都都丝绳乱冒，搭起一个天篷，把行者盖在底下。"作者对蜘蛛精进行的幻化是浅层次的，只完成了第一层次的变异，将蜘蛛幻化为人体的变异，但没有对蜘蛛的生物性进行变异，使蜘蛛精以美人的形体做出蜘蛛拉丝的行动，造成人的形体与蜘蛛生物性的分裂，使人感到滑稽可笑。是一个半人半妖的形象，而非人的形象。《聊斋志异》中的幻化形象都是属于深层幻化和对物性的多层次变异。作品中所塑造的众多的狐精、鼠精、鱼精、獐精等幻化形象无一露出像蜘蛛精拉丝那种动物性举动，始终以绰约动人、风情万千、美好奇异的人的形象活动在人间，达到艺术完美的极致。有位研究者说过："在一定限度内，艺术形象的审美价值与它的超越程度成正比，形象的变异性越大，审美价值越高；形象越是接近于再现事物的原型，超越性越小，感染力越弱，变异性等于零，感染力也等于零。"（孙绍振《论变异》，花城文艺出版社，1987年版）蒲松龄早已懂得这一创作规律，并运用于创作实践，对幻化原型进行多层次的变异，超越原型，使花妖狐魅形象具有新质美，产生极高的审美价值，获得了永久动人的艺术魅力。

三、幻化的神秘之美

法国浪漫主义诗人夏多勃里昂说过："除了神秘的事物以外，再没有什么

美丽动人、伟大的东西了。"(《基督教真谛—宗教的美》第一部第 1 卷。据中国
社会科学出版社《欧美古典作家论现实主义和浪漫主义》转引)《聊斋志异》的
幻化普遍带有很强的神秘性,幻象的出现奇矫突兀,如平沙万里,陡然有奇峰
峭壁迎面而来,又如屋楼薄雾,倏然而逝。"好些作品如月光下的世界,真实而
又神秘,明亮而又朦胧,给人一种迷离飘忽的美感。"(徐君慧《聊斋志异纵横
谈》,广西人民出版社。1987 年版)《聊斋志异》幻化的神秘性主要是通过淡化、
虚化幻化的因果逻辑关系造成的,这也是《聊斋志异》的幻化艺术高于其他小
说幻化艺术之处。《西游记》第六回中写孙悟空与杨二郎斗法,写了双方多番
的幻化:

> 二郎圆睁凤目观看,见大圣变了麻雀儿,钉在树上,就收了法象,撇
> 了神锋,卸下弹弓,摇身一变,变作个饿鹰儿,抖开翅,飞将去扑打。大圣
> 见了,搜的一翅飞起去,变作一只大鹚老,冲天而去。二郎见了,急抖翎
> 毛,摇身一变,变作一只大海鹤,钻上云霄来嗛。大圣又将身按下,变作一
> 个鱼儿,淬入水内。二郎赶至涧边,不见踪迹。心中暗想道:"这猢狲必然
> 下水去也,定变作鱼虾之类。等我再变变拿他。"果一变变作个鱼鹰儿,飘
> 荡在下溜头波面上。等待片时,那大圣变鱼儿,顺水正游,忽见一只飞禽.
> 似青鹚,毛片不青;似鹭鸶,顶上无缨;似老鹳,腿又不红:"想是二郎变化
> 了等我哩!……"急转头,打个花就走。二郎看见道:"打花的鱼儿,似鲤
> 鱼,尾巴不红;似鳜鱼,花鳞不见;似黑鱼,头上无星;似舫鱼,鳃上无针。
> 他怎么见了我就回去了? 必然是那猴变的。"赶上来,刷地啄一嘴。那大
> 圣就撺出水中,一变,变作一条水蛇,游近岸,钻入草中。二郎因嗛他不
> 着,他见水响中,见一条蛇撺出去,认得是大圣,急转身,又变了一只朱绣
> 顶的灰鹤,伸着一个长嘴,与一把尖尖铁钳相似,径来吃水蛇。

这段幻变、斗法的描写,将读者带入了变幻无穷的胜境。作者采用的是全
知的视点,将谁因何而变幻,幻化为何物,和盘托出,显得较平直,使人们减少
了审美期待感,没有给读者留下回味的余地,缺少神秘性。如福斯特所说:"假
如作者什么都写得一清二楚,那就没有什么美感可言了。"(《小说面面观》)而
《聊斋志异》的幻化,不直接交代其来龙去脉,作者虽然也用全知的视点,但适
当加以变化,并且用得很巧妙,不直接告诉读者小说中的幻象幻境是由何所

化，因何而化，有时故意用模糊手法，通过突兀而现的幻象幻境，造成一个个的谜。作者不去揭破这些谜，也不安排作品中的人物去揭破这些谜，造成一种扑朔迷离的情趣，让读者自己去连接幻化的因果逻辑关系，因而产生引人入胜的极大魅力。《窦氏》中的窦女被世家地主南三复欺骗、迫害致死，死后化为鬼魂。她以超人的神力，奇特的手法，执着地复仇。在这篇小说的后半部分，窦女多次幻化，似有似无，扑朔迷离地出现在南三复的家中。作者并未直接交待窦女的鬼魂如何幻化，而集中笔力展示南三复家所出现的怪异现象：南三复娶了"大家"之女后，这位"娟好"的"新人"不仅"终日未尝"有"欢容"，而且枕席之间涕泪涟涟。"数日"之后，南三复的岳父来到，突然发现女儿不知什么时候和什么原因"缢死在桃树上"，他哭着与南三复进入房中，却发现女儿安然无恙地待在房中。他既怕又惊地问："适于后园，见吾女缢死桃树上，今房中谁也？"结果出现了更为怪异之事："女闻之，色暴变，仆然而死。视之，则窦女。急至后园，新妇果自经死。"后来南三复远聘曹进士之女为妻。一天，一老太婆送曹家女来到南家，南三复发现曹女很像窦女。更奇怪的是，天还没黑，曹女就登榻上床，"引被障首而眠"。到黄昏，南三复发现曹女变成了一具冰冷的裸体女尸。这具女尸是姚孝廉新葬的女儿的尸体，南三复因盗尸罪终于被判死刑。这里窦女鬼魂的幻化具有极强的神秘性。小说对于窦女死后的情况，只交待很虚幻的两笔，即托梦给"大家"，南三复家发生第一件怪事后，窦父挖开窦女的坟，结果是"棺启尸亡"。这又是两个谜。不过读者将这些谜排列在一起，可以悟出一些头绪：南家一系列怪事，都是窦女鬼魂所为；她使新娘自缢，使自己的尸体进入南三复房中，她乔扮曹家送女，又将姚孝廉新死之女的尸体幻化，使其暂时为活人，来到南三复家中，并使其裸然而卧。读者可以通过南三复家怪异之事的"果"而领悟到"因"。作者通过这种"神龙不见首尾"的幻化方式，使小说带上飘忽迷离的色彩，悬念迭生，这种神秘性给人以不尽的审美愉悦。《婴宁》中对婴宁居处的展示，运用了更为高妙的幻化艺术，更具有扑朔迷离的神秘之美。小说写王子服在上元节于郊野见到婴宁，一见倾心，相思成疾，请吴生去找。吴生历尽千辛万苦探访，毫无结果，无法向王子服交待，便随口撒了一个谎，可是王子服却按吴生的谎言在一个山坳里找到了丛花乱树中的小院，婴宁恰在其中。后来吴生想去探看这神秘所在，按王子服所言找到该地时，发现"庐舍全无，山花零落而已"。为什么王子服按吴生的谎言可以找到婴宁的居处，而后吴生按王子服所说的亲历的地址却怎么也找不到？这构成了一个一个极为神秘的谜。这奇异的现象令人莫测。随着小说的展开，读者也可发现这奇异现象之因，原来婴宁是鬼母养大的狐精之女，有神异的法术，与王子服结婚后，能将朽木幻化成自己的形体，惩治心术不正好色之徒西邻子。在此之前，婴宁是否知道王子服求吴生去找她？而她是否得知了吴生的谎言按吴生谎言中的地点幻化出农家小院在此等候王子服前来？那就留待读者自己去思考了。作者所展示的婴宁居处，从假到真，真而复假，真假莫辨，迷离恍惚，这种充满神秘之美的幻化在艺术表现上造成一种看不见的和谐。而"看不见的和谐比看得见的和谐更好"（赫拉克利特《古希腊罗马哲学》）。《聊斋志异》中充满神秘性的幻化不仅使作品产生无穷的美感，也极大地丰富了艺术蕴涵。

四、幻化的新奇瑰异美

艺术贵在求新，幻化艺术更是如此。"凡是新的不平常的东西都能在想象中引起一种乐趣，因为这种东西使心灵感到一种愉快的惊奇，满足他的好奇心，使他得到他原来不曾有过的一种观念。"（爱迪生语）幻化艺术如果不能创新，就会陷入一种定势，丧失艺术美感。《聊斋志异》之前的一些小说中所幻化的仙境景物很多是陈陈相因。一写到仙人洞府中便是紫气烟霞，金芝玉草，一写到天堂就是满地桃花。鲁迅曾幽默地说他怕上天堂，因为"四时皆春，一年到头请你看桃花，你想够多么乏味！即使那桃花有车轮般大，也只能在初上去的时候，暂时吃惊，决不会每天作一首'桃之夭夭'的"《华盖集续编·厦门通信（二）》。《聊斋志异》的幻化具有非凡的超越性，不断地求新求异，殚精竭思进行艺术美的创造。《聊斋志异》中每一处花样翻新的幻化，都造成了审美的惊奇感、陌生感，从没有出现似曾相识的脸孔，拓出一个幽邃而空幻的审美境界。《翩翩》中有一处神仙洞府的描写：入深山中，见一洞府，入则门横溪，石梁驾之，又数步，有石室二，光明彻照，无须灯烛。这一神仙洞府，没有紫气烟霞的浓郁仙气，倒好像窗明几净的农家庭院，具有较多的人间生活气息。洞府中的仙女不像其他神话小说中的神仙每天都是喝琼浆玉液，而是用小溪的水来酿酒。这一幻化的环境虽有世俗性，但毕竟又不是人世间的院落，而又有一定的神异性。小溪中的水可以疗疮。山洞内的蕉叶可以制成鱼、鸡，烹而食之，又可以剪成衣服。山洞口的白云可以拾来絮在蕉叶剪成的衣服中做成轻软无比的棉衣。这一幻想境界达到了世俗性与神秘性的和谐统一,并且与洞中的主人公的性格相匹配。翩翩是一个温柔善良多情的仙女,有不慕荣华富贵的高人达士的襟怀,追求的是人间正常夫妻养育子女的和美生活,因此,她所居的洞府既优雅又神奇。这种幻想境界是前所未有的,这种"幻想境界美妙无比,又渺茫难及"(马瑞芳《聊斋志异创作论》)。《聊斋志异》的幻化还力求于平常中求新奇。大海是人们常见的,然而在蒲松龄的笔下,海水竟幻出奇异的状态。《晚霞》中年轻的阿端成为落水的鬼魂,在龙宫里与他命运相似的歌女晚霞私相结为夫妻后无法容身,当晚霞在龙宫投江而死之后,他决计殉情,"意欲相从俱死,但见江水若壁,以首力触不得入……忽睹壁下有大树一章,乃猱攀而上,渐至端梢,猛力跃堕,幸不沾濡,而竟已浮水上"。作者想象奇特,幻化的海水竟改变了液体性质。阿端两次投海,第一次投海,海水有了相当的硬度,如同木板;第二次猛力跳海,海水有韧度,好像人间的白绸布。海水的这种奇异性使阿端求生不得,求死不能。这种幻化具有无比的新奇感。《彭海秋》中对于一只船的幻化也是化平常为新奇,令人耳目一新。身在山东莱州的仙人彭海秋要带书生彭好古去西湖观赏中秋明月,"乃以手向空中招曰:'船来!船来!……无何,彩船一只,自空飘落,烟云绕之。众俱登。见一人持短棹,棹末密排修翎,形类羽扇;一摇羽,清风习习,舟渐上入云霄,望南游行,其驶如箭。逾刻,舟落水中。但闻弦管敖嘈……出舟一望,月印烟波,游船成市,榜人罢棹,任其自流,细视,真西湖也"。此船不停在水中,却是从天空中飘来,无比轻盈,船极其华美,宣扬了仙人的生活景况。船有"烟云绕之",使人感到彩船的不同凡俗,船上的短桨也比较奇特,尾部密密麻麻地排着长长的羽毛,形状像羽扇。一摇羽桨,清风轻轻吹来,此桨一身兼二用,在划水时又摇了扇,真是妙不可言,船行时,先升入空中,速度极快,忽又落入水中,片刻之间就到了几千里外的西湖,似乎现代的空中水中两用飞船。这种幻化的飞船真是奇妙无比,也是历代幻想小说前所未见的。

五、人与物互幻的妙趣美

妙趣是指作品中的艺术表现既不寻常而又合情合理,具有新颖奇特的诱人意味,具有特殊美妙的情趣。妙趣寄寓于形象之中。《聊斋志异》通过人鬼精魅的奇妙幻变,使作品极富妙趣之美。蒲松龄将精魅狐鬼幻化为人,或将人幻化为异类,这类形象具有亦人亦物、亦仙亦怪的特点,他们是似人而非人的人格化的精灵,他们既有人的特征又有非人的特征,与人交往中表现出无限的风趣。《香玉》中的耐冬花神绛雪性情恬淡,没有强烈的男女欢爱之情,不愿与黄生卿卿我我,因不耐黄生的纠缠,化为树形,避而不见。黄生想见她而不能如愿。牡丹花神香玉便想出一个奇特的办法把绛雪请出来。她说:"必欲强之使来,妾能致之。"乃与生挑灯至树下,取草一茎,布掌作度,以度树本,自下而上,至四尺六寸,按其处,使生以两爪齐搔之。俄见绛雪从背后出,笑骂曰:"婢子来,助桀为虐耶!"这是一场绝妙的人与树的游戏。香玉的办法极有趣,折草作尺,用草量树,从树根量起,到四尺六寸的地方用手按住,叫黄生用双手一齐去抓挠,绛雪立即笑着现形,从树后走出,笑骂香玉助桀为虐。这里的绛雪外在的形态是树,以树为外壳,内在又是人,有人的感觉。从树根到四尺六寸的地方,相当于人的胳肢窝部位,在黄生用两手去抓挠时,便再绷不住,只得笑着现形。黄生搔树竟搔出一个天真无邪笑声串串的姑娘,真是匪夷所思、妙趣横生。这种由幻化手段所构成的艺术情境,使生活中的一件日常小事,充满了无限的艺术趣味。

《聊斋志异》的理趣美

《聊斋志异》是写鬼狐花妖、幽冥异域的奇书,故事奇绝诡异,有奇特的人物,奇异的情节,奇异的事物,奇异的景象,奇异的情感,是人们闻所未闻、见所未见,书中的一切无一不奇,带有强烈的趣味性。从这个意义上说,《聊斋志异》是一部趣书。李贽在《水浒传》第五十三回的评语中说:"试看种种摹写处,哪一事不趣?哪一言不趣?"此语用于《聊斋志异》最合适,故事有趣,人物有趣,叙事方式有趣,语言有趣。应该说《聊斋志异》处处有趣,有奇趣、有异趣、有雅趣、有谐趣。还有一个非常重要的方面是富有浓郁的理趣美。

理趣的说法最早出自宋人,是说宋诗有"主理"的特点,做到深邃的哲理和生动的诗趣完美统一,达到比较高的审美境界。美学范畴中的理是指艺术表现的哲理、情理、伦理;趣则指文学作品在言理中所表现出的情趣、意趣、风趣。"理趣,顾名思义,是要说理而有趣。"[1]"通过对具体生动的艺术形象的描绘,涉理成趣,生机活泼,引起人强烈的心灵感应与共鸣,给人以美的享受与智性的启迪。"[2]是运用奇巧的构思、语言或艺术表达等所表现出来的审美趣味。诗有理趣,小说也表现理趣。小说刻画人物,塑造形象,表现社会生活,同时反映和表达作者对社会、对人生的认识和理解,对社会人生的真知灼见。米兰·昆德拉说:"我并不想以哲学家的方式从事哲学,而是以小说家的方式进行哲学思考。"[3]好的小说都具有丰厚的哲理意蕴。韦勒克·沃伦说过:"文学可以看作思想史和哲学史的一种记录,因为文学史与人类的理智史是平行的,并反映了理智史。"(《文学理论》)小说言理蕴理,是小说所反映的生活决定的。在中国,人间百情,世间万事,都离不开一个"理"字。生活中充满了理,有各种各样的理,人们生活中离不开理,在生活中循理、求理;做人要"明理",要讲理",要执理,俗语云:"公说公有理,婆说婆有理""宁死不背理,宁贫不丧志""好话不在多说,有理不在声高""有理走遍天下,无理寸步难行"。有人做了坏事人们称之"天理难容",理是生活不可或缺的内容。蒲松龄深谙米兰·昆德拉所言之理,以小说家的方式对社会对生活进行哲学思考,以非常奇妙的方式表现了非常丰富的理。

一、《聊斋志异》理趣的表现方式

中国古代诗歌(如宋诗)中的理主要是自然界之理、社会之理、人生之理、艺术之理,佛学禅宗之理、玄理等,主要是大的方面的理,是关于宇宙社会人生的哲理。《聊斋志异》中的理是世间方方面面的理,是道理、事理、情理,做人之理、处世之理、社会之理,有一些大的哲理,主要是具体的理,生活中比较小的道理。《聊斋志异》中的理趣主要通过三个方面表现出来。

1.通过故事中的人物之口言之

其一,故事中人物对面临之事所阐释之理。故事中人物表达对某人、某事及世事人生的认识、看法、理解、判断或人间世情的总结,作者以最精炼并富有艺术感染力的语言表述出来,常常是以精粹诗化的格言警句形式出现。这些格言警句闪烁着智慧之光,隽永深邃,深刻精辟,包含着隽永的哲理,是人生经验的提炼,是作家对生活认识的精华,成为思想光辉的结晶。如《贾奉雉》中的仙人郎生所言:"天下事,仰而跂之则难,俯而就之甚易。"作者从生活经验出发,讲生活中目标与条件之间的关系,办力所能及之事就较容易办到,办力所难及之事则不易成功。《白秋练》中的鱼仙所言:"天下事,愈急则愈远,愈迎则愈距。"所说之理近似于"欲速则不达",比"欲速则不达"有更丰富的内涵,可谓"欲速则不达"的扩展版。是说办事要等合适的时机,事情才能办成。表述精妙,是概括世情的至理之言。《狐梦》中狐女给毕怡庵的留言"盛气平,过自寡"非常精警,告诫他远祸全身之法,与今天的格言"冲动是魔鬼"之意相近。当人们处在盛怒之时会被情感所主宰,失去理智,做事不计后果,往往会犯错误;待到冷静下来时,比较理智地权衡利弊,就会减少过失。冯镇峦评此语云"药石之言,当书座右",甚是。还有"瓜果之生摘者,不适于口"(《胡氏》),"先炊者先餐"(《寄生》),将生活中的新鲜口语俗谚提炼后用文言形式包装,既有丰富的哲理内涵,又富有雅趣。把深奥的抽象的道理浅显化、具体化、生动化了,喻中有理,言浅理深,闪耀着哲理的光辉。

其二，《聊斋志异》故事中人物之间精彩的对话、批评、反驳、说服、应对、辩解、品评等也是说理的方式，用以表达思想愿望、处理矛盾或说服对方，化解对方的诘难。这种说理直射出一种理智美的光芒，富有浓烈的理趣。聊斋中的人物非常幽默，巧于说理，理中有奇趣。《织成》中不拘礼法的才子柳生，醉中用牙齿咬住所爱慕的洞庭府中仙女织成的袜子，被仙府中的首领下令杀头，他在被缚就刑时向一王者为自己辩解："闻洞庭君为柳氏，臣亦柳氏；昔洞庭落第，今臣亦落第；洞庭得遇龙女而仙，今臣醉戏一姬而死，何幸不幸之悬殊也！"如此自辩既耍赖又强词夺理，真是巧舌如簧。但明伦评此辩说："委婉近人，虽是牵强撒赖，亦有理有趣。"（《聊斋志异序》）洞庭君后又命柳生作《风鬟雾鬓》赋，因他构思慢而讥讽他："名士何得尔？"柳生又应以巧辩："昔《三都赋》十捻而成，以是知文贵工，不贵速也。"他不说自己文思迟钝，却把为文的"工"与"速"割裂开来，对立起来，说得振振有词。讲的是歪理，巧为自己解脱困窘[4]，辩词不乏机智也有诡辩，令人忍俊不禁。

2.故事蕴含丰富的哲理

小说常常借形象寓理，以事寓理。"以具体形象的人物、事件、情节组建成一个感性的世界，让读者通过一定的形象思维而获得相应的理性蕴含，作品的理性内容往往是非常含蓄地蕴含在具体的描写之中，给人一种余味无穷的美感。"[5]《聊斋志异》中的一些故事蕴理丰富巧妙，让读者在阅读中悟理。超短篇小说《孙必振》把人物形象哲理化，虽然小说以"孙必振"命名，小说所表现的主体不是孙必振，却是那些船上居心不良的众人。在碰上迅雷暴风的江船将面临船覆人亡的大难之时，众人见金甲神金牌上有孙必振之名，认为他必遭天谴，跟他同船一定遭殃，为保己命，不顾孙必振之命，将其推向别船。结果金甲神与众人开了个要命的玩笑，"孙既登舟，回首，则前舟覆矣"。想保住己命的众人被江水吞没，被众人所弃之人反得以保命。这一因人性恶而引发的惊心动魄的场景，不是最有力地告诫人们在危难面前必须同舟共济的道理吗？在人们没读这个故事时对"同舟共济"这个词还比较模糊，读了这个故事会感到这一道理如撕裂万里长空的闪电、千钧的雷霆那样震撼人心。《孙必振》通过一个虚幻又真实的场面把这一做人的道理深深刻在人们脑海里。《聊斋志异》中还有些小说的某一奇特情节蕴含人生哲理，发人深省。《续黄粱》中阴间的阎王惩处贪官曾孝廉的方式极其绝妙，把他贪污的 221 万钱融化为铜水,将红红的铜水给曾孝廉灌下去,当时的情景及曾孝廉的感受是"以杓灌其口,流颐则皮肤臭裂,入喉则脏腑腾沸。生时患此物之少,是时患此物之多也"。这种描写高度感官化,被灌铜水的感受非常真实,人们没喝过熔化的铜水,但喝热水烫嘴的感觉是有的,曾孝廉的烫嘴烫胃的痛苦读者也感同身受。昭示一条非常深刻的哲理:贪污者必定要吞下自己种下的苦果,吞苦果的过程是极其痛苦的,是无法逃避的。小说使虚幻的情景高度逼真,所要表达的哲理带有灼热的温度,烙在人们的头脑中,增强了哲理的生命力。《聊斋志异》通过一个又一个精彩的故事或故事情节,揭示了一条又一条人生真谛,增强了作品的理性深度。

3.通过"异史氏曰"发议论说理

蒲松龄在《聊斋志异》中创新性地运用了《史记》的评语方法,对所叙故事从内容上做了深入阐发、引申和发挥。其内容有对人世的评论,对生活经验的提炼,对事物的道德评价和对人情事理的分析,启人智慧,发人深思。其说理方式有三种。其一,点睛式说理,以事引理。作者对前面故事内容进行概括,把所含之"理"点出来,起到画龙点睛的作用。《瞳人语》写一轻薄文人在途中欲猥亵漂亮女子而受到惩戒,该篇的"异史氏曰"又加了一个故事,轻薄男子在路上追随一女子调戏,待近时乃知是自己儿媳。差点儿做出乱伦之举。作者把这两件事串起来议论说:"轻薄者往往自侮,良可笑也。"是感慨,更是哲理,有点石成金之妙。理中含趣,理中透趣。《夏雪》以奇事、趣事说理,该篇记述一则大王神要人称他"大老爷"的民间笑话,说丁亥年七月苏州大雪时,众百姓祷之于大王庙,大王附人而言,让人们称他为"大老爷",不能仅称他为"老爷",当人们齐呼"大老爷"时,雪果然立止。这一喜剧幻境令人捧腹,作者就此精妙概括:"由此观之,神亦喜诌。"在该篇"异史氏曰"中把这个故事引向人世间,开掘出故事后面的微言大义,提炼出"世风之变也下者益诌,上者益骄"之理。深刻分析了诌者与受诌者之间的关系,诌者有求于受诌者,受诌者以权谋诌,因此造成骄诌日盛的世风。这一哲理发人深省。《镜听》正文中描绘一个家庭厨房二妇劳作的悲喜场景,篇末的"异史氏曰"中的"贫穷则父母不子"之语,以小见大,是对世情的高度概括。揭示了人间功名地位对亲情伦理的冲击,说理深刻。地位把亲人分成不同等级,亲情丧失,伦理变质。其二,释因深剖式说理。《画壁》中的朱孝廉对自己香艳惊怖的经历不解,问老僧,老僧的答复是

"幻由心生"，比较概括笼统。篇后"异史氏曰"在此基础上对这一哲理深入阐释："幻由人作，此言类有道者。人有淫心，是生亵境；人有亵心，是生怖境。菩萨点化愚蒙，千幻并作，皆人心所自动耳。"说明在一定的条件下，这是一个具有普遍意义的心理现象。阐释精辟，入情入理，具有事幻理深之妙趣。启人深思：心正是做人之根本，心若正，则能处污境而不染，泰然自若；反之，则要惹是生非，招致不测之祸患，未料之凶险[6]。其三，引发式说理。《聊斋志异》有些篇章的"异史氏曰"常常对所讲故事进行奇妙的引申，借题发挥，引发出新意，由此及彼，揭示问题的本质或阐明另外的道理。《黑兽》篇写动物间的关系，黑兽拍死老虎，而老虎自始至终不敢稍作反抗。"异史氏曰"由此得出结论"物各有所制"，继而引出猱与狨的故事，由虎之畏黑兽推及猱之畏狨，终而推及民之畏于吏且食于吏——"余尝谓贪吏似狨，亦且揣民之肥瘠而志之，而裂食之；而民之戢耳听食，莫敢喘息，蚩蚩之情，亦犹是也。可哀也夫！"说理环环相扣，层层深入，由物及人。经过这样一番引申，出人意外地暗示哲理：对强暴绝不能延颈待毙，应该起来反抗和斗争，向欺压人民的恶人抗争复仇。人们读此有曲径通幽、豁然开朗之感，所含哲理耐人咀嚼。《恒娘》写的是一个家庭中妻妾斗法争宠的故事，在该篇的"异史氏曰"中蒲松龄由民间一个家庭之事引到高高在上的朝廷中佞臣事君的伎俩："古佞臣事君，勿令见人，勿使窥书，乃知容身固宠，皆有心传也。"由此看出，作者创作此文的真正目的是在发泄被当时政治昏暗、奸臣当道所刺痛的不满心情，佞臣小人得以容身固宠，就是深得新旧难易之门径的，于是蒙蔽皇帝，机关算尽，变憎为爱。奸臣事君运用的心理战术是：不让他接近外人，又不让他看书，造成头脑一片空白，于是见到奸臣就格外亲切，言听计从。该篇"异史氏曰"这种奇妙引申是常人难以想到的，因而所表达或蕴含的理就特别深入人心、打动人心。让读者从一个家庭中妻妾斗法的理领悟到朝廷上君臣斗法的理、那种高高在上极其隐秘的场所的哲理，使读者推想到佞臣在帝王面前那种令人作呕的媚态，那种肮脏的伎俩。这种引申使故事以小见大，寓虚于实，对生活琐事升华使理染趣、含趣，从而让文章的价值得到提升，产生一种永久的普遍的意义。

蒲松龄通过这三种方式把小说表"情"达"理"的功能扩大了，使《聊斋志异》成为蕴含无数妙理的启智之书。

二、《聊斋志异》理趣美的呈现形态

1.深刻美

《聊斋志异》的说理或所蕴含的理,非常精辟、深刻,用最奇异绝妙的方式深入揭示事物本质,能开拓人们的眼界,打开读者的心扉。如《画皮》中女鬼的外貌极美,内在极丑令人恐怖。奇在她有一张美丽的画皮,披在身上以美貌的面目示人,其皮可穿、可脱,可以脱下重新描画加工,被灭后身化青烟只剩下画皮,画皮像牛皮纸一样被卷起来。在民间传说或以往的写鬼小说中从未有过这种身穿画皮的女鬼。故事奇诡有趣,据专家考证,《画皮》本事的六篇女鬼故事中的女鬼都没有画皮[7],蒲松龄给女鬼披上这张画皮是最了不起的创造,用这一意象,最生动最深刻地表现丑恶事物的表象与本质的关系。世间一切丑恶的东西不是都披着各种各样的画皮吗? 社会上很多人、很多事不都是外表华丽而内在肮脏吗? 残暴荒淫皇帝的龙袍不是画皮吗? 奸佞的朝臣的官服不是画皮吗? 他们的画皮里面所包裹的不是与狰狞凶恶的女鬼一样的丑类吗? 世间几乎所有的丑类不都是掩饰其凶恶的原形,借各种各样的画皮以欺骗和虐害世人吗?《画皮》所寓含的理极其深刻,为我们认识社会、认识历史、认识人生做出极大贡献。《聊斋志异》说理的深刻美还表现理的"穿越性",具有某种"穿透力",能洞穿社会、洞穿古今,表现古今永恒之理,所表达及所蕴含之理对现代社会仍有启示意义。《潍水狐》中讲贪官有驴性,时下有的贪官也是如此。有媒体报道,讲某财大势强的黑心商人非常自豪地对同行显示自己的威力,说道,我给某领导打个电话,让他十分钟跑步前来见我。某领导果然在十分钟内跑步前来。金钱巨大力量把贪腐官员玩得团团转。某领导的行为不是蒲松龄所言"倘执束刍而诱之,则帖耳辑首,喜受羁勒矣"最形象的显示最恰切的注脚吗?《恒娘》所写妻妾在丈夫面前用美容、美体、美态方式争宠、取悦的故事,阐释了审美心理多方面的理。正如有学者所言:"《恒娘》的确不同于寻常的世情小说。它栽下一株鲜活的哲理之树,提供了一种相当世俗又相当深邃的人生经验,洋溢着一种让人猛醒让人冷静让人脊背发凉让人豁然开朗的思辨精神。那些看来并不'大雅'的情节场面以及作家'特别地说出来'的思想观念,无非是明白无误地告诉人们:在世俗男女难以逃脱的婚恋纠葛中,妍与媸、贤与愚、新与故、难与易、喜与厌、怜与憎,即情爱的有无、浓淡、增损、真伪等感觉,都不是一成不变的,都将在相互关联事物的自身运动与相互作用中发生改易与转化;婚恋双方(包括被礼法剥夺了主体性的女子在内)对这种改易与转化都负有程度不同但却不可脱却的责任。"[8]对人生思考颇深的柏杨在《爱情是相对的》里说:"我想每一个女孩子都应拜读《聊斋志异》那篇《恒娘》,恐怕是中国指出婚姻生活症结最深刻的一篇文学作品,必须一个字一个字的研究,触类旁通,发扬光大。"[9]于天池先生对于《恒娘》篇所蕴含丰富的理给予更高的评价:"从探讨审美心理的立场,《恒娘》篇则是一篇用小说形式写成的美学论文,与车尔尼雪夫斯基在《艺术与现实的美学关系》一文所研究的审美心理上的结论可以说有异曲同工之妙。无怪乎清代批评家冯镇峦赞扬《恒娘》篇是"以俗情阐明道理的妙文。"[10]《聊斋志异》中的理不仅有穿越性,还有普世性,内含的哲理具有更大的覆盖面,对当代有万里之遥的西方世界也有启示。美国芝加哥大学汉学家蔡九迪教授说:"现今的美国杂志连篇累牍的文章就是教女人如何利用性的魅力掌握男人,特别是掌握丈夫。在十七世纪那么封建闭锁的中国,蒲松龄竟然写出了供二十世纪美国妇女参考的文章《恒娘》。"[11]《聊斋志异》阐释哲理的深刻性是其他小说难以企及的。这种哲理美是一种精深之美,可以达到透悟人生的哲理高度。

2.意蕴美

《聊斋志异》所叙述的故事和刻画的人物形象,具有思想的立体性,多侧面性,具有哲理的丰厚意蕴。如巴尔扎克所说:"艺术作品就是用最少的面积惊人地集中了最大的量的思想。"(巴尔扎克《论艺术家》转引自《古典文艺理论译丛》)《聊斋志异》好像一个多棱镜,从每一面看可以领悟不同的理、耐人寻味的哲理。还有的故事的理是在可以言说和不可以言说之间,使人感到玩味不尽,意味无穷,感到无限的意蕴美。如伽达默尔的经典名言:"对一个文本或一部艺术作品里的真正意义的汲舀是永无止境的,它实际上是一个无限的过程。"[12]《聊斋志异》的哲理蕴含加深了作品的思想深度,丰富的理体现于具有哲理意味的形象当中。时下人们一谈起《画皮》时都说故事所蕴含的理就是:告诫人们不要为表面伪装的假象所迷惑,要透过现象看本质,否则就会上当受骗。仅此而已吗?这种理解太肤浅了。该篇故事蕴含的哲理除了前文所提及的丑恶人物、事物包装自己来骗人外,还有多个方面。故事告诫人们:人之所以常常被美丽的画皮所迷惑，是人有非分之想，贪欲之念，不能洁身自好。做人最基本的原则是不能有非分的妄想与贪欲，人如能洁身自好就不会受诱惑。王生如不贪色，那恶鬼又怎能奈何于他？即使你看不清想诱惑人的本质，但只要能很好把持自己就不会上当。再有，人应该认真对待别人的忠告，人如果愿意接受他人的忠告就会避免危险，不会上当受害。只有这样，才能使自己保持清醒，立于不败之地，否则就会恶魔缠身。女鬼的下场也告诉人们，鬼见拂尘而不避，也正在于不愿放弃到口的肥肉。人如此，鬼也如此，凡存贪欲，必害其身，最终被道士追寻消灭。作者还告诉人们：世界上所有的不该得的"色"对你来讲都是"厉鬼"。你"王生"不贪"色"，其妻"陈氏"就不用吃下世间最肮脏的东西。一个团体、国家也是如此，你不追求短期的利益、短期的"风光"，就不会给其他人和后人留下"创伤"和"苦难"[13]。超短篇小说《西僧》的哲理蕴含也是耐人寻味的。写的是两西僧来中国，自言经火焰山、流沙河、途中历十八寒暑，为的是朝拜"至其处身便是佛"的东土四名山。"听其所言状，亦如世人之慕西土也"。作者提出一个非常有趣的假想，假想出一个可笑情景："倘有西游人与东渡者中途相值，必当相视失笑，两免跋涉矣。"故事蕴含的哲理太丰富太深刻了，故事讲的是僧人的活动，实际反映的是世俗人的种种心态，人们可以领悟到的是，世间多人都有一种得到财富的渴求，不是通过劳动，而是费尽千辛万苦到传说的某地去找。费尽千辛万苦而痴迷不悟，是一层理；再如对富贵成仙之事过分贪婪，不顾一切去追求结果却事与愿违，丧失了性命，又是一层理；还有很多人对财富有极度贪心，对虚妄的东西付出的辛苦越大，失望越大，再是一层理。冯镇峦对此评说："贫贱慕富贵者之享荣华，富贵又慕贫贱者之得清闲，彼此相羡，都忘本来面目。"这是他领悟到的理。还有论者指出："说明了听信吹得天花乱坠的传闻，怀着无边的幻想，到客观事实面前，就会大失所望。"[14]又是一层理。还有一层理，是人们常有贱目贵耳的思想，认为远来的和尚会念经，遥远的地方有奇迹发生。最好的办法是让痴迷的人相遇，他们才能从虚妄的追求中醒悟过来。《西僧》中的理是说不尽的。如有学者所言："一分钟可以读完的小说，却可以让人思索上一天甚至一个月，如何估计其思想含量呢？"[15]此言可作为《聊斋志异》理趣的丰蕴美的最好的佐证。

3.趣蕴美

趣蕴美是说蒲松龄通过非常有趣的故事来表达深刻哲理。《聊斋志异》常常是运用最奇妙的构思,通过一些喜剧性色彩的小故事或喜剧情节来寓含哲理,这些喜剧故事或喜剧情节,极其有趣,有深刻的寓言性,令人爆笑,给读者带来情感上的愉悦,但读者不是笑后则已,而是在笑后有所思,引起更多的哲学上的思考,在笑声中获得教益。作者是寓理于趣,寓教于乐。《骂鸭》篇故事很奇,有强烈的喜剧性,故事共有三奇生趣:小偷因盗吃鸭子全身生鸭毛变成了"鸭人",成了做贼的自我暴露的可笑的活广告,一奇;"鸭人"自己无法去掉鸭毛,痛不可触,二奇;须失鸭者骂而毛乃脱,三奇;非常可笑极有谐趣,趣事蕴涵多方面的趣理。有人说此篇所表达之理是:"人犯了错误,必须敢于正视,接受批评。"[16]这太皮相化了。所蕴含的理应该是:人如做了丑事坏事,必然暴露,"要想人不知,除非己莫为"。不可能"天知、地知、己知"地瞒下去。人私下犯错,要想促其改正,一定要有强大的外力的促动,盗吃邻翁鸭子的贼如果不是生出一身毛茸茸的鸭毛"触之则痛",且"须得失者骂,毛乃可落",那窃贼就不会主动跑到邻翁那里去哀求人家骂。丑行要曝光,要被批判,这是改过的一个必要条件,需要使其见阳光(长鸭毛),还要必须有外在的批评力量(有人骂),只有适当的惩罚,才能使其醒悟,必须经历一个痛苦的过程,方能改恶从善。此理今天在某些人身上也适用。像当下每年中央电视台的3·15晚会上,黑心厂家、黑心商人欺骗消费者的行为只有被曝光才会改正,从来没有自己悄悄改正的。这样令人开怀的奇幻情节所蕴含深刻的理真是妙趣横生。《梦狼》有一喜剧色彩的情节,启人深思。以残害百姓谄媚上司而升官的白甲,被复仇的百姓砍下脑袋,又被一神人把被砍下的头接上,不过是接反了,使其成为一个畸形的反转脑袋的可笑怪物。神人反接的理由是"邪人不宜使正",作者在"异史氏曰"中说这是"鬼神之教"。那么这高度夸张的畸形外貌告诉人们什么道理呢?那就是当官者应当怎样为官之理,不能只看前面,只献媚讨好"上台",要看后面,要面向百姓,百姓才是决定为官者命运的主人,不能坑害百姓。你害了百姓,必然无法逃脱正义力量的惩罚,成为反接脑袋的丑八怪,永远受到唾骂,遗羞人间,生不如死。这一喜剧色彩的情节具有事赝理真之趣。所昭示的哲理,与《曾孝廉》中曾孝廉在阴间被灌铜水的情节所昭示的哲理一样,具有警世、通世、醒世的作用,有巨大的震撼力。《崂山道士》讲一个更为可笑的故事,如异史氏曰:"闻此事,未有不大笑者;而不知世之为王生者,正复不少。"这篇故事又不限于讽刺不诚心的求道者,而是反映了社会上某一类人的精神特征。即不想付出，只想收获，总想不劳而获。如不努力耕耘，却希望得到丰硕收获的懒汉；平常惰于学业，又希望侥幸中试的读书人。他们的结果只能像王生一样碰壁，碰得鼻青脸肿。人们在大笑之余，会领会到一个朴素而又严肃的真理：不下苦功，不会有收获。奇异的故事概括了更高更普遍的事理。因故事的奇异，读者对所蕴含的事理的感受特别深刻，使理的表达特别有张力。《仙人岛》中的仙女芳云戏谑嘲讽好色的丈夫是书中喜剧色彩浓烈的经典情节，书生王勉在仙人岛与婢女明珰私通致使前阴尽缩，王勉见芳云目光如秋水盈盈，朗若曙星，便恭维奉承芳云："卿所谓胸中正，则眸子瞭焉。"仙女芳云仿拟此语戏谑，笑曰："卿所谓胸中不正，则瞭子眸焉。"芳云此接语变大雅为大俗，令人捧腹不迭。趣中含理，趣中含讽，一针见血。讽刺好色的丈夫心不正，告诫丈夫不要好色，不要拈花惹草，路边的野花不要采，采了后果是严重的，把阳具都搞没了，要改邪归正。这种游戏性教育说理令人笑不可止，俗趣飞溅，用词虽不雅，但所含之理却不谬，话糙理不糙，并非单纯的无聊博笑。目的是彰善挞丑，匡正人心，有一定的道德训诫力量。

4.情理交融美

小说中，理是思想，趣是艺术。有理无趣，则枯燥乏味；有趣无理，则失于浅薄无聊打趣。要想使理生趣，离不开情，纯粹的说理是不能引起人们的美感的。没有情，理不会感人；没有理，情也不会深刻。"任何审美对象的理，总是伴随情感的理，是情感包裹的内在逻辑和规律。情理交至而生理趣，情与理、情感与规律的融合，方能给人一种以哲理启迪为中心的美感享受，这也就是我国古代文论家所说的，'抒情以人理'、'情惬则理在其中'。"[17]《聊斋志异》所表达的理不是生硬的理，无论是故事所蕴含的理，还是直接说的理都是充满强烈的情，或喜或憎或讽或嘲，丰富的情充溢其中，具有丰富的感情色彩。有些小说是生动逼真诙谐的描摹叙事与委婉说理评判相结合。生动逼真诙谐的描摹手法写出鲜活新奇的形象，既有理性因素又有浓烈的情趣。《潍水狐》揪住"驴"字大做文章，其"异史氏曰"："驴之为物庞然也。一怒则蹄趺嗥嘶，眼大于盎，气粗于牛；不惟声难闻，状亦难见。倘执束刍而诱之，则帖耳辑首，喜受羁勒矣。以此居民上，宜其饮粝而亦醉也。愿临民者，以驴为戒，而求齿于狐，则德日进矣。"这段话有描写有品评，先用漫画笔法，写出驴形、驴状、驴声、驴态、驴性，描绘生动逼真，通过驴性写官性，成了官性的绝妙画像。理寓其中，说贪官像驴一样,心愿未遂时暴跳如雷;受贿于人时,帖耳揾首。叙述亦庄亦谐,鄙夷嘲讽之情喷涌。结尾是劝说,告诫官吏们,要以驴为戒,是婉转说理,是要官吏以驴为镜,告诉官吏要脱离驴性。这一委婉劝说辛辣至极,有趣至极。作者的绝妙的描绘和评判是把官吏与驴紧紧地捆绑在一起,使其无法挣脱,成为了怪物——"驴官"。巧妙地骂煞当权者。读者感受到作者绘驴形的盎然情趣,和深深领悟了驴性的绝妙理趣,委婉说理评判有趣又犀利、深刻辛辣,比直说道理的力量要强百倍、千倍,情趣与理趣的高度交融,能增添读者阅读的乐趣。《司文郎》的盲僧鼻嗅文章的情节最令人津津乐道,用超常的奇思妙想,达到了情趣与理趣交融美的最高境界。文中对盲僧鼻嗅所焚余杭生师文章的气味的感受的描述绘声绘色,声情并茂,活灵活现:"生焚之,每一首,都言非是;至第六篇,忽向壁大呕,下气如雷。众皆粲然。僧拭目向生(余杭生)曰'此真汝师也! 初不知而骤嗅之,刺于鼻,棘于腹,膀胱所不能容,直自下部出矣!'"堪称讽刺喜剧的极品。让人有新奇感、惊讶感。盲僧在叙述闻到所焚烧文章气味的感受,从鼻子进去、在腹内各部分游走的过程,直到从肛门排出来,说得逼真活现,使人感同身受,其饱受折磨的表情、痛苦的声音,呕吐之状及臀部排出雷鸣般的浊气之声的情景如在目前,如闻其声,令人喷饭! 这诙谐的叙述,同时在侧面说理。最形象地表现了劣质的狗屁文章给人带来的污染和刺激。盲僧如雷的排气声堪称"千古一屁",不是因他吃了腐败的东西,而是腐败文化所致,是昏聩试官才能最形象的写照。作者用奇特、新鲜而有趣的想象和夸张,对讽刺形象尽情地嘲讪戏谑,浓烈的情趣中含有理趣。可谓亦情亦理亦趣,随后盲僧对试官评文水平的评判也是婉说,"仆虽盲于目,而不盲于鼻,帘中人并鼻盲矣"。诙谐新奇,奇绝,妙绝,有愤激、有嬉笑、有嘲讽,是世间的最绝妙的评语,对试官的昏聩荒谬揭露得淋漓尽致。鞭挞得入骨见血。理中有情,理中有趣。达到情趣与理趣融合的极致美,小说说理的生动性,增强了讽刺的风趣成分,情使理具有强烈的感染力,给人最强烈的高层次的审美享受,产生使人久久难忘的艺术魅力。

参考文献:

[1] 张少康.诗文鉴赏方法二十讲[M].北京:中华书局,1986:94.

[2] 胡建次.论理趣[J].西北民族大学学报(哲学社会科学版),2004(1):130.

[3]　〔法〕戈德马尔.小说是让人发现事物的模糊性——昆德拉访谈录(1984 年 2 月)
　　　[M]//小说的艺术.谭立德译.北京:社会科学文献出版社,1999:81.

[4]　郑春元.谈《聊斋志异》中的趣语[J].郧阳师范高等专科学校学报,2001(1):41.

[5]　金艳霞.论《红楼梦》中的理与趣[J].甘肃联合大学学报(社会科学版),2010(1):57.

[6]　盛夏.略论《聊斋志异》的"异史氏曰"[J].丽水师专学报,1984(1):27.

[7]　王恒展.《聊斋志异·画皮》本事考补[J].蒲松龄研究,2012(1):37.

[8]　刘敬圻.《聊斋》名篇摭谈[J].明清小说研究,1994(1):129.

19]　柏杨.爱情是相对的[DB\OL].小说网,2008-05-04.

[10]　于天池.以俗情明道理——析《聊斋志异·恒娘》[J].蒲松龄研究,2000(纪念专
　　　号):95.

[11]　马瑞芳.马瑞芳说聊斋[M].北京:作家出版社,2007:54.

[12]　〔德〕伽达默尔.真理与方法[M].上海:上海译文出版社,1999:383.

[13]　张许文.解读《画皮》[J].蒲松龄研究,2010(1):73.

[14]　林植峰.《聊斋》艺术的魅力[M].上海:学林出版社,1995:91.

[15]　陈炳熙.聊斋境界[M].长沙:湖南美术出版社,2003:211.

[16]　陈蒲清.中国古代寓言史[M].长沙:湖南教育出版社,1983:273.

[17]　张宏梁.论理趣[J].扬州师院学报(社会科学版),1994(4):70.

《聊斋志异》狐鬼仙怪异人形象的情趣美

志怪小说诞生以来,多以狐鬼仙怪异人为描写对象,这类题材源远流长,出现了无数的狐鬼仙怪异人形象。但只有《聊斋志异》的狐鬼仙怪异人形象达到最高的艺术境界,创造出完美神奇的狐鬼仙怪形象,产生当时及后来同类作品难以企及的艺术魅力。因而《聊斋志异》问世以来风行天下,万口传诵,一直受到无数读者的喜爱。郭沫若评价《聊斋志异》说:"写鬼写妖高人一等,刺贪刺虐入木三分。"鲁迅评价《聊斋志异》中的狐鬼花妖形象云:"独于详尽之外,示以平常,使花妖狐魅,多具人情,和易可亲,忘为异类,而又偶见鹘突,知复非人。"[1] 是说狐鬼花妖形象的特点,似人非人,亦真亦幻,因而魅力无限。我们再深入考察狐鬼形象魅力原因,还有非常重要的一点,就是狐鬼仙怪异人形象充满趣味性,有丰富的情趣。有了情趣,艺术作品才有吸引力、诱惑力,妙趣横生,引人入胜。

情趣,是情调趣味。情趣是情与趣的有机统一体,趣是文学魅力的重要因素,是鲜活的审美吸引力。情趣是一种美,朱光潜认为美就是情趣的表现。他说:"情趣与意象恰相契合,就是艺术,就是表现,也就是美。"[2] 中国从明代起一些学者很重视艺术情趣在文学创作中的重要地位。明人李贽说"天下文章,当以趣为第一。"[3] 李渔提倡唱词要"重机趣",他认为:"机者,传奇之精神,趣者,传奇之风致;少此二物,则如泥人土马,有生形而无生气。"[4] 清代学者黄周星说:"今人遇情境之可喜者,辄曰'有趣,有趣,则一切语言文字,未有无趣而可以感人者。"[5] 可见文学的本质和作用最主要的就是趣味。艺术大师曹雪芹在写作《红楼梦》时宣称,要写得"深有趣味""适趣解闷"(见庚辰本《石头记》第一回)。脂砚斋在他对该书的批语中,也一再称赞"处处是世情作趣""触处成趣""有趣之至"。他们都把情趣美归结为文学魅力的重要要素,说明文学的审美性与趣味性是密不可分的。蒲松龄是一天性幽默风趣之人,性格"蕴藉诙谐,一着纸而解人颐"(蒲箬《清故显考岁进士候选儒学训导柳泉公行述》)。
《聊斋志异》创作有"自娱娱人的心理",常"以文为戏",用"游戏笔墨",有较多
的"诙谐调笑"内容[6],因而《聊斋志异》的一个重要特点是"寓赏罚于嬉笑",[7]
说明蒲松龄对情趣美的不懈追求。《聊斋志异》是一部十分注重"趣味"的小
说,表现出十分独特的情趣之美。如有论者所言:"情趣是《聊斋志异》的一个
十分重要的艺术特质,是小说人物之间的一种独特的审美内涵。"[8]

《聊斋志异》的鬼狐仙怪异人形象是情趣生成重要的因素。情趣美主要体
现在狐鬼仙怪异人形象身上。英国经验主义美学家爱迪生在《论洛克的巧智
的定义》中说:"凡是新的不平常的东西都能在想象中引起一种乐趣,因为这
种东西使心灵感到一种愉快的惊奇,满足它的好奇心,使它得到它原来不曾
有过的一种观念。"[9] 还有论者指出:情趣生成指一种有意味、有意思、有新奇
感的美,指一种有趣的美,引人生"趣"的东西,在审美表现上一般都具有新颖
生动的特征,蕴含艺术陌生化审美机制。趣会产生鲜活的审美吸引力,有趣的
对象往往是形象生动、反常合道和丰富多样的[10]。"'趣'是机智、机灵、活泼、
天真,具有自由品性、游戏精神,不拘滞任何现成观念与功利的表现;或者说,
它是以游戏(而非严正)的态度、摇曳的姿韵、天真的格调打破规范、格套、俗
情,从而表现出来的新鲜活力和自由创造。"[11] 马瑞芳指出:"小说中的情趣很
多时候都是虚构生成的。"[12] 上述说法对我们探寻《聊斋志异》形象情趣美的
生成有相当重要的启示。《聊斋志异》所描写的狐鬼仙怪异人在他们身上或隐
或显、程度不等地表现出不同情趣,形成赏心悦目的情趣美,增强了作品的娱
乐性,产生了独特的情趣魅力、无比丰富的美感魅力和无穷的艺术生命力。

下面对《聊斋志异》中各类形象所表现的情趣美进行探析。

一、狐趣之美

在《聊斋志异》的精怪形象中,狐精是一大门类,有数十个之多。这些狐精
大致可以分为崇人害人之狐,亦正亦邪之狐,风情之狐,与人为善之狐。蒲松
龄对于善良助人的狐女有着一种偏爱,将其称为狐仙。她们个个风情万种,个
性鲜明,形象多姿多彩,形象最生动,性情最丰满。她们有天仙一般的美貌,多
是"美狐",招人喜爱。她们中有侠肝义胆的红玉,勇于反抗的鸦头,天真烂漫

的婴宁,智勇率真慧黠过人的小翠,脱人困厄、自我牺牲的辛十四娘,品德高尚、秀婉宽宏重情重义的莲香,柔骨侠情有高超医术的娇娜,反抗势利以倩影来督促爱人读书上进的凤仙,多次救人危难多情无私的舜华,善良温婉重恩义的青凤,乐于成人之美的阿绣。这些狐精是《聊斋志异》中最具魅力的新奇独特的艺术形象,几乎每一位狐女都具有自己独特的个性特征,形成最有魅力的女性形象系列。她们有异于常人的神秘力量和法术,比人世间的女子更具有女性的柔美;她们较之仙女、鬼女、人间女子更多了一份独特的魅力,在性格方面或慧黠、或机敏、或滑稽、或诙谐,或幽默、或怪异、或天真、或痴癫,或荒唐、或巧言、或奇思、或悖理,因而产生丰富的情趣,表现了多姿多彩的情趣美,带给人不同的审美享受。

1.率真之趣

率真,是对性格不加掩饰的表现,是人的真性、真情、自然本性的表露。封建社会中妇女依附于男人,地位低下,世俗礼教"闺训"对女性有严格束缚,要求女子娴静、矜持,"目不斜视,笑不露齿",出入要端庄稳重持礼,不能轻浮随便。女子往往因礼教的约束而形成了含蓄内向的性格特征,低眉顺眼,唯唯诺诺,毫无生气,已近乎木偶。《聊斋志异》中的狐女恰恰与此相反,她们没受过世俗社会的污染,具有一种与世俗女子截然不同的性情,行为完全是反世俗、超世俗的。狐女小翠(《小翠》)嫁到王家,完全不知闺中少妇的规矩,没有把什么"儒家四德"放在眼里,根本不去操作什么"女红"。她就是天真活泼的孩子,爱玩耍嬉戏,玩出很多花样,整天乐呵呵的,什么玩笑都敢开,全然不顾礼节。她用花布缝制成圆球踢球取乐,让公子及婢女汗流浃背地追逐奔跃。一日圆球竟然飞到公公的面门,夫人责备小翠时,她也不介意,低头微笑着,用手指在床沿划来划去,还玩小动作,然后"憨跳"如故。踢球闯祸之后,不能在外面疯玩,改在室内游戏。她发明了各种新奇好玩的游戏,"以脂粉涂公子作花面如鬼","女阖庭户,复装公子作霸王,作沙漠人;已乃艳服,束细腰,婆娑作帐下舞;或髻插雉尾,拨琵琶,丁丁缕缕然,喧笑一室,日以为常"。她这种无拘无束的尽情嬉闹,表现出孩童般爱疯爱闹的天性,天真无邪的率真美。狐女婴宁(《婴宁》)性格与小翠相近,一直生活在远离人类社会的山野中,养成了天真、纯洁、活泼的天性,犹如一朵盛开在山野有旺盛生命力的山花,身上具有乡野清新气息的自然之美:妩媚多姿,天真烂漫,娇憨活泼,纯洁可爱,乐观开朗,无拘无束。她的行动举止一任天性,没有任何伪饰。生活中充满笑声,笑得千姿百态,有捻花而笑、倚树狂笑、掩口犹笑、莞尔微笑、纵声朗笑、孜孜憨笑……笑来笑去,笑是她生活的主旋律。如果说林黛玉是世上最爱哭的女子,那么婴宁就是世上最爱笑的女子了,可以称得上古代小说中绝无仅有的一位"笑仙"。她与人交往中也表现天真率性,头脑中没有任何人世规范的概念,不拘礼节,不讲什么封建礼仪。在陌生男子面前不羞涩,不忸怩作态,不假模假样,大方开朗。在王生对其注目不移之时,她笑骂王生"个儿郎目灼灼似贼",之后便遗下梅花,嫣然一笑自去。甚至在长辈、生人、男子面前也敢随心所欲地哈哈大笑。就连拜堂成亲也无法按正常程序进行下去,只好作罢。她单纯天真,近乎痴憨,对人情世事了解不多,分不清亲戚之爱与夫妻之爱,讲出许多令人喷饭的趣语。如果说《狐谐》中的狐娘子是以谐语生趣,那么婴宁则是以率真的天性生趣。她笑得有趣,动作有趣,可以像野小子一样爬到树上摘花。语言有趣,与王生关于爱的对话,句句令人捧腹。在她身上完美地保持着人类活泼的自由天性与率真,表现了充满生机的天性之趣与天性之美,是《聊斋志异》中最有趣的形象之一。

2.巧计之趣

很多狐女足智多谋,冰雪聪明,善于用巧计解决生活中的难题,具有令人惊叹的才智美。《三国演义》中的计策大都在密室中谋划,安排得力的人去实施,非常郑重其事,而《聊斋志异》中狐女的计策则带有很强的游戏性,如同儿戏。狐女小翠(《小翠》)嫁到王家后,得知王给谏要对公爹图谋陷害,就用奇诡计谋破除公爹政敌的加害,最后彻底扳倒政敌。她的较量对象是朝廷高官,她无法进入朝堂,与公公的政敌较量有极大的难度,但她用孩童游戏的可笑方法就轻松地捉弄斗败了对手。她既是计策的制定者,又是具体的实施者。第一次是她亲自出马假扮冢宰,靠的是她高超的化妆技术和演技;第二次是让傻丈夫假扮皇帝,靠的是扮演皇帝的行头——皇冠、龙袍的高度逼真。对手见过这些真实的东西,如果不逼真就不会上当。她实施奇计先做好充分的铺垫和预演。她与傻丈夫整天嬉闹不止,给人一个"癫妇痴儿"的印象,即便做出什么出格的事情人们也不会在意,有利于后面行动的实施。她和自己的傻丈夫一会儿装扮成西楚霸王、虞姬,玩"霸王别姬";一会儿扮匈奴人、王昭君,玩"昭君出塞",是为后来假扮冢宰做准备。实施假扮冢宰的巧计时,她剪了白丝贴到嘴上做浓密的胡须,扮成当朝权倾一时的冢宰模样,好似小孩玩的把戏,既天真又滑稽。让两婢女扮作"虞候",跨马走过王给谏门前,大事张扬:"我谒侍御王,宁谒给谏王耶!"向王给谏传递信息。她以神奇的化妆术和演技,演得天衣无缝,使得王给谏相信冢宰与王侍御家的关系亲密,打消了陷害王侍御的念头。在冢宰失势去职后,王给谏抓住王侍御一个把柄,以此上门要挟王侍御拿出"万金"。小翠趁此机会,巧设机关,诱敌上当。把假穿龙袍假扮为皇帝的公子从门内推出,直接推到王给谏面前,故意让王给谏看见元丰穿戴的皇帝的服饰,给王给谏创造一个诬告的机会。王给谏果然喜滋滋兴高采烈地上当,见了王元丰身上的皇冠和龙袍如获至宝,哄他脱下皇帝的服冕,拿着此物急忙向皇帝去告发。皇帝看了王给谏交来的物证,竟然是高粱秸做成皇冠,黄袍是破包袱皮。皇帝派人到王元丰的四邻调查,都证明他们两口子是傻子和癫妇。皇帝怒其诬告,将王给谏充军云南。王给谏栽赃陷害王太常的阴谋非但没有得逞,反而自招其祸。小翠以癫痴玩笑的方式挫败了诬告陷害王家的宿敌,她的做法并非像政治家那样"运筹帷幄之中,决胜千里之外",而是在街上和家中的嬉笑玩闹中完成的,可以称为趣味倒敌法。狐仙舜华(《张鸿渐》)为试探书生张鸿渐对己是否真心,用的巧计也很有趣,类似小翠假扮别人的方法。在张鸿渐要她帮忙送自己回家看看时,她与张开了个玩笑,幻化出了张家中的景象,自己幻化成张的发妻方氏,把竹夫人幻化为张的儿子。她使张鸿渐轻而易举地就回到家里,幻化的方氏在与张亲热时说:"君有佳偶,想不复念孤衾中有零涕人矣!"这种试探,使张鸿渐不得不吐露真情:"不念,胡以来也?我与彼虽云情好,终非同类;独其恩义难忘耳。"是说他对妻子的想念是出于真正的爱情,而对舜华的感情却仅仅是出于感恩。舜华这时立即现出本相,弄得张鸿渐顿时傻了眼,十分惭愧。这种幻化的试探方法很有心计,趣味无穷。

3.宝物之趣

《聊斋志异》中的狐女大都有超人的法术,有非常神奇的宝物。这些宝物与一些神魔小说中的宝物不同,《西游记》中的宝物主要是武器,用于打仗,如太上老君的金刚琢,孙悟空的如意金箍棒,大鹏雕的阴阳二气瓶等。《聊斋志异》中狐女的宝物是生活用品,不是用于制服人,而是用于助人。她们主要生活是居家过日子,她们的宝物用于解决生活中的难题。这些宝物的功能很有妙趣,使用的方法也很有奇趣。《凤仙》中的狐女凤仙,在家宴上因夫婿卑贱受冷落,拂袖而去,给丈夫刘赤水一面镜子,这面宝镜不是用来照妖,也不同于《红楼梦》中的出现骷髅形象的"风月宝鉴"用于警告,而是用于情感激励。凡夫婿刻苦读书时,就可在镜中看见凤仙的正面,盈盈欲笑;每当废学,镜中凤仙便惨然若涕,以背之。其后夫婿中榜,凤仙翩然从镜中下来团聚。宝镜的作用主要是传达凤仙对丈夫的殷殷企盼之情,因其读书态度不同而表现的悲喜之情不同。宝镜并不能显现考题和答案,也并非能提高其智商,无法让丈夫轻而易举考中,想登科还需自己努力。宝镜好像是监视器,起督促激励作用,治好了刘赤水的"厌学症"。宝镜另外的神奇有趣的功能是穿越功能。刘赤水中举,凤仙马上从镜中现身,夫妻团聚。宝镜传递情感的神奇教育激励功能,在古代小说的宝物中是绝无仅有的,堪称千古之奇,具有奇情妙趣。《武孝廉》中的狐女的药丸也是奇妙的宝物。石某在赴京途中重病卧舟,奴仆携金逃亡,资粮乏绝。狐女用一丹丸治好了石某,石某发誓不会忘记她的恩情。狐女出金让石某进京求官,石某得官后,嫌弃狐女年老色衰,另娶她人为妇,对找寻而来的狐女拒而不见。最后,当狐女醉酒露出原形时,石某竟然想把她杀了。狐女一气之下毅然决然用仙术索回了当年救他性命的丹丸,负心的石某最终因病去世。这丸药太神奇了,一是有奇效,药到马上病除,以少胜多,一丸就解决问题;二是固定在石某腹中,不消化,不消失,还时时发挥作用;三是此丹丸好像寄存在石某体内的一个物品,随时听从调遣,一旦发现石某变心恩将仇报,立即把药提取出来,并且完好如初。《西游记》中太上老君的金丹被孙悟空吃了,太上老君就干瞪眼无法取出。狐女这丹丸比太上老君的金丹神奇有趣多了,既能治病,又能惩治忘恩负义的恶人,特别有趣味。

4.应对之趣

《聊斋志异》中狐女的神异之处是都有过人的才学和智慧,她们有的才华横溢、能诗会词,有的言辞犀利、幽默诙谐。《狐谐》中的几个轻薄文人以为自己很有才学,不断戏谑狐娘子,拿她寻开心。狐娘子不仅美貌可人,而且风趣善谑。她机智应对,与浅薄书生唇枪舌剑斗智斗口,出语精警,妙语连珠。玩文字游戏水平高超,骂无聊之客酣畅淋漓。她与浅薄书生的几个回合的较量,表现出三个特点:其一,反击迅速,应对机智。在孙得言说对狐娘子相思,她马上说你是想为你老祖母画一幅行乐图吗?接着又借讲狐典用一个故事进行后续式漂亮的再次回击,说戏弄她的人是狐孙子,令拿她开玩笑的人颜面大失。其二,巧妙利用自嘲,讲故事时绕着弯儿骂人,众人听得入神时,她在不经意间巧妙地骂到挑衅者头上。狐女讲一个骂狐的故事:"从前,有个大臣,出使红毛国。这个大臣戴一顶狐皮帽子去见国王。国王见了帽子很惊奇,问:'这是什么皮?皮毛这样厚实温暖?'大臣告诉他是狐皮。国王说:'这种东西,我生平从没听说过。那狐字怎么写?'大臣在空中用手比划着说:'右边是一大瓜,左边是一小犬!'"在座的人哄堂大笑。狐娘子的故事无比巧妙地把坐在她左右的人奚落了一通,说他们一个是大傻瓜,一个是小狗。其三,奇思妙对,反击有力。狐女笑骂中随机应变,语言亦雅亦俗,生动有趣。备受狐娘子嘲弄的孙得言不甘失败,又出一个很刁钻带有侮辱性的上联"妓女出门访情人,来时'万福',去时'万福'",狐娘子巧妙地对出了下联"龙王下诏求直谏,鳖也'得言',龟也'得言'"。孙得言说万福是妓女,狐娘子说孙得言是下等低贱的水中兽类。对仗工稳,令人捧腹,像打排球一样一下将其"扣死",使其再无反唇余地。本来洋洋得意的孙得言闻后狼狈不堪而又无可奈何。"这种才情美是在人间女子及其他异类女性身上所表现不出来的,在口舌玩笑中尽情表现自己的聪明才智,将秀才名士戏弄于自己的股掌之间,使人忍俊不禁。"[13]《狐联》中两个聪明狡黠的狐女联语的才能也非同一般,她们不是与男子斗口,而是欲与焦生同欢,焦生不解风情,她们给焦生出一上联"戊戌同体,腹中只欠一点",自命清高的所谓名士焦生却无法对上,她们代为对下联"己巳连踪,足下何不双挑?"幽了他一默一笑而去。

5.闺中戏语之趣

《聊斋志异》中的狐精有些是独自飘荡,但很多狐精是有家庭的,兄弟姐妹生活在一起,如青凤(《青凤》)、凤仙(《凤仙》)、娇娜(《娇娜》)、狐家姐妹(《狐梦》)。狐精的家庭有丰富的人情味,姐妹间常常打趣嬉戏,家庭中常常洋溢喜悦的浪花,荡漾出多番情趣。《狐梦》中写胡家四姐妹聚会的酒宴间姐妹的戏谑。宴会上性格最为开朗的二娘子一直对三娘子夫妇进行多方戏谑取笑:见面戏问新婚性爱如何?"妹子已破瓜矣,新郎颇如意否?"然后抓住毕公子的胡子和体态大做文章,因毕多髭,胡子又多又硬,好像张飞的胡子。她在回忆姊妹之情,叙说那些饶有风趣的往事,对三娘子打趣:"记儿时与妹相扑为戏,妹畏人数胁骨,遥呵手指,即笑不可耐。便怒我,谓我当嫁燋侥国小王子。我谓婢子他日嫁多髭郎,刺破小吻,今果然矣。"继而她又笑话毕公子体态很肥,四妹坐在她膝上,她又说:"婢子许大,身如百钧重,我脆弱不堪。既欲见姊丈,姊丈故壮伟,肥膝耐坐。"还说:"小妹子归休!压杀郎君,恐三姊怨人。"还不忘捎带三娘子。她每出一语,必有谐趣。当二娘子设计劝毕生酒时,三娘子则在旁提醒:"勿为奸人所算。"二娘子笑她护夫:"何预汝事!三日郎君,便如许亲爱耶!"她成为这场姐妹嬉戏的主角。她是调笑型人物,时时揶揄他人,戏语成趣,弄得满堂情趣四溅。稳重的大娘子虽非戏语,也很有情趣。当二娘子戏谑三娘子时,她则提醒责怪二娘子:"无怪三娘子怒詈也!新郎在侧,直尔憨跳!"劝告她不要胡闹过火。四妹戏弄猫,大娘子则提醒她:"尚不抛却,抱走蚤虱矣!"是人间家庭主妇的口吻,很有生活趣味,韵味隽永,趣味盎然。冯镇峦、但明伦评点狐女二娘子话语幽默有趣,"闺房戏谑,都成隽语""喁喁小语,戏而成趣。"[14]《娇娜》中的娇娜也有对姐姐孩子的戏谑之语,松娘与孔生结婚生子后与娇娜相见,娇娜"抱生子掇提而弄曰:'姊姊乱吾种矣。'"调笑姐姐松娘与孔生的人狐结合,所生的孩子小宦已不是纯粹的狐而是半人半狐了,用百姓的俗语就是"窜种"了。小说的趣味性得到了很大的增强,带给人轻松快乐的审美愉悦。

6.滑稽行为之趣

前面所谈是善良狐女形象的情趣,有些品行亦正亦邪的狐男的不光彩的行为也很有趣。《胡氏》中狐精变成的秀才,向东家之女求婚,东家未允,心中不满,自恃有法力就发动狐兵兴师动众前去报复,人狐之间展开一场有趣的战争。东家反击打退狐兵,发现狐兵弃下的刀枪却是高粱叶子。在东家翁上厕所时,狐兵张弓搭箭又来袭击,乱箭齐发,都射到了主人屁股上,使主人的屁股变成刺猬、豪猪。众人打退狐兵后,主人把射在臀部的箭拔下来一看,箭都是蒿子杆儿做的。主人的臀伤虽然不重,但这种无赖行为很可恶,令人既可气又好笑。后来主人说服狐精放弃求婚,狐精还以妹子许配给东家之子了。求婚不成,反倒"赔了夫人又折兵"。狐精虚张声势,演了一场可笑的闹剧。《青凤》中的狐叟为阻止耿生与青凤的爱情,把脸弄得黑漆漆的披头散发扮作厉鬼吓唬耿生。被吓者耿生却毫不害怕,竟然用手指蘸着墨汁涂黑自己的脸,目光灼灼地和鬼对视,两个假扮的鬼四目相瞪,出现非常可笑的喜剧场景。狐叟见此法未奏效很羞惭地走了。上面两个男狐精为达目的用自以为有效的可笑方法吓唬对方,行为滑稽,富有滑稽美,他们的滑稽行为给读者带来了乐趣。

二、鬼趣之美

　　《聊斋志异》中写鬼的故事有100余篇,写了形形色色各种类型的鬼:善鬼、恶鬼、男鬼、女鬼、老鬼、幼鬼、强鬼、弱鬼、美鬼、丑鬼,文雅的鬼、粗豪的鬼,地位高的鬼、地位卑贱的鬼,堪称写鬼之集大成者。从鬼的行为来看,《聊斋志异》中有追求爱情的鬼,行善助人的鬼,成神的鬼,感恩图报的鬼,勇于复仇的鬼,痴迷于某事的鬼以及害人的鬼。这些鬼有着人的非常强烈的生活欲求,在他们身上发生了人世间所没有的神奇有趣之事。蒲松龄写鬼高人一等,就高在把世间不存在的鬼写活了,写鬼具有人的情感、人的思维方式,还有与人相同的形体。蒲松龄用鬼故事写各种世情、人情和爱情,写出了鬼性、鬼情、鬼的情趣。《聊斋志异》的鬼趣美主要表现在以下几个方面。

1.诡异之趣

　　鬼的诡异之趣来源于鬼的诡异性,有一种诡异之美。鬼是人死后所变,鬼是人死后形魄的延续,是人的另一种存在方式。鬼有奇幻、怪异、神秘的特征,主要活动在阴间,一般在夜晚出现在荒郊野外、古墓、废宅。鬼没有像人一样的实体,是一个虚体,有形无质。身体很轻行动虚飘,畏惧阳光、火焰、身体冰凉,没有影子。行走不受时空限制,飘忽不定,可以在任何地方出现和消失。《连琐》中连琐的出场是"有女子珊珊自草中出","杨微嗽,女忽入荒草而没","方坐,忽见丽者自外来","拉坐,瘦怯凝寒,若不胜衣"。张生抱女鬼行走时"如抱婴儿,殊不重累"(《鲁公女》)。《莲香》中的女鬼李氏的活动像一股青烟,"随风漾泊……昼凭草木,夜则信足浮沉"。《伍秋月》中写伍秋月借梦与王鼎欢合,"飘忽若风",有一种飘逸的美。鬼的这种特殊的形态使他们的行动神出鬼没。鬼还有人所没有的本领,具有神秘的超人本领。《莲香》中的李氏女在桑生一夕独坐之时翩然而入,以绣鞋为信,桑生每出此履,李氏就应念而至。"李听鸡鸣,彷徨别去"。《鲁公女》中,"一夕,挑灯夜读,忽举首,则女子含笑立灯下"。《湘裙》中的湘裙"裂纸作数画若符"就将鬼女威灵仙招至。女鬼连锁(《连锁》)在阴间被一龌龊鬼所逼,求救于杨于畏,把杨于畏与其友一起招入自己梦中,来到阴间共同杀死了欺压自己的龌龊鬼。鬼的神秘莫测,扑朔迷离,又蕴含一种怪异的虚幻美,读者能获得一种奇异的美感,越是诡异的东西越能引起人们的好奇心,越想探个究竟;越是不同于寻常的东西,越能引起人的兴趣。王充《论衡·奇怪篇》曰:"世好奇怪,古今同情。"

2.野性之趣

《聊斋志异》中的很多鬼表现出浓浓的野趣。野是指的野性,不驯服之意,性格活泼,行为出格。野趣与雅趣相对,野趣即为野性之趣,雅趣是文雅之趣。鬼生活在阴间,在另一个世界。鬼脱离了阳间封建礼教的束缚,不遵守什么礼仪规范,是另一种形式的人。在鬼身上,人的最自然的本性得到发展,他们来到阳间与人交往时,与现实中人的行为大异,天真活泼,任情所为,无所顾忌,没有一丝礼教的陈腐气息,无一毫闺秀的矜持,表现出最鲜活的野性和野趣。漂亮的女鬼小谢、秋容(《小谢》)对进入自己居所的陌生男子陶生,毫无顾忌地嬉戏捉弄。秋容"翘一足踹生腹",小谢则掩嘴而笑,用左手去捋陶生的胡须,而右手轻拍其脸颊,啪啪作响。陶生骤起,叱曰:"鬼物敢尔!"二女骇奔而散。半夜时分又用细物穿陶生的鼻子,弄得他奇痒大嚏,"生暴起呵之,飘窜而去。"既寝,又穿其耳。她们的调戏很放肆,粗野,陶生被弄得火冒三丈,但又捉不住她们,只能大骂。她们和陶生嬉闹时,显现出一种鲜活的野性、野趣,表现出别具乡野清新气息的自然之美。她们在语言上对陶生戏谑也未脱野性,给陶生送饭时,说:"饭中溲合砒、鸩。"陶生问她们身世,小谢反问:"作嫁娶耶?"也是充满野性的戏谑和打趣。显现了人类活泼的自由天性与野性。这些行为使故事摇曳生姿、鬼趣洋溢、妙趣迭出。

3.戏谑之趣

《聊斋志异》中的很多鬼对可笑、可悲、可鄙、荒唐悖谬之人进行嘲讽,这些鬼有很高的才学情趣,用戏谑的方式来对可鄙的对象进行讽刺,他们是戏谑的高手,把讽诫性与娱乐性结合起来,用令人解颐的调笑、逗趣、幽默的方式来戏谑所要讽刺的对象。很多鬼常常讲出诙谐多情、陶神怡性的谑语,非常诙谐俏皮、犀利,妙趣横生。

《聊斋志异》中鬼嘲讽的对象都是人间的荒唐之人。他们的戏谑方式之一是把对方的荒谬言辞集中起来重新组合,对嘲讽对象进行戏谑讽刺。《嘉平公子》的鬼妓温姬被风仪秀美的嘉平公子所吸引,便主动向公子求爱,愿侍奉终生。后温姬看到了公子写的"谕仆帖"中竟然把"可恨"写成"可浪","花椒"写成"花菽","生姜"为"生江",错别字连篇,无法卒读。为此温姬写下了打油诗一首:"何事'可浪','花菽生江',有婿如此,不如为娼!"调侃一番飘然而去。温姬把白字先生的错字重新组合之后,原来没有任何联系的错字错词组合入诗就发生了语义关联和因果联系,"花淑生江"很"可浪",生出谐趣,用前面错字词语嘲笑后面的错字词语。然后是对其所做的评语,对其徒有其表的大草包给出价值定位,做出弃其"为婿"而重新"为娼"的选择。这种"集谬再现"使可笑错字更为可笑。这一诙谐滑稽的打油诗还起到后续性的嘲讽效果,"公子虽愧恨,犹不知所题,折贴示仆。闻者传为笑谈。"由鬼对他的嘲笑还引发了人对他的嘲笑,增加了讽刺嘲笑的深度,增强了趣味性。《司札吏》中的司札吏也非常善用"集谬再现"的方法。该篇说游击官某,狂暴无理,有好多荒谬的忌讳词:不能说"年"讳作"岁","生"喊作"硬","马"叫作"大驴",还忌讳"败"字,改叫"胜","安"叫作"放"。司札吏由于一时用语疏忽,竟被游击官用砚台打死。司札吏成鬼后,送来一封信,说"马子安来拜",而写的却是:"岁家眷硬大驴子放胜",把他的忌语巧妙地连接起来。这种集谬组合更增加了某游击官忌语的荒谬和可笑,生出新意,趣味更浓。山东土俗称驴马阳物为"胜",是说某游击官是大驴的阳物,这是一种非常巧妙地"以其人之道还治其人之身",司札吏对某游击官的荒谬行为没有一个字的评论,只是把某游击官的谬语连起来奉还给他。这种十分俏皮的方式尖锐地嘲弄了这个"暴谬之夫",估计这个游击官见了这荒谬语的集合之句会把鼻子气歪!这种有奇趣的嘲笑令人拍手称快。《聊斋志异》中鬼的另一种戏谑方式是非常夸张地述说自身的某种特殊的感受。人们一般嘲弄劣质文章是说其"狗屁不通",如仙女绿云说王勉诗是"狗腚响唰巴"。《司文郎》没说劣质文章为"狗屁不通",而是另辟蹊径,让劣质文章的作用使受害者的"人屁急通"或者"鬼屁急通"。《司文郎》中为鬼的盲僧,有用鼻子闻焚化文章纸灰的气味就能辨文之优劣的特异功能,当他闻到好文章焚化的味道就感到特别舒服,闻到劣质文章所焚化的气味就感到胸腹之中有翻江倒海般的难受,不可承受。他闻了一主考官的文章焚化的气味的反应是:"生焚之,每一首,都言非是;至第六篇,忽向壁大呕,下气如雷。众皆粲然。僧拭目向生(余杭生)曰:'此真汝师也!初不知而骤嗅之,刺于鼻,棘于腹,膀胱所不能容,直自下部出矣!'"他描述了气味入鼻到腹、再到膀胱、最后到肛门的流走过程,惟妙惟肖地讲了气味对身体各部位无比强烈的不良刺激,以及身体各部位对这一气味的排异反应和驱赶,使这种气味迅速化为如雷鸣一般的臭屁迅速排出体外，这一描绘之语再加之盲僧现场的雷鸣一般的屁声，相映成趣。估计盲僧所闻到的味道是臭辣酸俱全，才能快速化作臭屁排出。这一嘲谑太辛辣了，也太好笑了。可以使人笑出眼泪。主考官的水平已不言自明了，有眼无珠，连瞎子都不如！嘲讽也达于极致。如果说"狗屁不通"这种断语式的说法人们还是感到有些抽象，而盲僧的描摹自身感受之语太形象了，读者会感同身受。其讽刺之力达到无以复加的程度，达到天下嘲戏的最高水平。"真是奇思妙想，奇情奇趣，奇绝妙绝。"[15]

4.助人妙趣

《聊斋志异》中很多善良的鬼有浓浓的人情味。他们亦人亦鬼，通晓人情世故，有情有义，对人对鬼都有极好的心肠。他们尽自己所能帮助他人，不是用人的方法，而是鬼的方法，奇妙有趣。女鬼宦娘（《宦娘》）是一个非常聪明的雅致之鬼，感念温如春之情，想促成温如春与葛良工的婚姻，但当时此事有非常大的难度：葛父因温家境贫寒拒绝把葛良工嫁给温如春，宦娘不能去找葛父劝说他同意这门婚事。她针对葛父势利、专制、重名誉的性格，暗中做法，制造葛温两家关于温、葛、刘三人关系怪异的神秘事件，步步推动温葛关系的进展：良工在园中拾到了不知从何处飘来的一首抒发少女怀春之情的《惜余春》词，这首词恰恰又被其父看到了，其父疑为女儿所作，欲急嫁之；葛父在为良工择婿时，看中了刘公子，而刘公子离去后，座椅下却发现了他遗落的女子绣鞋，葛父认为刘公子品行不端，打消了把女儿嫁给刘的念头；温如春在自家花园中也拾到了那首不知从何处飘来的《惜余春》词，而且园中之菊有几株忽然变成了只有葛家才有的绿色菊花，葛父到温家观菊变之异时，恰恰在温如春的书斋里又看到了那首《惜余春》词，遂怀疑良工与温如春已私自往来，误认为是良工私传家中绿菊，因怕丑事败露而将女儿嫁给温如春。宦娘暗中助人的方法妙在：让一首《惜余春》词飘来飘去，飞到葛良工的闺房和温如春的书案，这首词使情愫暗递，起到情书的作用，又使葛父看到而起疑心，起到一石二鸟的作用。在刘公子的座椅下放绣鞋之事有些搞笑，却非常有效，比下一道指令都管用，立即打消了葛父将良工嫁给刘公子的念头。她用法术让温如春家的菊花突然变绿，再次加重葛父的疑心，使其感到如不把良工嫁给温如春后果会很严重。在这个促婚事件中宦娘是幕后的高级指挥家和高级魔术师，她导演的三次怪异事件每次都对葛父形成一次心理冲击；三次促动终于冲破葛父的心理防线,使良工的婚事按自己设计的轨道运行,使葛公终于同意葛良工与温如春的婚事。读者始终被怪异神秘的事件所吸引,在真相大白后,读者不得不赞叹:宦娘太聪明了,方法太奇妙了,幻术太美了,感到无比开心。《席方平》中两个冥王府鬼役帮助、救助席方平的办法也很巧妙有趣。席方平被冥王判为执行锯解之刑,由两个鬼役执行锯解。两个鬼役虽然知道席方平大孝无辜,不忍心加害,但又不能不执行,他们处在两难之间。这两个鬼役很有办法,在锯解过程中暗中做些手脚,锯到胸口时锯锋偏斜一些绕过心脏。这是比较难操作之事,人间木匠锯木头是按墨线锯的,席方平身上没有墨线,二鬼能很好协调全靠自己的掌控来完成这高难度动作。虽然加重了受刑者的痛苦,却保全了其心脏完整不受损。在将其身体锯为两半时,又送他一条奇妙的丝带,把席方平两半的身体捆起来,就又合为一个整体。巧妙化解了一个难题。否则席方平被锯开两半的身体各有半个头,一条胳膊一条腿,半个心脏,就不成人形了,就无法与恶官斗争、无法回阳间了。这一情节中,阴间把人当木头来锯的酷刑极惨烈怪异,二鬼救助受刑者方法很感人很奇异,用锯来锯人是极幻之事,二鬼救助行为生成了奇幻之趣。读者在欣赏宦娘、鬼役神奇有趣的助人方法时更感受到他们的良苦用心和心灵的美好。

三、仙趣之美

蒲松龄很钟情于神仙,在《聊斋志异》中写了许多神仙,有天仙、地仙、鬼仙、狐仙,半人半仙,书中处处飘仙气。仙人不同于世间凡人,他们长生不老,多居深山老林,生活和谐、安宁,没有纷争、战乱,没有人世间的烦恼、痛苦,无忧无虑,他们非常喜欢介入人间百姓的生活。《聊斋志异》中仙人有他们有不同于世人的仙性、仙品、仙术、仙趣。

1.仙术之趣

仙人最神奇最吸引人之处是他们的仙术,他们的仙术几乎无所不能,能变出现实中不存在的东西,或将甲物变成乙物,小则变出家庭生活用品,大则是一处景物。仙女翩翩(《翩翩》)的仙术更为奇绝,剪树叶为饼、鸡和鱼的形状,真的变成饼、鸡和鱼,还以树叶为衣,拾取白云为絮。翩翩用芭蕉叶做成的衣服,竟然像绿色锦缎一样细腻柔滑;采白云做成的衣服,竟然无比的松软温暖。《余德》中的仙人让飞舞的鲜花顿时化为彩蝶。仙人们还能所凭空创设所需景物，如《寒月芙蕖》中的仙人能让凌冬时节的湖面出现怒放的万枝莲花。《云翠仙》中的仙人能把高楼深院突然变成悬崖峭壁。彭海秋向天上一招手，天河中的画舫便飘然而落（《彭海秋》），这种奇幻美令人目炫神迷。《仙人岛》中的仙女在让王勉渡过风涛险恶的大海时，不像凡人乘舟，而是抛出素练一匹，化为长堤，使其安然通过。更为神奇的仙术是让某物不停地连续地发生幻变。《种梨》中的仙道把梨籽种在土中，立即幼芽出土，马上伸枝展叶，繁花满树，芳香扑鼻，硕果累累。这类幻化意境的创造如同电影艺术中的特技镜头，从种梨树到树长大到开花结果，把几年才能完成的事情在瞬间完成，令人目瞪口呆。《癫道人》中的癫道人光着脚穿着破道袍，自己撑着一把大黄伞，学着给帝王清道的声音从庙里出来，嘲弄登山摆谱的邑贵。邑贵恼怒，指挥仆人追赶辱骂道士。道士便扔了他那把伞，仆人们一起上前撕破了伞，结果一片片伞布变成了鹰隼，到处乱飞。伞柄转动，又变成一条巨大的蟒蛇，红色的鳞片非常耀眼。这种万分奇异的幻变太出人意料，令人万分惊愕。有一个同来游玩的人持刀直奔蟒蛇，蟒蛇张着口愤怒地迎上来，把他吞进口里咽了下去。众人护拥着那个邑贵急忙奔跑，跑到三里之外的地方才停下来歇息。派好几个人小心翼翼地到寺庙去侦探，见道士和蟒蛇都不见了。听到老槐树内有气喘如驴的声音，只见那个斗蟒蛇的人倒立在树洞之中。仆人急忙用刀劈树，等到把树劈开，那人已昏死过去。这种法术太神奇了！是仙人对邑贵"逗你玩"式的惩戒。仙女翩翩（《翩翩》）的变化仙术又别具一格，是特别高智能、高自控的仙术。罗子浮的衣服是翩翩用树叶做成的，带有一定的仙气，在罗子浮暗中对花城娘子动手动脚时，衣服就自动变为树叶。罗子浮突然感到身上很冷，一看身上的衣服变成了树叶，使他在有客人的情况下，形象极为难堪。他收敛邪念，树叶衣服又恢复绸缎衣服的原状。在他又起邪念时，衣服再次变为树叶，使他再也不敢起邪念。翩翩对罗子浮使用的仙术是有惩有教，惩罚比较温和，重在改造，既触及皮肉又触及灵魂。《癫道人》中仙道的法术重在严惩为邑贵帮凶不知深浅的恶仆，惩罚严厉，深深触及其皮肉。上面的仙术都是瞬间发生变化的，也有慢慢发生作用的，如《瑞云》篇中的瑞云，被一仙人用手指在额头上点了一下，额头出现黑斑，渐渐扩大，最后容貌变得"丑状类鬼"。在贺生娶了瑞云为妻后，仙人又施法术，用一盆水让瑞云洗脸，瑞云的容貌即刻光艳如初。这种仙术特别有奇妙之趣，很有喜剧性。

2.仙人之谐趣

仙人的仙趣中还包含谐趣。《聊斋志异》中仙人来人间的使命是改造人性的弱点及教训惩治邪恶。其一,他们用极高的才学教训才疏学浅好卖弄者,以风趣的方式展现她们的主体优越性。《仙人岛》中的二八佳丽以超群才学尽情戏弄了自称"我中原才子"的王勉,仙女芳云姐妹以自己的才学使浅薄狂傲的书生出丑。她们敏捷的才思和幽默的语言将王勉的自傲诗句进行了曲解、歪解、岔解,巧妙将其要表达的意思引向歧路,使诗意变得极为荒唐可笑,好像立起一面哈哈镜,使王勉的诗意扭曲变形了,用于显摆的诗变味了。她们对其诗句巧妙的续接,使其诗作成为"狗放屁",令人笑破肚皮。仙女姐妹的话不多,但句句有趣,戏谑意味浓郁。使其处处受挫,出尽洋相。好像被戳破了的气球一下子瘪了下来,造成了强烈的幽默效果,幽默戏谑中带有一种轻松而愉悦的谐趣。其二,用仙术产生浓郁的谐趣。翩翩用仙术教训有好色毛病的丈夫的方法很有喜剧性,使其变成了可笑的原始人的打扮,极为丢丑。仙人惩治邪恶的方法也谐趣无限,《彭海秋》篇中的仙人把有隐恶的名士丘生变成一匹马,使其成为有人的心理但不能说话的"马人",长途被人骑,然后被拴在马槽上吃草,有苦说不出,干瞪眼,惟有马的功能。在恢复人形后,居然还"下马粪数枚",还在延续马的本能行为,继续让他出丑。马吃草拉马粪是正常的事情,但人吃草拉马粪,这种角色错位使其饱受变为畜类之苦,就非常令其难堪又非常可笑了。这种惩罚方法太有谐趣了。《聊斋志异》中有一大批半人半仙的道士形象,他们仁慈善良、嫉恶如仇而又足智多谋、爱打抱不平,用神奇法术戏弄教训现实生活中的邪恶者,以教训他们为己任。让他们大出洋相,极有趣味性。《道士》篇仙道对势利好色的色鬼的惩罚有更强的戏谑性。让所惩罚的对象出丑更为难堪,更为可笑,所暴露的灵魂更为肮脏,更有趣味性。仙人也非常喜欢逗趣,戏谑他人,表现浓厚的谐趣。《仙人岛》篇写芳云给王生疗伤时,乃探衣咒曰:"黄鸟黄鸟,无止于楚。".把《诗经·秦风·黄鸟》的一个句子的变化引用,形成一个奇妙的比喻,将一个难言的治疗隐疾的术语,无法直说出口的粗俗性事以雅语非常巧妙道出!非常贴切,对情对景,令王生大笑,笑完病也好了,读者读此也会大笑不止。仙女的戏语化俗为美,改用诗经增加了意味无穷的机智风趣。

3.仙人的世俗之趣

仙趣还包括俗趣。《聊斋志异》中的神仙大多是平民化的仙,人化的仙。他们有凡人的一面,也食人间烟火,也要吃饭睡觉,到秋天也要做过冬的准备。他们也有喜怒哀乐,也要结婚生子,费尽心思带孩子。因此仙人在生活中还表现出丰富的世俗生活情趣,浓厚的俗趣。《翩翩》有这样一个片段:"一日,有少妇笑入,曰:'翩翩小鬼头快活死!薛姑子好梦,几时做得?'女迎笑曰:'花城娘子,贵趾久弗涉,今日西南风紧,吹送来也!小哥子抱得未?'曰:'又一小婢子。'女笑曰:'花娘子瓦窑哉!那弗将来?'答:'方鸣之,睡却矣。'于是坐以款饮。又顾生曰:'小郎君焚好香也。'……"花城向翩翩道喜,翩翩说她好久不来了,又问她抱了儿子没有。花城说她生的又是女儿,刚刚哄女儿睡了觉,翩翩借机笑她简直成了生女儿的"瓦窑"。这两个年轻仙女相互打趣、开玩笑,家长里短。主要话题是孩子,询问生的男孩还是女孩,哭不哭、闹不闹,爱不爱睡觉,为何不把孩子带来等。仙女很看重传宗接代,也有些重男轻女,性别歧视。"小鬼头"的昵称表现了她们关系亲密,见面就打牙逗趣,互相调笑,嘻嘻哈哈,笑声不断,语言风趣。展现的是充满诗意的寻常百姓的日常生活画面,有浓厚的生活气息,富有浓浓的人情味,就像生活本身一样真实自然,充满世俗情趣。

四、童趣之美

所谓童趣,就是儿童情趣。长期当私塾老师的蒲松龄有一颗未泯的童心,在《聊斋志异》中写了许多洋溢童真童趣的故事,表现儿童的天真、无邪、稚气、活泼、可爱,或写成人身上的童稚行为或写有灵性的可爱动物。这些故事有丰富的幻想,既受到儿童的喜爱,也受到成人的喜爱。是以"儿童的情趣为基础创造出来的艺术真实"。[16] 丰富的童趣增添了《聊斋志异》的艺术魅力。

《贾儿》中的贾儿为报母亲被狐妖所祟之仇,在市集上缠着父亲要买狐狸尾巴,不买就满地打滚。其行为是一副撒娇孩童的样子,是一个顽童的惯用把戏。到舅舅家撒谎骗取猎药,是孩子气十足的做法。寄存毒酒,又在身上安狐狸尾巴装扮成狐狸的同类,骗倒了狐奴,类似儿童游戏。凭着充满儿童气的机智,他终于成功毒死了迷惑母亲的狐精。《聊斋志异》中一些非以儿童人物为主的小说也有丰富的童趣。小翠(《小翠》)嫁到王家整天乐呵呵地与傻丈夫嬉戏玩耍,把他当成一个大活玩具。或与傻公子一起踢球,用脂粉涂公子,作花面如鬼状,或在房里让丈夫扮楚霸王,自己扮虞姬,或让丈夫扮沙漠国王,还把丈夫扮成皇帝取乐。嬉闹不休,游戏不止,每天都花样翻新,表现出一种儿童的天性,充满浓郁的趣味性。婴宁(《婴宁》)是天真的狐女,多有顽皮孩子的举动,像猴子一样在树上爬上爬下,表现出"童真""童趣"。《狐梦》中二姐打趣三妹:"记儿时与妹相扑为戏,妹畏人数胁骨,遥呵手指,即笑不可耐……"二姐的回忆展示了一幅生动的小儿女嬉闹图:吓唬人的孩子在嘴边呵着手指,被吓的孩子怕痒笑得直不起腰。"数胁骨""遥呵手指"都是儿时嬉戏常有的动作,生动而逼真。这种童趣能引起人们对儿时生活的美好联想,有一种稚趣美。《聊斋志异》中一些小动物也表现了丰富的童趣。《鸲鹆》那只洋溢童趣的聪明过人的八哥,竟然能替主人出谋划策摆脱困境,让主人把自己卖给王爷,帮助主人解决缺少路费问题,在主人从王爷手中得十金后又飞回主人身边。它与主人唱双簧戏,站在王爷的立场上帮他出价,取得王爷的信任买下自己,然后乘机飞走。最有趣的是,它逃走前还不忘戏弄王爷一番:"王与鸟言,应对便捷。呼肉啖之。食已,鸟曰:'臣要浴。'王命金盆贮水,开笼令浴。浴已,飞檐间,梳翎抖羽,尚与王喋喋不休。顷之,羽燥,翩跹而起。操晋声曰:'臣去呀!'顾盼已失所在。王及内侍,仰面咨嗟。"在这场小喜剧中,八哥无比机灵狡黠,以洗浴为名,赚开笼门,洗浴后飞在檐间与王爷拉家常,转移王爷的注意力,待羽毛干后,告知王爷自己的去向。王爷这才发现自己上了当,后悔已晚。这只八哥显然被儿童化了,好像顽童在玩骗人的把戏,故事太有趣了。此篇是表现童趣的杰作,蒲松龄童心十足把鸲鹆形象刻画得活灵活现,使作品充满浓郁的幽默色彩。胆大狂放的书生耿去病(《青凤》)在面对装扮成狰狞鬼貌的老狐来吓唬他时,居然笑而"染指研磨自涂,灼灼然相与对视",好像小孩扮鬼脸吓人的把戏。捉弄对方,以黑脸对黑脸,四目对视,眼睛不眨,大眼瞪小眼,情景令人发笑,这样的情节让儿童倍感有趣,表现了童趣美。耿去病研磨自涂对"老鬼"的戏弄,《小谢》中小谢、秋容对陶望三的恶作剧,《小翠》中小翠与元丰的戏耍,《狐谐》里狐女对客人的戏谑,都为儿童带来游戏般的快乐和趣味。

五、痴趣之美

《聊斋志异》成功地塑造了一群痴人。这些人物身上都有共同点:痴性。或痴于病,即因病而痴,是病理性的痴呆,如《小翠》中的王元丰。或痴于情,为情痴,如《阿宝》中的孙子楚。有物痴,或痴于某种癖好或嗜好,如《书痴》中痴于读书的郎玉柱。或痴于某物,如《石清虚》中的"石痴"邢云飞;还有似痴非痴,实则极其黠慧,如《婴宁》中的婴宁、《小翠》中的小翠。[17]

　　一些憨痴者思维异于常人,能做出常人做不出的行为举止,说出有违人之常情的话语。这些痴事痴语因不合人之常情、常理显得特别好笑,因而产生更浓的情趣。痴心的穷书生孙子楚,别人开玩笑劝他向美丽的富家女阿宝提亲,他根本没考虑自己跟阿宝门不当户不对,便请媒人去提亲。阿宝顽皮地对媒婆戏言:他如把手上多余的六指去掉就答应嫁他。孙子楚立即用斧头剁去多余的手指,结果"血溢倾注,滨死",却毫不后悔。血流如注,痴心不改,痴情可掬,痴态活现。痴中有真爱,痴情世间绝无,他是在以孩童般的单纯与执著痴痴追求,不言放弃,以致离魂追随,魂附鹦鹉。这份痴情终于打动阿宝的芳心。孙子楚形象的"痴"使作品充满奇趣,算得上是天下痴情之最了。《阿绣》中刘子固也是"情痴"之一。他痴情于杂货铺的女子阿绣,为了接近意中人而不计离谱的高价,去购买他并不需要的香帕、脂粉一类的东西。回到家中对阿绣替他用纸包裹然后用舌舔粘好的货物连动都不敢动,生怕弄乱了心爱姑娘的"舌痕"。然后独自一个人悄悄睹物思人。他的痴情虽未达到孙子楚那种程度,但也非常感人。

　　痴人的好笑之处还表现在令人啼笑皆非的痴语,使痴趣倍增。一直生活在山野的婴宁(《婴宁》)不懂亲戚之爱与夫妻之爱的区别。王子服向她解释,夫妻之爱是"夜共枕席",婴宁仍痴而不悟,"俯思良久,曰'我不惯与生人睡'",真是令人喷饭!甚至要告诉母亲"大哥欲我共寝"。这一段话,道光年间的评点者何守奇连声评说:憨绝!憨绝!更憨!读书读傻了的书生郎玉柱(《书痴》)嗜读如命,书就是他的一切。只知"书中自有颜如玉",也不懂得夫妻之爱。在与仙女颜如玉同居之后,傻乎乎地问,我们同居为何不能生孩子。后渐明白了,乃"曰:'我不意夫妻之乐,有不可言传者',于是逢人辄道,无有不掩口者。"别人笑话他,他却认为:"钻穴逾隙者,始不可以告人;天伦之乐,人所皆有,何讳焉。"这些描写活现出郎玉柱不谙人事的痴态,可谓形神毕肖令人捧腹。《小翠》中的王母为让痴公子元丰与小翠同床,就派人搬走一张床,使得痴公子大为恼火,抱怨床榻抬走了,对其母发火大声吼道:"借榻去,悍不还!小翠夜夜以足股加腹上,喘气不得;又惯掐人股里。"这是地地道道傻小子的憨语。说自己因少了一张床受苦了,把床帏秘事在大庭广众大吵大嚷喊出来,惹得众人大笑。憨极,痴极,可笑至极!

《聊斋志异》中痴情故事的主人公多数是"痴心于真,痴心于善,痴心于美……"[18]

六、物趣之美

《聊斋志异》写了很多狐鬼花妖的幻化故事,有人化为动物,如化为虎、化为鸟、化为马等,也有已经变化为人的花木之妖,又回到它的本真状态,又成为树、成为花。这时的物(动物、植物)已不是自然界自然状态的物,它已有人的思想情感、人的精神、意志愿望,是亦人亦物。这些特殊物的表现很好笑,很有喜剧性,很有趣,因而产生一种神奇美、奇异美。《聊斋志异》中人有人趣,物有物趣。有些精怪形象是既有人趣又有物趣。《聊斋志异》通过人与物的奇妙幻变,使作品极富奇趣之美。蒲松龄将精魅狐鬼幻化为人,或将人幻化为异类,这类形象具有亦人亦物、亦仙亦怪的特点,他们是似人而非人的人格化的精灵,既有人的特征,又有非人的特征,与人交往时表现出无限的情趣。《香玉》中的耐冬花神绛雪性情恬淡,没有强烈的男女欢爱之情,不愿与黄生卿卿我我,因不耐黄生的纠缠,化为树形,避而不见。黄生想见她而不能如愿。牡丹花神香玉便想出一个奇特的办法把绛雪请出来:

> 生恨绛雪不至。香玉曰:"必欲强之使来,妾能致之。"乃与生挑灯至树下,取草一茎,布掌作度,以度树本,自下而上,至四尺六寸,按其处,使生以两爪齐搔之。俄见绛雪从背后出,笑骂曰:"婢子来,助桀为虐耶!"

这是一场绝妙的人与树的游戏。香玉的办法极有趣,折草作尺,用草量树,从树根量起,到四尺六寸的地方用手按住,叫黄生用双手一齐去抓挠,绛雪立即笑着现形,从树后走出,笑骂香玉助桀为虐。这里的绛雪外在的形态是树,是以树为外壳,内在又是人,有人的感觉。从树根到四尺六寸的地方,相当于人的胳肢窝部位,在黄生用两手去抓挠时,绛雪便再绷不住,只得笑着现形。黄生搔树竟搔出一个天真活泼笑声串串的姑娘,真是匪夷所思、奇趣横生。耐冬树精进行人与树的频繁互化,人时而化为树,树时而变为人,树有人的感觉、情感,人有树的属性,亦人亦树的奇妙情趣太动人了。树怕搔痒竟然一下子变成笑不可止的天真少女，真是匪夷所思，太神奇有趣了。

《香玉》篇中写的是树精花精幻化为人，《阿宝》篇中的孙子楚却是人幻化为鸟，这种幻化更是别有一番奇趣。孙子楚是一个绝代情痴，在野外见到美貌无比的少女阿宝，又无法接近，痴情不可遏，竟离魂化为鹦鹉，飞到阿宝房中、演出了一场妙趣横溢的喜剧：

> 生自念：倘得身为鹦鹉，振翼可达女室。心方注想，身已翩然鹦鹉，遽飞而去，直达宝所。女喜而扑之，锁其肘，饲以麻子。大呼曰："姐姐勿锁！我孙子楚也！"女大骇，解其缚，亦不去。女祝曰："深情已篆中心。今已人禽异类，姻好何可复圆？"鸟云："得近芳泽，于愿已足。"他人饲之，不食；女自饲之，则食。女坐，则集其膝；卧，则依其床。如是三日。女甚怜之。……女又祝曰："君能复为人，当誓死相从。"鸟云："诳我！"女乃自矢。鸟侧目若有所思。少间，女束双弯，解履床下，鹦鹉骤下，衔履飞去。女急呼之，飞已远矣。

孙子楚魂所化的鹦鹉真是一只奇妙的"爱情鸟"，它的语言有趣，它不是仅会学舌的鹦鹉，而是亮出自己的身份，对阿宝提出勿锁自己的要求，还向阿宝表达浓浓的爱意，已是极擅同少女谈情说爱的精灵。这本极富情趣，我们如果将孙子楚的性情与其魂所化之鸟的性情相比，可以发现另有一层奇趣。孙子楚性情极"痴"，笃诚敦实，傻乎乎的，可是其魂所化成的鸟变得聪明起来了，变得乖巧、聪慧，会说甜言蜜语，能言善辩，灵秀可爱，缠缠绵绵，不是一个木讷的"笨鸟"。特别是称阿宝为姐姐，叫得甜甜蜜蜜，真有点贾宝玉对林黛玉那种情调。阿宝对它表示爱情的海誓山盟时，它竟然进行反驳，说她"骗人"，这又有些孩子气，非常可爱。它的动作也非常有趣，依偎在阿宝的身旁，做出小鸟依人的姿态，非常乖巧，一般的小鸟依人都是少女所为，而这只"男鸟"依偎在少女身旁，就非常有趣可笑了。它不仅依人，还做出令人意想不到的事情，在阿宝表山盟海誓时，它突然想到了什么，飞下来衔着阿宝的绣鞋，飞回了孙子楚的卧室。鸟要绣鞋没用，是鸟人的举动，但表现的是人的心计。叼走阿宝的绣鞋是要求阿宝履行爱的诺言的信物。这只"爱情鸟"不仅乖巧，还有几分可爱的狡狯，还会要点小小的无赖。这只爱情鸟的神态表情也非常有趣可爱，它见阿宝说得情真意切，又歪头转动着眼睛沉思起来，真是娇态可掬。这只幻化的"爱情鸟"表现出孙子楚多姿多彩的痴情，极富奇趣之美。作品只有以鸟的方式来表达爱情才有这番奇趣,令人心醉神迷。如果将这只鸟的所说所做直接让孙子楚来说来做,那就令人浑身起鸡皮疙瘩了。并且,如果是孙子楚动手抢走阿宝的绣鞋,那他就不是一个志诚痴情的情种,而是一个小流氓了。那样就大煞风景,毫无奇趣可言了。蒲松龄以物写情,表现了极趣之美。

参考文献:

[1] 鲁迅.中国小说史略[M].北京:北京大学出版社,2009:146.

[2] 朱光潜. 诗论 [M]//朱光潜美学文集:第二卷,上海:上海文艺出版社,1982:135,50.

[3] 施耐庵,罗贯中.容与堂本《水浒传》[M].上海:上海古籍出版社,1988:797.

[4] 李渔.闲情偶记[M].北京:中华书局,2014.

[5] 黄周星.制曲枝语[M]//中国古典戏曲论著集成(七),北京:中国戏剧出版社,1959.

[6] 朱振武.《聊斋志异》的创作心理论略[J].文学评论,2001(3):80.

[7] 朱一玄.《.聊斋志异》资料汇编[M].天津:南开大学出版社,2002:317.

[8] 刘雨过.从人物塑造看《聊斋志异》的情趣生成[J].西安文理学院学报(社会科学版),2012(6):1.

[9] 北京大学哲学系美学教研室.西方美学家论美和美感[M].北京:商务印书馆,1982:97.

[10] 周甲辰.趣:鲜活的审美吸引力[J].江苏科技大学学报(社会科学版),2009(1):89.

[11] 李旭.论"趣"的美学特征和表现形态[J].学习与探索,2000(4):100.

[12] 马瑞芳.《聊斋志异》的男权话语和情爱乌托邦[J].文史哲,2000(4):73.

[13] 王一兵.简论蒲松龄笔下的狐女形象[J].学术交流,2008(10):174.

[14] 蒲松龄.任笃行辑校.《聊斋志异》全校会注集评[M].济南:齐鲁书社,2004:935.

[15] 马瑞芳.司文郎:畸人异行的深刻历史内涵[J].蒲松龄研究,2005(3):99.

[16] 金燕玉.谈谈美术片的儿童情趣[J].文艺研究,1982(3).

[17] 宋德志.《聊斋志异》中的痴人分析——巴赫金狂欢化理论视野下的重新解读[J].名作欣赏,2014(12):146.

[18] 王琳.谈《聊斋志异》中的"痴"[J].辽宁师专学报(社会科学版),2003(6):30.

《聊斋志异》描摹艺术美探析

《聊斋志异》是文言小说中顶级的精品,虽用文言写成,但突破了文言僵化呆板、难以畅所欲言的局限,把文言的表现力发挥到极致。其描摹语言之精美在古今小说中是罕见的,在文言小说中是最高的语言艺术。蒲松龄"把文言语体的描摹力发挥到了古代社会无事不可述,无物不可状,无人不可肖的艺术极境。……使之重新获得了高度的表现力和生命力"。[1]具有白话语体不可替代的表现力,具有丰富多彩的艺术美。

一、真切的视觉美

用描摹语言逼真地描绘出各种活灵活现的形象,如同出现在读者的眼前,是描摹艺术的最高境界。如高尔基在《本刊的宗旨》一文中所言"真正的语言艺术……应该写得能使读者看到语言所描写的东西就像看到了可以触摸的实体一样"。他还在《给两位青年作家的公开信》中说"短篇小说,一切必须写得像浮现在读者眼前一般",要像画家那样"生动地浮雕似的描写人物和事物,要画得像现在就要从画里跳出来一般"。[2]蒲松龄早就深谙此道,运用的描摹语言具有高度的具象性,具有非常强的造型能力。描摹语言非常简洁,一般都是寥寥数语,但能传送大容量的视觉信息,具有视觉冲击力。描摹语言传递出的视觉信息,能引起读者的视觉效应,在读者的头脑中聚合起立体的形象和图画,读者可得到立体的质感和直观的美感,产生真切的视觉画面。《聊斋志异》中描摹的每一人、一物、一景、一禽、一兽、一花、一草、一虫无不逼真活现。《馎饦媪》中写一老妇的肖像:"见一媪,可八九十,鸡皮橐背,衰发可数。"写煮汤饼老太婆的容貌只有8个字,传递的视觉信息却无比丰富:泛黄的疙疙瘩瘩苍老的皮肤,驼背的体形,头上的白发稀稀落落,几乎脱光,衰老的容貌清晰可见。《西湖主》写湖边春景也只有 8 个字:"小山耸翠,细柳摇青。"有清晰的具象性:中景镜头是"翠绿的小山在湖边耸立",特写镜头是"路边垂柳柔嫩鲜绿的枝条在春风中轻轻摆动",有静有动,具有鲜明的视觉色彩美,写出春天无限的生机,令人心旷神怡。《罗刹海市》中对龙宫的描摹也具有逼真的视觉感,"四壁晶明,鉴影炫目"两句使我们仿佛置身于四壁水晶般透明、令人眼花缭乱的宫殿之中,感受到空间视觉美。《聊斋志异》对动物的描摹构象也是尽量扩大形象构成的视觉信息量。《狼三则》中所描写迷惑人的狼的动作神情是"犬坐于前,久之,目似瞑,意暇甚"。此狼坐的姿势安闲,眼睛似闭非闭,似睡非睡,显得非常悠闲自得,真把狼骗人的神态写绝了。《青凤》中写被犬所逼向人求救的小狐的动作是"依依哀啼,阖耳辑首",活画出小狐依依哀哭、垂耳藏头的可怜模样。《聊斋志异》写小虫也有逼真的具象性,有清晰的视觉美。《促织》中成名的促织与村中少年的"蟹壳青"相斗时,"俄见小虫跃起,张尾伸须,直龁敌领"。一连串的动作身影好像从读者眼前窜过。蒲松龄在运用描摹语言时对描写对象进行多层次具象多层次地传递视觉信息。《梅女》中女鬼梅女出场的景象:"(封生)见墙上有女子影,依稀如画。念必意想所致。而久之不动,亦不灭,异之。起视转真;再近之,俨然少女,容蹙舌伸,索环秀领,惊顾未已,冉冉欲下。"作者此处所传递的视觉信息和所进行的具象是由淡而浓,由虚而实,由静而动,由形而声,很像电影中的"化出镜头"。梅女十年罹冤,冤魂不泯,附于墙上,刚显形时是比较虚的,比较模糊,仅能辨别出是个女子的影子,后来影像转为真切,显现出是一个脖子上勒着绳子、伸着舌头、表情痛苦的女子。再后来女鬼影子从墙上走下来。这种多层次具象多层次的视觉信息传递,具有电影镜头的视觉效果。蒲松龄在进行描摹时还善于场面具象,使大场面中人群的动作造型都历历在目。我们可以通过对相同场面描写的比较看具象造型能力的高下。与蒲松龄同时的文学大家王士禛在《池北偶谈》中写一妾击退强盗的场面,妾"以杖击贼,踏数人,余皆奔穴鼠"。蒲松龄在《妾击贼》中对此场面描摹就技高一筹:"妾舞杖动,风鸣钩响,击四五人仆地,贼尽靡;骇愕乱奔,墙急不得上,倾跌呻哑,亡魂失命。"《池北偶谈》写妾击贼的场面是叙妾打倒数人,余盗像奔穴老鼠一样逃窜。叙述多于描写,视觉形象比较模糊,没有真切的视觉感。蒲松龄对妾与贼的动作都进行了鲜明的具象描写,"妾舞杖动"写出威武之姿,"风鸣钩响"是以听觉形象来强化视觉形象,表现她武艺高强。被击溃的盗贼更具象逼真,他们尽数溃败,惊慌逃窜,由于害怕着急爬不上院墙,一个个瓣里啪啦摔下来,在地上痛得哼呀乱叫,失魂落魄。作者通过绘形、绘神、绘声描绘出群贼溃败奔逃的栩栩如生的画面。

蒲松龄主要用两种手法来造成真切的视觉美。

其一,描摹时选用形象鲜明、质感具体的词语,激发读者联想。《画皮》在写翠面锯齿的狞鬼幻化成美女的过程中使用了系列形象感很强的词语:"见一狞鬼,面翠色,齿巉巉如锯。铺人皮于榻上,执彩笔而绘之;已而掷笔,举皮,如振衣状,披于身,遂化为女子。"写狞鬼的绿脸和如锯的牙齿,可使人想其形象面貌的可怖,其变化过程所用的词语"铺"(皮)、"绘"(皮)、"举"(皮)、"披"(皮),视觉感很强,字字有形象,句句有画面,而且是生动、变幻的,使读者仿佛目睹了狞鬼变化美女的过程。《抽肠》中写黄肿妇人的体形"腰粗欲仰","欲仰"一语,就把"腰粗"十分逼真地具象化了。《鸲鹆》中八哥洗浴后的动作"梳翎抖羽",人们可联想起生活中所见的鸟一边用嘴梳理羽毛一边抖动翅膀的情景,感受到逼真的动态美。

其二,运用比喻进行具象描摹。蒲松龄非常善于运用比喻来进行描摹,用得精彩,恰到好处。在具象方面胜于工笔细描,具有画龙点睛、以少胜多的审美功效。他常用明喻来状物摹形。《竹青》篇写鸟仙竹青与书生鱼客结合后生下一子,因她是鸟仙,所产之子与一般世人不同,"胎衣厚裹",如只有这一句描写,读者感受不到"胎衣厚裹"的样子,作者紧接着用一比喻"如巨卵然",这样就非常鲜明地视觉化了,胎衣包裹着胎儿像大鸟蛋一样。《侠女》中的侠女怒杀调戏自己的妖狐的情景是"(女)以匕首望空抛掷,戛然有声,灿若长虹……""灿若长虹"一喻如使人目睹了亮闪闪的匕首在天空中弧线飞行的状态和闪电般的速度,把飞出去的匕首写得有声有色。《毛狐》中写丑女外形用的比喻是"胸背皆驼,项缩如龟",把丑女的体形雕像化了。蒲松龄常用的另一种比喻形式是喻体名词做状语,仅用一词就使描写对象鲜明具象。《画皮》中王生见到厉鬼化美女后"大惧,兽伏而出",其惊恐狼狈之状,令人如亲眼所见。《董公子》中也有类似的用法"憧惧,蛇行床下","蛇行"一喻使其爬行动作和恐怖心态鲜活具象。

二、审美信息的密集美

从信息论角度看,文学语言是一种艺术符号,所负载的信息有语义信息和审美信息,是语义信息和审美信息的复合体。"一部优秀的文学作品,就是由'语义信息'与'审美信息'有序状态和无序状态共同编织成的一个符号世界。"[3] 文学语言蕴含丰富的审美信息是一种美,文学语言如不含审美信息或审美信息稀薄,那就成为冗言。蒲松龄对描摹语言的语义信息和审美信息高度凝聚浓缩,描摹用语惜墨如金,以一当十,一字一词在表情达意方面都发挥到最大作用,将描摹语言的语义信息与审美信息交错叠合。在最简洁的语言中压缩进密集且高质量的审美信息,产生厚蕴之美使人回味无穷。反映封建家庭中浇薄势利之风的微型小说《镜听》中有一描摹人物动作语言的精彩之语:"次妇力掷饼杖而起,曰:'侬也凉凉去!'"这是饱受歧视、屈辱的郑家次妇在听到丈夫中式消息后的爆发性的动作和语言,全句虽只有 14 个字,但审美信息太丰富了。我们可以感受到许许多多的内容:她把擀面杖猛然用力摔在案板上肯定是砰然一声,令室内人为之一惊;她起身的动作不是缓慢的,而是如被弹簧弹起来一般,忽地一声站起来;她说话的声调一定是高亢的、快语速的,室内每个人都听得清清楚楚。她此时满是泪痕的脸上神情是得意的,她那句话的潜台词是"我在家中再也不是屈辱的二等公民了,终于熬出头了,有资格享受一等公民的待遇了"。她的心情是感到解放了,以此方式宣泄对婆母的积怨,吐出了胸中的恶气。这密集的审美信息使人物的形象活起来,使读者真切感受到科举制度对家庭人情的侵蚀,体会到这种制度下的人情冷暖。

《聊斋志异》描摹人鬼分别场面的语言常汇聚了最丰富的审美信息。《宦娘》篇的结尾写对温如春有爱意的女鬼宦娘经种种努力促成温如春与良工得谐秦晋后,决心离开温生夫妇,在与温生夫妇话别后"出门遂没"。冯镇峦于此处有评:"结得缥缈不尽,曲终人不见,江上数峰青。"是说此处蕴涵了宦娘复杂的情感,她此时离去有使心爱的人得到幸福婚姻的欣慰,也有自己未能得到期望的幸福的深深遗憾。她尽力使自己斩断情丝、了断情缘,但情丝难断,心中有隐隐的酸楚,只有寄希望于来世。丰富的高密度的审美信息造成了余韵绵绵的情境,给人的感受是"斯人虽已没,千载有余情"。《叶生》中成了鬼魂的叶生与其妻相别是另一种情境:"逡巡入室,见灵柩俨然,扑地而灭。"没有那种人鬼情未了难舍难分之情,也不是使自己的形体走出门外逐渐消失,而是在自己家中的灵柩前突然一下子倒地灭迹,只留下一堆衣服。这里的审美信息也是高密度的。叶生忘死的鬼身,回家中向妻子报告自己中举的喜讯,没想到给妻子带来极大的恐惧。妻子道破他已不在人世的真相,希望他在鬼世界中安息,不要再来打扰他们。叶生听了妻子之言感到万分歉疚,"抚然惆怅",读者可感受到他内心的复杂世界;他忘记身死,拼命想通过科举证明自己的才学、价值,这种成功感像肥皂泡一样破灭了,绝望和痛苦之情难以言表,有一种面临天崩地裂般的感受。因此他让自己在一刹那间消失。作者把这般无限悲痛的情感压缩在这一特定的灭形的动作中,有极强的感染力,催人泪下。

蒲松龄无论写人还是写景,都使人感到审美信息的丰富密集。《凤阳士人》中写一少妇思夫的场景:"一夜,才就枕,纱月摇影,离思萦怀。""纱月摇影"是少妇在床上看到的窗上的图景,语言清丽凝练,写得极美。四个字描绘了多个审美意象,有皎洁柔和的月光、轻轻吹拂的晚风、随风而动的树影,表现观景之人心绪不宁、愁思无眠,心中涌起无限的思念之情,忧虑丈夫能否忠于爱情。窗上动来动去的树影正是她忧思心境的形象写照。这些审美信息,形成浓郁的诗的意境。

蒲松龄为扩大审美信息的密度,有时一个句子写出多个意象。《罗刹海市》中"美丰姿"的马骥,在美丑颠倒的国度里被看成怪物:"马归,街衢人望见之,噪奔跌蹶,如逢怪物","噪奔跌蹶"是一个词一个意象,写罗刹国的人见到马骥吓得失魂落魄,有的狂叫,有的狂奔,有的站立不稳,有的摔倒在地。一个四字的句子写活了街上人群乱纷纷的景象,其审美信息的密度可见一斑。

三、描幕用语的新奇美

文学史上很多大作家都追求语言创新,去陈言,铸新语。蒲松龄更是如此,在语言创新方面呕心沥血下苦功。他花数十年写《聊斋志异》的过程,也是对小说语言创新的过程。语言创新并非易事,因为"一种文学语言,如果完全是新颖的审美信息,将无法为人接受,如果完全是剩余的信息(已为人知),则被视为无聊过时的东西,也很难为人接受。因此在文体的新颖度和已知度之间要寻找一个合理的比例,即信息的最优化原则"。[4]蒲松龄在语言运用创新上恰到好处地把握了创新的"度",他的语言运用创新是很成功的。这里我们主要谈他创新的两个方面,一是描摹语言的避陈出新,二是描摹语言的翻陈出新。蒲松龄在状人写物选择动词时尽量避陈词用新语,改变一些词语的常规用法,使描摹语言令人耳目一新,富有情趣。《秀才驱怪》篇中写月夜景象:"窗外皎月,入室侵床,夜鸟秋虫,一时啾唧。"他不写月光照在室内床上,而是用拟人手法,将月光动态化,有动感,语言清新,写出月色的怡人之美。在运用量词上避陈出新,是《聊斋志异》描摹语言创新的独到之处。《桓侯》篇中写彭好古"遥睹衣冠一簇",作者不说一"群",却说一"簇",把形容植物丛聚的量词用在人身上,很形象、风趣地写出了人群扎堆的景象。这里的"衣冠"代人,意为这些人衣冠很显眼,把自己打扮得衣冠楚楚,用衣冠来包装自己;密集扎堆显示自己的身份,实际上不过是一堆草而已,具有揶揄的意味,同后文幽默描写的情调相吻合。《彭海秋》篇中一个量词的移用更为新奇别致:"(丘生)中夜少苏,急欲登厕,扶掖而往,下马粪数枚。"仙人彭海秋把行为卑鄙的丘生变成马,成为他人的坐骑,后又令其恢复人形,但丘生仍有马的生理特征,下出一些马粪。按一般写法,应写下马粪数坨,马粪的体积比驴粪、羊粪体积大得多,作者却用了量词"枚"。"枚"原为名词,后引申为量词,多用于形容小巧、精致、珍贵之物,如一枚印章、一枚别针等。这里用"数枚",写丘生屙出似乎珍贵的小巧的几个马粪蛋,做为他变为畜生的见证。这种量词运用造成语言喜剧化,具有极强的讽刺意味。

《聊斋志异》对少女容貌的描写进行了陈语翻新。在此之前的小说中对青年女性的肖像描写多用形象化的比喻,如"眼横秋水之波,眉插春山之黛","一点樱桃,两行碎玉"等,很多作品对这些比喻都照搬照用,成为俗套,并且这种描写使人的形与神分离,都是静止写其形,没有写其神。蒲松龄也是用"秋波"之类的常用词汇,但进行重组和翻新,极富变化,不落俗套。写形与写神相结合,写出特定精神状态下的容貌。他并不千篇一律写"秋波",而是写出各种各样的"波",还写出"秋波"中不同的情感情意。如青凤的容貌是"弱态生娇,秋波流慧"(《青凤》),娇娜的容貌是"娇波流慧,细柳生姿"((《娇娜》),青凤是成熟女性,因而用秋波写其含情的眼里泛起聪慧、机敏的光泽,娇娜出场时仅十二三岁,因而用"娇波"。"弱态生娇""细柳生姿"则是作者所创造的极传神的具有新的审美信息的写意之语,这些语句的组合使百貌百神百态百情的美女连翩出现在读者面前。

《聊斋志异》在运用描写女性容貌的比喻上进行出新。如公孙九娘的肖像为"笑弯秋月,羞晕朝霞"(《公孙九娘》),写她笑时眼睛像弯弯的秋月,因羞涩脸颊像彩霞般娇艳美好，比喻既新颖又贴切。《聊斋志异》写女性容貌用得最好的比喻是对胡四姐容貌的比喻"荷粉露垂，杏花烟润"（《胡四姐》）。蒲松龄之前有许多以花比喻女人的名句：陈后主的《玉树后庭花》有句云"妖姬脸似花含雾"，以雾中花喻美人，李白的"一枝红艳露凝香"（《清平调》）以带露的鲜花喻美人，白居易的"梨花一枝春带雨"（《长恨歌》）以带雨的梨花喻美人，都是很好的比喻。但蒲松龄的比喻更有创新性，更美。他以最美状态下的鲜花来比喻美女，并且是两种花为喻连用："荷粉露垂"是形容胡四姐的身体像晨露中的粉色荷花亭亭玉立，散发着清纯秀美的青春气息；"杏花烟润"，是说她的容貌像春烟润泽着的杏花，既柔媚又艳丽，并有点朦胧色彩，达到美的极致。此喻新鲜奇美，后来为小说巨匠曹雪芹写薛宝钗的容貌所借用，可见此喻的魅力。

四、雅致的韵味美

文言语体虽有僵化板滞等弊端，但它有简洁、浓缩、凝练的长处，还具有雅致的韵味，这是白话语体所不具有的特殊韵味。为了表现特定内容，古今一些著名的白话小说也未完全放弃文言，而且用得非常之好。如《红楼梦》中写潇湘馆的翠竹用了文言词语"凤尾森森""龙吟细细"，具有浓郁的诗意美、动听的声韵美和无法言说的韵味美。白话文是无论如何也表达不出这种韵味的。现代文学大师钱钟书在《围城》中也用过文言句式文言词语，如写汪处厚的胡须："……像新式标号里的逗号，既不能翘然而起，也不够飘然而袅。"用得绝妙，揶揄的意味令人忍俊不禁。即使时下的纯白话新闻报道，有时也用文言成分，如"宾主共进晚餐"，如改为白话"客人与主人共同吃了一顿晚饭"，就太口语化了，毫无庄重意味，甚至有些滑稽感。文言大师蒲松龄充分利用文言的表现功能之所长，用文言描摹生活图景，塑造形象，表达出雅致的韵味美，特别是写一些粗鄙之事的描摹语言更表现得雅致。《司文郎》中写盲僧嗅试官的低劣文章气味的情景则是典型的一例："生焚之，每一首，都言非是；至第六篇，忽向壁大呕，下气如雷。众皆粲然，僧拭目向生曰：'此真汝师也！初不知而骤嗅之，刺于鼻，棘于腹，膀胱所不能容，直自下部出矣！'"，这一段描摹语言所选用的句式、词语具有相当文雅、庄重、严肃的韵味和情调，这种文言语体与所负载的内容形成巨大的反差。这种语言越文雅，越具有极强的讽刺效果，具有强烈的幽默美。如用白话是表达不出这种韵味和特殊艺术效果的：难闻的气味从鼻子进到肚子里，在里面到处乱窜，弄得肚子好难受，成为一个如雷大屁从肛门放出来。就非常粗俗了，毫无美感可言。

《聊斋志异》写男女之事用语也很雅致。《凤阳士人》中写凤阳士人之妻来到丈夫与一美女幽会的屋前："裁近其窗，则断云零雨之声，隐约可闻。"作者将富有暗喻性的文言词语"云雨"拆开加两个修饰语："断""零"，很新颖雅洁，用6个字写出不便直笔描摹的很多内容，却使人联想并感觉雅洁的韵味妙不可言。如用时下写实的写法来处理，其含蓄优美的韵味一定就逊色多了。

《聊斋志异》所用的文言可称为高雅文化的语言，书中许多人物运用含有典故的语言表意精巧，内涵丰富，含蓄婉曲，雅味醇厚。如董生对长狐狸尾巴的美女讲"我不畏首而畏尾"（《董生》），仙女芳云为王勉解诗"上句是孙行者离火云洞，下句是猪八戒过子母河也"，以及引用和改窜《孟子》中的名句"胸中不正，则瞭子眸焉"（《仙人岛》）等。作者把典故或故事融入文言句式中，用于调笑、打趣、挖苦、讽刺，既典雅又活泼，极富情趣，韵味隽永。

五、多彩的音韵美

语言的审美离不开语音的审美，诗歌语言要求具有音乐性。蒲松龄本质是诗人，他继承中国古典诗歌的传统，把小说当成诗来写，《聊斋志异》中很多小说可说是叙事诗。谢榛在《四溟诗话》中说："凡作近体，诵要好，听要好，观要好，讲要好。诵之行云流水，听之金声玉振，观之明霞散绮，讲之独茧抽丝。"[5]蒲松龄用各种语言手段使语言音响和谐、声调抑扬、音节匀称，使语言读来上口、听来悦耳，具有谢榛提出的"诵之行云流水""听之金声玉振"的审美效果，堪称声义俱美、声情并茂的美文，如闻一多所言："分不出那是思想的美，那是文字的美。"

蒲松龄在选择字、词时很注意字、词的音色、音高、音强、音长、音韵，使语言具有音韵美。《口技》篇中有一段文字通过重音叠字构成和谐音节，读来使人感到有同异交错的变化和回环往复的音响效果："折纸戢戢然，拔笔掷帽丁丁然，磨墨隆隆然；既而投笔触几，震笔作响，便闻撮药包裹苏苏然。"文中的"戢戢""丁丁""隆隆""苏苏"等摹声词，既叠字又叠韵，贴合实情，非常优美，铿锵悦耳,音调明朗,形成自然流畅的节奏美和旋律美,具有很强的审美愉悦性。

《聊斋志异》许多篇章通过词语平仄、句式及修辞方法的选择造成了描摹语言的不同节奏美。《保住》篇中写保住的穿房越脊的轻功:"住穿树行杪,如鸟移枝;树尽登屋,屋尽登楼;飞奔殿阁,不啻翅翎;瞥然间不知所在。"此段文字多用四字句式,运用比喻和顶真手法,各句上下贯通,一气呵成,形成急促的节奏,好像连击的鼓点,具有"大弦嘈嘈如急雨"之美。这种急促的节奏,渲染了紧张的气氛。《西湖主》中的一段景物描写语言则表现出非常舒缓的节奏美:"又是别一院宇,垂杨数十株,高拂朱檐。山鸟一鸣,则花片齐飞;深苑微风,则榆钱自落。怡目快心,殆非人世。"四字句中安排两个长对偶句,写景如画,具有和谐的音节美。音调抑扬顿挫,悦耳动听,节奏如舒缓的小夜曲,具有扣人心弦的韵律美,堪称绝世美文。

这里需要说明一点,很多论者称文学语言有音乐美。实际上,语言文字并非音符,表现音乐性很有限,还是说文学语言具有音韵美为好。

参考文献:

[1] 刘上生.中国古代小说艺术史[M].长沙:湖南师范大学出版社,1993:382.

[2] 〔苏〕高尔基.给青年作者[M].北京:中国青年出版社,1955:94.

[3] 钱谷融,鲁枢元.文学心理学教程[M].上海:华东师范大学出版社,1988:283.

[4] 胡平.叙事文学感染力研究[M].天津:百花文艺出版社,1995:149.

[5] 郭绍虞,王文生.中国历代文论选[M].上海:上海古籍出版社,1980:111.

《聊斋志异》中的趣语析赏

文学是语言的艺术。在古代短篇小说中《聊斋志异》的语言运用取得了卓异超凡的成就。它用描摹能力有限的文言——高度浓缩的文言描绘出了一个奇幻的鬼狐世界,从而把文言小说的语言发挥到最高水平,达到极致,产生了纯文言小说和纯白话小说无法具有的艺术魅力。确如评论家所云"文笔之佳,独有千古","风行天下,遍天下无人不爱好之"(冯镇峦《读聊斋杂说》)。《聊斋志异》语言运用的一个重要特点是善用趣笔,使语言幽默风趣。蒲松龄在生活中是个谈吐不凡、善诙谐的奇人,其长子蒲箬在《清故显考岁进士候选儒学训导柳泉公行述》中说他:"蕴藉诙谐,一着纸而解人颐。"他善诙谐的天性在《聊斋志异》中赋以语言丰富的妙趣,创造出大量的趣语,开出绚丽的思维花朵。近五百篇故事,篇篇都有一些诙谐幽默陶神怡性的趣语。有的几乎全篇语语皆趣,全文充溢诙谐意味;有的篇章有数段或一段趣语;有的在篇中穿插、点缀一二有谐趣和调侃意味的语句,也为小说增色不少。可以说《聊斋志异》是趣语的海洋,这些趣语又像万里碧空中的点点繁星,璀璨夺目。

趣是艺术境界的极致。"世人所难得者唯趣"(袁宏道《叙陈正甫会心集》),"一切语言文字,未有无趣而可以感人者"(黄周星《制曲枝语》)。《聊斋志异》中的趣语具有机智性、新鲜性和游戏性,有丰富的含笑量。这些趣语从特定的角度表现了人物形象的情感,浓化了生活气息,活跃了作品的气氛,揭示了生活美的内涵。使作品富有诙谐美、幽默美、情趣美,增强了作品的娱乐性、愉悦性,使人得到不尽的美的享受。小说是趣味读物,人们对《聊斋志异》故事过目不忘,与作品中的大量趣语有相当大的关系。

一

综观《聊斋志异》中的趣语,大致有以下几类:

1.描摹性趣语

小说的主要任务是描摹,描摹的语言生动传神富有情趣才能动人。清人黄周星在《制曲枝语》中说:"今人遇情境之可喜者,辄曰'有趣,有趣'。"《聊斋志异》用非常精炼的语言描绘出众多的令人可喜的情境,作者用许多奇特的比喻描摹出人物的可笑情态。这种只言片语的比喻内蕴丰盈的审美信息,远胜于繁复的铺叙和工笔细描,具有以少胜多的功效,展现在读者面前的是一幅幅情趣盎然的生活画卷。《萧七》篇中作者借女主人公之口描绘一群婢女的吃相:"诸婢想俱饿,遂如狗舔砧。"读者可以想象出这群婢女个个伸出长长的粉红色的舌头,像狗舔切肉板一样,把碗盘舔得干干净净。这种饥饿至极的吃相不是非常可笑吗?《秦生》中写酒徒的喝相也很有趣。酒徒秦生来了酒瘾时,拿起有毒的酒不顾一切地狂饮,"妻覆其瓶,满屋流溢,生伏地而牛饮之。""牛饮"一喻,传神至极,秦生趴在地上像渴极的牛喝水那样不顾一切地大口猛喝流淌在地的毒酒,嗜酒之状,令人绝倒。《画皮》中的王生从书房窗外偷偷看到绿面獠牙的狰狞女鬼用彩笔描画皮、披画皮变美女的过程后,其动作是"兽伏而出",又逼真又生动又有趣。他已无法站立,只能是四肢着地,像野兽那样行走,还不是像野兽那样安然地行走,而是体若筛糠似地爬行。此句虽然只用了四个字但传神至极,是极为有趣之笔。《小谢》篇中用奇特的比喻来描绘女鬼小谢戏弄陶生的动作姿态也是极趣之文:"夜将半,烛而寝。甫交睫,觉人以细物穿鼻,奇痒,大嚏,但闻暗处隐隐作笑声。生不语,假寐以俟之。俄见少女以纸条捻细股,鹤行鹭伏而至,生暴起呵之,飘窜而去。"小谢手拿细长的纸捻,去穿假装睡觉的陶生的鼻孔,前行的动作就像鹤高高抬起纤细的长脚,落下时轻盈无声,在见到陶生似有察觉时,又立即弯腰蹲伏在地,把身体缩成一团,像鹭一样趴伏于地,见无动静,然后再起身,这样时起时伏,走走停停,蹑手摄脚去接近陶生。"鹤行鹭伏"这一奇特比喻具有高度的具象性,用语夸张又风趣,非常逼真地描绘出小谢顽皮淘气的神态。她蹑手蹑脚去施展鬼把戏的动作神态令人十分好笑,充满孩子的稚气和天真。作者活画出小女孩的活泼烂漫乐不知愁的憨顽情态,洋溢着美的情趣,令人拍案叫绝。这一段文字称得上绝世趣语。有人称誉,此段文字是全书中最美的章段之一,确有道理。

《聊斋志异》在描写特定情境中特定人物的动作文字很有谐趣。《小翠》中小翠与傻公子及丫鬟一起玩踢球游戏,把球踢中公公的面门,其他人都急忙躲开避祸,傻公子却"犹踊跃奔逐之",还欢天喜地追球,对此事的严重后果浑然不觉,傻中有天真,很有傻趣。在傻公子被打后,小翠"笑拉公子入室,代扑衣上尘,拭眼泪,摩挲杖痕,饵以枣栗"。 她的这一连串动作,表现了对傻丈夫的怜爱,她对丈夫抚慰是哄小孩的方法,不似夫妻之爱,倒像母亲安抚年幼的孩子。因丈夫的痴傻使这种夫妻之爱与母子之爱错位,谐趣十足,令人捧腹。

蒲松龄在塑造奇幻形象时以传神灵动之笔描绘奇幻形象或奇异形象的超常奇异的行为举止、奇情奇态,创造出有浓烈谐趣的喜剧情境,出现了另一类型的喜人的描摹性趣语。《翩翩》中罗子浮见到漂亮的花城娘子时色心难耐,对其动手动脚,身上穿的翩翩所做的有奇异性能的锦缎衣服突然发生变化:"顿觉袍裤无温;自顾所服,悉成秋叶。几骇绝。""秋叶",秋天枯黄干燥的树叶,我们可以想象罗子浮满身是枯黄的树叶,一动还哗啦哗啦作响,这种怪模怪样跟原始人差不多,还坐在两个美女面前,是何等尴尬何等可笑! 难怪他"几骇绝",恐怕当时有个地缝他都能钻进去。这一描写有趣至极。把现实中不存在的喜剧场景写得活泼逼真,使人有身临其境之感。《聊斋志异》中写奇异的"鸟语"和鸟的行为也是极趣之文。《阿宝》中孙子楚灵魂所化之鸟,是一只奇异的爱情鸟。它的外形是鸟的形体,所做的动作是鸟的动作,但它却有人的头脑,表达出的是一个情痴感天动地的爱情:它能自报其名,向阿宝提出勿锁它的请求,依依相伴心上人,用甜言蜜语与阿宝谈恋爱。说"得近芳泽,于愿已足"是才子的口吻,很文雅,有柏拉图爱情的味道,又切合鸟对人表达爱意的特定情境,既有奇趣又有雅趣。它很有心计,既乖巧又有几分世俗的狡黠,在阿宝向它表示爱情时,它表示不相信进行反驳,阿宝起誓时,它竟歪着头沉思起来,心生一计,衔起阿宝的绣鞋作为凭信之物飞跑了,这一举动就不那么文雅了,耍一个小小的无赖,有趣又很可爱,真是娇态可掬。它是想长久地近芳泽。其言语行为令人解颐。这一段描摹趣语是中外爱情文学中最迷人的至趣之文。《鸲鹆》中的八哥只是自然状态的鸟,但智力高于王公贵族,是一个与王爷斗智很会忽悠非常伶俐可爱的趣鸟,它的"鸟语"也非常有趣。为了帮助主人解决生存困难,他去取悦王爷,帮王爷侃价让王爷买下自己。它还向王爷自称"臣",那个时代没有官职的百姓在官员面前都自称"草民",一只小鸟竟然自称"臣",非常滑稽搞笑,奇趣顿生。它说"臣要浴",以要洗澡为名出了鸟笼,待时机成熟还用山西口音说"臣去也",与王爷"拜拜"了,把王爷戏弄一番。这是极其聪明、有美好心灵又非常幽默快乐的鸟。这一段描摹文字妙趣横生。

2.戏谑性趣语

寻找欢欣，寻找快乐，是人类生命之所需。戏谑是人们的天性，是人的真实感情的表达，是人们寻找欢欣快乐的一种常见方式。《聊斋志异》中的花妖鬼狐也是如此。他们之间经常逗趣、打趣、斗趣、凑趣。书中许多篇章都有戏谑之语。有情人间的戏谑、夫妻间的戏谑、姐妹间的戏谑、朋友间的戏谑、邻里间的戏谑、父子间的戏谑，可谓是谑趣飞溅。特别值得一提的是，《聊斋志异》中的仙狐花妖等非现实的女性，都有活泼快乐的天性，都是乐天派。她们不仅貌美如花，而且个个慧心妙口，极富幽默气质，天生喜好戏谑调侃，善讲趣语。一有机会，她们个个都是谐语连珠、俏语娇音，逗趣取乐。她们热爱人间的世俗生活，同伴的婚嫁性爱、生育之事，是她们最感兴趣的逗趣话题。逗趣是她们热爱生活的一种美好气质的散发。是"愉快和机智的放肆"（车尔尼雪夫斯基语），给人一种温柔喜悦的美感。这种戏谑性的趣语在《聊斋志异》中随处可见，是在全书中出现的最多的一类趣语。

《画壁》中众仙女打趣垂髫仙女："腹内小郎已许大，尚蓬蓬学处子耶？"对其性爱之事进行夸张调笑，表现了众仙女对垂髫仙女爱情的赞许。这一谐噱之语情趣横溢，开人心脾。《狐梦》中的狐二娘子对新婚妹妹的打趣有另一番的情趣。这位快言快语的二娘子践席后一见其妹、妹夫便大开玩笑："'妹妹已破瓜矣，新郎颇如意否？'女以扇击背，白眼视之。二娘曰：'记儿时与妹相扑为戏，妹畏人数胁骨，遥呵手指，即笑不可耐。便怒我，谓我当嫁憔侥国小王子。我谓婢子他日嫁多髭郎，刺破小吻，今果然矣'。"这是亲情味很浓的调笑。狐二娘子拿妹妹新婚性事和男女欢爱之事开玩笑。此玩笑如失分寸，就会成为"荤"笑话。此处的戏语却化俗为雅，语言精致，极富谐趣，特别是"刺破小吻"一语，妙不可言，令人忍俊不禁，具有无穷的美趣。诚如冯镇峦、但明伦所言"点缀小女子闺房戏谑，都成隽语，且逼真"（冯评），"喁喁小语，戏而成趣"（但评）。狐二娘子的戏语中带出她们姊妹童年时以婚姻之事打趣的笑语，带有儿时的天真之趣，使这一戏语趣中含趣，产生丰醇的美感。《翩翩》中的仙女花城娘子与翩翩相互打趣戏谑的文字是全书中描写人物趣语最美的片段："一日，有少妇笑入曰：'翩翩小鬼头快活死！薛姑子好梦，几时做得？'女迎笑曰：'花城娘子，贵趾久弗涉，今日西南风紧，吹送来也！小哥子抱得未？'曰：'又一小婢子。'女笑曰:'花娘子瓦窑哉!那弗将来?'曰:'方鸣之,睡却矣。'"翩翩跟落难书生罗子浮结婚后,邻家少妇花城来看望,二人相互打趣,演出一场诙谐无比的笑剧。戏语中"小鬼头""小哥子""小婢子"的称谓洋溢着无比亲昵的情味。"快活死""西南风吹送来"等质朴的口语清新风趣而欢快。而"薛姑子好梦""瓦窑"等用典之语雅而俏皮。二人相戏相谑,字字入妙,情感欢洽。这个打趣那个自己在悄悄享受新婚之乐,那个嬉笑这个是个只会生女儿的"瓦窑",表现了少妇嬉斗取乐的情性和浓郁的生活气息,增加了语言的亲切感,使人们感受到她们的活泼可爱。

3.应对性趣语

《聊斋志异》中许多人鬼花妖都有急智巧智,思维十分敏捷。都有伶牙俐齿,有极佳的口才。他们都能言善辩,在斗口的场合能巧于应对,应答之辞非常巧妙,清新出趣,常常是趣语喷涌,妙词如珠。

他们在交际中遇到对方的最难回答的问语时,能巧对智答。《巧娘》中的女鬼巧娘对天阉的青年男子傅廉戏问道:"寺人亦动心佳丽否?"问得调皮幽默,对此问语如正面回答是或否,那就很乏味。傅廉巧妙从侧面答道:"跛者不忘履,盲者不忘视。"答词令人耳目一新,用了两个妙喻,说性生理上有缺陷的人也不会失去对性爱的追求,对爱情的向往,答得巧妙含蓄,用喻贴切,又非常风趣。

他们中有的善于巧辩,用巧辩之辞为自己解脱困境,辩得不俗,辩得机智,辩得风趣。《织成》中的不拘礼法的才子柳生,醉中用牙齿咬住所爱慕的洞庭府中的仙女织成的袜子,被仙府中的首领下令杀头,他在被缚就刑时向一王者为自己辩解:"闻洞庭君为柳氏,臣亦柳氏;昔洞庭落第,今臣亦落第;洞庭得遇龙女而仙,今臣醉戏一姬而死,何幸不幸之悬殊也!"如此自辩既要赖又强词夺理,真是巧舌如簧。但明伦评此辩词说:"委婉近人,虽是牵强撒赖,亦有理有趣。"(《聊斋志异序》)洞庭君后又命柳生作《风鬟雾鬓》赋,因他构思慢而讥讽他:"名士何得尔?"柳生又应以巧辩:"昔《三都赋》十稔而成,以是知文贵工,不贵速也。"他不说自己文思迟钝,却把为文的"工"与"速"割裂开来,对立起来,说得振振有词。巧为自己解脱困窘,辩词不乏机智也有诡辩,令人忍俊不禁。

《聊斋志异》中的能言善答者还善于反击,他们在遇到对方的言语戏谑、嘲讽、挖苦、侮辱时，反应灵敏，急智应对，特别善于随机应变，以笑语谐词反击对方，使对方自取其辱。这种语言交锋带有一定的斗智性。《狐谐》中的轻薄无行的文人孙得言戏谑狐娘子道："得听娇音，魂魄飞越。何吝容华，徒使人闻声相思？"语言油滑不恭，流里流气，有性挑逗的意味。狐娘子立即回敬一句："贤哉孙子！欲为高曾母作行乐图耶？"运用谐音双关，拿他的姓开玩笑。"贤哉孙子"的"孙"，明是孙得言的姓，实是儿孙的孙；"子"明是尊称，实是"孙"的后缀，把孙得言一下子降了两辈，把他的轻薄要求说成孙子对祖母的孝敬，极趣之语使他哭笑不得。孙得言不甘心失败，又出一刁钻之上联戏谑狐娘子的丈夫万福："妓者出门访情人，来时'万福'，去时'万福'。"将万福的名字嵌其中。众人对不上来，狐娘子对道："龙王下诏求直谏，鳖也'得言'，龟也'得言'。"也把孙得言的名字嵌其中，还把他归为鳖龟之类中。狐娘子以谑制谑，联对工巧，双关谐趣，丝丝入扣，反击之语诙谐有力，笑骂之语，骂得极巧，闪烁着智慧的火花，智趣四溢。

4.嘲谑性趣语

《聊斋志异》是一部借谈花妖狐鬼以发泄作者内心"孤愤"之书。作者对世上丑的东西，对贪官酷吏，对科举弊端，对颓风薄俗、恶德败行进行猛烈地抨击。作者在表现这些内容时是寓庄于谐，"寓赏罚于嬉笑"，"以谑语诛之"（卧闲草堂评点《儒林外史》，第四回语），运用机智风趣的开玩笑的语言，通过书中人物之口对社会生活中乖讹、丑陋、谬误的事物进行揶揄和嘲笑，形成了大量的嘲谑性趣语。作者常常在丑自炫其美时，用极谑之语让丑当众出丑，使丑变成滑稽，显出其荒唐和谬误的可笑，在笑声中被鞭挞和否定。

蒲松龄特别擅于嘲讽戏谑，《聊斋志异》嘲谑戏谑方式多种多样，每种嘲讽戏谑的语言都出新出奇。《颠道人》的"异史氏曰"讲一个有趣的小故事，讲章丘的周生出门喜欢摆谱，淄川的殷生在一次聚会上迎候周生，其情景是：殷生足穿带毛猪皮靴，身穿公服，手持拜见名帖。鞠躬道左，等候周生的车轿，如同下官迎接朝廷钦差一样恭敬隆重，而口中所致的欢迎词却是"淄川生员，接章丘生员！"迎接的对象不过是穷秀才而已，太搞笑了。欢迎仪式的隆重和欢迎对象的卑微形成巨大的反差，欢迎词的嘲讽戏谑之意在于言外，是极趣之语，令人笑弯腰。殷生的恶作剧嘲讽戳穿了摆阔装贵的把戏，弄得周生无地自容。

《聊斋志异》的嘲讽谑笑之语中最有讥刺力度和令人好笑的是《司文郎》

中盲僧用鼻嗅余杭生的座师之文焚化气味的感受之语。盲僧能用鼻子嗅出文章的质量,对劣质的臭文章产生强烈的生理反应的特异功能真是奇极,趣极。盲僧在嗅了臭文章被折腾得上吐下泻之后,诉说所嗅文之气味进人体内和排出的过程,在体内流走的感受,说得活灵活现:其味奇臭,体内各器官都难以接受,无法存留,只能从肛门如响雷般急急排出。诙谐之语寓含着怒骂,无意评判,而意全在幽默之摹状之中。对那狗屁不通擅作威福的考试官的挖苦讽刺达到了无以复加的地步。但明伦对此有夹评曰:"虐极,快极。"盲僧这一嗅文感受之趣语在文学史上堪称千古一绝。读来令人畅快之至。《鸮鸟》中嘲讽贪官的谑语具有直率之趣。篇中叙长山县令杨某性奇贪,在同僚面前还洋洋得意,在杨某饮酒行令时三位同僚用酒令形式劝阻杨某止贪,杨某厚颜无耻念念有词,表示要我行我素。在他非常得意时,鸮鸟幻化的少年飘然而至,口出一令:"天上有玉帝,地下有皇帝,有一古人洪武朱皇帝。手执三尺剑,道是'贪官剥皮'。"众人大笑。几句酒令流畅生动,朗朗上口,无比风趣。既是痛快淋漓的斥责,又是幽默尖刻的调侃。以泼辣的语言出奇制胜,声言要"手执三尺剑",如洪武朱皇帝将贪官"剥皮"。在笑傲之声中给贪官当头一棒,使之七窍生烟,暴跳如雷。这一支充满谐趣的酒令,对贪官污吏的丑恶行径进行猛烈地讽刺揶揄,大有一吐恶气之快,令人掩卷失笑。《司札吏》篇中后半部分讽刺附庸风雅者的谑语极富俗趣:牛首山的铁汉和尚不会作诗,偏胡诌了四十首。自己刻两枚印章,一枚刻的字是"混账行子",另一枚刻的字是"老实泼皮"。秀水人王司直刻印他的诗,取名为《牛山四十屁》,落款是"混账行子、老实泼皮放"。这一题名趣语与落款一连接,所产生的喜剧效果令人喷饭。

5.析评性趣语

蒲松龄在《聊斋志异》中的一大创造是将史传文学的写法移入小说创作中来,在《聊斋志异》的一百余篇作品的末尾附上了"异史氏曰"。这些以议论为主调的文字,是从正文故事、艺术形象中生发出来,作者以此析事论理,点明意旨,臧否人物,抒发感慨。这些议论文字有丰富的文学意味,富于文采,将描述与议论融为一体,嬉笑为文,语言幽默,尖锐,诙谐,锋利,隽永。议论精警,文理并茂,妙语解颐,趣味横生,阅读这些析评性趣语给人另一种艺术享受。

《聊斋志异》中精彩的析评性文字以批判讥刺丑恶形象和浇薄的世风为主要内容。《潍水狐》篇后的"异史氏曰"堪称析评性趣语的绝妙好词。此篇中叙狐翁交纳甚广，唯独不肯见邑令，因"彼前生为驴""羞与为伍"，对邑令进行强烈的讽刺。作者并未就此打住，而是在"异史氏曰"中析评驴性，对官吏进行劝诫："驴之为物，庞然也。一怒则蹄跌嗥嘶，眼大于盎，气粗于牛，不惟声难闻，状亦难见。倘执束刍而诱之，则帖耳辑首，喜受羁勒矣。以此居民上，宜其饮糗而亦醉也。愿临民者，以驴为戒，而求齿于狐，则德日进矣。"作者此处叙析评驴相驴性，用语精当诙谐。指出驴形体丑陋，相难看，声难听，脾气大，性极拗，但用一把草料就可使它俯首帖耳，巧妙地道出了潍县邑令平日的治民为官之状：执拗性偏，依势压人，贪财恋物。活画出为官如驴的丑态和本质。这种比附令人开心至极。然后作者把叙析驴性的笔墨移到为官者身上，直接把驴性与官性联系起来，劝诫官吏们以驴为戒，首先求得兽类——狐的好感，如此他的品德就能日有所进了。这种极谑之语真是"刺贪刺虐，入骨三分"了，堪称笑骂的极品。《金和尚》篇后"异史氏曰"的析评，另有一番情调。该篇叙金和尚依靠不法手段致富后的豪奢和嚣张，其弟子仆从的趋炎附势及其死后葬礼惊人的铺张。篇末作者以风趣的析评之语对金和尚的品类进行了评断："此一派也，两宗未有，六祖无传，可谓独辟法门者矣。抑闻之：五蕴皆空，六尘不染，是谓'和尚'；口中说法，座上参禅，是谓'和样'；鞋香楚地，笠重吴天，是谓'和撞'；鼓钲锽聒，笙管敖曹，是谓'和唱'；狗苟钻缘，蝇营淫赌，是谓'和幢'。金也者，'尚'耶？'样'耶？'撞'耶？'唱'耶？抑地狱之'幢'耶？"这段析评之语，扣住主人公的和尚身份，以调侃性的反语"独辟法门"鞭挞其丑恶行径。然后又以谐音、谐义的仿词方式，由"和尚"仿出"和样""和撞""和唱""和幢"几个新奇词语，绝妙地画出了佛门中披着僧人外衣的伪劣假冒之徒的各种丑恶嘴脸，叙其在佛门中的各色表现，为他们按头制帽、取名，名实相扣，所取之名非常别致。更妙的是在结句中将所取之名抽出一个单字"尚""样""撞""唱""幢"加以排列。金和尚究竟属何类，作者只提问而不作答。虽只问不答，但评断自在其中。作者在析评中调侃，嬉笑成文，这段析评文字确属幽默的上乘。

二

蒲松龄在《聊斋志异》中创造出灿若繁星的趣语，这是他诙谐性格在作品中的自然流露，也是由于他有非凡的运用语言的天才，采取多种艺术手段来

使语言生趣,所用的艺术手段主要有以下几种:

1.设置奇异情节通过精怪的物性引发趣语

《聊斋志异》的许多篇章都写了人与狐鬼花妖等异类交往的故事。这些异类既有人的体貌、人的社会性,又有原来类属的特征和动物性。他们是既有动物(或植物)原来的形体又有人的形体,两者联系紧密。作者按此艺术逻辑设置了人与异类交往的奇异情节、场景,正因为人与异类有别,引发了许多奇趣之语。《董生》中有这样一个奇异情节:一晚,一个面如天仙、尻长长尾的雌狐精睡到了好色的董生的床上,董生见此女之貌美得异常,欣喜欲狂,伸手被中探其下体,摸到一条毛茸茸的长尾巴,吓得体若筛糠,转身欲逃。狐精醒来,问他,你怕什么?董生答曰:"我不畏首而畏尾。"这一答语风趣至极,非常绝妙地表现了他对狐精既爱其美色又惧其异类的矛盾心理。他面对的是一个半人半狐的怪物,是狐尾与人身混搭之体,因而产生半喜半惧的矛盾心情。《香玉》篇中也有一个奇异的喜剧性情节,耐冬花神绛雪不想与黄生整天卿卿我我,还原为树身独享清静。黄生便跑到耐冬树下,拥抱着树,摇动着,抚摩着,低声呼唤绛雪的名字,但是没有回声。黄生便跑回书斋,抓起一把艾草,在灯下捆扎起来,准备去烤灼耐冬树。这时"女遽入,夺艾弃之,曰:'君恶作剧,使人创痏,当与君绝矣!'"这个情节特别神奇,在黄生正准备烤耐冬树时,绛雪马上得知,立刻跑过来阻止他,劝阻之语很有奇趣,先说烤树会给自己身体带来伤害,烤树竟会给人身上留下伤疤,带来伤痛,好像人与树之间有神经相连,不可思议。实际是说她本体的耐冬树与其他树木一样,都特别害怕艾草熏烤,然后是含有柔情的警告:你如此胡闹就再不理你了。情趣盎然。《竹青》中鱼客问将临产的竹青:"胎生乎?卵生乎?"即是询问,也是打趣。是令人笑破肚皮的趣语。上述的趣语是由奇异情节引发出来的。如董生不是面对人首狐尾的精怪,就无法说出"我不畏首而畏尾"之语,花神绛雪的形态是时而变成树,时而变为人,其为树身时有人性,为人身时有树性;人可以用艾灸治病,而它这棵有人的感觉是人非人是树非树的奇妙的树非常怕艾草烘烤,因此她才劝阻黄生烤耐冬树,才有丰富情趣的劝阻之语。鱼客之妻如不是鸟精,在她临产时,也不会有"胎生""卵生"的戏问打趣之语。奇异情节中精怪的物性引发的趣语给人们带来丰富的审美愉悦。

2.语言悖理生趣

《聊斋志异》不少篇章中写了一些极痴极憨之人的痴语、憨语。这些痴语、憨语悖于世间的常情、常理、常规、常识,悖于一般的认知模式,出乎人们的意料,使人们感到乖讹和惊奇,更使人感到非常可笑,成为极趣之语。这些悖理之语可分为内容悖理和场合悖理。

《书痴》中的郎玉柱嗜读如命,除了读书,其他事情全然不知,其痴感动了书中的美女颜如玉,走出书来与他同居。郎玉柱虽对颜如玉倍加爱怜,但他对夫妻之道一无所知,并未与颜如玉行夫妻之事。不久,他却问颜如玉:"凡人男女同居则生子,今与卿久,何不然也?"他不事播种却问收获,真是傻得可以。这一悖理之语痴趣横溢,令人捧腹。此为内容悖理。《小翠》中的王公子是个憨痴之人,与小翠成婚后,其母得知他与小翠夜夜"异寝"时,让下人抬走他的床,以此强迫他与小翠同床。几天后,他当着众人向其母发火:"借榻去,悍不还!小翠夜夜以足股加腹上,喘气不得;又惯掐人股里。"此憨痴之语属场合悖理,王公子一不懂其母让其与小翠同床的用意,二不懂小翠床上动作的示爱之意。他不懂夫妻之事的痴傻程度更超过郎玉柱,他感到自己受到了天大的委屈,向其母发怒,将房中隐事大声喊叫出来,闹出天大的笑话,令人笑不可止。由此也可见蒲翁使语言生趣的方法之高妙。

3.语言歧解生趣

文学作品中的语言歧解是构造幽默的常用技巧,多用于人物对话中。蒲松龄在许多篇章中运用此法写出了极幽默的趣语,极美的华章。他在安排人物对话时常让对话的一方对另一方的话语传达出的语言信息进行岔解、误解或曲解,使双方言语思维的运动方向不一致,让对话人物之间造成常规思维和非常规思维的矛盾,造成对话的人物不在一个思维线路上对话,岔解、误解或曲解的一方说出令对方哭笑不得的话语,造成一次又一次的喜剧性的失谐,使对话具有无限的风趣。

《聊斋志异》中最幽默绝伦的岔解对话是《婴宁》篇中王子服向婴宁示爱的一段对话:

> 生俟其笑歇,乃出袖中花示之。女接之曰:"枯矣,何留之?"曰:"此上元妹子所遗,故存之。"问:"存之何益?"曰:"以示相爱不忘也。自上元相

遇,凝思成疾,自分化为异物,不图得见颜色,幸垂怜悯。"女曰:"此大细事。至戚何所靳惜? 待郎行时,园中花,当唤老奴来,折一巨捆负送之。"生曰:"妹子痴耶?""何便是痴?"曰:"我非爱花,爱拈花之人耳。"女曰:"葭莩之情,爱何待言。"生曰:"我所谓爱,非瓜葛之爱,乃夫妻之爱。"女曰:"有以异乎?"曰:"夜共枕席耳。"女俯思良久,曰:"我不惯与生人睡。"

这里王生向婴宁步步示爱,而她的答语却句句岔解。王生示爱的话讲得较含蓄,真正意义不在言内而在言外,即言外之意。这是一般常人共知的言外之意。而婴宁却偏偏按王生示爱之语的言内之意来解码,解码后语义与王生的语义发生大幅度的偏离。柏格森指出:"当一个表达方式原系用之于转义,而我们硬要把它当本义来解释时,就得到滑稽效果。"(《笑——论滑稽的意义》,中国戏剧出版社,1980年)由于婴宁对王生之语的岔解产生了语言错位,她的对语就成了极富滑稽之美的趣语。王生用枯花"以示相爱不忘",婴宁岔解为,既然你爱花,就让老奴送你一大捆。答语憨性十足。王生进一步表示爱意,说爱的是拈花的人,她又岔解为亲戚之间本应有爱,根本用不着表白。此时,王生不得不明白表示他的爱是夫妻之爱,并解释说想和她夜共枕席,说得再也不能更直露了。婴宁仍然岔解,低头想了好久,竟出人意料地冒出一句:"我不惯与生人睡。"这一答语真是令人绝倒,令人喷饭! 婴宁对王生求爱语言信息时时出现接发误差,她的思维惯性不停地在误会的岔道上运动,表现了她昧于男女情事的天真无邪,"憨态可掬"(何垠语)。她与王生这一岔解对话,产生无可言喻的美趣。这一段幽默可笑的趣语,堪称中外文学作品中趣语的千古绝唱。

《聊斋志异》中作者有时让某个人物对他人的言语进行故意曲解,造成极端诙谐幽默的喜剧效果。《仙人鸟》中仙女芳云曲解王勉的诗意是典型的一例:

王即慨然诵近体一作,顾盼自雄。中二句云:"一身剩有须眉在,小饮能令块垒消。"邻叟再三诵之。芳云低告曰:"上句是孙行者离火云洞,下句是猪八戒过子母河也。"一座拊掌。

骄狂文人王勉在仙人岛被招赘为婿,迫不及待地卖弄才学,诵起自作之诗,自认为其诗句不凡,诵后等待众人叫好。没想到博学多才而又幽默风趣的芳云利用诗语的多义性对王勉的两句诗进行曲解，使诗的言语义发生转移。王勉的诗句说自己很潇洒，豪饮有风度。芳云对"一身剩有须眉在"一句进行注解，说写的是"孙行者离火云洞"一事；对"小饮能令块磊消"一句进行注解，说写的是"猪八戒过子母河"一事。这一曲解，诗就变了味，变得滑稽不堪了。王勉所自我塑造的潇洒的大丈夫形象变成了被擅长喷火吐烟的红孩儿烧光猴毛的秃猴子，变成了喝了落胎泉水大小便齐流、化去胎块自行流产的猪八戒。这一曲解也合王勉诗句之意，却与王勉所要表达之意相差十万八千里，顿生滑稽诙谐之趣，使王勉大出洋相，产生极强的喜剧美感。

4.集谬重现出趣

文学创作中有一种名为"拟误"的修辞手法：作者为达到某种特定的修辞目的，故意将所描写的人物在发音、写字、用词造句等方面的错误，按原样写入作品中，产生某种特定的修辞效果。如《红楼梦》中的薛蟠将唐寅误认作庚黄，宝玉的伴读李贵将《诗经·鹿鸣》中的"食野之萍"误说成"荷叶浮萍"，以此造成一种可笑的效果。《聊斋志异》中也大量使用这一修辞手法。蒲松龄在使用这种修辞手段时极富创造性，用出了新水平。一般作品在叙述人物误认、误写、误读、误说的错字错句时，按其原貌在作品中只出现一次。《聊斋志异》中的"拟误"则不然，而是将误认、误写、误读、误说的错字错句按原貌出现一次后，经过其他人物的归纳整理，将其以新组合方式再出现一次。这就更增加了语言的谐趣，具有更强的喜剧效果。这种修辞手段似"拟误"，又不同于"拟误"，修辞学专著尚未对此手段命名，我们暂且名之"集谬重现式"吧。

《嘉平公子》篇成功运用了这种"集谬重现"的修辞方式。篇中叙多情的鬼妓温姬，见嘉平公子外貌漂亮，便蒙羞自荐，主动向公子求爱。嘉平公子的父母百计驱遣，不能驱去。后来温姬看到了公子写的一张笑话百出、错字连篇的"谕仆帖"，其中误"椒"为"菽"，误"姜"为"江"，以"可恨"为"可浪"。温姬在上面批道："何事'可浪'？'花菽生江'。有婿如此，不如为娼！"弃公子而去。温姬的打油诗巧妙集谬，形成了滑稽的趣语。她把嘉平公子"谕仆帖"上杂乱的错字进行梳理组合，错字和错字组成的词组之间产生了因果关系。"何事可浪""花菽生江"组合后的错字错句更增加一番风趣。打油诗前两句成为后两句之因，后两句是前两句之果。这种"集谬重现式"加重了讽刺的力度，在调侃中嘲笑，其谑趣效果大大增强。

《司札吏》中为鬼的司札吏对某游击官戏弄的谑语用的是另一种"集谬"方式,所集的是一种荒谬绝伦的"讳语"。中国古代社会中有一种极端愚妄的权势者,为了避讳,荒唐地规定某物名称、某字读音,造成千古笑柄。如将"放灯"说成"放火"等。《司札吏》中某游击官是个暴戾狂谬的武夫,他无比荒谬地随意扩大忌讳语的范围,称呼"年"为"岁","生"为"硬","马"为"大驴",还忌讳"败",称"败"为"胜","安"为"放"。真是可笑至极。司札吏无意中触犯了他的忌讳,竟被他举砚击杀,为鬼的司札吏前来戏耍他,自称"'马子安'来拜",名帖上写着"岁家眷硬大驴子放胜",将游击官自己硬改的词组合起来,奉还给他,嘲笑这个狂谬暴虐的武夫,骂他是一头蠢驴。这些忌讳之词奇妙地组成一句令人喷饭的话。一个"讳语"是一种荒谬,"讳语"的集合是一连串的荒谬,是荒谬的丛集,是十倍的荒谬,更为可笑;一个"讳语"是一个笑点,一连串"讳语"就是一连串的笑点,是笑点的集合,能使人笑翻天。司札吏这种集谬趣语读来令人十分快意。

5.庄语谐用生趣

庄语即严肃的语言,庄语谐用在修辞学上称为"易色",指的是使庄语的本意转移,用于非严肃的对象上。庄语谐用使语言风趣倍增,引发读者在欣赏中产生不同程度的愉悦情绪和审美快感,爆发出笑声。清人吴研人在《新笑林广记》中写道:"窃谓文字一道,其所以人人者,壮词不如谐语,故笑话小说尚焉。"宋代苏轼仿拟刘邦的《大风歌》调笑"晚苦风疾,鬓眉皆落,鼻梁且塌"的历史学家刘攽"大风起兮眉飞扬,安得壮士守鼻梁",这一庄语谐用的拟句立时收到了"座中大噱"的幽默效果。蒲翁很精于此道,常常将古代文化典籍的诸多词语、诗文、典故进行谐用,即或曲解,或换意,或赋予新意而用之。由于古典诗文、典故固有的约定俗成的语义及意义的庄严性大多是人所共知的,作者对这些古典诗文、典故进行歪解、歪用,这种谐用之语与原义形成极大的语义反差,改变了读者对所熟悉的诗文典故信息的接受定势,具有极强的戏谑性、调笑性、荒诞性,产生了强烈的谐趣之美。《聊斋志异》中庄语谐用的主要方式是对一些常用的词语成语或常见的诗文典故略作变更或增减用于人物对话中,成为诙谐幽默的趣语。如《董生》中将《左传·文公十七年》中的"畏首畏尾"添上一个"不"字,嵌上一个"而"字,成为"不畏首而畏尾"。《左传》中的"畏首畏尾"原意为政治劝诫,蒲松龄对此略加改动后用为男女相嬉之词,生出了新趣。《凤仙》篇中狐女凤仙在新婚之夜嫌丈夫刘生的肌肤太凉,微笑说道:"今夕何夕,见此凉人。"将《诗经·绸缪》中的"今夕何夕,见此良人"句中的"良人"改为"凉人",戏谑丈夫是个身体冰凉的人。这一字之改,开了一个巧妙的玩笑,轻松诙谐,且合乎情景,表现了闺房戏谑的雅趣。《仙人岛》篇中的庄语谐用更为大胆。篇中写好色的书生王勉垂涎婢女明珰,不听仙妻芳云劝阻,乘机与明珰幽会,导致前阴尽肿,数日不愈,王勉烦恼不已。一天,芳云凝视王勉,眼睛如秋水盈盈,朗若曙星。王勉自感惭愧,没话找话,以《孟子·离娄》篇中之语来赞美芳云的目光,说道:"卿所谓'胸中正,眸子瞭焉'。"说她心中坦荡,目光明亮。博学的芳云顺手牵羊,改窜王勉所说的孟子之语的下句来打趣他:"卿所谓'胸中不正,则瞭子眸焉'。""眸"为"没"的俗音,"瞭子"则为民间对男子性具的隐称。芳云以此嘲笑丈夫拈花惹草而使性具受到伤害,自讨苦吃。这种委婉的鞭挞真是绝妙至极!作者敢戏用经典的圣贤之语来开性玩笑,叫人笑不可止。

6.口语、俗语雅化生趣

《聊斋志异》的语言体式基本上是文言,同时也摄入许多民间的口语、俗语、谚语、方言土语等语体成分。作者不是将这些语体成分按原样直接写入作品,而是进行提炼和雅化,使其成为一种文言化的口语。与生活中原有的口语相比,这种雅化的口语产生了情调上的变化。法国哲学家昂利·柏格森在他的《笑——论滑稽的意义》中认为有这样一个普遍规律:"将某一思想的自然表达移置为另一笔调,即得滑稽效果。"《聊斋志异》中对民间口语、俗语的雅化即属于柏格森所说的笔调移置。这种雅化的口语雅中带俗,既醇雅别致,又质朴清新,饱蕴生活气息、生活韵味又兼有口语的长处,非常幽默风趣。这种雅化的口语、俗语的审美效果是纯白话语言所不具备的。《蕙芳》中仙女蕙芳主动嫁给小贩马二混,后来又要带两个丫鬟进门,马母拒绝蕙芳带的丫鬟来家中,说道:"我母子守穷庐,不解役婢仆。日得蝇头利,仅足自给。今增新妇一人,娇嫩坐食,尚恐不充饱;益之二婢,岂吸风所能活耶?""岂吸风所能活耶?"即为民间口语的雅化。如直接用民间的口语当为:"难道她们喝西北风就能活吗?"这样语言显得过于生硬,咄咄逼人,不能全面表达马母此时的心态情感。作者将此句雅化为"岂吸风所能活耶?"就改变了口语的韵味,软化了那种生硬的语气,使得语气委婉风趣。虽为拒绝之语又不失亲切感,表现她对两个丫鬟既喜爱又感到家境贫寒养不活她们,怕她们受苦的无奈心态,是一个饱经沧桑的老妇的俏皮之语。既典雅又活泼,既简练又通俗。《农人》篇中祟人的狐精偷吃一农人的午饭,被农人用锄头猛击,负痛而逃,后来它向被祟的一贵家女讲起此事说:"……十年前在北山时,尝窃食田畔,被一人戴阔笠,持曲项兵,几为所戮,至今犹悸。"此狐精自述被农夫痛打的语言也是口语的雅化。它把农夫锄地的锄头说成是弯头兵器,当成一种前所未见的新式武器,说明它对锄头痛击的恐惧,也表现它在被祟的贵家女子面前故意卖弄,自作聪明,故作风雅,话讲得文绉绉的,非常可笑,具有极强的喜剧效果。

《聊斋志异》语言艺术美谈片

《聊斋志异》是我国古代文言短篇小说的珍品，在语言艺术上取得了杰出的成就。它从传统文学宝库中吸取了优秀散文、诗歌、曲赋、小说语言的精髓，同时又大量吸收人民群众生活中的口语，稍加文饰，把两者融汇，提炼出最优美、最生动的文学语言。用这种语言塑造了千姿百态栩栩如生的人物形象，这方面的成就很值得我们探讨。

一

传神是古今艺术家所追求的最高境界。所谓传神就是要刻画出人物的精神、风采，揭示人物内在的思想感情和性格特征。《聊斋志异》描写人物外貌长于虚笔显神、片语传神，只勾勒一两笔而神态出。对人物的外貌避免完全实写，而是由实而虚，以实带虚，以虚取胜。所描写的许多青年女性形象都"气韵生动"，富有"神韵美"。比如写婴宁是"拈梅花一枝，容华绝代，笑容可掬"；胡四姐是"年方及笄，荷粉露垂，杏花烟润，嫣然含笑，媚丽欲绝"；白秋练是"病态含娇，秋波自流，略致讯问，嫣然微笑"；写公孙九娘是"笑弯秋月，羞晕朝霞"；侠女是"年约十八九，秀曼都雅""艳若桃李，冷若霜雪"；写粉蝶是"飘洒艳丽""秋水澄澄，意媚绝"。

这些描写语言大都是由实入虚，先叙述人物年龄或动作，接着进行神态描写。避开了"沉鱼落雁之容，闭月羞花之貌"的俗套，把形象美的描写和神态美的描写融合在一起，让读者自己拉开想象的帷幕，按照读者自己的美学要求来再现人物形象。这种描写语言虽然没有现出人物的眉目，但现出各自不同性情的神态风采：拈花的婴宁现出的是山乡野气的天真美，胡四姐现出的是小家碧玉的温柔美，白秋练现出的是病西子的娇态美，侠女现出的是刚烈美，公孙九娘现出的是大家闺秀的"高雅美"，粉蝶现出的是水乡少女的凝娣含情美。这种"离形得似"的描写给人以难以忘怀的印象,"千载下,犹如亲其笑貌"(孙联奎《诗品臆说》)。

精湛的动作描写能使人物行动起来获得生命,从书本中走向读者的心间。阿·托尔斯泰说过:"有时只有一个这样的动作,就可以描绘出那人物的特点。为了让人物自己描述自己,主要应该寻找这种表现心理状态的动作。"(《论写作技巧》)蒲松龄善于选择揭示人物内在美或丑的举动,以动传神,使动作成为生理与心理的复合体。笔尖通过人物的外在动作潜入内心,显现艺术形象心灵中最隐秘的东西,使人感受到:"每个小动作都能显露出个性的一部"。(老舍《老舍论剧作》)蒲松龄常常逼真地描写特定情势中的人物动作来显示独特的心理反应,特别是对于少女爱情心理的揭示是非常精彩的。《青凤》中青凤初会耿生有这样一段描写:

> 生谈竟而饮,瞻顾女郎,停睇不转,女觉之,辄俯其首。生隐蹑莲钩,女急敛足,亦无愠怒。

耿生爱情视线的投射,使她敏感的心灵微微颤动,"俯其首"是对尴尬局面的回避,也是内心感情的遮掩。严厉的家教、初见"风流后生"的羞涩、内向拘谨的性格都从"俯其首"这一下意识动作中透视出来。当耿生"隐蹑莲钩"时"女急敛足",显示出她非常敏感又非常自重。在灼热的爱情突然进逼之时,她有些惶恐,更多是对周围环境的疑惧戒备,然而"无愠怒"一笔,又袒露了她对耿生暗地里大胆挑逗的谅解、欣赏,对爱情的向往和追求。这一表情又可看出她把爱情的喜悦深深藏在心中,这里没有一星半点直接心理描写,却使我们体会到青凤心灵中不可言传但可意会的复杂的初恋之情。

《王桂庵》中对芸娘的描写选择了更细微的动作:

> 王窥瞻既久,女若不觉。王朗吟"洛阳女儿对门居",故使女闻。女似解其为己者,略举首一斜瞬之,俯首绣如故。王神志益驰,以金一锭投之,堕女襟上。女拾弃之,若不知为金也者。金落岸边,王拾归。已又以金钏掷之,堕足下;女操业不顾。无何,榜人自他归。王恐其见钏研诘,心急甚;女从容以双钩覆蔽之。

芸娘对王桂庵的窥视不予理睬,王吟诗句用感情挑动时,她推想大概是士子,"举首一斜瞬""复俯首绣如故",逼真细腻地现出了少女的神态。这一特写镜头显现出王桂庵试探性情爱的春风在她心灵的湖面上吹起一点细碎波纹，然后又平静下来。她的俯首不是羞涩，而是泰然自若，显示出她的机敏和庄重。王投来金锭，她"若不知为金也者"，"拾弃之"，是那样毫不迟疑，不屑一顾，从神态可见其品格。其父归来，她"以双钩把金钏覆蔽之"，这动作包含多少情意尽在不言中。这些幅度不同的动作"斜瞬之""拾弃之""覆蔽之"，把这位少女若断若续的如缕情丝写得千回百折，曲尽其致。写活了这位高洁、深情、沉着、自尊、胸有成竹风姿韵绝的少女。顾恺之在论画时根据嵇康"手挥五弦，目送归鸿"的诗句说明作画的"形"与"神"的关系："手挥五弦易，目送归鸿难"，可见传神之不易，而蒲松龄仅用十几个字就为我们画出了比"目送归鸿"的神情复杂千百倍的活生生的画面，使人物眼角眉梢、举手投足俱现神韵。

《聊斋志异》中的人物语言都很精炼，不仅极富个性，还有很强的动作性。能够以声传神，从人物声音中带出人物的"形""神""态"来，赋予人物语言多种表现功能，使人物的"声""形""神""态"高度统一，使人物在读者面前站立起来，做到了"每个人物用自己的语言和行动表现自己的特征，而不用作者提示"（高尔基《给大剧院剧目组》）。席方平（《席方平》）到冥王府为父申冤，反遭锯解酷刑。刑后冥王问"尚敢讼否？"席方平断然回答"必讼！"从这声音中我们可以想象到席方平身躯挺立，目光如电，声若巨雷，震撼地狱，这是凛然正气的极怒之态。《青凤》中耿生夜闯狐宴，大呼"有不速之客一人来！"此声中带出的是大摇大摆目空一切的狂放之态。《小翠》中"公子告母曰：'借榻去，悍不还！小翠夜夜以足股加腹上，喘气不得，又惯搯人股里，婢妪无不齚然'"。此句中带出的是气呼呼、饱受"委曲"而抱怨的痴态。这些人物的不同神态都是由自身语言托现出来，显得真切生动，如果改由作者直接描绘要多费笔墨也难以达到如此效果。

蒲松龄还能通过人物的语言表现出人物的"形""神""态"的发展变化，现出的不是一"形"一"神"一"态"，而是多"形"多"神"多"态"，增强人物形象的立体感。比如《莲香》中莲香与李氏的一段对话描写是十分出色的。描写中对莲香的神态没有写一个字，但从她多次"进攻性"的语言中可真切地显现出来。莲香与李氏共恋桑生，桑生因李氏而致病，二人因桑生病因曾互指责。此时真相大白，莲香又采药有功，精神上占了优势，但她对李氏并无恶意，因而出现了戏剧性的场面。莲香笑用"恐郎强健，醋娘子要食杨梅也"来对李氏打趣，可以想见她脸上的笑容是得意之笑。李氏认错表示悔改，要为治病效力，莲香接过话题讲采药经过及治病方法，我们又仿佛着见莲香收起笑容一本正经之态。因为一是此时表功以示庄重，二是想用新的方式再对李氏戏谑一下，只有故作正经才能使李氏听从调动摆布。她答李氏"何需"之问，说以香唾为药引时，她开心的笑容藏不住又挂在眼角眉梢。李氏低头看自己的鞋时，她又进逼一句"妹所得意唯履耳"，语言尖酸诙谐，又表明她戏谑的目光盯在李氏的脸上，随着李氏目光的转移，她的目光也转移到李氏履上。在莲香的催逼之下，李氏在难堪之中不得已"唾之"，莲香此时语言如沙场喊口令一般，命令其"再！"语气强硬，可以想见此时表情再不是嬉笑之态，而是疾言厉色了。因为毕竟为桑生治病要紧，如不正色催逼一下，这件事是完不成的。这一段描写中莲香的口气语调如耳亲闻，神情几经变化如同目睹。生动的语言臻于神品的境界。

《聊斋志异》的描绘语言能抓住事物"一瞬间生动的显现"（歌德语），凝神采于一点，看似平淡的语言中有深刻丰富的内涵。美国现代著名短篇小说家海明威有一个精彩的比喻，他把好的作品比作漂浮在海上的冰山，露出水面的只有八分之一，还有八分之七都深藏在水下。把这个比喻移用于《聊斋志异》的语言艺术也是非常恰当的。《聊斋志异》凝神于一点的描写语言，正像显露在水面上形状秀美、晶莹剔透的冰山群。唤起人们长出想象力的鳍翅，潜入水底，发现蕴藏在水底的"八分之七"。人们可从传出的"神"去体味更深一层蕴意。"睹一事于句中，反三隅于字外"，进行不同层次的联想。使读者的思绪由感性形象向理性升腾，获得丰富的审美感受。《促织》中有这段文字：

> (少年)屡撩之，虫暴怒，直奔，遂相腾击，振奋作声。俄见小虫跃起，张尾伸须，直龁敌领。少年大骇，解令休止。虫翘然矜鸣，似报主知。

这一段描写末尾的"虫翘然矜鸣"把促织得胜后喜悦兴奋的情态写得活灵活现，作者又补叙一句"似报主知"，说明虫"矜鸣"的原因。这推测之词使此促织带有了浓厚的人情味，这看似空灵的一笔却构成一个悬念。作品后来交代此促织是成名之子所幻化。幻化的原因是成子把其父千辛万苦捉来的促织失手弄死，九岁的幼童也深知此事与全家性命相关，在其父追索下怀着极端恐惧的心情结束了自己的生命。此处"翘然矜鸣"是向其父以功赎失，求得父亲的谅解，还是告慰父亲儿将拼力解除家庭的厄运？这是向由于官府重压在暴怒之中逼得亲生骨肉自尽的父亲所表示的多么复杂难以言传的情思啊！引人深思：因皇帝玩虫一个幼童被折磨得死死生生，死后灵魂还被统治阶级玩弄,这是多么凄惨的人生悲剧! 仅此八字令人回味不已,其感染力是篇后的一段"异史氏曰"所不能比拟的。再有《宦娘》结尾的语言也是意蕴深长的:

> 宦娘凄然曰:"君琴瑟之好,自相知音,薄命人乌有此福。如有缘,再世可相聚耳。"因以一卷授温曰:"此妾小像。如不忘媒妁,当悬之卧室,快意时焚香一炷,对鼓一曲,则儿身受之矣。"出门遂没。

结尾一"没"字精当至极,传神地写出了鬼魂来去飘忽的行动特点。更主要地显示了人物性格,可以说一"没"字而"境界全出"。女鬼宦娘倾慕温生,但己身为鬼不能与之结合,她为报答温生对自己的爱,在冥中奔波使温生和葛良工得谐秦晋。她忍住内心的酸楚,甘心情愿"日日夜夜压金线,为他人作嫁衣裳",促成别人的美好婚姻,为心爱的人获得真正的幸福而奋争,事成只要得到一点音乐美感享受就满足了。心爱的人得到幸福她悄悄离去,走得那样迅速,是想极力避开温生的报答。这一"没"字显示她多么高尚的情操,闪现出心灵美、人格美、道德美的光辉,使人感到"斯人虽已'没',千载有余情",令人怅惘不已。这诗意的笔触寄寓了作者对生活美的追求。

二

但明伦在《聊斋·狐梦》中的评语说:"喁喁小语,戏而成趣。"赞赏《聊斋志异》语言的生动性。不仅简炼、准确、传神,还通过多种手段增强语言的趣味性,使之具有丰富的情趣美。"于嬉笑诙谐处,包含绝大文章"(《李笠翁曲话》),也正如鲁迅赞《儒林》所说"其变化多而趣味浓,贵在旨微而语婉",令人百读不厌。

《聊斋志异》语言富有情趣首先表现在用典上。所用典故大约有两千余条。这些典故大部分用得活、用得巧,不呆板,在作品中放出奇异的光彩。蒲松龄善于以独特的艺术形象作为用典的对象,契合情境来化用典故,翻出新意,当典故在特定语言环境中发挥叙述描写功能时妙趣横生。《董生》中董生夜见狐女的描写是典型的一例:

> 董归,见……姝丽,韶颜稚齿,神仙不殊。狂喜。戏探下体,则毛尾修然。大惧,欲遁。女已醒,出手捉生臂,问:"君何往?"董益惧……女笑曰:"何所见而畏我?"董曰:"我不畏首而畏尾。"

作者描绘了貌美而修尾的狐狸精这一特定对象,使"首"与"尾"有美丑鲜明对立的形象性,把成语"畏首畏尾"改为"不畏首而畏尾",用以表现董生在特定情境的感受,绝妙地表现了董生好色而又惧异类的卑污灵魂。

蒲松龄有时通过高度夸张的故事情节与典故相互映衬,使语言富于情趣,突出人物的某些本质特征。如《马介甫》中的描写:"月余,妇起,宾事良人。久觉黔驴无技,渐狎,渐嘲,渐骂;居无何,旧态全作矣。"在此情节之前小说描写了主人公杨万石受其妻虐,极度惧内。他吃了狐仙马介甫送给的"丈夫再造散"后暴跳如雷,把老婆臭揍了一顿。但药力一过,杨就"嗒然若丧"了。这一绝妙的情节为"黔驴无技"之典提供了无比生动的感情形象,使人觉得此事用此典真是神来之笔。作者还善于安排运用典故的角度,写杨的老婆被揍后的感受。因为只有她对杨的认识最深刻,她因有此感受,于是对杨进行试探、进攻,"渐狎""渐嘲""渐骂",步步升级,见其果真"无技",因而"旧态全作矣"。这里既表现出"胭脂虎"的凶悍,又表现了杨庸懦无能已经深入骨髓无可救药。语言极为幽默、俏皮。

蒲松龄在引用典故时具有"焊接"语言的高超技巧,使典故具有渗透作用,"焊接"的语言产生新意,典故成为化雅为俗的"点化剂"。使语言特别幽默诙谐。这主要表现在人物对话接榫中,请看《仙人岛》中一段对话:

> ……桓因谓:"王郎天才,宿构必富,可使鄙人得闻教乎?"王即慨然诵近体一作,顾盼自雄。中二句云:"一身剩有须眉在,小饮能令块垒消。"邻叟再三诵之。芳云低告曰:"上句是孙行者离火云洞,下句是猪八戒过子母河也。"一座拊掌,桓请其他。王述水鸟诗云:"潴头鸣格磔,……"忽忘下句,甫一沉吟,芳云向妹咕咕耳语,遂掩口而笑。绿云告父曰:"渠为姊夫续下句矣。云:'狗腚响弸巴。'"全席粲然。王有惭色。

这里以俗典点化"雅诗"堪称绝技。自命"中原才子"的王勉被请作诗,他立即朗诵自己的得意之作,芳云绿云姐妹开他的玩笑,用《西游记》故事为之作注。这样,使严肃与"荒唐"巧妙结合,真是足以令人喷饭,笑出眼泪。下面诗句的续接虽不是用典,但更令人发笑,有巨大的讽刺力量,雅诗与俗典的焊接形成一条无形的鞭子,抽打在酸秀才身上。

《聊斋志异》的语言体式以文言为主,又吸收了大量的口语,能和谐地把口语统一于文言句式和文言词语中,使之雅俗错落,相映成趣。语言具有典雅美，又有浓厚的生活气息。再请看《翩翩》中写了少女翩翩新婚后与来客花城娘子的一段对话。"小鬼头""快活死"都是口语，"小鬼头"这一昵称既表现了两人的亲密关系，又显示年龄细微差别。也现出了语调的欢快。翩翩的答话中"贵趾久弗涉，今日西南风紧，吹送来也"，前句极其文雅，显出翩翩对花城谑中有敬，后一句又极其通俗，表示对花城到来的喜悦。花城回答翩翩的问话"又一小婢子"，酷似生活的口语传出稍不称心之意，翩翩戏其"瓦窑"又非常文雅得体。短短几句对话有口语、有文语、有典故，但组合得和谐流畅，极肖农村少妇日常生活的口吻，弥漫着浓厚的生活情趣。

蒲松龄对于语言雅与俗的安排堪称"浓妆淡抹总相宜"，有时在生活的口语略用文言词语进行点染，使语言清新活泼别有一番情趣，给人以丰富的审美享受。《狐梦》中写二娘子对新婚的妹子开玩笑：笑向女曰："妹子已破瓜矣，新郎颇如意否？"女以扇击背，白眼视之，二娘曰："记儿时，与妹相扑为戏，妹畏人数胁骨，遥呵手指，即笑不可耐。便怒我，谓我当嫁僬侥国小王子。我谓婢子他日嫁多髭郎，刺破小吻，今果然矣！"把少女嬉笑逗趣的欢快之态描绘得历历在目，姿情并现，展现出天真的情态美。"嫁僬侥国小王子""嫁多髭郎，刺破小吻"这种俏皮甜蜜的诅咒语言，清新隽秀，谑而不虐，戏而不俗，娇嗔之音如闻于耳，洋溢着生活的情趣美。冯镇峦评此处说："点缀小女子闺房戏谑，都成隽语，且逼真。"这一描写可以说达到了极高的艺术境界。对后来艺术大师曹雪芹也有相当的影响。《红楼梦》在《意绵绵静日生香》一回写林黛玉怕痒，她用"暖香"配"冷香"打趣贾宝玉，贾宝玉"将两只手呵了两口，便伸向黛玉胳肢窝内两胁下乱挠"，黛玉被挠得"喘不过气来"。在《林黛玉俏语谑娇音》一回中黛玉学湘云咬舌，湘云回敬黛玉："我只保佑着明儿得一个咬舌儿林姐夫，时时刻刻你可听'爱'呀'厄'的去！"这些精彩的描写不能说曹雪芹不受到蒲松龄的某些启示。

《聊斋志异》语言丰富的情趣有一部分是利用某些词语的多义性，安排人物对一些语言的"误解""曲解"产生的。柏格森说："当一个表达方式系用于转义，而我们硬要把它当作本义来理解时，就得到滑稽的效果。"（《笑——论滑稽的意义》）蒲松龄非常善于运用这种方式，通过描写对某些语言的"误解""曲解"来揭示性格，使语言情趣迭生、妙语迭出。这近似于现代相声构成笑料的一种方式。名篇《婴宁》中婴宁对待王子服的爱情表白，正巧妙地运用"曲解"。王子服以花为话题向婴宁含蓄地表示爱慕之情时，表达方式是用词语的转义，而婴宁却是按本意来理解，你说爱花就给你一大捆，你说爱拈花之人这是"葭莩"

之情,理所当然。话题越岔越远,逼得王子服越来越直接地表白,但又引起更大的"曲解",你说共枕席,她认为是单纯睡眠,说"我不惯与生人睡",在与王见母时还告诉母亲:"大哥欲我共寝"这似乎正常又似乎荒唐的喜剧性的语言表现了她似痴非痴之间所特有的可掬可爱的憨态,起到因痴成巧的作用。另一方面由于婴宁的"曲解"使王子服的爱情表白一次又一次扑空,更引人发笑。正如康德所说:"笑产生于一个忽然化为乌有的期待。"这种"曲解"式的语言出人预料,创造出动人心弦的艺术境界,给读者十分舒畅的愉悦感。

《聊斋志异》语言的生动性还表现在善于用语气词。流传久远的古虚词在蒲松龄的笔下不再是古板拙重,老气横秋,而是具有无穷的韵味,使语言情趣盎然。《狐谐》中狐女回敬别人打趣时说一句"贤哉孙子! 欲为高曾母作行乐图耶?""贤"字后加一感叹词"哉",使狐女调笑他人的诙谐幽默的嘲讽口吻和活泼的性格跃然纸上。《翩翩》中女主人在花城娘子说"又一小婢子"之后接一句"花城娘子瓦窑哉",这一个"哉"显示的是亲切、喜悦的情味。《杨大洪》中的杨书生科举未中,吃饭时,"因食入鬲,遂成病块",一道士为其治病时"力拍其项曰:'俗哉!'公受拍,张吻作声,喉中呕出一物。"这一个"哉"饱含讽刺的慨叹,含蓄幽默,余韵无穷。蒲松龄有时把语气词与其他虚词配合使用相互呼应,从而产生惊人的艺术效果。《司文郎》有这样一段文字:

> 生焚之,每一首,都言非是;至第六篇,忽向壁大呕,下气如雷。众皆粲然。僧拭目向生曰:"此真汝师也! 初不知而骤嗅之,刺于鼻,棘于腹,膀胱所不能容,直自下部出矣!"

这里写盲僧谈嗅烧文章气味的反应时,用了两个介词"于",语意凝重,既表现出所嗅文章气味的传导部位和过程,又表现出污浊低劣文章的气味成为不堪忍受的刺激难以排遣的感受。结句的"矣"用得绝妙至极,表现了这难以忍受的气味终于从"下部"排出的轻松之感;可见所嗅文章的水平尽在不言之中了。这段描写通过介词与语气词的配合呼应,写出盲僧以鼻代目的"超级通感"。这种高度夸张,把庄与谐、泪与笑统一在了一起,使人们在笑声中体味到讽刺的力量。

蒲松龄运用改造过的文言来反映生活、塑造艺术形象,把文言的表现力发挥到最大限度。他那精湛的语言艺术为我们学习古代有生命力的语言提供了宝贵的经验。

下 篇

趣话《聊斋志异》人物

(《聊斋志异》人物神游后世与读者对话系列)

一、美的化身：成人之美的佳鬼佳狐

宦娘趣话鬼为媒

宦娘是在阴间滞留了百余年的女鬼，原为太守之女，容貌艳丽，酷爱音乐。她钦佩书生温如春高超的琴艺而爱上他，但想到自己是鬼身，恐有害于温生，于是将爱埋在心底。一面暗中追随温生学琴，一面暗中帮助温生与才貌双绝爱好音乐的大家闺秀葛良工结良缘。在温生到葛家求婚因家贫被葛公拒绝，男女双方心灰意冷时，宦娘填了一首《惜余春》词，送到两人住处，重新点燃了两人的爱情火焰。此词恰在此时被葛公拾到，葛公以为是女儿所作，因恶词中春情，想快点将良工嫁出。在葛公召见刘公子，打算将良工许配给刘公子时，宦娘暗中将一只绣鞋放在刘公子坐过的椅子上，使良工父误认为刘公子是轻佻放荡之徒，当即否决了这门亲事，接着宦娘又让温生的院中长出良工家独有珍栽的绿菊。惊动葛公到温生家察看，葛公又看见了书桌上放着与良工房中一样的《惜余春》词，认为词和绿菊均系良工所赠。葛公确信良工与温生有私情，因怕此风流韵事张扬出去有失体面，于是干脆将良工嫁与温生。温生与良工终于结成了眷属。他俩在新婚之夜听到有人在琴房弹琴，良工从娘家借来一面能照出鬼怪的古镜，照出宦娘在弹琴的身影。宦娘现身说明自己暗中做媒使温生良工得以成婚的原委。温生夫妇求她留下，但宦娘不愿妨碍他俩的幸福。她教良工学会弹筝后，将自己的小像留给温生，说：你们如不忘我这个媒人，就将小像悬挂在卧室，高兴时对我的画像焚一炷香，弹一支曲，我就满足了。说完出门而逝。

宦娘得到温生琴艺上的精心指导后,回阴间不停地刻苦操练,琴艺飞进。听说原先自己与温如春相识之地现已建成爱乐市,正举办大型音乐会,就前来献艺。她身着黑色长裙,风姿高雅,在台上演奏了一曲《流水》,美妙的琴声使听众如醉如痴,奏完曲子,音乐厅内爆发了雷鸣般的掌声。音乐会结束后,宦娘到休息厅,一群音乐学院的学生、青年歌迷前来献花,请宦娘签名留言,宦娘婉拒道:"我可不是人间大腕,此事我可干不来,我如签名留言,那是鬼名鬼话,你们看了会发毛。我们也没法联系,阴间没电话,请你们到阴间作客你们肯定不会去。"一席话说得众人哈哈大笑。

一学子道:"宦娘女士,你可真逗,你的琴艺可真绝了,不过你这样的阴间之鬼这么执着追求音乐有什么意义呀?技艺再高也不能出去走穴,赚大钱,何苦还要那般劳神?"

宦娘心中一惊,暗想:这人间怎么处处讲钱,真是怪事,说道:"我不是出于功利目的爱音乐,鬼在阴间也应有所追求呀。西方哲人说过,音乐是心灵最真挚的独白,最直接而真挚的表现人类最美好的情感,是光明与美的祈求和向往,是爱的倾注,是激情的奔涌。音乐能陶冶人们的心灵。不过,我觉得高雅的音乐才会有这种艺术效果。时下有些演员在舞台上扭屁股,披头散发,声嘶力竭地嚎叫,还自称为新潮,这种表演跟阴间鬼的嚎叫差不多,这种音乐连阴间的鬼都不要听,在人间却有人愿意听,真是咄咄怪事!"宦娘大发了一番感慨。

"真是慧眼识弊!"众人赞叹道。

此时几个胸前佩戴"佳缘婚姻介绍所"标牌的小姐挤入人群,热情邀请宦娘到隔壁的"佳缘婚姻介绍所"作客。宦娘大感不解,说道:"我与贵所素无往来,你们请错人了吧?"一小姐笑道:"没错,您可是我们最敬佩的前辈呀,您在早些年做了一件最令人称道的大好事呀,抛一根红线天地间,成就一对好姻缘,那就是为温如春和葛良工作媒呀!"

经这位小姐一提,宦娘恍然大悟,笑道:"那不过是好多年前的一件小事,不足挂齿,在世人眼中我竟然成了鬼媒婆吗?"

宦娘与众人来到"佳缘婚姻介绍所"内,分宾主落座,中年男所长恭敬地说道:"我们今天特别高兴能请到您这位前辈来此叙谈,让所内同志好好学习您好的经验!"宦娘忙摇手道:"搞婚姻介绍,你们是专业的,我是业余的,你们是现代人,我是古代鬼。向鬼学经验,太可笑了吧!"

一小姐接道:"您别谦虚,您有许多可学之处,你做此事不收任何报酬,有高尚的职业道德,温如春与葛良工两人志趣相投,相互爱慕,十分般配,你为他俩撮合,而古代许多人间的媒人,为人做媒收取好处费,但不为男女双方着想,而是胡乱点鸳鸯谱,还大搞欺骗活动。有这样一个人所熟知的故事:一个媒人为一对年轻人牵线搭桥,安排男女双方在村前大树下见面,媒人让女方手持一朵鲜花放在鼻前,做闻花的样子,让男方骑着高头大马从大树下走过,女方看男方觉得很英俊,男方看女方觉得很俏丽,到了新婚入洞房,女方发现男方是跛子,男方发现女方半边鼻孔是豁子,双方惊呼上当。据说,这就是成语'走马观花'的来历。您与这种媒人真是天壤之别!"

听了这一席话,宦娘大笑将喝在口中的一口茶全部喷了出来,说道:"这不是做媒!这是坑人的恶作剧!是将男女残疾人搭配,这种媒人真是缺德带冒烟。"

众人笑过之后,将话题移到宦娘做媒的事上来。

"世上无数的撮合人中唯有你办事最尽力,心灵最美,本领最高。"中年男所长用赞美的语气说道。

"何出此言?"宦娘问道。

"你为了促使温生与良工的结合,付出了超负荷的辛劳,在暗中注意葛公对良工婚事安排的动态。从葛温两家中发生的几起奇异之事来看,可以想象得出,你不辞劳苦,时时在葛公之侧观察动静,对他实行全天候监控……你用监控手段办的是好事,这正是你的可贵之处呀!"所长继续说道:"在刘公子来到葛家求婚时,你悄然来到葛家的宴会上,巧施妙计,让刘公子出丑。然后又抓住时机,出没在葛家花园、温家庭院之中,奔波于温生与良工之间。虽然人们没有看到你那纤弱的身影,但可以想象得出你不顾路途坎坷,不畏雨露夕溟,整日奔波不息,风尘仆仆,劳形劳神,为他们俩的结合操碎了心。"

宦娘听罢笑道:"我这个撮合人是由温生的情人转化而来的呀,是要促成他们的结合来实现我对他的爱,做事当然要尽力啦。鬼来去自由,又可隐形,可以做人所做不到的事情,这是做鬼的优越之处呀!"

一位善于分析的小姐说道:"人间的撮合人进行撮合时主要靠语言来说动他人,如《聊斋志异·邵女》篇的媒婆贾媪做媒时巧舌如簧。而你却不说一句话,只是默默无声地去做,所做的又极有成效。你简直就是一个明察秋毫的心理学家,一个极善运筹的谋略家。你导演的撮合温葛婚事的三部曲表现出高超的智慧美。第一步是,将一首情词在葛家飘来飘去,先让良工在花园中拾到,其词打动了良工的心扉,良工将其抄下。然后你又将良工所抄的情词传到葛公手中。使得这位满脑袋封建伦理观念的退休官僚认为女儿有怀春之思,心急如火地要将女儿嫁出去。第二步是在刘公子来葛家求婚而葛公有意许嫁时,你恰到好处地给刘公子栽一个风流小赃,使葛老头一下子改变主意,拒绝这门婚事。第三步是将良工家祖传不外传的绿菊神不知鬼不觉地'移'到温家,让人到处传扬,进行信息误导,造成良工和温生'有关系'的假象。一步一步牵着葛公的鼻子,迫使这个嫌贫爱富的老官僚乖乖答应这门亲事。真不知你这妙计是如何想出的!"

宦娘很佩服这位小姐头头是道的分析,不无得意地说道:"你把我说得太神了,不过是略施小计。如果说有点智慧,还是来自人间现实,才子佳人不常常以诗词传情吗?我不过利用这种形式做点小文章,使其发挥多重的催化作用。至于在刘公子座下放绣鞋,使温生家生长出绿菊,是针对葛老头这个封建家长虽嫌贫爱富也稍重人品及怕家丑外扬的心理所采用的小法术,以使其就范。这点儿小法术对于鬼来讲不过是小菜一碟。我为鬼不便公开露面,撮合之事只能在暗中悄悄进行。公开露面就麻烦了,如果让葛老头得知我在他家弄鬼,撮合之事就搞不成了。"

"你力促温葛二人婚姻,是以诗为媒,以花为媒,你那首《惜余春》词写得太好了,可以与词作大家李清照比美,这首词为何就能一下子打动葛小姐的芳心?为何有那么大的魅力?"一学子问道。"此词无非写出相思真情,也是我的真情实感以及对温如春的真情流露呀,可能一下子引起葛小姐的共鸣了。"宦娘微笑答道。

"如果葛老头得知真相,被鬼耍了,肯定要气得鼻歪口斜了。"众人齐声笑道。

中年男所长又道:"你与《西厢记》中的红娘在撮合他人婚事时都无私助人,但又有很大的不同:红娘在为崔张婚事撮合时,主要靠被撮合人自身的努力,红娘在其中主要起传递信息的作用。而你所撮合的对象温如春与葛良工自己什么事都不做,全靠你一个人忙里忙外,他们坐享其成。"

宦娘回答道:"温如春练琴入迷,但在婚姻问题上显得软弱无力,有书呆子气。良工在婚姻上也过于懦弱,逆来顺受。在当时环境下,他们再怎样努力也无济于事,我能做常人做不到的事情,所有的事情就全由我一手包办啦。"

"你真是天地间最美的冰清玉洁的爱之神，一般痴情的少女当心上人与别人结合时都会感到天崩地裂般的绝望和撕肝裂肺般的痛苦，林黛玉在贾宝玉的新婚之夜悲愤至极，魂断香消，一恸而亡。而你却在情人新婚洞房花烛之时，到情人琴房里鸣琴苦学，心田之宽广真是世人所无，想不到你的心情还能那么平静。"一位胖小姐充满深情赞道。

宦娘听到此言心中涌起一丝酸楚，深沉地说道："林黛玉是被迫接受宝玉与宝钗结婚这一残酷事实，当然承受不了了，而温生与良工的婚事几乎由我一手促成，是我所愿，虽然我内心对温生不能完全忘情，但想到只要他过得比我好，我的心理就平衡了。"

"我还有一事不解，宦娘女士，你由爱好音乐而对温如春产生了美好的爱情，你们深深相爱，你想到自己是鬼身，就放弃了这份爱，你可以想办法改变自己的鬼身，有些女鬼与人结婚后，生活不也很美满吗？"一位纯情小姐问道。

宦娘非常深沉地说道："并不是所有的鬼想改变自身就能如愿。有了爱，最重要的是要懂要怎样去爱。爱不一定全是以婚姻为终极目标的。爱要使对方幸福。如果自己有爱不能使对方幸福或有损对方时，就要放弃这种爱，升华这种爱，应该让对方得到理想的爱。诸位说是吗？"

"金玉之言！金玉之言！你的爱真是水晶般透明纯洁的爱！"众人称赞不止。

不知不觉中夜色已深，宦娘向众人道别而去。

假阿绣畅谈成人之爱

假阿绣是一个美貌善变的狐女，和真阿绣是前生姊妹。阿绣比她聪明，学西王母的举止，一个月就像了，假阿绣则学了三个月才像。妹妹死后转生为盖州一个杂货店主的女儿，美貌非凡。受到海州青年刘子固的爱慕。假阿绣想，精灵应比人灵，存心和阿绣再进行比美。在刘子固得知阿绣已许嫁他人时，非常绝望，想找一位像阿绣那样美丽的女子为妻。假阿绣就幻化成阿绣的形貌，与刘子固热恋。枕席之上两人欢爱异常。刘子固的仆人发现假阿绣身上有些疑点，认出她不是阿绣,可能是鬼魅,准备假阿绣再来时进行打杀。假阿绣晚上到刘子固的住处,坦诚承认自己是假阿绣,用法术让刘子固的仆人放下武器,命令仆人摆上酒菜。在酒席上假阿绣向刘子固说明她来到刘子固的身边是要和阿绣比美,并且要在阿绣的新婚之夜再来较量。她告诉刘子固阿绣并未许嫁他人,并引导刘子固再到盖州去寻找阿绣。刘子固到盖州时发生了兵乱,此时从广宁返家的阿绣身陷兵乱之中,被乱兵掠俘。假阿绣于乱兵中用神奇的法术救出了阿绣,并将其送到逃难到海州的刘子固身边。成全了阿绣与刘子固之爱,使这对有情人终成眷属。在刘子固与阿绣的新婚之夕,假阿绣以撮合者身份出现,人们无法辨识两个阿绣的真伪。刘子固仔细辨认后认出了假阿绣,朝她一拜,表示感谢。假阿绣索镜自照,自愧不如而去。一晚,假阿绣再至刘子固处,幻化成阿绣的容貌骗过了刘子固,然后隐身空中,说明自己身世的原委和自己所作所为的目的。此后三五天来到刘家看望一次,帮助刘家解决疑难问题,成为刘家夫妻的护家神,三年后彻底离去。

假阿绣离开刘家多年以后很是思念妹妹,又想去探望刘家夫妇。一日,来到刘家所在的海州市,得知该市正在举办全国的选美大赛。假阿绣心想这很好玩,我何不去比试比试!她略加修饰来到选美舞台上,其姿袅袅婷婷,仪态万方,其容杏花烟雨,风韵天成。一举夺魁。电视台上放录像,报纸上发照片发消息。假阿绣的名字传遍全城的大街小巷。赛后假阿绣来到大街上,风清月朗,夜色美好。见公园草坪上有一凉亭,想进去歇息一下。进亭来见有几位艺术专业的女大学生正在谈论刚才的选美比赛。

一个穿长裙的女生说:"哎,刚才舞台上夺魁的那位小姐不是假冒阿绣的狐女吗?以前她与阿绣三次比美都败北,今天真是大大风光了一番。"

听到这番赞美,假阿绣心中乐滋滋的。

一个戴眼镜的女生接道:"可是那狐女第一次比赛时,是假冒阿绣的形貌和名字来与刘子固谈恋爱,以验证自己是否达到阿绣那般美貌。她当时已得知刘子固与阿绣相爱,还以假阿绣充真,这不是第三者插足吗?从这一点看,她不能当选最佳小姐。"

"不能让第三者得意洋洋招摇撞骗。"一人附和道。

假阿绣一听,心想:时下这第三者的名字可不好听,这二人不分青红皂白就把这顶帽子扣到我头上,我得给她端回去。想罢,来到众人面前,说道:"这两位小姐真慷慨,轻而易举就送我一顶第三者的帽子。你们不会不知道,我来到刘子固身边时,他已得知阿绣许嫁广宁人,感到灰心绝望,涕泪交流,想别寻一个和阿绣一样的美丽女子。他当时与阿绣没有组成家庭,他们的关系没有明确。在第一、第二者的关系还没有确立,怎么就出现第三者呢?再说,我也是有血有肉的青年女性,也有追求爱情的权力,也渴望被爱。我来到刘子固身边是正当的,实际上我是第二者。由于我来到他的身边,给了他爱情与温暖,牵制了他的情感。如无我在他身边,他肯定放弃对阿绣的追求而与复州黄氏女成婚了。我来到刘子固身边奠定了他与阿绣结合的基础,怎么能说是第三者呢?"

"这……"二女子面红耳赤,一时没了词儿。

一位举止文静的女生开口道:"假阿绣,这样称呼有些别扭,你不介意吧?"她看了假阿绣一眼,接着说道:"一提起'假'字,人们就会联想起时下泛滥的假冒伪劣商品,在中国古典小说中假冒者都代表邪恶,像《水浒》中假李逵、假宋江,《西游记》中的假孙悟空。不过你是一个极特殊的例外,假得善良,假得可爱,是一个极其善良高尚的假冒者。"

假阿绣的脸色由阴转晴,大方地一笑,说道:"怎么称呼我都没关系,我本没名字,是借前世妹妹名字的光了。你们忽而骂我,忽而夸我,使我好困惑噢!"假阿绣模仿港台电视剧中人物说话的腔调,俏皮地说道。逗得众人笑弯了腰。

"刚才说你是第三者那是误会。"举止文静的女生继续说道:"说实在的,我们很敬佩你。你的为人有许多高于世人之处。一般假冒者被识破,就彻底暴露其丑恶,就被杀被灭。而你假冒被识破时却表现出高尚的美德。你被识破后暴露出自己本来的身份,所面临的是爱情失败、失恋、失去爱。古今中外世间有多少人在失爱、失恋、爱被拒绝时常常是反目成仇,'怒从心头起,恶向胆边生',爱不成,仇恨起。对所爱对象或竞争对象施以残酷的报复。《西湖二集》卷五《李凤娘酷妒遭天谴》篇中说宋绍熙皇帝宠爱黄贵妃,正宫李凤娘嫉妒,将黄贵妃用刀剔出双眼,割下双乳,又将一个木槌从阴门敲进去,使其阴门碎裂而死。《巴黎圣母院》中的副主教克洛德费尽心机想得到美丽的吉卜赛姑娘爱斯梅哈尔达,在求爱不允时,把她交给了追捕她的追兵,送上了绞刑架。人间有无数这种报复和惨剧。你假冒阿绣被识破后,刘子固对你由爱变憎,他不念过去的恩义,他们主仆竟手持棍棒要对你下毒手,凭你的神力即使不要他们的命,也应该来个'老太太抹口红——'","此话怎讲?"假阿绣问道。"给他们点颜色看看!"众人一阵大笑。"给他们来个飞沙走石,让他们抱头鼠窜,教训他们一顿。可是你对于欲加害于你的刘氏主仆并无一点报复,对他们的行为并不在意。失去爱,没有气恼,没有由妒生恨,真是宽容之至。"这位举止文静的女生滔滔不绝的一席话,时而深沉,时而激奋,时而幽默,众人听得入了神。

假阿绣听完宽厚地一笑:"施行报复,那又何必呢?像李凤娘、克洛德这种毒如蛇蝎的报复,毫无人性,令人发指,这种人该天诛地灭。我与刘子固相爱一场,我当时用的是阿绣的肖像和名字,真相露出后,他们感到害怕,认为我是妖怪,有些过激行为也可以理解,他们打不了我,杀不了我,我何必为爱而与他们结仇呢?"

一位举止活泼的女生说道:"你在被识破真相的情况下表现特棒,临变不惊,落落大方,在那令人尴尬的场面中谈笑如常潇洒自由,如同一个指挥员,呵斥刘家人放下武器,命令他们摆上酒菜,酒席上来与刘子固话别,申明自己早有意帮助刘子固与阿绣的婚事之心。轻轻嗔怪刘子固恩将仇报,直言不讳说明自己是假冒者,襟怀坦白,自我肯定容貌之美,说明假冒的目的,并宣布还要比美。机智又调皮,大度又坦荡。退出爱的竞争,又充满深情,没有哭哭啼啼、怒目相向、指责斥骂,断情话别完全在亲切友好的气氛中进行。这种爱情撤退方式既新鲜又别致。"她为自己的分析和俏皮的语言而得意,越说越来劲儿。

假阿绣回想自己当时的所作所为也怪好笑的,用轻松的语气说道:"佛家云'十年修得同船渡,百年修来共枕眠',应珍惜这缘分,即使不爱了,也要友好地分手嘛。有人说过,分手得潇洒而无憾是一种美丽。没有爱情,还有友情,不做夫妻还可以做朋友嘛。"

众人被假阿绣的大度之言所感动。

举止活泼的女生又说道:"现在有些青年恋人、协议离婚的夫妻在分手告别时,到饭店吃上一顿告别饭,回忆过去相恋相爱的美好时光,平静地分手,不以怨恨告终,表现出一种新的处事态度。人们认为这是一种新观念,而你在三百多年前就做到了,创造了恋人、夫妻分手的最佳模式,真了不起!"

假阿绣笑道:"别吹嘘我了,分手还需要什么模式? 无论是恋人还是夫妻还是少分手为好!"

"时下一般情断的男女拜拜之后,都是各奔前程。而你与刘子固分手后,最牵挂他的人是你,最牵挂阿绣的也是你。你完全不顾自己失去爱,而是热心成全他人,不辞千辛万苦,用神力去救你的爱情竞争者。在阿绣身遇兵燹、颠沛流离、生命不保的危难之时,把她拯救出来,送到刘子固的身边。当起了爱情竞争者的媒人,把与阿绣爱的竞争转化为爱的奉献。还帮助他们建立起美满的幸福家庭。你的心灵达到了极致之美。不知你为何能做出超越世俗的高尚的爱心之举?"一位清纯少女细声细气地问道。

假阿绣想到自己与刘子固相恋、失恋,略一思忖,深情地说道:"善良的人们不都是希望'天下有情人终成眷属'吗? 刘子固与阿绣赤诚的爱感动了我。爱情是排他的,但不是自私的,应该让有情者爱其所爱。真正的爱和某种忘我精神联系在一起,是一种纯洁心灵的奉献。波兰的显克微克说过'爱情是舍己为人,不是抢夺',俄国的车尔尼雪夫斯基说过'爱一个人意味着什么呢? 这意味着为他的幸福而高兴,为使他能够更幸福而去做需要做的一切,并从这当中得到快乐',别林斯基说'如果我们生活的全部目的仅在于我们个人的幸福,而我们个人的幸福又仅仅在于一个爱情,那么生活就会变成一个遍布荒莲枯冢和破碎心灵的真正阴暗的荒原,变成一座可怕的地狱……'他们讲应如何对待爱情和如何去爱,要多想别人,要多做奉献,应该有超越爱情的更高的人生追求,这样由失爱带来的痛苦、忌刻乃至仇恨种种世俗感情都可以得到净化。"

"哎呀! 真看不出,你还特有学问,说起话来引经据典,还来几段什么'斯基'之论,引得还恰到好处,你这番话就像爱情专题报告一样。"举止活泼的女生惊叹道。

假阿绣笑道:"我哪里会做什么专题报告, 在你们大学生面前班门弄斧了。不好意思,见笑了。"

清纯少女望着美貌非凡的假阿绣,又问道:"你用生命的全部时间来追求美,为了与阿绣比美,你锐意追求,两世不懈,三次失败,你不灰心,还非常乐观,那你对美的理解是什么?"

"哎呀,这个问题太难了!"假阿秀略加思索,说道:"我开始主要追求容貌的美,后来我感到更应该追求精神品格的美。如古希腊哲人所说,善良是一种美,品性善良的人永远是美丽的,善良给人间带来美好,善良体现人格的魅力,善良是衡量一个人的价值所在。人在生活中对美应该是不息的无限的追求,不断超越自己,升华自己。"

"哇!你说得太深刻太好了!那么可不可以说在你身上体现了高尚的内在精神美、执着追求的意志美、舍己助人的道德美呢?"举止活泼的女生问道。

假阿绣淡然一笑,说道:"我哪有那么多的美?如此恭维我,我都快晕乎了。我要去看阿绣妹妹了,告辞。"说完就离开了。

假阿绣走后,众人深为她高尚的襟怀所感动。还在议论这一话题。举止文静的女生说道:"在古典小说中我发现一个非常值得注意的现象:在才子佳人小说中有大量破坏别人美好爱情的扰乱小人,据有人统计,才子佳人小说中写卑鄙小人给才子佳人的婚事造制磨难的作品有三十三种之多。而在《聊斋志异》中却正好与此相反,出现了一大批在爱情婚姻上宁可牺牲自己也要成人之美的人物群体。如《宦娘》中的女鬼宦娘,《霍女》中的神女霍女,《红玉》中狐女红玉,《张鸿渐》中的狐女舜华,《香玉》中的花妖绛雪,《封三娘》中的狐女封三娘,《阿绣》中的狐女阿绣等,这可称为'假阿绣现象'。假阿绣是这个群体中的典型代表,这种'假阿绣现象'的出现似乎有不平凡的意义。"

"识见不凡!识见不凡!"一位在凉亭外乘凉听到众人谈话的女教授走了进来,用赞赏的语气说道:"'假阿绣现象'这问题提得好!这是蒲松龄这位文学大师从人类的爱情角度对人性美的呼唤和企盼,说明随着人类社会的发展,人类的爱情也在不断进步,人们爱情观的不断进步。'假阿绣现象'的出现是近代爱情标志之一,世界各民族的文学作品都先后出现过像假阿绣这种在爱情上牺牲自己成全他人的人物形象。"

"先生所言极是,的确如此。"举止活泼的女生插话道:"狄更斯的《双城记》中写英国男青年卡尔顿爱上少女路茜,而路茜所爱的是法国男子查理斯,拒绝了卡尔顿。失恋的卡尔顿向路茜表示自己永远爱她,并愿意在必要的时候,为她和她所爱的人去死。查理斯在大革命开始时为救他的代理人回到法国,被起义者逮捕并处死刑,路茜一家濒临绝境。此时卡尔顿潜到法国,利用面貌相像冒名顶替,代替查理斯上了断头台,救出了路茜一家。车尔尼雪夫斯

基的长篇小说《怎么办》中写罗普霍夫利用假结婚救了知识女性薇拉,而薇拉
却爱罗普霍夫的朋友吉尔沙诺夫,罗普霍夫看到薇拉只有同吉尔沙诺夫在一
起才能幸福,就假装自杀让薇拉和吉尔沙诺夫结合。印度电影《大篷车》中的
吉卜赛女郎妮莎,开始非常爱流浪汉莫汉,很嫉妒苏妮塔和莫汉之间的爱情
关系。然而,当她发现莫汉实意地爱苏妮塔以后,竟然用自己的生命成全了这
一对有情人。看来在爱情上成全他人是世界各族人民都有的美好愿望吧。"

女教授点点头:"说得不错。不可否认,这些作品中所塑造的牺牲自己成
全他人具有高尚品德的形象是可歌可泣的,不过,《聊斋志异》中这类形象要
比上述形象早出现二三百年。这类形象出现在封建礼教严酷扼制爱情的时代
和国度里,就显得更为可贵。蒲松龄用他的心血浇灌出近代美好爱情的理想
之花,我们不能不惊叹他的伟大。"

众人点头称是。

小翠笑谈游戏除奸

小翠,狐仙之女,美貌无比。因其母在王太常身边避过雷霆之
劫,为报其并非有意的救母之恩,小翠十六岁时扮作穷家女儿,嫁给
王太常的痴傻公子元丰。她活泼烂漫,爱开玩笑,无视封建闺范的束
缚。不在意丈夫痴呆,婚后整天嬉闹欢跳,她用布缝制了圆球,把庭
院变成了足球场。穿着小皮靴踢球,让呆傻丈夫往来奔跑拾球。一次
把球踢到公公的脸上,受到婆婆的责备后依然憨笑,蹦跳如故。她又
把新房变成排戏场,用脂粉给丈夫抹鬼脸,把丈夫扮作楚霸王项羽
和迎接王昭君的匈奴人,自己则装扮成虞姬和王昭君。天天如此,笑
闹不休。她以嬉戏玩笑的方式参与了对权贵的斗争。与公公同巷的
王给谏对公公阴谋陷害时,她假扮吏部尚书戏弄王给谏,使对方误
认为王太常与权势显赫的吏部尚书相厚,而不敢相犯,反来讨好公
公。当吏部尚书失势罢官,公公又面临困难处境时,小翠让她的憨痴
丈夫穿着"衮衣",头戴"旒冕",扮成皇帝在王给谏面前亮相。王给谏

向皇帝告发,在皇殿上,她把黄袍金冠神奇地变成破烂的黄包袱皮和高粱杆帽,使王给谏的告发成为诬陷,犯了欺君之罪,被流放云南。小翠的种种戏闹,常引起公婆发怒。面对公婆的责骂,小翠含笑不语。在公婆责打她的痴傻丈夫时,她下跪代为求情,把丈夫带进房中哄乐。在除掉公公的政敌后,她又用神奇的热浴疗法治好了丈夫的痴病,夫妻恩爱。后来,公公因谤免官,想用一个价值千金的玉瓶贿赂当权者,小翠在玩赏玉瓶时失手打碎。她无法忍受公婆的无情辱骂,愤而出走。两年后公子与小翠不期而遇,公子声泪俱下请她回去,她只同意住在花园里。她说自己不能生育常劝公子另娶。公子后来与钟女订了婚,小翠为新娘缝制了婚衣。在公子成婚之日,她留下一块头巾包裹着玉玦悄然离去。公子娶钟女后,发现新娘容貌竟跟小翠一模一样。原来,小翠预知公子定要与钟女成亲,事先变成钟女模样来王家报恩,以免除公子日后对她的思念之苦。

小翠在元丰公子娶了钟女后,彻底离开了王家,回到了狐仙世界。一日,外出漫游,路过王府,不由自主地走了进来。岁月沧桑,当年的王府已成为《聊斋志异》人物蜡像展览馆。小翠见到各展室都是姿态各异、风姿万千的蜡像,神形毕肖,栩栩如生。《聊斋志异》中众多姐妹几乎全汇集于此:黄英满面微笑在出售菊花,婴宁趴在树上大笑,莲香在绝壁峭崖上采药,聂小倩在做家务,小谢秋容用细纸捻穿陶生鼻孔,翩翩在洞口拾取白云,凤仙从宝镜中轻盈飘出,香玉从牡丹花蕊中飘然而落。自己的蜡像造型是正在踢球,球正中公公的面门。小翠沉醉在这神奇的世界中,忽听有人喊:"大家快来看!狐仙小翠在此!"原来她被游客认了出来。小翠被众人团团围住,几位喜爱《聊斋志异》的学子为小翠解了围,与小翠谈起了她过去在王府的生活。

"小翠女士,你早年来到这里,给这死气沉沉的王府带来勃勃生气,带来青春的美,带来美好的情,给丈夫带来幸福,给全家带来安全,最后功成身退。你是一个美的精灵,是《聊斋志异》中最美的形象之一。你给人们的印象特好,真是人见人爱。"一学子笑道。

小翠抿嘴一笑:"看你说的,我也不是你们电视广告中宣传的电冰箱,怎么会人见人爱,我在王府中只不过是一个疯疯癫癫的小媳妇而已!"

"你的美就表现在这疯疯癫癫之中呀！"一位性格活泼的学子说道："其他文学作品中一些富有反抗性追求爱情的女子，为了追求个人的幸福，在婚前与封建势力拼呀博呀，在婚后就循规蹈矩过日子，其形象一下子黯然失色了。很多活泼纯真的女儿婚后受到男人的污染，致使贾宝玉慨叹女儿不能成婚，成了婚就被男人异化，女儿天性被扼杀，生命失去光彩。而你却恰恰与此相反，婚后没有被异化，女儿的天真之美放出更炫目的光彩。你在王府自导自演以嬉戏为形式的滑稽除奸剧、奉献痴爱的爱情剧、充满生命活力的青春剧，演得精彩绝伦。你的疯癫够水平。"

小翠苦笑了一下，说道："我到王家后过了一段笑闹不休游戏人生的生活，所处环境极为特殊。公公王侍御受官场倾轧，终日忧愁，丈夫痴傻不晓人事。王家一时无法对我这个儿媳妇施以封建礼法，我得以嬉戏方式报恩除奸。在这个空档中过了几天开心日子。后来家庭环境变了，我的处境也变了。我虽然没有被男人异化，没有被封建礼法所驯服，但不被这个无情无义的封建家庭所容。封建社会做女人太不幸了，封建礼法不容真善美的存在，女儿婚后在三从四德的重压下，或天性被扼杀被异化，或反抗而被毁灭。这两者我都不愿，只有回到狐仙世界里去了。"小翠的声音有些伤感。

一位戴眼镜的男学者看了一眼小翠的蜡像，笑着对小翠说道："人间夫妻生活模式有多种：有床上夫妻床下客的一潭死水式，有同床异梦的冷漠式，有一方摧残另一方或双方互相摧残的煎熬式，有夫唱妇随的琴瑟和谐式。你与王公子的妇唱夫随的嬉闹玩耍式，天下绝无仅有，可以领导夫妻生活模式新潮流了。你在王家的婚后生活特潇洒，每日里戏谑打闹，率意而行，达到了登峰造极的地步。庭院变成了你的足球场，你让丈夫为你奔来跑去地捡球，弄得他常常汗流浃背，全无丈夫体面，甚至把球踢到公公脸上。玩罢踢球又玩化妆游戏，把丈夫脸上涂得花面如鬼。这欢快娱乐中，你把'夫为妇纲'家长尊严全抛到了九霄云外，勇于对男尊女卑的封建传统观念进行挑战，对封建纲常名教进行有力的嘲弄，你这些反封建的举动，如同阴霾的天空中炸响了一声春雷，你确是一个反抗封建礼教的勇士。"

小翠粲然一笑，说道："你真是特善于捧人，如果让我们这种妇唱夫随的戏闹玩耍式来领导夫妻生活模式的新潮流，那天下的家庭就乱套了，那些家庭中的丈夫会活吞了我。"众人一阵哄笑。小翠接着说道："你奉送的反抗封建礼教的勇士桂冠,我也不敢接受。我在王家的嬉戏是一种报恩除敌的谋略,是在为以后扮家宰、扮皇帝,使企图陷害公公的王给谏中计获罪做准备。在生活中我是没有把封建规范限制女性的什么'笑不露齿,行不露足'的教条放在眼里,但有些事不能说是对封建礼教的挑战。我并非闲着没事故意寻开心摆布弱智丈夫,把他当成高级大活玩具,常常弄得他挨打。他也没有欺负我,又很可怜,我怎么忍心看着他被打得嚎啕大哭呢?时下不是提倡关心爱护残疾人吗?如果以这种方式反抗'夫为妇纲'的封建规范,那也太残忍了吧?对待公公我也并非无故戏弄,反封建礼教也不能反掉尊老爱幼的传统美德吧? 我当时踢球呀,玩耍呀,是想造成一种舆论效应,想通过出格的嬉闹行为让邻里街坊得知,王家不仅儿子痴呆,儿媳妇也疯疯癫癫,是一对活宝。后来法司审问元丰扮皇帝案时,邻里家人都做出'癫妇痴儿,日事嬉笑'的有利证词,收到了预期效果。当时并未想到什么挑战,我没想到的,你能分析出来,真是服了你们。"

小翠滔滔不绝一席话说得戴眼镜的男学者脸上有些泛红。

小翠与众人在展厅边走边谈。一名为单辽的学子说道:"你戏闹除奸的方法真是极妙!你一个天真少女,斗败了混迹官场多年搞阴谋诡计的老手——一个连你公公都畏惧三分的朝廷大员,运筹于庭院嬉戏之中,决胜于庙堂之上。在嘻嘻哈哈中将权奸玩弄于掌上,使害人者终于自害。这种将除权奸的斗争方式谐趣化、戏谑化,是了不起的创举,堪称千古一绝。古代人间的一些女子参与政治斗争大都是美人计的承担者,像西施、貂蝉都是如此,而你是以智取胜,奇计迭出,以超人的机智在玩笑间就把对手收拾了。在除权奸的史书上应该为你写上一笔。"

小翠淡淡一笑,说道:"我采取特殊的除奸方式,是由环境和身份所决定的。我的活动范围只限于家庭内外,只能选一个特定的介入点。因有一个痴呆丈夫,是可借助的条件,就选择了荒诞的嬉戏方式来制造假象。我第一次戏弄王给谏时,是将在家中的嬉戏搬到街上演出。我挂上胡子装扮成吏部尚书在街上兜风,给对方提供一个假信息,使对方认为吏部尚书与公公相厚,吓退了王给谏,挫败了他的陷害阴谋。第二次戏弄王给谏,是将嬉戏与仙术结合,将真信息在关键时刻变成假信息。我安排丈夫扮皇帝时,所戴的龙冠穿的龙袍那绝对都是真的。那王给谏见过真的龙冠龙袍,不逼真他不会上当。此时他得到的是真信息。等他把这些东西拿到皇帝面前,我用小小的法术,将龙冠龙袍变成小儿的玩具，使王给谏报告给皇帝的真信息变成了我们的假信息，成为诬告别人的证据，一下子变成了握在手中拉了引线嗞嗞冒烟而又丢不掉的手榴弹，登时就傻了眼，最终落得个被充军的下场，自食其果。"

"这真是奇绝妙绝！令人开心至极！"众人拍手叫绝。

一位面容清秀的女生对小翠的奇特爱情生活很感兴趣，笑道："《聊斋志异》中一般狐女与世间男子相爱后，他们的爱或是热烈，或是缠绵，或是深沉，大都是一个色调，而你对丈夫的爱是多姿多彩的。你给丈夫涂成鬼脸，他被其母打得嚎啕大哭时，你跪下求饶。然后笑着拉公子进房，拍打他身上的尘土，给他擦去眼泪，抚摩他身上的伤痕，又拿红枣板栗哄他，使他破涕为笑，好像慈母哄小孩，长姊哄幼弟。你离家出走后仍然记挂着丈夫，园亭相遇后不计前嫌，与他住在园中。你因自己不能产育，为了不误王家子嗣，决计离去。在离去时，你费尽心血留下情、留下爱，热情帮助丈夫纳钟氏女为妻。离别前夕还殷勤地为钟女做好衣服鞋子，然后才从容放心地离去。人虽走了，情爱却永远留在丈夫心间，也留在了人间。这种爱的博大，爱的深挚，爱的奉献，催人泪下。你是一个多面的爱之神，爱出了自己的特色。"

小翠被说得很不好意思，心中有几分快慰，也有几分伤感，苦笑道："我哪里有什么爱的特色，我的爱不过是奇特环境中的产物。丈夫前期痴傻，对他只能有特殊形式的爱，给正常的爱，他也不懂。他恢复正常之后，再也不能给他特殊的爱，只能给他正常人的爱啦。对他有不同的爱，这也是因时因境而异吧！"

小翠与众人聊得很开心，不知不觉天色已晚，已到了闭馆时间，小翠向众人道别离去。

二、善的使者：奉献爱心的下嫁仙女

锦瑟趣说阴间奇恋

锦瑟是一个美丽而善良的绝代佳人，东海薛侯女，天国中的仙姬，道教仙妹。受贬谪后自愿居地下，为赎罪设"给孤园"，收养九幽横死无归之鬼，督促其淘河、粪除、饲犬等劳役，过着十分惨苦的生活。锦瑟得知因受悍妻凌辱的王生求死，就多次让婢女春燕劝他珍惜生命，并告知阴间的悲惨情景，劝他不要到阴间来。将王生送回阳间家里，并幻出王妻悔改的幻象，以留住王生。在王生执意求死来阴间的情况下，锦瑟收留了他。怜他是一介书生，不堪一般鬼所承担的苦差，就让他主管文书账簿，委以重任。给他安排洁净的房间，送他生活用品，细心照顾他的生活。锦瑟经过长期观察，见王生工作勤勉，洁身自好，逐渐对王生产生好感。锦瑟遭天魔之劫时，其他仆役都只顾逃命，只有王生舍生忘死救出锦瑟主仆。在逃难途中有一只猛虎咬住锦瑟，王生伸臂以代，舍去一条胳膊，从虎口中救出锦瑟。锦瑟找到断臂，亲自为王生接上，恢复如初。经过这次患难遭遇，锦瑟被王生舍身救人的品德所感动，对王生产生了爱情。锦瑟请来大姐瑶台主婚，与王生结为夫妇，恩爱无比。几天后，锦瑟对王生说阴世聚合不能长久，让他先回阳间处理家事。不久，锦瑟携春燕来到王家。王生家有一妾。锦瑟用仙术使王生夜夜同时出现在妾和自己的房间，妻妾相安无事。锦瑟时时回娘家，来回都在晚上。三十年后锦瑟回到仙乡。王生八十岁时偕仆离家而去。

锦瑟与王生双双回到东海仙乡，一住多年。一日，王生家乡的乡长邀请锦瑟与王生回故乡观光。说两位仙人是家乡的名人，为了提高家乡知名度，仿造了一座锦瑟在阴间所设的"给孤园"，现已落成，请锦瑟与王生回去剪彩。锦瑟本不想去，认为浪费人力财力去仿造那鬼城实无益处。但乡长一再说，你们是家乡的名人啦，要为家乡建设出力做贡献啦，不能端架子了啦，等等。软磨硬泡，锦瑟不好推辞，就与王生一起驾云前往。来到家乡村口，见人山人海，众人都想一睹仙人风采。锦瑟与王生在剪彩之后开始游园。村里的几位大学生想研究家乡的名人，写一篇锦瑟与王生两人的评传，就跟在锦瑟王生的后边，边走边谈阴间之事。

一位名为穆仙的女生先开口道："锦瑟女士，你在《聊斋志异》中是命运不幸的仙女，《聊斋志异》中因罪被贬的其他仙女都在人间逍遥自在，把主要精力放在寻找爱情上，找一个可心的男人，过上美满的家庭生活。而你却跑到阴森黑暗潮湿的阴间去办什么'给孤园'，给鬼办好事，热心于公益事业这么一份苦差事。一个如花似玉的丽质天仙，在那阴森的鬼域，与鬼打交道太不容易了，太苦了。你为何要自讨苦吃？"

锦瑟望着穆仙疑惑的目光微笑道："我因罪被贬，到阴间办'给孤园'，一为赎罪，再则是看到阴间无助的苦难者十分可怜，想为他们尽些义务。用你们现代人的话说，人活在世上，总要有益于社会，多做好事，作为仙更应该如此。出于这两点考虑，我就要选择最艰苦的地方、最需要帮助的地方啦！"这俏皮的答语引发了众人一阵欢快的笑声。

"你不仅对鬼心肠好，对人更有同情心。在王生求死时，你让婢女春燕耐心劝导，送他回阳世家中，还幻化出王生妻子向王生悔过认错的幻象，让他回心转意，不再求死，用心良苦。对一个素不相识又非常固执的人这样尽心尽意，一而再、再而三地帮助他，太令人感动了。"一名为钟青的女生细声细气充满深情地说道。

"我在地下长期与鬼打交道，深知人间生命的可贵，应善待生命。仙人也是人，人与人之间应互相关怀。如你们现在歌曲中唱道的'只要人人都献出一点爱，世界将变成美好的人间'。时下有些世人过于冷漠，见死不救。有儿童落水，母亲跪着向围观者求救，会水者出来讲价，先要钱。还有的人一时绝望而生轻生之念，爬到高楼顶上想跳楼，底下看热闹的人非但不劝阻不救助，反而大喊:跳哇！快跳哇！很想欣赏跳楼者摔得血肉模糊的惨状,据说这类现象并非个别。那些见死不救者的心不知是不是肉长的。"锦瑟的语调缓慢,说完世间之事之后长叹一口气,深为世间冷漠现象而痛心。

锦瑟的这一席话说得众人心情沉重,好长时间默默无语。

单侃对王生舍生求死很是不解,问道:"王先生,你所生活的那个时代,丈夫有强大的夫权,妇女大都受到夫权的压迫,可你怎么被前妻兰氏百般凌辱,视为奴仆,被搞得那么狼狈去求死？你也并非像《马介甫》中的杨万石是天生惧内的软骨头,怎么窝囊到如此地步？"

王生苦笑了一下,叹了口气,说道:"这不奇怪,夫权的地位并非一成不变,在金钱权势的强大作用下,能发生逆转。兰氏娘家有钱有势,她就张狂起来。女人一旦失去道德约束,就恶性膨胀,向兽性倒退,这种悍妇是很可怕的。《耳目记》中载唐宜城公主害人的手段更惨无人道。驸马裴巽有一个外宠,'公主遣人执之,截其耳鼻,剥其阴皮,附驸马面上,并截其发,令厅上判事,集僚吏共观之。'这种毒辣之举甚于禽兽。我与兰氏只要能夫妻平等就行了,并不要什么夫权。我到阴间碰到心灵最美的锦瑟,是我不幸中的大幸。锦瑟是天上人间最美好的女子,我的娘子是世上最好的娘子。"

钟青想探知二人的爱情秘密,调皮地问锦瑟:"你收留王生后,让他管文书,他在你的领导下,工作兢兢业业,你与王生在不同的办公室里办公,你们在一起工作期间,没有什么来往,既没有打电话,没有递什么诗柬情书,也没有私下会面、谈心,更没有花前月下卿卿我我,连一句话都没有说过。在当时那种环境中没有一点儿浪漫的情调和氛围,你们的爱是怎样萌生的呢？"

锦瑟嫣然一笑,暗想,现在的年轻人谈情说爱真是在行,说道:"讲浪漫情调是你们当代青年人的事。我与王生并非一见钟情,在那阴暗的地下,自己是戴罪之身,心情很压抑,没有心思想那浪漫的事。不过,我见王生工作很有能力,很勤奋,作风又正派,心中有了好感。在我遭受天魔劫难时,王生舍身相救,对他的爱就水到渠成发展到高潮啦。有人说过,爱情的视觉不是眼睛而是心灵,实际上真正深挚的爱并不用时时蜜语传情的。说起我们爱的萌生,那就是心灵的感应。"

"说得妙极！妙极！"众人赞道。

"你那么爱王生,向他表示爱情时用典传情,什么'意欲效楚王女之于臣建',那么文绉绉的,多费劲! 直说不更好吗? "钟青打趣问道。

锦瑟被说得脸上泛红,笑道:"那个时代女性表示爱情怎么能跟现代人一样呢?如果你们现代人动辄就是我爱你,那多不好意思。我总不能像美国流行歌手猫王在一首歌中所唱'我爱你,我要你,我需要你'那样去表白吧! "

众人开心大笑。

锦瑟与众人来到园中当年与王生各自工作和举行婚礼之处,场所虽系仿造,锦瑟也睹景生情,思绪万千。钟青见此情景说道:"我觉得锦瑟女士与王生的爱情具有超越时代的美,或叫超前美。时下一些女性选择爱人时,都要求男子条件地位高于自己。在高校中,女大学生都愿望找研究生,女研究生则至少找一个男研究生,最好女硕士生能找一个男博士生,要是女博士生则要找洋博士生了。社会上有些担任领导职务的女性,都要找一个比自己职位高的。据有关材料载,当代我国某处有位当行政领导的四十多岁的女干部,因其职务一直高于周围的男人,婚姻就长期搁浅。当她在地委一级的岗位述职时,好不容易经人介绍认识了一位同级的男人,两人关系发展还算顺利。继而女方职务又提升了,婚姻也就再次告吹。令人不解的是,锦瑟女士,你与王生的爱,完全不考虑两人的身份差别,你是上级,王生是下级;从你所负责的工作看相当福利院长,大约够得上处级吧? 王生只是办事员,你是主,王生是仆。你是仙人,王生是凡人。两者差距悬殊,而你与王生毅然结婚,没有感到丢面子,也不怕别人笑话。这种择偶标准比几百年后的某些人还要进步,真是可赞可叹! "

锦瑟听罢钟青之言感叹道:"哎呀,人间的爱情也太复杂了,计较得也太多了。说到爱情,莎士比亚这老头有一句话说得很好:'爱情里面要是掺杂了和它本身不相关的顾虑,那就不是真正的爱情。'爱情为物欲职务地位所左右就太可悲了,那些拿着尺度、表格挑选对象的人,并不是真正懂得爱的人。真正的爱追求的是不附加任何外在条件和利害得失的爱情。西方的一位王位继承人,宁可放弃王位,去爱一个心上人,不爱江山爱美人,这是真正的爱情。我之所以爱王生,是因为他为人朴诚,处事谨当,在关键时刻舍生忘死救我。还有什么比这真情更宝贵? 那些什么主仆之别、上下之别、仙凡之别又算得了什么呢? "

人们又被锦瑟幽默的语言逗乐了。

此时锦瑟与众人已游完仿造的"给孤园",锦瑟与王生马上要返回故乡,众人依依不舍,目送他们夫妻二人离去。

翩翩慧语巧说"教"夫术

　　翩翩,一位非常美貌的地仙,住在陕西邠州地界的一个深山洞府之中,极其善良。浮浪子弟罗子浮被坏人引诱去嫖妓,将家产荡尽,还长了一身溃臭恶疮,沦为乞丐,行乞街巷。在其自愧不敢归家时,翩翩将其接进自己的洞府。让罗子浮在洞中的溪水里洗浴,治好了他身上的恶疮。翩翩把山间的树叶变成饼,又把树叶剪成鸡和鱼的样子,放在锅中一烧就变成了真的鸡、鱼。翩翩还煎蕉叶为罗子浮缝制成绿锦缎的衣服。解决了罗子浮的穿衣吃饭问题。罗子浮身体康复后向翩翩求爱,翩翩就与他结成夫妇,倾心相爱。一次,翩翩的女友花城来访,罗子浮见花城漂亮,轻薄之性复起,心生亵念,借酒宴同桌之机进行调戏。假装捡果子,暗暗捏了一把花城的脚,以为翩翩不知道。他正想入非非时,翩翩以神奇法术进行警惩,罗子浮的衣服突然变成了树叶,感到下身冷飕飕的,像裸体一样。他收起了邪念,衣服才恢复原样。过了一会,罗子浮又趁吃喝应酬的机会,在花城娘子的手上捏了一把,衣服再次变为树叶,他吓坏了,这才深知翩翩的厉害,不敢再胡思乱想。在宴席散时,翩翩暗中警告罗子浮要改过自新。到了深秋季节,罗子浮冻得发抖,翩翩拿起包袱拾掇洞口白云为他做衣服,穿上白云做的衣服感觉和棉衣一样暖和。一年后翩翩生下一子,非常漂亮。三年之后,翩翩为儿子与花城的女儿订了亲事。儿子长大后翩翩用树叶当纸,教儿子读书写字,担任起家庭教师的职责。十四年后,翩翩安排儿子与花城的女儿成亲,婚姻美满。此时,罗子浮思乡心切,翩翩不想到人间去。她剪树叶为驴,让罗子浮带领儿子儿媳,三人骑上驴高高兴兴回到故乡去。

　　翩翩在罗子浮带着儿子儿媳走后,只身在洞府中生活了多年。一日,翩翩来到洞府外,感到了浓浓的秋意。只见天空中白云片片,北雁南飞,满山落叶飘飘,一片萧瑟。翩翩望着山间的小路,想起当年收留罗子浮的情景。忽然七仙女从天上飘落,悄悄来到翩翩背后,说道:"翩翩,是不是在想你那亲爱的?"翩翩一惊,回头嗔笑道:"多嘴!我在想孩子。洞中坐吧。"

七仙女笑道:"别不好意思,夫妻一场想想也是人之常情嘛!我始终有一事不解:我们仙女无论是天仙还是地仙大都是帮助民间的品德高尚感天动地的男子。我那老公董永是以孝闻名天下,而你那罗先生是个走上邪路的人,虽不能说是个小流氓,但他是个染有性病的轻薄浪子,是个感情不专的失足青年。你救助他,治好他的病,让他平安回家就不错了,怎么能嫁给他?像我那董永,只是穷一些,品德极好,嫁给他帮他干些活赚些钱还债就行了。你嫁给罗子浮这样的浪荡子,还得下大功夫改造他,何必自讨苦吃?再说教育改造是他父兄的事呀。"

"你不就嫁了董永吗?看把你美的!"翩翩笑道:"董永那样的人是应该帮助,应该爱。但世间男人伟大的人物少,平凡的人物多。像罗子浮这样走上邪路尚有一丝善念、一丝知耻之心的人更需要帮助,更需要爱。没人救助他,没人爱他,他在险恶的世间只有走向毁灭。我们仙人应该让世界多一点温暖,多一点美好,多一些爱。在他浪子回头时,应该雪中送炭,以爱相暖,使他走上正路。女人对男人的教育改造作用有时是男人无法代替和比拟的。有位当代作家说过:'好女人是一所学校,一个好男人通过一个好女人走向世界。一个男人的一百个男朋友也没有一个好女人好;一个男人的一百个男朋友也不能代替一个好女人。好女人是一种教育。好女人身上散发着一种清丽的春风化雨般的妙不可言的气息,她是好男人寻找自我,走向自己,然后豪迈地走向人生的百折不挠的力量。'虽然我改造罗子浮费些力气,也算是仙人对世间做点贡献吧!"

翩翩话音未落,七仙女用手指刮脸,打趣道:"哎呦!你不害羞!借别人的话吹捧自己。"

翩翩白了七仙女一眼,嗔道:"我怎么吹捧自己了?我提到的好女人不是指我自己。你那董永那么好,你应该多奉献些爱,爱他一万年,生死相从。为何只是助他还债,只做了百日夫妻,在董永还完债后,便舍弃了他自己跑回天界去了?弄得他可怜兮兮的,每天望着天空发呆。"

七仙女有些伤感,说道:"唉,这是天帝的安排,我也没办法。天帝办事很古怪,在我对董永没感情时,让我嫁给他。在有了感情后又命我离开他,真是苦了那董郎。我们天仙不像你们地仙没人管束,可任意行事,在婚事上有自主权。你对罗子浮的爱真是达到了极至,在他满身臭疮无处可归时,你收留了他,为他治疮,安排衣食住,与他相爱,为他生子,教子读书学习,在这远离人世的地方也能让儿子学到丰富的文化知识。孩子长大后,又为孩子完婚。世上贤妻良母难以做到的,你都做到了,可谓超级的贤妻良母。罗子浮想回家时,你高高兴兴让他回去,做出了极大的牺牲。罗子浮真是没情没义的家伙,带着儿子儿媳跑掉了,撇下你孤伶伶地在这里。"

翩翩笑道:"我们姐妹谁跟谁呀?你还吹嘘起我来了。罗子浮在这里恢复了良知,知道顾念老家中的亲人,儿子也是到世间事业才能有所发展。我过惯了世外的仙家生活,不愿到世间,牺牲了自己的爱也不算什么。"

这时洞府外传来一阵说笑声,两人扭头往外看,见一服装华丽的贵妇人在一群丫鬟婆子簇拥下走进洞来。贵妇人大说大笑道:"人们常说神仙洞府如何金碧辉煌、豪华无比,没想到如此寒酸,这大概跟刘姥姥家差不多,当神仙真没意思!"说着走进门来。

七仙女起身大声问道:"你们是何处俗人,在此吵吵嚷嚷,不打招呼,怎么能随便闯入人家家中?"

一婆子上前指着贵妇人介绍道:"这是金陵贾府内务大当家王熙凤。"

王熙凤稍稍欠身道:"翩翩大仙,我有一事相求,听说你改造心生邪念好色的丈夫有奇招,有奇效。我那死老公贾琏,处处拈花惹草。那次他与鲍二家的胡搞,被我捉住,他竟拔剑要杀我。我要是有你给罗子浮身上穿的奇妙的会变树叶的仙衣,就可以时时管住他不生邪念,省得我时时费力劳神监视他。那就省心多了。我给你二十两银子,卖我一件,你那衣服不过是用树叶做的,不值多少钱,给你二十两银子不少了,怎么样?凭我们贾府的地位,这买卖做得成吧?"

翩翩见到王熙凤这种满身铜臭俗不可耐的做派,非常厌恶,严肃地说道:"王熙凤,你想错了,你以为拿钱就什么都可以买得到吗?那种衣服不是自己会变化,而是靠仙术来控制的。仙术靠清心寡欲来修炼,你一心钻在钱眼里,拼命捞钱,坑害他人,作恶多端,是修炼不成仙术的。再有你那花花公子的老公贾琏,他不同于罗子浮,罗子浮原为一个纯洁少年,只是被坏人引诱才走上邪路。他懂羞耻,知善恶。贾琏是一大邪毒,无羞耻之心,穿上这种衣服也不管用。别说让他衣服变成树叶,他要发起狂来,裸体满街跑他也不会在乎。你们那个大家庭都烂透了,只有门前两个石头狮子是干净的。很多男人都是以耻为荣,你那情人贾蓉大言不惭地说过:'从古到今,连汉朝和唐朝,人还说脏唐臭汉,何况咱们这宗人家,谁家没有风流事,别逼我说出来。'这种心态的人,不可救药,用任何手段都是不起作用的。"

七仙女接道:"再说你自己的人品作风也不咋样,打铁先需本身硬,才能改造他人。你与侄儿贾蓉勾勾搭搭,关系暧昧,那贾瑞对你有非分之想,大概苍蝇不会抱无缝的鸡蛋。你人品作风如此不堪怎么能改造你的丈夫,使他改邪归正?你们夫妻俩谁也别说谁,以淫邪对淫邪,歪锅配扁灶,不是很般配吗?这里太寒酸,恐有辱贵体,一边玩去吧!"

王熙凤历来说一不二,不想受到这番训斥和羞辱,被弄个烧鸡大窝脖,气得肺要炸裂,脸色发绿,真想命令丫环婆子砸了这洞府,痛打二仙女一顿,但一想到翩翩的厉害仙术,如果她要把我的衣服变成树叶那就更丢人现眼了,想罢,下令:撤!就率众人悻悻而去了。

翩翩叹息道:"唉!没想到世间竟有这种人!"

语音刚落,仙人岛上的仙女芳云过来串门,对二人说道:"我刚才在路上见到王熙凤了,她来何干?"

翩翩道:"想买一件会变树叶的衣服管住贾琏,真好笑!芳云,你那老公王勉近日表现可好?他与明珰再没有发生作怪之事吧?你出来放心吗?"

芳云轻快地说道:"他的表现最近好多了,修成了仙体。翩翩,有一事我真想不明白,你我两个地仙姐妹都遇到了人间的现世宝男人,你那老公轻薄好色,我那老公还多一宗臭毛病,既骄狂得不知东西南北,好吹牛又好色。你在与罗子浮生活在一起时,真是好脾气。在他当你的面调戏其他女人这种难堪的场合,要是一般妇女,早就打翻醋缸,大闹一场,而你却是一声不响,心中真的没有一点火气吗?"芳云快言快语,说话如爆豆一般。

翩翩平心静气说道:"见他对花城娘子动手动脚,心中怎能没气?但我们是知识女性,怎能像泼妇一样去吵闹呢?可以用我们仙家的特殊手段解决问题。我使用的那种管理方式和惩戒方法,是要他改过。不能过份触及他的皮肉,而是要刺激他的道德良知复发。给他穿上应念而变的服装,让其丑恶的心灵充分曝光。他的衣服变成树叶就如同在他身上挂上一个显示自身丑恶的标牌,使其产生羞耻感,自控邪念。"

芳云大笑道:"我那老公王勉在狂妄得发昏卖弄臭才学时,我就使用棒喝的手段。他卖弄一次,我嘲弄一次。他吟诵表现男子气概的两句近体诗'一身剩有须眉在,小饮能令块垒消'时,我就岔解其诗,说他上句是讲'孙行者离火云洞',下句是'猪八戒过子母河',让他的诗变味。他念《水鸟诗》时,就嘲笑他为狗腚放屁。他炫耀自己的八股文的冠军之作时,就给他下评语:不通不通又不通。一下子就把他弄成了泄了气的皮球,改掉了臭毛病。"芳云有些洋洋自得。

翩翩笑道:"看把你得意的!我知道你口齿锋利,善于损人。你那当头棒喝的方法治王勉狂妄卖弄的毛病好使,治别的病人不一定好使。那次席散时我对罗子浮旁敲侧击,对花城娘子说的那句'薄幸儿,便值得冻杀!'表明我们对他的所作所为以及他受惩出丑是一清二楚,暗含着警告与谴责。但只是点到为止,不说破,不当面揭疮疤,启发他自觉。对他既要有惩治的威严,不能让他邪念泛滥,肆无忌惮,为所欲为;又要用感情感召,相信他心灵中正义能战胜邪念,加强自律。"

"说来说去,还是你有理,经验丰富,比我成熟。你应写一本专著《论教育改造丈夫的艺术》,把你的经验介绍到老百姓中去。"

二人正在谈笑间,两个扛着摄像机的青年人走进洞府,边走边感叹道:"哇!这真是世外桃源,山清水秀,仙人洞府就是这个样子!像农家小院,又充满神秘色彩,令人眼界大开!"翩翩起身询问:"请问,你们是————"

高个子青年道:"我们是罗子浮家乡电视台的记者。罗子浮回到家乡后,孝敬老人,友爱四邻,勤劳致富,为乡亲办了不少好事。他说他有今天全得力于翩翩娘子的教育改造,他非常想念你,准备以后接你回到人间。我们特来采访。"

翩翩热情让座,说道:"稀客!稀客!你们多介绍介绍罗子浮和孩子的情况,我们可以随便聊聊,采访就免了吧!"

矮个记者详细介绍了罗子浮和他孩子的情况后,环视了翩翩居处内外的景致,说道:"这里的仙境仙人真是清新超俗,与古代作品中所展示描绘的仙境仙人不同。你这里是既有温情又是净化人灵魂的最美好的处所,是教育人改造人的好地方。罗子浮从人间带来的污秽在这里得以洗涤,不良品质和恶习得到根治，还获得了爱情和幸福。翩翩女士，你将罗子浮改造好了之后，不是度其成仙，让他永居世外，而是将其送回人间社会，使人间增加了一个灵魂净化的人。你真是对人世充满爱心高尚的仙女。"

翩翩听到罗子浮及儿子的近况很欣慰，觉得当年所做的努力没有白费，说道："我只做了一点小事，不值得夸奖。作为仙人生命的价值在于济世救人，长生不老的仙人如只顾自己永生永世享受人间的幸福，那不显得太自私了吗？我们应用仙术努力为人世间去除污秽，增添美好。"

高个子记者看到石室中放着翩翩为罗子浮以白云为絮的棉衣，说道："哇！这就是奇妙的仙女！民间传说中的神仙大都高高在上，雍容华贵，吃龙肝凤胆，饮琼浆玉液，住琼楼玉宇，穿羽衣霓裳。他们不用辛辛苦苦做事，整天逍遥自在。翩翩女士，你与那些仙人迥异，心灵手巧，善做家务，非常勤劳。到了秋天你以蕉叶为衣，以白云为絮，像人间少妇一样准备过冬，简直与现代家庭到秋天买大白菜、购蜂窝煤、做好棉衣的家庭主妇毫无二致，在你身上体现了中国传统女性美好品德。"

翩翩说道："民间传说中的仙人生活，是世间一些人在做美梦，一个仙人如不劳动、不创造，不问世事，那生活还有什么意思！我在前面说过，仙人应该有益于社会。"

"超俗之见！超俗之见！"矮个子记者道："传说中的八仙都致力于百姓治病消灾，吕洞宾以'吕祖药方'给人治病，铁拐李背上总是背着个大葫芦，里面装有治病救人的灵丹妙药，到处给百姓治病。他们都是救治人的生理疾病，而你对罗子浮是既治生理疾病，更重治心理疾病，净化他的心灵，是罗子浮生命中的天使。在《聊斋志异》之前，还没有出现过像你这种仙人。你比以前的仙人都高一筹，为净化人间社会道德做出了贡献，是仙人中的高士。"

翩翩爽朗地一笑，说道："我今天得到的高帽太多了，我觉得救治人的心理疾病比生理疾病更为重要。人在世间社会中，很容易受到丑恶东西的诱惑。心灵溃烂的人比肤体溃烂的人危害更大，那不仅害了自己，也害了社会。现代大文豪鲁迅弃医从文，医治人们心灵的疾病，大概也是出于这样一种考虑吧！我们仙人应该促进人类趋善去恶，为纯洁社会的道德献一份爱心。"

这时红日西沉，两记者、七仙女、芳云都起身告辞，翩翩送出洞府外。她又思念起罗子浮和儿子儿媳，在小石桥上久久伫立……

蕙芳妙语话择偶

蕙芳,西王母跟前十六七岁衣着简朴的侍女,生得天姿国色,光彩照人。因故谪居人间,看中了"朴讷诚笃""货面为业"的马二混。蕙芳先是主动登门向马母自媒,马母见蕙芳美如天仙,怕自家贫穷,亲事不般配,加以拒绝。蕙芳再三再四请求,马母疑其为侯门亡人坚决拒绝。后来蕙芳以神术点化出吕媪来做媒并担保,马母才答应了这门亲事。蕙芳自带两个婢女来到马家后,把马家的茅草屋内部变成雕梁画栋的宫殿一般,室内摆设光彩夺目。到吃饭时,婢女手执革囊,拿到门后一摇晃,伸手就取出美酒和丰盛的菜肴。当家中人早上走出门来,发现茅屋外面还是老样子。蕙芳使马家"顿更旧业"家中益富。衣箱里貂皮锦缎的衣服无数,任马二混母子取用,可是穿上一出家门,就变成了素色布衣,但是又轻又暖。蕙芳自己穿的衣服也是这样。过了四五年,蕙芳向丈夫诉说自己的来历:原是被贬到人间十多年的仙女,因与马二混有缘,所以暂在马家逗留。现在谪期已满,要返归天界。她让马二混别择良偶,以后有时间还会来探望,然后一下子消失了。三年后的七夕晚上,马二混与新娶的妻子秦氏聊天,蕙芳忽然进来看望马二混,告诉他自己正逢送织女渡河,抽空来看看。两人依依不舍。忽然空中的仙女双成喊蕙芳上路,蕙芳告诉马二混他有八十多岁的寿命,届时她来取马二混的尸骨。说完离去。

一日,蕙芳又有到下界出差的机会,借此来看望马二混。在明月初上时到了马宅,发现原来的茅草屋不见了,拔地而起一幢大楼。五彩纷呈的霓虹灯牌匾上亮着几个大字"蕙芳面粉公司"。蕙芳一打听,得知马二混做生意因诚信出名,不搞假冒伪劣,生意兴旺,成立了一个面粉公司,当了董事长兼总经理。蕙芳得知马二混事业有成,又不忘旧情,用自己的名字给公司命名,又高兴又感动。只是这次来得不巧,马二混外出了。蕙芳来到公司隔壁的咖啡厅休息。

咖啡厅中有几个青年学子因要参加一个《聊斋志异》研讨会,准备合撰一篇关于《聊斋志异》中爱情方面的论文。看到蕙芳到来真是喜出望外,请她入座,谈谈仙人对爱情的看法,特别是她与马二混的仙、人之恋。

一学子望着风姿绰约光彩照人的蕙芳,对她早年的爱情选择提出疑问,问道:"蕙芳女士,世间的人都千方百计求仙,都盼望着能过上神仙生活。天上仙界中肯定有不少风度出众的男仙,当时你仅一时被贬,早晚肯定要回到天上去,为什么要在人间找一个凡夫俗子的丈夫?"

蕙芳非常大方地答道:"这有什么奇怪的呀?天界的仙家生活,用时下流行歌曲的词儿来说,在你们眼中是'很精彩',我们个中人看来就'很无奈'。天界中虽有仙山琼阁,享不尽的荣华富贵,没有疾病的困扰,但缺乏人世间的脉脉之情,没有欢声笑语。天宫仙界中清规戒律甚多,管束很严,经常出现因违反天规而被贬的谪仙。仙女们常常忍受不住寂寞,偷偷下凡人间,与凡夫俗子结为夫妻,过起男耕女织的人间生活。王母娘娘众多的女儿几乎都在人间留下足迹。高处不胜寒,还是人间自有真情在,所以仙女们都来到人间潇洒爱一回。没有被贬的都偷偷地从天上跑到人间找丈夫,我被贬在人间更有便利条件,当然要在人间找啦!"一席风趣的话语逗得大家笑声不断。

一个头发涂得油亮发光的学子开口道:"你即使要在人间找一个丈夫,也应找一个风度潇洒、有身份、有学历的白马王子。如找一个诗人啦、才子啦、大家公子啦,就凭你这么高贵的身份,有绝世的容貌的天仙,这么好的条件找什么样的找不到,为什么要找一个贫苦而又没有学识、干最低下的工作,连名字都猥琐不堪的卑贱小贩?他跟武大郎、日本电影中的横路靖二差不多。你'谪降人间十数载',见识的人不会少,该不是挑花了眼吧?你找这样一个丈夫,在仙人中也显得太没面子啦。"

一长发披背的男学子说道:"真是一朵鲜花插在……"忽见蕙芳沉下脸来,柳眉倒竖,吓得不敢说下去了。

蕙芳盯着他的脸道:"说呀,插在牛粪上是不是?"长发学子改口道:"插在牛棚上。"蕙芳被气笑了,说道:"还是离牛粪不远。我看你的思想倒有牛粪味。"长发学子低下头,不敢再作声。

蕙芳又将目光投向头发油亮的学子,神情严肃地说道:"你的嘴也太损了点儿,竟然肆无忌惮地贬损侮辱我的丈夫!你那择偶标准不怎么样,什么诗人、才子、大家公子,有名无实者居多,很多人无非是吟几首歪诗,摆摆谱儿,酸文假醋。在我看来,择人的根本之道,是看人的品质,而不是外表、身份、职业、财富、名位等。我选择马二混是看重他的诚朴,对母至孝。诚朴是人间第一美德。世上如人人都像马二混那样诚朴,人间就不会有欺骗、阴谋、罪恶,也不会出现那么多假冒伪劣商品。有多少人靠蒙和骗过日子,这些人还会被认为有本事。时下一些女子择偶除了看对方家长的官职、对方的职业、财产收入、身高之外,还流行一句话叫作什么'男人不坏,女孩不爱',真是不可思议!男人要坏到什么程度才嫁他呀?是不是要嫁给西方世界的毒枭大王呀?时下这些择偶标准实在令人不敢恭维。"

头发发亮的学子脸色紫胀。一年龄稍长的学子向蕙芳陪笑道:"他们嘴上没把门的,胡说八道,请多包涵。你关于择偶标准之见,不同凡俗,请深入谈谈。"

蕙芳神色平静下来,说道:"世间有很多人因在择偶时注重外表身份地位,吃过苦头。各位熟知,《巴黎圣母院》中的吉卜赛少女爱斯梅哈尔达爱上了外貌漂亮潇洒的皇家侍卫长法比,但法比是个内心丑恶的花花公子。他知道爱斯梅哈尔达深爱自己,便想把她搞到手,但又不打算与她结婚,不过想与她玩玩。他所看中的是一个贵族小姐,正与她打得火热。法比被副主教刺伤后,愚昧的法官将爱斯梅哈尔达判为凶手。法比明明知道只要自己出庭作证就能证其清白,但为了不影响同贵族小姐的婚事,为了脱尽干系,他居然不置一词,甚至还同贵族小姐一同站在刑场上,眼看着这位至死还在呼唤自己名字的少女被活活绞死!这种在潇洒外表下的蛇蝎心肠是多么可怕!当然,并非所有外表漂亮有身份的人的品质都是如此。但是古往今来很多人择偶时很难走出只重外貌、地位、财富、名声等方面的误区,真是可悲可叹。"

"仙人居高临下,问题看得透!佩服!佩服!"众学子赞道。蕙芳脸上有了喜悦之色。

一女生笑吟吟地问道:"你在天宫中的地位是很高贵的,在天宫中享尽了福,嫁到马家住的是茅屋庐舍,穿的是布衣粗服,过穷苦人的日子,虽然你到马家后在这方面做了一些改善,但比天宫还差远了,你生活得习惯吗?不觉得生活在水深火热之中吗?"

蕙芳笑道:"这你就把仙女的思想境界和生活能力估计得太低了,我们仙女都是能吃苦耐劳的。嫁到贫苦人家的仙女在家庭生活中的表现都是很出色的。《聊斋志异》中的翩翩啦、霍女啦、本人啦,家务都干得很好。在人间吃点苦,为贫苦者做善事做好事是我们非常乐于做的。不要说我,《菱角》中仙家级别相当高的观音大士,相当于时下的省军级吧,她都走下莲花宝座,来到人间,为贫苦人服务。她因被胡大成之母平素一直奉佛所感动,在胡大成流寓湖南时,她变幻成一个贫苦老太婆,给胡大成当母亲,尽母亲的职责,为胡大成煮饭、织布、编鞋子,为胡大成与恋人的爱情幸福而奔波操劳,用神术成全他们的婚事。为了贫苦人的幸福,观音大士长期在人间吃苦。至高无上的菩萨都能做此苦差,我们为人之妻吃点儿苦、做点儿家务那又算得了什么呀?仙家领导带头做出好榜样,我们应该好好向仙家领导学习呀!"

蕙芳风趣俏皮的语言,使众学子拊掌大笑。

"要是世上每个家庭都有仙妻,那么世界该多么美好!"一学子忽发奇想。

"那可不成!仙女太少。即使很多,要是都跑到人间来,人间的女性就要提出抗议啦。"蕙芳予以否定。众人又是一阵欢笑。

一位善于联想的学子说道:"你对马二混真是无比痴情,无比温柔。在马二混回家后得知自己有了媳妇,看见自家屋舍变成画栋雕梁俨同宫殿,惊喜不敢进来,见到天仙般的你,很害怕,要退走。你下床笑迎,拉住他,坐下亲昵地和他说话。在返回天界后,还痴心不改,常借出差机会来看他。真是爱得深挚、爱得久远。跟你相比,常跟你在一起的织女就缺少你这种高尚的爱情。"

"织女没有高尚的爱情,这是从何说起?"蕙芳不解地问道。

"是这样,"一学子解释道:"《太平广记》卷六十八'郭翰'篇中说,织女跟牛郎配夫妻后,生下一男一女,后来在老黄牛的帮助下担着一双儿女到了天上,牛郎也成了神仙。但王母娘娘把他们隔在银河两岸,一年只能在七夕相会一次。因此,织女还经常下凡偷情,如曾与唐代郭翰交往达一年之久。郭翰问她,牛郎知道此事怎么办?她竟说:关他什么事!何况银河相隔,他不可能知道,即使知道了也没关系。七夕时,她没有到郭翰处,后来郭翰问她跟牛郎相会是否高兴,她笑着说:天上哪里有人间快活!一年之后,两人才依依不舍分手离别。"

蕙芳听罢,心中十分气愤,说道:"这篇东西谁写的?这种文人怎么专门编造桃色新闻糟蹋织女!在民间传说里,织女是老百姓心目中忠于爱情圣洁女性的化身。秦观学士的《鹊桥仙》词中所言'金风玉露一相逢,胜却人间无数'

'两情若是久长时,又岂在朝朝暮暮!'歌颂了他们忠贞的爱情,这才是织女美好情感的写照!"

"蕙芳女士,你嫁到马家后,办了一件怪事,人们感到不可思议。你帮助马家致富,用了一个非常奇特的方法:让他家富在内而不富在外,使马家室内穿的貂锦衣服,到了室外就成了布衣,你这不是大搞两面派吗?"一学子调侃道。

蕙芳听罢立即叫起来:"哎!你别扣帽子好不好?内外有别在特定环境是有必要的。这是根据马二混的性格特点及当时的家境社会环境特意安排的。他一直以贩面售面过活,只获蝇头小利,如家中突然大兴土木,起高楼大厦,太扎眼。他人又老实,如我回天宫后无人保护他,贪官污吏坏人看见他有这么多财富,可能要出麻烦。这是一种保护措施。如大肆炫耀,那也太俗了。时下有些暴发户,大摆石崇斗富的派头:花几万元点一首歌,点一桌菜,花几十万元买条狗抱着,花几百万元造一座坟。俗得可笑又可悲。我让马家外在朴素,就是与马二混朴实无华的人生本色相一致。怎么样?懂了吧?"

"到底是仙人,真是有高招!"众人笑道。

又一学子道:"既然你那么爱马二混,就应与他白头偕老,但后来你撇下他跑回天宫,为什么不给马二混办个仙人户口?"

蕙芳笑道:"你的问题真刁钻,按我的本意是要和他'真心真意过一生',但人、仙的婚姻有一定的缘分,缘分尽了只能分开。办仙人户口,我可没那个本事,成仙要靠自己修炼。我虽然离开了他,又给他找了一个妻子,也算聊以补过吧!"

这一问一答,问得俏皮,答得风趣。大家聊得十分开心。

夜色渐深,蕙芳等得有些心焦,这时隔壁有人喊:"马董事长回来了!"蕙芳立即站起身道:"我要去看老马啦,告辞!"起身离去。

三、救助困顿寒士的多情女保护神

舜华俏语话救夫

舜华，一位极富同情心、具有高度心灵美乐于助人的狐仙。年龄二十许，美丽端庄，忠于感情，有勇有谋。永平名士张鸿渐因起草讼告县令贪暴，为屈死的同窗鸣冤，反被诬为结党造反，被通缉逃亡。他流窜荒野时到舜华家借宿。舜华在了解了他的姓名、家世、逃亡缘由后，便无视封建王法，收留了这个钦定罪犯，使他逃脱贪酷知府的魔爪。对他盛情款待，给他美酒和可口食品，让他睡高档次的锦褥缎被。还常赠他银两。舜华温柔多情，见张鸿渐有渊博的才学，为人诚实，便无视封建礼教的束缚，当晚主动到张鸿渐的房间，羞涩地表露了爱意，与张鸿渐结为夫妇。半年后，一次张鸿渐归居所时间提前，见居处并无房舍，徘徊间，身已在室中，发现房屋系舜华用幻术化出。舜华见张鸿渐识破幻化奥秘，就直率说明自己是狐仙。对张鸿渐说，你如见怪，可以离开。舜华十分珍视爱情，用幻术将自己化成张鸿渐在老家的妻子方氏，试探张鸿渐对自己的情意。三年后，张鸿渐思家情切，舜华深明大义，乐于成人之好，主动以瞬息千里的仙术送他回老家与离别的妻儿相聚。但张鸿渐大案未消，刚回家就受到村里流氓的威胁逼迫，张鸿渐盛怒之下杀了流氓，落入法网。在重械解京途中，舜华又神奇地及时出现，设计灌醉了解差，用法术脱落了张鸿渐的刑具，将他送到安全地带，使他再次得以死里逃生，然后飘然而去。

舜华在第二次救了张鸿渐之后,另寻居所,独自度日,心中不能忘却张鸿渐。多年以后,听说张鸿渐又回到老家,与妻儿团聚。舜华惦念张鸿渐回到老家后还会不会遇到麻烦,就起身前往河北永平张家去探望。在路过陕西凤翔原先与张鸿渐相爱同居之地,突然发现原来的荒野变成了一个优美的风景区。舜华走进来后感到眼花缭乱,只见亭台楼阁错落有致,绿树红花掩映其间,曲径通幽假山耸立,游人熙攘络绎不绝。在自己原来住处的位置,建有一座三层飞檐斗拱的红楼,楼上的大匾牌上刻有"爱心屋"三个烫金大字。舜华近前看墙上标牌上的文字说明,写着"狐仙舜华救助书生张鸿渐并与之相爱处"。舜华心中暗忖,以前这点好事还没白做。

这时游客中的一位金发碧眼的中年妇女同一个知识分子模样的男子站到舜华面前,用流利的汉语打招呼:"舜华女士,您太美了!在此处意外地见到您真高兴!"舜华心中诧异:这个老外怎么能认识我?仔细端详对方,似乎在什么地方见过,一时又记不起来。金发碧眼妇女自我介绍道:"我是苏联电影《两个人的车站》中的薇拉,我与老公普拉东来贵国做生意。我俩有相似的经历,都曾救助过有妻室的落难男人,向他献出爱情,您是东方女性的爱之神,美之神。我很想结识您,今日得见真是三生有幸!"说完做了个清代妇女见客的双手相挽侧身施礼动作,众人见此哈哈大笑。舜华抿嘴笑道:"不必如此客气,这礼节早过时了。"游人中一位中文系大学生见此情景惊叫道:"千古巧遇!千古巧遇!你们两位虽然出现的国别不同,时代不同,可相似之处太多了!"他见舜华面有疑惑不解之色,就滔滔不绝解释道:"你们救助的男人遭际相似,性格相似。舜华女士救助了落难书生张鸿渐,薇拉女士救助了落难钢琴师普拉东,这两个男人都非常正直善良,都因救助他人而落难。张鸿渐是为被无辜杀害的书生鸣冤而被追捕;普拉东为使原妻子玛莎保住她在电视台节目主持人的地位,把她开车撞人的罪过揽到自己头上替妻子服刑。再有,你们两位女士追求和获得爱情的进度也极其相似,都是非常神速地向所救助的对象献出爱情。舜华女士在救助张鸿渐的当晚就向他吐露芳心;薇拉女士与普拉东在相识的第二天爱情就进入成熟期。是生活浪涛的簇拥使你们的爱情来得神速、真挚、深沉。你们两人虽出现在异时异地异民族之间,但有这么多的相似之处,是一件天大奇事。你们能相会,是一大幸事!来,我给你们拍张合影,留个纪念。"说完端起相机拍照。

听罢大学生之言,舜华与薇拉两人倍感亲切。舜华道:"薇拉女士,我想起来了,我在电视上见过你,你以仁爱、侠义的心肠,尽力帮助普拉东的事迹非常动人。你与玛莎形成鲜明对照,你善良助人的美德在人间实不多见,真让我好感动。"

薇拉笑道:"不,不,不,您别表扬我了,与您相比,我为普拉东做的事情太少了。我的性情没有你那么温柔,他在车站的困境是我造成的。我只是给他弄点吃的,有时还是残汤剩饭,给他提供一个住处,也不是很理想,有时不过是车厢或候车室。而您在张鸿渐被追捕得上天无路入地无门生命难保的情况下收留了他,保全了他的性命,给他提供好饭好菜,豪华舒适的住所。您用法术在荒野上幻化出华丽的住宅,为他提供了一个躲避迫害的理想之处,还时常送他银两。在张鸿渐想回老家时,你带他腾云驾雾,顷刻间将其送回千里外的家乡,这种神术真是妙极了!像我到劳改营去看普拉东那次,与他一起住在劳改营附近的一间小木屋里,那夜睡过了头。普拉东如果不能在监狱早晨点名前回到监室,他的刑期就要延长,于是我们在冰天雪地中拼命往前跑,可累惨了!那时如果有你腾云驾雾的仙术,那不'嗖'的一下子就到了不用受累吗?"

舜华听罢心里很是惊讶,这薇拉对我做的事竟然这么了解,心中也很喜欢薇拉的爽快、坦荡,回答道:"我那小小的仙术不值一提。你对普拉东的美好真情,是仙术所不能及的。你情感的付出使他从被判刑后的孤独、困惑中解脱出来,使他享受到母亲般的温馨与安乐感。你不远千里来到劳改营,以他妻子的名义跟无人探望的他相会,并在劳改营陪护他。为与他相爱,你甘愿赴汤蹈火,为他献出一切。你与普拉东极端自私的原妻玛莎相比,真有天壤之别。你作为一个人间女子,能做到这些已经够伟大了。"

薇拉见舜华竟然这样理解自己,深受感动,说道:"说我伟大,真是担当不起,不过是我们痴心女子爱做傻事。"她沉默片刻后又笑眯眯地说道:"我们作为女人都喜欢试探情人对自己的情意,您将自己幻化成张鸿渐的发妻方氏来试探张鸿渐对自己的感情深度,让张鸿渐进入幻境,不辨真假,真情尽吐,比现代的高级测谎器都管用。当你把幻术还原后,方氏变成了你,他的儿子成了竹夫人,弄得张鸿渐当时就傻了眼。您怎么想出这一高招的?"

舜华颇为得意地笑道:"这是受《西游记》中仙人变化的启发。第六十回中写孙悟空二调芭蕉扇时,化作牛魔王到芭蕉洞中找罗刹女,骗得芭蕉扇。把扇哄到手就把脸一抹,现出毛猴本相,把罗刹女气个半死! 我此番幻化与孙悟空不同的是:他变成罗刹女的丈夫,我变成张鸿渐的发妻方氏;他为盗扇,我为试探真情。我这种幻术不过是小把戏。"

薇拉站在普拉东身边很有满足感,见舜华形只影单,心中很同情,说道:"您对张鸿渐做了最大限度的奉献,救他的命,生活上照顾他,毫无保留地爱他,用神力保卫他。你付出那么多,但最后的结局令人遗憾。他想回老家,你就送他回家,你要是不送,他也回不去。你为什么要那样做呢? 是不是有些犯傻? "

薇拉提出此事,舜华心情十分复杂,有一种说不出的感觉,深深叹口气,说道:"我通过幻术试出了张鸿渐对我的真感情。他虽没有忘恩负义,但认为我是异类,有嫌弃之意,很伤我的心。感情这东西勉强不得,强留在身边也没意思。再有,我想到他的结发妻也不易,她不同于普拉东的那个自私自利的结发老婆玛莎。玛莎为了保住自己电视节目主持人的地位,自己开车轧了人而让丈夫顶罪。丈夫服刑三年,她一次也没去看过。而方氏是个深明大义勇于自我牺牲的女子。在张鸿渐回家被迫杀死来犯的流氓后,方氏让丈夫逃走,由自己顶罪。一个善良的柔弱女子,长期不能与丈夫厮守,还要忍受衙门的追逼和社会恶势力的欺凌。在这种情况下她支撑家计,教儿成长,使家庭不致败落,十分艰难。我虽救了张鸿渐,但不让思念发妻的张鸿渐回去,方氏终生寡居,我也于心不忍。"舜华的话语深深打动了众人。

"您一心为他人着想,真是人间至善至美的化身! "薇拉感叹道。

一个肩跨小包的女子近前说道:"舜华女士, 在张鸿渐说出思念结发妻,心里嫌你'终非同类'后,你将他送回老家中。他嫌弃你,离开你,你们终止了夫妻关系,已属义断恩绝。但事实上,在他回家后,你仍暗中关注他,保护他。张鸿渐回到家后,由于恶棍的胁迫他愤而杀人,落入法网扣上枷锁。你预先迎接张鸿渐于押解途中,诈称是他表妹,再次救他逃离虎口,并帮助他逃亡太原。你是怀着怎样的情感去做那些超越世俗情理的爱心之举? 这在一般人心目中是不可思议的呀! "

舜华表情深沉,说道:"并非夫妻分手就只有恨嘛! 张鸿渐离开我,我能理解,他生活中遇到两个女人,一个为他支撑家业,一个救过他性命,他何去何从处于两难境地。他选择方氏,我虽有些不快,但不能怪他。痴情女子比男人有更多的同情心,有关怀保护他人的一种母性。"

普拉东对薇拉笑着说道:"我说夫人,你应该向舜华女士好好学习学习,舜华女士救人于难有圣母般的美,自始至终都是极端的温柔,有大海一般的深情。而我刚见到你时可被你坑苦了,在车站餐厅,我当时嫌饭不好,没吃,你硬抓住我,非要我交钱,跟我大吵,使我误了车,还拿了我的身份证。我交钱时你还捉弄我,我说余头不用找了,算是'小费',你却把钱一分不少地找还,放在柏油路上,然后故意哼着小调,扭着屁股扬长而去,真把我气得发晕。不过后来嘛,还不错!"

薇拉推了普拉东一把,嗔道:"你这没良心的,我别的事对你那么好,你都不记得,这一点点小事,你还念念不忘。我不是向你认过错吗?我当时在餐厅工作,环境嘈杂,你不知道我当时的心情有多坏。我怎么比得了舜华女士,我是凡间的人,人家是仙呀!"

舜华淡淡笑道:"仙也有苦恼的时候,也有发火的时候。我幻化方氏时就搞了一次恶作剧,然后又斥责张鸿渐。唉,这爱情真是一种说不清的感情,有苦,有甜,有酸,有涩……薇拉女士,普拉东先生,祝愿你们天长地久!我要去看张鸿渐了,后会有期!"舜华与他们道别后独自远去。

竹青趣说人鸟奇缘

竹青,一个重情重义的美貌鸟仙。她先是以乌鸦形象出现。湖南穷书生鱼客落第返家途中路费用尽,又羞于行乞,在吴王庙中休息,濒临死亡,灵魂化作乌鸦飞去觅食。吴王怜他无偶,就指派竹青做他的鸟妻。竹青对鱼客倾心相爱,关怀备至,精心教鱼客如何觅食。当鱼客在空中觅食中弹生命危急之际,竹青冒死相救,把他衔走,精心为他疗伤,喂他食物。鱼客后来复活为人,念念不忘此情。三年后鱼客重来旧地,两次祷祝竹青。此时的竹青已成为江汉神女,她感念鱼客之深情,化作年二十许的美人,与鱼客相会,并带鱼客回汉江,过起了恩爱的夫妻生活。后来鱼客思念家乡,想把竹青带回去,竹青因鱼客有妻室不同意。她恐鱼客之妻为难,就甘为外室。临别时,竹青送鱼客一件奇妙的黑衣,并告诉鱼客说,如思念她时,穿上黑衣立即就能飞至汉江来到自己身边。还送他另外的新衣鞋袜和一绣袋金银财宝。鱼客归家后不久,思念竹青,穿上黑衣飞抵汉江,来到竹青居处。此时竹青即将生产,不多时生出一个像大蛋的东西。弄破蛋壳的外层,里面是一个男婴。鱼客取名"汉产",汉产长得清秀美貌。鱼客住了几个月,竹青用船送他回去,船自己能飘然而行。鱼客的发妻和氏不能生育,希望汉产待在自己身边。竹青应允,让他在和氏身边三个月,并慨然答应如自己再次生育,就将汉产送与和氏。后来竹青又生有一子一女,就诺前言,让鱼客将汉产带到和氏身边抚养。后来鱼客的发妻去世,鱼客来到竹青处,一起在仙乡中生活。

竹青与鱼客在仙乡中甜甜蜜蜜生活了许多年。一日,竹青走出楼阁,来到原野散心,见大地春光明媚,碧空中百鸟飞翔;原野上绿草如茵,繁花似锦。她想到了由鸟化身为人后,整天待在家中,身心受到束缚,就想重新回味一下为鸟的乐趣。她张开双臂念动真言,立即化为一只大鸟,飞上蓝天尽情翱翔。飞得累了,见地下都市中有一景致绝佳的公园,便翩然而下,敛起羽翼化为美女,风姿翩翩向绿茵地的长椅走来。园中的游人被这奇异鸟人之变惊呆了,几个熟读《聊斋志异》的青年学子叫道:"这是《聊斋志异》中的汉江神女!"众人争睹其风采,啧啧称奇,几位学子上前与竹青攀谈。

一位面容俊秀的女生望着姿容绝代、亭亭玉立的竹青不无惊叹地说道:"您这样一位貌如春花的绝代佳人,前身竟是一只乌鸦!乌鸦在民俗中被认为是不祥之物,相貌丑陋,性情幽晦阴郁,特别是哇哇的叫声简直让人受不了,在一般人的审美感受中成为丑恶的象征。现在港台的一些电视剧中把说话晦气的人骂为'乌鸦嘴',国外还有一则人所共知的童话《乌鸦与狐狸》,写傻乎乎又好卖弄的乌鸦被狡猾的狐狸所欺骗。想不到世间竟然有您这般美的乌鸦,太令人惊奇了。"

听罢此言,竹青心中不快,暗想,这世人也太势利眼,就因为我们乌鸦长得黑些,就把我们弄得丑陋不堪,不成玩意了。得让人们知道我们乌鸦以往在人们心目中的形象远非像现在这样。想毕,说道:"你表面在夸我,实际在骂我。其实在民间信仰中,乌鸦也有被尊为神鸟的光彩历史。乌鸦是宋代以来被富池口一带人所祭祀的神鸟，被称为'吴王神鸦'。据宋荦《筠廊偶笔》载，凡经过此处的舟船都到吴王庙中祭祀吴王，同时'投肉空中'以祭祀'往来迎舟数里'的乌鸦。唐代大诗人白居易在《乌夜啼》诗中称我们为'鸟中之曾参'，我们有反哺之德，受到世人的称赞。有人丑化我们，那是人间以貌取人的偏见在作怪，不仅是以貌取人还以貌取鸟。我们招谁惹谁了？这样瞎编派我们，实在是可气！"

一位纯情少女对竹青劝慰道："竹青女士，请不必在意那些瞎编派。现在很多人呼吁重视一个人的内在美，我想对鸟也该如此。时下不是有一首流行歌叫《我很丑但我很温柔》，这用来形容你在当乌鸦时的所作所为倒十分合适。"

"说得对！"一位活泼少女接道："在鱼客魂灵化乌鸦后，你被吴王指派做他的鸟妻子，当时你与他的爱，是鸟与鸟的爱，是天地间最诚挚、最圣洁、最高尚的爱。你对新化成乌鸦的鱼客，精心教他觅食，像母鸡护卫小鸡、大姐姐耐心告诫不听话的小弟弟一样。当鱼客觅食时被满兵射中胸部生命危急时刻，你冒死相救，用嘴把他衔走。这种爱是生死之爱。你对受伤的鱼客精心护理，相濡以沫，这又是共患难之爱。人间有句俗语'夫妻本是同林鸟，大难当头各自飞'，而你们这对鸟夫妻在大难来临却是生死与共。你们唱出了惊天地、泣鬼神的鸟之恋歌！你们的行为使世间多少家庭中无爱自私的男女羞愧！"

竹青笑道："我只不过做了一点点应该做的小事，你们用这么多的词儿赞美我，真是不好意思。"

一中年男士说道："鱼客得到你这位鸟妻奇特深挚的爱，太令人羡慕了，而人间一些为人妻的女子对丈夫如母老虎一般。鲁迅小说《风波》中七斤被革命党剪去辫子，七斤嫂得知皇帝要坐龙庭的消息，预感有大祸临头，回家就用筷子指着七斤的鼻尖一顿排山倒海的臭骂。什么'死尸''活死尸'呀，反复地诅咒，还抱怨怒责'这囚徒自作自受，带累了我们又怎么说？'"

竹青道："人世间许多婚姻建筑在种种世俗利害关系之上，在婚姻中的双方都保持自私的本性，因此对爱的要求不能太高。如果你想得到鸟仙般的爱，让你到鸟的世界中去，给你配个乌鸦老婆，你恐怕不会愿意吧？"众人大笑。

"你们的婚姻是吴王指定的，好像没什么感情基础，怎么能有那么深的爱呢？"一位纯情少女问道。

竹青想起了当年鸟夫妻的生活，心里几多甜蜜，就款款说道："我与鱼客的鸟夫妻虽然是吴王指定的，但后来我们情投意合，真心相爱。用时下的话来说就是先结婚后恋爱吧！鱼客是落难书生，魂化乌鸦，是一只未脱迂腐书呆子气好犯傻的傻鸟，不像《阿宝》中的孙子楚化为鹦鹉，是一只百灵百巧的鸟。我有较丰富的鸟的生活经验，当然要细心、耐心教他啦。夫妻间应有难同当生死与共，他有危难，鸟妻相救，义不容辞。此时，'舍我——其谁也！'"竹青此时拿腔拿调拉着长音说道。众人大笑不止。

一个装扮人时的少妇对竹青给鱼客深挚的爱颇为不解，说道："你与鱼客的爱可以说是天地间最奇异、最痴情、最浪漫、最忠贞的爱。你们之间有两世情缘。你们开始是鸟与鸟的爱，后来你们各自实现了生命形式与形体的转换。鱼客得以复活为人，你成了汉江神女。你再次来到他身边，开始了再世情缘。你们的第一次结合是吴王指定的，第二次是你自愿主动的。那鱼客给你当鸟丈夫时，是个心眼实得连自己吃饭问题都解决不好的傻角，生活中全靠你的照顾。他复活为人后也没有什么可爱之处，虽然考中举人，你也没看在眼里，为何还对他那般痴情？身为高贵的神女，怎么自己主动悄悄地跑到他身边去了？他究竟有什么特异之处吸引了你？"

"你们对别人的爱情总是爱刨根问底。"竹青微微笑道："我认为两人相爱最根本的东西是情。鱼客为乌鸦时做事没心机，就是他的可爱之处。他复活为人后不忘前情，感念一起生活过的乌鸦，一起患过难为他复过仇的乌鸦，用丰盛的食品招待他们。他特别深情地祷祝乌鸦妻子，表现出最深挚的情，无任何功利目的。

他表达的是最诚挚的情义，不像世间一些小人，受人之恩后在路上遇见翻白眼过去，装不认识。鱼客重情是非常难得的，这使我不能不深深地爱着他。"

一个好开玩笑的学子望着竹青身上漂亮飘逸的黑色衣裙，忽来灵感，笑着说道："竹青女士，我有个建议，请你考虑是否可行。你们神女、仙女都有稀世之宝，像你送鱼客那件神奇的黑衣就是其中之一，你能否考虑大批量生产，现在世间有许多两地分居的牛郎织女，一到逢年过节回家探亲饱受火车拥挤之苦，如穿上你制作的神衣变成鸟，'嗖嗖'地一下就飞回家了，又快又便当，比乘飞机还方便。你如制出这种神衣，销路保证好，可以发大财。你说我的建议怎么样？"

竹青忙摆手笑道："不怎么样！你们世人时时想赚钱，净想歪点子！我也不想发大财。这种神衣人穿上后长出翅膀、羽毛，变成乌鸦，回到家中须有仙术的仙人的帮助下才能将羽毛褪下，恢复为人形。那些买神衣的人穿上之后变成了一只只大乌鸦,回到家中不能恢复成人形,那些买神衣的家属不把我活吃才怪!"大家哄堂大笑。

纯情少女又说道:"世间女子与男子结婚,大都图个好的归宿,而你在这方面无任何所图。你与鱼客做鸟夫妻时,你是他唯一的正鸟妻,在你成为神女与他结合后,因他家有发妻,你成了次妻。你恐鱼客之妻为难,甘心为外室。鱼客想回老家,你为他提供方便,让他迅速返家。《张鸿渐》中的狐仙舜华在张鸿渐要回老家看望发妻方氏时有些不快,而你丝毫没有嫉妒的情感,处处为别人着想,甘心过独居的单身生活,在爱情上对鱼客十分忠贞。你所做出的牺牲奉献,不仅世间所无,就是在境界高尚的异类女性中也堪称翘楚。是什么信念使你做到这一点?"

竹青不假思索,说道:"我们神女不图人间富贵生活,渴望的是真挚的情,真挚的爱。只要有爱,可不要什么名分。因为我深深地爱着鱼客,也就能正视他有发妻的现实。不能因为自己而使他遗弃发妻,陷于不义的处境。"

"这种观点倒是闻所未闻,新鲜之至!"众人相互议论道。

好开玩笑的学子又开口道:"竹青女士,你与鱼客这种异类女子与人类的爱真是奇异而美妙。你所产生的爱情的结晶都与世人不同,鱼客在你要生产时打趣道'胎生乎?卵生乎?'你们这种人鸟婚姻生活要比一般平淡的世人婚姻生活别有一番奇趣。"

"你是成心来拿我寻开心,取笑我。"竹青白了好开玩笑的学子一眼,说道:"这种奇趣可不是一般人可以享受得了的。人与异类结合后,男方在异类女方生产时常有恐惧感,恐怕生出一个什么怪物。时下的台湾电视连续剧《新白娘子传奇》中有这样一个情节:在白娘子要生产时,许汉文姐夫李公甫不准妻子出去请产婆,理由是怕白娘子生出一条蛇或生出几个蛇蛋,吓坏产婆,传出去也不好听。在我将要生产时,鱼客拿此事开玩笑,虽显得很豁达,实际上还是有些担心。我赶紧对他解释,我是神人,生出的不会是鸟或是鸟蛋,肯定是人。生产时生出一个像大蛋一样的东西,破开外壳后,里边是一个男婴,皆大欢喜。如破开后是一只鸟崽,那就完蛋了,绝无什么奇趣可言了。"众人笑得喘不过气来。

一读书颇多的学子开口道:"竹青女士,你与鱼客相爱后两地分居,但千山万水难阻隔你们的爱。晋代郭璞《玄中记》有一则也是写鸟仙与人结为夫妻的事。豫章郡新喻县有一男子,看见田中有六七个少女,都穿着漂亮羽绒衣服。男子不知道这些少女是鸟仙，就匍匐前往，找到了一个少女脱下的羽绒衣服收藏起来，然后就走进那几个鸟仙，其他鸟仙身化鸟儿飞走了，只有一个鸟仙没有变鸟飞走，这男子就把这鸟仙娶为妻子。后来鸟仙生了几个女儿，鸟仙让女儿问他父亲羽绒衣藏在什么地方，得知原来藏在稻谷堆下，鸟仙妻子找到羽绒衣服就化鸟飞走了。后来鸟仙妻子又给三个女儿送来羽绒衣服，她们母女四人都化鸟飞走，把那个男子气得干瞪眼。可见鸟仙也有薄情的。"

竹青道："此言差矣，不是鸟仙不一样，也不是那位鸟仙薄情，是那位鸟仙所遇到的那个男人做事太缺德，乘人之危，偷取藏起人家的鸟衣，以此胁迫鸟仙做自己的妻子，这是一种无赖行为。他对人家鸟仙没有任何感情投入，像捕获猎物一样捕获来一个老婆，这种没有爱情的婚姻是不道德的婚姻。人也好，仙也好，相感的是情，相期的是信。爱是心贴心，心换心。那个鸟仙与那个男子没有任何感情，当然要跑掉了。我那鱼客知情知义，我们患难相扶，心灵相通，我们的爱当然坚如磐石了。"

众人齐道："高见！高见！"

不知不觉中夕阳落山，竹青向众人道别离去。

莲香情说人、狐两世缘

莲香，一个其貌有倾国之姝的年轻狐女。勇于追求爱情，爱上书生桑晓后，半夜去敲桑生的门，假冒妓女和他亲热。她懂得体贴爱护桑生的身体，每隔三五天都来住一夜。她直率爽朗，执着所爱。有高超的医术，尽自己的全力来保护桑生。桑生因迷恋鬼女李氏，气色不好，精神萎靡。她一见面就直截了当地指出他纵欲过度，患了鬼症。当她暗中审察确证李氏是鬼后，就忠告桑生，不要只顾贪图李氏的美色，应赶快断绝关系，否则死期将至。并且调配了药品侍候桑生服下，让他泻掉了与鬼相交所积致的肮脏东西，一连侍候了几天。此间莲香拒绝桑生纵欲的要求，使其彻底病除后才离去。隔天，她知道桑生不听劝阻又接待了李氏后，十分恼怒地斥责了他。桑生不听告诫，反说莲香是嫉妒,继续与李氏纵欲取乐。莲香为了用事实教育桑生,采取了回避方式,连续三个月不见桑生。但是她预卜到了桑生生命之危,就不辞劳苦,踏遍蓬莱等仙山,用三个月时间采集草药。为救治桑生做准备。在莲香离开的一百天中,桑生被李氏缠得日渐衰弱,残息如丝。在这性命攸关之际,莲香回到了奄奄一息的桑生身边。她与李氏相见,用事实分别教育批评了桑生和李氏。用带来的草药救治了桑生,精心看护了三个月,使桑生恢复了健康。李氏也幡然悔悟,用实际行动表示悔改,并参与对桑生的救治。李氏附身还阳后,莲香为李氏与桑生操办了婚事。此后莲香产生了强烈的成为人的愿望。她的身体为狐仙修行之体,要想成为人,还得先成为鬼。为了托身为人,莲香舍生求死。她在为桑生生子后暴病,拒绝治疗,与桑生订了十年之盟,然后死去。莲香死后为鬼,投生韦家,终于转世为人。十四年后与桑生相见,与李氏重聚。莲香终于以人的身份嫁与桑生,再结二世姻缘。

莲香转世为韦氏与桑生再度结合后生活美满。一日,忽然想起为狐仙时曾到方丈、蓬莱、瀛洲三山为桑生采不死之药时,觉得蓬莱景致奇幻绝美,因当时无心观赏,深以为憾。碰巧这日桑生的单位出车组织到蓬莱旅游,莲香便与桑生一起前来。进山后桑生被领导叫去沿途拍照,莲香自己按当年采药的路线轻松地漫游。走到一个百丈绝壁之下,见到几个穿白大褂的医生在此采药。一位女医生道:"这险要之地是《聊斋志异》中狐仙莲香当年的采药处,这狐仙为救桑生真是豁出了命。一个弱女子不怕风餐露宿,攀崖登岩之苦,踏遍三座仙山,奔波三月,采遍千山万壑之药,这种非凡的勇气,吃苦耐劳的精神令人赞叹。这爱情的力量是真大,可以使女子刀山敢上,火海敢闯。"

一个年轻医生叹息了一声:"可惜那莲香的情人桑生却是个超级大色鬼,迷恋女鬼李氏的美貌,不听莲香劝告,夜夜与女鬼李氏交欢,弄得满身鬼气,几至油尽灯干。要不是莲香及时来救他,早就成为花下鬼了。人被称为万物的灵长,倒需要狐精来保护,指导他的生活,真是一大奇事。"

"非也!非也!哪有这种好心肠的狐狸精!"一位好读古书、思想迂腐、满口文辞的老年医生连连摇头道:"那蒲松龄感于世事不平、科场失意及在富贵权豪家坐馆受到一些刺激来写鬼画妖。他见东家主人三妻四妾,个个百媚千娇，而壮年的自己夜晚只能面对如豆的孤灯，于是在极端的苦闷中创造出了众多活蹦乱跳的狐鬼花妖，个个貌美如花，身柔如柳，善解人意，主动助人，与落魄书生成其好事。他把人间妇女的全部美德都给了这些狐妖，是对狐狸精的极端美化，实际上的狐狸精并非如此。"

"照您所言，那些狐狸精都是丑恶的了？"一青年医生问道。

"然也。"老年医生端腔拿调地说道："在民间信仰中，在《聊斋志异》之前很多作品中的狐狸精绝大多数都是媚人害人的，化成最美的美女，采补男人的精气，使他们一个个成了木乃伊后就跑掉了。明话本《西湖二集》中有一篇《假邻女诞生真子》，说有一狐仙化成美女，两次进入书生罗慧生梦中，与之交合，摄取其精，罗生精气牢固，狐仙没有采到。狐仙于是变成罗生邻居方氏女，直接来到罗生房中，再次摄取。两人颠鸾倒凤一夜，罗生泄精之时，假方氏已阴精漏溢而怀娠。狐仙十月后生子时身死，毁了五百年苦身修炼之仙业，为摄取人之精，反害了自身性命。"老年医生滔滔不绝，引经据典，说得煞有介事，活灵活现。

莲香在一旁听众医生谈话，开始感到很惬意，后来实在听不下去了，心火直往上冲，便来到老年医生面前说道："这位老先生与狐仙有什么仇呀？是不是有哪个狐仙吸了您的精气呀？您怎么这样不遗余力来诋毁我们狐仙？"莲香严肃的目光直逼老年医生。众人抬头一看，都大吃一惊，怪了！说莲香莲香就到。

"您别那么凶好不好？我讲的都有根有据，并非诬蔑。"老年医生固执地辩解道。

莲香立即反驳道："你那些根据都不符合实际，都是往我们狐仙身上泼脏水。我们狐仙成了代人受过的替罪羊，真是含冤非浅，世间这事太不公平。"

老年医生一时词穷。

"莲香女士，在狐仙中你是第一个站出来为天下被诬蔑的狐女翻了千年铁案，确有勇气，义正词严。"一位中年医生赞美道。

"那倒不必，我们不稀罕，别再糟蹋我们比什么都强。"莲香尚有余怒。

一位中年女医生半开玩笑半认真地说道："你来到桑生身边时，身兼多重角色：既是情人，又是保健医生。你劝诫桑生不要与女鬼来往，他不听，你就跑到仙山去采药，为救治他做准备。在他奄奄一息时及时赶回来抢救，又连续三个月日夜守护，精心调理。你第二次救治他时，以六个月的含辛茹苦，保住了他的性命。你对桑生的保护真是尽职尽责，细致入微。而你自己孤苦伶仃地住在山洞里,没人关心你,真是划不来!"

莲香说道:"你明是夸我,实是拿我逗闷子。我对桑生精神上的爱是主要的,因此要在各方面关心他、爱护他、帮助他,在他危难时刻去救他。"

一位年轻的女医生道:"桑生这个小白脸在爱情上品德不佳,他对你不负什么责任,只顾自己纵欲享乐,被女鬼纠缠得了鬼症,几乎送了命。你劝诫他,他反说你嫉妒,好心当成驴肝肺,良言难劝该死鬼。他好色不要命,不可救药,就该由他去吧。你也真是的,何苦忍受误解还去救他。"

莲香叹息一声,道:"这大概是由于我们女性心肠太软了吧!一位作家说过:世界上如果没有女人,那就失去百分之五十的真,百分之六十的善,百分之七十的美。从人类诞生以来,女性肩负从事人类自身的再生产、繁衍后代的重任,因而更热爱生命,有一种天生的爱心和护卫的责任感,尽管丈夫或情人有过失,也给予最大的宽容,促使他走上正路。日本电影《幸福的黄手帕》中的男主人公因心情不好杀了人,服刑六年,妻子一直等他出狱,迎接他回家。"

年轻女医生又道:"你对情人的宽怜为怀合乎人之常情,你对情敌的宽容则超越了人之常情。你与桑生相爱后,与女鬼李氏进行了一番马拉松式的爱情较量。后来她还魂为人,你促成她与桑生的结合,并为他们的婚礼布置了豪华的陈设。要是一般人都会对李氏的行为恨得咬牙切齿,而你对她如此宽容,我觉得这有些宽容太过了吧?"

莲香宽厚地一笑:"多些宽容有什么不好?李氏开始一味贪欢,狎昵无度,不考虑后果。桑生患病他自己也有责任。李氏年幼无知,天真任性,受到我的责备后,羞愧万分,跪伏在地,痛哭流涕,诚恳认错,表示只要能治好桑生,她愿意牺牲一切。在桑生养病期间,她常来帮我服侍、陪伴,甚是殷勤,但不留宿。强留她,她就和衣而卧,以免再祸及桑生。桑生康复后,她恪守诺言,果不再来。我跟她都是苦出身,都是不幸的女人,应同病相怜。一位大作家说过:两个人同一个志向就是'同志',两个人同一个情人就是'同情'。我跟她是不折不扣的'同志'加'同情',也就应该宽容她啦。"莲香幽了一默,众人大笑不止。

一位好打趣的青年医生对莲香笑道:"你有高超的医术,给桑生治病的方式极有趣。你在第二次为桑生治病时,李氏也在场,她根本不能治病,你却让她也充当医生的角色,让她当着你的面与桑生接吻,以口中的一点'香唾'替桑生度药做药引。李氏羞得无地自容,而你却像运动场上的教练喊口令命令运动员做体育动作一样,让她一次二次三次地送'香唾'。实际上那女鬼的唾液对治病纯属多余,没有一丝一毫的实际效用。你还煞有介事,一本正经地命令指挥,是不是用为桑生治病这样一个冠冕堂皇的借口,使她又羞又不敢不从,以此方式戏弄打趣她一番吧?"

莲香被说中心中隐情,诡秘地笑道:"你怎么刨根问底没个完?我让李女送香唾,戏弄她的成分不能说没有,是对她诋毁我进行小小的报复,但主要想考验她对奄奄一息的桑生是否有真情。另外,我给桑生治病服药时,也要用嘴贴着他的嘴送气,此事当着李氏的面来做,觉得不好意思。让她做一次,我做一次,两下也算公平,也就不会感到不好意思了。"

众人听罢哈哈大笑:"你真是鬼得很!"

满头白发的医生又道:"世人都说神仙好,多少人朝思暮想成仙,你却努力求死,抛弃几百年修炼而成的仙体,由一个有道狐仙变成普普通通的凡人,这岂不太可惜了吗?"

莲香不假思索地说道:"这没什么可惜的,李氏借体还阳后,使我产生了危机感,觉得如总以异类身份与桑生在一起,就低人一等。世间人是最高贵的,《张鸿渐》中的狐仙舜华对张鸿渐有那么大的救助之恩,张鸿渐还嫌弃她是异类。桑生即使不会嫌弃我,也会有人说他被狐狸精迷住了,名声不好听。当代的一首爱情诗《致橡树》中的一个比喻很好:

> 我必须是你近旁的一株木棉,
> 作为树的形象和你站在一起,
> 根,紧握在地下,
> 叶,相融在云里。

这个比喻强调恋人双方彼此的平等,人格价值的各自独立,用来比喻我与桑生的关系也很合适。我必须摆脱异类的身份,变成人,以人的形象与桑生站在一起,这样才有平等的爱,永固的爱。为了获得这种爱,付出多大的牺牲也是值得的。"

众人笑道:"你这爱情宣言还很富有诗情,舍仙变凡人来与凡人相爱,千古以来你是第一人。这真是形体诚可贵,爱情价更高!可敬!可敬!"

这时夕阳余晖洒满峭壁,桑生来找莲香,莲香与众人道别而去。

四、执着追求善与美的柔婉女鬼

连琐娇语谈人鬼奇恋

连琐,一个娇柔怯弱、高洁自尊的美貌女鬼,生得"瘦怯凝寒"纤细单弱,弱不胜衣。十七岁时得病夭折,埋骨异乡。在九泉荒野中生活二十多年。她在地下孤苦伶仃,过着寂寞悲苦的日子,形成了多愁善感、郁郁寡欢的性格。她渴望友情,向往知音。在凄凉的深夜,在白杨萧萧的古墓间吟咏"玄夜凄风却倒吹,流萤惹草复沾帏"的哀楚幽恨缠绵的诗句,来抒发自己的幽情,驱遣悲苦的寂寞。但后两句难以为继。泗水之滨的青年书生杨于畏为她续上了"幽情苦绪何人见,翠袖单寒月上时"的后两句诗后,她非常感激,毅然来到杨于畏的住所,与他热恋。当杨于畏欲与她合欢时,她因自己乃"夜台枯骨",不肯以幽欢促心上人的寿数,就对杨于畏善言相劝。与他谈诗论文,写字选诗,奕棋奏曲,得到许多欢乐。她担心有恶人欺负她,夺走她的幸福,于是殷切嘱咐杨于畏要对他俩相恋的情况严守秘密。杨于畏在不得已的情况下向朋友泄露了连琐的情况。杨于畏之友王生前来粗野地嬉闹,连琐几乎"吓煞",忍痛避开了她仍然深深爱着的杨于畏,使得杨于畏思念成疾。在一个龌龊鬼役逼迫她做妾时,她虽身单体弱,但不甘屈服,毅然前来求助于杨于畏,杨于畏与朋友进入连琐的梦中,来到阴间鬼的世界,通力合作射杀了逞凶作恶的鬼役,使连琐脱离了危难。连琐与杨于畏和好如初,爱情进一步发展。她强烈地渴望复活回到人世,羞怯万分地请求杨于畏给她精血。杨于畏不顾大病二十天的痛苦后果,与她欢爱,又刺臂献血。连琐嘱咐杨于畏在一百天后看见她坟前有青鸟在树上鸣叫就要挖开她的坟墓。杨于畏遵其嘱一百天后发掘了连琐之坟,连琐得以复生,重睹天日,与杨于畏结成夫妇。

连琐复活后更潜心于诗歌创作,灵感喷涌,出版了几本诗集。有一本名为《幽恋集》产生很大影响,连琐因之成为相当有影响的诗人。一日,连琐应邀参加在省城召开的女诗人创作座谈会。座谈会开始前,与会者海阔天空地闲聊。

一位年轻的诗人望着文静娴雅的连琐道:"你与一般的鬼不同。一般来说,都是人怕鬼,而你是鬼怕人。你在杨于畏书斋外出现时,从草丛中冉冉升起,手扶小树,听到一点点动静就立即隐没,像一只胆怯的小老鼠。《聊斋志异》中像你这样胆子极小的胆小鬼极少见。时下一本小说中有一句名言'我是流氓我怕谁',你做了鬼还怕什么呢?"

连琐被说得有些难为情,说道:"鬼可不都是流氓,不全有流氓的胆子。鬼是多种多样的,生前善良怯懦的人到了阴间就成为弱鬼,生前有权势生性暴戾的到阴间就成了恶鬼。生前有凶悍之气的到阴间就成了厉鬼。我生前从小随父四处漂泊,在青春韶华的十七岁,不幸夭折身亡,埋骨他乡。孤苦无依,在四野荒凉、阴森凄暗的阴间,还不时遭到厉鬼冥隶的欺凌,不知什么时候就会冒出一个龌龊冥隶逼人做他的媵妾。个人的安全不能自保,一个怯弱的女鬼怎能不时时小心提防保护自己呢?人间的流氓可以什么都不怕,阴间的弱鬼在那恐怖的世界中不能不怕。"

"哎呀,做鬼也真不容易!"众人叹道。

一个名为艾思的女诗人道:"我们别谈阴间那些怕人的鬼,来谈谈诗歌创作。连琐女士,你在阴间做诗那么刻苦,全身心地投入。你那多愁善感的性格,好像是林黛玉的前身。写出抒发悲苦的鬼诗,实在是很感人。可是你写那鬼诗当时也发表不了,又何苦一连几夜都在苦吟苦作,那不是白费功夫吗?"

连琐很严肃地说道:"我当时做诗倒不是为了发表,实在是内心悲苦的排遣。我生前背井离乡,死后为千里孤魂,没有知己,没有欢爱。就连人间的天涯游子都感到孤苦无依而肝肠寸断,更何况一个孤苦的女鬼乎?特别是在漫漫的长夜中更深深感到对亲人强烈的感情依恋,无法言表的撕心裂肺之痛,一种对无法满足生存的绝望和悲哀。这些都无处诉说,只有凝之以诗句了。"

"你作诗并非仅仅是为了抒发悲苦吧?"一位名为艾笑的诗人接道:"你可像钓鱼一样钓到一个宝贝呀。"

艾笑说道:"在一般的才子佳人恋爱故事中,诗的作用太大了,都是一个才子在墙外吟诗,一个佳人便来唱和。女羡男才,男贪女貌,于是生出一番风流韵事来。而你与杨生却相反,是女子吟诗,男子唱和。"

连琐道:"世间有哪个才子敢到团团鬼火的坟地去吟诗?那只有我先去念了。"众人又一阵欢笑。

"你通过吟诗传达爱的信息的方式蛮有意思。你将自己做的两句诗在杨于畏的书斋外不停地念来念去,然后在荆棘中留下紫带,又从草丛中姗姗而出,扶树低吟。这是在反复地试探和考察他吧?当你从杨于畏的诗中了解了这位素不相识的男子的心地后,蓦然出现在他的面前,向他吐露真情。你用诗来对处于幽冥阻隔的人鬼进行心灵沟通,这种相恋的方式新奇、神秘、刺激。你真是聪慧至极,这种恋爱方式真别致!"艾笑继续打趣地说道。

连琐说道:"我当时做诗主要是寻求知音,投石问路,是鉴于人鬼之间在精神沟通较为困难的情况下没有办法的办法。"

一位穿着超短裙的浪漫女诗人娇声娇气地说道:"你来到杨于畏的身边时,已对他有了爱意,但你们在一起时,又是论诗作文,又是作字选诗,以学业为重,不像谈恋爱,倒象大学生一本正经地上晚自习或到工会俱乐部度周末,一点儿都不浪漫,缺少甜蜜的表示,缺少爱的激情。"

连琐沉吟片刻,说道:"爱情不应是一种自我满足,在一定情况下应是一种自我克制。"众人被连琐深刻的语言所折服。

浪漫女诗人还在坚持她的浪漫的性爱观,说道:"你当时是女鬼,可不必受人间的清规戒律所限,可以随便些嘛!"

连琐反驳道:"我在与杨于畏的相处中以节操自守,跟他文友相处,剪烛西窗,共谈诗文。日本的池田大作在《青春寄语》中谈到恋爱时说'恋爱需要把美好的爱情长远地持续下去,让它结出真正的幸福的果实来。不要单凭感情去从事,而要结合以理智。足够的理智才能增加美感,才能把恋爱引向深刻更充实的地步。那种只追求瞬间快乐的冒险恋爱,决不是真正的恋爱,而是没落的趋于灭亡的勾当。'"

"你的爱真是高尚高雅的爱!"众人赞道。

一位名为艾文的诗人说道:"你们恋爱中出现过矛盾,也有相互间的龃龉以及怒目相向。在与杨于畏的交往中,你殷切嘱咐他对你俩的情况要严守秘密,而他没有遵从你的嘱咐,你发了脾气,决然怒气而走。弄得他骨销形立,几乎死去活来。你好像太小性了吧?是胆子极小的鬼,却又是脾气极大的鬼。你对杨于畏太狠心了吧?"

"并非如此,"连琐慢声解释道:"在那期间,我每天都是提心吊胆过日子,担心暴徒恶客对我侵扰,他应当理解我,但他没有严守秘密。那恶客到来对我大呼小叫,好像就因为我是鬼,就是随便任人观看的展品,作为鬼我也有自尊与人格,他应该加以维护呀,我绝对不能允许他对爱情有任何的亵渎。当然我也有些负气,在情感方面对他要求标准过高了,过严了,也可以说是爱得愈深,苛求得愈切吧。"

"连琐,你在遭到醒醌鬼役的逼迫时,求助杨于畏帮忙,由你带他们进入你的梦中,斗杀逼你为妾的恶吏,真有高招!"艾笑赞美道。

连琐颇为自得地笑道:"这一招是当时形势逼出来的,由于阴阳相隔,一般活人不能随便进入阴间,进了阴间就可能回不来了,只有通过梦境这一条通道了。"

连琐话音刚落,艾文接道:"前几年美国有一部电影《恶梦》,叙述一个凶狠无人性的恶人有进入别人梦中的特异功能,如想害某人,能让该人做恶梦。他进入该人的梦中或化作凶恶怪物或自己直接动手杀死做梦者梦中的自我,这样做梦者就死掉了。有一个正义之士,也有这种特异功能,用来除害。正义之士的情人与梦中杀人的恶人同床,引诱梦中杀人的恶人入睡,正义之士得以进入恶人的梦中,将其杀死,除掉了这个杀人魔王。这个故事中的人物所采用的方法好像是受到了你的影响。"

连琐感到十分惊奇:"还有这等事?那些老外中的恶人用入他人之梦的方式干坏事也太阴毒了。但愿好人用这种方式多干好事,除掉那些作恶的恶人。"

这时主持人宣布座谈会开始,众人与连琐的谈话告一段落。

聂小倩情语说苦海奇遇

聂小倩，一个在被侮辱损害中日益觉醒的善良女鬼。姿容俊俏，十八岁时染病身亡。死后孤弱无依，出没在蒿莱没人、非常荒凉的寺庙里。她被妖魔逼迫奴役，以色相或金钱去迷人害人，吸取生人的血或挖取心肝供妖魔饮食。她内心痛苦，痛恨妖魔，深感自己的行为不义。她不甘受辱害人，一心想挣脱枷锁桎梏，脱身苦海。一次，她夜间行害，碰上书生宁采臣，她以色相金钱诱惑全碰了钉子，灵魂被宁采臣的正气所震动，逐渐苏醒，便把脱离苦海的希望寄托在他身上。当聂小倩得知妖魔派夜叉前来杀害宁采臣的消息时，毅然反戈，主动跑到宁采臣住所，诚恳地向他介绍自己的苦难身世，说明自己害人实属被迫，坦白交待迷人害人的惯用手法，告诉宁采臣当晚妖魔来害他的具体计划，让他求助住在寺中的大侠燕生。到了夜晚，燕生用奇剑击伤了夜叉，宁采臣免遭毒手。聂小倩在取得宁采臣的信任后，哭着请求宁采臣将她的尸骨移葬平安之处，以摆脱妖魔的控制。她得到宁采臣的救助，逃出了妖魔的魔掌，随即化成绰约可爱的姑娘，誓报宁生大恩，向宁生求爱。随宁生来到宁家，宁母惧其为鬼不敢收留。她不急不躁，温和善良，知书懂礼。她辛勤劳作，用自己的一腔真情打消了宁母的疑惧，赢得了宁母的怜爱。她尽心服侍长辈，不怕吃苦，各项家务都干得特好，终于以一片赤诚之心打动了宁母。在宁生的发妻病逝后，成为宁生的续娶之妻。与宁生一起用燕生所赠的革囊消灭了寻上门来相害的妖魔，彻底消除了后患。后来聂小倩生有一子。宁生中进士后，聂小倩成为进士夫人。

聂小倩与宁采臣婚后生活舒心美满。一日，听说自己原来寄居与宁采臣相识相恋的金华城北的破败寺庙已被修缮一新，成了旅游名胜，决定前去逛逛，希望能在庙中见到当年帮助过宁采臣与自己的大剑侠燕生。聂小倩乘上豪华旅游船一刻钟就来到寺庙前。寺庙金碧辉煌,游人川流不息。聂小倩进到院中,故地重游,心中感慨万千。忽然发现南墙下燕生当年住过小屋门前醒目的标牌"剑侠燕生击妖处"。她信步来到宁采臣当年住过的东厢房前,也立有一标牌"聂小倩与宁采臣相识相恋处"。聂小倩看毕心中好笑,没想到自己还成了名人,今日也过了一把当名人的瘾。在标牌旁站了不少人,其中有打扮入时腋下夹着文件袋一胖一瘦的中年妇女正在谈论自己以前做的事情。

胖者道:"以前女鬼聂小倩在这里害死了不少人,要是夜晚来到这里真还是挺瘆人的。"

瘦者笑道:"哎,你又不是那些好色贪财的臭男人,有什么可怕的?再说这聂小倩在很多年前到宁家当太太去了。不过她害人的手段还是挺绝的,给那些不正经的男人设下甜蜜的陷阱,让他们在云雨的美梦中不知不觉就丢了性命,彻底销魂了。"

聂小倩一听此言,十分扫兴,觉得这名人当得太没劲了。

两人说着说着,就说到了宁采臣身上去了。瘦者又道:"你说那个宁采臣真是鬼迷心窍,与鬼相恋,娶个鬼老婆。要是好女鬼,像连琐那种诗人型高雅的鬼也还罢了,可那聂小倩以色迷人,是个作风败坏堕落的鬼。把她救出魔掌就够意思了,还娶这种鬼妓为妻,太掉价了。"

胖者道:"就是,不过这也许是萝卜青菜各有所爱吧。"

聂小倩实在听不下去了,上前说道:"两位,不该在背后讲人坏话吧?"

两人一见聂小倩,十分惊慌,连声说道:"你是人还是鬼?是人还是鬼?"浑身筛起糠来、

聂小倩满面冰霜,申斥道:"看你们俩那点儿胆,说人坏话的勇气哪里去了?我早已获得了新生,转化为人。我原来是害过人,但那是被人胁迫的,我也是受害者。不错,我曾是一个被侮辱被损害的鬼妓,妓女中也有好的呀,中国文学作品中的李娃、杜十娘、李香君,外国文学作品中的茶花女等的品德也很高尚呀。我已改邪归正了,就不要抓住过去的辫子不放。"

两女子面红耳赤,慌忙走了。

几个青年学子围观了这一场好戏。一位专门研究鬼狐爱情的学子觉得聂小倩与宁采臣的爱很特殊,想进一步了解这种特殊的爱的深层内容,就向聂小倩探问道:"小倩女士,一般人与人或人与鬼相恋都有相同的思想基础。别

林基思说过，'爱情'是这两个亲密的灵魂，在一般生活方面，在真实、善良美丽事物的方面的和谐的默契，而你在与宁采臣刚接触时，一个是义气干云的正人君子，一个是堕落、害人的女鬼；一个是害人者，一个被害者，你们杀手和被杀对象是怎么爱起来的呢？"

聂小情听到这一学子的问话感到有些不自在，说道："你别总是'杀手杀手'好不好？我听起来特别扭，别总揭短。你说得不错，在与宁采臣刚接触时，我是邪，他是正。但一个人的思想灵魂、道德品质在一定条件下是能够转变的。当然转变要有一定的基础。我对人生也有美好的追求，也知道害人的事不该干，想逃脱魔爪，但由于势单力孤，无能为力。我如果是那种不可救药的恶女鬼，在受到宁采臣的斥骂后，肯定会冷笑一声，回敬他一句：'你这穷酸！敬酒不吃吃罚酒，你等着，姑奶奶以后找你算账！'但我并非如此，而是发自内心钦佩他的人品。他正义凛然的言行使我迷茫的灵魂受到极大震动，深感自己所作所为的卑污与可耻，促使我决心改恶从善，并立即付之于行动，毅然从妖的一边站到了人的一边。这样我不就与宁采臣站在同一条战线上了吗？共同对付妖魔，不就成了一条战壕里的战友了吗？怎么就不能相爱呢？"

众人笑道："真是好口才！好口才！"

一个身穿 T 恤衫的学子道："你被宁生斥骂后，内心觉醒，弃妖从人的转变真是神速。得知宁生面临危险时，立即来送情报。你很坦诚，坦白自己是害人之鬼，交待害人的手段，告诉宁生晚上妖魔要来残害的方法，告诉他如何避祸，诉说对他的倾慕。临别哭着请求宁生移葬自己的尸骨。你真是特有心计，在被迫害人的同时，也在寻找托付终身的人，选准目标，立即发动全面攻势，手段多样，温情与眼泪并用，一下子就征服了宁采臣，你真是个不寻常之鬼！"

聂小情颇为自豪地说道："关键时刻就得当机立断，宁采臣这种不贪财不好色的人实在难遇，我等了多年才遇到。既然遇到就不能放过，如果思虑一年半载，那黄花菜都凉了。至于所用手段，温情与眼泪那是出自真情，可不是表演。"

一个衣着漂亮的女学子说道："一般的女鬼回到人间大都需要过一个关口，经过一个'换形'过程——重新托生为人。如《小谢》中的秋容吞符借体复生，《莲香》中李女借尸还魂。都是由鬼转为人的形体复活到人间。你是由鬼直接转化为人，没有经过'脱胎'过程，以鬼的身份被世人接纳，便成了人，真幸运！"

聂小情面带一丝苦笑叹气说道："我也不容易呀，由鬼直接转化为人要比借尸托生面临更多的艰辛,要走更加曲折的道路。一是世人惧怕鬼,难以接纳;二是原来胁迫我的妖魔不甘心我改恶从善,还要来加以迫害。我随宁生归家后长期像孤苦的游魂,先请求做妾不被应允,退一步请求做兄妹。经过艰苦的努力,才被宁家承认,得到做人的权利。"

"你在宁家的表现比人间的模范妻子还要好上千百倍。手脚勤快,一进门就代宁母做饭,穿门入屋地忙活,一直忙到天黑。而天一亮又来到宁母跟前,捧盆服侍洗漱,接着又下堂操作。你这些表现,简直就不是一个鬼,而是一个特善良能干的劳动妇女。你光干活不吃饭,半年未沾水米,哪个劳动妇女也比不了你这种自身无需求的无限奉献。如果在女鬼中选模范的话,你够得上五好女鬼了,按你的表现早就应该给你转正为人了。"一学子调侃打趣道。

聂小倩扑哧一笑,说道:"你别拿我穷开心了,我当时为鬼够惨了。你很难理解,我这样一个孤苦无依的女鬼,希望人家收留的心情是多么迫切,当然要好好表现啦。"

一身着西装的学子道:"你刚到宁家生活得真不容易。忙了一整天,到了晚上,宁母下逐客令,你不愿回到坟墓,但又不能不回去,你当时紧锁双眉盈盈欲啼,踌躇彷徨欲行懒步。十分委屈又孤单,太可怜了。你为什么要费尽苦心回到人世呢?有人说做鬼也极有乐趣,清代乐均《耳食录》卷四《葆翠》篇中写一女鬼在回答情人问她为什么不愿托生为人时说:'做鬼的不想重生人世,就像世人不想死是一样的,世人不能长生不死,可鬼却可以长死不生。况且人活于世,饥饿寒冷经常侵扰,各种劳作经常打熬他的筋骨,各种嗜好折磨着他的七情六欲,各种实惠又让他提心吊胆,坐卧不宁。我做过人,各种滋味我都尝过了。自从我死之后,这一切烦闷苦恼统统都不再有了,这是多么快乐啊!即使有'绛雪神丹''还魂灵草',我也不愿服用了。'她说做鬼也不错,比做人还强啊。"

听罢此言聂小倩很感惊讶,说道:"我还是第一次听到这种鬼话。那个女鬼全是胡扯!在阴间,地是黑沉沉的地,天是黑沉沉的天。女鬼要受恶隶恶鬼的欺辱,被妖魔胁迫干令人羞耻的勾当,阴间没有人世间的温馨、亲情、幸福。你不知道脱离人世有多么痛苦和凄凉!你如不信可以去阴间体验一下嘛!"

"听你一说我知道了为鬼的痛苦,我可不想去阴间体验。"西装学子笑道。

身穿 T 恤衫的学子又道:"你刚到宁家时一到晚上就被逐回坟墓,既然你不愿回也可以想办法不回去嘛。你作为鬼,有神异的本领,出门能涉阶而没。即使人家关上门,你也能从门缝进来。你要是待在宁家不走,人家也赶不走你呀。像《吕无病》中的女鬼吕无病能窃卧床头,《莲香》中的女鬼李氏也有人挥之不去的本事,你也可以用用这种手段嘛。可你非常听话,人家让你走你就走了,变成了一个最听话最乖的鬼了。"说得众人大笑。

聂小倩笑着说道:"要是使鬼术强待在人家里,那不是耍赖嘛!宁母本来就怕鬼,我如再弄鬼,非把她吓死不可。要回到人世,就要用自己的实际行动去感化宁家人。即使宁家暂时不理解、不接受我,我也不能急躁,不能有怨气。要改变人们对'鬼'的坏印象,主要靠自己的实际行动来取得别人的信任。最后我成功了。我觉得,改邪归正虽面临许多困难,但只要坚持不懈,走正路,肯定会有光明的结局。"

众人笑道:"你的认识和体会是绝对正确,应该请你到监狱去做改邪归正的报告。"

衣着漂亮的女学子说道:"聂小倩,您成功回到人世,得到爱情,可喜可贺!不过,你那亲爱的丈夫宁采臣好像凛然正气有余,过于僵化古板,不会谈情说爱。你到他家后,帮他忙家务,辛苦了一天,宁母让你离开,你很不情愿,就到他的书斋前徘徊。他请你进书斋,除了无话找话地简单问答外,只是默坐,连一句温存的安慰话都没有,最后还是狠心地让你离去了,使得你差点流下泪来。"

聂小倩见说起宁采臣,脸上布满了满足和喜悦的表情,说道:"你的看法是一种误解,宁采臣他没有一般人那种浅薄轻浮的情,而是有最深挚的情。为救我脱离魔掌,他假说妹子葬在寺侧,挖出我的尸骨,用衣衾包好,租船运回故乡。他在书斋外为我的尸骨修筑坟墓,并在坟前祭祀祝告说:'我怜悯你这孤魂,把你葬在我蜗牛壳般的居室旁,能互相听到歌吟与悲哭,使你不受雄鬼欺凌。请你饮一杯水酒,实在不算洁净甘美,希望你不要嫌弃!'对待一个鬼,能有这般深情,多难得!每次想到他这一番话我都感动得直想哭。"说着掏出手帕拭泪。接着又说道:"至于说我刚到他家时,他因遵母命,与我兄妹相称,他久病的妻子尚在,他遏制爱慕之情是很自然的。他不同于《聊斋志异》中一些小白脸会说甜言蜜语。我觉得世上最深挚的爱就是宁采臣这种深沉的爱。"

众人笑道:"此言不差。"

聂小倩同众学子一起游完了寺庙,告别众人,登船而去。

小谢、秋容戏谈鬼身新生

小谢、秋容是寄居在姜部郎府中的一所荒废宅第中的两个年轻女鬼。容貌如花似玉,艳丽无比。她俩顽皮憨跳,乐不知愁。见陶生住进荒废的姜府,就前来戏弄逗闹,百般捉弄。陶生看书时,她们把书偷走。陶生睡觉时,她俩用脚踹他肚子,拉他胡须,拍打他脸颊,用细纸捻捅他的鼻孔。整个夜晚纠缠作闹不止。陶生起身捉她俩,她俩骇奔而散。责骂她俩,她俩也不害怕,转身到灶门口劈柴淘米、做饭,为陶生服役。受到陶生的鼓励和开导后,她俩的戏弄行为有所收敛。但时常把手伸进陶生怀里,把他的裤子捋到地上。陶生问她俩姓氏门第,她俩爽朗通报,还调皮挑逗地问道:“莫不是你想娶我们?”在听了陶生严肃真挚的表白和教导后,她俩敬重陶生的才学和为人,从此再不戏弄陶生,并做了陶生的学生,认真学习写字,认真读书、作诗。她俩勤奋好学,自强好胜。读书学习常通宵达旦。学业大有长进。二人在学习中都妒忌对方,都嘱咐陶生不要教对方。在长期的从师学习中,她俩都对陶生产生了真挚的爱情。后来陶生被陷害负冤入狱,在盘费用完身陷绝境时,小谢、秋容奋力相救,不辞劳苦不怕危险,到监狱为陶生送食品、银两,通报消息。小谢奔波百里,被老荆棘刺破足心,血染丝袜。秋容在从监狱返回途中被城隍庙西廊的黑判官强抢作妾,她誓死不从。经过小谢秋容的努力救助,终于使陶生获释。她俩与陶生患难后重新相聚,爱情有了新的发展。陶生想与他俩交欢,她俩不忍心使他受害,婉言拒绝。在同甘共苦患难的日子里,她俩都去掉了嫉妒的心性。后来,陶生求得一道士的帮助,道士送两符让她俩去借尸还生。秋容动作快,立即得以复生,复活后嫁与陶生。小谢在借尸还生的竞争中忘了吞符,仍然为鬼。痛哭了七天七夜。秋容与陶生商量,再请道士帮忙。道士作法,又寻得并搬运来一尸体,小谢也得以复活,也与陶生成就姻缘。

小谢、秋容与陶生得谐秦晋后,每天仍泡在书房中读书、练书法,过着诗酒书画的悠闲生活。一日,听说本市举办了一个女子书画展,小谢与秋容前去参观。两人徜徉在书画作品展的大厅中。忽见一幅《聊斋志异》人物的国画,标题是《小谢与秋容》,画的是两人拿细纸捻捅陶生鼻孔时的情景。二人见到此画,立即沉入对往事的回忆之中。

"小谢、秋容二位女士,此画像否?"一声问话打断二人的回忆,二人向四周一看,一些古代文学专家、青年学子站在自己的身边,正用惊奇的目光打量自己。问话的是一位年青的女画家,是这幅《聊斋志异》人物画的作者。小谢含笑回答:"对我们当年淘气的情景画得逼真活现,看到我们过去的胡闹行为,真是不好意思。"

"《聊斋志异》中有各种各样的女鬼:有喜欢作诗的女鬼,如连琐;有爱好音乐的女鬼,如宦娘;有耽于情欲的女鬼,如李氏。你们两位与众不同,是一对好'闹'的鬼,淘气的鬼,捣蛋的鬼。在陶生刚住进姜府废宅时,你俩对他又是用脚踢他肚子,又是用手拉他的胡子,用纸捻捅他鼻孔,合上他的书本,捂他看书的眼睛,折腾得他整夜不得安宁。你们像淘气的孩子玩弄小猫一样,这样做感到很有乐趣吧?"一位长长秀发的女生问道。

小谢脸一红,道:"那时我们无知,缺乏教养,闲得无聊。人有人情,鬼有鬼趣。人间有许多娱乐方式,什么戏剧、曲艺、跳舞、卡拉OK、电视啦,来减轻生活的沉重感,增添生活的乐趣。鬼也有过剩的精力来寻寻开心,乐一乐,玩一玩。"

秋容接道:"《幽明录》载,三个六七岁鬼孩在下大雨天玩'匏壶子'游戏,尽管雨如瓢泼,他们却衣不沾水。在场的刘隽暗地里用弹弓射匏壶子,正巧击中,几个鬼孩子霍然消失。刘隽把壶挂在房檐下。第二天,一妇人来刘家说:'这是我小儿子玩的壶,请还给我!'刘隽答应了她的要求。妇人立即将壶送回小儿子墓前。过了几天,这几个孩子又笑逐颜开地玩耍了。这说明鬼也是喜欢玩的。我们住在暗无天日的废宅中,百无聊赖。在我们的居室里突然来了一个陌生的不速之客,我俩就拿他来消遣,捉弄捉弄他,消磨时光,以此取乐。我们不管对方烦不烦,也有些不怀好意,做事十分荒唐。"秋容说完面露羞涩之色。

一位在古典文学界较有影响的老年专家接过秋容的话茬说道:"我倒认为你们二位不必自责。你们两个女鬼放纵不羁的无所顾忌的嬉闹举动,丝毫没有男女授受不亲的观念,毫无礼法观念,充满青春活力,极富青春生命力之美,你们身上表现出一片天真、纯洁和一定程度'天然'人性的自由解放,很有积极意义。"

"言之有理,你们的嬉戏给人一种返老还童之感。"一位满头白发的学者赞同地补充道。

小谢、秋容听了两位老专家之言感到有些迷惑不解。

"两位老先生对二女鬼的赞美太无边际了吧!"一位语言沉稳的中年研究者提出了不同看法:"说两位女鬼任性活泼还似乎可以,但要是说她们天真纯洁则不太符合实际吧?她俩原是'常惑人'的鬼,曾害死过人。她俩对陶生探手于怀,把陶生的裤子拉到地上,如果是五六岁的小孩子,拉别人的裤子是天真的童趣。近二十岁的女子有此举动就不会是童趣吧?对她俩嬉戏的意义也不能过于拔高。如果你们两位老先生在某个旅店投宿,夜晚出来两个女鬼对你们百般虐弄、百般戏耍,整夜不让你睡觉,你们大概会气得哇哇怪叫,暴跳如雷发疯发狂吧?这两个女鬼在受陶生影响后发生转变走向了新生是值得肯定的,而在此之前的很多荒唐行为是不能过分赞美的。"

两位老先生望着中年研究者干眨巴眼睛,一时语塞。

小谢、秋容脸上腾起红晕。秋容很不自然地说道:"我们当时的做法是很粗俗,其中有些是鬼计。在陶生的感召教诲下,我们从思想道德上获得了新生,灵魂逐步得以净化。刚才两位老先生把我俩原先的荒唐行为冠以反礼法云云,是太高抬我们了。如果把一切违背人之常情的行为都说成是反礼法,那就是对反礼法的歪曲了。"

一位好开玩笑的学子向小谢秋容笑道:"这陶生真了不起!教鬼有方,对憨跳无度的二鬼,耐心教导,善于鼓励,步步引导,使得你们两个超级捣蛋鬼一下变成了颇守规矩的小学生,使得你们爱劳动、爱学习,又柔又媚又乖。陶生真够上教育鬼的专家。应该派他到阴间去当教育局长,去办学,去教育更多的鬼,特别是女鬼,那贡献多大呀!"

"你这主意真是缺德带冒烟!你也很有才学,应该把你派到阴间去!"小谢叫起来,众人无不哈哈大笑。

好开玩笑的学子继续半开玩笑地说道:"你们二鬼在陶生刚来时特别不听话,在陶生被你俩捉弄得气急败坏大骂你们时,你俩也未有改变,可是后来你俩又特别听陶生的话,小谢为陶生抄书时,他夸赞了你一句'你是个雅人',

你就找不着北啦。你俩像喝了迷魂汤一样,读起书来不顾一切,常常是通宵达旦,又是练书法,又是学作诗。小谢还把鬼弟弟弄来一起念。你们身为女鬼,既不能参加科考,也拿不到文凭。时下很多人,因读书赚不到很多钱,而有书不念去做生意。你们当时为什么傻乎乎地学,去念那劳什子?你俩在读书上还动了鬼心眼,怕对方超过自己,相互嫉妒,不让陶生教对方。陶生的话怎么有那么大的魔力?"

小谢的表情深沉起来,款款说道:"我们之所以对陶生的话能言听计从,是他在适当的时机启发我们的良知,鼓励我们读书学习。他对于我们没有一味地破口大骂。他那一句鼓励的话,唤醒了我们的人格尊严。我们领悟到我们虽为鬼,也应追求知识,充实自己的生活。人间不是有一句名言'书是人类进步的阶梯'么?对于我们来说,也是鬼进步的阶梯。我们要通过对知识的追求,来实现对美与善的追求。我们生前夭折,失去了求学的机会,现在遇到一个良师,就应该努力奋发,追回流逝的青春,把损失的时间夺回来。通过读书可以加强人格修养,使我们成为一个像样的鬼。"

秋容很大方地接着说道:"再有,我们对陶生深有爱慕之意,想通过读书学习缩小与他在知识上的差距,以便有较多的共同语言。如果以后成了夫妻,他说起什么李白呀杜甫呀,而我们是擀面杖吹火———一窍不通,在一旁傻愣愣地听,那爱情生活多没情调!我们通过读书有了正确的人生追求,消磨了鬼性,由鬼变成人。我们的体会是:在鬼中也要破除读书无用论。"

"'在鬼中破除读书无用论'真是奇极妙极之论!"众人中爆发响亮的笑声。

小谢接着说道:"学习中我们相互嫉妒,那是萌生了自尊自强意识,在求善求上进,不过有些偏执未脱孩子气。我们认为读书不应完全为了得到物质上的实惠,也是一种精神追求。听说日本的一些家庭主妇常常在家中背诵中国的唐诗宋词,而我们很多中国人只是想不择手段地赚钱,认为钱就是一切,难道人生的追求就是使自己变成金钱动物吗?"

小谢秋容谈起自己的转变越说越有兴致。

好开玩笑的学子又说道:"你俩原来只知一味打闹嬉戏,以捉弄人为最大的快乐,好像没心没肺。但在陶生被诬陷入狱后,你俩都挺身而出,双双赴汤蹈火,又是探监送信,又是送饭送银两。往返奔波代为申冤诉屈,一个为救人被恶吏关起来,每天被恶吏以刀棍相逼也宁死不屈,拼鬼命终于将身陷死境的陶生救出,由害过人的坏鬼变成了舍己救人的好鬼。"

秋容说道:"我们的转变并非突然。我们学习了诗书,受到精神文明的熏陶。特别是受陶生高尚人格的感召,我们懂得了善恶美丑。他对我们不以鬼类而见憎,也没有因为我们是有污点的鬼而嫌弃,不是假撇清与我们划清界限,更没有跑出去找个手持桃木剑的道士来捉杀我们,而是予以充分的尊重和信任,我们之间产生了真挚的知己之爱,懂得了人间真情。我们作为他的朋友、学生、恋人,当他有生死大难,舍己救他是责无旁贷。"

一位学子问道:"你们为援救陶生赴汤蹈火,不避刀杖,在血与火的斗争中心灵得到净化,很有舍己救人的精神。但在遇到有一个鬼可以复活的机会时,你俩争先恐后。胜利者如愿以偿,失败者哭了六七夜。这有些忘'义'和自私吧!为什么不发扬风格呢?"

秋容听后笑声不止,说道:"当时复活的名额只有一个,生命诱惑力实在是太强了,我们对陶生也爱得太深了。我们还很年轻,思想上还未达到完全无我的境界,当时只好两个竞争了。这还不能说忘'义'和自私。我在复活后没有忘记患难之交,敦促陶生再求仙人,使小谢终于得以复活。"

众人道:"可以理解,可以理解。"

这时天色已晚,展厅关门。小谢与秋容随众人出门散去。

五、爱得奇异爱得多彩的爱的精灵

白秋练雅语纵谈诗与爱

白秋练，一个美貌多情、聪明高雅、心灵美好的妙龄鱼仙。修炼成渔家女子，家住洞庭湖，从事船运工作，爱诗成癖。一次在月夜江上得遇随父南下经商的书生慕蟾宫。闻慕生吟诵，心生爱慕，相思病苦。白母上慕家船自媒，表示白秋练非嫁慕生不可。慕生父认为白秋练出身微贱，品性轻薄，拒绝这门亲事。白秋练因此大病一场，不眠不食。在慕生父离船回家后，白母为了救女儿的性命和使其婚姻幸福，将相思成疾的白秋练扶到慕生船上。白秋练要慕生为她吟诵三遍王建的"罗衣叶叶"诗，刚吟了两遍，白秋练霍然病愈，揽衣而起，与慕生共效鱼水之欢。慕生父回来后，白秋练与慕生约定以吟诗作为相会的暗号，伺机相爱。后来，慕生被其父带回河北，思念白秋练成疾，奄奄一息。慕生父寻到白家船上，请白秋练救慕生沉疴。白秋练吟诗一首，慕生之病立即痊愈。俩人欢爱。慕生向其父请求娶白秋练为妻又遭拒绝。白秋练能预知货物的价格，使慕生父赚了大钱。慕生父立即从反对婚事转为亲自出马向白家求婚，迅速为慕生与秋练办婚事。秋练成婚后与慕生一起北归，三四年后，生有一子，在夫家"谋金不下巨万"。白秋练有特殊的生活习惯，每顿饭都一定要加少许洞庭湖水，后来洞庭湖水一时供应不上，白秋练病倒，日夜喘息，奄然死去。半月后，慕生父运湖水回，慕生依照她临终嘱咐的办法，每天为她吟《梦李白》诗三遍，将其泡在湖水里，死去半月的白秋练又得以复活。白秋练对其母至孝。她与慕生回南方探母期间，其母被一垂钓者钓到。白秋练要慕生出高价买下身为白鳝的母亲放生,如不答应就投湖自尽。慕生偷了父亲的钱赎了白母。龙君闻秋练美色欲纳为妃,让白母交出白秋练,白母抗命不从,被流放几死。秋练要求慕生向真君求写一'免'字,如不从就离婚。慕生遵嘱,使白母得以免除刑罚。后来白秋练同慕生举家南迁楚地。

白秋练与慕生迁居楚地后,再无缺湖水之忧,生活其乐融融。夫妻二人闲暇仍以吟诗为乐。一日,白秋练忽然想到,要想提高诗歌欣赏水平,需要外出学习进修。听说邻省有一座石头城,城内贾府中有一个大观园,园中有许多才女,都是著名诗人,她们多次举办过诗歌节。应该去会会她们,做个访问学者,与她们切磋诗艺。想罢拿定主意,安顿好家中生活便御风而行。正值皓月当空,清辉万里,不长时间就到了石头城。

白秋练来到一个清幽花园的长椅旁,见一丽人在月下执卷诵诗。白秋练的脚步声惊动了诵诗丽人,丽人起身招呼:"白秋练女士,早就听说你特爱诗,今日得遇知音,真是难得!"白秋练仔细一看,见其楚楚动人风雅有致,认出来了,原来是大观园中自学成才的著名女诗人香菱,非常高兴,说道:"我也久闻香菱女士的诗才,今日得见,足慰平生。"

香菱放下手中的诗卷,拉秋练坐下,说道:"以前在大观园中,众人管我叫'诗魔',不过,我爱诗迷诗的程度和你比可差远了。诗在你身上起的作用大神奇了。念诗能治病。就是扁鹊华佗也没有你们夫妻这般神奇的医术。你们何不开个诊所?不用翻看什么《黄帝内经》《本草纲目》,也不用备什么人参、鹿茸、甘草、当归等药,只需把诗集放在架子上,来个病人就念上一篇,病人病愈而去,那该多好!可以轻而易举地赚到好些钱。时下如有这种医院可以省多少医疗设备和药品呀!可是我总觉得这种念诗治病的方法太玄了吧?"

白秋练听出香菱赞扬中有调侃之词,并不在意,耐心解释道:"诗言志抒情,可以陶冶情操,使人精神振作,心绪欢悦。以诗治病古已有之,并非奇事。但以诗治病要看是什么病,并不是什么病都能治,所治的都是与精神因素有关的官能疾病。俗话常说'心病须用心药医',治别的病就不行了。像《娇娜》中孔雪笠胸部长一个大瘤,念诗是念不掉的,只能由娇娜来动手术了。我与慕生吟诗所治的是相思病。用此法治病要具备两个条件:一是两人都必须爱诗、懂诗,如不懂诗,就如猪八戒吃人参果,不知什么滋味,起不到感染效应,念诗等于对牛弹琴。二是恋人间互相诵诗可治相思病,换了其他人就没有治疗效果了。这种治病方法听起来很离奇,实际上是有科学道理的。时下医学上不是有一种心理疗法,不打针,不吃药,只靠心理医生说几句话就把心理疾患治好了吗?"

"照你说来你那离奇荒诞的做法还有科学根据啦?"香菱还是半信半疑。

"那当然了。"白秋练非常肯定地答道。

香菱想试试白秋练的才学,就慢条斯理地说道:"据我所知,古代文学作品中以诗治相思病的,最早见于金代董解元所写的《弦索西厢》,书中叙:在张生请来白马将军杜确击杀包围普救寺的孙飞虎后,张生热切盼望的婚事受挫,因而寝食俱废,大病在床。被张生的深情所感动的莺莺,派红娘送来一首小诗,表示以身相许之意。诗云:'勿以闲思想,摧残天赋才。岂防因妾幸,却变作君灾! 报德难从礼,裁诗可当媒。高唐休泳赋,今夜雨云来。'张生一看,'喜不自胜,其病顿愈',他感叹'都来四十字,治病赛卢医(扁鹊)'。莺莺治病用自己做的诗,好像是自配的药方,你与慕生治病念的是别人的名诗,好比是用的中成药。莺莺以诗治病虽没有你们那般浓郁的浪漫情调,但你们与她的方法还是有相似之处,是照她学来的吧?"

白秋练很佩服香菱的才学,也悟出了香菱的试探之意,微笑着说:"并非如此,我们的以诗治病与崔莺莺的做法在形式上只有一点点相似,实质上是截然不同的。严格地说,他们并不是以诗治病,他们二人没有像我们这样执着地爱诗。我们爱的是人间最好的诗,诗的精品——唐人的诗。在治病诵读诗时,我们是欣赏诗中那种至善至纯的感情境界,欣赏那微妙复杂而富有意蕴的人生体验,受诗中美的情感的感染而使病愈。《弦索西厢》中张生读莺莺的诗,打动他的是诗中所传达的一条信息,就是那句'今夜雨云来'。那首诗所表达和其读者所接受的情感还没有进入诗的氛围中,他们所谓的以诗治病与我们是不能同日而语的。"

香菱听罢,深感白秋练的见解不俗,感叹道:"你真是一位以玉为骨诗为魂的雅人! 我真羡慕你们夫妇都酷爱诗歌,志趣相投,兴致高雅,夫妻有共同语言。你们的爱情以诗为媒介,以诗为滋养,以诗为生命。你们的爱情有诗的神韵,诗的华彩,诗成了你们生活中不可或缺的组成部分。"

白秋练笑道："你差点儿把我夸晕了，真不愧是写诗的，诗句如珍珠一般随口而出。我与慕生不过是一对狂热的诗歌爱好者，有很多诗我们还读不懂，有些场合吟诗不够贴切。平时在一起念一念，增加一点生活的乐趣。"

听罢此言，香菱十分伤感，说道："想起我那蠢笨如牛的老公薛蟠，令人悲伤万分。他与你先生职业相同，也是经商，但他没有半点儿文化素养，没有一粒文学细胞，说起话来只会哇哇怪叫，说个酒令只会'一个蚊子哼哼哼''两个苍蝇嗡嗡嗡'，被人称为薛大傻子，真是羞煞人也。"

香菱说到这里时泪光盈盈，停顿了一下，又接着说道："我原是被拐卖到薛家的，身份低贱，婚姻悲剧不足论。最令人痛惜的是指导我作诗的林姑娘，她有极高的诗才，写出很多极好极美的诗。她一生都沉浸在诗中，以诗为生命。她也有志同道合的爱诗的知己，但她的结局却是焚稿断痴情，魂归离恨天。你因爱诗而得到美好的爱情，又靠爱诗实现了美好的爱情，真是无比幸运，令人羡慕不已。"

白秋练听了香菱所言，十分同情香菱与林黛玉的遭遇，觉得鼻孔有些发酸。沉思片刻，款款说道："我是因爱诗得到了爱情，但并非靠爱诗而得以实现爱情的。爱诗是人间最美好的精神享受，但生活中仅有诗是不够的。生活中如没有诗那太俗了，仅有诗那又太虚了。大观园中那些聪明美丽的姐妹都能作诗填词，通晓琴棋书画，但这些都不是安身立命的本领。古代那些大作家都把文学当'副业'，连李白这样的大诗人都感叹'吟诗作赋北窗里，万言不值一杯水'，更何况闺中少女写点诗赋对实际生活能起什么作用？大观园中这些聪明的姐妹虽有文才，但没有可以立身自救的本领技艺，过于脆弱，没有适应环境、抗拒命运的能力，最终只能像严霜下的百花，凋零殆尽，无法实现自己的理想。我开始向慕家求婚时，被那慕老头屡屡拒绝，说我这也不好那也不好，什么把舵摇船出身低贱啦，什么或许不贞啦，此时我就是对那慕老头念多少篇诗也不会起到一丝一毫的作用。但在我向他提供了使他致富的商业信息，他赚到了大钱后，就反过来求我与他儿子结婚。我是靠能给慕家增加财富的才智，实现了与慕生结成眷属的愿望。"

白秋练这一番话使得香菱感到十分震惊，不停地点头，感到白秋练的超俗卓见，令人耳目一新。白秋练又接着说道："说到大观园中的林姑娘没有实现自己的爱情，最终落个悲惨结局很令人感伤。从她所处的客观环境看，强大的封建势力不会容许她实现自己的爱情。从主观上看,她没有能使自己立身的本领。她对自己的爱情没有进行奋斗争取,而把精力都放在试探呀、猜疑呀、吵嘴呀、担心呀、等待呀、愁呀、怨呀等实际意义不大的事情上。再有,她没有得到亲人、知己的帮助。贾母这个老妖婆看到她与宝玉亲近,就旁敲侧击,给她话听,最后竟狠心不想给她治病。她那个知己宝玉,除了整天妹妹长妹妹短甜言蜜语外,在婚姻大事上一点实际事都不干。林姑娘的命运完全由别人安排,哪会有什么好结果呢?"

香菱深有同感地说道:"林姑娘要是有你的本领和追求爱情的勇气就好了。我觉得你的爱情得以实现,除了自身的争取外,你的母亲有不可磨灭的功劳。你的母亲对你有海一样深的爱,在那个时代,一般家长对儿女自由恋爱不阻止就不错了,而你的母亲却是竭尽全力让你得到爱情上的幸福。当你爱上慕生后,她马上毛遂自荐,为你说媒。一时说媒不成,便施以神法使慕家船下沙石涌起,船滞留不能动,阻止对方北渡。用这样一种手段,虽然有些霸道,但爱女之心是很感人的。然后是晚间亲自把你送到慕生船上,完全尊重女儿的选择。丝毫不计较男方门第、地位、财产,也没有束缚女性的封建贞节观念。更为可贵的是,有维护女儿的幸福反对强权、勇于牺牲自我的精神。在你婚后,洞庭龙宫选嫔妃,龙君听说你长得特别美,勒令你母亲将你交出去。你母亲勇抗王命,险些丢了老命,仍然不改变态度,誓死维护女儿的幸福。"

"你说得极是,真是'世上只有妈妈好'。"白秋练沉浸在思念母亲的深情之中。

"也不尽然,"香菱道:"人间的父母与你们鱼仙父母大不相同。古往今来多少人间父母以'父母之命、媒妁之言'的大棍干预子女婚事,酿出多少悲剧。在古今作品中的父母形象,对子女婚事专断者有之,如焦仲卿之母;讲门当户对者有之,如《西厢记》中的老夫人;限制子女行动者有之,如《牡丹亭》中的杜宝;坚决维护'父母之命,媒妁之言'权威者有之,如祝英台之父;以女儿换财产者有之,如电影《红高粱》中我奶奶的父亲,将女儿嫁给有麻风病的五十多岁老头,为的是换一匹大青骡子。而您母亲是极有亲情,极有爱心,是最伟大、最高尚的母亲。比那些追求爱情的青年男女思想更解放、更开通,是天地间极为罕见的高尚的母亲形象的代表。你有这样的母亲真幸福。"

白秋练十分自豪地说道:"诚如你所言,我的母亲确是世界上最伟大、最慈爱、最勇于奉献的母亲。在母亲受难时,我宁可牺牲自己的爱情也要救母亲。"

香菱见白秋练十分得意,就打趣道:"一般水中的鱼都比较柔顺,而你的性格却是泼辣又刚强……"

"哎,你把'仙'字带上好不好?是鱼仙!别把我弄成一条鱼了!"白秋练叫道。

香菱继续说道:"你为了救母真是不顾一切,在第一次要求慕生救母时提出,他如不出钱赎你受难的母亲,你就投湖自尽;在第二次要求慕生救母时提出,他如不去代你向真君祈祷,你就跟他离婚。你把话说得斩钉截铁,带有很强的威胁性。你不怕与他闹翻了吗?他如不愿为救你的母亲出力,你真的离开他吗?"

白秋练毫不迟疑地说道:"不错,我是以这种方式考验慕生对我的爱情。如果慕生不愿为我出力或以异类见嫌,那就证明我们的爱情不复存在了。那我就要走自己的路,不会去遵从什么'从一而终'的鬼话,毫无留恋地和他拜拜,去寻找新的生活。"

香菱心中很是佩服白秋练的胆识,暗想这鱼仙是与凡人有许多不同。又说道:"你从事的工作很平凡,运输个体户,但你有很多新思想,你提出的女子应有安身立命的本领,在婚姻上让男方家长'反相求'的观点是前无古人的。你总结出'天下事,愈急则愈远,愈迎则愈拒'这一生活中的哲理,很有辩证法,极富智慧,有哲学家的头脑和见识。你的'反相求'之说最有意义,在实践中运用得也最成功,对爱情热烈追求而不强求。不像有些为追求爱情而离魂的女子,粘住男子不放,而是表现出了女性的自尊自强的意识,为女子争一口气。给后来渴求恋爱自由、婚姻自主的妇女以有益的启迪。"

白秋练笑道:"你就别一再吹嘘我了,我们真是相见恨晚,我们看问题是互有启发,你的才学令我折服。"

香菱微笑道:"可别这么说,如果你也夸起我来,我们不是互相吹捧了吗?"二人大笑。

这时已是皓月中天,二人依依惜别后离去。

葛巾隽语诉说遗憾的爱

葛巾,有着牡丹一样惊人美貌且冰清玉洁的牡丹花仙,生长在曹州。癖好牡丹的洛阳书生常大用,为观赏曹州牡丹,盘缠用完,便典当衣服,仍流连忘返。这种执着的痴情行为感动了葛巾。她爱上了痴心的常大用。善良热情的葛巾对爱情既细心谨慎又大胆追求。在常大用以各种方式多次向葛巾进行追求时,葛巾对常大用进行了一系列的爱情考验。常大用见到葛巾的美貌后相思成疾、卧病不起。葛巾亲手调配了一杯药,命老妪送去,伪称是索命的毒药。常大用喝下后病情痊愈。葛巾又安排林中邂逅、红窗幽会等对常大用进行再次考察。得知常大用为人朴实、对爱情至诚后,葛巾不问常生的姓氏居里、门第高低,便登门相就,与常大用幽会,献上爱情。当她得知常大用经济拮据想变卖东西的情况后,慨然相助,拿出十几锭银子周济他。当她听到一些流言后,便效仿卓文君,与常大用商量逃走,毅然跟常大用私奔,结为伉俪,过着美满的生活。不久,她又主动作伐,冒着风险,把叔妹玉版接来,许配给常大用的弟弟大器为妻,亲手组织起常家这个幸福家庭。她与玉版姐妹俩勤劳贤惠,使常家一天比一天兴旺。葛巾有非凡的胆识。一次,五十多个强盗慕她姐妹俩的美貌,骤至常家,企图侮辱葛巾姐妹,并索要银两。并且聚薪楼下,以纵火烧楼来要挟常大用一家,全家人吓得目瞪口呆。葛巾不听劝阻,冒着危险,大义凛然地走到楼下,声称自己是临时下凡的仙女,用一番犀利言辞吓退了群盗。用大智大勇维护了自己的家庭和爱情。葛巾和常大用过了三年夫妻生活。葛巾和玉版各为常家生了一个儿子。常大用在生活中对葛巾的身份渐渐产生怀疑,认为葛巾和玉版为花妖,背着她俩到曹州调查她俩的身世,还当面旁敲侧击盘问她。葛巾被激怒了,叫玉版把儿子抱来,指责常大用不该猜疑,然后和玉版同时举起儿子远远抛去,两人杳然而逝。常家兄弟悔恨不已。两个孩子落地的地方,不久长出两株硕大绝奇漂亮的牡丹。

葛巾离开常家后,回到了曹州老家,心中一直郁闷不乐。一日,正值牡丹盛开时节,又来到洛阳,想会会洛阳的花仙姐妹。她来到当年常家院外掷儿处,现在已是牡丹花的海洋了。葛巾翩翩的身姿徘徊于红紫纷披、芳菲烂漫的牡丹花丛中,越发妩媚俏丽。人花相映,形成了极美的景致。游人见到此种景象都疑惑仙境移入人间,感到目眩神迷。游客中的大学生认出了花丛中的葛巾,几位女生热情邀请葛巾在娇艳绚丽的牡丹花丛中合影。

一位快言快语的女生见葛巾神色有些忧郁,说道:"葛巾女士,你好像有些不高兴,是不是还在为过去的情变之事感到不快?"

葛巾轻轻地摇摇头,说道:"对此事我是没有眼泪没有悲伤,两人感情合得来则过,不合则离,失去了爱我也不会强求,两人不一定非得白头偕老,分手不算什么。我遗憾的是当初的感情付出没有得到回报,所遇非人。我与常大用'因误会而结合,因了解而分手'。不是有人说过,'恋爱是美好的误解,结婚是惨痛的理解',现在我是有了深切的理解。"

快言快语的女生脸上挂满了疑惑,说道:"你与他爱情关系的建立并非草率,而是很慎重的呀!你们相爱并非一见钟情,你虽然被他的痴情所感动,也并没有轻易地以身相许,而是对他进行了一系列的观察和考验,把他折腾得够呛。经过考验你得知他性格老实,对爱情心诚,就一往情深地把爱献给他,终成婚好。你们的爱情有很深的基础,怎么能说是误解呢?"

葛巾轻轻叹口气,说道:"我对常大用的考察是下了不少功夫,但没有考察深透,还失于肤浅。与他相识、相爱、共同生活期间,在心灵上没有彻底沟通。人在恋爱时只能看到对象的一部分,此时对象的缺点常常掩盖起来,要真正识透一个人更是相当难的。"

"说得深刻,很有哲理。不过那常大用开始的表现也不错呀!"一圆脸女生接道:"他爱牡丹成癖,做怀牡丹诗百首,为一睹牡丹花的盛景典卖春衣,流连在曹州。在见到你时爱得死去活来,在你将良药诈称鸩汤送他时,他是抱着必死的决心喝下去的,也算得上一个情痴吧?"

葛巾道:"你听说的事实大体不错,但他连小小的情痴也算不上。在他身上,爱花和爱花仙是两回事,不是统一的。他最缺乏的是为爱情献身的勇气和牺牲精神。他饮鸩求死不表示他勇敢。正因为他貌似情痴而不是真的情痴才不好识别,他貌似情痴的行为掩盖着一颗怯懦自私的心。"

一位性格稳重的女生开口说道:"有人说'恋爱时是女人智商最低的时候',英国的一个学者说'神在爱情中也难以保持聪明',而你在恋爱时的表现正与这些说法相反,你在恋爱时最聪明,弄了那么多的绝招来考验考察情人,《聊斋志异》里所有与人相爱的异类女性中你是最慎重的一个,应该称你为最聪明的爱情之神。"

葛巾苦笑了一声,说道:"我现在混到这份儿,这样一种处境,还有什么可夸的。大千世界太复杂,我们女人谈恋爱要多个心眼,不能傻乎乎地跟着感觉走,更不能轻易地以身相许。一位台湾作家说过:'男人乃天生的莫名其妙的动物,女人如果不轻易答应他,会把他气得发疯,大骂她不爱他。而一旦女孩子爱他爱到极点,用不了三言两语就把身子奉献,他又觉得她不值钱。'处理这种事还是小心为好。"

众学子笑道:"这真是恋爱的经典之言!你的观点和做法很有现实意义。"

一个高个学子望了常家的院子一眼,说道:"这常大用真是个不可思议的怪物,他性格很老实,对牡丹花很痴情,不是一个冷血人。葛巾女士,为什么你对他情深似海无限奉献的爱却不能使他受到感动?你不问他的姓氏居里、门第高低,财产多寡,就与他大胆相爱。在他缺钱时,你资助他;居家遇寇有危难时,你为他解救危难;你为他家创造财富,兴他家业;给他生育子嗣;在物资和精神上都有巨大的付出。这么多的爱,这么多的情,这么多的恩义,为什么换不出他的一片真情,一颗真心?不对这么多的情爱给予回报,反而去搞什么内查外调,做出伤害你的感情的行为?这家伙的头脑是不是出了什么毛病?"

"这很简单,"一位身材娇小的女同学抢先答道:"蒲松龄老先生不是说过常大用是'不达',是胆小,思想上不开通,过分拘泥于世俗观念,不能真正专注于情,因而多疑嘛!"

高个子学子摇摇头道:"我看不尽然,所谓的'不达''多疑'都是表层的东西,他不念葛巾的爱情恩义,去做伤害妻子感情的事,有深层的心理动因,那就是在爱情上的极端的自私和怯懦。在爱情上怕做出牺牲,怕付出,怕吃亏。他貌似忠厚痴情的外表掩盖下的自私和怯懦很难识别,也就更为可鄙。"

"那常大用在追求葛巾时不也是千方百计,又是下跪,又是喝毒药,也很痴情,这好像不能说自私和怯懦吧?"娇小身材的女同学反问道。

"他那样做时,还不知道葛巾是花妖,对葛巾的爱是建筑在不冒风险不做出牺牲的准则上的。是商人心理,把恋爱当成经商,只想获利不想亏损。他见到葛巾惊人的美貌后,先是疑,疑她是贵人家眷,'遂逡返',又一想可能是仙人,就去搜寻。受到斥逐后,吓得连路都不能走了。回去还怕人家来算账,惊吓成病。后来见无人来追究,又感到喜,然后又转为想。他的一举一动都是以自身安危为前提。估计对方对自己可能不利,就停止追求。估计对方可能对自己无害,就去追求。他不是像《香玉》中的黄生对香玉那种舍生忘死的渴求,他当时如知道葛巾是花妖早就逃之夭夭了。"高个学子滔滔说道。

"深中肯綮!深中肯綮!"一位口齿伶俐的学子赞同道:"达·芬奇说过:'男人的心灵越伟大,他爱得就越深刻。'爱得深刻就是对爱的执着追求,为爱勇于做出牺牲。《聊斋志异》中有许多为爱而不顾一切的勇士:《连琐》中的杨于畏在那阴森怕人、阴幽之气逼人毛发的恐怖坟地等心上的女鬼出现。为救心爱的女鬼,到阴间去杀恶鬼。《聂小倩》中的宁采臣明知聂小倩是女鬼,但喜爱她的坦诚,毅然将她带回家中,说服母亲,与她结为夫妻。《香玉》中的黄生爱上牡丹花妖香玉,在香玉成了花鬼之后仍爱之专一,其情不移,最后与牡丹花妖香玉、耐冬妖绛雪一起殉情而死。常大用与这些爱的勇士相比,是一个可笑猥琐的懦夫。"

葛巾对二人所言深有同感,说道:"两位说的是,常大用没有一点儿为爱而冒风险的精神,他的勇气不仅不如杨于畏、宁采臣、黄生的万分之一,就连宁采臣的母亲这样一个老太太都不如。这老太太刚见到聂小倩有些害怕,后来还是接纳了她,让她跟自己住在一起,纳为儿媳。要是常大用遇到这种情况肯定吓得鬼哭狼嚎、屁滚尿流。我最遗憾的是选择了一个假冒伪劣的情痴,把假情痴当成了真情痴。"

一位面容俏丽的女生尖声说道:"我有一个问题实在是搞不清楚,常大用为什么在婚后费尽千辛万苦要搞清楚葛巾的身份。其实,他在与葛巾幽会时就认定葛巾不是凡人,而是仙人,并向葛巾表白,害怕葛巾离开自己。后来他又怀疑葛巾为花妖,他费那么多的时间精力弄清葛巾到底是仙还是妖有什么意义呀?《聊斋志异》中的花妖不同于狐精鬼魅,那些狐精女鬼都有美有丑,有好有坏,良莠并存,善恶兼具。唯独花妖都是清一色的,都善良美好,都是美的象征,都不祟人,都是一代国色天香的仙媛,都是美的极致热情无比的爱之神。葛巾是妖还是仙究竟有什么关系呢?"

高个子学子戏谑地接道："小傻瓜，此事对你没什么关系，对常大用关系可就大啦，在他眼中夫妻间最重要的不是情，而是情以外的东西。他努力想搞清楚葛巾是仙还是妖是他爱情上自私心理和以商人心理对待爱情的直接表现。葛巾如果是人而修炼而成的仙，那对他有利而无害，在别人面前一提起自己的妻子是美貌无比的仙女，家有仙妻，那多荣耀，多自豪，还可以借到仙气，以后也可能跟着成仙什么的，当然怕仙女离开他。如果葛巾是牡丹花成精的花妖，那是异类。仙与妖是大不相同的。《西游记》中玉皇大帝第一次对孙悟空招安时，在灵霄殿上没有称呼他是什么大仙，而用了个矛盾的称谓'妖仙'，认为他是妖，应打入另册。常大用如得知葛巾是妖，那就可能要驱妖了。不然被外人知道自己家中的老婆是妖怪，多难听，多没面子，也会想到这妖妻要吸他的精气。他是时时刻刻怕自己吃亏受损，因此他不管费多少辛苦也要把这个问题搞清楚。"

一位性格憨厚的学子向葛巾问道："葛巾女士，你婚前婚后都没有表明自己的来历和身份，常大用对你身份进行调查，不过查证一下，也没有把你怎么样呀，也没有对你进行人身伤害，而你却将爱情的果实——孩子摔在地上，毅然离去。这种做法是不是太偏激太绝情了呢？"

"并不是我偏激、绝情，"葛巾表情严肃，用很深沉的语气说道："他对我又是调查又是盘问，失去信任，极不尊重，是对爱情的亵渎和玷污。这是不能容许的。汉代的苏李诗中说过：'结发为夫妻，恩爱两不疑。'法国作家安德烈·莫洛亚在《爱的气候》中说：'爱情能承受的是生离和死别，而不是猜疑和欺骗。'互相信任理解和尊重是夫妻间感情的基础。夫妻间的感情应该是晶莹纯洁的，最容不得的是对方的怀疑、猜忌和轻蔑。疑心是爱情的毒药，是缠绕在夫妻间的毒蛇。夫妻间失去基本信任就意味着感情的破裂。并且，男人一旦对妻子产生疑忌，是什么事都可以干得出来的。奥赛罗不是因疑忌苔丝狄梦娜而将其活活扼死了吗？尽管常大用不一定直接对我怎么样，可是他如去请一个什么茅山老道到家中作法，当着我们的面大喊什么'天灵灵，地灵灵，各路妖怪快现形！'那对我们姊妹俩是多大的羞辱！我们怎能还待在这里等着看闹剧呢？我们为情而来，对方既然断恩绝义，我们只能弃他而去了。"

这时，常大用忽然从家中走出，面容憔悴满脸泪水来到葛巾面前，惭愧万分地跪着哭诉道："娘子，我对不起你，我该死，我太后悔了，原谅我吧！我们还能破镜重圆吗？"不知什么时候，杨于畏、宁采臣、黄生三人来到常大用身旁，笑道："常兄，向娘子忏悔呐？早知现在何必当初？现在这种滋味不好受吧？"

葛巾见常大用此番模样，心生几分厌恶，也有几分怜悯，说道："你看看这几位是怎样对待爱情的？你要向人家好好学习。我俩今生缘分已尽，待来世吧。"说毕，隐身于牡丹花丛间，不见踪影。杨于畏、宁采臣、黄生也徜徉而去。众学子散去后，只有常大用还呆呆地站在那里。

凤仙趣话助夫成材

凤仙，一个有思想有志气、善良正直、美貌多情的狐仙。在一场闹剧中被大姐八仙以人换绸裤当作礼物"嫁"给了广西平乐荒废学业家境贫寒的书生刘赤水为妻。凤仙性情刚烈自尊，不甘人下。在娘家三女三婿相聚的喜庆合家团圆的宴会上，当其父嫌贫爱富、怠慢她的丈夫时，她公然以激烈的态度质问其父。愤而解华妆换素服，声泪俱下地唱起了王实甫杂剧《吕蒙正风雪破窑记》一折，借题发挥，以此戏曲比附、批评其父。倾吐自己对嫌贫爱富的父亲的怨愤。唱毕，愤然而去，给父母一个难堪。在归去的路上，凤仙要求丈夫读书上进，为自己争一口气。并坚决表示，丈夫如不上进，就决不再相见了。她送给丈夫一面魔镜，激励丈夫发愤读书，然后悄然远去，不知去向。凤仙这面魔镜能在千里之外现出自己的喜怒哀乐面容。以此督促丈夫刻苦攻读。当丈夫苦读时，镜中的凤仙会笑脸相迎，点头示意。当丈夫读书中断去游玩时，镜中的凤仙则面容惨变若泣，背转身去。丈夫再连日苦读，镜中的凤仙便露出笑容。刘赤水在镜中凤仙的督促下，苦读两年，考中了举人。此时镜中的凤仙竟喜笑颜开从镜中走出，来到刘赤水身旁。原来凤仙与刘赤水分别后，居伏山洞中两年，替刘赤水分担忧苦。凤仙善雅谑，性格幽默风趣。初嫁刘赤水，在床上欢爱时嫌刘赤水体凉，将《诗经·唐风·绸缪》中的"今夕何夕，见此良人"一句改为"今夕何夕，见此凉人！"来戏谑丈夫。凤仙有奇异的仙术，婚后为报复大姐八仙的恶作剧，将八仙的绣鞋拿来交与刘赤水，让他到处传扬。在刘赤水中举后，凤仙与两个姐姐、姐夫聚会，八仙将绣鞋要回，投入火中，凤仙将鞋灰放在盘中，又变回与原鞋一模一样的满盘绣鞋，戏弄八仙。后来，刘赤水中了进士，凤仙与之白头偕老。

刘赤水中进士后，凤仙居家清闲，不用再督促他读书。一日，前去富川看望二姐水仙，一则叙叙姐妹思念之情，二则听说水仙丈夫经商生意特火，发了大财。凤仙想了解一下行情，看经营什么能赚钱，回来之后让刘赤水也下海经商。当走到一青山叠翠绿水悠悠的小山村时，凤仙感到有些累了，就在小河旁的柳荫下的石凳上小憩。刚坐下，见一容貌妩媚雍容的年轻女子前来施礼，道："见过凤仙女士。"凤仙定睛一看，原来是薛宝钗，问道："薛小姐，不，应该是宝二奶奶，你在贾府事务繁忙，何以至此？"

"我到附近一所寺庙进香，路过这里，有一事向凤仙女士求教。"宝钗柔声说道。

"你是大观园中一大学问家，向我求教，找错人了吧？还是拿我取笑？"凤仙不无调侃地说道。

"都不是。"宝钗显得很真诚，"你劝丈夫读书进取，博取功名，很有绝招，特有成效。只用两年时间，就使夫君中举，后来又中了进士，你过足了当进士夫人的瘾，好不风光！我在劝宝玉读书时，总是引起他的反感，有时抬脚就走，那次他还骂我：'好好一个清静洁白的女子，也学得沽名钓誉，入了国贼禄蠹之流！'真是让我难堪，下不来台。最后他总算去考了，但考中举人后又离家出走，出家当了和尚，好像是替我们尽某种义务。我真是好命苦。凤仙女士，你能帮我找找劝读失败的原因吗？我特别羡慕你的本事，躲在镜中进行遥控监督夫婿读书，如同严师，使得夫君乖乖地读书，这方法真是妙极了。我当时要是也有一块你那魔镜就好了。"

"你想错了，即使你有魔镜，在你手里也发挥不了一点作用。"

"为什么？"

"你在大观园中规劝他时，还不是他老婆，尚无夫妻名分，你不觉得你的做法太超前了吗？再则，你对人总是虚情假意，感情封闭得严严的，整天绷着脸,你爱的只是宝二奶奶的宝座,似乎并没有爱过宝玉本人,即使有那魔镜你也表露不出真情呀!况且,你也无真情可表。"凤仙一席话,说得宝钗脸上红一阵白一阵。

"你规劝失败的原因很多。"凤仙接着说道:"其一,是选错了对象。贾宝玉是封建贵族阶级的叛逆者,他有与时代、与众人不同的价值观念,有独立的思想,极端厌恶科场与官场。贾政用大棒改变不了他的观念,你怎么唠叨也是白扯。其二,你的方法也不妥。人们都说你会说话,会做人,至今还有些男士还做着'娶妻当如薛宝钗'的美梦",我看这种说法不尽然。你规劝宝玉时不选一个适当时机,不管何时何地,唠叨个没完。你还常常讽刺他是什么'富贵闲人''无事忙'啦,他怎么能不烦?那些做'娶妻当如薛宝钗'梦的男士们,要是真娶了你,那会把肠子都悔青了。你受到宝玉的斥责,是你不停唠叨而自取其辱。"

宝钗听罢点点头,说道:"你说得是,我悔不当初!"说完默默地走了。

河边柳荫下有两位到农村考察的教古代文学的教授和几位中文专业的研究生在乘凉。他们听完薛宝钗与凤仙的谈话后来到凤仙面前。

一教授道:"凤仙女士,你能挑出薛宝钗的错处,将其说得心服口服,够得上一个才女。不过,你作为一个狐仙,用魔镜这种超凡之物督促丈夫苦读,逼迫丈夫博取功名,以求夫贵妻荣,这个招数真是太绝了。你中功名之毒太深了,你对功名的狂热追求超过了科场上的男性科举迷。可见科举毒害之巨,使狐仙的灵魂都受到严重污染,你们的爱情都染上了封建名利的污秽,可悲可叹!"

凤仙听了教授后面几句指责之词,心中有些冒火,语中带刺地说道:"这位教授先生真有学问,说起话来振振有词。请不要忘了,仙境与人世并非绝缘,也会受到人间风气的传染。我虽为狐仙,但过的是人间生活,食人间烟火,因而也有世俗追求啊。我的丈夫游耍放荡,不务正业,就该听之任之,让他滑下去做个二流子吗?我作为妻子劝丈夫不要沉湎酒色,激发他发奋进取,难道不对吗?时下要想有出息不就得奔学历、拿文凭、等提干?有首顺口溜说:'文凭不可少,年龄是个宝,关系最重要。'有些什么经理四十多岁没文凭还千方百计进什么专修班弄文凭,为什么我鼓励督促丈夫读书就有那么大的罪过?教授先生,如时下人人都不读书的话,你去教谁呀?你的教授不就当不成了吗?"

另一位教授见同事抵挡不住凤仙的言辞,就反驳道:"为'四化'学习文化知识和封建时代的读书做官是两码事,不能混为一谈。"

凤仙立即接道:"两者是不一样,但我的做法也并非全是错的。我督促丈夫读书上进,那是情势所逼。在全家团圆的宴会上,父亲嫌贫爱富,让我受到白眼,我不过想通过这条路来改变受屈辱的处境。在封建时代,我让丈夫读书做官也并非是绝对的坏事。官场是黑暗,但事在人为。正派人可以不与贪官污吏同流合污,当个清官,为百姓做些好事呀。包公不是为百姓伸张正义,世世代代受人尊敬吗?要是好人都不当官,官都让坏人当,社会不是更黑暗吗?"

凤仙这一番话说得众人都瞪大了眼睛,暗想:凤仙的一张嘴不好对付。

凤仙觉得自己的情绪有些激动,便把语气和缓下来继续说道:"教授先生,你们讲课评论古代人物时,都是把一些古人报效国家、有益于社会、造福百姓、兴利除弊、以天下为己任的人称为民族英雄。这一点我没说错吧?但是这些人如果不从读书做官的路走上去,怎么能给老百姓办事造福于民呀?在你们编的书中,常常举古人刻苦学习的例子,什么白居易小时候读书读得口舌生疮啦,欧阳修小时用芦荻在沙盘上习书学字啦,这些都是作为榜样来宣传。他们苦学为什么呀,还不是为功名吗?为什么对他们大加吹捧而对我大加挞伐呢?不要总指责我们古人这不好那也不好,时下好些人做起事来还不如我们。像嫌贫爱富这种势利待人的行为,古代许多正直人一直在谴责,我对我老爸嫌贫爱富的行为极为不满。可是时下这种行为好像特别盛行,对'大款''大腕''大老板'的宣扬特别热衷。"

凤仙说着从石凳上揭起一张垫石凳的报纸,说道:"你们看看这上对大款的宣传,连他们花几十万元买一条狗也大肆宣扬一番。时下还有些什么公司对大款大腕慷慨赠送,大慷国家之慨。南方某公司将一幢价值几百万元的别墅白白送给已有亿万资财的演艺界某大腕,却不愿拿出一分钱去救助贫困地区的失学儿童。使得一大漫画家在《XX 日报》上发出感慨:'别墅赠富婆,希望无工程。'这种嫌贫爱富不是达到登峰造极、无与伦比的地步吗?我那老爸嫌贫爱富不过是抓几枚进口水果'田婆罗'让与二姐夫,时下一些人嫌贫爱富的做法不比我老爸厉害上亿万倍吗?不要对我们古人太苛求了。"

二教授一时词穷,掏出手帕直擦汗。

一青年学子见此情景赶紧打圆场,转移话题,说道:"凤仙女士,《聊斋志异·镜听》篇中写山东益都郑家老二科场失意,其妻受到公婆歧视冷落。她也激励丈夫为自己争气,她不与丈夫同床,后来终于使丈夫考中成名。你激励丈夫的方法与她有些相似,割断情爱,离家分居。不过你也大可不必伏居深山石洞,忍饥受寒,餐风饮露,那多难受呀？"

"伏居山洞可以产生非凡的激励效果,"凤仙带有一种胜利后的喜悦说道:《镜听》篇中郑二妻子是个农家女子,她那种激励手法太原始、太生硬,一点柔情都没有。郑二取得功名后,她的第一个动作是摔掷饼杖,要'侬也凉凉去！'我与丈夫离别是示志之坚,是表示与他风雨同舟,利害与共,是情感的激励。通过魔镜中的影像传情,以情喻理。对丈夫晓之以理,动之以情。假如时下有的妻子命令丈夫苦读拿文凭,而自己有空就是搓麻将上舞厅呀,那位丈夫可能要气炸肺,把书本撕得粉碎。如果妻子与丈夫同甘共苦,丈夫读书时给他送上一杯热茶,他的学习劲头就会高涨数倍,那学习效果就会突飞猛进啦。很多男人都是顺毛驴的。"凤仙说完得意地笑起来。

众人笑道:"什么'男人顺毛驴的',你可把男人骂苦了。"

"你可真有办法,怪不得你丈夫那么乖,你这方法中也有'狐媚'手段在其中吧？"一学子笑着问道。

凤仙嗔道:"'狐媚'一词那是骂人,我对丈夫是最赤诚的爱,最真的情。"

众人笑着散去,凤仙起身登程。

六、爱得出生入死的情种情痴

乔生谐论妙解知己之爱

乔生,名年,云南人,有才学,豪爽仗义,为士林推重。他与顾生相好。顾死后,他义无反顾担负起扶养顾生妻儿的责任。晋宁县令爱乔生之才,器重他。后来县令死于任上,家属无力扶柩回老家安葬。家境并不富裕的乔生出钱送县令的灵柩和家口回去,不辞辛苦往返两千里。乔生因德才兼备,赢得了征诗择婿的史孝廉之女连城的倾慕,并暗中托人赠金资助其学习费用。乔生遂视连城为知己,但家资巨富的史孝廉嫌乔生出身寒门,家境贫穷,违背女儿意愿,将其许配给盐商之子王化城。连城气恼成疾一病不起,一个西方和尚说能治她的病,但需用一个男子心口上的一钱肉做药引。史孝廉托人告诉王化成,王化成拒绝此事。史孝廉不得已许诺:谁愿割心头肉,就将连城许之。乔生闻讯前往,毫不犹豫地割下一块胸前肉,治愈了连城的病。当史孝廉准备实践诺言时,王化成却来相争,并以告官相威胁。史孝廉惧而食言,换以宴请和赠银报答乔生。乔生愤然拂袖而去。他对连城派来安慰的老媪说,他割肉是"士为知己者死",并非为悦连城之容貌。如连城是他真正的知己,即使他们的婚事不成也没关系,只要连城见面能为他一笑就满足了。连城被王家逼婚含恨病死后,乔生赶来史家吊唁,一恸而绝。魂入阴间后,他在亡友顾生的帮助下与连城相会。为了能与连城托生同处,他毅然放弃生还机会,在顾生的大力帮助下,乔生与连城得以魂返阳世。在还阳返魂前,他们唯恐返阳后再生变故,便蔑视封建礼法,毅然先在阴间结为夫妻。

他们重生后，王化成又来争夺连城，受贿的官府仍将连城判归王化成。乔生义愤填膺，连城到王家也拼死不屈，绝食求死。王家害怕，只得放回，乔生与连城这才得以过上正常的夫妻生活。乔生在阴间还救过连城为鬼时的同伴——长沙太守的女儿宾娘，宾娘复活后也主动前来，嫁与乔生。

乔生与连城为了爱情经历了生生死死的磨难，两人从阳间跑到阴间，又从阴间回到阳间，经多方拼搏才得以结合。婚后想放松一下，夫妻二人就外出旅游。这一日，他们来到普救寺前，连城去逛寺庙旁的服装店，乔生自己进庙游览。来到寺内的西厢院中，忽见年少英俊的张生迎出门来，拱手施礼："乔老弟，近来可好？"乔生有些惊讶："张生，你生在元代到现在已好几百年了，为何还在人间？"张生忙道："乔老弟，不必见怪，《西厢记》一直在上演，我也就一直留在人间。阅尽人世沧桑，今日我是旧地重游。人们把我称为情种，把你称为情痴，我们是同声相应，同气相求，今天我们情种会情痴，一定要好好聊聊。"

乔生暗想，这真是太巧了。说道："幸会！幸会！愿闻张兄高论。"说着二人来到树下石椅上落座。

张生仔细端详乔生，真是一表人才，心想这样的帅哥在谈恋爱时不以女方容貌为意，真是不可思议，于是说道："乔老弟，你追求心上人的痴情行为我是如雷贯耳，你极端重情为情舍生忘死我十分钦佩，但我感到你的想法做法有些怪怪的，有些离谱。一般才子佳人相爱都是郎才女貌，一见钟情。我在这普救寺中第一次见到莺莺时，就被她天仙般的美貌和她那回眸一笑所迷，决意来追求她。而你在对连城钟情时，并未见到连城，还不知道她的长相如何，如果她长得奇丑无比，是那种使人见了恶心、想起伤心、谈起痛心的'三心'牌丑八怪怎么办？那样你也爱她吗？"说完笑眯眯地望着乔生。

乔生闻听此言扑哧一笑，说道："张兄，你过于看重女人的色了。在佛殿上撞见莺莺，当时是'眼中冒火，口中流水'猛然惊叫'我死也！'至于吗？你当时成了一个大色魔了。"张生满脸红胀，叫道："你胡说！"

乔生笑道："这不是事实吗？还有当时这普救寺中的和尚们，在做法事时，见莺莺到来，一个个魂飞天外，后面和尚把前面和尚的秃头当磬敲，被敲的和尚竟毫无感觉。这种色迷迷的精神状态都是你传染的吧？"说得张生几乎要跳起来。乔生接着说道:"张兄,你稍安勿躁。下面说我自己,我钟情于连城,看中她的不是容貌,不是以貌相悦,而是看重她的一颗心。在茫茫人海中,很难找到知己,而连城这样一个闺中女子,能欣赏我的才学,逢人辄称道,还假父命以助灯火。这样慧眼重情义的红粉知己是多么难得!不管她长相如何,我也会用整个生命去爱她。看女子应看其心灵,《乔女》中的乔女长得既黑又丑,'豁一鼻,跛一足'比'三心'牌还'三心'牌,但她有善良的情感和一颗金子般的心,赢得了孟生的爱慕。要是你见了她肯定以为见了妖怪,吓得三魂出窍。"乔生说毕大笑起来。

"你别拿我开心,我还有一事不解。一般青年男女相爱的终极目的就是成为眷属,成就婚姻。如果相爱极深而无法结合就感到痛不欲生,感到无比巨大的痛苦。我在为崔家搬来救兵解了孙飞虎对普救寺的围困,而老夫人言而无信进行赖婚时,我是茶饭不思,悲痛欲绝,几乎要自杀。而你在割了胸头肉为连城治好了病,连城的父亲原来答应的婚事又推翻变卦时,你好像一点儿都不痛苦,还说什么连城如果真了解你,婚姻不成也没什么关系。你如能得到她一笑就虽死无憾。这真是奇谈怪论。你割下心头肉,救活了连城的命,却心甘情愿让她成为别人的老婆,你做出这样的牺牲却不要求任何回报,不是太傻太吃亏了吗?"张生非常疑惑地问道,说完直愣愣地看着乔生,好像在看一个什么怪物。

乔生见张生这副模样感到很好笑,笑着说道:"你在老夫人变卦悔婚时的表现真是个大活宝,始而目瞪口呆,继而气急败坏,还直挺挺地跪在红娘面前哭丧着脸,声称要上吊自尽,你的表演令人喷饭。不能否认你对莺莺的真情,但你的表现没有大丈夫风度。我和连城的爱情产生于人品心灵的相知相爱相赏,不是见色起意。望貌生心那种爱,不是真正的爱。真正的爱情是要以减少对方痛苦、增加对方幸福为目的。最真挚的爱是精神上的统一、契合,心灵相通是第一位的。做到这一点,即便两人终生不能走到一起,那也已然是夫妻了。"

张生听罢笑道:"这真是千古奇论!心灵相通就已然是夫妻,这种夫妻也没有什么实际意义呀?连城死去时,你去吊唁,一恸而亡,为她殉情。你的灵魂到阴间追上连城,表示在阴间如能与连城托生在一起就不还阳,竟然舍弃生命与连城在阴间做一对鬼恋人。"

乔生听张生所言，心中有些反感，说道："我们两人在爱情的价值观上是不同的。你对于情爱的要求太过于实际了，似乎缺少精神上的东西。你的爱情追求不能说是错的，只是档次太低了。"

张生满脸紫胀，粗声粗气地说道："你的嘴也太损了，把我说得如此粗俗不堪！你说的那一套，好像是柏拉图所谓的精神之爱，这种纯粹的精神之爱在世间好像不太现实吧？"

乔生对张生一抱拳，道："张兄息怒，适才多有冒犯，恳望海涵。不过我刚才说的是话粗理不粗。"

寺庙中的游客见此二人论辩，前来围观，对于其中一些观点感到新鲜有趣，都听得津津有味。

忽然院内一阵轻风吹过，飘来阵阵花香。一个身穿斗篷面目俊秀脸色憔悴的年轻僧人走进院来。众人笑道："又来一个情痴，今天这里是情种情痴的大聚会。"乔生一看，原来是贾宝玉，惊讶地问道："哪阵风把你吹来了？"宝玉道："我以前在大观园的沁芳桥上与林妹妹一起读《西厢记》时，就对这普救寺十分向往，总想来看看，当时无法前来。今日云游到此，不想两位仁兄在这里。"张生、乔生请宝玉落座。

宝玉摘下斗篷，望着二人说道："我刚才听见你们在谈什么爱情问题，我也想略陈愚见，请二仁兄指教。乔兄，你与那连城小姐的生生死死之情令人感动不已。不过也有些美中不足。你那连城在思想追求上不同于崔莺莺，崔莺莺在张生赴考时表示只愿跟张生在一起，不愿张生去赴考。连城倒有些像薛宝钗和史湘云。她出钱资助你读书，让你去参加科考，好像也是个'禄蠹'。说起真正的知己之爱，还是我那林妹妹，品位高，从不说仕途经济一类的混账话。"

乔生见宝玉贬责自己的爱妻连城，心中很是不快，不无讥刺地说道："我那连城怎么能比得了你那林妹妹！她有多大名气！千古名人！不过她后来不也劝你去应考了吗？再说，她那样好，你就该好好爱她，不惜一切，让她得到幸福。而你从来没有正面向她求爱，一点勇气都没有。只是每天对她献点小小的殷勤，再不就是无休无止的唠唠叨叨，赔礼道歉。赌咒'变灰''变烟''做和尚'之类，那顶什么用呀？你明明知道黛玉寄人篱下孤独地住在你家，在婚姻上没有更亲的人替她说话，你应充分利用在家中受宠的有利地位，向你母亲讲明你爱黛玉，向老祖母打申请报告请求结婚呀！可你见到父亲只会像避猫鼠似的一溜烟跑掉。你追求爱情的胆量远远不及崔莺莺、连城这样的女子，没有一点儿男子汉的气度，是个假男人。你有负于林妹妹对你的爱，还谈什么爱情！”

乔生连珠炮般的话语使得贾宝玉满脸呈紫茄色，半晌无言，只是连连合掌念佛。

这时游客中的一位中年学者来到三人面前，劝说道：“两位不必争论了，我觉得三位情痴的爱各有千秋，略陈管见：张生的痴，痴得有些傻气，痴得可爱。爱情是灵与肉的统一，张生在灵的方面，即精神方面少了一些。乔生的痴，痴得悲壮，在灵的方面达到极致，超越世俗。用整个生命投入爱情，争取爱情，为报知己，不惜膺肉，不受千金，以自己的生命殉知己者，弃生就死，无怨无悔，生生死死情不渝，爱心赤诚，行为伟烈，实是爱的典范。在你身上体现了最伟大最宽广的爱。可是在灵的交流方面太单调，不够丰富多彩。贾宝玉的痴，痴得细腻缠绵。在灵的交流方面最投入，最细腻，最和谐，最动人，达到了爱情史上前所未有的一个新层次、新境界，但是太缺乏勇气，无法实现自己的爱，结果只能落个悲剧结局。三位，以为然否？”

张生、乔生、贾宝玉点点头连连称是。

孙子楚痴语说离魂

孙子楚，广西人，一位文才出众、家境贫寒的年轻书生。一手生有六指，虽为名士，却不善言辞。性情迂阔，别人骗他，他往往信以为真，因而被人称为“孙痴”。想戏弄他的人怂恿他向富埒王侯、冠绝一时的美女阿宝求婚，他不管贫富悬殊，托媒人到阿宝家求婚。阿宝的父母嫌他又穷又痴，没有答应。阿宝通过媒婆同他开玩笑，戏言说，他如去掉多余的指头就嫁给他。孙子楚把阿宝的戏言当真，忍痛用斧子砍掉了多余的手指，痛得昏死过去，在床上躺了三天三夜，并把剁下来的手指拿给媒人看。他的至诚使阿宝开始动心。清明节，他出游踏青，路遇阿宝，目睹了她的绝伦美貌，心中爱慕至极，竟魂随阿宝而去。坐卧都随着阿宝，晚上和她亲昵。同居了三天，才被女巫招回。他在家的身体,已昏睡三天,奄奄一息。后来他因极度思念阿宝而无法接近,瞧见一只刚死的鹦鹉,心想,如变成鹦鹉,就可以飞到阿宝那里,想着想着,灵魂离体,化为鹦鹉飞到阿宝身旁。阿宝坐,鹦鹉飞到阿宝膝上;阿宝卧,鹦鹉依在她的床边。阿宝得知鹦鹉为孙子楚所化,深为感动。对鹦鹉说:"你要是再变成人,就是死我也要嫁给你。"鹦鹉说:"骗人。"阿宝便发誓。鹦鹉歪着头好像想什么,然后就衔着阿宝的绣鞋飞走了,此时绝气三日的孙子楚苏醒过来。阿宝由此坚定地爱上了孙子楚,在她的力争下,终于与孙子楚结成良缘。三年后,孙子楚不幸染消渴病死去,冥王以其生平朴诚,命作部曹。阿宝痛苦万分,断绝饮食,决计殉情。冥王感其节义,赐孙子楚再生。孙子楚再生后,身体康复。这年大考,一些年轻人虚拟生僻的题目捉弄孙子楚,孙子楚信以为真,做了准备。考试时准备的题目恰好与考题相符,因此,他夺得第一名。第二年,举进士,做了翰林官。

孙子楚做了几年翰林官后,因不满于官场的倾轧,感到自己的性格不适合做官,就辞官在家,一心读书。妻子阿宝心疼地劝他,不要总待在家里,要改一改书呆子气。孙子楚说:"夫人,我不想出去,那些轻薄的同学同事总想戏弄我,给我出坏主意。"

阿宝柔声轻语地说:"夫君,你别这么没男子气。他们以前戏弄你,叫你向我求婚,你不是求到了吗?后来在参加科考的前夕,他们又让你复习偏题怪题,考试时不正好出了这些题目,你不是得以考取了吗?坏心碰巧也能成其好事。别这么胆小,你去逛逛街,我给你做些好吃的。"

孙子楚见妻子说得有理,就来到大街上散心。见到各处高楼林立,街道上人来人往,汽车川流不息,真有些头晕目眩。走到一家电影院门口,一张巨大海报上面画着一个绝美少女,看起来面熟。绝美少女正跟身边的一只鹦鹉说话,旁边有四个大字"情痴奇恋"。

孙子楚仔细端详,看出来了,那绝美少女不是爱妻阿宝吗?那鹦鹉不是我的灵魂所化吗?我们什么时候上了电影?他正纳闷,突然旁边有人喊:"快来看!人世间最痴情的情痴来了。"几个穿着时髦的青年男女来到孙子楚面前,好像看大熊猫一样,看得孙子楚很不自在。

一个油头粉面的男青年上前拿起孙子楚曾用斧头剁去枝指的手仔细端详,说道:"哇!孙先生你好厉害!为了爱情,为了讨心上人的欢心,一点儿都不怕痛。别的痴情人都没什么标志,而你这手是痴情的最好标志,真是令人好好感动噢!"

一个穿着袒胸露背服装的少女接着说道:"孙先生,你真好好痴情,阿宝得到你这个痴情王子,真真是好好幸福噢!"孙子楚面对这怪模怪样、说话怪腔怪调的一男一女,极不舒服。一个举止稳重的青年学子对这一男一女说道:"你们别戏弄人,对人尊重些,别拿港台电视剧中人物那种腔调说话,令人浑身酸麻,要说就说点儿正经的。"接着又面向孙子楚说道:"孙先生,古代痴情的人中,为追求爱情而离魂的大都是女子,为爱一个女人而离魂的男人好像你是第一人,填补了男子为爱情而离魂的空白。女子为追求爱情而离魂好像是惯例,但一个男子为追求爱情而离魂是否有失男子汉的气度?"

孙子楚心中很感谢青年学子为他解了围,但又感到他思想观念有些陈腐,于是正色说道:"此言差矣!看来足下头脑中还有些封建思想,在男女情爱中还是以男子为中心。在爱情上男女是对等的,为爱而离魂并不是女子的专利,为什么非得女子离魂来追求男子,男子怎么就不能离魂追求女子?时下不是说男人的一半是女人嘛!"

举止稳重的青年学子又道:"古代作品中那些女子离魂都是一次,而你离魂两次,创造了离魂的最高纪录。第一次灵魂离开躯体来到阿宝家中是以人的形貌出现,第二次变成了鹦鹉,由人变成了禽类。《聊斋志异》中很多人身变异类时都感到很痛苦,如向杲身体刚化为虎时感到'惊恨',而你却并不因为变鸟而感到难过,真是怪事。你要是永远为鸟那不就惨啦?"

"当时想到只要能见到阿宝,陪伴在她的身旁,变成什么都没关系啦。"孙子楚一提起此事就来了兴致,越说越来劲:"我是主动想化为鹦鹉的。作为人,由于种种限制,我无法到她身边,化为鸟,就能达到正常情况下难以达到的目的。与心爱的人相依相偎,相亲相爱,那就是最大的幸福了。历史上多少人为爱可以生,可以死,变鸟算得了什么!时下不是有一首最有名的民歌《在那遥远的地方》,歌中唱道:'在那遥远的地方,有位好姑娘……我愿变成一只小羊,走在你身旁,愿你手中的皮鞭,轻轻地打在我的脊背上。'我变成鸟比变成羊可好多了,可以和他说话,还不用挨皮鞭。"众人听到这里无不笑得东倒西歪。

一个女大学生笑眯眯地说道:"说到人变成异类或异类变成人,我觉得好像有一个规律:乖巧人变化成别的东西也是乖巧的,傻笨人变化出的东西大都是傻傻笨笨的。像《西游记》中的孙悟空能变昆虫、蜜蜂,变俊美的小姑娘,猪八戒变出的东西都是笨笨傻傻的,只能变石头、变牛、变胖大和尚。孙先生,你不善言辞,木讷,那离魂所化成的鸟,也应该是痴呆木讷的傻鸟、笨鸟……"

孙子楚一下子急了,打断女大学生的话:"你怎么说话呢! 变法儿来损人? "

女大学生调皮一笑,说道:"孙先生,你别急,让我把话说完。我是说你挺会变的,你所化的鹦鹉是人们心目中喜爱的观赏鸟,灵巧精明,能传情达意,亲近自己的所爱,是一只奇妙的爱情鸟。你要是变成一只猫头鹰钻到人家里,那你肯定被打死了。你所变成的鹦鹉不同于现实中一般只会学舌的鹦鹉,而是一个能言善辩、灵秀可爱、缠缠绵绵、会说甜言蜜语的爱情鸟。特别是你称阿宝为姐姐,叫得甜甜蜜蜜,深情款款,真有贾宝玉对林妹妹的那种情调。你不仅乖巧,还有几分可爱的狡狯,会耍些小小的无赖。在阿宝向你表示允婚许诺时,你歪头转动着眼睛沉思起来,好像想起了什么,衔走她的一只绣鞋作为信物飞走了,也挺有鬼心眼很狡猾嘛! 痴呆人变化成的鸟如此伶俐,真出人意料!"众人一阵哈哈大笑,孙子楚也被逗乐了,笑着解释道:"情痴的痴,是纯真赤诚无所修饰,是实现某种正当目的时的感情意志的高度集中,不是低能和弱智。本人也是名士嘛! 也懂得爱和怎样表达爱。我灵魂所化的鹦鹉衔走阿宝的绣鞋,是由于她前次说话不算数,戏弄了我,当然要取一个信物为证了。我要是一点儿心计也没有,就不是情痴而是白痴了。"

一个喜欢探究人体离魂之事的学子看了电影海报上的鹦鹉一眼,面向孙子楚说道:"你的离魂与古代几位女子不同。唐玄佑的《离魂记》中说,张倩娘与王宙青梅竹马,两小无猜。后来张父悔婚,张倩娘的灵魂追上愤恨出走的王宙,与他生活了五年,生了两个儿女。元郑光祖的《倩女离魂》杂剧中说,在王文举进京赶考时,张倩女的灵魂追上王文举,一同进京,与王文举生活了三年,做了状元夫人。灵魂已离体的张倩女还在家与父母做斗争,抗拒父母安排的婚事。而你离魂后在家的身体躺在床上跟死了差不多,为什么不像上述二位女子那样离魂? 可以一个人两处做事,那该多好! "

孙子楚笑道:"那不可能。按道家的灵魂之说,离体之魂如以人的形貌出现,一般是有形体而无实体,灵魂附在异类身上或灵魂化为异类除外。离去灵魂的躯体无任何意识,是处在半死亡状态。有形体而无实体的离魂形象是虚飘飘的东西,人触摸不到。我第一次离体的灵魂到阿宝家中,只能在梦中与她厮守,而张倩娘的离魂还能生两个孩子。《倩女离魂》中两个张倩女各行其是,那不是离魂,而是把人一分为二,出来一个身外身,是孙悟空的分身术。这种离魂奇异有余,不符合艺术逻辑。"

孙子楚说着看了看天色,已是华灯初放,又说道:"我该回去吃饭了,不然阿宝在家要等急了。"众人道:"真是恩爱夫妻,你该不是妻管严吧?"大家一笑而散。

孔雪笠趣解人狐奇爱

孔雪笠,孔夫子的后代,一位善良落拓的书生,儒雅风流,长于赋诗。性情宽和忠厚,乐于助人。他到天台投友不遇,只好寓居寺院,靠为寺僧抄写经文过活。在这落拓的困境中,他与狐仙皇甫公子邂逅,结为知己,遂入皇甫公子家设帐授徒。他见到公子家的丫鬟香奴,心生爱慕。半载后,孔雪笠胸生恶疽,长出碗大的肿瘤,身卧在床,已废饮食,危及生命。皇甫公子一家对孔雪笠关怀备至,让其貌美手巧有华佗般神技的娇娜妹妹为孔生治疗。娇娜用刀将瘤贴根割下,又用神奇的红丸贴割面滚动,顷刻痊愈。孔生在接受娇娜手术时贪图接近她的美丽姿容,非但不觉痛苦,反而怕手术结束得太快,不能与她依傍更多的时间。因娇娜年龄太小,公子作伐,孔生与公子之姨表妹松娘结为夫妇。后来,公子迁居,孔生、松娘归故里,娇娜嫁给吴公子。孔雪笠考中进士,授延安司李。他在外做官期间,正直清廉,因冒犯上司而被罢官,再度落拓。在流落中,他又与皇甫公子相遇。当他听说皇甫一家将遭雷霆劫难,面临灭顶之灾时,挺身而出,准备拼得一死,以自己的性命换取皇甫一家的安全。他手执宝剑站在门口,在狂风暴雨中面对雷电的轰击屹然不动。在鬼怪攫出娇娜升空的千钧一发紧急关头,孔雪笠跃起奋力拼死搏击,剑击鬼怪,救下了

奄奄一息的娇娜，自己却不幸被霹雳击倒身亡。后来他被娇娜用生
命之丹——红丸救活。在得知娇娜的丈夫一家全被雷霆震死后，把
娇娜和皇甫公子一家带回自己家乡，让他们寄住在家中，和睦相处
如同一家人。

孔雪笠救了皇甫一家后，两家亲亲密密，其乐无比。一日，孔雪笠接到一
份会议请柬，说即日在本市召开一个国际性的孔子思想研讨会，请他这个孔
子后裔参加。孔生夹起公文包前往会场，一个脑后拖着一条长辫子身着清朝
官服的老者迎上前来，叫道："孔生，请留步，老朽有句话讲。"孔生一看，原来
认识，说道："噢，纪晓岚，纪大官人，有何见教？"

"我想提醒你一下，你为圣人之后，曾为朝廷命官，在生活作风方面应注
意影响，遵从礼教。你对狐狸精见一个爱一个，那么痴情。在皇甫家见到第一
个美狐狸精香奴就心动，又爱上了美狐狸精娇娜，后来娶了狐狸精松娘，还曾
舍命去救她们全家。最后又把美狐狸精娇娜弄到你家，整天黏黏糊糊。你是一
个圣裔，竟然为狐狸精卖命，不觉得荒唐吗？孔圣人教导我们说'唯女子与小
人难养也'，更何况女狐狸精？你违背圣教，有辱圣人家风门楣，应该采取断然
措施，否则会产生严重后果。"纪晓岚边喘气边说道。

孔雪笠被这一番指责弄得很恼火，于是回敬道："你老先生真是又顽固又
迂腐，还狗拿耗子多管闲事。皇甫一家有恩于我，难道能忘恩不报？见美色而
悦之，也是人之大欲。我家圣人他老人家见到美女南子时，不也动过心，前去
瞻仰其美貌吗？至于娶狐女，她们有高尚的品格，美丽的容貌，娶之何过之有？
华夏先祖大禹不是娶了九尾狐涂山氏？涂山氏帮助过大禹治水。大禹娶了狐
女，不仍旧被后人爱戴吗？"纪晓岚一听此言，面红耳赤狼狈而去。

孔雪笠望着纪晓岚离去的背影，心中暗想，这老头以后大概不会再多管
闲事了。正要前行，一位英俊书生近前打招呼，孔雪笠觉得十分眼熟，定睛一
瞧，原来是《好逑传》中的书生之侠铁中玉。问道："铁兄还在做行侠仗义之事
吗？今日何往？"

铁中玉道："我来参加一个古代侠客思想研讨会。我对你的侠行十分敬
佩，你在得知娇娜一家面临雷霆灭顶的劫难时挺身而出，临危不惧，与霹雳鬼
怪搏斗，为了一个未能成为自己妻子的女性不惜献身，以致被雷霆震死，真是

一个与众不同千古独步的情侠。一般的侠士大都惩治个把地痞恶霸什么的，而你一剑斗天，敢与天公拼斗，侠气直冲霄汉，崇高的精神境界令人敬仰，不愧为顶天立地的一条好汉，书生之中的'千古第一侠'。你该参加我们这个侠客研讨会，让更多的人认识认识你。"

孔雪笠连连摆手道："铁兄实在是过奖！我在皇甫公子家不过是略尽微薄之力，报答娇娜的救助之恩。铁兄多处惩恶扶善，誉满天下，才是真正的侠义之士。"

铁中玉望着潇洒俊秀而又多情的孔雪笠，知道他与娇娜有无可言喻的深情，忍不住想打趣他几句，于是笑道："贤弟有不凡之处，世间无人可比。你在接受割胸手术时，有超人的忍耐力和英雄气概。昔日武圣关云长被刮骨疗毒时，还需弄点酒，和别人下棋，分散注意力，减轻手术痛苦，而你却什么也不用，忍耐力大大超过了武圣人，真了不起。就因为一个美女给你做手术，使你化痛为乐。一般人遇到此事都怕痛，怕手术时间长，而你却怕手术时间短。心理不太正常吧？"

孔雪笠笑道："铁兄这你就不懂了。爱因斯坦向别人解释什么是相对论时说：'如果你和漂亮的女孩子在一起坐了一个小时，感觉起来好像才过了一分钟；如果你坐在热炉子旁边一分钟，就好像过了一个多小时。'这是人的正常心理，我希望手术时间延长，是因为娇娜美的魅力所致。"

铁中玉说道："好了，我要参加会去了，告辞。"说毕离去。

孔雪笠正要起步走向会场，又听到有人喊道："孔先生留步！"一位身着西装的学子上前道："我是搞爱情心理学的，在研究你与娇娜的感情时，产生了困惑，你们的感情友情不像友情，爱情不像爱情，实在搞不清楚。想向你请教。"

"世上有些事情是搞不清楚的，你又何必非得搞清楚呢？"

"我还是想请您谈谈你在救了娇娜以后关于你们俩人关系的想法。"西装学子说道："你与娇娜堪称生死之交，你胸部长瘤时，她不顾男女之大防，为你做手术。你对她舍命相报，把她从鬼怪手中救出，而自己被雷霆震死。她再次救你，亲度红丸于你口，嘴对嘴给你呵气，使你得以复活。你俩的感情无法用语言形容。你们开始由于阴差阳错没有结成夫妻，后来你娶了松娘，她也'罗敷自有夫'，但在雷霆劫难之后，她成了无依无靠的小寡妇。你爱她，她也爱你，为何没有结成良缘？"

孔雪笠沉吟片刻,深沉地说道:"我与娇娜确有生死之情,后来也具备了结合的条件。但我不能娶她,原因是我与她的感情太深了,她也实在太美了。她具有无比的资质美,天真无邪的性情美,高洁的精神美,是美的精品。在当时夫为妻纲的时代,女子一旦婚嫁,便成为男子的私有物,失去独立人格。《仪礼》云:'夫者,妻之天也。'《白虎通》云:'妇者,服也,以礼屈服。'我要是娶她,把她纳入被统治地位,那就辱没了她。如果把她娶为妾那更是对她的亵渎了。只有做没有归属关系的朋友,才是对她独立人格的尊重。她就像朝霞明月的美,只能欣赏而不能归为己有。"

听了孔雪笠这一番话,西装学子非常惊讶,感叹道:"这真是非常新鲜之论,开天辟地你是第一家。你的情操境界无比高尚,但我还是觉得你为她做过巨大牺牲,她对你有巨大恩情,而且她非常爱你,你们未能结合是件憾事。"

孔雪笠深情动容地说道:"其实不然。男女之至情,最极限的爱,不一定要结合在一起。男人如对所慕的女子做些事情就要求对方以身回报,那就显得人格太低下,不是真爱了。西方有一则小幽默,甲问:什么是无效投资?乙答:带妹妹逛公园。虽为笑谈,却夸张地表现了某些男人的心态。这种登徒子为人们所不齿。"西装学子听罢,连连叫好,心满意足地向孔雪笠道别,孔雪笠大步走进会场。

七、令须眉汗颜的仙、狐才女

黄英俏语话经商

　　黄英,陶姓,金陵人,一位菊花仙女,二十许绝世美人,与其弟陶生以种菊为业。一日,她偕弟北上,欲卜居河朔。途中遇顺天的痴菊书生马子才。黄英姊弟因与之志趣相同,与爱菊雅士马子才相交厚。黄英很善于交谈,常与马妻一起纺麻。两家和睦相亲,如同一家。马生清贫,陶生为解决生计问题向马子才提议卖菊以谋生,马子才不同意,认为有辱黄花。黄英姐弟认为,自食其力不是贪婪,卖花为业不算庸俗。不为马子才所阻,带领督促仆人种植菊花出售,销路极好。她俩极擅种菊,技艺高超。即使残枝劣种,经他们栽培,也可变为"佳妙"的上品。黄英姐弟二人日富,买进良田二十顷,大兴土木,兴造楼宇。后来马妻病故,黄英与马子才结婚。她不寄食夫家,仍以种菊为生。马子才认为妻子卖菊致富损害了自己的清高,死也不肯住进黄英建造的新楼,还把两家的东西分开立账。黄英讥笑他为陈仲子,马子才才停止了这种可笑的行为。他耻于妻富,对黄英说:"我三十年的清高品德,被你牵累,现在我只是依靠妻子过活,没有一点大丈夫气概。人人都祈祷发财,我只祈祷更穷。"黄英说,你不希望富贵,我不甘于贫苦,我俩分开住。黄英在园中盖了茅屋,挑漂亮的丫鬟去侍候马子才。住了几天,马子才思念黄英,每隔一夜到黄英处住一宿。黄英笑他"清廉的人不应东食西宿",马子才悔悟,与黄英合住在一起。黄英有神异的本领,在其弟陶生醉酒倒地化为人高的菊花时,黄英将此菊花从土中拔出,拿衣服盖上。一夜过后,陶生又恢复人形。马子才这才知道黄英姐弟是菊花精,更敬重他们。黄英直到终老,也没有什么怪异。

黄英在马子才前来合居后,二人甜蜜胜新婚,恩爱有加。一日,听说艾菊市的花市上展出一种菊花新品种,黄英偕夫前往观赏。到了花市上,简直就是到了花的海洋。各色花卉,姹紫嫣红,美不胜收。二人正在观赏时,忽然几个衣冠楚楚、打扮入时、腋下夹皮包、手持大哥大的青年男女来到黄英面前热情打招呼:"请问你是黄英女士吧?"黄英有些惊讶地问道:"各位是——"一青年男子将来人逐一介绍:"敝人姬拜商,这位是钟美德,这位是艾美丽,这位是匡投商。我们是女企业家、女强人丛书编写组的成员。我们早就听说黄女士您是我国最早经营菊花成功的企业家,能否大驾光临敝室一叙?"马子才扭头便走,黄英拉住他,半命令半请求地说道:"你别走,跟我走一遭。"马子才不情愿地跟在黄英后面,一干人进入一栋大楼的豪华会客厅中。宾主落座后,一男一女起身举起相机,对着黄英咔嚓咔嚓照个不停。

拍照完后,姬拜商按下小录音机的录音键,满脸堆笑道:"黄女士,你既有巧育奇花的绝技,又有经商的头脑、魄力,还有高超的经商艺术,是个了不起的女强人,出类拔萃的女企业家。能否谈谈你经营致富的经验?"

黄英心想,我今天不知交了什么好运,受到这般吹捧。笑道:"姬先生太夸张了,我搞的那个花店不过是小本生意,像时下荷兰的一些花卉经营者,将花卉销往全球,那才是大企业家。我并非什么女强人,也非企业家,这些桂冠我可顶不住,实在无经验可谈。"然后用手指了一下坐在身边的马子才,说:"介绍一下,这是我的丈夫老马。"

艾美丽见黄英提起马子才,向他瞥了一眼,觉得他貌不惊人,土里土气。说道:"黄女士,你与陶生在搞菊花经营时,受到马子才的反对,婚后,他仍然阴阳怪气地阻止,埋怨你的经商活动。他虚伪矫饰,僵呆不化,假装清高,是个封建守旧观念的化身,自命风雅的冒牌货。你是跟他进行一番斗争才取得胜利,你的成功真是来之不易。人们常说一个成功女人的背后都有一个男人的支持,而你却在孤军奋战。你怎么能爱上这样一块事业的绊脚石?"

"刚开始你就不该嫁给他。"匡投商插言道。

马子才一听此言,脸色发青,对黄英道:"我说夫人,你在这里可成了大红人、大明星,我不但被冷落,还成了大批判的靶子。今天跟你出来可倒大霉了。"说完起身要走。

黄英温情地把他按在沙发上安慰他:"谁让你在我当初经商时跟我过不去落下话把?不过你不必在意别人说什么,为妻我来反驳这些不实之词。"于是严肃地说道:"你们刚才怎么往我老公身上弄了那么多难听的词儿?把他贬得如此不堪,还挑拨我们的夫妻关系?太过分了吧!我的丈夫可以说是世上最好的丈夫,他嗜菊如命,性格上有些痴,是属于《香玉》中的黄生、《阿宝》中的孙子楚一类的人物。他爱菊花是把菊花神圣化了,以纯美的态度来爱菊花,不愿把菊花当成商品,不同意用菊花来谋生。这也不是什么封建守旧的观念,是他审美的需要超过了他实际生活的需要。菊花是历代文人美好情思品格的载体,他爱菊花是一种雅癖,体现了他的文化素养和高尚情操。这种'癖'不仅是志不可夺、情不能移的感情,而且有耻为金钱所易的高尚情操。时下常有媒体报道某人收藏大量奇石或别的什么珍奇物品,外国人出几十万美元要买,而收藏者说什么也不卖。这种做法很受人称赞,而没人说是旧观念、假清高。其实老马不愿卖菊花与这种心态是一样的。老马,你说是吧?"

马子才稍满意地点点头,黄英又接着说道:"至于说到家庭中夫妻有不同看法,碟子碰碗,很正常,各位别动辄上纲上线,说成两条道路、路线的斗争之类。老马不去参加科举,不攀附权贵,厌恶官场,秉性耿直。唯一的爱好就是爱菊,常常不惮千里寻佳品,志趣高洁。现在人们常常感叹做名人难、做女人难,其实做古人更难!醉心科举者你们说他不好,不去参加科举的也说他不好。我家老马宁愿祝贫,耻于妻富,有些迂腐,但他不愿用妻子赚来的钱享受,感到自己不如妻子,抬不起头来,这也是人之常情。时下不也是如此吗?如果一个丈夫靠妻子赚钱养活而心安理得,自我感觉良好,那可能是没心没肺的男人。有些人总指责老马祝贫之语,可能按这些批评者看来,像西门庆不顾一切扒进女人和女人财产的这类人才不是假清高,才是最理想的男子吧?"

黄英语含机锋言辞犀利,在场的有些人脸上有些发烫。她扫视了一下众人,谈兴未尽,又说道:"老马对我爱之极深。在我弟弟陶生酒醉现出原形后,他没有惊恐厌恶,而是立即抢救,还为没有抢救过来而深深遗憾和自责。他没有像《葛巾》中的常大用对花妖葛巾总是疑神疑鬼,私自出去外调。老马对我无丝毫疑忌,在得知我与弟弟的真实身份后更敬重我们。这种真情最可贵,至于卖菊与不卖菊一点看法的不同那算得了什么呢？你们以此来挑拨我们夫妻关系是不是有些缺德？"众人听了此言面面相觑。

"夫人说得极是，我不愿卖菊花赚钱，是不愿心爱之物受到亵渎。"马子才接道："说句心里话，我是不大愿意与商人为伍。这也不是什么假清高，而是当时商人中很多人坏良心赚钱，赚了钱就更坏良心。《聊斋志异》中书生经商的商人好一些，其余大多数商人唯利是图，嗜财如命。《金陵乙》中的卖酒人往酒里掺水投毒，以此横发其财，是个为赢利而不惜害命的奸商。发了财又想淫人之妻，终遭天谴。《细侯》中的那个富商，用重金困住细侯远在他乡的情人，又造谣说其已死，把美女细侯骗到手。《云翠仙》中的小贩梁有才，依靠妻子的资助才得以温饱，但贪图富贵，要将妻子卖到妓院。《连城》中的商贾之子王化成是个极端自私破人姻缘的无赖恶棍。再往前说，《杜十娘怒沉百宝箱》中的孙富，《玉堂春落难逢夫》中的沈洪，《蒋兴哥重逢珍珠衫》中的陈商，《金瓶梅》中的西门庆，哪个是好人？这些商人丧失天理良心、人伦道德，败坏了商人的名声，造成了人们心目中'无商不奸'的印象。我宁可再穷也不愿从商，与这些人为伍。"

"马先生！你那些看法太陈旧了！商人嘛，目的就是为了赚钱，我们今天主要是请黄英女士来谈从商的感想和看法，你那些不合时宜的东西就不要讲了吧！"匡投商粗暴地打断马子才的话。

"真是岂有此理！真是岂有此理！"马子才拍案大喊。

匡投商不理睬马子才，面向黄英极力赞美道："你们姐弟俩在与马子才的论争中，为经商正名，为从商辩护，提出来关于经商的新观念。站在历史的高度肯定了经商活动，冲决了从商者为'四民之末'的封建观念，表现了资本主义意识的萌芽。当时的人如都不像马子才那样拒绝从商，那会加快时代社会的发展。你不仅是位成功的企业家，而且是有思想家的头脑。"

黄英觉得这些说法太离谱，笑道："匡先生你也太高抬我了。时下有些人有一种毛病，现实中什么东西时髦，就把时髦的东西加到我们古人头上，把我们弄得不伦不类，不好做人。时下盛行经商热，你们就对我们关于经商的言行大唱赞歌。不过这赞歌唱错对象了，肯定经商和从事经商者在我们之前早已有之。司马迁在《货殖列传》中说经商是正当的社会分工中的一种职业：'故待农而食之，虞而出之，工而成之，商而通之。'并肯定人们求利的正当性，认为'富者人之情性'，'天下熙熙皆为利来，天下攘攘皆为利往'。他说的比我全面、深刻、精警多了，你们应该赞扬他。再说经商就表现了资本主义意识的萌芽也太片面。春秋时期陶朱公经商致富是不是也表现资本主义意识的萌芽呀？如果是，那个'芽'生得太早也长得太慢了吧！"黄英俏皮地幽了一默。众人大笑不止。

"我为经商辩护的那几句话，并非要大力提倡经商。"黄英进一步说道："经商也并非像你们所说的有那么大的社会作用。中国封建社会商业不活跃，其原因有统治者的抑商政策、人们的职业观念等原因，但最根本的是生产力因素的制约。由于生产力低下，生产的商品不多，不需要有很多商人去经商，商人也绝不可能处于四民之首的地位。当时的统治者把农业作为根本是正确的，任何社会都不能没有从商者，但从商者又不能过多过滥。时下十亿人民九亿商，人人下海，个个经商，一窝蜂都扎向流通领域，把商品倒来倒去，创造不出物质财富，只是把价格倒上去了。弄得消费者叫苦不迭，人们痛恨这种'倒爷'。更有甚者，很多坏良心的销售假冒伪劣商品，坑蒙拐骗，骗人宰人。这种商还是不经的好。"

"切中时弊！切中时弊！"钟美德赞道。

"黄英女士！你原来和弟弟与马子才关于经营菊花的论辩中为经商辩护，你刚才又为反对经商的马子才辩护，这不是自相矛盾吗？"匡投商见自己的观点被黄英驳斥得体无完肤，十分恼火地质问道。

黄英悠然一笑，说道："这并不矛盾。我的主张是读书人如生活需要可以经商。经商不是不光彩，但读书人经商要严格与那些贪鄙卑吝、见利忘义的市井商人划清界限，要保持书香气。要有一种儒商精神，义利兼顾，以诚经商，文明经商，不搞欺诈。我们出售的菊花都是佳品，绝无假冒伪劣。时下一些人倒卖君子兰，一盆卖几万块，那是胡搞。我经商赚钱适可而止，然后过诗酒生活。这样我们既有种菊赏菊的乐趣，也获得了经济效益。我的这种经商方式得到了老马的认同。"说着侧头向马子才道："是吧？老公。"

马子才微笑道："夫人的主张我敢不认同吗？要是不认同，那就是千古罪人啦。"众人大笑。

"我个人经商的目的是为先祖陶渊明解嘲，用你们今天的话来说，是为正直的读书人争口气，实现人生的自我价值。要向世人证明：读书人除了功名举业之外，也能干出一番事业，并不是非得在功名举业这一棵树上吊死。要改变读书人哼哼唧唧迈方步穷困潦倒的可怜形象。"黄英补充道。

"儒商精神提得极好！这才是你最有价值的主张。"钟美德赞道。

马子才这时来了精神，说道："夫人所言极是，像刚才有人过分强调经商就是赚钱，不讲经商原则，那不是鼓吹拜金主义吗？如果把人变得为金钱不顾一切，那生活还有什么意义！这种满身铜臭的臭文人，写出的文章也是臭文章。你不能让这种人来写你，也会使你身上染上臭气。"马子才没忘刚才匡投商的一辱之仇，狠狠地瞪了他一眼。

匡投商气得哼了一声，说道："穷酸！不识抬举！"

艾美丽见此情景赶紧转移话题，笑着对黄英说道："现实中的女强人大都刚性有余，柔情不足，而你却貌美如花，性柔似水，情理通达，又有很强的自立意识，强人的特质与女性的柔情在你身上能以最完美的统一，是一个极特殊的贤妻。最难得的是，你善于解决夫妻矛盾。每次两人意见不同时，你都占上风，使倔强如牛的丈夫变成乖乖的绵羊，能否谈谈你解决矛盾的秘诀？"

黄英淡淡一笑道："你别说了，再说我老公不高兴了。我哪有什么秘诀！我觉得夫妻间要宽容谅解，不能把自己的意见强加给对方。有了矛盾要冷处理，有充分的耐心。读书人自尊心很强，要理解尊重他，尊重就是最深的爱。意见不同时不要针锋相对，不能恶语伤人，怒目相向，要巧于说理，辅以柔情。我与老马结婚时，他出于自尊，不愿进我南边的府第，我就让步，在他简陋的旧居举行婚礼并住在旧居。他要求将我与他的财产划清界限，我是先照办，后来渐渐故意混淆界限，此事最后不了了之。在南北楼房贯通时，我听从他的意见，不再经营菊花，对他再次让步。当然也不能对他不合适的要求一味顺从让步。当他享受富贵生活感到不自在愿过贫苦生活时，就与他分居，让他尝尝那种生活的滋味。当然也不是推出去不管，而是给他优厚的待遇。在他忍受不了分居的生活时，对他加以戏谑规劝，使他回心转意。如果像虎妞在与祥子结婚后向祥子说：你娶媳妇可是我花的钱，我俩谁该听谁的？像那样以财骄人，夫妻关系就完蛋了。"

"高！高！实在是高！"众人称赞不已。

"你不仅有非凡的园艺之才，经营之才，还有相当高的文学之才。几次规劝丈夫时，话很少，语言却隽永幽默风趣，耐人寻味，不像有些妇女哇啦哇啦说个没完。如你丈夫登记家里的东西不愿与你的东西相混时，你只用一句话'陈仲子毋乃劳乎？'就使他惭愧不已。在他与你分居后受不了时，你恰用一典'东食西宿，廉者当不如是'使他中止分居，乖乖地回到你身边。当你们发生分歧时,大多是他向你臣服。你学识渊博,语言字字珠玑。这渊博的学识和幽默的语言在化解矛盾上起了很大作用,这也算是秘诀之一吧?"艾美丽又问道。

黄英轻快地答道:"也算是吧。规劝丈夫要像庄子在《庖丁解牛》篇中所说的发现空隙、寻找空隙、利用空隙,适当时点到为止。另外,用文学语言更便于我们这类夫妻感情的沟通,用典可以收到言有尽而意无穷之效。老公,你以为如何?"黄英说完深情地看了马子才一眼。

马子才笑道:"夫人是永远有理。"

众人一阵大笑。黄英与马子才起身告辞,回家去了。

狐娘子谐说舌战术

狐娘子,一个心地善良、聪慧过人、有极高辩才的狐仙。对家里贫穷、科场无名、为逃避任里正而躲到济南来的书生万福非常同情,与他相爱,保障他日常生活的供给。几个来万福家中的轻薄文人戏谑她,想在口头上占她的便宜。她隐其面目或讲故事,或说典故,或续对联,给对方以无情的嘲讽。一次,孙得言出口不逊戏弄狐娘子,狐娘子以自嘲方式讲了个"狐典"笑话:某旅社一向多狐,人不敢来,就忌说狐。有个远方客人来此住宿,有人告诉他此家有狐作祟。客人想搬走,主人坚说没有。客人心神不定,见一群老鼠从床下出来吓得魂飞魄散,大叫"有狐!"主人问他见的狐是什么样子?客人说:"细细小小的,不是狐儿子,一定是狐孙子!"将孙得言说成了"狐孙子"。又一次,万福设宴聚会,坐在主人位置上,孙得言和两位客人分坐左右。一个客人强要狐娘子饮酒,狐娘子说不会饮酒,要讲狐典助兴。众人相约,讲故事不许骂人,她说:"我骂狐。'有个使臣出使红毛国,国王见他戴的狐腋冠,问是什么毛,这样温厚,他说是狐毛。国王不知什么是狐,问狐字怎样写,他说:'狐字右边是个大瓜,左边是个小犬。'"把坐在万福左右的人都巧妙地骂了。客人中的陈所见和陈所闻恼羞发火谩骂狐娘子,狐娘子不急不怒,接着续讲此典:"国王见使臣乘一骒,不识。使臣告诉他'此畜名骒,是马所生',国王仍不懂。使臣又解释说'马生骒,骒生驹',国王更感新奇,又细问其状。使臣说:'马生骒是臣(陈)所见,骒生驹是臣(陈)所闻。'"举座又大笑。此时半醉的孙得言出一对联将万福的名字嵌在其中戏耍万福:"妓者出门访情人,来时'万福',去时'万福'。"狐娘子立即对出下联:"龙王下诏求直谏,鳖也'得言',龟也'得言'。"孙得言大窘,大家大笑而罢。后来狐娘子与万福回到故乡,一年后又一起回到济南。不久,狐娘子说她与万福缘分已尽,与兄弟一起回陕西老家去了。

一日,狐娘子得闲从陕西又来到济南,想看看万福,叫了一辆出租车来到与万福共同生活的故地。原来低矮的民房都不见了,遍地都是大商场、大酒楼。万福不知去向,狐娘子漫步街头心中空落落的。这时几个文化人模样的中年女子上前热情说道:"论辩大师,幸遇!幸遇!久仰!久仰!"闻听此言,狐娘子如坠云雾之中。一戴金丝框眼镜的女子自我介绍:"我们是'论辩口才研究会'的,今日得遇您这位论辩大师万分荣幸!我们准备对您的论辩艺术进行专题研究。走!到饭店撮一顿,为大师洗尘。"不容狐娘子分说,几人将狐娘子拥到一家大饭店落座。众人与狐娘子说起了狐娘子在万福家回击轻薄文人的往事。

戴金丝边眼镜的女士说道:"古代民间传说,文人笔记小说及长篇古典小说中出现过不少巧于应对、机敏诙谐、极富辩才的人物形象,但多数是男子。在古典小说中女子有极高辩才的,您是第一人。你面对孙得言等轻薄文人妄图拿你开心取乐的有力反击,进行的唇枪舌剑,是对'男尊女卑'的封建礼法的一种抗争。你以聪明才智为天下女子扬眉吐气。您在那场论辩中有诸葛亮舌战群儒的口才与气派,妙语连珠,出口成章,雄谈博辩,诙谐善谑,把那几个轻薄的臭文人骂得真是痛快!来,为我们的论辩大师干一杯!"

狐娘子见众人提起自己过去那段光荣历史,很是高兴,笑道:"您高抬我了,我哪里比得上诸葛亮!人家所论辩的是经国之大业,高论兴邦,扭转历史进程;我不过是与轻薄文人斗口,教训一下那些庸俗酸臭之辈,维护自己和老公的尊严。谢谢众位的盛情,我不会饮酒,以饮料代酒了。"说着一饮而尽。

"你在对轻薄文人的反击中,多次把矛头指向孙得言,将其作为主要反击对象,有特定的用意吧?"性格活泼的艾眯小姐问道。

"不错,这小子品行太损,嘴尖舌快,多次挑衅。他好炫耀,极想在口头上占女人便宜。好欺辱弱者,好像阿Q见到小尼姑就上去摸一把。我当时虽未与万福举行结婚仪式,但我是他事实上的妻子。俗语说'朋友妻不可欺',他缺乏这种起码的道德,当着我丈夫和众人的面,吆五喝六,说相思人家的老婆。对于这个好出头的挑衅者,就得集中火力灭他的威风。"狐娘子现在想起这个轻薄之徒,还是有些生气。

文静的艾思思小姐说道:"你讲的那两个'狐典'真是艺术杰作。情节离奇,委曲生动,有人有事有情景,既是戏语又是故事、笑话。语言诙谐,极富喜剧情调。第一个'狐典',其手法近乎相声艺术的'系包袱'和'抖包袱'。此典开始讲某旅店有狐祟人,主人怕影响生意忌说有狐,这属于相声中的'铺平垫稳'。后面讲远方客来,别人告诉他店中有狐,他想走,店主辟谣。远方客看到老鼠认为是狐,质问店主,这些都是'系包袱'。后来店主问远方客所见狐为何状,回答'细细小小的,不是狐儿子,一定是狐孙子!'是巧生陡转,将包袱突然一下子抖开。在人们意想不到的刹那间来个突然揭晓,妙趣四溢。在'系包袱'时,那些轻薄听众正期待看典中之狐的笑话,在抖包袱时却出其不意巧妙地骂了座上诸客。真是绝妙之至!"

狐娘子听罢,感到有些惊讶和意外,说道:"我之前没有听到过相声,不过是信口编的一个小笑话,没想到与相声有相似之处。在当时我想对这些自视文才甚高浮浪子弟的回敬要来些绝的,要骂得巧而奇。在反击时就先退一步,说讲狐典,使其产生一种错觉,先让他处在自我满足的喜悦和期待之中,等待看狐的好戏。我把嘲讽的基础铺垫好了之后,来一个突然揭底,使他们猝不及防,把讽刺之针一下子刺入他们体内,他们只有乖乖地享受这不太好受的痛感了。如果直接反击的话,他们人多,哇哇乱叫起来,就不会有这种讽刺效果了。"

众人笑道:"你真有心计,真有办法!"

性格沉稳的闻静小姐道:"你讲的讽刺笑话不断花样翻新,层出不穷。你的第二个狐典巧用析字法,也是妙不可言。以往的文人常用析字来进行姓名相嘲。《太平广记》的《启彦录》中有一段记载:吴薛综见蜀使张奉嘲尚书令阚泽姓名,泽不能答。薛综下行乃云:'蜀者何也? 有犬为独,无犬为蜀,横目勾身,虫入其腹。'奉曰:'不当复嘲君吴耶?'综应声曰:'无口为天,有口为吴,君临万邦,天子之都。'于是众坐喜笑,而奉无以对也。"

闻静小姐解释说：“这里所写三国时的吴蜀之戏，'独''吴'二字离析自然，饶有趣味，但与你'骂狐'的析字相比，稍逊一筹。前者只是十分抽象的文字游戏，而你对'狐'字的离析是将其拆开来成为'一小犬'和'一大瓜'，将其具象化形象化，分配给在座的两位客人，切情切景。那两个人正傻乎乎地听骂狐的故事时，没想到骂名突然落到自己头上，成了'小犬'和'大瓜'！骂得尖刻而又有雅趣。”

“雕虫小技！雕虫小技！人不犯我，我不犯人。这次交锋是那个客人挑起的，因此编个故事，把他们一起骂。”狐娘子颇自得地笑道。

“我看狐娘子的'骡典'更见艺术功力。”艾思思用不容置疑的语气赞美道：“此典是狐娘子听了陈氏兄弟的笑骂之后即兴的急就章。利用谐音手段编造的一个更为有趣的故事，且与上一个'狐典'故事有机衔接。在叙事层面是一个完整而风趣的故事，巧在把陈氏兄弟的名字'所见''所闻'分解开来利用谐音巧妙地嵌在其中，不露痕迹，使所嵌名字构成故事情节的一个组成部分。借一个大臣回答马 - 骡 - 驹的关系，巧妙地将陈氏兄弟打入畜类，有力地回击了陈氏兄弟的笑骂。马生骡是'臣所见'，骡生驹是'臣所闻'，这两个判断句既符合情理逻辑又非常幽默。马生的骡子是陈所见，因实有其事，故能'见'，骡子所生的儿子是陈所闻，因骡生驹是没有的事，故只能所'闻'。这种辛辣诙谐的隐语，出语精警，幽默而又犀利，使对方无反唇的余地，达到了嘲谑的最高水平。”

狐娘子被夸得有些不好意思，自谦道：“这只是在陈氏兄弟的姓名上做点小文章，一点儿小急智。如刚才艾思思小姐所言，借用时下相声艺术的术语，即'现挂儿'，'现场抓来，临时挂上'的意思。不足挂齿！不足挂齿！”

“我觉得狐娘子的反击艺术有两个特点。”戴金丝框眼镜女士的发言显然带有总结性，“一是善于运用自嘲，是一种进攻性的自嘲。在反击孙得言时她说要给客人讲'狐典'，在反击轻薄客人时说要'骂狐'。她以自嘲为起点进行反击时构成了三部曲：一垫，以自嘲为铺垫；二绕，绕来绕去，引敌入坑；三揭，突揭巧骂。第二个特点是骂得雅，骂得巧，不带脏字，巧用双关。讲笑话，讲典故，都造成似骂非骂、绵里藏针的效果。在孙得言说相思狐娘子时，狐娘子笑着说了一句：'贤哉孙子！欲为高曾母作行乐图耶？'这'贤哉孙子'的'孙'明是孙得言的姓，实是儿孙的孙，'子'字明是尊称，实是'孙'的后缀。这种似尊巧骂的手段高明绝妙至极，使被骂者哭笑不得。”

"深刻之见！深刻之见！"众人齐声道。

狐娘子笑道："你们搞研究的分析问题头头是道，我自己都没有想那么多。我觉得论辩也好反击也好，应该在幽默中含蓄，在含蓄中幽默，给人多一些回味和情趣，给那些轻薄男人一点颜色瞧瞧。"

闻静小姐望着谈吐风雅的狐娘子赞美道："鲁迅先生在《中国小说史略》中曾大段引用您的诙谐妙语，对您的才学极力称赞，给予了相当高的评价。您可称得上幽默大师，够上'腕'级的笑星了。"

狐娘子笑着摇手："不敢当，不敢当，这岂不折杀我也！我这点东西都是蒲松龄老先生教的。"

饭后，狐娘子再次谢过众人的款待，起身回陕西去了。

恒娘妙论情爱奥秘

恒娘，一位深谙男女性爱心理的狐仙。嫁与布商狄某为妻，年三十许，姿色平常，说话动听。狄某家中还有一青春貌美的妾。恒娘与丈夫非常恩爱，妾如同虚设。恒娘的邻居一个朱氏女子，颇有姿色，家庭结构与恒娘家相同，也是一夫一妻一妾。朱氏的丈夫洪大业宠爱相貌远不如朱氏的妾宝带，而冷落朱氏。朱氏对此非常愤慨，感到不解，整天与丈夫吵架。朱氏见恒娘与丈夫十分恩爱，前来求教。恒娘告诉朱氏，失宠是由于她自身疏远丈夫所致。恒娘先从实践上对朱氏进行精心指导，调整朱氏的行动和处事态度。为朱氏安排四个步骤让她去实施：一是要求朱氏让其丈夫尽量接近侧室宝带，不能流露出一点儿嫉妒之情。二是让朱氏毁妆，蓬头垢面，着旧衣敝屦，长时间坚持做粗活，不要宝带分担。三是在上巳佳节时，让朱氏精心装饰一新，在丈夫面前露脸。在丈夫惊喜异常来表示欢爱时，要故意表现冷淡。四是让朱氏在得到丈夫欢爱后，还要以各种方式表达柔情，牢牢抓住丈夫的心。恒娘每个月对朱氏具体指导一次，在朱氏实施了前两个步骤后，她为朱氏美容，梳妆打扮，做流行的时装、绣鞋。

后来为朱氏做行为举止的动作示范,使朱氏具有娇媚之态。朱氏运用了恒娘所教的方法,几个月后获得了奇效,得到了丈夫的宠爱。朱氏向恒娘探寻其中奥妙,恒娘告诉她,人情都厌故喜新,重难轻易。放纵丈夫及毁妆重饰,就是根据这种情爱心理而安排的。几年后的一天,恒娘对朱氏诉说了自己的身世:原为狐,小时候受继母迫害,被卖到京城中。因丈夫对她很好才留恋至今。现在她的老父要升仙,她要回去探望,以后就不再回来了。第二天就消失得无影无踪了。

恒娘帮助朱氏获得丈夫的爱之后,声名远播,人们很佩服恒娘解决夫妻感情危机的本领,将其誉为爱情心理学家。这促使恒娘把处理夫妻关系的经验好好总结一下,想撰写出版一本砖头厚的硬皮精装的爱情心理学专著,构建自己的爱情心理学体系。她回到陕西老家看望了父亲后,找一僻静之所,边修炼边写专著。

一日,恒娘收到在 S 省城召开全国爱情心理学研讨会的请柬。风尘仆仆来到会场,会场内已经坐满了专家学者,有古典文学的专家教授、爱情心理学家、伦理学家、美学家、社会学家,还有几个老外,济济一堂堪称一大盛会。会议主持人安排恒娘就"人类性爱感情规律问题"做中心发言。恒娘于是将如何帮助朱氏得到丈夫的爱的方法和理论做了介绍。话音刚落,会场上立即出现了激烈的驳斥责难之声。

"这种理论和方法是什么玩意儿!格调太低下!发言者自己及指导朱氏所用方法,不过是用媚术当好丈夫的玩物,把自己摆在与娼妓同等的地位,在丈夫面前和娼妓一样献媚争宠。这一套不过是娼妓哲学!"一位满头白发对古代小说研究很有影响的专家摇头说道。

另一位年长的古典文学研究的权威学者用更尖刻的语言说道:"发言者这种身体力行和指导朱氏的方法,是要把自己变成男性的玩物。看上去好像你在玩弄着男人,使男人拜倒在自己的石榴裙下,实质上却是以更有效的方法把自己提供给男人玩弄,并努力使自己永远占有这被玩弄的地位,把女同胞引向邪路。可悲!可耻!可鄙!"

这异常猛烈的高火力的批判语言,使得恒娘一时间蒙头转向。原来自我感觉良好,现在如冷水浇头。她难以忍受这种批判之词,努力使自己镇定,清理一下思路,起身辩解道:"两位先生之言在下实在不敢承教! 说我用媚术当好丈夫的玩物,把自己摆在娼妓的地位之言,实在不敢苟同。这话说得太过分太难听了。看来两位先生非常擅于大批判,至今未脱大批判的思维定势。请你们设身处地地考虑一下,朱氏失爱于丈夫,面临着亟待化解的人生难题,她向我求教。在当时的情况下,我只能给她指出三条路:一是劝她安于现状,接受被冷落、被变相遗弃的现实。既然丈夫不爱你,你就一生独守空房,在这个家中不死不活地熬下去,这样做无玩物之嫌,但这样对朱氏公平吗? 用时下的话来讲,不应该让她维护做妻子的权益吗? 二是进行斗争。上官府要求与那该死的丈夫离婚,但在那女人依附男人的时代行得通吗? 不要说朱氏,就是鲁迅笔下的爱姑,斗争的结局取胜了没有呢? 三是唯一可以行得通的,那就是想办法感化丈夫,吸引丈夫。如果你们处在那种环境,能拿出什么高招给我看看?"

"你所言不无道理,你的方法也成功了,但伤害了另一个女性——洪大业的妾宝带,给她带来了痛苦。难道这是应该的吗?"一位研究家庭伦理学的女士质疑道。

"我刚才说过,我所提供的方法是个没有办法的办法,是不得已而为之。"恒娘无奈地说道:"不知道这些该死的男人为什么都愿意纳妾? 洪大业有一妻一妾,我也没有办法改变这个现实,这是当时的社会造成的。不过宝带如果也来效法朱氏,日子也许可以凑合,不至于那样惨。"

一位戴着精致黑框眼镜的文静女士用不无遗憾的口气说道:"你教朱氏吸引丈夫的方法及那些具体的技术性措施虽然奏效了,但令人感到不太舒服,给人的感觉有点'那个',是否还有更好一些的技术措施呢?"

恒娘若有所悟,说道:"你直说无妨,我明白你的意思,你说的'那个'是说格调低下。你的意思是说让朱氏吸引丈夫培养感情的方式应尽量高雅些,像卓文君被司马相如冷落时给他写一首催人泪下的诗啦,或者像李清照与赵明诚那样亲亲密密地吟诗品茗啦,或者像时下年轻夫妇双双上公园电影院啦,跳嘣嚓嚓啦,听听施特劳斯啦,谈谈安娜卡列尼娜啦,或者自学拿文凭,达到学识相等情趣相投心灵相通。但是要采用高雅些的方式需要一定的条件,受指导的对象要有一定的文化基础和素质。洪大业是个碌碌庸俗之辈,朱家小娘子头脑简单,没什么文化,只会絮絮叨叨,因此只能教她力所能及的技术性措施。"

恒娘说得口干,喝了一口茶,继续说道:"再说,高雅的方式也并非百分之百管用,时下不是有不少这样的事例:有的妻子跳舞跳出了家庭,跳到别人的怀抱里去了吗? 我承认我教朱氏吸引丈夫的方法不是高雅的,但不高雅不一定就低下。"

"辩得有理! 辩得有理!"众人议论道。

恒娘见自己的观点得到众人的支持,有了信心,继续辩道:"我尽心尽意帮助了朱小娘子,剪裁缝制最时髦的服装和丝履,梳新潮发型,做妩媚的示范动作,付出大量的劳动。要是在拜金主义之风盛行的时下,我应该收取咨询费、服装制作加工费、美容费,这不为过吧? 英国现代女作家阿拉莎·克里斯蒂的《中年妻子的案件》这篇小说里,私家侦探帕克·派恩先生教金顿太太对丈夫实行心理战,夺回了丈夫对自己的爱,是收取了相当数目酬金的。我念朱氏是邻居,对她白帮忙,也算高风格了吧? 我对失去丈夫之爱的妻子十分同情,为她尽了力,却被你们骂个狗血喷头,气得我简直要吐血!"说到此,恒娘愤愤不平起来。

"我们对恒娘指导朱氏的行为与理论的评价应有一个公正合理的尺度。"一位沉稳的中年研究员说道:"她受时代所限,自身处事及帮助朱氏的方法及生活目的,不可能无瑕,有些地方可能还有些庸俗,但她的做法和提出的感情变化的理论蕴含着很多有价值的东西。她敏锐地提出了一个人们情感生活中应特别重视的问题,即夫妻双方的感情经历了一个时期之后会发生变化。这种情况不仅在封建时代有妻有妾的家庭中会发生,就是后来一夫一妻的家庭也是如此,即使是经历过生死磨难才得以结合的男女双方也是如此,感情并非永远不变。别林斯基曾不无深刻和幽默地说:'那千古传为恋情之最的莎翁的罗密欧与朱丽叶,如果两人能终成眷属,也很难保证由于整日价厮守在一起,不会相顾无言而打呵欠的。'这是整个人类夫妻都要面临的问题,不少作家理论家都在探讨这个问题的解决办法。法国作家安德烈·莫洛亚在《生活的艺术》中说:'爱情的聪慧在于要使双方永远保持新奇感。'俄国作家冈察洛夫在《平凡的故事》中说:'获得爱情你可以随便使用什么方法,而保持爱情却需要智慧。机智是智慧的一个方面,这里一点没有可鄙的地方。'而恒娘在几百年前就提出这个观点,并能付诸实践,能够用精炼的语言深刻地概括出人类思想感情的一条普遍规律,这是她的理论与做法新异非凡之处。我们应当从这个方面认识其理论价值。"

"OK!OK!"一位金发碧眼的美国留学生以惊叹的语气大声说道:"我在美国读到一本畅销书《如何叫丈夫永远爱你》,作者教给女读者吸引丈夫的方法,说,要永远给丈夫新奇感,每天换一个打扮,今天扮阿拉伯女奴,明天扮海盗,大后天做长了翅膀的安琪儿,再大后天化成一个老巫婆……这虽然很离奇古怪,有的华人作家认为这样做是发神经病,但就其实质而言,是与恒娘教朱氏毁妆重饰的手法惊人的相似,是以出其不意地变换服饰发式吸引丈夫的注意。另外,美国有许多妇女杂志都是教妇女如何保持魅力,使丈夫永远有新鲜感。这也与恒娘的主张如出一辙。在几百年前封建礼法禁锢的国度中,恒娘提出值得二十世纪美国妇女借鉴的方法,有高度的超前性。恒娘女士,你真了不起!你的理论早就冲出亚洲、走向世界了!"与会者皆拊掌大笑。

恒娘听到美国留学生的夸奖,有些手足无措了。

沉稳的中年研究员进一步阐述他的观点:"中国传统文化特别重视礼教人伦,受其影响,今天人们评价人物时还是偏重于道德层面而不顾其他。时下常常有人从道德方面谴责恒娘,有些偏颇。"

两位尖刻批评恒娘的专家此时感到自己的观点被批驳得体无完肤,脸上泛起了红晕,一声不响。

"恒娘的做法和理论给我们非常有益的启示,"一位颇有名气的中年女教授用她播音员一般的声音说道:"在世俗男女婚恋纠葛中情爱不是一成不变的,婚恋双方(包括被礼法剥夺了主体性的女子在内)对这种变化都负有程度不同却不可脱卸的责任。婚恋关系的质量,主要取决于当事人自己的精心调制与制造。从某种意义上说,幸运或不幸的主动权,其实握在当事人自己手中。永恒的爱,源于永恒的新鲜。"

恒娘对女教授充满哲理性的分析十分折服。

"超俗之见!超俗之见!"众人交口称赞。

一年轻女士听了女教授的发言有所感悟,说道:"恒娘女士,根据刚才这位女教授的阐释,你所总结出'新''故''难''易'的含义好像与鲁迅小说《伤逝》中劝诫人们所说的'爱情必须时时更新,生长,创造'有些相似之处。"

恒娘忙摆手说道:"可别这么说!怎么能将我与鲁迅先生的见解并提!不过,相似之处嘛,也许有万分之一吧!我非常感谢刚才诸位对我的理解!"恒娘说毕向众人深鞠一躬,会场响起一阵掌声。

上午的讨论会告一段落。

八、侠性侠情侠风多姿多彩的人狐奇侠

侠女谐评侠性侠情

侠女,浙江人,出身官宦之家,原是司马之女。生得"秀曼都雅",亭亭玉立,有绝世之美。突然家遭大难,父亲遭仇家陷害致死,全家被戮,家产被抄入官。侠女只身背老母逃脱,流落民间,隐姓埋名,咽下仇恨,伺机复仇。她租住在金陵青年画家顾生之邻,靠十指飞针走线赚些钱奉养老母。生活极为贫困,经常无米下锅。侠女在日常生活中很少说话,很少笑。艳丽得像桃李,冷峻得像霜雪。顾生见侠女家贫,常断炊,便时常送些粮食。侠女不申谢,却到顾家照料家务,缝补浆洗忙个不停,如同顾生的妻子一般。顾母下身生毒疮,侠女定时到榻前看视,不怕脏累,为之清洗上药,精心护理,做到亲生骨肉才能做到的一切。顾母爱其能干孝顺,为子提婚,向侠女倾述家中无人传宗接代的忧愁。侠女默然不表态。与顾生交好的白狐精所化的浪荡少年对侠女心怀歹意,多番纠缠,意欲玷污。侠女在多次警告无效的情况下,将匕首掷空中,亮起一道白光,将白狐精斩为两段。她见顾生贫不能婚,后代无出,有严重的"后"顾之忧,便毅然抛开封建礼教和世俗观念,含笑挺身而出,主动与顾生两次交欢,直至有孕。当顾生向她提出嫁娶时,她因大仇未报,就用柔情婉拒:我跟你已同床共枕,为你提水做饭,已经是夫妻了,就不必走婚姻形式。后悄然而又豪壮地为顾生生下一子,交顾母抚养,为顾家留下传宗接代的孩子。在老母病逝、摆脱了一切负担之后,侠女外出侦察清楚仇人门径,以精绝的剑术报了杀父之仇。然后提着装有仇人之头的革囊与顾生话别，说明了自己的身世及因奉养老母和为顾家生子推迟复仇时间，嘱咐顾生养育好孩子。说完就像闪电一样，瞬间不见了踪影。

侠女离开顾生后，将仇人之头祭奠了父亲的亡灵，尔后到一深山古刹中栖身，练吐纳之术。不知不觉中世事已发生了沧桑之变。一日，侠女来到金陵隐居时的住所，也想看看顾家的后人。到了故地，故居已不复存在，顾家的后人也不知去向，遇见曾住在顾家隔壁的慕侠先生，他请侠女到书斋一叙。

慕侠先生献茶后仔细端详侠女，见其是普通的民间女子打扮，并无特异之处，但神情举止中透出侠客英风。

"我们平常在电视上所看到的女侠大都是身披斗篷，腰挎宝剑或是全身黑衣，脸罩轻纱，动辄拿起宝剑呀呀地砍杀一气。今天看到真正的大侠原来并非如此呀！"慕侠先生感叹道。

侠女道："我早年隐居民间伺机复仇，要是那种装扮，不早就暴露身份了吗？"

慕侠先生手执折扇在室内踱步，用十分崇敬的口气说道："在古代众多的侠中最振奋人心的当属复仇女侠了。她们在亲人被害的巨大人生变故降临时，以柔弱之身，毅然决然地担负起复仇使命，为冤者昭雪，让罪犯纳命，使贪官受惩。其烈烈侠行如黑暗如磐的长空中一道炫目闪电，使仇家裂胆，须眉愧色。唐代小说中的贾人妻，《儿女英雄传》中的何玉凤，《聊斋志异·侠女》中的您，都是勇于复仇的巾帼大侠。在这几人中，你是最厉害、最高尚、最有独立精神的女侠。"

侠女笑道："你一见面就给我唱美妙的赞歌，我实在是没有什么值得夸的。"

"不然，"慕侠先生用演讲一般的语言说道："第一，你杀仇的难度大。你父亲原为司马，诬陷你父的人绝非等闲人物，肯定身居高位，爪牙耳目众多，防范森严。如无非凡的智勇，精绝的剑术，坚韧的意志，是杀不了仇人的。第二，你独立精神最强。你隐居期间，没有经济来源，靠自己的双手替人缝补奉养老母。你没有结婚，不是找一个过渡性的丈夫，复仇后丢掉，自己跑路。第三，性格最善良。为报顾生的接济之恩，宁可推迟复仇时间，代人生子。你是最善最美的女侠。"

侠女说："杀仇之事，再难再险，拼却一死，也要洗冤雪仇。我们女侠复仇要自立，不能去找个丈夫养活自己，结了婚就要尽责。复仇后不离开丈夫他会受到连累,离开他又显得无情无义。为顾生生子之事,因我与他有很深的感情。"

"你与贾人妻、何玉凤在遭际身世、立身行事等方面有许多相同点,又有根本的不同之处。尽管您以前表情严峻冷若冰霜,但人们还是特喜欢你那种无比深沉的劲儿。"慕侠先生继续谈对几位复仇女侠的印象。

"你这又是在当面奉承我。"侠女道。

"非也,非也。人们是很欣赏您那种既有侠骨又有柔情的女侠风范。"慕侠先生谈起几位复仇女侠特有兴致,又滔滔不绝地说起来:"您与贾人妻都有刚毅果决之性,都有不复仇誓不罢休之志。在伺机复仇期间都与一名男子生活(或交往)一段时间,都有了儿子,最后都是大仇得报,提着仇人首级远遁。但您与她对儿子的态度却是天壤之别:贾人妻复仇后杀死了自己的儿子,而您是让顾生好好抚养儿子。贾人妻走后给丈夫留下的是恐怖和痛楚,您走后给顾家留下的是成人之美的柔情。在您身上表现出了浓厚的人情美和人性美。"

侠女笑道:"又来了,你们读书人好整词儿,不杀儿子够得上什么美吗?那不就把什么美的标准定得太低、太廉价了? 我们侠为报父仇去杀仇人是为了维护正义,在社会黑白颠倒公道不彰的情况下自行用武力去讨回公道,不能滥杀人。我好不容易才为顾生生个儿子,怎么忍心把他杀死呢?贾人妻对自己的亲生儿子下狠手,像宰鸡宰鸭一样,一刀下去断其喉,这个娘们也太狠了!爱护子女是女人的天性,就是动物也有这个本能。贾人妻没有一点儿母性,似乎心理变态。侠的灵魂是义,但她杀子弃夫是极大的不义。你别再把我跟她往一块扯,弄到一块特别扭。"

慕侠先生对侠女所言有同感,又说道:"我也觉得贾人妻的做法有些残忍。可是,有人对贾人妻报仇后弃夫杀子进行辩解,说这种做法虽不太为人所接受,但也不难理解,因为杀人的母亲本身就会被认为是'罪犯','罪犯'的儿子在封建社会中的命运是可以想见的,别人必'贼视'其子,这种顾虑是社会造成的,她对封建社会是绝望的,因此用'忍人'的做法向封建社会做了血泪的控诉。这种解释似乎也有点道理。"

侠女心想,这事真怪,还有人为杀自己儿子的人辩护。立即摆手反驳道:"这种解释纯粹是胡说!把亲手杀子说成向封建社会进行控诉更是一种奇谈。贾人妻复仇后肯定会给家庭带来牵累,但可以在复仇之前安排丈夫远遁他乡,或将孩子送人,可以避开知情人将儿子视为杀人犯之子的处境。田七郎在舍身杀贪官前不就是将母亲、儿子转移别处而没有把儿子杀死吗？再说，贾人妻在父亲被杀后，既无老母要奉养，也无其他未了之事，为什么没有立即复仇？数年后大仇迟迟不报，她倒有闲心结婚生孩子玩。为什么先嫁了人，等生了儿子再去复仇？是不是想过一把生儿子的瘾后就将其杀死？这不是瞎折腾吗？她大概是有神经病吧？"

慕侠先生听了侠女的讥诮之语，不禁哈哈大笑，说道："真有你的，你原来轻易不说一句话，一说起话来真是出语不凡。如此看来，贾人妻却不足道。您与侠女何玉凤相比，也有许多相似之处，但有一点最大的不同。这点不同更表现了您扶危济困惊世骇俗的心灵美。"

侠女笑道："我今天算是遇到专门吹捧我的专家了。你一会儿拿我跟这个比，一会儿跟那个比，每次比完后就送我一顶高帽，真好笑。"

慕侠先生被侠女说乐了，笑道："为大侠送高帽也是非常荣幸呀！你们侠不同于凡人，只有将你们女侠放在同一个层面上比较，才能看出风节的高下呀。您的侠行确比别的女侠高尚，并非戴高帽。就拿您与何玉凤来说，都出身于官宦之家，父亲都是有相当级别的官员。你们俩都有倾国倾城之貌和绝世武艺，都是在受仇家所陷后奉母逃难，隐姓埋名，伺机杀仇。您与她一点最大的不同是：何玉凤在男女交往方面严格恪守封建礼教，而您无视封建礼教，最大胆的举动是非婚为顾生生子。连同贾人妻，你们三人给人的感受是：贾人妻的杀子之举使人感到残酷、恐怖，显得极端寡情；您非婚为人生子延嗣，极富女性同情、善良之柔心；何玉凤超常恪守封建礼教，显得过于娇情。我的概括准确否？"

慕侠先生话音未落，忽然从门口飘来娇脆的女子说话声："谁在背后讲我的坏话？"二人吃了一惊，扭头一看，何玉凤满脸不快地站在门口，但她一见侠女不敢怠慢，上前施礼："前辈在上，晚辈何玉凤这厢有礼了。"

"不必如此，何小姐因何至此？"侠女问道。

"我来看过去江湖上的一位朋友，路过此地，不想前辈在此。适才闻慕侠先生谈及我，故进来一叙。前辈历尽艰难终于手刃仇人，大仇亲手得报，十分痛快。我未能亲手刃仇，是一憾事。前辈的复仇之志我很敬重，但我觉得，作为一个女子应遵从礼教，前辈非婚而向男子献身并生一子，好不羞煞人也。适才慕侠先生所论，晚辈实在不敢苟同。"何玉凤的话语中带有嘲笑之意。

侠女见何玉凤端出以节妇自居的架子很是反感,不无讽刺地回敬道:"何小姐遵从礼教的思想真是在不断进步,够得上上贞节牌坊的贞节夫人了。我们过去都是被恶人逼到死亡边缘,被挤出了正常的人生轨道的女人,还怎么顾得上什么礼教!你过去的所作所为离封建礼教差了十万八千里,此时怎么还来教训别人?"

何玉凤听罢一惊,睁大了眼睛,问道:"这从何说起?"

侠女继续以嘲弄的语气说道:"你故意装糊涂吧?那些什么鬼礼教要求女子稳居深闺,应以柔弱为本,不能抛头露面,要'清闲贞静,守节整齐','耳无途说,目无邪视'。你大概不会忘记,你在隐居伺机复仇期间,义游江湖,结交绿林强盗,广取不义之财。按封建正统观念来说你已是江洋大盗了,已完全违背了封建礼法,更不要说什么闺训闺诚了。你在能仁寺杀恶僧,如砍瓜切菜,对那些恶僧刀劈脚踢,手抓其身抛来踢去,杀个昏天黑地。如遵从贞节观念,女子手臂如被男子所碰,就应用刀自断,你为什么不自断呀?你浑身的粗豪之气已和孙二娘差不多了,可是在能仁寺救安公子时,在那险恶的环境中怎么会突然想起坚守'男女授受不亲'的戒条,不用手去扶双腿被捆得麻木的安公子,只用雕弓来托他,这岂不太矫情、太做作吗?"

何玉凤脸上飞红,顿时语塞。"——这,——这,我倒没想到。"接着羞涩地说道:"这都是文康那老儿教的一套,弄得我假模假样的。"

"至于我为顾家生子,并非什么非婚向男子献身,不要说得那么难听。"侠女仍有些情绪激动地说道:"我认为我在顾家的所作所为(包括生子)是尽了事实上的妻子的义务而舍弃了婚姻形式。顾家向我求过婚,我与顾生在患难相助中也有很深的爱情。我对顾生说过,我是他事实上的妻子。如果说我有反世俗之举,那就是舍弃了婚姻形式,舍弃了妻子的名分。这种舍弃是为了避免复仇后给顾家带来牵累。做出这种舍弃和牺牲,我无羞无愧,无怨无悔。没有婚姻形式的男女也有真挚圣洁的爱,如梁祝;有正式婚姻形式的男女,也有极其龌龊的,如西门庆与潘金莲是经过明媒正娶,但他们不仍然是一对狗男女吗?"

何玉凤听罢此言对侠女肃然起敬,抱拳道:"是我错怪了前辈,多有冒犯,请前辈海涵。"

慕侠先生向侠女打趣道:"您虽然非婚生子,但生得光明磊落,很大气,很豪壮,有大侠风度。清代评论者方舒岩对您给予极高的评价,说您'养老母,孝也;报父仇,勇也;斩白狐,节也;孝我母,而我亦孝其母,礼也;怜生贫而为一线之续,仁也;来去莫测,智也。此女美不胜收,不得以'侠'字了之;吾浙得此人有光桑梓多矣,惜乎不传其名'。当代一位有些名气的评论家认为您主张女子人身自主,可以随意替非婚者生子。见仁见智,不一而足。您应该感到骄傲。"

"有什么可以感到骄傲的?"侠女有些不快:"我的老乡对我过于偏誉了,连奉养老母等平常事都褒扬一番。他说我为顾生生子为仁,这是忽视了其中的爱情因素。天下贫而不能婚者多矣,如为施仁,替每个贫者都生一个孩子,那生得过来吗?至于当代那位评论家的高论我实在不敢承教。说我主张人身自由,倒是不错。但说我随意替非婚者生子的'随意'二字,这不是骂我吗?我不就为顾生生一个孩子吗?这是慎之又慎的。我非婚生子也不是乱生,怎么能凭空污人清白?"侠女越发恼火起来。

"大侠不必为此烦恼。"慕侠先生劝慰道:"有些研究者喜欢标新立异,危言耸听,说话离谱,您不必在意,是非自有公论。我觉得您在拒绝顾生向您求婚时所说的"枕席焉,提汲焉,非妇伊何也?业夫妇矣,何必复言嫁娶乎?"表达了您震撼封建礼教的崭新的婚姻观。在那个讲求贞节讲求婚姻是终身大事的社会,您这种主张简直是石破天惊之语,您这全新的爱情婚姻观念具有非凡的意义。"

侠女粲然一笑,道:"我那几句话是对顾生不能明讲因复仇而不能嫁他的委婉推托之词,你们文人好小题大做,言过其实。不过我也认为婚姻只是一种形式,西方人不就把婚姻说成是男女双方的性契约吗?虽说得过于狭隘,但也不能说没有一点道理。我觉得在特殊情况下,男女双方如真心相爱,也不必用这一契约来固定。"

"哎呀!您的这一观点很有超前性。时下有个电影界大腕在电视上谈及爱情与婚姻的关系时说:爱情是不可少的,婚姻是不必有的。她的观点与您的观点惊人的一致。"慕侠先生感叹道。

侠女暗想,这大腕的思想也过于解放了,摇头说道:"那你说错了,我的思想还没那么解放,我也没有完全否定婚姻,完全不要婚姻。我只是讲在爱情与婚姻不能两全的特殊情况下,可以舍弃婚姻。那大腕所讲的,如果只限于少数人追求那种浪漫的爱,爱你没商量,爱得死去活来,不要婚姻,那倒问题不大。如果是全社会都不要婚姻,那就麻烦了。那些女子还要不要生孩子?是不是都像我那样偷偷地生孩子？出生的都是'黑'孩子,那社会不乱了套了吗？爱情婚姻观念的解放与更新也要有个限度。"

慕侠先生连连点头称是。

这时天色已晚,侠女、何玉凤向慕侠先生告辞,各自登程。

红玉深情话为侠之道

　　红玉,一位乐于助人、聪明勤劳的狐侠。貌如天仙,善良淳朴,品行高洁。她热爱生活,大胆追求爱情。见广平丧偶无资续娶的穷书生冯相如忠厚质朴,在一个月色溶溶的晚上,假冒邻居姑娘,越墙而来与冯生共寝,订下终身之好,夜夜往来。不久,被冯父得知,受到冯父的痛斥,冯父责骂红玉是个不守闺戒、玷己污人的坏女人。红玉觉得自己在冯家有碍冯生的声誉和家庭关系, 便不顾冯生的一再挽留,主动抽身告退。但又不忍心让冯生再陷入孤独,就为冯生介绍了容貌人品堪与自己相匹的卫氏女,并拿出白银四十两资助冯生,帮他娶了美貌的妻子卫氏,帮他再建了一个美满家庭。不久,卫氏生有一子福儿。后来冯家连遭大祸,邑绅宋氏见冯妻美艳,派恶奴闯入冯家,抢走卫氏,打伤冯生,打死冯父。冯生屡讼不果。卫氏在宋家拒辱自尽。一虬髯侠士代冯生复仇,杀死宋绅父子数口。冯生惧祸及身抱儿逃往南山,被官役追获,残暴的官役将福儿抛至山涧中,将冯生抓回关进监狱。冯生受尽酷刑,被革除功名,坐了半年牢被放回家。红玉路过南山时将被官役抛掷的福儿救起,后带到外地抚养,保全了冯生的宗嗣。当红玉得知冯生出狱后处境十分困难时,为了安慰冯生,向冯生送还了福儿,使他们父子欢喜团聚,自己也留下来帮助冯生重整家业,又做了他的妻子。她劝丈夫只管读书,别的事不用管。设法帮助丈夫恢复了秀才身份,使他考中了举人。她出钱买织具,租田地,每天早起晚睡,辛勤操作,耕种、织布、割草、修房,样样都干,持家半年就使冯家家业中兴,俨然豪门世家。

一日，红玉带福儿去给卫氏扫墓，回家途中，路过一小桥流水、垂柳拂地之处，福儿高兴地到河边捉鱼，红玉坐在小石桥的石栏上休息。这时，一位英姿飒爽容貌俏丽身背宝剑和一口大刀的女子上前向红玉施礼道："晚辈见过红大侠！"红玉先是一愣，后认出来人，微笑说道："噢！这不是《倚天屠龙记》中的峨眉派掌门周芷若小姐吗？你不是在各处搜寻屠龙刀吗？今日如何得闲？"

周芷若掏出手帕擦了擦额上的汗水，在红玉身边坐下，十分高兴地说道："屠龙刀已经找到了，正准备返回峨眉，路过这里，正巧碰到你，旅途也很闷，想同你聊聊。我有一事不解，蒲松龄先生称你为狐侠，作为侠，那就应该敢恨敢爱，快意恩仇。你倒可以说敢爱，私下与冯生结合。你们的私情被冯父发现后，将你臭骂一顿，你竟一把鼻涕一把泪地向冯父忏悔，然后悄悄离开了冯生。哪有一点儿侠气，简直就是一个受气包！谁要敢骂我，我一刀就把他宰了。你在离开冯生时，还资助他白银四十两。你干嘛那么自贱，没有一点儿女侠的尊严？你看我对张无忌，就曾以自杀威逼他与我结婚，只要有别的女子与他相好，我就杀伤他，与他同归于尽。像你这般柔弱，怎能算是侠？"

红玉没想到她竟然讲出这么尖刻的一番话来指责自己，心中十分不快，便从容回敬道："侠的灵魂是义，侠的天职是舍己助人，扶弱济困，排危解难，除暴安良。我可怜冯生寂寞，与他同居，当然对他也有爱情。我忍受冯父的责备，离开冯生，是不忍看他落个淫荡不孝的罪名。完全是为了他们父子相安，是最深切的爱。冯父只是有些道学气，并非坏人，怎么能像你说的那样，一刀就把他宰了呢？我送冯生银两，其心意如时下流行歌曲所唱的'只要你过得比我好'。让心爱的人得到幸福，何自贱之有？"

红玉用手拢了拢被风吹乱的秀发，又接着说道："你们这些身穿古装的新武侠，不去惩治欺压百姓的恶霸，而大搞特搞侠与侠之间的窝里斗，纠缠于武林恩怨。整天忙于寻找争夺宝物、武功秘笈。今天争夺什么倚天剑，明天争夺屠龙刀，后天争夺高山雪莲。个个想称霸武林，整天杀得晕头转向，昏天黑地。这些新武侠纯粹是一群野心家，哪里算得上什么侠？特别是你们这些新女侠中很多人没有女性的柔性，没有女人味，是一群女魔头。"

周芷若闻听此言顿时柳眉倒竖，杏眼圆睁，大声道："你胡说！我们新女侠也是很重情的。"

红玉继续调侃道："你不必跟我瞪眼睛，你们当中有些人是很重情，但你们的情却令人不敢恭维。你们以自我为中心,极端自私,以武称霸。再有,有些人大搞多角恋,搞情斗,结情仇,进行情杀。《天龙八部》中的木婉清声称'第一个看见我脸的人,我不杀他就要嫁他为妻',这是什么逻辑? 这不是精神病吗? 还有,康敏仅因萧峰'从没看过她一眼'就极为愤恨,杀死自己的丈夫马大元,主动献身给丐帮的白世镜、金冠清,以此来陷害萧峰! 这种'情极之毒'是人的行为吗? 这不是毫无人性的女魔头是什么? ”

周芷若受了这一阵奚落,脸上紫胀,气急败坏地喊道:“你太重儒家传统道德了,太古典了。我们不是生活在同一个武侠世界里,我跟你谈不拢。后会有期,告辞! ”说罢悻悻而去。

红玉望着周芷若离去的背影摇摇头。

“红大侠好口才! 好厉害! ”红玉突然发现身边来了几位不速之客。原来是一位被称为侃侠斋主的古典文学教授带几个研究生来到红玉近前。侃侠斋主正着手主编一本《古侠大观》,正要到红玉家中拜访,现在巧遇,能得以与古侠直接对话,便于更全面地掌握古侠的思想风貌,对编书极有好处。于是众人就行侠之事与红玉攀谈起来。

一学子先开口道:“适才红大侠所言是真正的高侠之语。有一问题要讨教。一般说来,侠都是热肠重义,大都是在受害者叫天天不应、叫地地不灵的千钧一发之际,突然从天而降,把坏人恶徒杀个人仰马翻,屁滚尿流。红大侠,你那么爱冯生又有法术,为什么宋绅在冯家抢卫氏的万分危急之际不挺身而出而使得冯生的父亲被打死、卫氏女抗暴身亡? ”

红玉觉得问得很意外,略一思忖,答道:“侠并非都是打打杀杀,无私助人也是侠义之举。再说,侠客行侠之前,并非像刑警那样成年累月伏在草丛或在街道中蹲坑,等待坏人出现。侠客打抱不平救人大多是偶然碰上的。再有,侠的能力也是有限的,不能免除人间一切苦难。狐侠虽有些法术,但并非万能。《辛十四娘》中的狐仙辛十四娘很有些法术,但她丈夫被恶人诬陷入狱时,她也没有力量去劈囚车、砸木笼,劫牢反狱,而是让狐婢扮流妓得遇逛妓院的皇帝,打通皇帝关节,才使丈夫得以赦免。”

“那你在冯家遭难后也应为之出口恶气呀! ”一学子插了一句。

“冯家遭难后不是有虬髯客为他报了仇了吗? 我要为冯生所做的是把他从失父、失妻、失子的极悲惨的境遇中解救出来,从生活上帮助他振作起来活下去。在冯生被诬入狱吃官司时，我救了福儿并抚养他。在冯生出狱后，我真心实意地做他的妻子，帮助他从一片废墟上恢复了家业。我觉得我介入他家庭中来帮助他，比出面打打杀杀更为重要。如果我像你们所说的在冯家遭难时出面大打出手，杀个尸横遍地，我在冯家待得下去吗？冯生回到家中面临无妻无子的状况他生活得下去吗？诸位以为如何？"红玉的回答出乎人们意料之外，众人觉得是一种很新鲜的行侠观。

"高见！高见！红大侠真是进入深层次救人困厄的高尚之侠！"众人齐声赞道。

红玉见夕阳已落山，说道："天不早了，我该回去做饭了，失陪。"她向众人笑了一下，叫了福儿回去了。众人望着她远去的背影，仍在议论她的行侠之事。

一学子说道："我觉得红玉这个狐侠在《聊斋志异》中与其他的女侠大不相同，别具一格，与其他古典小说中的女侠也大不相同。她不是简单浅层次地惩恶扶善，解除恶人对冯生的迫害，而是深层次地助人，给冯生创造美好的生活，可以说红玉是一个极为特殊的侠。一般的侠是市井细民心目中的侠，而红玉是封建社会寒士心目中理想的侠。"

侃侠斋主颔首说道："有新意，有见地。说说你的根据。"

青年学子道："根据有三。其一，红玉名字很美，带有文人情调，美貌非凡，青春不老。其二，红玉是一个极好的劳动力，早起晚睡，里里外外一把手，担负起家庭重担。七仙女在董永家是'你耕田来我织布'，只干女人的活，而红玉是耕种、织布、割草、修房，男人女人的活，全承包了，比猪八戒在高老庄丈人家干的活还多。还能帮助冯生发家致富。其三，红玉还长于外交，具有现代社会中夫人外交的本事，比公关小姐还有魅力，能办成一般男人难以办成的事。她神奇地帮助冯生恢复了秀才资格，使他在科考中得以中举。"

侃侠斋主用赞赏的语气说道："分析得不错。蒲松龄塑造出红玉这一狐侠，表现了贫苦读书人对于侠有不同于常人的期望值。这些读书人既希望有美妻，红袖添香，得到美的享受，又不希望美妻成为仅可观赏的摆设。这些人家中很穷，自己又缺乏实际生活能力、理家能力，肩不能担，手不能提。科考不中时，家庭会陷入饥寒交迫的困境，希望有一位侠妻能辛勤劳作，发家致富，像红玉这么能干，那是最好不过了。另外，读书人视科考为生命，也希望侠妻在科举仕途上能够出力。寒士们希望在受迫害获救以后，能在生活婚姻方面得到帮助,得到美好的爱情,以摆脱自己在婚姻家庭生活中的窘境。尽管这是空想的。"

众学子点头称是,感到今日很有收获。

田七郎奇语话除恶

田七郎,一位二十多岁的勤劳朴实正直贫困的猎人。眼大有神,细腰,戴着油腻的帽子,着黑衣短裤。性情耿介,贫而守义,有勇力。辽阳富家公子武承休因梦中有人指点,说田七郎可共患难,醒来后就寻找到田家与田七郎结交。多次登门拜访,并强赠以重金。田七郎遵母命坚辞不受。武承休说托他买虎皮,田七郎才收下。不久田七郎妻子病逝,用武承休的一些银两安葬妻子,然后历尽千辛万苦打死一只老虎,送给武承休用以偿还银两。武承休送给田七郎新衣,田七郎即遵母命送还。后来田七郎打猎时因猎物被抢走,与人发生争执,失手杀了人,被关入死囚牢。武承休用大量的银钱救出田七郎。田七郎与武承休结为生死之交。一天,武承休家中出了事,一恶仆调戏武承休的儿媳后,逃到某御史家,受到某御史弟和县官的庇护,恶仆仗势造谣说自己与武承休儿媳私通。田七郎暗中手刃恶仆,将其割成碎块,抛尸荒野。武承休被某御史家以杀人罪名告官,叔父被县官拷打致死。一日,某御史弟于县衙跟县官正密谋进一步加害武承休时,田七郎化装成卖柴人,冲入县衙大堂,衙门差人阻拦不住,田七郎抽刀杀死某御史之弟。县官在乱中躲开了,田七郎被衙役包围后从容自尽。当县官前来查验田七郎的尸体时,田七郎的尸身突然一跃而起,一刀砍下县官之头,这才又倒下。田七郎用生命为知己报了仇,也为民除了害。

田七郎杀死了包庇恶人的某御史之弟和县官之后,魂归地府。后来听说自己刺杀恶人之举在人间褒贬不一,感到十分困惑。他想知道世人对此事到底说了些什么，决定重返人间走一遭。田七郎的身体虚飘飘地来到阳间，先到自己的墓前，见到坟墓周围白杨参天，高大的墓碑上刻着"千秋高侠田七郎之墓"几个大字。墓前石桌上祭品并然，香烟袅袅，看样子刚刚有人祭扫过。田七郎正在徘徊时，忽听背后有人大声悲怆地呼唤："七郎！七郎！"田七郎回头一看，是武承休跟跟跄跄奔向前来，倒头便拜，口中道："七郎，没想到我还能见到你，请受我一拜！"田七郎连忙扶起武承休，道："武大人，不必如此。"

武承休老泪纵横，泣不成声地说道："我万分感激你舍身杀死恶仆、恶霸和狗县官，为我报了大仇，救了我身家性命。我永世不忘你的大恩。可有人说我与你结交，是千方百计用金钱收买你，替自己做打手，我实在冤枉。我与你结交是由一个梦引起，倾心结识你，并不是出于自私的目的来利用你。因为当时梦中的神人并未明示我将有大难。我到你家后见你处事高洁，自尊刚烈，我更敬重你的人品。开始我是以钱结友，了解你的人品后，我是以情结友，以义结友。我是把你当作可以共患难的朋友。在我遭难时，你未露面，我心里有些不悦，我只是想与你商量商量对策，并非要你效命。你已为我献出了生命，现在我还在表白自己，显得很自私，但这些话不说出来心中实在难受，请君明察。"

田七郎见武承休涕泪交流，心中也是酸酸的，劝慰道："你的心意我知道。你与我相交时，曾受到我母亲严厉的申斥，你并不介怀，恭敬而退，对我仍然一如既往。在我遭到灭顶之灾时，你鼎力相救。后来我母亲让我对你以死相报，不只是报恩，也是在患难中认识了你的为人和你对我的相知之心。我舍命杀恶仆、恶霸、贪官，是报知己之义，也是为人间百姓除害。别人爱说什么就由他说去吧，不必介意。"武承休听了田七郎的劝慰洒泪而去。

田七郎想到当年刺杀县官的县衙去看看，片时来到县衙旧址，见到这里新建了一所"辽襄大学"。田七郎走进校园，从楼上悬挂的横幅大标语和广告栏上的海报得知，校内大会议室正在召开全国性的《聊斋志异》研讨会。并将《田七郎》篇作为重点研讨的内容之一。田七郎想听听这些专家学者究竟怎样评价自己，有什么高论，于是悄悄走进会场。会场中老中青学者济济一堂，蒲松龄老先生也在场。田七郎找一个不显眼的座位坐下。

此时众多学者专家正在评说田七郎。一位钟霞女士说道："田七郎是位有胆有识的侠义英雄，他操守圣洁，贫而守志。具有'一钱不轻受''一饭不忘'的高尚品德。正直坦诚，讲究信义，义肝侠胆，嫉恶如仇。在公道不彰的黑暗社会中,激于义愤,奋直除恶,视死如归,冒死为朋友雪耻,与恶势力同归于尽,死后尸体还能继续完成未完之志,足以表现出被压迫者大仇不报决不罢休的斗争精神。"

"田七郎是一个普通的猎人,有一颗赤子之心,急公好义,刚正不屈,不愿与富人周旋,不花言巧语,不轻易结交朋友,不轻易受人之恩。一旦受人之恩又与之相交,则矢志不移,肝胆相照,不惜以死相报。在他身上体现了劳动人民身上正直厚道的人性美、人情美。"一位钟民先生补充道。

"两位之言大错特错矣!田七郎舍命报恩,完全是出于封建主义的义气,表现了浓厚的封建道德观念。他是一个为地主利用的鹰犬,他的死带有报效地主的性质。"一位左峰先生发言道,摆出一副绝对正确的架势。

田七郎一听此言差点从椅子上蹦起来,自己怎么一下子就变成了地主的走狗了?必须得和他辩个高低。想毕,站起来朗声说道:"这位先生是对敌人有偏见吧?怎么这么善于给人扣帽子?我不和别人比,就和《水浒》中的李逵比。他在闹江州劫法场救宋江时,抡直大斧朝着看客乱砍,砍得那些无辜百姓哭爹叫娘,尸横于地,而所要救的是从梁山上逃跑的封建官吏。他痛打殷天锡时,是为有丹书铁券的皇亲贵族柴进大官人出气,可在你们编的古代文学教科书中,李逵却是响当当红得发紫的革命派!而我杀贪官却成了地主阶级的鹰犬。"

众人见田七郎到会场发言都大吃一惊。田七郎的一席话如同在滚开的油锅中放了一把盐,众人立刻议论纷纷,觉得田七郎这种比法很新鲜,说得也在理。

左峰先生心中一震,暗想这田七郎还会讲些歪理,得把他"镇"住,于是说道:"田七郎,你跟李逵不能比,他所帮助的宋江、柴进虽说是地主阶级中的人物,但他们后来都参加农民起义了。你帮助的武承休没有吧?你为武承休效力,鹰犬身份是改变不了的。"左峰又摆出一言九鼎的架势。

田七郎驳斥左峰:"李逵所救的两位参加革命不假,但他们后来又极力争取招安,向统治阶级投降了呀。你说我是地主的鹰犬,说得通俗些,就是走狗、爪牙、狗腿子。这类人在社会上为虎作伥,欺压良善,滥杀无辜,是其主子的罪恶杀手和打手。请问我欺压哪个良善了呢?我舍命杀的是恶棍、狗官。历朝历代有我这样不干坏事而舍身为民除害的好走狗吗?"田七郎说到这里,会议室中响起一阵响亮的笑声。

田七郎越说越来了兴致："说到这里，我想起古代的一则小笑话。《笑得好·方蛇》篇中说：'有曾遇大蛇的，侈言阔十丈，长百丈。闻者不信，其人遽减二十丈。人犹不信，递减至三十丈，二十丈，遂至十丈。忽自悟其谬曰：啊呀，蛇竟长方了！'左峰先生只顾说我为武承休出力，却忘了我出力杀的对象是贪官，是恶人。只顾给我扣帽子，却忘了帽子的尺寸，没想到能不能扣上。这不跟说蛇长方了一样可笑？一样不能自圆其说吗？讲蛇长方了的人，最后自己尚能自悟其谬，而你现在还瞪着眼睛说瞎话，这不更可笑吗？"

众人大笑，叫道："比得妙！比得妙！"左峰先生面如猪肝，一句话也说不出来。

一青年学者道："田七郎，你以前是个朴质木讷的猎人，如今怎么变得伶牙俐齿，还挺幽默的？"

田七郎笑道："你大约不会忘记，我有一个看透世情，能说出'受人知者分人忧，受人恩者急人难'这样格言警句的母亲呀！有其母必有其子，只不过我整天打猎面对大山，没有地方表现口才而已。噢，开个玩笑，我和诸位是不能相比的。"

田七郎与众人谈得很融洽，会场的气氛也活跃了许多。

这时，蒲松龄老先生被会议主持人请到了主持人的座位上，请他谈谈对田七郎的评价。蒲松龄端着一只长杆烟袋，慢悠悠地说："各位专家学者对拙作发表了很多高论，感谢诸位的垂青。不过我要提醒大家一下，有些研究者在分析田七郎这一形象时，过于注意田七郎与武承休之间的贫富悬殊、对立隔阂这一面，没有注意到他们之间真心相交、重情重义，有超越对立和隔阂的一面，因而得出田七郎为鹰犬之类的皮相之论。再有，一些研究者特别注意武田双方施恩与报恩付出的不等值，以此为切入点来分析人物，非难、贬低田七郎，也有些偏颇。社会现实中施报不等值是常见的情况，如施报完全等值，那就是交易了。施报不等值，正表现出报方的'义'，'受人滴水之恩，当以涌泉相报'不是被认为中华民族的传统美德吗？有人把田七郎舍命杀恶人说成是为地主阶级卖命，也是偏执之论。"

与会者听得非常认真。蒲松龄拿起烟袋抽了一口，吐出一团青色的烟雾，继续说道："再有，应将田七郎的见义勇为行为与武承休身边的'知名士'联系对比起来看。这帮'知名士'自视清高，瞧不起田七郎，平日夸夸其谈，临事百无一能，不能与他们真心相交的武承休共患难。只有田七郎这位平凡朴实没有什么文化的猎人,在关键时刻勇于践义,为义捐躯,这不正体现出下层劳动者的高尚人格吗? 田七郎扶危除暴起于报恩,出于践'义',他的践'义'是与反抗强权联系在一起的,有惩治恶势力的严正性质。一个平常的贫苦猎人以血气之勇,成为惩治邪恶的正义之剑,斩杀强梁,除暴济善,用生命补天网之漏,令恶霸贪官胆颤心惊,这难道不伟大吗? 敝人写此篇的用意就在于此。"

蒲松龄话音刚落,会场中爆发了一阵雷鸣般的掌声。大多数与会者认为应充分重视蒲松龄老先生的意见。

田七郎见众人能理解自己,做出公正的评价,心情舒畅多了,中途退出会场悄悄离去了。

九、奇惩邪恶大快人心的人鬼复仇

席方平豪语话阴间斗鬼

席方平，东安人，一个性格刚烈勇于复仇的壮士。席方平之父席廉因得罪了富豪羊氏，羊氏死后买通阴司官吏将席廉拷打致死，并将席廉的灵魂抓到阴间去受苦。席方平代父申冤，魂赴阴司告状。见到父亲在地狱被拷打就大骂狱吏，写下状子先到城隍告状。羊氏用钱打通关节，才与席方平对质。城隍认为席方平"所告无据"，不予理睬。席方平告到郡司，等了半个月才得审理，结果是被毒打了一顿，仍批城隍办理。城隍对他施以各种毒刑，然后派衙役押送他返阳间家中。席方平此气难忍，不肯回阳间家中，又跑到冥府，控告城隍、郡司的贪酷。冥王将城隍、郡司拘来对质。城隍、郡司暗中派人与席方平通融，许以一千两银子了却此事，席方平坚决拒绝。两人便与冥王打通关节，冥王受了贿赂，升堂后毒打席方平。席方平斥问冥王，并揭了冥王的老底。冥王更为恼火，命小鬼把席方平按在烧红的铁床上烤烙，又将他的身体用锯子锯开，一分为二。两个行刑小鬼见席方平大孝无辜，在执行锯刑时对席方平手下留情和保护，并送他一条丝带，使他被锯开的身体复原。席方平怕再受酷刑，表示不再上告，冥王命鬼役送他回阳间。在返阳途中，席方平转身奔往灌口二郎处告状，途中被鬼役抓回。冥王表示要为席方平雪冤，给席方平千两银子的产业，百岁的长寿，并写在册子上，盖上大印，让席方平过目。席方平表示感谢后下堂，冥王再次命鬼役押送他回阳间。途中，鬼役心生诡计，将席方平推去投胎，变成婴儿。但席方平念念不忘告状申冤,所托生的婴儿拒不吃奶,三天就夭亡了。他的魂灵飘飘摇摇,向二郎神所在的灌口奔去。半路上巧遇玉皇大帝的殿下九王,向其诉说冤屈。九王让二郎神处理此案,二郎神拘来相关阴间官员,经过当堂对质,证明席方平所言不虚。二郎神秉公判决,冥王、郡司、城隍及羊氏等都受到严厉制裁。席方平和其父生还人间。三年后,羊氏衰败,楼阁田产,全为席家所有。

席方平在阴间斗垮了羊氏、城隍、郡司、冥王,回到阳间后,威名远扬,深受人们敬仰。一日,某市旅游部门的负责人来请席方平担任该市旅游区新修建的鬼城的顾问。该市为发展旅游业在一旅游开发区修建了传说中包括奈何桥、地狱、阎王殿、刀山、火海等项内容的鬼城。因席方平去过地府,特请他来对鬼城的建造进行指导。席方平百般推脱都没能推脱掉。

席方平在众人的陪同下来到建造中的鬼城,见鬼城修得富丽堂皇,心中十分不悦,对陪同的人说道:"你们劳民伤财修建这么个东西干什么?有钱可以去捐希望工程,改造学校的危房,为什么来搞这个鬼名堂?过去人间都传说阴间地府的阎王公正无私啦,能替人间主持公道赏善罚恶啦,一些在阳间令人憎恶而又难以受到惩罚的恶人死后会有地府阎王主持正义加以惩处啦,全是胡扯!我到阴间打了几场官司,才知道这帮狗官全都黑了心,助纣为虐,残害良善,制造千古奇冤。那是充满罪恶的地方,真不是人去的地方。这阴曹地府已随着它的制造者——封建统治阶级的消亡而消亡了,现在又花那么多钱把它搬到世上,究竟有什么意义?是吓唬老百姓还是宣扬邪恶?"席方平越说越激动。

陪同的人马上满脸赔笑:"请不要误会,我们是为了增加旅游景点,为发展经济服务嘛!"

"靠鬼能发展经济吗?真是滑天下之大稽!这种理论纯粹是一派鬼话!"席方平毫不客气地批驳了陪同者。

"席壮士批评得好!现在有些人想钱真是想疯了,什么手段都使得出来。"旁边有几位青年表示赞同。

陪同者请席方平进鬼城中各处看看,席方平对鬼城真是烦透了,实在不想见到那些什么牛头马面、青面獠牙等鬼面孔。几位研究者劝他,去转一圈吧,这是你战斗过的地方的再现。席方平便同众人来到鬼城中,进到冥王府内,谈起他在阴间复仇之事。

一研究者道:"席壮士,这阴森可怕的地府活人很少来过。在你之前孙悟空来闹过一番,只是强迫阎王从生死簿上勾销他的名字就跑掉了。那猴头不过从小集团利益出发,去为猴类争寿命,而你在阴间是伸张正义,与小鬼斗,与城隍斗,与郡司斗,与冥王斗,把阴曹地府的各级公衙搅个天翻地覆。冥王受到应有酷刑的惩罚,城隍郡司论死,为虎作伥的鬼役受到汤烹。你扳倒了巨贪大僚,取得彻底的胜利,堪称硬骨铮铮气壮山河的复仇巨神。就闹地府的结果来看,你比孙悟空厉害多了。"

"谬奖!谬奖!我一个凡夫俗子哪里比得上那孙大圣。"席方平摇手道:"我原先对阴间的官吏抱有幻想,只想去讨个公道。到了阴间幻想逐步破灭,只有与贪官以命拼一番了。"

一青年道:"你在地府公堂上斗鬼的表现特出色,面对各级鬼王,俨然就是一个审判者。你在阴间告状过程中所采取的策略前后不一致,后来采取的对策很有谋略,有不少高招,你是预先想好要这样做的吧?"一青年问道。

"哪里!哪里!我是在前期告状过程中吃了大苦头才改变策略的。"席方平无限感慨地说道:"我开始与贪官斗时是勇气有余,心计不足。多次以血肉之躯跟狗官们的刑具较劲,面对狗官直来直去,明确宣布自己斗争目标和斗争手段,结果吃了大亏。他妈的,那该死的冥王把我弄到通红的火床上来翻烧饼,把我捆在木柱上,像锯木头那样锯身体,可把我害惨了。我如果再坚持硬挺的话,小命就搭进去了。在吃了苦头之后,总结了经验,提高了斗争艺术,改变了斗争手段,懂得了迂回作战的必要性。要伸大冤先得保存自己,避免无谓的牺牲。"

一青年打趣道:"你的身体真是不寻常,在火床上翻烧饼烙不坏,锯解而无损,一分为二后还能合起来,该是获得金奖的名牌产品。"众人一阵大笑,有的笑岔了气,有的笑弯了腰。

"你们别拿我开心了。"席方平苦笑道。

席方平与众人边走边聊,十分融洽。他们一起进了鬼城中心的地狱,见到狱中有一些蒙冤女鬼的塑像。一青年眼珠一转诡秘地向席方平说道:"阴间有许多美丽温柔可人的女鬼,很想回到阳间。你要是遇到她们,她们肯定非常佩服你。像《伍秋月》中的王鼎就将一个美丽女鬼伍秋月带回到阳间结为夫妻。你在阴间那么长时间,怎没带回一个?"众人又是一阵哈哈大笑。

席方平此时一本正经地说道："我在阴间没有遇到什么女鬼，但遇到了两个心地极其善良的好男鬼。在行刑时，他俩得知我大孝无辜，见我刚烈熬刑，大发恻隐之心，在力所能及的情况下，在职权范围内，暗中对我进行保护。行刑时不嫌费事，锯解我的身体时，锯不是直线而下，而是令锯稍偏，保护了我一颗完整的心。在我的身体被锯成两片之后，为了消除我的痛苦，他俩送我一条神奇的带子，使我的身体顿时强健，没有一点儿痛苦。这条带子是千金难买之物，保全了我的性命。这两个鬼多有人情味，多有人性美！而阳间的那些刽子手都是毫无人性的野兽。"

一青年接道："席壮士说得是，大家都熟知方苞的《狱中杂记》中对刽子手行刑的描述：凡死刑狱上，行刑者先俟于门外，使其党入索财物，名曰'斯罗'。富者就其戚属，贫则面语之。其极刑，曰：'顺我，即先刺心；否则四肢解尽，心犹不死。'其绞缢，曰：'顺我，始缢即气绝；否则，三缢加别械，然后得死。'惟大辟无可要，然犹质其首。用此富者赂数十百金，贫亦罄衣装；绝无有者，则治之如所言。主缚者亦然，不如所欲，缚时即先折筋骨。"

席方平道："我要是落到这帮行刑人手里，身体早就零碎了，绝不能现场跑来跑去告状了。"

"真是人不如鬼！人不如鬼！"众人慨叹道。

席方平见到鬼域中无数小鬼的塑像，又回忆起了在阴间与小鬼相斗的情景。

一青年道："你在欺骗了冥王之后，与他手下的小鬼进行了一场智斗，斗得奇，斗得妙。鬼役押送你回阳间的路上，你故意磨磨蹭蹭，拖延时间，来个缓兵计。鬼役生出突然袭击的突袭计，乘你不备推你去投胎，使你转生为婴儿。这一偷袭，使你上了大当。变成婴儿的你，不忘复仇，三天绝食，来个绝食计，终于反败为胜又回到了阴间。原来押解你的鬼役自以为大功告成，早就跑回去了，你乘此机会奔向灌口，向二郎神投诉，终于取胜。这场斗智十分有趣，鬼有计来，你有计回，这种以智斗鬼斗出了水平。"

"在斗争中学习提高嘛！"席方平此时仍为过去取得的胜利感到喜悦。

"你坚定的复仇之志令人佩服，三入冥间，四次告状，为父申冤，万死不辞。不过你也有些死心眼，那冥王与你私了官司时，许你千金的产业，百年的寿命，让你转世为贵人，那条件也太优厚了。特别是那百年的阳寿，那是万金难买呀！时下有些人为了钱什么事都干得出来，你稍微心眼一活动，就能得到那么多的好处,你最后不再现场告状也未尝不可呀!"一青年提出了一个与众不同的看法。

席方平皱起眉头,严肃地说道:"此言差矣。维护公道正义重于一切,重于生命,如果有违公道和正义,你活上一万岁,有一万座金山,那又有什么意义?人要是都不顾一切钻到钱眼里去,那和动物有什么区别!"

众人闻听此言,无不钦佩席方平的高风亮节。

这时一位文学研究所的古典文学研究专家说道:"刚才各位对席方平的斗争精神溢美太过,他的斗争只限于单枪匹马和使用合法手段(告状)显然是不够的。他不懂得罪恶的封建王朝的残酷统治,绝不是像他这样个人反抗就能改变的。他用起诉的办法向统治者上告来求得解放的做法是非常幼稚的。"

众人闻听此言十分惊讶。

席方平感到又好气又好笑,就半调侃地说道:"这位先生对我的要求标准太高了。你不能要求古人要具有他那个时代不可能有的思想意识。我当时只想为父申冤报仇,压根儿也没想到推翻黑暗统治,使天下穷苦人都得到解放。如果按这位先生的观点,我在父亲被阴间鬼役所害之后,立即发动农民起义,再让千千万万的起义军都灵魂出窍,这些出窍的灵魂都跑到阴间,杀死阎王,火烧阎王殿,在阴间建立起一个什么大顺政权之类,这好像不大可能吧?"众人一阵大笑。

席方平接着说道:"说到告状,在封建社会中百姓受了冤遭到屈,一般人是马上铤而走险起义造反还是先告状?我想是先告状。'衙门口朝南开,有理无钱莫进来',不就是无数次告状的深刻体验吗?封建社会中的不平事天天有,但农民起义并非天天有。这位先生,你说呢?"这位专家一脸窘相,无言以对。

席方平与众人已游完了全部鬼城,人人都很疲惫,众人相互道别后,各自散去。

窦女愤语说雪恨

窦女,生长在晋阳郊野贫苦农家的一位纯真幼稚的美丽少女。晋阳地主南三复避雨偶入她家,见其美貌顿起邪念而调戏。窦女先是严辞拒绝，后来，南三复常去窦家，趁窦父外出之机指天发誓，以要娶她为妻的花言巧语欺骗她。年仅十五六岁涉世未深的窦女，终于上当受骗，委身于他，将少女纯洁的爱情献给了这个衣冠禽兽。窦女怀孕后，屡次催促南三复完婚。南三复认为她出身贫贱，背叛誓言抛弃了她，又议婚于大家。后来，窦女生下一私生子，遭到父亲怒骂痛打。窦女仍以为南三复会履行诺言来娶她，南三复却矢口否认不认账。夜晚，走投无路悲愤至极的窦女抱子寻至南三复家门前。凶恶残忍的南三复正准备与大家闺秀结婚，将窦女拒之门外。窦女抱儿靠在南家大门外悲嚎至五更。经过一夜饥冻，窦女母子双双活活冻僵，带着奇耻大辱离开了这龌龊的世界。窦父告官，南三复用千金行贿得免。死后的窦女一扫往日那种柔弱性情，冤魂缠住仇人不放，采取种种手段顽强地进行复仇。她先托梦给向南家应婚的某大家，警告他不要把女儿嫁给南三复，否则将遭杀女之祸。某大家贪南家富，不听劝告，送女与南三复成婚。过数日，新妇于后园自尽。窦女用法术让自己的尸体横于南家床头，窦父发冢见尸亡又讼官，狡猾的南三复通过贿赂，又逃脱了法律制裁，但家道从此衰落，声名狼藉。数年中无人再敢与南家论婚。后来窦女听说南三复于百里之外又聘定了曹进士之女时，便魂使姚孝廉新葬的女儿活起来，假冒新娘来到了南家，一丝不挂地僵死在南三复的床上。姚家怒而告官，使这个丧尽天良的负心汉身败名裂，被以"发冢见尸"罪论死。窦女终于以自己不散的冤魂杀了仇人，报了血海深仇。

窦女在亲眼看到南三复被押赴刑场伏法后，郁积在胸中的怨愤之气得以吐出。有感于世情险恶，就一直滞留在阴间。一日，思念家乡，返回阳间，路过南三复宅院，发现挂上了"鬼神文化研究所"的牌子。窦女感到很奇怪，悄悄走进庭院。

此时院内月光如水，轻风吹拂，树叶沙沙作响。窦女走近一间办公室，听到几位工作人员在聊天。

一位年轻的女子小B说道："小A，如果晚上让你一个人待在这屋里，你会不会感到害怕？早年这庭院主人南三复害得善良的农家女子窦氏母子二人死于非命。后来此院多年来多次闹鬼,动不动就飘飘忽忽进来一个女子的尸体,被害的冤魂现在还会不会在这里?我读了《聊斋志异·窦氏》篇后,有时晚上一个人在此,感到心中毛毛的。"

"咳,鬼有什么可怕的,你又不是南三复,没干坏事,鬼也不会闲着没事来找你。"那个被称为小A的姑娘劝慰小B。

小A又感慨地说道:"世上最可怕最残忍的是人而不是鬼。那南三复开始欺骗窦女时,信誓旦旦说要娶她,玩弄后就抛之脑后。窦女生子后找上门来,他当时只要将其收留,多少承担一点责任,窦女母子就可以不死。可他丧尽天良,极端残忍地让窦女母子活活冻死。他坐视亲骨肉冻死而毫不动心,真是蛇蝎心肠。而《王六郎》篇中的王六郎为鬼多年,好不容易轮到一次由世人取代自己,使自己得以转生的机会。一天,替代他应该死去的妇女来到河边洗东西,把婴儿放在岸边。在妇女落水后,王六郎想到不能为自己一个人转生而害了两人性命,就毅然放弃了转生的机会,使母子二人得以活命。南三复与王六郎,一为人,一为鬼,同样是面对两条人命,其态度、做法真是天壤之别。王六郎这种鬼不是比世间有些人好上千万倍吗?"

窦女听到这里,很想与众人一叙衷肠,就悄悄从门缝进入室内,出现在众人面前,说道:"谢谢诸位能记得我,同情我的冤情,谴责那衣冠禽兽。"窦女的突然出现,众人都吓了一跳。窦女看出了众人的心思,说道:"各位不必害怕,我虽为复仇厉鬼,但与大家无冤无仇,不会对大家做不利的事情,我只想同大家聊聊,我的样子没有吓着大家吧?"众人见窦女仍是人间少女的青春容貌,衣着整洁,秀发如云,只是脸色有些苍白忧郁。听窦女说话也通情理,也就不再紧张,向她问起在南府的扑朔迷离的复仇之事和在冥间的生活。

小A首先提起了窦女生前死后性格变化之事,向窦女问道:"你生前是一个天真痴情、幼稚软弱、悲苦无依的少女,死后却一下子变成了非常厉害的复仇鬼,一而再再而三地缠住冤家对头,终于把他拖上了法场,真是解气。不知你为何性格发生如此重大的变化。"

窦女眼中放射出悲愤的光芒,沉痛而坚毅地说道:"生前我涉世未深,对人间的欺诈、人情的险恶不甚了解,上了南三复的当。那时我真傻,一直抱有幻想。死后,我彻底认清了这个丧尽天良毫无人性的东西,决计复仇。父亲告官,南三复以千金行贿得免。世间没有公理,我只有魂返阳世,采取鬼的手段来复仇了。如果我生前是软弱的人，死后仍为软弱的鬼，那我的冤屈就永无申雪之日了。"

众人对窦女坚韧复仇之志十分敬佩。

"窦小姐，在你之前被践踏被遗弃的女子为鬼之后的复仇方式有霍小玉式、桂英式、焦文姬式，你的复仇方式与她们不同，新创造了一种窦女式，谱写了女鬼复仇的新篇章，你是个了不起的复仇之鬼。"小B赞美道。

窦女苦笑道："我不是什么小姐，就叫我窦女好啦。一件复仇之事有什么好夸的？复仇不是做论文，非得要有什么创新、新意，复仇的终极目的就是要向仇主讨还血债，以命还命。女鬼各自的情况不同，复仇也就不能采取同一模式。霍小玉复仇有两点不足：一是力度不够；二是选错了对象。她在李益负心后，在李家作祟，使李益妻妾终日不宁。复仇对象错位，伤及无辜，放过了真正的元凶，不可取。桂英、焦文姬的复仇直指元凶，跑到人间找到仇人，亲手将其活捉或索命，人心大快。但实际上鬼魂来到阳间复仇也受到条件的限制，并非都能轻而易举成功。有些害人的负心贼命硬得很，也不是被鬼一弄就死。再说复仇女鬼把仇主悄悄弄死了，其受惩之事难为世人所知，其罪行不能大白于天下，起不到教育震慑作用。我是既要南三复这个恶贼偿命，又要让他的恶行昭于世间，这就得采用一个借助阳间力量的新方式了。"

众人笑道："真看不出，你对以前的女鬼复仇方式很有研究，善于总结经验，选择一个最优的复仇方案，够得上复仇专家了。"

窦女见众人打趣自己，微笑道："你们可别拿鬼开心。"

小C说道："你这种借助人间刑法的复仇，比直接索命的复仇方法的效果要好得多，是一种最聪明、最有智谋的复仇方式。你用女尸惑乱仇人，将女尸化为活人，然后又把活人还原为尸体，大搞尸体迁移变幻术，让仇人落得掘坟、移尸、奸尸的臭名声。让仇人在被判死刑之前先受到世人的精神审判和道德审判，身败名裂。这要比被鬼悄悄索命而死有更大的震慑力，起到了一雪天下妇女被辱之耻、申弱女难诉之冤的作用。"

窦女神情严肃地说道："但愿世上那些人面兽心的色狼能收敛自己的恶行，贫女之心不可侮，冤鬼之报不可轻。"

"桂英、焦文姬在直面仇人时都是自身显形，实施复仇。《聊斋志异》中你的鬼姐妹梅女面对仇人时是直接问罪。你在南府实施复仇时却一直以若有若无、扑朔迷离的虚幻状态存在，没有在仇人面前显形，没有对其横眉怒斥，只是用一种诡谲的手段和神力，不停地往南家搬运女尸，好像在与仇人捉迷藏、玩游戏。你生前无法进入南府大门，为鬼后可以直接面对他，为何不当面问罪？"小 B 询问道。

窦女恨恨地说道："他已丧心人性，不按做人的规则办事，质问他又有什么用？比如一条疯狗咬了你，您质问它有用吗？只有拿起棍子才有用。在南府我实在不想直接面对那个毫无人性的东西。我在他家中不露面制造怪异现象，可以使他产生最大的恐惧感。给他家运来尸体，让他去触犯现实的法律，自寻死路。对他说什么都是多余的。"

小 A 望着窦女娇弱的身躯，想她长期驻扎南府、搬运尸体也真不容易，于是说道："既然你对南三复是那样的一种情感，就应加快复仇。而你复仇的过程较长，不是一次到位，两次运尸中间隔了好多年。你这样做是想要让他惶惶不可终日，让他求生不能求死不得慢慢宰割他吧？"

"我哪有那个闲心去消遣他！"窦女摇摇头道。"我倒是想一次复仇成功，不想让他多一分钟逍遥法外，但这种借助人间刑法的复仇方式，并非搞一次就能成功。明清两代虽有开棺盗墓见尸者处死的刑法条文，但执行此刑法的官员常常贪赃枉法。在我第一次将自己的尸体搬运到南家时，由于南三复大量行贿，我父亲前去官府告状，官府却'以其情幻、拟罪未决'为由，放过了南三复。面对这种情况，我只有再运尸一次，让他碰上一个硬的。第二次运来的尸体是'姚孝廉女'，姚家的地位身份高于南三复，听说女儿尸体在南家就怒而论官，官府再也无法庇护南三复，南三复也就无法再次逃脱死罪。至于两次移尸间隔很长时间，是因为需要找到合适的尸体，那时还没有太平间，不能进去就捞一具出来。再说，如随便搬运一具老头老太太的尸体也不管用。"

小 C 笑道："哎呀，你的复仇真不容易，太辛苦了。你坚韧的复仇之志令人敬佩。道教中有一种说法：得到正法的人，只要'哼'一声，鼻孔里就放出一道白光，无论离多远，都能把仇人或敌人杀掉，然后白光又回来了。你要是鼻子会放光，就不用搬运尸体了。"

窦女被小 C 的俏皮之语逗笑了，说道："我可没长能放光的鼻子！南三复要是被白光照耀而死，那也太便宜他，死得太幸福了。"

这时一位颇有影响的中年研究者突然说出惊人之语："诸位对南三复家

中两次出现的女尸究竟是谁所为,有很大的误解。实际上这根本不是窦氏复仇冤魂搬运来的,而是南三复自己搬来的。"

他话音未落,众人像炸了锅一样议论纷纷:"这怎么可能!这怎么可能!"

中年研究者扶扶鼻梁上的眼镜,从容地说道:"南三复在窦女死后,受了刺激,精神变态,得了逆反性迷狂症。这种逆反性迷狂症表现为他企图寻找回失去的爱情,把窦女迎娶为妻,企图以此赎自己罪恶和平衡良知。因而他掘窦氏坟,盗其尸,把窦女尸当成活人搬回家。姚孝廉之女的尸体出现在他家,是南三复以新婚为掩饰,以谣言做掩护,再次掘墓盗尸,将死人当活人迎娶。这是南三复由于精神恍惚,迷妄益深,错将姚家女尸当窦女盗回。窦女与南三复都是死于情。窦女是痴妇殉情,南三复是义夫殉身。"

窦女听到这番议论,简直要气炸了肺,说道:"这位先生的想象太离奇,纯粹是信口开河。我本来是被诱骗、被遗弃、含悲饮恨而死,怎么成了为那衣冠禽兽殉情而死!这不是当面造谣吗!我要是为那衣冠禽兽殉情而死不成了疯子吗?那我刚生下的儿子被冻死是不是殉父呀?再有,像南三复这个丧尽天良该千刀万剐铁石心肠的冷血动物,绝不可能良心发现。他罪恶的神经也绝不会那般脆弱,绝不会患上什么逆反性迷妄症。如他想赎罪,从我怀孕到死去有近一年的时间,此期间不赎罪,而偏要等人死了以后到坟中挖出尸体当成活人来结婚,这不滑天下之大稽吗?"

这时蒲松龄手执折扇信步走了进来。众人又惊又喜,纷纷恭敬让座。蒲松龄落座后,窦女上前说道:"蒲老先生,您是最了解我的,明明是我住南三复家移尸借人间刑法复仇,怎么被说成是南三复良心发现,为追求失去的爱情来掘坟搬尸体?怎么把我的复仇给否定了?请您老先生评评理。"窦女说话时气呼呼的,胸脯一起一伏。

蒲松龄眯着他那豆荚眼,一板一眼地说道:"窦女,不要着急,不要过于生气。你们刚才的谈话我都听到了。那位研究者是想用西方的精神分析法来分析中国古典小说中人物的心理,这种尝试是应该肯定的,只是用在南三复身上是用错了地方。"

"这好像是给狗带嚼子——胡勒。"小 A 插了一句,众人一阵哄堂大笑。

"对于南三复,我是十分了解和熟悉的。"蒲松龄接着说道:"他在你死后到他被判死刑这一段时间内,他的神志是万分清醒的,绝无一丝一毫的逆反性迷狂症。每次出现尸变且有人告状时,他都用重金向官府行贿,以此来逃避法律制裁。这个举动是患迷狂症之人所为吗? 面对家中出现活人变尸体的事情,神志更为清醒。他看到刚娶不久的第一个妻子变为僵尸时的动作心理是'……女闻言,色暴变,仆然而死,视之,则窦女'。他见到第二次娶来的曹进士之女时的动作心理是'视女亦风致,遂与谐。女俯首引带,神情酷类窦女,心中作恶,第未敢言。女登榻,引被幪首而眠,亦谓是新人常态,弗为意……'他对这两个女子的观察是多么细致!观察中有分析、有判断、有情感。特别是见到曹进士之女的心理活动特别丰富:见其貌美而喜,见其神情而生疑,由疑生厌恶,厌恶中有惧怕,最后是自我宽解。他的心理神志再正常不过了,绝没有什么迷狂症,而这位研究者倒好像患上了迷狂症。研究者有权运用各种理论对作品中的人物进行分析,但不能胡乱解释。搬运女尸与之结婚那是日本电影《绝唱》中的男主人公顺吉,而不是南三复。运用西方理论分析中国古典小说中的人物时,千万别搞成'狗长犄角——弄成个羊(洋)式'的。"众人又是一阵哄笑。

蒲松龄看了那位中年研究者一眼,又继续慢条斯理地说道:"我在《窦氏》篇末有一段评语:'始乱之而终成之,非德也。况誓于初而绝于后乎! 挞于室,听之,哭于门,仍听之,抑何其忍! 而所以报之者,亦比李十郎惨矣!'是说南三复的这种卑鄙的背信弃义行为,理所当然受到窦女严厉的报复,说得再清楚不过了。我对南三复这种残忍的禽兽行为是笔挟怒火严厉谴责的,而这位先生说窦女为南三复殉情,这不是指鹿为马吗?"

中年研究者面红耳赤,无话可说。

窦女听了这一番话,心情平静下来,向众人道别后,与蒲松龄一起离去了。

向杲奇语侃化虎

向杲,太原人,一个勇于复仇的勇士。向杲之兄向晟因娶心爱的妓女波斯为妻,被想纳波斯为妾的恶少庄公子蓄意寻衅殴打致死。

向杲非常悲哀气愤,不畏强暴,写了详细的状子到府衙告状。但由于庄公子广施贿赂用银钱买通了官府,因而向杲兄长的冤案长期得不到审理。向杲怨愤难平，就决计自行复仇。天天怀揣匕首，藏于山道林草间，想半路行刺，干掉仇人，可是时间一长，他的计划暴露，庄公子格外小心提防，外出时戒备很严。还聘请了一个"勇于善射"的焦桐做保镖，向杲无法动手，复仇陷入绝境。但复仇之火不灭，仍每天都藏于树林间等待时机。一天，向杲刚埋伏下，突然暴雨倾泻，向杲的身子湿透，冷得发抖。既而四下刮起凛冽的寒风，又下起冰雹，向杲身体渐渐不知痛痒，失去知觉。他挣扎着上了山上的山神庙，一个熟识的道士送他一件神奇的布袍。向杲换上布袍后，忍冻像狗一样蹲着，看看自己，浑身顿时长出毛皮，突然发现自己已变成一只勇猛的老虎。道士已不知去向。向杲起先"心中惊恨"，但转念一想，这样可以吃掉仇人，就乐而为之，仍每天照常潜藏在原来的地方。他见自己的尸体躺在草丛中，才明白前身已死，为了防止老鹰吃了自己的尸体，常常巡逻守护。第二天，庄公子路过，他突然一跃而出，从马上扑落了庄公子，一口咬掉脑袋吞了下去，报了兄仇。他所化之虎被焦桐一箭射中肚子，老虎倒下死去。又过一天，向杲在草丛中苏醒过来，回到家中，听到庄公子死讯后，自言自己就是那只吃了庄公子的老虎。庄家的儿子向官府告向杲的状，官府认为此事荒诞无据，不予受理。

向杲化虎吃了庄公子后，大仇得报，心中特别快意。一天忽然想起自己变虎复仇得以成功，多亏山神庙中那个道士送的那件布袍，于是又来到上次避雨的山神庙，准备感谢那位仙道。见庙中空荡荡的，不见那位道士的踪影，心中十分惆怅。正在四下张望时，忽然一个衣衫褴褛的青年拜伏在向杲的脚下，叫道："求向杲壮士助我！"向杲十分惊诧，问道："你是何人？为何要我助你？"说着上前拉起来人。

衣衫褴褛的青年答道："在下是《红楼梦》中书生冯渊的弟弟冯岖。家兄冯渊跟您兄长的遭遇十分相似，因从拐子手中买下少女英莲为妻，被那金陵一霸薛蟠主仆活活打死。家中多次告官，官府都偏袒薛家不予受理。后来应天府知府贾雨村审理此案，开始时装模作样，要拿真凶，后来被门子拿出的一张'护官符'吓破了胆，于是用骗人的扶乩法，胡乱判了此案。真凶薛大傻子仍逍遥法外，我实在不甘心。"说着眼中滴下泪来。

冯岖擦擦泪水，接着说道："听说您化为虎得以复仇，我十分羡慕。这种方法特好，比人直接出面去刺杀仇人强得多，报了仇，又不留下什么把柄，官府无法立案追查，杀仇而能保全自己。这是最理想的复仇方式。您有化虎的经验，能否将化虎的诀窍指教一二，我永世不忘您的大恩大德，感激不尽！"说完又跪地连连叩头。向杲再扶起他，说道："快别如此！世上的恶人还这么多，当时我化虎时多吃些就好了。"

向杲拉冯岖一起在庙门前的台阶上坐下。向杲努力回忆自己当年化虎的经过，说道："我能够化虎是多种因素促成的。那天我藏在树林蒿草间，没想到天气骤变，暴雨寒风冰雹的袭击，使我如落汤鸡，渐渐失去知觉。挣扎到这所山神庙避雨，庙中的道士送我一件布袍。穿上后还感到冷，像狗那样蹲坐在那里，不知不觉就'毛革顿生，身化为虎'了。我想我化虎的内因是强烈的火一般的复仇之念，复仇不遂、于心不甘的悲愤蓄积升腾出一种超能力；外因就是道士所送的布袍有一种神力，两者相合为一就得以化虎吧。再则，我当时活动在树林蒿草之间，是一个适于化虎的环境。这大概也是我得以化虎的因素之一吧。"

冯岖听罢，颇感失望。心想，顽强不灭的复仇意志我是有的，但没有仙道送的神奇的布袍，那还是变不成虎，还得想别的办法。于是说道："看来你得以化虎经历了许多困苦，还真不容易。不过。据我了解，在你之前有人化虎是很容易的。唐李复言在《续玄怪录·张逢》篇中说，张逢旅游岭表，见一块芳草地，碧鲜可爱，脱衣挂林，在地上打个滚就变成了老虎。要是这样容易变成虎就好啦！"

向杲摇了摇头，笑道："这个张逢变虎也太容易了，他的变化缺乏充分的依据。张逢见到鲜绿的草地欢喜异常，绿草地成为他化虎的诱因，这不合情理。他喜欢绿草，怎么能变成虎呢？虎也不吃草，他应该变成爱吃草的马、驴、牛、羊之类才合理。要是人那么容易就变成虎，那还不满街跑老虎，城市、村庄那不全成了动物世界了吗？"向杲的幽默话语使得满腹愁肠的冯岖也禁不住哈哈大笑起来。

"我在一般的草地上试过，来了几百次就地十八滚，都快滚成球了，也没有变成虎。"冯岖止住笑声答道。"我现在一想，就是变成张逢所化成的虎也没有办法复仇。"

"那是为什么？"

"不同的人所化成的虎是不一样的。"冯岖沉思了一下，说道："化虎的目的是要吃掉仇人，要复仇。人化成虎要有人的心理。你化成虎后就仍是人的心理，原来复仇的心理在虎身上得以延续。你在刚化虎时，先是想到由人变成了兽，是令人羞耻的事。想到以后不能进入人世只能隐迹山林，万分痛苦。但你的复仇意识仍然强烈存在，因而转念一想，正可借此复仇，可以吃掉仇人，就又高兴起来。在仇人来到时一跃而出，以迅雷不及掩耳之势，扑杀仇人，怒嚼仇人之首，真是大快人心。可是张逢所化成的虎是非人非虎的心理，会挑食，不愿吃犬彘驹犊之辈，想换换口味而想吃人。如果饿时见到动物就想吃是虎的心理，而挑食则是人的心理，但想尝尝人肉的滋味又绝非人的心理。在这种心理支配下，这只老虎成了一只'魔鬼虎'，吃了一个无辜者之后，又寻至原来投身的碧草地上恢复了人形，对当虎时吃到人感到高兴，无一丝一毫负疚心理，还到处炫耀，致使被害者的儿子前来复仇。这种恶虎、恶人真该千刀万剐。这种人化的穷凶极恶的'魔鬼虎'，比现实中的恶人、自然界中的恶虎更可恶，看来化虎确实要慎重。"

向杲点点头说道："说得是，如果能化成虎的话，一定要化成一只好虎，一只正义之虎，不能化成害人的恶虎。"

冯岖十分羡慕地说道："张逢化虎时是灵魂肉体整个化为虎，你化虎时是灵魂出窍，灵魂和肉体分离。灵魂化为猛虎，肉身躺在草丛中睡大觉。这种化虎方式给人带来意想不到的好处。如果你的灵魂和肉体不分离，那样庄公子的保镖焦桐一箭射中你时，你就永远成了一只死老虎。而这只咬死庄公子的虎仅是你的灵魂所化，因此焦桐一箭非但没能射死你，反倒像按动机关，使你的灵魂回归到肉体，借仇人之箭得以复活。你变虎真是变得好。"

向杲笑道："这也许是那仙道所送布袍的功效，让复仇伸张正义的人有一个理想的结局吧。"

"你变的那只虎还特别聪明，一边在树丛中等待仇人出现，时刻准备咬死仇人；一边还时时在自己的肉身旁边巡逻守护，防止肉身被乌鸦老鹰吃掉。真有心计，想得周密。妙极啦！"冯岖赞美感叹道。

"回想我变虎的时候，有些事我自己也感到奇怪。我当时还有非常清晰的人的思维。如不保护自己,被乌鸦老鹰搞坏了肉身,或毁了鼻子眼睛,弄得缺胳膊少腿,五官不全,成了残疾人,那就惨了。"向杲庆幸地说道。

这时忽然有只老虎晃晃悠悠来到二人面前,二人大吃一惊。这只老虎向二人欠欠身,中蹲坐下,口吐人言,说道:"向杲壮士,我有一事相求,你曾化虎吃了仇人,又从虎变为人回到人世间,太幸运了,令我非常羡慕。庄公子死后,那个保镖焦桐哪里去了?我也想让他射我一箭,使我由虎再变为人,回到人间,与妻儿相聚。你能否给我提供一下关于焦桐去向的消息?"

"听你所言,你是由人所变,那你是何人所变?你的前身是谁呀?"向杲问道。

老虎用舌头舔舔嘴唇,颇自豪地说道:"我是《醉醒石》第六回《高才士傲世失原形》中的李微,是皇族之子,满腹才华,未曾得志,中第后当一小官……"

"好了,你不要说了,到了这个时候你还炫耀什么?你的根底我知道了。"向杲打断老虎的话,以嘲弄的语气说道:"你在早年曾犯下滔天大罪:你与一孀妇私通,被其家人发现,你与她不得再合,就对她们一家尽行焚杀。你做官时恃才傲物,狎侮他人。闲居在家时在一次外出打抽丰的途中发狂变虎。你因作恶而遭天谴,变虎是罪有应得,活该!你变成老虎还便宜了你!你该变猪、变羊,被宰、被杀、被吃肉!你因天谴而变虎与我想复仇因神助而化虎是两码事!"

老虎低着头道:"你说得不错,我是有罪。可是我受惩罚变成虎已几百年了,就是判刑也该到期了。你虽然变过虎,但时间太短,没有体会到变虎后的痛苦,这是超过死亡的痛苦:孤独,不能与妻儿团聚,自己的文章不能扬名,还怕朋友、同事、世人笑话。我做梦都想回到人世。"

冯岷接道:"你倒想得美!你早年滥杀数人,应判你剐刑。你活到现在已够便宜了。向杲壮士变虎后是咬杀恶人,伸张正义!而你变为虎后干了些什么?你贪图人的肉味美不停地吃人,不是吃坏人,而是见一个吃一个,胡乱吃。你极端自私,只想到自己的痛苦,怎么不想想被你吃的百姓的痛苦!由此看来,这天谴也是瞎谴!李微犯了罪,把他雷劈了不就完了吗?偏偏把他变成一吃人的恶虎,给人间增加一大害。那些无辜百姓招谁惹谁了而葬身虎口?这天谴不是残害无辜百姓吗?"冯岷越说越气。

过了片刻,冯岷对老虎说道:"你呀,要是还想活几天,就不要找什么焦桐来射你,你不是像向杲壮士那样是灵魂化虎,而是肉身化虎,要是给你射上一箭,不要说回人世,你连动物世界也回不去了,彻底吹灯拔蜡了。你以后不要胡乱吃人,好好回山林待着去吧!"

老虎听罢,垂头丧气地走了。

这时冯岷心中又涌起忧愁,向杲劝慰道:"冯壮士,虽然说化虎复仇不是很容易的,但复仇的办法有千千万,我想只要你有坚韧的复仇意志,那么你的复仇愿望一定能成功。"

冯岷抱拳说道:"谢谢你的鼓励!我回去再寻别的复仇办法。愿你曾出现的虎威永远震慑恶人!告辞!"向杲与冯岷分手而去。

十、不幸士子的痛苦灵魂

盲僧辣语讥评主考官

　　盲僧，一个知书识文鼻有绝技的文章鉴定家，以卖药行医为生。其前生曾是文章名家，因前生抛弃的字纸太多，所以被罚做盲人。该僧的眼睛虽然瞎了，鼻子却有特异功能。别人读文章用眼，他只要人家将抄出的文章烧成纸灰，用鼻子去嗅其文焚后的气味，其文什么水平、什么流派、谁人所作、师承何人，无不了然，判断准确无误。住在报国寺的两个考生王平子、余杭生临考前因比较文章高下发生争执，另有一人将两人带到盲僧面前，请盲僧评判。盲僧嗅了学识渊博的王平子所焚的文章后说：味道很好，可以考中。他接着嗅了才情庸劣而又目中无人的余杭生烧的文章，感到臭气难闻，几乎呕吐，余杭生大窘而去。可是考试发榜时，做狗屁文章的余杭生竟然高中，有才有德的王平子倒落榜了。盲僧大为感叹说："我虽双目失明，但我的鼻子并没有失灵，这考官们却不光瞎了眼，连鼻子也瞎了。"这天，余杭生趾高气扬地前来找盲僧算账。盲僧对余杭生说，你把诸试官的文章各焚一篇，我嗅一嗅便会知道谁是你的阅卷老师。结果焚至第六篇，盲僧忽然对墙哇哇呕吐起来，腹下放屁如响雷一般。盲僧擦着眼睛对余杭生说："这篇就是你的阅卷老师的文章。开始还不知道，猛地一闻，非常刺鼻，肚子也难受得如针刺一样，连膀胱都承受不了，都直接从屁眼里冒了出来。"余杭生见他果然说中，尴尬而去。后来，王平子去答谢盲僧，盲僧不知所往。

盲僧自从嗅出余杭生阅卷老师的文章后，文章的臭味就滞留在体内，长时间无法消除，难受得很，便不再卖药，远遁山野静养。日月如梭，也不知过去了多少岁月，忽然感到身体清爽，就又回到报国寺，在报国寺前摆摊卖中草药。盲僧因鼻子有特异功能，名声大震，很多人都来瞧他的鼻子，弄得他生意做不成。这一日，盲僧刚到街上就被几个喜读《聊斋志异》的青年学子拉入一茶馆中，闲聊起来。

"老先生，你鼻子有特异功能，就别卖药了，您应该到海关机场去做物品检查工作，如果有谁在包裹、行李、提包中夹带什么毒品啦或者走私文物啦，你一闻就闻出来，那贡献可就大啦！您在此卖药把特异功能都浪费了。"一学子开玩笑道。

盲僧一听此言面露怒色，说道："好哇！你是什么地方的野小子，竟敢来戏耍老僧，你这不是将老僧当成警犬当成狗了吗？真不像话！"

一学子赔笑道："圣僧息怒，适才那小子不识好歹，乱开玩笑，请多原谅。现在我们说正经的。您用鼻子鉴别文章的特异本领，真是千古一绝。您将主考官的臭文章化成屁，对其文无意评判，而意全在生动活泼的摹状之中，令人快意极了，可称为千古一屁，使得目鼻双盲的主考官臭了几百年。对于这类主考官讽刺的辛辣程度是前无古人后无来者，在中国讽刺文学史上写下最光辉的一笔。这是对鼻目双盲的主考官最奇绝最公正最高级的评判。"

盲僧摇了摇头，无限感慨地说道："我那区区小技不足挂齿！我嗅出文章的高下又有何用？我的判断在考场上完全失败，在当时只是徒增烦恼而已。那些胸无点墨的'鸟官鳖吏'自己的文章臭到那种程度，可他们掌握着八股取士的生杀予夺之权。他们怎么能选拔出来优秀人才！有盖世才华的饱学之士被黜落，以致成为冤魂，写令人作呕的臭屁文章的却得以高中。真是可叹呀可叹！造孽！造孽！"

"此言太偏！此言太偏！那蒲松龄科场不得志，未能中举，积怨主考官，借你盲僧之口，不择手段来臭主考官，主考官也有好的嘛！本人可算一个吧？不能说没有才学吧？"众人十分惊诧，不知何人敢如此口出大言，朝房门方向一看，原来是纪晓岚摇头晃脑来到众人面前。

一学子对纪晓岚这种贬低别人抬高自己的做法很反感，不客气地驳斥道："你这老头，怎么能如此讲话！蒲松龄老先生对主考官也不是全盘否定呀，他对施愚山等人也是歌颂的。至于你主考的政绩及自己的才学如何，得让众人来说，怎么能自吹自擂呢？也不怕大风闪了舌头！总的来说，那个时代的主考官确实如蒲松龄老先生所描写的那样，昏聩无能的草包占绝大多数。"

"就是。"众人附和道。

纪晓岚仍固执己见，说道："我对八股取士的弊端也有些了解，有些看法。即使当时有些主考官的才学差些，也不至于像蒲松龄写的那种程度呀。他的讽刺也太过了。把主考官所作之文弄成臭屁，也实在不雅，近于谩骂，这种讽刺也太直露了。不可取！不可取！"

这时评点《聊斋志异》的冯镇峦迈着方步走进屋来，高声说道："那些瞎眼主考官该骂，蒲先生骂得痛快至极！骂得妙！骂得好！"

纪晓岚直晃头，说道："不，不，你们不懂文章艺术。敝人在拙作《阅微草堂笔记》中有一篇小文，是借鬼之口讽刺一老学究无真才实学的。自我感觉此文的讽刺艺术很高雅。"

"你这种王婆卖瓜的水平真达到了世界一流水平。"众人笑道。

"你那篇东西我见过"，一学子接道："此篇中一鬼对老学究说，人在睡觉时灵魂清朗明净，胸中所读之书字字放出光芒从身上各毛孔里涌出。大学问家屈原、宋玉、班固、司马迁等身上放出的光芒直照太空，与星星月亮争辉。次一等的光芒有几丈高，再次有几尺高，最低一级的也有一盏灯火那样的光芒，照映于门窗之上。这些光芒只有鬼神才能看到。老学究问道：'我读了一辈子书，睡着时放出的光芒有多高？'鬼吞吐半晌才说：'昨天我经过你的书塾，你正好午睡。我看见你胸中有八股文讲义一部，考中者的八股范文五六百篇，预测题目所写的八股文七八十篇，有关策略方面的问答题三四十篇，字字都化作黑烟，笼罩在屋上。没有见到光芒，不敢说假话。'老学究听了，愤而斥鬼，鬼哈哈大笑走了'。大意如此吧？"

青年学子刚叙述完，纪晓岚不无得意地说道："此篇够水平吧？够得上讽刺文学的精品吧？"

一学子见纪晓岚得意洋洋的样子，又好气又好笑，说道："你不要过于自我感觉良好，你这篇东西只能说小有风趣，不过是将韩愈'李杜文章在，光焰万丈长'的诗句袭用翻新一下，缺少创造性。你将一个人的学识化成光、烟从体内闪现出来，远不如蒲松龄先生将主考官的臭文章化成屁显得幽默和直观。特别是所描绘的这种臭文章转化为屁的过程使人感同身受,真切地感受到那种肮脏之气在身体内的运行过程。蒲松龄先生的讽刺是抓住事物的本质加以夸张的表现,突出其可笑、可鄙、可恶,对科举制颠倒是非、埋没人才的罪恶本质做了最深切而绝妙的显现,并非有什么'不雅''谩骂',而是达到了讽刺艺术的最高境界。"

又一学子接道:"纪先生,你的八股文做得不错,科场上很有运气。不过你不懂小说的创作规律,还总对《聊斋志异》挑刺,真是缺乏自知之明。你的文学创作水平与蒲松龄相比,那可是'戴着斗笠亲嘴——还差一大截'哪!"

众人一阵哄笑。

纪晓岚气得脸色煞白,白胡子直抖,叫道:"你们有偏见!有偏见!真是不可理喻!不可理喻!"说完悻悻而去。

一学子笑道:"这老头真是喜欢自讨没趣。"

"鉴定文章的大师在此,真是难得!"一位古典小说研究专家艾儒林先生见盲僧与众人谈笑风生,讨论热烈,来到盲僧近前,说道:"盲僧大师,你对科举考官的讽刺批判达到空前绝后的水平。但是科举弊端的核心不是考官问题而是制度问题,蒲先生抨击八股文和八股文取士制度,多归罪于考官的昏庸腐败,有些偏颇。他没有提出否定废除这一制度的要求,而把克服科举弊端的希望寄托在对主考官的考核上。这种认识可以说是一种缺憾。《聊斋志异》反映科举方面的内容与全面彻底否定科举制度的《儒林外史》相比,有些逊色。"

盲僧翻了翻白眼,说道:"先生提及老衲的讽刺水平云云实是过奖,我无非是将闻到所焚化文章的气味和感受说出来而已。老衲是个盲人,见识不多,窃以为,蒲先生从主考官身上来揭露科举制度的弊端,在文学史上是破天荒之举,这是蒲先生的一大贡献。因为主考官是科举制度的执行者,科举制度的弊端主要从主考官身上体现。蒲先生对主考官的昏聩无能、营私舞弊、贪污受贿及所造成的恶果揭露之深刻、抨击之尖锐,是无人可比的。他将科举制度腐烂发臭的内脏赤裸裸地公之于天下,使天下人第一次看到科场的种种黑暗内幕。这比当时某些思想家揭露科举制度坑人害人的言论有无可比拟的感染力,有助于人们对科举制度腐朽本质的认识。如果蒲先生在科举制度方面的认识有不足之处,也不必求全责备。至于否定科举制度等复杂问题,只有蒲松龄来才能说清楚。"

"何事要我来说清楚呀?"蒲松龄身穿长褂,手提长杆烟袋,笑眯眯地走了进来。众人让座,盲僧把艾儒林的话复述了一遍。蒲松龄略一沉吟,说道:"吴敬梓先生的《儒林外史》是一部专以儒林为描绘对象的皇皇巨著,该书全方位地透视了科举制度下的士林心态,深入全面地揭露批判了科举制度的弊端。拙作《聊斋志异》表现科举内容方面的只是一些小短篇,也就二十余篇吧。加起来不过是几万字,仅占拙作《聊斋志异》总量的二十分之一强,从描写的广度而言无法与近四十万言的《儒林外史》相比。至于说到拙作是否否定科举制,那要看作品的具体内容和所产生的客观效果。众所周知,科举制度的根本作用是选拔人才,拙作《聊斋志异》中有多篇作品展示的是科举选才不公,有真才实学者被黜落,写狗屁文章者得高中。这种黑白颠倒、公道不彰的现实,说明了科举制度非但不能选才,反而扼杀了人才。这难道不是在客观上对科举制度的否定吗? 至于说到敝人对科举制度弊端的认识有偏颇,拙作中提出的改良科举制度的办法行不通,这我不否认,但否定科举制的《儒林外史》提出替代科举制的办法也有偏颇,行不通。吴先生认为科举制度的根本弊病是不能使读书人遵从儒学道德,儒林士子把读书入仕只作为谋利手段,而与践行道义相脱节,把儒学道德弃之一旁。科举制已不能有效地考察文人的人品,导致世风颓败人心不古。他认为要解决这一问题,就要回到察举取士的制度,认为察举制就能避免科举制的弊端,这能否行得通呢? "

"这恐怕不行。察举制在东汉时就弊端百出,腐败不堪,选出的人才是'举秀才,不知书,察孝廉,父别居;寒素清白浊如泥,高第良将怯如鸡'。选出的官员是'狼心狗行之辈,滚滚当朝;奴颜卑膝之徒,纷纷秉政'。如再回到这种制度,情况恐怕更糟。"一学子插话道。

"说得对。"蒲松龄悠然地点上一袋烟,吸了两口,又继续说道:"解决知识分子问题主要在于政治制度,而不仅仅在于科举制、察举制。《儒林外史》几乎把科举制度当作封建社会末期的万恶之源,这未免本末倒置。民国初取消了科举,读书人是否就没有了名利之徒都变好了呢? 在明清时代科举制的腐朽,其根源在于封建政治的腐朽。不在于考试这种形式,而在于所考的八股内容。现在有些西方国家不还在实行文官考试制度吗? 敝人在《聊斋志异》中对科举制度是在批判中希望改良,吴敬梓先生在《儒林外史》中对科举制是在批判否定中想复古。敝人并非想抬高自己,能否说复古比改良更好些呢? 我看未必。所以,我希望把拙作与《儒林外史》做比较时不要简单化。"

众学子连连点头,认为蒲松龄先生说得十分在理,艾儒林先生也无话可说。盲僧去继续卖药,蒲松龄先生起身登程,众学子一起游报国寺去了。

叶生痛说魂报知己

叶生,淮阴人,饱有才学但久困场屋的落魄士子。他的文章辞赋在当时首届一指,科考却屡屡败北。任县令的关东名士丁乘鹤十分赏识他的才学,慷慨资助他求学费用,让他住在县衙内挑灯夜读。给予他多方照顾,预试时,丁公在学使面前赞扬叶生。考试时,尽管他的考文作得令人‘击节称叹’,却依然落榜,他如瘟鸡一样垂头丧气,愧悔自己辜负了知己的期望,伤心至极而大病。此时丁乘鹤因触犯上司被免职,准备还乡,想把叶生带回去,让他一面授徒,一面复习准备再考。叶生的病久治不愈,最后郁郁而逝。但自己忘其死,灵魂离开肉体化成人,来到丁府,跟丁乘鹤返乡。丁乘鹤不知此时的叶生是鬼魂,让儿子拜叶生为师。叶生尽心帮助丁乘鹤的十六岁还不会作文的儿子读书,把自己的学问全部传授给他。经过一年的教授指点,丁公子的学业大见成效,后来科考连战皆捷,中秀才、中举人、中进士,当上了工部主事。丁公感念叶生使自己的儿子取得功名而自己却未考取。叶生说,只要丁公子考中了,就证明了我的才学,我就满足了,自己不必非得中举不可。丁公想让他回家省亲赶考,叶生很不高兴。丁家出于对叶生的感激,由丁公子在京城花钱为他捐了一名监生,帮助叶生参加顺天府的乡试,叶生竟考中了举人。这时丁公子到南方督办水利,带叶生前往,命仆备马送叶生衣锦还乡。叶生兴冲冲地荣归故里,妻子见他归来惊恐万状,吓得掷下手中的簸箕逃走。叶生凄惨地说,我现在已富贵了,几年未见面怎么就不认识了?妻子告诉他,你早已死去,因家中贫困、子幼,尚未将你安葬。叶生这才意识到自己是一个已死多年的游魂。他进入室内,目睹自己的灵柩赫然停放,绝望之余,于是扑地而灭。

　　叶生的游魂返家后方悟自己为鬼已久，感到中举之喜已成虚幻，一下子陷入天崩地裂般的绝望痛苦之中。为了避免再惊吓妻子，倒地而灭，只在地上留下一堆如蝉蜕壳的衣冠。游魂飘向苍穹，像断了线的风筝一样飘飘忽忽。不知过了多少岁月，一日，忽然飘落在一座宝刹之中，看见大殿之外一个光头赤脚眉清目秀面若敷粉身披大红猩毡斗篷的僧人，向天喃喃自语："林妹妹，我对不起你，我对不起你……"叶生心中暗想，这不是出家的贾宝玉吗？来到宝玉近前说道："宝玉，你怎么还未断尘俗之念，对林妹妹还不能忘情？"这时游客中几位中文系的大学生见此二人相会，感觉这真是千古奇遇：一个是强烈反对科举功名，一个是至死追求科举功名。交谈起来肯定会有好戏看，就围过来看热闹。

　　宝玉转过身来，一看是叶生，说道："原来是叶兄，稀客！稀客！我永生永世也忘不了林妹妹。我没有你叶兄这种了不起的令人羡慕的神经病症，这林妹妹是无论如何也忘不掉的。"

　　"什么神经病症？"叶生被说得莫名其妙。

　　"就是无与伦比的健忘症呀！"宝玉面带讥笑说道："世上很多人都有健忘症，但都没有你厉害。西方一作家有篇短篇小说，说某公司的一位经纪人头天晚上跟他的女秘书结了婚，第二天上班后仍然向这位女秘书求婚，说，亲爱的，嫁给我吧！女秘书惊叫道：亲爱的，我们昨天不是结过婚了吗？这位经纪人忙于生意昏了头，忘记了结婚，而你忙于科举忘记了死！生前死于科举而不自知，从棺材中爬出来还追求功名！你现在怎么有工夫闲溜达不在家复习功课准备考进士呀？"

　　叶生见宝玉如此奚落挖苦自己，心中直冒火，便反击道："你记错了！我魂随丁公以及后来应考，是灵魂出躯壳，不是从棺材中爬出来的僵尸。人们都知道你厌恶科举，厌恶功名利禄，你有许多反对科举功名的名言警句，人们早已是如雷贯耳。你认为官场是污浊的腐臭场所，通向这污臭之所的通道——读书、应试、应酬等也是浊臭逼人的，干这些事的人必定是浊臭不堪的。从你这番言论来看，是很清高的了。可是你在出家前怎么也干起这营生？《红楼梦》第八十四回中，你大做八股文，最后不也前去应考了吗？考的成绩还不错嘛！不然怎么能得到皇上的'文妙真人'封号呢？"

　　宝玉被叶生这么一揭底，觉得有些理亏，无可奈何地叹口气说道："我生活在宗法社会中,生活在那个大家庭内,不能不受到传统思想的束缚。我要离开家得要报家族恩德,只有读书应试,才聊以报父母养育之恩。应试是身不由己,并且也只有趁应试的机会才能得以出走。"

叶生见宝玉讲出几句由衷之言,也就心平气和地说道:"如此说来,你刚才又何必对我来那一番讽刺,跟我唱高调?我俩这方面倒有某些相似之处。你读书应试是为报天恩祖德,为报父母养育之恩。我死而忘死是为了报知己之恩。"

"什么了不起的知己之恩,竟忘死相随以报?至于吗?"宝玉不以为然地说道。

叶生无限感慨地说道:"这你是永远体会不到的。你原来生活在贾府,锦衣玉食,是府中的凤凰、宝贝,多少人宠你,向你献媚,拍你的马屁,你哪里知道世事的艰难!我在求学过程中得到县令丁乘鹤的赏识,他常常资助我求学的费用,接济我家中钱和粮食。还游说于学使,请其关照,期望我科考有成。对于人家这种盛情,我唯有以文章成名相报,渴望'闱战'的成功来酬答知己。但命运对我太残酷了。尽管文章做得出众,掷地有声,但主考官瞎了眼,使我横遭黜落,我感到痛上加痛,愧对知己,无地自容,愧疚之情难以自解。使得自己痛而忘死,以一腔不泯之魂追随丁公而去,将自己的才学传授给恩人之子,减少愧对知己的痛苦。这并非是忘死追求功名,这一点蒲松龄老先生说得十分清楚。可是有很多评论者在这件事上说瞎话,我真不知道说他们些什么才好。"

"对,蒲松龄先生是说你为报知己而忘死,他说:'魂从知己,而浑然忘死,闻者以为荒诞,我却深信不疑。这与倩女离魂之事的道理是一样的,病卧在床,魂魄却出走成婚;知心挚友纵使天各一方亦可在梦中相会。我辈书生,呕心沥血,以文章立命,有幸能得如此知己,怎教人不生死相随。'他肯定了你忘死报知己之恩的一片真情。"一学子插话道。

"你说你忘死为报知己之恩,不为功名,那怎么死后还参加阳间科考呀?"宝玉继续追问道。

"不错,我是考过。"叶生道:"那是在丁家父子一再怂恿之下参考的。在丁公子考中举人后,丁公动员我参加科考,我回答说:'借公子的福气为文章吐气,让天下人知道我半辈子沦落,不是我才学不如人,我也就满足了。况且人生得一知己,足以无憾,又何必非要自己中举才算走运呢?'拒绝再考之意说得再明白不过了。丁公怕我长久在外耽误了岁考,让我回家,我坚决拒绝。后来随丁公子进京,他捐钱为我买监生资格,这实在是盛情难却,并非我死后还发癫发狂非考不可。"

"说的是,以前很多人指责你死后不忘功名,确实冤枉了你。"众学子插话议论道。

"一点都不冤枉,"宝玉对叶生死后参加科考之事还是很有看法:"既然是丁家父子的美意,你到阳间赴考也未尝不可。但你把科举功名看成世间最为荣耀和最有价值的东西。你在阳间科考中举后的表现特不好,衣锦还乡见到你老婆时得意洋洋地说:'我今贵矣!'与范进中举后喜极发疯连叫'我中了!我中了!'是何等的相似!范进是活着的时候发疯,你是发鬼疯!"

叶生见宝玉把自己比成范进,又说出不逊之词,立即发火道:"你别瞎联系好不好!你是不是显示你有学问?我哪些地方跟那庸俗不堪中举后发疯发癫的范进相似?我没发疯,我说的'我今贵矣'这句话是非常凄凉悲伤地说出来的,这在《聊斋志异》中白纸黑字写得清清楚楚。我什么时候得意洋洋了?我长年离家在外,妻儿艰难度日,常常是有上顿没下顿。我感到十分对不起妻子,想用那句话安慰她一下,毫无炫耀之意。"

叶生的反唇相讥使得宝玉有些尴尬,不过他仍然固执己见,说道:"不管怎么说,你对功名的追求可算是天下之最了。大半生时间参加科考,都考死了,死后还考。活着没有求到功名,死后继续求,还帮着别人考,可谓是天下第一号'禄蠹'。"

叶生见宝玉死死咬住自己的科举之事不放,很是恼火,反驳道:"参加科考的并非都是利欲熏心之徒,包拯、文天祥、海瑞等都参加了科举,并取得了功名,能说他们都是'禄蠹'吗?一个人活在世上总有自我实现的需要,按马斯洛所言,这是人的正常的生命需求。在知识分子中自我实现的需要是力量和强度最大的需要。一个贫苦无着的读书人想通过科举改变自身的困境,改变卑贱屈辱的社会地位,并无过错。我是一个清清白白的人,没有攀高结贵,趋炎附势,投机钻营,而是贫而自守,洁身自好,堂堂正正做人,凭本事去考,有什么可指责的?你骂这样一个屈死的冤魂,一个弱者,不觉得过分吗?该骂的是那些主考官,他们大权在握、昏聩卑劣、有眼无珠、胸无点墨、贿买关节、衡文不公、黑白颠倒、看钱不看文。如时下一副对联所云'说你行你就行不行也行;说不行就不行行也不行',横批是'不服不行'。这些人扼杀了多少才子!使多少人失去了性命! 制造了多少悲剧! 但有些人不去谴责这些害人者,反过来过分责难受害者,这实在不公平。再说,我死后参加科考也是黑暗的科举制度和环境所逼的无奈之举。"

宝玉听了叶生这一番话,深为所动,觉得很在理,但这最后一句还在为己狡辩,便说道:"你前面所言不无道理,但你死后参加科考目的是忘死求功名,怎么是科举制度和社会环境所逼? "

叶生正色道:"这有什么可非议的? 我死后去赴考,一方面是不忍拂了丁家父子的美意,另一方面就是为争一口气,'使天下人知半生沦落,非战之罪也'。作为一个文人,其才华、学识是他个体生命的重要价值,他必然要使这种个体价值得到社会的公认。当时只有通过科举这条路来确认自己的价值。《聊斋志异》中的一些鬼魂参与科场之事,都是为了争一口气。但是由于科场特黑暗,即使鬼魂这样一种虚幻之愿也化为泡影。《司文郎》中的宋生是一个很有才学而科场失利的书生,死于兵难,成为鬼。他帮助书生王平子,使他学有所成,希望自己未能实现的愿望在王平子身上实现。即使能如愿,他自己也得不到一丝一毫的好处,就是为了争一口气。但由于王平子科考名落孙山,使他想在死后得到世人对他的学问文章的确认而不可得,这是更深痛的悲剧!

在当时科举成功与否是衡量读书人价值的唯一的显示器, 能考中者,就意味着学问过人,就是'文曲星';名落孙山者,就会被认为智商低,文章狗屁不值,就要常受羞辱,被淹没在白眼、蔑视、嘲笑的汪洋大海之中,连老婆都受到白眼,处于一种求生不得求死不能不死不活的境地。这更促使读书人拼死拼活生生死死都要争这口气。"

宝玉摇了摇头叹道:"这些读书人活得太累,何必挤那科举的独木桥去实现所谓的人生价值呢? "

叶生心想,这宝玉从一见面就开始挖苦我,借此机会我也来奚落奚落他。就笑着说道:"你在贾府时是想通过怎样的途径来实现自己的人生价值呀? 是不是整个一生都想混在女儿堆中,过女儿国的生活,给丫鬟梳头,与她们一起调胭脂、香粉,以此来实现自己的人生价值? 你如果不来当和尚,大概会搞实业开发,生产化妆品吧? "

宝玉受了这番挖苦,顿时面红如霞,羞涩地说道:"你取笑我了! 我以前从没有想过这个问题,也根本不知道自己该在社会中做些什么。现在青灯古佛旁万念俱灰，这个问题更无从谈起了。听你前面一番所言，我能理解你了。"

叶生倾吐了心中的郁闷，自己的痛苦遭遇得到了人们的理解，心情稍稍舒畅了一些，告别宝玉和众学子，又随风飘荡去了。

郎玉柱痴语话读书

郎玉柱，彭城人，一个痴迷于读书不谙世务的书生。他爱书如命，嗜读成癖，达到变态的程度。日夜苦读，无间寒暑，如醉如痴。除书之外一概不顾，一概不知。读书读得不通人情世故，见亲友来访，不懂得接待，几句话后，就独自高声读书。他以宋真宗的《劝学篇》为座右铭，真诚地相信书中真的会有"千钟粟""黄金屋"和"颜如玉"。一次，郎玉柱偶然在地窖里挖出了腐烂成泥土的粟米，就更相信书中自有"千钟粟"。一天，又于乱书卷中发现长不过尺的镀金的辇车，换得了银子和马匹，以为是"黄金屋"之说的应验。他快三十岁了还不娶妻，一心想从书中读出美女"颜如玉"。郎玉柱的痴心感动了神灵，一天晚上，他读《汉书》第八卷，发现书中夹藏着一个纱剪美人。郎玉柱反复欣赏不已，以至废寝忘食。这天，美人从书上走下来，变成亭亭玉立的绝色美女，自称"颜如玉"，与郎玉柱一起生活，全力纠正他的嗜读之癖。她劝郎玉柱不要读书，郎玉柱不听，颜如玉就隐身藏匿书中，郎玉柱苦苦哀求，颜如玉才走下书来。她教郎玉柱琴棋、饮酒、博戏、使郎玉柱成了名闻乡里的风流名士。郎玉柱与颜如玉成亲很长时间不懂得夫妇性爱，还傻乎乎地问颜如玉，我们同居了很长时间，为什么没有生子？颜如玉教会了他枕席之事。一年后，颜如玉生有一子。史县令得知颜如玉貌美，动了邪念，派人来抓颜如玉，颜如玉隐身于书中。史县令因拘颜如玉不得而发怒，将郎玉柱抓入狱。下令革除他的秀才身份，严刑拷打，郎玉柱宁死不屈。县令认为颜如玉是妖怪，下令烧光了郎家的书卷。郎玉柱被释放后，想办法托人恢复了秀才资格。第一年考中举人，第二年考中进士，担任直指使,借巡视闽地的机会公报私仇,查访出史县令的罪行,抄了他的家,并用计强娶了史县令的爱妾。案子了结后,郎玉柱就上书自陈这一过错,请求免职,然后带着小妾回到家乡。

郎玉柱从闽地自劾弃官回到故乡后,时时刻刻都在思念颜如玉,天天都到被县令焚烧书卷的故居中对颜如玉的灵位哭泣拜祭。一日,郎玉柱正拜祭时,颜如玉的影像在墙上出现,对郎玉柱说道:"夫君,不必如此。你的深情,我已深知。当初你为了保护我,刚强不屈,宁折不弯,够一个男子汉。后来惩罚了那害人的史县令,也算报了大仇,一雪当年被欺辱之恨。你原先痴性如牛,在我的规劝下,由一个死书痴变成了一个活秀才,知道了如何立身于社会,我就放心了。我的身体已被那场大火烧坏,我俩今世再无法团聚,只能见此一面。请你多保重,好自为之。你有时间应出去放松放松,别苦闷悲伤过度搞坏了身体。"说完依依不舍地隐去。郎玉柱待了半晌,又拜祭一番。

几天后,郎玉柱遵颜如玉所嘱,外出漫游。这一日,应一个朋友所邀,来到杭州西湖。他正在独自欣赏湖中景致,马二先生摇摇摆摆前来搭讪。郎玉柱一见他傻乎乎的样子就感到好笑,打趣道:"马二先生,你又来游西湖?你上次游西湖闹了不少笑话,留下不少笑柄,你也可以因此得以名闻天下了。"

马二先生对郎玉柱的戏谑并不在意,反倒与郎玉柱套近乎:"郎先生,你也不要笑话我,我们俩相见很有缘分,我们俩有许多相似之处,如都坚信书中自有黄金屋,可谓是英雄所见略同。"

郎玉柱不愿意马二先生将自己跟他扯在一起,就斥责道:"去你的吧,我与你没什么相似之处!我读的是什么书?是《汉书》一类的文化典籍!是名著!我钻研的是正经学问,你读过什么书哇?不就是你向别人兜售八股选本,那不都是些狗屁文字吗?你对美文学一窍不通,连李清照是谁都不知道,孤陋寡闻,没有文化素质,没有一点儿审美情趣。"

马二先生见郎玉柱这般贬斥嘲弄自己,不由得十分恼火,没好气地说道:"那你也不比我强。你见到已朽败成粪土的古人窖粟,就认为书中确有'千钟粟';在乱书卷中找到一个镀金小辇,就认为'书中自有黄金屋'。宋真宗的话那不过是个比喻,是说通过读书中举、取得功名,弄个举人进士头衔做官以后才能得到这些东西。像你那般理解,乱翻乱找,不是冒傻气吗?我做事虽不十分精明，但也没有痴傻到你那般程度，你是天下头号傻气冲天的书痴。"马二先生也抓住郎玉柱的笑柄反唇相讥。

"还是你比我痴傻多了，请你不要客气。"郎玉柱故意气马二先生。"我相信书中自有千钟粟、黄金屋、颜如玉，是很傻，但我的傻中有天真，不虚伪，我的嗜读也有对知识的追求呀，还真找到一个颜如玉，这不是假的吧？至于说前两种信念有些荒唐，可后来我在夫人颜如玉的教导下改正了呀。而你向匡超人吹嘘八股文的法力，说他害病的父亲睡在床上，没有东西吃，如果听见匡超人念八股文章的声气，心花就开了，分明难过也好过，分明那里疼也就不疼了。这不是胡扯吗？你迷信八股文功效到这种地步，是何等的愚蠢！不仅害己而且已经害人了。你的更为愚蠢可笑之举是居然相信洪憨仙是三百多年前的活神仙，相信他有'缩地腾云之法'有'点铁成金之术'，心悦诚服地充当洪憨仙行骗的工具。不更是傻帽吗？"

郎玉柱对马二先生的揭短升级，使马二先生怒火高涨，大声说道："你说话真缺德，骂人傻还得让别人接受，还让人别客气，真是岂有此理！"

两人各不相让争吵起来。

这时一位古典小说爱好者艾小烁来到二人近前，见两位古装书生像公鸡斗架一样对峙，怒目相向，感到既惊奇又好笑。定睛仔细一看，还认识，劝解道："两位不要吵了，我来给你们调解调解。你们两位都是封建科举制度的受害者，都受害不浅。都出过不少洋相，彼此彼此，就不要互相揭短互相嘲笑了。当然你们还有很大的不同之处，再有，你们的品质中还有较多美好的东西。"

艾小烁面向郎玉柱打趣道："郎先生，封建科举制度造成一般的'四体不勤，五谷不分'的痴呆者较多，但像你这样不谙世事倒是极奇特的一例。"

郎玉柱回答说："科举制有许多弊端、罪恶，应该批判，但不能把与科举无关的事情也都算到科举制的账上。艾先生，你以为如何？"

艾小烁心中一惊，暗想，现在的郎玉柱精明多了。笑道："你说得挺在理，有些研究者的话并非完全可信。你过去嗜读如命，企盼得到'千钟粟''黄金屋''颜如玉'，走火入魔，痴迷过度，不懂世事。但你的痴中有可爱之处，是真性格的自然流露。蒲松龄老先生对你的痴有所揶揄，不过还是欣赏的。你本性朴实忠厚，与多数贪鄙势利的儒生不同。你读书不求官位，对爱情忠贞不渝，虽后来中了进士，但目的只是为报史县令夺妻之仇。一旦案结，就自劾而归，及早脱离官场。与那些把头削尖往官场里钻的名利之徒相比,你还是很有气节的。你的复仇有反抗强权的性质,不失为正义之举。你后来去掉了痴呆之性未改善良本性,身上颇多可取之处。"郎玉柱脸上露出笑容。

马二先生道:"艾先生,你对郎玉柱的评价过高了吧? 那你对我的印象和评价如何? "

艾小烁沉吟片刻,说道:"你嘛——,与郎先生有较大的不同。你对科举功名过于执迷,生活中表现很多的呆气。你的可悲之处是,不仅自己被科举所毒害,还不辞辛苦苦口婆心地宣传劝说别人搞八股,使得遽公孙热心起功名来,又使匡超人逐步走上蜕变堕落的道路。不仅害了己,也害了人,成为一个统治阶级推行科举制度、腐蚀人们灵魂的一个得力帮凶。但你善良本性未泯,在遽公孙受人敲诈时,你主动慷慨解囊把自己的全部积蓄九十二两银子奉送,使遽公孙免了大祸。你对落魄在杭州素不相识的匡超人很同情,送他十两银子,让他还乡养亲,有慷慨好义、急人之难的侠义之风。对朋友有一片赤诚之心,为人笃厚老实,真诚善良。在对待科举问题上,郎玉柱最后抛弃官职觉醒了,而你最终仍是执迷不悟。你们两位要多看对方的美好之处,不要恶语相伤。二位以为如何? "

二人心服口服,点头称是。三人高高兴兴登上游艇到湖心游玩去了。

附:《聊斋志异》中的鸟类形象浅论

《聊斋志异》所描写的非人类形象除了有大量的狐鬼花妖之外,还有众多的鸟类形象。书中所写的鸟有鹦鹉、鸲鹆(八哥)、鹌鹑、白鸽、乌鸦、杜宇、鹳鸟、鸩鸟、秦吉了、翼蔽天日的无名大鸟等,展现了多姿多彩的鸟的世界。

《聊斋志异》中的鸟类形象构成大体可分为三种类型:其一是自然界原生状态的普通鸟,它们有的在自己的空间自由地生活,如《禽侠》中的鹳鸟;有的被人们所驯养,如《鸲鹆》中的八哥。其二是鸟类精怪,即神鸟,它们有变幻的本领,时而为鸟身,时而化身为人。化身为人时介入人间生活中,成为人间社会中的一员。如《阿英》中的鹦鹉精化为美貌少女成为甘家之妻;《竹青》中的神鸦化为汉江神女与落难的鱼客过夫妻生活;《鸩鸟》化为少年斥责贪官。这类神鸟的本相与幻相交替显现,最终大多回归本相。其三是人的灵魂化为鸟,人在病重或极痴状态中灵魂出窍而化为鸟。《竹青》中的鱼客赴考落榜回家途中穷困晕死,灵魂化为乌鸦;《阿宝》中的孙子楚痴爱富家美女阿宝,灵魂出窍附在一只死鹦鹉身上,化为鹦鹉飞至阿宝闺房中。这类人灵魂所化的鸟最终都变回为人身。

《聊斋志异》所描写的鸟类形象表现了两方面的关系:一是鸟与鸟之间的"鸟际关系";二是鸟与人、人与鸟之间的"鸟人关系"。作者在自然界原生状态的鸟类形象身上着重展现的是鸟的物性、灵性、超鸟性及鸟与人类相通的情感道德,在鸟中精怪身上既表现鸟的物性,更着重表现它们的神异性和丰富的人性。

《聊斋志异》中的鸟类形象在所有写鸟的作品中是富有艺术魅力的鸟。

从人类诞生以来,鸟一直是人类生活的伙伴。远古的人类出现了鸟崇拜现象,一些部族将某种鸟作为图腾,把凤凰、鸾、黄鹄、无羽鸟、五色之鸟视为祥瑞,还用鸟来表达某种象征意义,如古代婚姻程序之中的纳采、纳吉、请期、亲迎等皆以雁为赞见礼,取其随阳守节之义。在民间信仰中至今还有人相信喜鹊叫预示喜事来临,鸟崇拜成为流传久远的文化现象。从中国文学诞生那一天起,就把鸟作为主要描写对象之一,出现了大量写鸟的作品。《诗经》中写了玄鸟、黄鸟、雎鸠、鸳鸯、鸱鸮、鸣雁、枭、鸨、鹤、凫、雉等。其后的作品还写了人鸟互化的故事。《山海经》中写了"发鸠之山"上一种精巧美丽的精卫鸟,它是淹溺于东海的炎帝的小女儿女娃所化,因恨使自己不能回返故乡的东海,每天衔木石要填平东海。汉乐府民歌《古诗为焦仲卿妻作》中的一对恩爱夫妻刘兰芝、焦仲卿被封建家长拆散而殉情,合葬的墓前树上出现了双飞鸟,自名为"鸳鸯",白天黑夜鸣叫不止,它们是刘兰芝、焦仲卿的灵魂所化。《酉阳杂俎》记载有一种夜游鸟,是因生产而死的妇人的精魂所化,她生前无子,死后化为鸟,还不忘妒人乳子。《搜神记·韩凭妻》载,战国宋康王夺其舍人韩凭之妻何氏,致使韩凭夫妇双双自杀。他们的坟上长出了梓树,树上有鸳鸯,雌雄各一,交颈悲鸣,这鸳鸯鸟是韩凭夫妇的精魂所化。《搜神记》中的《毛衣少女》写的是鸟化人的故事,描写了一群美丽的翠鸟变为少女,其一为新喻县一位青年娶之为妻,生三女后的一天,得羽衣而飞去。六朝志怪及之前写鸟的作品已有一些精彩的篇章,塑造出一些动人的形象。但从艺术表现的总体水平上看,还处于较粗糙的低级阶段,有不成功之处。缺陷之一是对鸟的物性方面写得不够,过于拟人化了,动物性和人性没有很好地交融,把人性生硬地安到鸟身上去,两者未能达到和谐统一。刘义庆的《宣验记》中写一只救火的鹦鹉就是如此。篇中叙,"有鹦鹉飞集他山,山中禽兽相爱重。鹦鹉自念:'虽乐,不可久也。'便去。"后来山中起火,鹦鹉为救山中禽兽用翅膀沾水灭火。天神对它说,你虽有救灾之志,但力量太小,有什么用呢?鹦鹉回答说:"虽知不能救,然尝侨居是山。禽兽行善,皆为兄弟。不忍见耳!"作者为表现鹦鹉重义,把人的心理和语言硬加到鹦鹉身上,两者处于分裂状态,鹦鹉成为作者表达道德观念的一种符号,缺少特殊的真实感。缺陷之二是写鸟中精怪幻变不合情理,缺乏因果关系,不符合幻想逻辑。《稽神录》中有《广陵少年》篇,说有个广陵少年养了一只八哥,非常喜爱它,养了80天,八哥死了,少年把它装在小棺材里送往野外埋葬。过城门时,守门的官员开棺查看,见棺中竟是一只人手,少年被拘留。过了80天,这只人手又变成死八哥,少年才被释放。这只死八哥不知为何死而化为人手,使得爱怜它的主人成为伤人害人的嫌疑犯,脱不了干系。又不知何故在80天后又变回死八哥,这种幻变不合情理,毫无因果关系,奇异怪诞,骇人听闻,令人瞠目结舌,没有遵循假定的幻想逻辑。蒲松龄写鸟含蕴人类社会的生活图景,把人性的内容巧妙地融入鸟的身上,使鸟性和人的特征交融,实现了两个特征有机结合,蒲松龄充分描写鸟的物性,以鸟所特有的动作行为表达人的情感。《鸿》中的雄鸿用半铤黄金从捕鸟人那里赎回雌鸿后,一对鸟夫妇得以团圆,"两鸿徘徊,若有悲喜,遂双飞而去",写出了两鸿在大难后的悲喜交集之情和对捕鸟人的感激,流连一阵后才飞开。《禽侠》中的鹳鸟夫妇请来大鸟,啄杀了吞掉自己幼雏的毒蛇,鹳鸟夫妇非常感激恩人,"从其后,若将送之",用依依不舍的送别来表达深情。作者没有直接写鸟的心理,不是写鸟与鸟、鸟与人的对话,对鸟的情感心理只进行推测,使人感到作者写的是鸟,是非凡的鸟,鸟的动作所表达的却是人的情,表现出了高度的艺术真实。蒲松龄在塑造鸟的精怪形象时也很注意对鸟性的描写,用奇幻之笔来点染它们的物性,尽管这类鸟中精怪已幻化为人。《竹青》中的竹青是乌鸦所变化的仙女,与鱼客结为夫妻,在生孩子时,"胎衣厚裹,如巨卵然,破之,男也。"因为她是鸟变的人,虽名列仙班,仍有鸟性,所以生产时是卵胎生。作者通过丰富瑰丽的想象,突出了她为鸟精的特性,在她身上体现了鸟性、人性、神性的和谐交融。蒲松龄在写人鸟互变时遵循幻想逻辑,表现出因果关系,合乎艺术想象的情理。《阿宝》中的孙子楚痴爱少女阿宝,可是无法接近她,想念至极达到入魔的程度。一天,他看到身边有一只死鹦鹉,便魂魄出窍,附在鹦鹉身上,化为鹦鹉飞到阿宝身边。当时富家常养鹦鹉作为宠物,这只鹦鹉小巧美丽可人,飞到阿宝身边,受到阿宝的喜爱、接纳。鹦鹉能学人说话,有讲人言的本领,这样鸟与阿宝谈起恋爱,演出一场鸟人相恋的浪漫瑰丽的爱情喜剧,这一切就显得合情合理。如果孙子楚变个面目狰狞凶恶的秃鹫,飞到阿宝身边,对阿宝口吐人言,那肯定会把阿宝吓得晕死过去,无法进行鸟人相恋了。如秃鹫与阿宝谈情说爱就显得极端荒谬,不符合艺术幻想的情理了。

　　从《聊斋志异》中鸟类形象的行为表现及特征来看,可分为以下几类:

一、无比忠贞痴情的爱情鸟

　　洪昇的《长生殿》有云"无情花鸟也情痴",蒲松龄写鸟时用相当多的笔墨来写鸟的情。他所写鸟的情有鸟与鸟的情,有鸟与人的情,有人与鸟的情,实际上都是借鸟来写人的情。中国文学史上有很多的作品是通过写鸟的情来表现人情的。最著名的作品之一是金代元好问所写的《迈陂塘》词,元好问曾到并州赴试,路遇捕雁人射杀一雁,另一雁悲鸣不去,投地殉情而死。元好问向捕雁人买下这双雁,葬于汾水之畔,累石为标记,名为雁丘,写下这首千古名词,其上片云:"问世间,情为何物?直教生死相许?天南地北双飞客,老翅几回寒暑。欢乐趣,离别苦,就中更有痴儿女。君应有语,渺万里层云,千山暮雪,只影向谁去?"写雁的生活和遭遇,赞美雁坚贞不渝的情操和忠贞不渝的爱。蒲松龄继承了这种传统写法,把鸟的爱情写得更深挚,更丰富多彩。

《聊斋志异》中有的爱情鸟表现出火辣辣的爱,《阿英》中的阿英是个鹦鹉精变成的勇于追求爱情的姑娘。她在争取爱情时采取了相当大胆主动进攻的方式,向心上人直接表露火辣辣的爱情。她亲自当面质问自己爱慕的青年甘珏,责怪他为什么不兑现他父亲订的婚约,娶她为妻;接着她又责问甘珏的哥哥为何背弃甘珏与她的婚约。实际上所谓的婚约是,在十几年前阿英是甘珏之父在世时喂养的一只鹦鹉。当时四五岁的甘珏天真地问父亲:"喂这只鸟儿做什么?"父亲开玩笑说:"将来好给你作媳妇。"不久,鹦鹉从笼中飞去,它把一句玩笑话视为婚姻之盟。十几年后早已成仙的阿英来履行这种戏言方式的婚约,表现她知恩图报、重信守诺的美好品德,实际上她坚持要践行婚约只是她表达爱情的一个借口。由于阿英的不懈追求,终于实现了浪漫而美丽的爱情。她如此主动大胆表露爱情的方式,追求爱情的精神,是人间少女所少见的。

《阿宝》中的孙子楚所化成的鹦鹉是一个极痴的爱情鸟,它对阿宝表现出极痴的爱。孙子楚第一次见到娟丽无双的阿宝时竟灵魂出窍,魂随阿宝而去。当家人将其魂召回后,他再次看到阿宝时灵魂又离体,不吃不喝,魂附鹦鹉之身,飞至阿宝卧室,相伴心上人,日夕依偎在阿宝的衿带间,演出了一场极为动人的人鸟相恋的爱情喜剧。它向阿宝自报其名,在阿宝锁其肘时,它向阿宝提出勿锁自己的要求,用甜言蜜语与阿宝谈恋爱。它很有心计,既乖巧又有几分狡黠。在阿宝向它表示爱情时,它表示不相信,阿宝起誓时,它竟歪着头沉思起来,思出一计,衔起阿宝的绣鞋作为凭信之物飞跑了。这只痴情的爱情鸟表达出一个情痴感天动地的爱情,这种专一的执着真诚的情感终于感化了美丽的阿宝。正因为有了这一段人鸟之恋,灵魂复体后的孙子楚和阿宝终成眷属。

《竹青》中的神鸦竹青与书生鱼客的爱是天地间最诚挚、最圣洁、最高尚的爱。竹青与鱼客做过鸟夫妻,后来,鱼客复身为人后,竹青成为"汉江神女",他们又做了人间夫妻。竹青做鱼客的鸟妻时对鱼客的爱是最深沉的爱。鱼客在落第归途中因饿晕而灵魂离体变成吴王手下的一只乌鸦,吴王可怜他没有配偶,便指派雌鸦竹青为他的鸟妻。竹青做鱼客之妻虽然是吴王指派的,但她竭力尽鸟妻之责,对鱼客特别温柔,尽力庇护。对新化为乌鸦不知如何觅食的鱼客,精心教他觅食,教他如何保护自己,像母鸡教小鸡、护卫小鸡一样,像大姐姐耐心告诫不听话的小弟弟一样。当鱼客觅食时被满兵射中胸部生命危急之时,竹青冒死相救,用嘴把他衔走,使他避免被捉而丧命。她对受伤的鱼客精心护理,精心喂食,相濡以沫,表现出了共患难之爱。人间有句俗话"夫妻本是同林鸟,大难来时各自飞",这对鸟夫妻在大难来时却没有各自飞,而是生死与共,唱出了一曲惊天地泣鬼神的鸟之恋歌!竹青这种高尚的爱使多少家庭中无爱自私的男女羞愧!

《鸿》中的雄鸿对雌鸿的爱,是最高尚最深沉的爱。此篇中叙,一对鸿鸟夫妻中的雌鸿被弋人捉去,雄鸿极为悲痛,它千方百计想办法营救。第一天是跟随弋人至家,"哀鸣翱翔",第二天仍是"从"之不去,"飞号"不已,企图用哀情打动弋人。这种方法未能奏效,它又想出了新的营救方案,并且不怕艰难困苦地去实施,第三天,它不顾自身的安危飞落到弋人的脚下,甘愿被擒,向弋人吐出半锭黄金,弋人恍然大悟"是将以赎妇也",大受感动,释放了雌鸿。两鸿徘徊流连一阵后,双双飞去。雄鸿对雌鸿执着的救助行为要比人间那些朝秦暮楚厌弃糟糠之妻的男人好得多。它不顾自己的安危,珍惜伉俪之情的执着精神和行为,是非常感人的。但明伦对此评曰:"衔金赎妇,果效双飞。或谓鸟亦犹人,我云人不如鸟!"。

二、除暴安良、济困扶危的侠鸟

蒲松龄非常崇拜侠义精神,他自己也有过抱打不平之举。《聊斋文集·卷四·题吴木欣〈班马论〉》一文中,他回忆自己少年读书情景时这样说:"余少时最爱《游侠传》,五夜挑灯,恒以一斗酒佐读。"他把对游侠的情感都倾注在《聊斋志异》众多人物身上。他所歌颂的许多人物身上都有侠风、侠气,塑造了一些独具个性特征的侠的形象。他不仅塑造了智勇双全的人间侠士,而且赋予精魅狐鬼仙怪以强烈的正义感。这些花妖狐鬼重义重情，侠风烈烈，以惩恶扶善为己任，驰骋人间，行侠仗义。他们中有路见不平走出坟墓"手握白刃"救助被权贵所掠女子的鬼侠聂政(《聂政》)，有用妙法巧治害人恶妇的仙侠马介甫(《马介甫》)，有用仙术使瑞云脱身妓院与心上人结成夫妻的仙侠和生(《瑞云》)，有救人危难、无私奉献、忠于爱情的美丽狐侠红玉(《红玉》)。更令人惊奇的是蒲松龄写了一些鸟行侠，塑造出了除暴安良、济困扶危的侠鸟。

《禽侠》中不知名的大鸟是一只勇抱打不平、为弱者复仇的威猛之侠。在某寺院屋顶上建巢的一对鹳鸟夫妇，三年来每次所孵出的幼鸟全被盘踞在寺顶的一条恶蛇吞食净尽。鹳鸟夫妇去请求大鸟击蛇，大鸟见义勇为，慨然应允并竭尽全力为鹳鸟复仇。因击蛇需要恶蛇出洞才行，大鸟耐心等待，一听见鹳鸟求助的信号立即出击，当恶蛇再次蜿蜒接近鹳巢欲吞幼鹳时，大鸟突然从半空扑下，以雷霆万钧之力，一爪击断蛇头，连佛殿的一角也被削去，威猛之势气壮山河。大鸟将恶蛇击毙之后"振翼而去"，没有流连，没有顾瞻，表现出施恩不图报的大侠之风，正如作者在篇后所言："大鸟必羽族之剑仙也，飘然而来，一击而去，妙手空空儿何以如此？"大鸟除暴安良，为受害者伸张了正义，表现出高于人类的美德，如但明伦对此所评："禽鸟中有志士，有侠仙，人有自愧不如者矣。"

《竹青》中一群神鸦也是勇于复仇的侠鸟。落难的鱼客的灵魂化为乌鸦跟随鸦群在汉江上飞行时，满兵向鸦群发弹，一弹打中鱼客的胸部，几至殒命。群鸦对此恶行极为愤怒，向满兵复仇，鼓翼煽波，把载满兵的船只全覆没了。群鸦同仇敌忾，怒惩人间伤生害命的暴戾之徒，合力为同伴复仇，表现出"路见不平，拔刀相助"的侠义之风。

有些娇弱的飞鸟也知恩图报，在恩人有难时，尽力保护恩人，具有侠骨柔情。《阿英》中的秦姑娘是飞鸟秦吉了的化身。一次秦姑娘与其他少女聚会时，受一恶汉侵害，被咬断一趾。青年甘珏见此不平拔剑砍中恶汉的大腿，救下了受伤的秦姑娘。后来甘钰从广东携钱归家，途中遇上强盗，甘钰躲藏在荆林草丛中。这时，被甘钰所救的秦吉了飞来停在荆林上，伸开翅膀遮住甘钰。强盗围荆林寻找甘钰多时都没有找到。直到众强盗散去了秦吉了才飞走。这只秦吉了在恩人有难时及时赶来，用翅膀遮蔽恩人这种鸟所特有的方式来保护恩人，其侠骨柔肠很是动人。

三、游戏人间、戏弄贪官权贵的奇鸟

蒲松龄对贪得无厌搜刮百姓的贪官是非常愤恨的,对骄奢淫逸的权贵是鄙视的。他用大量奇幻之笔让贪官污吏受到种种惩罚,如让害民的贪官被受害百姓砍去头颅,让神人将贪官的头反接在胸腔上,让人看到他是个"邪人"(《梦狼》);让贪官上刀山、下油锅,让巨鬼把贪官贪污来的铜钱化为铜汁灌到贪官的嘴里(《续黄粱》)。他还让贪官权贵在精神上受到人们的嘲弄讥讽,最出奇的一招是让鸟戏弄贪官,抨击斥骂他们。《鸮鸟》中的鸮鸟(猫头鹰)是个路见不平敢于笑骂贪官的神鸟。长山杨县令是个极贪之官,搜刮百姓的手段极其恶劣,假借"西塞用兵"的幌子,亲率恶仆,明目张胆到市场抢掠百姓的牲畜,当地的牲畜被掠一空。他的三个同僚对他的所作所为颇有微词,在酒宴上以酒令的方式规劝他,但杨县令极端厚颜无耻,怙恶不悛,一点儿也不买账,也用酒令的方式回绝同僚的规劝,很恼火地说"各人自扫门前雪",让同僚不要管闲事。真是良言不入驴耳。杨县令对自己的贪酷行为不以为耻,还洋洋得意,摆出"我是流氓我怕谁"又臭又硬的架势。就在这时,鸮鸟幻化的少年飘然而至,在酒宴上傲然不羁,朗声念一酒令:"天上有玉帝,地下有皇帝。有一古人洪武朱皇帝,手执三尺剑,道是'贪官剥皮'。"少年在笑傲声中痛快淋漓地怒斥贪官,气得他七窍生烟,暴跳如雷。真是大快人心!当场众人大笑。在杨县令气急败坏要抓少年时,少年已化成鸮鸟冲腾而出,还"回顾室中,作笑声"。蒲松龄借鸮鸟的笑骂,反映了人民对贪官的痛恨,表达了人民的愿望,吐露了人民的心声。

《鸮鸟》中的鸮鸟是靠其神异性(化为少年)和会飞的优势来嘲弄贪官的,更令人惊奇的是《鸲鹆》中的八哥是用自己的非凡智慧以另一种方式来戏弄权贵的。它本是一只自然形态的鸟,在为落难异乡的穷主人解决路费的过程中顺便玩弄一下权贵。八哥的主人因路费用尽困在山西绛州时,跟随主人的八哥请求主人把自己卖掉。它让主人带它进城,主仆进行精彩的对话表演,王爷听说此事,前来买鸟。八哥在主人与王爷讲价时,对王爷说:"给价十金,勿多予。"使王爷觉得八哥是在帮自己讲话,很高兴,买下八哥。八哥到了王爷家中就开始一步一步实施脱身之计。与王爷谈天,思路敏捷,逗得王爷开心。在吃饱肉脯后,对王爷说"臣要浴",王爷将其从笼中放出,八哥在金盆中洗浴后,飞到屋檐上,一边梳理翎毛一边与王爷喋喋不休地聊天。在羽毛干了之后,操着山西腔叫了一声"臣去呀!"就展翼而飞了。气得王爷干瞪双眼,无计可施。堂堂的王爷,被小小的鸟儿捉弄了。表面上它是王爷用钱买来的玩物,实质上是它将位高权重的王爷玩弄于股掌之上。它口口声声向王爷称臣,表示对王爷的恭敬与臣服,使王爷心里乐滋滋的,实际上是把王爷划入了禽兽的类属之中,而王爷却浑然不觉。它在飞去时操山西腔说的一句"臣去呀"就与王爷"拜拜"了,戏谑味更浓,辛辣地讥讽了王爷的愚蠢。它成功地演出了一场戏弄权贵、取富济贫的小喜剧,令人非常开心解颐。

四、具有非凡智慧的灵鸟

《聊斋志异》中自然状态的鸟都有非凡的智慧和灵性。作者以天真的童心来描写小鸟,投入丰富的情感,把人的情感智慧融入鸟身上,使鸟极富灵性,具有远远超过它们自身所可能具有的思维能力。

《禽侠》中鹳鸟夫妇很有复仇的智慧。它们一连三年孵出的幼鹳被恶蛇吞食后,决计向恶蛇复仇。它们知道以自身之力斗不过天敌恶蛇,于是想出了借助外力的办法,寻找有强大杀伤力的鸟中之侠。它们去向大鸟作"秦庭之哭",请求大鸟击蛇。它们不向恶势力低头的复仇之志感动了大鸟,大鸟答应为它们复仇。它们为复仇进行了精心准备。请好了大鸟后,回巢后仍"哺子如初",不动声色,不让蛇看出有一点异样,时时刻刻观察蛇的动静。在它们一旦发现蛇出洞奔向鹳巢时,立即飞起哀叫,直上云霄,向大鸟报信。大鸟飞来一举斩掉蛇头。依靠大鸟的帮助,战胜了残暴的天敌。

《鸲鹆》中的八哥在帮助主人解决路费之事上表现出非凡的智慧,拟定了一个非常复杂的全盘计划,并由它主持一步一步实施。在主人路费用尽无计可施时,它让主人卖掉自己,主人不忍心,它告诉主人自己的真实意图,要主人得到银子后快走,到城西二十里大树下等它。看来它对此地的地形已进行了侦察,了如指掌。它与主人入城,在街上进行对话表演,让此信息传入王爷耳中,引王爷上钩。王爷在谈价格时,它假装替王爷说话,使自己的主人得到一笔数目不小的金钱。到了王爷家中,八哥展示自己非凡的口才,进一步讨得王爷的欢心,使其减弱防范心理。王爷喂它肉脯后,它提出要洗澡,赚得王爷不加思索地打开笼门,使自己从笼中脱身。洗浴之后,羽毛尚湿,不便飞翔,它在檐间与王爷有一搭没一搭地絮絮聊天,实施的是缓兵之计,麻痹王爷,使其放松警惕,待羽毛干燥后脱身。时机一到就明明白白告诉王爷:我要走了!振翼而去。整个计策大功告成,得以安全飞回主人身边。在设计和实施这个计策中,这只小小的八哥俨然一位运筹帷幄的军师,主人按它的安排行事,王爷被它牵着鼻子走。

《王成》中贫农王成的一鹌鹑有善斗之智,王成带他参加斗鹌鹑大赛时,它打败了王爷的"铁喙"等厉害角色。王爷不服输,拿出特别善斗的王牌玉鹑,与王成之鹑斗,玉鹑下场时根本不把对手放在眼里,气势汹汹"直奔之",想一举把王成之鹑杀个大败。王成之鹑似乎深谙孙子兵法,沉着应战,蹲伏在地上,等待玉鹑来犯。玉鹑来啄时,王成之鹑就像仙鹤亮翅一样飞起迎击,与其相持。过了好一阵,玉鹑"渐懈"时,王成之鹑发动了越来越猛的攻势,不一会儿,玉鹑的白羽毛被啄得纷纷脱落,狼狈而逃。王成之鹑采取的是以逸待劳、后发制人、避其锐气、击其懈怠的战术,获得了全胜。它的善斗之智令人惊叹,非凡之智令人叫绝。

注:本书所引《聊斋志异》原文均引自张友鹤辑注《聊斋志异》(会校会注会评本),上海古籍出版社,1986 年版。及铸雪斋抄本《聊斋志异》,上海古籍出版社,1979 年版。